KB231275

한국 고전문학의
자료 발굴과 탐색

한국 고전문학의
자료 발굴과 탐색

구사회 지음

보고사

책머리에

국문학 연구자라면 누구나 자료의 중요성을 절감하고 있으며 그것에 대해 아무리 강조해도 부족함이 없으리라. 고전문학을 연구하다 보면, 언제나 마주치는 것이 자료의 확보와 해석의 문제이다. 경우에 따라서는 현장성의 문제도 있다. 고전문학 분야는 주로 문헌에 의존하고 있기 때문에 관련 자료의 확보가 무엇보다 중요하다. 이들 자료는 오랜 세월을 통해 이미 정전으로 확정된 것이 많고, 대다수 연구자들은 이들 자료를 바탕으로 작품을 해석하고 분석한다.

나도 대부분의 고전연구자들이 그렇듯이 이들 문헌을 검토하고 분석한다. 그렇지만 나는 책상 앞에만 있지 않고 시간만 있으면 틈틈이 발로 뛰며 자료를 확보하려고 노력한다. 애쓰고 노력하는 만큼 이따금 새로운 자료를 발굴할 수 있기 때문이다. 새로운 자료는 그동안 우리가 줄곧 믿어왔던 학설을 보완하거나 그것을 한꺼번에 전복시킬 수도 있다. 이 분야의 전문가들에 비해 나는 그야말로 아마추어로서 성과가 턱없이 부족하지만 꾸준한 관심을 갖고 있다.

이 과정에서 정철의 『송강집』에도 없던 새로운 <관동별곡번사(關東別曲飜辭)>를 찾아냈다. 경우에 따라서는 아직 학계에 보고되지 않았던 대한제국 시기에 프랑스 파리에서 활동한 내역을 기록한 김만수의 외교 일기를 찾아내기도 했다. 최근에는 송만재가 지은 새로운 『관우희』의 이본을 공개하였다.

<관동별곡번사>는 송강 정철의 가사 작품인 <관동별곡>을 한시로 번역한 것이다.『송강집』에는 김만중·김상헌·이양렬이 지었던 세 작품이 실려 있는데, 내가 발굴한 신승구의 새로운 <관동별곡번사>는 천안 고서점에서 몇 만원에 구입한 것이다. 김만수의 외교 일기는 이름만 대면 누구나 알 수 있는 서울 모처에서 흘러나온 것이다. 개화기 이래로 국내에서 활동하던 프랑스 외교관의 자료는 영성하나마 프랑스 자료관에 보존돼 있다. 하지만 당시 프랑스에 가서 활동한 우리 외교관들의 활동 자료는 근래에 나온 주불공사(駐佛公使) 김만수의 일기가 유일한 자료이다. 만약에 이 자료가 조금만 일찍 발굴됐어도 신경숙의 소설인 『리진』의 내용이 달라졌을 지도 모른다. <관우희>는 연세대 도서관에 필사본이 유일하게 수장되어 있었다. 그런데 이번에 나온 자료가 그것보다 선본(善本)이어서 오탈자를 바로 잡을 수 있었다. 아울러 송만재의 한시 작품도 확인할 수 있었다.

고전문학에 관심이 있는 사람이라면 조금만 관심을 기울이더라도 새로운 자료를 발굴할 수 있다. 요즘에는 새로운 자료가 거의 나타나지 않는다고 관련자들이 이따금 푸념을 늘어놓기도 한다. 하지만 지금도 그것들은 어딘가에서 우리 연구자들의 손길을 기다리고 있다. 장서각이나 규장각, 또는 대학도서관의 자료실에서도 새로운 자료들을 발굴할 수 있겠고 시중에는 그것을 다루는 고서점들도 있다. 요즘에는 많은 문헌 자료들을 수장(收藏)했던 사람들이 세상을 떠나면서 그것의 일부가 다시 시중으로 흘러나온 경우도 있다. 우리 연구자들이 이따금 바람도 쐴 겸해서 고서점을 기웃거리면 뜻밖의 새로운 자료를 손에 넣고 발굴의 기쁨도 함께 누릴 수 있다.

새로운 자료를 발굴하거나 그것을 확보하는 것은 보람차며 즐거운 일이다. 하지만 그것은 연구의 시작에 불과하다. 보다 중요한 것은 확보된 그것을 어떻게 해석하고 분석해 내느냐는 것이다. 이들 자료를 분석하고 새롭게 평가하는 것은 의미 있는 작업이다. 하지만 그것의 분석 과정에서 자료의 본질을 놓치거나 왜곡시키지 않도록 조심해야 한다. 그래서 나는 이따금 자료를 발굴하고 분석하면서 본의 아니게 그것의 본질을 왜곡시키고 있지 않는 지 두렵기도 하다. 이럴 때에 나는 어설픈 분석적 틀에 얽매이기보다는 여러 번에 걸쳐서 반복적으로 그것을 살피며 점검한다. 경우에 따라서는 관련 전문가를 찾아가 자문을 구하기도 한다. 그것들이 중요 자료가 아니더라도 나름대로 새로운 자료 발굴의 성과가 있기 때문이다.

이 책은 지난 10여 년간에 걸쳐 수집한 자료들을 위주로 작성한 논문들이다. 이따금 내가 찾아내서 작성한 논문과 관련 있는 새로운 자료들이 그 이후로 발굴된 경우도 있다. 이 책에서는 그것에 대해 언급을 하는 정도에서 그쳤지만 경우에 따라서는 다시 논의할 필요가 있다. 훗날을 기대한다.

무엇보다도 이 책이 나오기까지 많은 자료를 제공해 준 선문대 김규선 교수에게 먼저 감사를 드린다. 그리고 부족한 사람을 제자로 받아주시고 지도해주신 동악(東岳)의 이종찬 선생님, 김영배 교수님, 임기중 선생님, 김태준 선생님, 홍기삼 선생님께도 늦게나마 감사를 드린다. 마지막으로 고향에 계신 부모님과 온갖 투정을 받아준 아내에게 이 책을 바친다.

2013년 12월
구사회 쓰다

차례

◆ 제2부 ◆

국문문학과 한문문학의 교섭과 수용

▎〈관동별곡번사〉의 문예의식과 한역 태도

▌조선후기의 연희시와 전승 계보 −19세기 소론계 문인을 중심으로−

◆ 제3부 ◆

근대 한문학의 새로 읽기

▌근대 동아시아 건국지도자의 한시문학 −모택동·이승만·호지명을 중심으로−

▌박영철의『다산시고』와 친일시

제1부

고전문학의
발굴과 탐색

이원묵의 『행대만록』과
순조 21년 신사연행

1. 머리말

조선은 중국을 비롯한 주변국가와 사대교린을 통한 대외관계를 유지하였다. 특히 중심국이었던 중국에 대해서는 사신을 보내 사대외교를 펼쳤다. 이것은 명에서 청으로 교체된 이후에도 마찬가지였다. 조선은 해마다 정조사나 동지사 등의 이름으로 정기적으로 사신을 보냈고, 중국의 조선 정책이나 황실의 애경사와 같은 특별한 일이 있으면 그 때마다 임시로 사행단을 파견하였다. 우리는 이를 흔히 연행(燕行)이라고 말하는데, 한국과 중국 사이에 있었던 그러한 외교 관행은 조선말까지 이어졌다.

병자호란(1637) 이후로부터 1894년까지 대략 250여 년 동안에 조선이 중국에 보냈던 사신은 모두 607번에 달한다.1) 당시 사행에 참여했던 많은 인사들은 그러한 연행 과정이나 견문, 그리고 느낀 바를 기록으로 남겼다. 현재 전승되고 있는 연행록은 이미 500종 이상이 확인되었다. 이번에 공개하는 『행대만록(行臺漫錄)』은 그것에 포함되지 않는 새로운 연행록이다. 『행대만록』은 순조 21년(1821) 10월 11일에 사행

---

1) 전해종, 『중한관계사론집』, 중국사회과학원출판사, 1994, 194쪽.

을 갔었던 이원묵(李元默)이 작성했던 연행록으로 보인다.

이원묵은 신사연행(辛巳燕行)의 서장관으로 보고서인 등록(謄錄)을 만들어 조정에 바쳐야 하는 책무가 있었다. 그래서인지 그는 순조 21년(1821) 10월에 출발했던 사행 과정을 『행대만록』이라는 이름 아래 일기체 형식으로 꼼꼼히 적어놓았다. 당시 연행에 대한 기록은 이번에 발굴된 『행대만록』이 유일한 것은 아니다. 이미 누군가 그것에 참여하여 『간산북유록(簡山北遊錄)』으로 남겨놓았기 때문이다. 그런데 이번에 『행대만록』이 발굴되면서 『간산북유록』의 작자도 함께 밝혀낼 수 있었다.

한 마디로 이 글은 지금까지 알려지지 않았던 새로운 연행록을 발굴하여 소개하는데 목적이 있다. 따라서 본격적인 분석은 다음 기회로 미루고 먼저 발굴과정과 자료 소개에 중점을 두어 논의하고자 한다. 논의 순서는 발굴 자료의 서지 사항, 작자에 대한 고증과 『행대만록』에 실린 주요 내용, 연행록의 서술 방식과 특기할 만한 사항을 중심으로 서술하고자 한다.

2. 『행대만록』의 서지 사항

『행대만록』은 두 권의 필사본으로 되어 있다. 표지에는 이원묵이 작자라는 직접적인 명시는 없다. 본문 중에 '李○'라는 어구가 나오지만 작자가 이원묵이라는 사실은 내용을 통해 알 수 있다. 분량은 상권이 77쪽이고 하권이 71쪽으로 48,000여 자에 이른다. 책의 크기는 21.5×32.5㎝이고, 글씨는 행초서이다. 책표지의 왼쪽에는 '행대만록(行臺漫錄)'이라는 책명이, 오른쪽에 '참판공(參判公)', '이등부본(已謄副本)'이 적혀있다. 서책 이면에는 '행대잡록(行臺雜錄)'으로 적혀있다. '잡록(雜錄)'은 '만록(漫錄)'과 같은 의미이다.

참판공은 이원묵을 지칭하고 '이등부본(已謄副本)'은 원본을 베낀 사본이라는 것을 뜻한다. 당시 이원묵은 연행의 실무 책임자인 서장관으로서 사행 보고서인 등록을 조정에 제출할 의무가 있었다.[2] 그래서 이 책은 '이등부본'이라는 언급에서 등록(謄錄)을 베낀 것으로 보인다. 하지만 실제로는 등록의 저본으로 사용되었던 것으로 보인다. 왜냐하면 『행대만록』의 기록을 보면 곳곳에 기우고 첨삭한 곳이 있다. 이것을 바탕으로 간추리고 정서한 것을 등록으로 작성하였을 것이기 때문이다. 그리고 『행대만록』에는 개인적인 부분도 나오기 때문이다. 대체적으로 등록은 간결한 문체로 정서해서 제출하였기 때문이다. 또한 연행 기록과 「연행총목록」사이에 적혀있는 '이 장계는 당연히 옮겨 적어 25일에 집안 서적에 송부한다(此狀啓當移謄於二十五日付送家書下)'라는 언급에서도 그것을 짐작할 수 있다.

책명을 『행대만록』이라고 붙인 까닭이 있다. 조선은 중국에 사신을 보내면서 통상적으로 정사(正使)·부사(副詞)·서장관(書狀官)을 임명하였다. 여기에서 서장관(書狀官)을 '행대(行臺)'라고도 불렀다. '만록(漫錄)'은 형식과 내용이 고정되지 않고 내키는 대로 쓴 잡기류의 일종이다.[3] 따라서 '행대만록'이란 삼사(三使)의 한 사람이었던 서장관이 중국 연행을 다녀오면서 보고 느낀 견문을 형식에 얽매이지 않고 쓴 연행록의 일종이라는 것을 알 수 있다.

『행대만록』은 사행 일정을 날짜에 따라 서술하는 편년체 형식이다.

---

2) 황원구, 「연행록의 세계」(소재영·김태준 편, 『중국편, 여행과 체험의 문학』, 민족문화문고간행회, 1985), 55쪽.

3) 차주환, 『시화와 만록』, 민중서관, 1966, 9~26쪽.

상권은 영의정 한용구(韓用龜)가 계(啓)를 올린 신사(辛巳) 오월(五月) 초십일(初十日)부터 시작하여 같은 해 12월 10일까지이다. 하권은 12월 11일부터 시작하여 다음 해 2월 15일에 종묘에서 조종께 고하는 것으로 끝을 맺는다. 이어서 8면에 걸쳐 빈 공간으로 남아 있고 말미에는 별록으로 「연행록총목록(燕行錄總目錄)」이 기록되어 있다.

「연행록총목록(燕行錄總目錄)」은 별록으로써 '진하사은겸무주변정사(進賀謝恩兼誣奏卞正使)'로 임명된 정사(正使)·부사(副詞)·서장관(書狀官)의 임명 날짜와 이름, 개략적인 사행 일정이 기록되어 있다. 이어 삼사신의 배행(陪行) 명단이 적혀 있다. 사행 단원은 모두 157명, 말이 102필이었다. 조선시대 사행단의 규모가 평균 250명, 말이 200필 정도였다고 본다면[4] 신미사행은 그것의 절반 정도 규모였다고 말할 수 있다. 그것은 이 연행단이 경종3년(1723)에 있었던 임인옥사에 대한 기록을 바로잡으려는 목적으로 파견되는 별행이었는 데다가 같은 달 '진하사은겸세폐사'라는 연행단이 바로 뒤를 이었기 때문이다.

3. 『행대만록』의 작자 고증과 주요 내용

3.1. 작자 고증

『행대만록』에는 당시 사행의 모든 과정이 기록되어 있다. 그것에는 작자에 대한 구체적인 이름이 나와 있지 않다. 하지만 그것에 기록된 내용을 살펴보면 인명 표기나 가족 관계, 또는 직무와 관련된 기술 등에서 작자가 연행의 실무 책임자였던 李○○이라는 것을 알 수 있다.

---

4) 이장우, 「연행일기」(해제), 『(국역)연행록선집』 4권, 1976, 10쪽.

- 6월 초8일, 도목정사를 행하다. 판서 김노경은 서장관으로 李___,
  심능식, 이원팔을 추천하였다. ○상사는 심상규, 부사는 조종영이다.[5]
- 8월 초9일, 도목정사를 행하다. 이조참판 권비응이 사복정 李___,
  박명화, 김익현을 추천하였다.[6]
- 15일에 사복정 李___을 사은으로 삼다.[7]

위의 예문은 『행대만록』에 기재된 순조 21년 6월 8일, 8월 9일, 8월
15일의 일부이다. 여기에서 李○○은 서술자로써 자신의 성씨만 밝히고
이름을 밝히지 않고 비워두고 있다. 이것은 작자 자신에 대한 겸사이다.

- 12일 맑음. 오후에 가랑비가 나부끼다 바로 그치다. 교준(教俊)과 이군
  이 먼저 돌아가다. 일찍 출발하여 파주에서 멈춰서 숙박하였다.[8]
- 14일 맑음. 따뜻하고 쾌청했다. 새벽에 역관 변식이 뒤떨어져 서울
  로 가는 길에 집에 편지를 부쳤다. 이른 아침에 출발하여 윤씨 어른
  의 생사(生祠)를 지나다 들렀다. 그의 초상을 쳐다보니 흡사 5,6할
  정도의 면모가 드러났다. 인간사가 갑작스럽게 변하니 내 마음이
  스산했다. 교영(教英)이 이곳에서 되돌아갔다. 청석진에서 말에게
  먹이를 주었다. 일찍이 들으니 이 고개는 겹겹이 안고 있어서 형세
  가 똬리를 틀고 있는 뱀과 같다고 한다.[9]

---

5) 李元默, 『行臺漫錄』 1권, "六月初八日政. 判書金魯敬, 進書狀官, 李□□·沈能拭·李
  元八。○上使沈象奎, 副使 趙鍾永."
6) 李元默, 같은 책, "八月初九日政. 吏參權丕應, 進司僕正. ○李□□·朴鳴和·金益鉉."
7) 李元默, 같은 책, "十五日謝恩司僕正李□□."
8) 李元默, 같은 책, "十二日晴. 午後細雨飄灑旋止. 敎俊及李君, 先爲還歸. 早發止宿
  坡州."
9) 李元默, 같은 책, "十四日晴暄. 曉譯官邊植落後上京, 付書家中。早朝發行, 歷入尹丈
  生祠, 瞻其眞像, 恰有五六分儀範, 人事遽變, 懷緒作惡。教英自此還歸. 秣馬於靑石
  鎭. 曾聞此嶺, 回抱重複, 勢同盤蛇…"

위에서는 작자는 『행대만록』을 서술하면서 교준(敎俊)과 교영(敎英)을 언급하고 있다. 교영이 작자의 큰 아들이고, 교준이 둘째 아들이다. 이들은 사행길에 오른 아버지를 따라나섰다. 차남인 교준은 고양까지, 장남인 교영은 개성까지 따라와서 아버지를 배웅하고 집으로 돌아가고 있다.

- 초2일, 맑다. 의주에서 파발이 있다는 소식을 듣고 집에 편지를 부쳤다. 날이 밝으면 강을 건너야하므로 일행들이 모두 짐을 싸느라 골몰해서 겨를이 없었다. 연로의 고을 원이 준 물품들을 종류별로 나누어 상사와 부사의 건량청에 보내고, 나머지는 일행의 여러 사람들에게 나누어 주었다. 부사가 인신이 없어서 짐을 싸서 하는 날인을 의례에 따라 삼방(서장관)의 인장을 차용해야 했다. 그래서 비장에게 인장을 가지고 가서 날인하게 했다.10)

- 진하사은 겸 진주사 서장관 어모장군 행 용양위 부사과 겸 사헌부 장령 李○○은 삼가 계를 올립니다. 소신은 정사 수 판중추부사 이호민, 부사 행호군 조종영와 함께지난 해 10월 11일에 폐하께 인사 올리고 28일에 의주에 도착하였습니다. 11월 3일에 소신과 정사, 부사 및 의주부윤 김재원은 함께 압록강변에 가서 사람과 말을 점검하였습니다. 이어서 강을 건너 12월 3일에 북경에 도착하여 22일 동안 관에 머물렀습니다.11)

---

10) 李元默, 같은 책, "初二口, 晴. 聞有灣撥, 付書家中. 明將渡江, 一行俱以治任, 汨汨無暇. 沿路邑倅所贐物, 種分送上副房乾糧廳, 餘者分與行中諸人. 副使無印信, 結卜踏印, 例借三房印, 故送裨持印往踏."

11) 李元默, 『行臺漫錄』 2권, "進賀謝恩兼陳奏使, 書狀官禦侮將軍, 行龍驤衛副司果兼司憲府掌令, 臣李○○謹啓爲. 臣與正使守判中樞府事臣李好敏, 副使行護軍臣趙鍾永, 於去年十月十一日辭陛, 二十八日到義州, 十一月初三日, 臣與正使副使及義州府尹臣金在元, 同往鴨綠江邊, 點檢人馬, 仍卽渡江, 十二月初三日到北京留館二十二."

여기 직무와 관련된 내용을 통해『행대만록』의 작자가 서장관인 李○○이었다는 것을 알 수 있다. 11월 2일 기록은 날이 밝으면 압록강을 건너기 위해 물품을 점검하는 내용이다. 그런데 부사가 도장이 없어 답인하지 못하고 삼방(서장관)인 자신의 도장을 보내 답인하고 있는 것을 알 수 있다. 2월 8일 기록에서는 연행을 다녀와서 서장관인 李○○가 임금에게 계를 올리는 내용이다. 서장관인 李○○가 정사 이호민, 부사 조종영과 함께 사행을 다녀왔다는 결과 보고이다. 여기에서『행대만록』의 서술자는 서장관 李○○이다.

이와 같이 연행록의 인명 표기나 가족 관계, 직무와 관련된 기술 등을 종합해서 살펴보면, 李○○은 순조 21년(1821) 10월 11일에 '사은겸진주사(謝恩兼進奏使)'의 서장관으로 갔던 이원묵(李元默, 1767~1831)이라는 것을 알 수 있다.

이어서『행대만록』의 작자인 이원묵에 대해 살펴보도록 한다. 그는 19세기 조선후기에 활동했던 문신이다. 그의 본관은 전주이고 자(字)는 이성(而成)이었다. 그는 세종대왕의 9남인 영해군(寧海君) 이당(李瑭, 1435~1477)의 13세손이다. 그의 아버지는 대사간을 지낸 이양정(李養鼎, 1739~1784)이었고, 어머니는 서일수(徐日修)의 따님이셨다. 고조부는 예조판서와 도총관을 지낸 이언강(李彦綱, 1648~1716)이었고, 조부는 좌의정을 지낸 이창의(李昌誼, 1704~1772)였다. 이원묵 집안은 숙종조 이후로 서인에서 소론으로 이어지고 있다. 외조부 서일수도 소론 명문가인 대구서씨 후손이었다. 이원묵의 후손도 소론가였던 대구서씨, 창녕조씨, 의령남씨 등과 혼사를 맺고 있다.

순조 16년(1816)에 이원묵은 50세라는 늦은 나이에 과거에 합격하였지만 이미 음직으로 관직에 진출하고 있었다. 당시 그는 조정에서 문장이 뛰어난 것으로 인정을 받았다.『행대만록』의 12월 25일자 기록을 보면, 그가 백교(伯喬)에서 오는 도중에 지은 시가 1백여 수라는 언급으로 미루어 시작에도 뛰어났음을 짐작할 수 있다.12)

3.2. 주요 내용

순종21년(1821) 5월 10일에 영의정 한용구(韓用龜, 1747~1828)가 왕에게 계를 올렸다.13) 그는 경종3년(1723)에 있었던 임인옥사가 청나라 『황조문헌통고(皇朝文獻通考)』에 잘못 기록되어 있다며 임인무주변정사(壬寅誣奏卞正使)를 보내서 바로잡아야 한다고 주장하였다. 그러자 조정에서는 사은을 겸해 임인년 무주의 잘못된 기록를 바로잡을 사신을 '진하사은겸임인무주변정사(進賀謝恩兼壬寅誣奏卞正使)'로 임명하여 파견하기로 하였다. 따라서 이 사행은 절행(節行)이 아니라 별행(別行)에 해당하는 임시 사행이었다.

같은 해 6월 8일에 도목정사를 행하여 이조판서 김노경(金魯敬, 1766~1837)이 심상규(沈象奎, 1766~1838)를 정사로, 조종영(趙鍾永, 1771~1829)을 부사로 천거하였다. 서장관으로는 이원묵(李元默), 심능식(沈能弑), 이원팔(李元八)을 추천하였는데, 30일에 이원묵으로 낙점되었다. 당시 이원묵은 교리를 거쳐 사복정(司僕正)으로 있었다. 그런데 사행을 준비하는 과정에서 정사로 선임된 인사들이 사임하면서 연이어 교체되는 문제가 발생하였다. 6월 8일에 정사로 선임된 심상규가 사임하여 15일에 정상우(鄭尙愚)로 교체되었다. 그도 다시 사임하여 교체되

---

12) 李元默, 위의 책, "二十五日晴. 曉風午後風止. 寒威稍解, 先來軍官韓永祿, 李鎭九, 譯官吳泰浹, 領將林尙沃, 來辭. 付送家書, (中略), 夕飯後往見太始, 台先已來訪, 相違未見, 副使尹台命烈來見, 復往趙台下處, 叙話而歸, 轉到伯喬下處, 伯喬出示路中, 所得詩百餘首, 夜雪."

13) 이하 내용은 『행대만록』의 기록을 텍스트로 작성하였고, 기타 자료를 참조하였다.

었다. 30일에 이상황(李相璜)이 선임되었으나 그도 몇 차례 사임을 요청하여 7월 13일에 홍희신(洪羲臣)으로 교체되었다. 그도 병으로 사임의사를 밝혔다. 8월 19일에는 방물(方物)을 싸기 시작하였고, 9월 22일에 정사가 홍희신에서 김노응(金魯應)으로 교체되었다. 출발 **날짜**가 다가오는데 그마저도 사임하자 조정에서 논란이 일었다. 마침내 9월 29일에 여섯 차례의 교체를 겪으며 이호민(李好敏, 1762~1823)이 정사로 임명되어 사행길에 올랐다.14)

이들 사행단은 10월 11일에 출발하여 52일 만인 12월 3일에 연경에 도착하였다. 이들은 도착하자마자 중국의 『황조문헌통고(皇朝文獻通考)』에 기록된 조선의 임인옥사(壬寅獄事)를 바로잡기 위한 작업에 들어간다. 임인옥사란 경조3년(1722)에 정국을 주도했던 소론 정권이 노론을 상대로 그들이 경종을 제거할 역모를 꾸며왔다고 고변한 사건을 말한다. 그 결과 김창집(金昌集)·이이명(李頤命)·이건명(李健命)·조태채(趙泰采) 등 노론 4대신을 비롯한 60여명의 노론 인물들이 화를 입었다.

이 역모사건은 영조 때에 이르러 무고로 밝혀지며 신원되었다. 그렇지만 『황조문헌통고』에는 역모사건으로 기록되어 있었는데, 순조 20년(1820)에 사신을 수행하여 청나라에 다녀온 홍현주(洪顯周, 1793~1865)가 그 책을 구입해오면서 알려졌다. 다음 해에 윤명렬(尹命烈, 1762~1832)이 상소를 올려 그것을 바로잡기 위해서 청나라에 변무사(辨誣使)를 파견할 것을 주장하였다. 그러자 집권세력인 노론 대신들이 찬동하면서 조정에서는 사신을 진하사겸진주사(進賀使兼陳奏使)라는 직함으

---

14) 이들 사행단의 여정에 대해서는 다음 논문으로 미룬다.
　　김인철, 『간산북유록』(『국학고전연행록해제(1)』, 한국문학연구소 연행록 해제팀, 2003, 695~701쪽.)

로 보내어 바로잡게 하였다. 사행 책임자로 정사에 이호민, 부사에 조종영, 서장관에 이원묵이 임명되었는데, 이들은 왕의 주문을 갖고 중국에 갔다. 이들은 연경에 가서 그것을 바로잡기 위해 노력을 기울였다. 조선 조정에서는 경종이 병약해서 종사를 위한 어쩔 수 없는 조처였지, 임인옥사가 4대신의 역모가 아니었다는 사실을 강조하였다. 이들은 곡절을 겪으며 그것에 실린 무주(誣奏) 관련 기록을 삭제하는 황제의 윤허를 받아냈다. 청나라에서도 그 기록을 시정하겠다는 회자(回咨)를 보내왔다. 그러자 왕은 하교를 내려 이들 세 사신을 비롯하여 공이 있는 역관들에게 상을 내리고 가자(加資)하였다.15)

임인옥사와 관련하여 『행대만록』에 기록된 주요 내용은 다음과 같다. 순조 21년(1821) 10월 11일에 임인옥사를 바로잡기 위해 왕명을 받들어 사폐(辭陛)를 하고 길을 떠난 연행 사절은 같은 달 28일에 의주(義州)에 도착하였다. 11월 3일에 압록강을 건넜고, 12월 3일에 숙소인 북경 옥하관에 도착하였다. 사행단은 연경에서 22일간을 옥하관에 머물며 황제를 알현하고 『황조문헌통고(皇朝文獻通考)』에 기록된 임인옥사 기록을 바로잡기 위한 다각적인 노력을 기울인다. 이들 세 사신은 연경에 도착한 다음 날인 12월 4일부터 귀국하는 12월 25일까지 임인옥사의 변무를 바로잡기 위해서 숙소에 머물며 업무 이외에는 바깥나들이를 거의 하지 않고 있었다. 처음에 중국측은 임인옥사와 관련된 기록을 바로잡는 것에 강경하게 반대하였다. 그러다가 조선측의 노력으로 이들 중국 관원들은 태도가 점점 누그러졌고 나중에는 적극적으로 도움을 주고 있었던 모습이 포착된다. 여기에는 수석역관이었던 변호(邊鎬)와 차석역관이었던 김상순(金相淳)의 활약이 컸다. 이들은 실

---

15) 『조선왕조실록』25권, 22년 2월 13일 기사.
　　『행대만록』2권, 2월 23일자 기록.

무책임자인 이원묵의 지시를 받으며 중국측과 조선측의 사이를 오가면서 중국측 인사들을 적극적으로 설득하며 공략에 나서고 있었다.

그 과정을 살펴보면 다음과 같다. 이들 사행단은 12월 3일에 중국 황실에 도착하자마자 예부에 나아가 조선 국왕의 주문을 제출하였는데, 접수 날짜가 12월 5일로 확인되고 있다. 다음 날에 중국 예부로부터 임인옥사의 내용이 기록된『황조문헌통고(皇朝文獻通考)』가 어떻게 국외로 반출되었는가라는 회신이 먼저 들어왔다. 이 책은 황제의 허락이 없이는 해외 반출이 금지된 서적이었기 때문이었다. 게다가 12월 6일에는 홍려시(鴻臚寺)의 연회(演會)에서 중국의 예부지위(禮部知委)는『황조문헌통고(皇朝文獻通考)』가 선조(先祖) 어찬(御纂)이기 때문에 다시 고치는 것은 무리라고 단언하다. 그러다가 태도가 누그러지며 무언(誣言)만 간삭(刊削)하면 어떨지 의견을 내놓는다. 그러자 이원묵은 조선의 뜻은 산개(刪改)에 있지, 간삭(刊削)으로는 불가하다고 하였다.

8일에는 세 사신이 황실 서화문 밖을 나갔다가 지나가는 황제를 보았고, 오후에는 황제가 음식과 고기를 내렸다. 11일에는 삼사가 모여 황실에 올린 정문(呈文) 초안을 점검한다. 12일에는 이원묵이 부사인 조종영에게 가서 정문 초안을 가다듬었고, 황제가 세 사신에게 감과 떡을 내린다. 13일에는 조선이 올린 정문의 구절에 문제가 있다고 예부상서 왕정진(汪廷珍)이 지적했다. 그러자 조선측은 다시 고쳐서 예부의 안낭중(安郎中)을 찾아가서 도움을 받는다. 안낭중은 그것을 가지고 다시 황실로 들어가 상서(尙書) 문부(文孚)를 만나 협의하였다. 15일에 조선측은 안낭중과 문부를 통해 부탁하고 협조를 이끌어낸다. 17일에는 마침내 중국 예부에서 조선의 임인옥사 무주건(誣奏件)을 바로잡아야 한다고 황제에게 건의하여 비준을 얻어낸다. 앞으로『황조문헌통고』가 간행되면 임인옥사와 관련된 김창집(金昌集) 등의 38자를 산거(刪去)하겠다는 약속도 중국으로부터 받아냈다.

이들 세 사신은 18일에 노구교(盧溝橋)을 정양문(正陽門)을 나와 시장거리를 구경하며 지난다. 19일에는 방물을 싸고 삼사가 모여 예부에 올릴 정문을 서자관(書字官) 피종택(皮宗宅)이 받아쓰게 한다. 20일에는 서산(西山)에서 동안문(東安門)을 거쳐 경산(景山)에 갔었고, 21일에는 옹화궁(雍和宮)에서 동장안가(東長安街)를 지나가다가 뒤에 출발했던 동지사행단의 사람을 만나 반가워한다. 22일에 이원묵은 정사, 부사와 함께 환술(幻術)을 보고 감탄한다. 23일에는 경산(景山) 오룡정(五龍亭), 백탑사(白塔寺) 신궁(新宮), 황극전(皇極殿) 건청궁(乾淸宮), 오봉루(五鳳樓), 자광각(紫光閣) 등을 구경한다. 여기에서 이원묵은 건축과 글씨에 대해 관심을 보이며 그것을 사실적이고 객관적으로 고증을 한다. 문헌을 참조하여 인용하기도 한다. 이에 앞서 이원묵은 연경으로 오는 도중에도 틈틈이 건축 양식이나 글씨에 깊은 관심을 보이고 있었다.

24일에는 행례(行禮)를 마치고 하사품을 수령한다. 12월 25일에 귀국길에 오른다. 출발 직전에 군관인 한영록(韓永祿)과 이진구(李鎭九), 역관 오태협(吳泰浹), 그리고 영장(領將)이었던 임상옥(林尙沃)이 찾아와서 감사를 표한다. 무역이나 사업과 관련이 있었던 듯하다. 조반을 마친 후에 출발하였고 이들은 다시 조양문(朝陽門)을 나와 동악묘를 지나 통주를 향해 나아가는 도중에 10월 29일에 출발한 동지사절단 정사 조만원, 부사 윤명렬, 서장관 윤병렬 일행을 조우한다.

이들은 해를 넘긴 임오년(1822) 정월 21일에 책문(柵門)에 이르렀고, 같은 달 23일에 도강하여 2월 8일에 한양으로 돌아와서 임금 앞에 복명(復命)하였다. 이들은 한양을 출발하여 연경까지 52일, 연경 체류 21일, 돌아오는데 44일이었고, 모두 117일이 걸렸다. 압록강부터 황성까지의 거리는 2,013리 정도이었고, 압록강을 건너갔다가 다시 건너온 것은 80

일이 걸렸다. 사행단 공식 인원은 157명이였고, 말은 102필이었다.

사행에 참여했던 인원 중에 눈에 띄는 사람이 있다. 먼저 조선후기에 국제무역으로 조선 최고 갑부의 반열에 올랐던 임상옥(林尙沃, 1779~1855)의 이름이 보인다. 그는 당시 지방 관아의 하급 장교인 영장(領將)으로 사신을 수행하고 있었다. 다른 한사람은 진사 손병주(孫秉周, 1781~1836)라는 인물이다. 그는 정사 이호민의 반당(伴倘)으로 연행에 참여했던 사람이다. 연행 책임자의 자제나 친인척, 또는 가까운 사람이었던 자제군관이나 반당은 관원에 비해 사행의 규율이나 격식에 크게 얽매이지 않고 상대적으로 자유롭게 연행에 참여하였다. 당시 손병주도 사행을 다녀와서 연행록 『간산북유록(簡山北遊錄)』을 남겼다.16)

4. 『행대만록』의 서술 방식

『행대만록』은 대부분의 연행록과 달리, 사행이 제기된 시점부터 시작된다. 이들은 순조 21년(1821) 10월 11일에 사폐(辭陛)를 하고 연행을 떠났지만 『행대만록』에서는 5월10일 진하사겸진주사(進賀使兼陳奏使)를 파견해야 한다는 조정의 논의에서 시작하고 있기 때문이다. 이것은 귀국해서도 마찬가지이다. 이들은 해를 넘겨 다음해 2월 8일에 한양으로 돌아와서 복명을 하였지만 마지막으로 종묘에서 조종에게

---

16) 임기중 편, 「簡山北遊錄」(『燕行錄續集』 127권), 尙書院, 2008, 234~381쪽.

여기에서는 「간산북유록」의 작자를 미상(未詳)으로 보았다. 이원묵이 쓴 『행대만록』의 뒷부분에는 사행에 참여했던 인명록이 있다. 그것에는 상방배행(上房陪行)아래에 '伴倘 進士 李根五, 進士 孫秉周'라는 기록이 있다. 간산(簡山)은 손병주의 호이다. 따라서 「간산북유록」의 작자는 손병주라는 것을 알 수 있다. 「간산북유록」의 서문을 보면 이호민은 신사연행단의 정사로 확정된 직후인 10월 3일에 손병주에게 사행 참여를 권유하였다. 사행이 출발하기 직전이었다. 손병주는 본관이 경주이고, 나중에 이조좌랑을 역임했다.

제례를 올려 경위를 고하는 15일에 『행대만록』을 끝맺고 있다.

이것은 이원묵이 서장관으로서 사행 후에 어람을 위한 보고서인 등록을 작성해야 했기 때문으로 짐작된다. 『행대만록』을 읽다보면 작자의 표현은 조리가 있고 뜻이 분명하게 드러난다. 이것은 작자가 연행의 일정이나 과정, 사행 관련 사항들을 일목요연하게 알아 볼 수 있도록 편년체로 기록해 나갔기 때문이다. 이원묵이 지은 『행대만록』의 서술적 특징은 그 자체보다 연행에 같이 참여했던 간산 손병주의 『간산북유록』과 비교하면 확연히 드러난다.

<예문 1>

10월 11일. 맑고 따뜻하다 오후에 잠시 흐렸다. 묘시에 표문을 올리고 문이 열리기를 기다려 대궐에 나아가 하직단자를 올렸다. 사폐가 끝나자 세 사신에게 기다리라고 명한 뒤 이어서 입시하라고 명하셨다. 성상께서 희정당으로 나가셨다. 승지인 김교희가 함께 들어왔다. 자리에 앉기를 마치자 앞으로 나오라고 명하셨다. 세 사신이 순서대로 앞으로 나아가니 성상께서 잘 다녀오라고 말씀하셨다. 세 사신이 함께 절을 하고 명을 받았다.

성상께서 하사물품을 반포하라고 명하셨다. 상사에게는 초피방한모 1개와 납약 7종이 든 큰 봉투와 단오부채 다섯 자루, 부사에게는 초피방한모 1개와 단오부채 세 자루와 납약 5종이 든 큰 봉투, 나에게는 서피방한모 1개와 납약 다섯 가지와 단오부채 두 자루였다. 차례로 절을 하고 수령했다. (중략)

이어서 인정전에 나아가 궁전안 네 사신의 자리에 섰고, 백관들이 의식을 거행했다. 의식을 마치자 천담복으로 갈아입고 궐자패 앞으로 나아가 무릎을 꿇고 앉아 표문을 받았다. 이를 다시 봉표관에게 주어 용정(표문을 운반하는 가마)에 싣게 했고 이를 뒤따라 나갔다.

모화관에 이르러 사대(査對)를 거행했다. 괴원(숭문원) 당상으로 교리 이희갑 대감과 병조판서 한치응 대감, 부사와 내가 사대에 함께 참여하였다. 물러나 군막에 앉아있었는데 조정철 대감, 서장보 대감, 한긍리 대감, 경기관찰사 이희갑, 서춘보 대감이 찾아와 전별했다.

홍제원에 이르자 홍중심 대감이 객점에 와 기다리고 있다가 '수고하라'는 위로하는 말을 하고 잠시 후 떠났다. 생질 오(吳)와 이락도 찾아와 전별하였다. 저녁 무렵에야 출발했다. 길에서 윤여수대감이 반우(返虞)하는 것을 만났는데 왕명을 받들고 가는 길이어서 감히 맞이하여 곡을 하지 못하고 교자를 길 왼쪽에 세우고 손을 잡고 상주에게 위로의 뜻을 전했다. 고양에 이르자 두 아들과 이안용군도 따라왔다. 본군의 원님인 정연시와 방물 차사원인 적성현감 안정찬, 부마차사원인 도원찰방 안양성이 찾아와 알현했다. 읍의 역참에서 유숙하였다.17)

<예문 2>

11일, 날씨가 포근하고 바람이 없었다. 세 사신이 새벽에 궁궐에 들어가 배표(拜表)를 하고나와 모화관으로 갔다. 나와 정사방의 이근오(李根五)가 흥곡(興谷)과 연오(聯鏕)로부터 떨어져 나왔는데, 역마를 이용해 길을 나설 때 어졸이 앞뒤에서 호위해서 서생의 풍치가 자못 건사했다. 서울의 지인들이 많이 와서 전별을 했고 더러는 시를 지어주어서 바로 화답의 시를 썼다.

---

17) 李元默, 앞의 책, "十月十一日. 晴暄, 午後乍陰. 卯時拜表, 待開門詣闕, 呈下直單子. 辭陛訖, 命三使臣留待, 仍命入侍. 上御熙政堂, 承旨金敎喜同入, 就座訖, 卽有進前之命. 三使臣以次進前, 上敎以善爲往來, 三使臣同爲起伏承命. 上仍命頒賜物, 上使貂皮煖帽一件, 臘藥七種大封, 端午扇五柄, 副使貂皮煖帽一件, 端午扇三柄, 臘藥五種大封, 賤臣鼠皮煖帽一件, 臘藥五種, 端午扇二柄, 次第起伏領受訖. (中略). 仍詣仁政殿, 立於殿內四臣位, 百官行禮訖. 改着淺淡服, 上使進詣闕字牌前, 跪受表文, 仍授捧表官, 載之龍亭, 隨後而出, 到慕華館, 行査對. 槐院堂上, 惟西壁李台義甲, 兵判韓台致應, 與副使曁余同參査對. 退坐軍幕, 趙台貞喆, 徐台長輔, 韓台兢履, 畿伯李台義甲, 徐台春輔來別. 行到弘濟院, 洪台仲心來待店舍, 勞勞語, 移時而別. 吳甥及李洛亦來別. 晩後發行, 道逢尹台汝受返虞, 以奉命發行之日, 故不敢迎哭, 停橋路左, 握手致唁於喪人. 到高陽, 兩兒及李君安用亦隨來, 本倅鄭淵始, 方物差使員積城縣監安廷瓚, 夫馬差使員桃源察訪安養誠入謁. 留宿邑站."

直北闢河路	곧바로 북쪽 관하로 가는 길
行人立馬時	길 떠나는 사람이 말을 세웠다.
豹幃三使坐	표범 휘장에 세 사신이 앉아 있고
蟬冕百官隨	선면 쓴 관리들이 뒤따른다.
雲薄靑峰出	옅은 구름은 푸른 봉우리 위로 오르고
霜凄赤葉垂	차가운 서리는 붉은 잎에 드리웠다.
蓉城知我厚	용성이 나를 마음을 깊이 생각해
相贈穩旋期	잘 다녀오란 뜻을 전한다.

해가 기울 무렵에 사대(査對)를 마치고 마안현을 넘어 홍제원에 이르렀는데 사람들이 대부분 여기까지 따라와 송별을 했다. 말에서 내려 객점에 들어가 잠시 쉰 뒤 절구를 지었다.

松間斜巡駐征輪	소나무 사이 비낀 길에 수레 멈추고
野店深盃出餞辰	객점에서 가득한 술잔으로 전별하는 때라네.
十里長亭弘濟院	십리 장정(長亭)의 홍제원에서
相將多是有情人	어우러진 이들은 모두 정 많은 사람들이네.

녹번 고개를 지나 이십리 정도 되는 창릉에 이르자, 길옆에 비단 옷을 입은 무당이 방울을 흔들며 꽃과 떡을 하인들에게 나눠주고 있었다. 세 사신의 본댁에서 미리 보내 먼길에 무사하기를 기원하는 것이라 했다. 오후에 고양에 도착하니 40리였다. (중략)

저녁을 먹고 나서 부사와 서장관을 찾아뵈었으니 참판 조종영과 교리 이원묵이었다. 본읍 수령 정연시와는 일찍이 안면이 있어서 잠시 찾아가 만났다. 그 뒤 부사를 수행하는 이재경군이 찾아와 이야기를 나누다 갔다.[18]

---

18) 『簡山北遊錄』(임기중 편, 『燕行錄續集』 127卷, 2008, 상서원)
"十一日. 暄妍無風. 三使侵曉入闕拜表, 出詣慕華館. 余與李上舍根五, 離自興谷聯
주, 出往馹騎, 御卒前呵後擁, 書生風致頗不草草, 京師知舊多來餞, 或以詩贈之, 馬上
續和曰, 直北闢河路, 行人立馬時, 豹幃三使坐, 蟬冕百官隨, 雲薄靑峰出, 霜凄赤葉垂,

당시 이원묵은 서장관이라는 공식 사행원이었고, 손병주는 정사 이호민의 반당으로 공식 사행원이 아니었다. 「연행록총목록(燕行錄總目錄)」에 나오는 명단에는 손병주의 이름이 올라있지만 『행대만록』에는 전혀 언급되지 않고 있다. 반면에 송병주가 지은 『간산북유록』에는 이원묵의 이름이 거론된다. 책명에서도 다른 성격이 드러난다. 『행대만록』이란 연행의 실무책임자인 서장관이 지었다는 것을 의미하고, 『간산북유록』은 간산 손병주라는 사람이 북쪽을 유람하고서 지었다는 것을 의미한다. 그래서 『행대만록』의 책명에서 공적 성격이 간취된다면, 후자에서는 상대적으로 손병주라는 인물의 개인적 취향이 드러난다.19)

위의 <예문 1>과 <예문 2>는 이원묵의 『행대만록』과 손병주의 『간산북유록』에 실려 있는 같은 순조 21년(1821) 10월 21일의 기록이다. 서술방식이 둘 다 일기체 형식의 편년체를 채택하고 있다. 그리고 그것에서 갖추어야 할 날짜와 날씨, 일정과 일과를 지키고 있다. 그렇지만 예문에서 볼 수 있듯이, 이들은 같은 날에 벌어졌던 일들을 적고 있지만 서술방식에서 차이를 보인다.

먼저 <예문 2>에서 손병주는 일정과 일과보다는 자신의 견문과 소

蓉城(卽李上舍天民)知我厚, 相贈穩旋期. 日高春罷査對, 躍馬鞍峴到弘濟院, 都人多徑到于此有敍別者. 仍下馬入店少憩, 口和一絶曰, 松間斜逕駐征輪, 野店深盃出餞辰, 十里長亭弘濟院, 相將多是有情人. 過綠蕃峴至昌陵二十里, 路傍有女巫衣錦碎鈴, 或以彩花餻餠贈下隷. 云者是三使本第預送祈禱者. 午後到高陽四十里.(中略). 夕後往拜副三房, 卽趙參判鍾永李校理元默也. 本倅鄭淵始曾有顔分, 故暫爲歷訪. 俄而副行之從人李雅在綱, 來話移時而罷."

19) 조규익은 이에 대해 '사적인' 글쓰기와 '공적인' 글쓰기라는 사행기록의 글쓰기 관습에서 찾은 바 있다. 그에 의하면 전자가 주로 노정을 위주로 약간의 정서적 측면을 고려한 글쓰기였다면, 후자는 물상들의 제도적 측면을 상세히 탐사하여 기록함으로써 나라의 이익에 기여하고자 한 글쓰기였다.
   (조규익, 「사행문학 초기 자료의 쓰기 관습과 내용적 성격」, 『국제어문』 42집, 국제어문학회, 2008, 5~38쪽.)

감을 강화시킨다. 그리고 가는 곳마다 시를 통해 느낌을 담고 있다. 그는 일정과 함께 매일 두어 편의 시를 남기고 있다. 반면에 <예문 1>에서 작자인 이원묵은 일정과 일과를 중시하고 그 내용을 꼼꼼히 적고 있다. 개인적인 견문이나 소감 내용은 생략되거나 약화되고 있다. 여기에서는 작자의 개인적 취향이라든가 감회를 찾아볼 수 없다. 같은 날에 적은 연행록이라도 그 성격이나 작자의 취향에 따라 기술 내용이 크게 달라지고 있다는 것을 알 수 있다.

『간산북유록』에서 작자는 날짜와 날씨, 일정들은 담으며 거치는 곳의 연혁이나 고적, 풍속이나 경물들을 간단히 적고 있다. 연행 과정에서의 작자 자신의 눈에 비친 광경이나 내적 정서는 보다 세밀하게 기술하고 있다. 반면에 『행대만록』에서 이원묵은 날짜와 날씨, 사행 일정을 밝히며 하루 동안 있었던 공적인 일들을 꼼꼼히 적고 있다. 그리고 지나는 곳의 고적이나 연혁, 역사적 사건, 풍물들을 객관적이고 사실적으로 서술해나가고 있다. 이를 위해 문헌을 들이대며 장황하리만큼 자세히 적어나가기도 한다. 상대적으로 자신의 감정이나 개인적인 소회는 되도록 삼가고 있다.

19일. 맑다. 해질녘에 서풍이 불다. 일찍 출발하여 40리를 가 십삼산(十三山)에서 점심을 먹고 또 40리를 가서 대능하(大凌河)의 보전방(堡塵房)에서 묵다. 듣자하니 대능하는 얼음이 설 얼어 건너기가 어렵다고 했다. 다리가 있는 곳을 찾아 길을 나서느라 십 여리를 우회해 밤중에 숙소에 도착했다. 바람이 먼지를 날리고 풍경이 아득하였다. 사람 얼굴에 불어서 바로 눈을 뜰 수가 없었다. 입안에 모래와 흙이 씹혀 삭삭 소리가 날 정도였다. 지척에 있는 말과 소도 구분하기 어려웠고, 걸어서 가는 하인들은 얼굴, 눈, 수염, 눈썹이 먼지로 뒤범벅이 되어 사람의 형체라고 할 수 없었다. 일찍이 이민환(李民寏)의 『책중일기(柵中日記)』에서, "심하

> (深河)의 전투에서 명나라와 후금이 접전했을 때 연기와 먼지가 하늘을 가리고, 단지 포성과 철기마 달려가는 소리만 들리다가 조금 후에 한 떼의 군사들이 마침내 사라지고, 비로소 劉綎과 杜松이 패배하고 요동백[金應河]이 전사했다는 말이 들렸다고 한다."라고 했다. (중략). 금일 목격한 풍진으로 말하면 이(李)가 기록한 것은 허위가 아닐 것이다. 전방에 숙소를 정하였는데, 구들이 망가져 잘 수가 없어서, 바깥사랑으로 옮겨 묵었다.[20]

사행단은 한양을 떠나서 달포가 되자 여양역(閭陽驛)을 거쳐 대능하(大凌河)의 보전방(堡廛房)에 이르렀다. 위는 『행대만록』에 있는 11월 19일의 기록이다. 이원묵은 날짜와 날씨, 일정과 숙소를 빠뜨리지 않고 적고 있다. 그것과 함께 자신이 지나는 곳마다 그곳의 역사, 지리, 사건을 고증하여 밝히고 있다. 서술 방식도 그곳의 지리적 특징이나 견문 등을 객관적이고 사실적으로 기술하고 있다.

경우에 따라서는 이전의 다른 문헌을 통해 견문을 입증하거나 구체화시키고 있다. 여기에서는 자암(紫巖) 이민환(李民寏, 1573~1649)의 기록을 원용하고 있다. 마지막 부분에 "금일 목격한 풍진으로 말하면 이(李)가 기록한 것은 허위가 아닐 것이다. 그것은 속이거나 과장된 바가 아니다."라고 밝히며 자신의 견문이 결코 허황한 것이 아니며 사실임을 객관적으로 입증하려고 노력하고 있다. 사실, 이민환은 명청교체기인 광해군 재위시에 강홍립(姜弘立)의 막하로 들어가서 실제로 만주에

20) 李元默, 앞의 책 1권, "十九日. 晴, 晩後西風. 早發行四十里止, 中火於十三山, 又行四十里, 止宿於大凌河堡廛房. 蓋聞大凌河, 半氷難涉, 取橋成處作路, 迂廻十數里, 夜抵宿站. 風頭飛塵, 澒洞迷漫, 直吹人面, 莫可開眸, 牙齒間削削, 有沙土聲. 咫尺之地, 不辨馬牛. 至於步行諸隷, 面目鬚眉, 重重涴汚, 不似人形. 曾見李民寏柵中日記云, "深河之戰, 漢虜相接, 煙塵漲天, 但聞砲響與鐵騎馳突之聲. 俄頃之間, 一陣遂空, 始聞劉杜敗績, 遼伯戰死云. (중략), 以今日所見風塵言之, 李之所記上, 其或不誣也. 下處於廛房, 廢炕不可寢, 故移宿其外廊."

출전하여 그 내용을 『건주견문록(建州見聞錄)』과 『자암집』에 실었다.

5. 맺음말

이번에 발굴한 『행대만록』은 순조 21년(1821) 10월에 '사은겸진주사(謝恩兼進奏使)'의 서장관으로 갔던 이원묵이 지은 연행록이다. 『행대만록』은 2권으로 되어 있고, 모두 150여 쪽에 이르는 장편 연행록이다.

『행대만록』의 표면에는 사행 보고서인 등록(謄錄)의 부본이라고 밝히고 있다. 하지만 『행대만록』이야말로 등록의 저본으로 판단된다. 그것의 말미에는 별록인 「연행록총목록(燕行錄總目錄)」을 기록해 놓았는데, 여기에서 연행단의 명단과 규모를 확인할 수 있었다. 사행 인원이 모두 157명, 동원된 말이 102필로써 보통 사행에 비해 절반 정도의 규모였다. 그리고 여기 「연행록총목록」에는 그동안 작자 미상으로 알려졌던 『간산북유록』의 작자가 정사 이호민의 반당(伴倘)으로 연행을 따라갔던 간산(簡山) 손병주(孫秉周)라는 것을 확인할 수 있었다.

『행대만록』은 지금까지 나온 많은 연행록의 하나로 기록되겠지만, 내용을 살펴보면 그것에는 중국을 상대로 경종 3년(1723)에 있었던 임인옥사를 바로잡으려는 조선 관인들의 치열함이 고스란히 담겨 있었다. 『행대만록』에는 사행을 떠나기 훨씬 이전인 문제 발단부터 시작하여 나중에 돌아와서 복명을 마치고 종묘에 나아가 조종께 아뢰는 일체를 기록하고 있다. 특히, 이들 사행단이 연경에 도착하여 20여 일 동안에 공복으로서 왕명을 완수하기 위해 노력하는 모습이 세밀히 적혀 있다. 그런 점에서 『행대만록』은 당시 사행의 실무책임자였던 서장관이 저술했던 연행록의 전형을 보여주고 있다.

　『행대만록』의 서술 방식은 일기체 형식의 편년체를 채택하여 날짜와 날씨, 일정과 일과 등을 꼼꼼히 적고 있었다. 작자는 되도록 개인적인 감회나 감정을 절제하고 지나는 곳의 고적이나 경물들을 객관적이고 사실적으로 기술하고 있었다. 이것은 당시 사인(私人)으로 연행에 참여했던 손병주의 『간산북유록』과 대비가 되고 있다.

　『행대만록』은 자료적 가치가 있다. 순조 21년(1821)에는 한 해에 네 차례의 연행이 있었다. 이들 중에서 오늘날 전해지는 연행록은 손병주의 『간산북유록』뿐이었다. 그런데 이번에 이원묵의 『행대만록』이 나온 것이다. 게다가 『행대만록』은 작자인 이원묵이 서장관으로서 국왕에게 결과 보고서인 등록을 작성하기 위해 미리 연행 과정을 망라해서 기록했던 연행록이다. 그래서 『행대만록』은 사행의 실무책임자가 저술했던 연행록의 전형을 보여준다고 말할 수 있다.

새로 나온 송만재의 〈관우희〉와
한시 작품들

1. 머리말

송만재(宋晚載, 1783~1851)의 〈관우희(觀優戲)〉는 19세기 전반기에 행해졌던 놀이 문화의 실체를 파악하는데 많은 도움이 된다. 〈관우희〉에는 판소리를 비롯한 줄타기, 땅재주 등의 연희 내용이 담겨있는데, 그 중에서도 판소리에 대한 언급들이 주목된다. 이 시기에는 집안에 과거 합격자가 나오면 연희를 베푸는 관례가 있었다고 한다. 그렇지만 송만재는 가난하여 〈관우희〉라는 연희시로 그것을 대신한 것이었다.

역사적으로 이 땅에는 수많은 놀이 문화가 생멸하였지만, 그것의 실체를 확인할 수 있는 기록이 많지 않다. 그런 점에서 송만재의 〈관우희〉는 당대의 놀이 문화뿐만 아니라, 한국 연희사를 고찰하는데 중요한 자료가 된다. 특히 〈관우희〉는 판소리 초기에 이미 12마당이 존재하였다는 학설의 근거가 되는 자료이기도 하다.[1] 8백 여자의 서문과 50수의 한시로 기록된 〈관우희〉는 연세대학교 도서관에 소장되어 있다가 1955년도에 이혜구에 의해 처음 소개되었다.[2]

---

[1] 김동욱, 『한국가요의 연구(속)』, 이우출판사, 1980, 307~309쪽.

[2] 이혜구, 「송만재의 관우희」, 중앙대학교 『삼십주년 기념 논문집』, 1957, 93~119쪽. 〈관우희〉는 현재 연세대 중앙도서관 수장되어 있다.

근래에 필자는 연세대 소장본과 다른 새로운 이본을 입수하게 되었다.[3] 지금까지 보고된 〈관우희〉는 연세대 소장본이 유일하였고, 연구자들은 그것을 텍스트로 활용해 왔다. 그런데 이번에 소개하는 자료는 연세대 소장본보다 선본(先本)이자 선본(善本)이며 필사 과정에서 잘못 기록된 그것의 여러 글자를 바로잡을 수 있었다. 게다가 필자가 보기에 연세대 소장본은 이번에 공개하는 자료보다 후대에 필사된 것으로 개화기를 지나 근대시기에 이르러 필사된 것으로 보인다.

이번에 공개하는 자료는 〈관우희〉말고도 그의 한시 작품 24수가 수록되어 있다. 이것들은 그의 50대 중반에 지어진 것이다. 주목되는 점은 이들 자료가 모두 신위의 점검을 받았다는 사실이다.

이 글에서는 자료 발굴이라는 측면에서 서지 내용을 알아보고, 연세대 소장본의 〈관우희〉와 이번에 새로 나온 〈관우희〉를 원전비평의 측면에서 검토하기로 한다. 그리고 그의 한시 작품들을 살펴보도록 한다.

2. 새 자료의 서지 사항

송만재의 〈관우희〉가 실려있는 책명은 『판교초집(板橋初集)』이다. 크기는 가로세로 15×23.5㎝이고 각 면이 10행간 매행 18자로 되어 있다. 글씨는 미려한 해서체의 붓글씨인데 신위의 필체와 **흡사하다**.『판교초집』은 「옥전잉묵(玉田賸墨)」과 「관우희오십절(觀優戲五十絶)」로 나뉘는데 모두 31면으로 되어 있다. 「옥전잉묵」에는 18제 24수의 한시가, 「관우희오십절」에는 50수의 연희시가 〈序〉·〈跋〉과 함께 기록되어 있다.

　　연세대가 소장하고 있는 「관우희(觀優戲)」는 신위의 「소악부(小樂府)」에 함께 필사되어 있다. 「소악부」가 앞에 있고, 「관우희」가 뒤에 있다. 「소악부」는 서문과 7언절구 40수로 되어 있다. 「관우희」는 서문과 7언절구 50수, 그리고 발문 성격의 글이 있다. 작자에 관해서 「소악부」에는 제목 아래에 '동양 신위 한수저(東陽 申緯 漢叟著)'가 있고, 「관우희」에는 '여산송만재 저(礪山宋晩載 著)'라는 표기가 있다. 따라서 「소악부」의 작자는 신위(申緯, 1769~1845)이고, 「관우희」의 작자는 송만재라는 것을 알 수 있다. 신위의 「소악부」는 그의 문집인 『경수당전고(警修堂全藁)』에서 다시 확인된다.4)

　　연세대본과 구사회본은 <관우희> 50수의 항목에서도 차이가 있다. 연세대본은 '영산(靈山)'(제1~8수) - '타령(打令)'(제9~20수) - '긍희(絚戲)'(제21~35수) - '장기(場技)'(36~42수) - '총론(總論)'(제43~50수)의 항목으로 되어 있다. 반면에 이번에 나온 구사회본은 '영산(靈山)'(제1~8수) - '타령(打令)'(제9~20수) - '요령(要令)'(제21~28수) - '긍희(絚戲)'(제29~35수) - '장기(場技)'(36~42수) - '총평(總評)'(제43~50수)으로 되어 있다.

　　연세대본의 '긍희'(제21~35수)가 구사회본에서는 '요령'(제21~28수) - '긍희'(제29~35수)로 구분되어 있다는 점이다. '요령'은 판소리나 줄타기의 주체인 광대들의 너름새나 동작 등을, 긍희는 줄타기 놀이를 말한다. 연세대본은 '요령' 항목이 없고 모두 '긍희' 항목에 편입되어 있었다.5) 이 때문에 내용 파악에 있어 연구자들의 혼선이 있었다. 대표적으로 윤광봉은 이 부분을 다시 편제하여 제9수부터 제25수까지를

---

4)　申緯, 『警修堂全藁』 49집, 「北禪院續藁(三)」(孫八洲 編, 『申緯全集』第3集, 태학사, 1983).

5)　필자가 보기에 연세대본에서 '요령' 항목이 없는 것은 필사자의 실수로 누락되었던 것으로 판단된다.

'타령'으로, 제26수부터 제35수까지를 '긍희'로 구분하여 논의하였다.6)
다시 말해 제21수부터 제25수는 타령(판소리)으로, 제26부터 제28수까
지는 긍희(줄타기)로 보았다. 왜냐하면 전자에는 판소리 광대들, 후자
에는 줄타기 광대들에 대한 묘사 부분이 있기 때문이었다. 그런데 송
만재가 제21수에서 제28수까지를 '요령'으로 묶었던 것은 광대들 자체
에 대해서 다루려고 하였던 것으로 판단된다. 연세대본에서는 '총론'
인데 구사회본은 '총평'으로 되어 있다.

이번에 나온 「관우희오십절」은 『판교초집(板橋初集)』에 「옥전잉묵」
과 함께 실려 있다. 그리고 「옥전잉묵」과 「관우희오십절」의 하단에는
'자하비평(紫霞批評)'이라는 글씨가 적혀있다. 이것은 송만재의 「옥전
잉묵」과 「관우희오십절」이 창작된 다음에 신위의 검증을 거쳤다는 것
을 뜻한다. '자하비평'이라는 언급은 신위가 송만재의 작품을 점검하
며 부분적으로 바로잡거나 손질을 하였다는 것을 의미한다. 당시에 비
평이라는 용어는 오늘날과는 사뭇 다르게 쓰였던 것 같다. 중국의 옛
문헌에서 '비평'이라는 용어가 교열자의 이름과 함께 들어가고 있었던
사실들도 주목할 필요가 있다. 교감이 비평의 한 부분으로 받아들여진
듯하다. 마찬가지로 송만재의 「관우희」도 그것이 지어진 다음에 신위
가 부분적으로 바로잡거나 교열하였을 것으로 짐작된다.

송만재의 〈관우희〉는 그의 나이 56세였던 1843년(헌종9년)에 지어
졌고,7) 신위는 그로부터 2년 뒤인 1845년(헌종 11년)에 죽었다. 그렇다
면 이들 작품들은 1843년에서 1845년 이전에 신위에게 점검을 받았다
는 것이 된다.

구사회본은 〈관우희〉50수가 먼저 나오고 뒤에 '서(序)'와 '발(跋)'이

---

6) 윤광봉, 『한국 연희시 연구』, 이우출판사, 1985, 111쪽.
7) 윤광봉, 위의 책, 92쪽.

적혀있다는 점이다. 이들을 다시 살펴보니 '서'와 '발'의 내용이나 문체가 달라지고 있었다. '발'에서는 작자인 송만재가 〈관우희〉를 창작하게 된 동기와 배경, 그리고 문예관이 집약적으로 제시되고 있다. 반면에 '서'에서는 해박한 전고를 사용하여 연희에 대한 역사적 배경이나 사례, 〈관우희〉의 전반적인 내용, 풍속에 대한 교화적인 견해를 제시하고 있다. 일종의 악론(樂論)이라고 말할 수 있다. 문체도 '발'이 산문 위주의 진술이라면, '서'는 유려한 변려문(騈麗文)의 양식으로 운문적 흐름이 강화되고 있다. 이처럼 「관우희」에서 '서'와 '발'의 차이가 있는 것은 송만재의 의도적인 전략으로 판단된다.

이제부터 〈관우희〉는 연세대 소장본과 구사회 소장본이 함께 존재하는 셈이다.8) 연세대본은 용지가 20세기 초엽에 의정부에서 사용된 판심제이다. 의정부 판심은 1907년(순종 융희 1년)에 의정부가 공식적으로 폐지될 때까지 사용된 인쇄지이다. 참고로 개화기의 의정부는 1895년(고종 32)에 내각(內閣)으로 개편되었다가 1896년(고종 건양1)에 다시 의정부로 환원되었고, 1907년(순종 융희 1)에 내각으로 다시 개편되면서 소멸되었다. 따라서 연세대본은 의정부가 존재하던 20세기 초엽의 애국계몽기나 그 이후 일제강점기 초기에 필사되었을 것으로 보인다. 왜냐하면 1907년에 의정부가 없어졌더라도 이 용지는 이후로도 제한적이나마 사용되었을 가능성이 있었기 때문이다. 반면에 구사회본은 18~19세기에 중국에서 수입되어 유통되었던 종이인데 작자인 송만재가 적었거나, 아니면 제3자가 기록하였을 가능성이 있다.

한편, 기존의 연세대본이나 이번에 나온 구사회본을 통해 송만재가 자하 신위와 맺고 있는 관련성을 주목할 필요가 있다. 연세대본의 〈관

---

8) 이하 '연세대소장본'과 '구사회소장본'을 편의상 '연세대본'과 '구사회본'으로 부르기로 한다.

우희〉는 신위의 〈소악부〉와 함께 필사되어 있었다. 그리고 〈소악부〉에는 작자인 신위가, 이어서 〈관우희〉에는 작자인 송만재의 이름이 기록되어 있다. 이것으로 미루어 연세대본의 편집자와 필사자는 신위나 송만재가 아닌, 제3의 다른 인물일 것이다. 필자가 보기에는 필사자가 탁사(濯斯) 최병헌(崔炳憲, 1858~1927)일 가능성도 있다. 그런데 이번에 나온 구사회본에는 『판교초집』의 「옥전잉묵」과 「관우희오십절」이라는 편명 아래에 '자하비평(紫霞批評)'이 적혀 있다는 점이다. 구사회본을 통해 충분히 짐작할 수 있는 것은 송만재가 신위와 일련의 관계를 맺고 있었고, 〈관우희〉의 창작도 신위와의 관련성을 배제할 수 없다는 사실이다. 한 마디로 송만재의 〈관우희〉는 신위의 영향을 받았고, 창작하고 나서 그의 점검을 받았던 것으로 판단된다.

송만재(1788~1851)와 신위(1769~1845)는 같은 시대에 활동했지만 신위가 송만재보다 20여년 연장자이다. 신위는 추사(秋史) 김정희(金正喜, 1786~1856)와 함께 당대를 대표할 만한 문사였다. 반면에 송만재는 오늘날에 와서야 〈관우희〉의 작자로 알려졌지만 당시에는 무명이었다. 송만재가 신위를 존경하고 따랐던 것으로 보인다. 이들 사이에 무언가 연결고리가 있었는데, 필자가 보기에 그것은 당색이었다. 조선조 문인들이 이념이나 당색에 따라 교류하고 문화를 공유했던 것을 주목할 필요가 있다. 물론 교류가 당색을 벗어나기도 하였지만 전통적으로 그것에 얽매였기 때문이다.

신위의 당색은 소론이었다. 그리고 여산 송씨였던 송만재의 집안도 대표적인 소론 가문이었다. 고조부 송광순(宋光洵, 1632~1682), 증조부 송징규(宋徵奎, 1668~1730), 조부 송창명(宋昌明, 1689~1767)으로 이어지는 송만재의 가계는 숙종조 이래로 소론(少論) 계열에 속해 있었다. 송만재의 중부(仲父) 송익상(宋翼庠, 1738~1799)이 소론 명문가로 꼽혔던 달성 서씨의 서명응(徐命膺, 1716~1787) 집안과 사돈을 맺었던 것도 바로 그와 같은 연유에서였다.9)

한편, 신위에게서 두드러지는 예술 양식들, 말하자면 글씨나 그림, 악부시나 이시논시(以詩論詩) 등과 같은 비평시, 연희시들은 중국의 영향이 컸다. 그리고 그것들은 신위를 통해 국내에서도 폭넓게 자리를 잡아가고 있었다. 그러한 문예 양식들은 신위와 교류하거나 영향을 입은 소론 인사들에게서 많이 나왔다. 연희시만 하더라도 송만재의 <관우희>나 이유원(李裕元, 1814~1888)의 <관극팔령(觀劇八令)> 등이 그의 영향권에 놓여있었다. 그런데 이들도 소론계열이었다.

3. <관우희>의 원문 검토

3.1. 전문(全文)

<觀優戲五十絶>

(1) 呈技供歡淨10)丑場　曼11)聲演本近花郞　郭倡12)鮑老千般巧　爲
　　寫俳諧一兩章

(2) 凉榭高燒蠟炬紅　優人對立鼓人東　不宜堂上宜堂下　歡樂無妨
　　與衆同

(3) 花下空庭鬧似海　一聲腰鼓立春風　調喉弄起靈山上　鎭國名山
　　萬丈峰

---

9) 서유구(徐有榘, 1764~1845)가 송익상의 사위였다. 그의 조부는 서명응(徐命膺, 1716~ 1787), 부친은 서호수(徐浩修, 1736~1799)인데 당색이 소론(少論) 시파(時派)였다.

10) '淨'과 通用.

11) 연세대본 '曼'의 받침인 '又'가 구사회본에서는 '方'으로 되어 있음. 서로 통용됨.

12) '公'(연세대본).

⑷ 聖主昇平萬萬歲 康衢烟月畫虞[13]唐 圖書[14]之出鳳凰集 應在
南山漢水陽

⑸ 山祖崑崙水祖黃 初聲引出最深長 謳腔亦解文章法 起處先鋪
一兩行

⑹ 關東八景好排鋪 逐境聲聲一畫圖 牙舌津津籠萬物 博通端不
讓酸儒

⑺ 穩流飜起千層浪 平地飛來萬丈峰 燕語鶯啼百[15]般巧 柳風花
雨一春濃

⑻ 會相收時息鼓槌[16] 樓頭樓底靜無譁 簷花細滴春雲淡 側耳將
聽本事歌

(右靈山)

⑼ 錦瑟華年[17]憶會眞 廣寒樓到繡衣人 情郎不負名娃節 鎖裏幽
香暗返春

⑽ 秋雨華容走阿瞞 髥公一馬把刀看 軍前搖尾眞狐媚 可笑奸雄
骨欲寒

⑾ 燕子銜瓠[18]報怨恩 分明賢季與愚昆 瓢中色色形形怪 鋸一番
生鬧一番

⑿ 一別梅花尙淚痕 歸來蘇小只孤墳 癡情轉墮迷人圈 錯認黃昏
返倩魂

⒀ 官道松墢析[19]作薪 頑皮噱服夢中嗔 紅顔無奈靑山哭 瓜圃痴

---

13) '吳'(연세대본).
14) '書'의 누락(연세대본).
15) '千'(연세대본).
16) '撾'(연세대본).
17) '繁華'(연세대본).
18) '唧匏'(연세대본). '唧'은 '銜'의 俗字.

黏有幾人

(14) 遊俠長安號曰者　茜衣艸笠羽林兒　當歌對酒東園裏　誰把宜娘
親獲驪

(15) 娥孝爺貧愿捨身　去隨商舶妻波神　花房天護椒房貴　宴罷明眸
始認親

(16) 慾浪沉淪不顧身　肯辭剃髻復挑[20]齦　中筵負妓裴裨將　自是㑳
侗可笑人

(17) 雍生員鬪一芻偶　孟浪談傳孟浪村　丹錄若非金佛力　疑眞疑假
竟誰分

(18) 狂風癡骨願成仙　路入金剛問老禪　千歲海桃千日酒　見欺何物
假喬佺

(19) 東海波臣玄介使　一心爲主訪靈丹　生憎缺口偏饒舌　愚弄龍王
出納肝

(20) 靑鞦繡臆鷹雄雌　菡萏蓬科赤豆疑　一啄中機紛迸落　寒山枯樹
雪殘時

（右打令）

(21) 胸中打令若干篇　劇戲場開湧似泉　高唱多時聲不嗄　江南魂返
李龜年[善歌人]

(22) 百奇千巧隱眉端　揎袖當筵意氣閒　嘔盡平生喉舌業　祗要先達
笑顔看

(23) 鄕談俚語雜諧詼　節節生神認妙才　一唱一酬相戲要　無中惹出
別腔來

(24) 擧袖徘徊一打扇　商沉宮仄笑談閒[21]　誰家墮髻慵粧女　紅杏墻

---

19) ‘斫’(연세대본).
20) 구사회본은 古字임.

頭露半顏

(25) 宜笑含睇善窈窕　人情曲折在低[22]昂　不知何與村娥事　悲欲
汍[23]瀾喜欲狂

(26) 拍處扇開五十疊　騰時袖拂一雙衫　劃然響入春空裡[24]　片片桃
花落半巖

(27) 披袂當風步不齊　一肩乍聳一肩低　鏊鏊促鼓如星語　記得村巫
始降凣

(28) 夜闌酒盡哄堂餘　一曲將終乍斂裾　得意當階[25]飜一拜　爲之四
顧爲蹰躇

(右要令)

(29) 一條繩上便爲家　坐立輕獌[26]不少差　絲管嘲轟催舞節[27]　競將
百技向人誇

(30) 竿絙裊裊步安安　活版飜然指顧間　倒似蜻蜓懸似蟢　令人酸搐
不堪看

(31) 一字繩橫八字步　衲衣飛錫忽來僧　蕩魂瓊蕊[28]眞寃業[29]　亂舞
狂歌興不勝

(32) 傾腰宛轉逐張絃　雨去風還高半天　恰似輕盈堤上女　綠楊影裏
送秋千

---

21) ‘閑’(연세대본).
22) ‘仰’(연세대본).
23) ‘汎’(연세대본).
24) ‘裏’(연세대본).
25) ‘堦’(연세대본).
26) ‘儇’(연세대본).
27) ‘節’의 누락(연세대본).
28) ‘蕊’(연세대본), ‘蕊’와 ‘蘂’는 통용 글자임.
29) ‘業’을 ‘葉’으로 잘못 읽음(이혜구 논문).

(33) 劒器爧如渾脫舞 竿頭倒作都盧橦 欲墮旋登翹一足 聯拳宿鷺
立孤矼

(34) 屣步折旋西復東 游絲歷亂燕橫空 佅佅舞處搖搖影 不怕樓頭
弱絮風

(35) 賈南超騰不是武 步虛搖曳亦非仙 劃然而嘯翻然倒 尻益高時
足踢天

(右緪戲)

(36) 輕塵微步若凌波 欲走旋停瑣語多 騰地一團無定影 却隨簾外
倒飛花

(37) 擦掌齊趺奮一投 靑山倒影水橫流 盤旋風撤空中舞 林木樓臺
散不收

(38) 彎腰節節一橫縱[30] 伎不驚人懊殺儂 滿地芳陰看似海 跳空魚
變轉身龍

(39) 雙手倒泥行郭索 輕身跳水濯玄衣 宛陵荊玉徒爲爾 東國伎伶
天下稀

(40) 頻報看官看仔細[31] 技非容易我能爲 揷地霜鋩寧怕險 倒風雲
帆是呈奇

(41) 凌風超越髻尖[32]笠 捧手平安掌上盃 㝡[33]是靜思難到處 頂爐
曲踊不揚灰

(42) 曲膝跑犍[34]春艸陂[35] 攢蹄趯兎秋山葉 能事平生完一場 海棠

---

30) '縱橫'(연세대본).
31) '仔細看'(연세대본).
32) 구사회본에서는 '尖'의 '大'가 '火'로 되어 있음. '尖'의 이체자나 통용자.
33) '最'와 통용.
34) '揵'(연세대본).
35) '墳'(연세대본).

花下看飛蝶

(右場技)

(43) 鷄林之世有黃昌　丸劒煙飛舞一場　餘二[36]千年遺俗在　妙才高選屬名倡

(44) 劇伎湖南産最多　自云吾輩亦觀科　前科司馬後龍虎　大比到頭休錯過

(45) 金榜少年選絶伎[37]　呈身[38]競似聞齋僧　分曹逐隊登場地　別別調爭試一能

(46) 放榜迎牌獻德談　靑雲步步可圖南　歷敭翰注至卿相　一蹴槐柯夢境酣[39]

(47) 翠羽瑚纓袨蠻錦　千金緣餙競華奢　一聲長笛一聲嘯　紫陌春風幾處過[40]

(48) 昌容姣態少年情　乍顧能令四座傾[41]　歌榭舞臺當一局　弄中鼓笛若平生

(49) 長安盛說禹春大　當世誰能善繼聲　一曲樽前千段錦　權三车甲少年名

(50) 上世才難近愈微　百家工藝已全非　至于末技倡優拙　慮遠吾東國庶幾

(右總評)

---

36) ‘工’(연세대본).
37) ‘技’(연세대본).
38) ‘才’(연세대본).
39) ‘甘’(연세대본).
40) ‘花’(연세대본).
41) ‘驚’(연세대본).

<序>

述夫 俳優之畜 滑稽之名 偉于秦楯 拙於楚鐵.[42] 淳于之絶纓大笑[43] 曼倩之不根持論 溢於諧謔之風 流爲戲藝之玩. 頑童[44]之比 恒舞酣歌 寵男之興 昌容姣服. 執篇秉翟 悲伶人之簡兮. 會鼓傳芭 姱女倡之容與, 誇麗鬪靡, 則魚龍曼衍之戲兮.[45] 曹選遊, 則鷄狗蹋踘之場. 朱門張造山之棚, 紅袖競拔河之索,[46] 犁軒眩人之吐火, 波府仙女之抛毬, 西凉假面之詞 胡兒之弄獅子, 東國處容之舞 仙人之遊鶴汀, 或以開府官招譏, 或以儒者戲見斥, 隨俗異尙. 殊塗同歸. 是知倡寓倡和之名, 優有優游之義, 彈絲品竹 秉燭夜遊 凉榭高臺 落花風裏 神與鼓動 聲以貌爲 謔浪起於笑敖,[47] 言泉流於唇齒 靈山會相第一套 調腔, 打令雜歌千百般別體, 或坐或跽, 或立或語, 或歌或哭, 或笑或泣, 一長一短, 一淸一濁, 一抗一墜, 一疾一舒. 學得酸黃秀才 尋章摘句 頗似堅[48]白辯士 合異爲同. 于是佳人之郎君相思 巫姑之帝釋初降 千里消息 屛間之畫鷄無聲. 萬壽神[49]靈 山頭之靑松生色. 且停女流之俚曲 試聽妓院之香名, 玉環別[50]離 淚洒樂昌之分鏡, 繡衣歌舞 春回城男之笑花. 餘皆徑[51]庭 而不近情 無非嘔啞之難爲聽. 至若逞巧於戲子之本 演劇於淨丑之場, 張袖當筵 琅璫可笑. 反[52]腰帖地 玉

---

42) ‘銕’(연세대본), ‘銕’은 ‘鐵’의 古字임.
43) ‘咲’(연세대본), ‘笑’의 古字임. 이하 同一.
44) ‘意’(연세대본).
45) ‘分’(연세대본).
46) 연세대본은 古字임.
47) ‘傲’(연세대본).
48) ‘竪’(연세대본).
49) ‘仙’(연세대본).
50) ‘之’(연세대본).
51) ‘經’(연세대본).
52) ‘及’(연세대본).

簪誰銜[53] 足騰尻高 瞥樓臺而倒影. 身飜手快 閃丸劍[54]而飛煙, 雙手並行 艸泥郭索之步, 一足獨立 蘆根春鉏之拳, 始兎趨而牛跑 終魚跳而龍變. 活版才罷 舞綑旋登跌蛛絲而擘竿, 宛姬播鼓 衝燕濯[55]而走索 都盧尋橦.[56] 窈窕兮 女娘之送秋千. 蕩漾乎,[57] 狂僧之舞錫杖 乍進乍退 風去雨還 若危若安 星流電斷 劃然一嘯 爲之四睇 騰踏盤旋 不武而勇. 嬉笑怒罵 能文其聲 傀儡之鼓笛浮生 技止此耳. 窟磊之木絲奇幻 反復勝耶. 忽步虛而橫空 衆[58]佚魂[59]而游目, 貌無停趣 賞有亞稱. 張絃戞雲 心與神而俱逞.[60] 空庭如海 觀者憺[61]而忘歸 令人傷遲, 愁雲四起 驀地變調 春風一時. 操末技猶必然 變化故而相詭, 如孫劍止渾脫 其妙入神, 若[62]庖刀之恢遊 至理所寓 能事畢矣 玆遊樂乎. 嗟夫 奇技淫聲 駭神奪志, 感物而動性情 或失於中和 因聲以宣悲 喜相代於前後. 花奴催鼓 三郎聞而解顔, 雍門弄琴 公子泫然承臉, 故放淫之訓有以. 好樂之士無荒, 輕命重金 柳子作竿兒之戒 發笑當席 荊公忘庭優之嬉,[63] 渝舞巴謳 吳弄楚姣 奸聲亂色 君[64]子不留聰明, [65]舞施戲侏 匹夫當誅. 熒惑則桑門[66]濮上 何憂乎鄭衛繁音 壞歌

---

53) '衕'(연세대본). '衒'의 俗字임.
54) '劍丸'(연세대본).
55) '躍'(연세대본).
56) '撞'(연세대본).
57) '平'(연세대본).
58) '象'(연세대본).
59) '魄'(연세대본).
60) '往'(연세대본).
61) '澹'(연세대본).
62) '如'(연세대본).
63) '戲'(연세대본).
64) 연세대본에는 '君'이 없음.
65) 연세대본에는 '君'이 있음.
66) '間'(연세대본), 연세대본이 옳음.

衢謠 同底于唐虞大道.

<跋>

凡觀樂必觀其[67]韻, 韻者非謂其聲音之末也. 情之所觸 聲以宣之, 動盪乎天地自然之韻. 此好色之國風 娛神之楚歌, 所以因情而發氣 因氣而成聲 因聲而得韻. 聯翩絡屬 頡頏藟貫 近而不拘 疏而不樅 則韻豈腐濫纖嗇之所可得者哉. 今夫倡優劇戲也, 放歌佚舞 不能無藝荒之雜, 而苟得其韻 則韻士亦有取焉. 試觀其拍 扇高唱 嘯傲酣適者 達士之韻也, 下里前溪跌宕嬉笑者 蕩子之韻也. 攬帶傷離 昵昵[68]絮叨者 怨女之韻也, 跳丸舞劍 反腰帖地者 勇夫之韻也, 學仙之韻 而手拂翱翔 借僧之韻而卓錫梵唄 念經而得瞽師之韻 降乩而有巫姑之韻 以至鷄之喔燕之喃 雉之粥粥 兎之爰爰 行則郭索 拳則舂鉏 一手之觸 一口之給 盡天下人物之情狀 無不得其自然之韻 而無腐濫纖嗇之醜. 故曰韻者 大解脫之場也. 國俗登科必畜倡 一聲一技. 家兒今春聞喜 顧甚貧不能具一場之戲. 而聞九街鼓笛之風 於此興復不淺 倣其聲態 聊倡數韻 屬同社友和之 凡若干章. 每燈[69]前月下 自彈自詠以抒其思, 人或謂景綸之童子 歌詩勝於品彈 而我則以爲仲容之長竿掛褌, 未能免俗也, 因序其韻, 以補樂苑之遺韻云.

3.2. 한시(漢詩)

이번에 공개하는 구사회본은 연세대본보다 앞선다. 그리고 내용도 정확하다. 연세대본은 개화기를 지나 근대시기에 이르러 필사된 것이

---

67) 缺字(연세대본).
68) '昵昵'(연세대본).
69) '登'(연세대본).

다. 이들을 비교해보니 '누락 글자 여부, 다른 글자 표기, 글자 도치, 통용글자'에서 차이가 있었다. 앞으로 이를 바탕으로 구사회본과 연세대본을 교합하여 〈관우희〉의 원전을 구축할 필요가 있다.

【1】누락 글자 여부

구사회본에서는 연세대본의 결자(缺字) 상태로 있던 두 글자를 확인할 수 있다.

   (4) 聖主昇平萬萬歲　康衢烟月畫虞唐　圖書之出鳳凰集　應在南山 漢水陽. (書)

   (29) 一條繩上便爲家　坐立輕猭不少差　絲管嘲轟催舞節　競將百技 向人誇. (節)

【2】다른 표기

모두 16곳에서 글자 쓰임이 달라지고 있었다. 표기가 부분적으로 달라지면서 내용 변화가 발생하는 경우도 있다.

   (1) 郭倡鮑老千般巧 : 별다른 의미 변화는 없으나 '公'(연세대본)보다 '倡'이 나을 듯하다.

   (4) 康衢烟月畫虞唐 : '吳'(연세대본). 연세대본이 誤記임.

   (7) 燕語鶯啼百般巧 : 내용상으로 '千'(연세대본)과 별다른 차이가 없음.

   (8) 會相收時息鼓樋 : '撾'(연세대본). 글자는 다르지만 의미상으로는 통용됨.

   (9) 錦瑟華年憶會眞 : '繁華'(연세대본). '華年'이 정확한 표기임. '琴瑟無端五十絃, 一絲一柱思華年(李商隱, 〈琴瑟詩〉).

   (13) 官道松堠析作薪 : '斫'(연세대본). 문맥상 통용됨.

   (25) 人情曲折在低昂 : '仰'(연세대본). 문맥상 '低'가 실감나는 표현임.

(25) 悲欲汎瀾喜欲狂 : '汜'(연세대본). '눈물을 줄줄 흘리며 우는 모양'의 '환란(汎瀾)'이 맞음.

(29) 坐立輕猥不少差 : '僢'(연세대본). 둘 다 무방하다고 봄.

(42) 曲膝跑犍春艸陂 : '揵'(연세대본). '무릎을 구부리고 있다가 갑자기 발로 차서 뛰어오르는 '跑犍'이 옳을 듯. '墳'(연세대본). 문맥상으로 '陂'와 '墳'은 둘다 무방하다고 본다.

(43) 餘二千年遺俗在 : 工(연세대본). '二'가 맞음.

(45) 金榜少年選絶伎 : '技'(연세대본). '伎'가 보다 정확한 표기임.

(46) 呈身競似聞齋僧 : '才'(연세대본). 통용되거나 '才'가 보다 정확한 표기로 보임.

(47) 紫陌春風幾處過 : '花'(연세대본). 의미상 둘 다 가능하지만, 운자로 쓰인 奢가 麻韻이므로 같은 운통인 花가 더 옳을 듯. 過는 歌韻.

(48) 乍顧能令四座傾 : '驚'(연세대본). 의미상 둘 다 가능함.

위에서 (4)·(9)·(25)·(42)·(43)·(45)·(47)·(48)의 8곳에서는 구사회본이 정확하다고 여겨진다. (1)·(25)·(29)는 구사회본이 연세대본에 비해 자연스러운 표현이다. 나머지는 서로 큰 차이가 없다. 전반적으로 구사회본이 정확하거나 자연스럽다.

【3】 글자 도치

글자가 앞뒤로 바뀐 두 곳 있다.

(38) 彎腰節節一橫縱[70] 伎不驚人懊殺儂 滿地芳陰看似海 跳空魚變轉身龍.

---

[70] '縱橫'(연세대본).

(40) 頻報看官看仔細[71] 技非容易我能爲 揷地霜鋩寧怕險 倒風雲
     帆是呈奇.

제38수의 '橫縱'와 제40수의 '看仔細'가 연세대본에서는 각각 '縱橫'
과 '仔細看'으로 되어 있다. 의미상의 차이는 없으나 '橫縱'은 韻을 맞
추기 위해 일부러 도치시킨 것. 縱이 儂, 龍과 같은 冬韻.

【4】 통용글자

이들은 9곳에서 통용 한자를 사용하고 있다. 의미상의 변화는 없다.

(1) 呈技供歡淨丑場曼 : 연세대본 '曼'의 받침 '又'가 구사회본에서
    는 '方'으로 되어 있음.

(11) 燕子銜瓠報怨恩 : '啣匏'(연세대본). 瓠와 匏는 뜻이 같음.

(24) 商沉宮仄笑談間 : '閑'(연세대본)과 통용됨.

(26) 劃然響入春空裡 : '裏'(연세대본)과 통용됨.

(28) 得意當階飜一拜 : '堦'(연세대본)과 통용됨.

(31) 蕩魂瓊蕊眞寃業 : '蘂'(연세대본)과 통용됨.

(41) 凌風超越髻尖笠 : '尖'(연세대본), 구사회본은 '大'가 '火'로 기록
    됨. 이체자 또는 통용자.

(41) 捧手平安掌上盃㝡 : '最'(연세대본)과 통용됨.

(46) 一蹴槐柯夢境酣 : '甘'(연세대본)과 통용됨.

3.3. 서발(序跋)

【1】 누락 글자 여부

연세대본의 〈跋〉에는 누락된 글자가 하나 있다. '凡觀樂必觀其韻,

韻者非謂其聲音之末也.’의미상 변화는 없다.

【2】다른 표기

모두 19곳에서 글자가 달라진다. ‘桒門’을 제외하고 전체적으로 구사회본이 정확하다.

頑童之比 : ‘意’(연세대본). ‘童’이 옳다.

則魚龍曼衍之戲兮 : ‘分’(연세대본). ‘兮’가 맞다.

謔浪起於笑敖 : ‘傲’(연세대본). ‘敖’가 정확함. ‘謔浪笑敖’(『시경』, 「국풍」의 구절)

頗似堅白辯士 : ‘竪’(연세대본). ‘堅白辯士(전국시대 趙의 孔孫龍과 같은 궤변의 달변가)

萬壽神靈, : ‘仙’(연세대본).

玉環別離, : ‘之’(연세대본)

餘皆徑庭, : ‘經’(연세대본). ‘徑庭’(매우 심한 차이)이 옳음.

反腰帖地, : ‘及’(연세대본). ‘反’이 맞음.

衝燕濯而走索, : ‘躍’(연세대본). 제비가 물을 스치듯이 치고서 날아오르는 것.

都盧尋橦 : ‘撞’(연세대본). ‘橦’이 옳음. 도로심장(都盧尋橦) : 장대타기. 도로국(都盧國) 사람들이 장대타기를 즐긴 데에서 비롯된 말.

蕩漾乎, : ‘平’(연세대본). ‘乎’가 옳음.

衆佚魂而游目 : ‘象’(연세대본). ‘衆’이 옳음. ‘魄’(연세대본)

衆心與神而俱逞, : ‘往’(연세대본). ‘逞’(유쾌하다, 즐겁다)이 옳음.

觀者憺而忘歸, : ‘澹’(연세대본). 문맥상 ‘澹(조용하다, 고요하다)’보다는

'憺(두려워하다)'가 옳음.

若庖刃之恢遊 : '如'(연세대본). 내용상 차이가 없음.

荊公忘庭優之嬉 : '戱'(연세대본). 내용상 큰 차이가 없음.

匹夫當誅熒惑, 則桑門濮上 : '桑間'(연세대본), '桑間'은 춘추전국시
  대 衛나라의 지명으로 음탕한 음악을 뜻함. 연세대
  본의 '桑間'이 맞음.

每燈前月下 : '登'(연세대본). '燈'이 옳음.

【3】 글자 도치

글자가 도치된 2곳이 있다. 하나는 '閃丸劍而飛煙'이고, 다른 하나
는 '君子不留聰明, (君)舞施戱侏'이다. 연세대본은 '劍丸'으로 되어 있
다. 의미상의 변화는 없다. 연세대본은 '君'이 '(君)'에 있는데, 정확한
쓰임이 아니다.

【4】 통용글자

통용 한자로 적은 5곳이 있다. 먼저 '拙於楚鐵'의 '鐵'은 '銕'(연세대
본)로 되어 있다. '銕'은 '鐵'의 古字이다. '淳于之絶纓大笑'에서 '笑'는
연세대본에서 모두 '咲'로 바뀌고 있다. '咲'는 '笑'의 古字이다. '紅袖
競拔河之索'에서 '索'이 연세대본에서는 古字로, '玉簪誰衙'의 '衙'이
연세대본에서는 俗字인 '衙'으로 되어 있다. '攬帶傷離昵昵絮叨者'에
서 '昵昵'이 '眤眤'(연세대본)로 표기되어 있다. '昵昵'이 정확한 표기이
지만 '眤眤'과도 통용된다. 모두 의미상의 차이나 변화는 없다.

4. 송만재의 한시 작품들

4.1. 교유 인물의 몇 가지 편린

『판교초집』의 <관우희>와 「옥전잉묵」에 실린 한시 작품 24수는 그의 나이 56세인 헌종9년(1843)에 지어진 것으로 보인다. 우리는 <관우희>에서 그의 예술에 대한 안목과 만만치 않은 창작 능력을, 「옥전잉묵」에서는 뛰어난 시적 감수성을 함께 엿볼 수 있다. 그는 진사에 급제한 아들을 위해 삼일유가(三日遊街)의 대용으로 <관우희>를 지었고, 「옥전잉묵」에서는 자신의 삶과 일상의 내면을 봄부터 가을까지 반년 남짓한 짧은 기간에 걸쳐서 담은 것이다. 따라서 『판교초집』의 모든 작품은 길어야 일 년 내외의 짧은 기간에 걸쳐 지은 것이다. 이들 작품은 그가 판교에 거주했던 시기에 지어진 것으로 보인다. 그가 판교에 거주했던 이유는 확실하지 않다. 혹시 그가 판교에서 참봉과 같은 미관이라도 맡고 있지 않았나 싶다.[72]

송만재는 순조 34년(1834)에 47세라는 늦은 나이에 식년시를 통해 진사가 되었다. 그런데 『음보』나 『음안』에도 그의 이름이 등재되어 있는 것을 눈여겨볼 필요가 있다. 이것은 그가 음직으로 종사했다는 것을 의미한다.[73] 그의 음직은 공조판서를 지냈고 품계가 숭정대부에

---

[72] 송만재는 庶子이었던 것으로 보인다. 그는 본래 명망이 있는 여산송씨 지신공파의 후손이었고, 조상들은 대대로 고위직을 역임하였다. 하지만 부친인 송익홍(宋翼鴻, 1746~1821)이 전주이씨(1742~1828)와 결혼하였으나 1녀만 낳고 후사를 잇지 못하였다. 그러자 그는 다시 안동권씨(1754~1812)를 취해 5남 1녀를 낳았는데 송만재가 그의 셋째 아들이었다. 송만재는 순조 34년(1834) 갑오년에 식년시를 통해 진사가 되었는데, 그의 전력은 유학(幼學)이었다. 당시 국가에서는 자신이 서얼의 자식이라도 아들대부터는 다시 양반이 될 수 있게 하는 제도가 있었다. 이 시기는 조선초기부터 내려오던 신분제가 크게 흔들리고 있었다고 봐야 한다. 송만재의 아들 송지정(宋持鼎, 1809~1870)은 종5품 도사(都事)를, 양자로 나간 송지경(宋持經, 1812~1899)은 정3품 당상관인 목사(牧使)를 역임했다.

올랐던 조부 송창명(宋昌明, 1689~1767)의 덕택으로 보인다. 그래서 그
는 진사 이전에도 능참봉같은 말직에 종사했던 것으로 보인다. 나중에
급제하여 진사가 되고서도 그의 관직은 별다른 진전이 없었고, 왕릉
관리로 대부분을 보냈다.

　「옥전잉묵」에 있는 시들을 통해 단편적으로나마 그의 교유 관계를
유추할 수 있다. 그가 왕래하며 시를 주고받은 사람은 모두 6명인데
연연자(淵淵子) 신석필(申錫弼, 1787~?)·화산(華山) 조명하(趙命夏, 1807
~1870)·금한(錦漢) 박민의(朴敏懿)·이익호(李益浩)·이만원(李萬遠,
1802~?)·영교(穎橋) 유본정(柳本正, 1807~1865)이 바로 그들이다. 이들
은 양반 계층이었지만 당시 대부분이 종구품(從九品)의 참봉(參奉)에서
종칠품(從七品)의 직장(直長) 정도였다. 우선 신석필과 유본정과 같은
서얼들이 눈에 띈다. 연령은 신석필만 송만재와 동년배이고 나머지는
모두 조카뻘의 후배였다. 당시 이들은 능참봉같은 하위직 종사자들이었
는데, 일부는 이후로 과거를 통해 좀 더 나은 관직에 진출하기도 하였다.

得一祠官已白頭	능관리직 하나 얻고 나니 어느덧 백발
幾年流落老林邱	산림에 떨어져 보낸 세월이 얼마인가.
罷茶鍾動奉恩寺	차 마시고나니 봉은사에 종소리 울려 퍼지고
佐酒魚來楮島洲	술에 곁들일 물고기가 저도에서 온다.
十載靑燈懷舊雨	십 년 푸른 등잔에 옛 친구를 그리고
二陵紅葉坐深秋	깊은 가을 단풍 든 두 왕릉에 앉았다.
我行不倦登臨興	이 발걸음을 늦추지 않고 흥겨워 오르니

---

73) 송만재가 헌종14년(1848)에 61세의 나이로 종구품 원릉참봉(元陵參奉)을 역임하기 이
　　전에 그와 같은 말단직을 하였을 가능성이 많다. 『음보』나 『음안』에는 간략한 이력만
　　제시할 뿐이다. 이번에 나온 「옥전잉묵」을 보면 〈관우희〉를 지었을 1843년 당시에도 그
　　는 능참봉 정도의 말단관리를 맡고 있지 않았나 짐작된다. 그리고 능참봉은 서얼들이
　　주로 진출하거나 매관을 통해 이뤄진 경우가 많았다.

漢上名亭有狎鷗[74]　　한강 가에 압구라는 유명한 정자가 있다네.

송만재가 56~7세의 늦은 나이에 신석필, 조명하와 함께 봉은사에 묵으면서 지은 시이다. 이에 앞서 송만재가 신석필과 함께 여행하면서 지은 것도 있다.[75] 당시에 이들은 모두 진사였으나 신석필은 겨우 능참봉을 하고 있었고 송만재는 자세하지 않다. 신석필은 본관이 평산(平山)이고 자(字)는 경암(景岩)이었다. 그는 주로 서울에 거주하였고 진사가 일찍 되었으나 늦도록 벼슬길이 막혀 있었다. 그러다가 늦은 나이인 57세(1842, 헌종 8년)에야 겨우 능참봉이 되었다.

신석필은 그의 오래된 친구로 보인다. 그는 진사였지만 오십이 넘은 늦은 나이에 미관말직인 능참봉을 전전하던 처지였다. 그 자리에 있었던 조명하도 음직으로 능참봉을 하고 있었다. 이들이 봉은사에 머물었던 것도 세 사람 중의 누군가 봉은사 옆에 있던 선정릉에서 종사하고 있지 않았나 싶다. 왜냐하면 선릉과 정릉 옆에 있는 봉은사에서 이들 왕릉의 수호와 제사를 맡고 있었기 때문이다.

화자는 세상살이 겉돌며 변변한 벼슬하나 못하다가 늙어서야 겨우 능을 관리하는 자신들의 처지를 담담하게 술회하고 있다. 이들은 봉은사에서 묵으면서 차를 마시고 저도(楮島)에서 잡아온 물고기를 안주로 술을 마시고 있다. 오랫동안 불을 밝히고 독서했던 지난 시절을 회상하는데 선정릉은 단풍진 깊은 가을 속에 잠겨 있다. 이어서 흥겨운 길을 나서는데 능에서 멀지않은 저만큼엔 한강이 있고 그 위에 압구정이 있다고 말한다.

---

74) 『板橋初集』, 「玉田賸墨」, <奉恩寺逢二寢郞申丈錫弼趙友命夏共賦>.

75) 위의 책, <錦漢爲其胤親事之江陵, 淵淵子贐以一律, 余亦武韻歸之>.
　　"路出東門五百里, 大關嶺外海雲堆, 秋風匹馬三淸客, 明月孤舟鏡浦臺, 遊挾四仙朝暮事, 詩題八景淺深杯, 向平婚嫁於今畢, 雪嶽金剛任去來."

 이에 앞서 송만재가 경기도 여주를 여행하며 지은 시에도 왕릉에 대한 언급이 나온다. 그가 여주에 온 것도 직무와 관련하여 영릉(英陵)과 영릉(寧陵)에 왔거나, 아니면 그곳에 봉직하는 벗을 방문하였던 것으로 짐작된다. 이외에도 「옥전잉묵」에는 왕릉과 관련된 어휘나 지명들이 보인다.76)

〈驪江記遊〉	〈여강 유람을 적다〉
九月龍門客	구월 용문의 나그네가
三更驪水頭	삼경 여강 어귀에 섰다.
烟鍾沉甓寺	안개 속 종소리는 벽사에 잦아들고
月笛隱淸樓	달 아래 젓대소린 청루에 은은하다.
地闊高禪至	지세가 트여 고승이 찾아오고
臺空羽客遊	누대가 텅 비어 도사가 노닌다.
不聞子規響	소쩍새 소리 들리지 않으며
落木二陵秋77)	두 왕릉에 가을이 찾아왔다.

 시에서 작자로 보이는 화자는 늦가을 밤중에 용문을 거쳐 여주에 있는 남한강 어귀로 들어서고 있다. 여주는 남한강을 끼고 도는 곳에 자리를 잡고 있다. 그래서 이곳에 흐르는 강을 여강(驪江)이라고 한다. 여주에는 조선 제4대 세종과 소헌왕후의 유택이 있는 영릉(英陵)이 있고, 그 왼쪽에 조선 제17대 효종과 인선왕후의 영릉(寧陵)이 있다. 그곳의 수호와 제사를 맡고 있는 사찰은 신륵사이다.

 화자가 여주에 있는 강가에 이르자 자욱한 안개에 둘러싸인 벽사에서 범종소리가 잠기고, 달빛 아래 청루에서는 피리소리가 은은하게 흘

---

76) 위의 책, 〈午醒〉, '近得嘉陵書信至, 故人期在菊花前'
　　같은 책, 〈次同窓李道弘益浩李文素萬遠軸中韻〉, '廣陵三月驪驢客, 山字肩高晚興牽'
77) 같은 책, 〈驪江記遊〉.

러나오고 있다. 벽사는 벽돌로 만든 탑이 있는 신륵사를, 청루는 여주 읍내에 있는 청심루(淸心樓)를 말한다. 속세로부터 벗어나 학 트인 이 절에는 도가 높은 승려가 이르러 주석하고 근처 누대에는 도사가 노니는 곳이란다. 늦가을에 소쩍새 소리가 들리지 않지만 왕릉에는 쓸쓸한 가을이 이르렀다고 진술하고 있다.

무슨 이유로 송만재가 여주에 갔는지 확실하지 않다. 다만 그는 며칠 동안 남행하여 용문을 거쳐 여주에 이르고 있다. 그 자리에 함께 있었던 사람들은 박민의와 신석필이었고 이들은 능참봉이었다.

한편, 「옥전잉묵」에는 와유문화(臥遊文化)와 관련된 인물도 나온다. 바로 <영교의 시를 차운하다(次潁橋)>라는 시에 나오는 겸가(蒹葭) 유본정(柳本正, 1807~1865)이다. 영교(潁橋)는 그의 다른 호이기도 하다. 유본정은 실학자 영재(泠齋) 유득공(柳得恭, 1749~1807), 『세시풍요』의 작자인 유만공(柳晩恭 : 1793~1869)의 조카이다. 참고적으로 이들 3인은 모두 서얼이었다. 그는 우리나라 명승지 81개소를 선정하여 전국 산천을 와유하면서 시문을 즐기는 남승도(覽勝圖)의 『팔선와유도(八仙臥遊圖)』를 제작했던 인물이다.[78] 유본정은 조명하와 친했는데 송만재와도 가까이 교류했던 모양이다.

<次潁橋>	영교의 시를 차운하다
文章落落似晨星	문장이 샛별처럼 빛난다는 건
但說泠齋[79]與雅亭	영재(泠齋)와 아정(雅亭)을 두고 한 말이다.
動世才名雙鬢綠	젊은 시절 재능과 명성이 세상을 움직였고
大家詩墨一氈靑	전래된 자리엔 대가의 시묵이 남아있다.

---

78) 이종묵, 「조선시대 와유문화 연구」, 『진단학보』 98집, 진단학회, 2004, 102~103쪽.
79) '泠齋'은 '영재(泠齋)'으로 적어야 옳음.

案留紅日烏雲句　　책상엔 '紅日烏雲'[80]의 시구가 놓여있고
夢入蒼葭白露汀　　꿈은 '蒼葭白露'[81]의 물가로 찾아간다.
流水小橋瓢井里　　시냇물 위 작은 다리가 있는 표정리가
知君是我舊居停[82]　　내가 살던 고장임을 알고 있는가.

　영교 유본정은 송만재보다 스무살 연하이다. 먼저 작자로 보이는 화자는 영재(泠齋) 유득공(柳得恭, 1749~1807)과 아정(雅亭) 박제가(朴齊家, 1750~1805)의 뛰어난 문장을 언급하고 있다. 그것은 영재 유득공이 유본정의 종숙(從叔)이었기 때문이다. 화자는 영교 집안의 명성을 앞세우며 그의 뛰어난 재능을 칭찬하고 있다.

　제5구에서 '책상엔 '紅日烏雲'의 싯귀가 놓여있고(案留紅日烏雲句)'라는 말은 영교가 시를 가까이 하며 그러한 세계를 지향한다는 말이다. 제6구는 화자가 영교를 몹시 그리워하며 꿈에서도 잊지 못하고 있다는 말이다. 그것은 '푸른 갈대 흰 이슬(蒼葭白露)'이라는 시구가 『시경(詩經)』·「진풍(秦風)」에 나오는 바, 떨어져 있는 친구를 그리워하는 것을 의미하기 때문이다. 제7구에서 표정리는 지금 영교가 머물고 있는 공간이고, 이어서 자신도 예전에 그곳에 머물던 인연을 상기하고 있다. 이 공간은 어쩌면 영교 유본정의 겸가추수정(蒹葭秋水亭)일지도 모른다.

　참고하자면 송만재가 〈관우희〉를 지었던 1843년도는 유본정의 숙부인 유만공이 『세시풍요』를 제작한 시기이기도 하다. 그런데 유만공의

---

80) 송 나라 채양(蔡襄)이 꿈속에서 지은 "天際烏雲含雨重 樓前紅日照山明 崇陽居士今何在 青眼看人萬里情"을 가리킨다. 이 내용을 쓴 소식의 진본을 옹방강이 소장하고 있었다. 당시 조선의 학자들이 그것에 많은 관심을 보여 그 탁본이 조선에 전해지기도 하였다.

81) 『시경(詩經)』·「진풍(秦風)·겸가(蒹葭)」에 있는 내용이다.

82) 앞의 책, 〈次潁橋〉.

규장각본 『세시풍요』에는 〈춘향전〉을 한시로 바꾼 호산(壺山) 윤달선 (尹達善)의 〈광한루악부(廣寒樓樂府〉도 함께 수록되어 있다. 이들 19세기 중엽 무렵에는 송만재(宋晩載)의 〈관우희(觀優戲)〉을 비롯하여 윤달선(尹達善)의 〈광한루악부(廣寒樓樂府)〉, 이유원(李裕元)의 〈관극팔령(觀劇八令)〉, 조재삼(趙在三)의 『송남잡지(松南雜識)』 등이 족출한 것도 눈여 겨볼 만하다. 이 시기에 여러 문인들이 당대의 연희나 풍속을 시로 담으 려는 시도들이 있었는데, 상당 부분이 자하 신위의 영향 아래 이뤄진 것을 주목할 필요가 있다. 이번에 나온 송만재의 〈관우희〉도 그렇고 윤달선의 〈광한루악부〉도 그렇다. 이유원(李裕元)의 〈관극팔령(觀劇八令)〉도 모두 자하의 〈관극절구〉에 영향을 입은 바가 크다.

4.2. 판교 생활과 자연 미감

『판교초집』의 「옥전잉묵」에서는 작자가 판교에 살면서 겪었던 그곳 의 풍광이나 감회와 같은 생활 미감이 잘 드러나 있다. 그리고 작자는 소박한 전가 생활 중에 느끼는 내면의 즐거움이나 삶의 쓸쓸함을 잡 아내고 있다.

<山居漫興>　　　　산거의 흥겨움
近郭幽居此一樓　　가까운 성곽에 그윽이 자리 잡은 이 집
槲扉茅榭帶林邱　　사립문과 모정을 언덕이 빙 둘렀다.
巖鼯掠過登山屐　　날다람쥐는 산 오르는 나막신을 스쳐가고
屬玉飛當釣澤裘　　물새는 낚시하며 입는 갖옷에 날아들다.
紅照小庭花似晝　　작은 마당을 붉게 비추는 꽃은 대낮과 같고
翠浮平地麥生秋　　평지에 푸르게 떠있는 보리는 가을을 만들어낸다.
近炎天氣頗多熱　　여름에 가까운 날씨에 열기가 많아
杖屨移時石上休　　발길을 바위로 옮겨 휴식을 취한다.

梅子黃時雨意濃	매실이 익어가며 비가 내리려는 때
豆棚凉抵水晶宮	시렁 밑이 수정궁처럼 시원하다오.
溪聲人跡板橋上	판교에는 시냇물 소리에 인적이 깃들고
淸簟疎簾草閣中	초가에는 깔끔한 멍석과 성긴 주렴이 드리웠다네.
癡蝶卷鬚團露蕊	나비는 수염 말아 이슬 젖은 꽃에 모이고
化蜩含響出晴叢	매미는 소리 안고 맑은 숲을 나선다네.
西風銷我花間醉	서풍이 꽃 속에서 취한 나를 일깨워
爲力何如史蒯公[83]	술이나 마시는데 힘씀이 어떠할지.

「옥전잉묵」에서 처음 나오는 〈산거의 흥겨움(山居漫興)〉2수이다. 제목에서 알 수 있듯이 산거 생활이 흥겹다는 것이다. 공간은 판교이고 성곽 가까이에 집이 있다. 그 옆에는 언덕이 떡갈나무 사립문과 모정을 빙 두르고 있다. 날다람쥐가 나막신을 스쳐가고 이따금 못가에서 낚시를 하는데 물새가 와서 갖옷을 스치고 지나간다. 그와 자연을 구분하지 못할 만큼 가까이 있다. 뜰에는 꽃이 붉고 평지에서는 보리가 익어간다. 그는 바쁠 것이 전혀 없어 걷고 싶으면 걷고 쉬고 싶으면 돌에 앉아서 쉰다. 매실이 익어가고 콩다발로 엮어 만든 시렁 아래가 수정궁처럼 시원하다. 초가집에는 대자리와 주렴이 있고 나비와 매미도 유유자적하다. 화자는 마신 술이 빨리 깰까 걱정할 뿐이다.

　이 시를 보면 인간과 자연이 부딪치거나 다투지 않고 공존하고 있다. 화자는 바쁠 것도 없고 서두를 것도 없다. 송만재는 유유자적한 판교에서의 산거 생활을 그렇게 받아들이고 있었다.

〈還山〉	산으로 돌아와서
短籬相接野人扉	낮은 울타리는 시골집 사립문에 붙어있고

---

83) 위의 책, 〈山居漫興〉二首.

扉北扉南麥正肥	사립문 북쪽 남쪽은 보리가 살쪄간다.
去日池溏芳草細	떠날 때 연못에는 풀들이 고왔는데
歸來庭院杏花飛	돌아오니 마당에 살구꽃이 휘날린다.
我家今夕初看月	내 집에서 오늘밤 처음 달을 보거니와
客舍經春再易衣	객지에선 해가 바껴 옷을 바꿔 입었다.
季子十年裘敝盡	십년동안 계자(季子)의 갖옷이 다 해져
空敎閨婦老紅機[84]	아내에게 베틀에서 하릴없이 늙게 했다.

<산으로 돌아와서(還山)>은 송만재가 여주를 다녀와서 지은 것이다. 우리집 울타리가 옆집 사립문과 붙어 있고, 사립문 바깥은 보리가 익어간다. 연못가에는 향기로운 풀들이 곱고 관원에 돌아오니 살구꽃이 휘날린다. 오랜만에 집에 돌아와 저녁달을 바라보며 지난 객지 생활을 돌아본다. 여기에서 화자는 전국시대 소진(蘇秦)의 고사를 빌어 자신의 처지를 암시하고 있다. 계자(季子)는 소진을 말한다. 소진은 연횡설로 진혜왕(秦惠王)을 설득하려고 애썼으나 쓰이지 못하고 집에서 입고 온 담비갖옷이 다 해지고 재물을 탕진하여 크게 곤경을 당한 일이 있었다. 송만재는 그와 같은 소진의 고사를 원용하여 자신의 불우한 처지를 비유하고 있다.

<田家雜詠>	시골에서
竹扉斜枕小溪頭	대나무 사립문은 작은 시내 위에 걸쳐 있고
白石靑苔水亂流	흰 바위 푸른 이끼 위로 물들이 흐른다.
滿逕落花紅不掃	길 가득 진 붉은 꽃을 쓸고 있지 않은데
一聲深樹聽鉤輈	저 멀리 숲속에서 뻐꾹새 소리 들려온다.
翠松籬落白茅屋	푸른 소나무에 울타리 쳐진 초가

---

84) 같은 책, <還山>

磵水聲邊樹影中	시냇물 소리와 나무 그림자에 안겼다.
香麥釀來匏用酌	향기로운 보리로 술을 빚고 바가지로 술잔 만들어
葛巾相對兩三翁	칡 두건을 쓴 두세 늙은이가 마주하고 앉았다.
水南水北草連扉	시냇물 남쪽과 북쪽에 풀들이 사립문과 잇닿고
兩兩漁樵遠遠歸	짝 이룬 어부와 초부가 멀리서 돌아오다
入夜林端相應答	밤이 되자 숲 멀리서 오순도순 이야기 나누며
烟廊春杵月窓機[85]	안개 낀 행랑에선 방아 찧고 달빛 창가에선 길쌈질한다.

전원생활의 이런저런 잡다한 것을 읊은 〈전가잡영(田家雜詠)〉 3수이다. 아침과 낮, 그리고 저녁이라는 시간 경과에 따라 비치는 전가의 정경을 그리고 있다. 제1수에서는 한적한 시골집의 풍경을 그리고 있다. 제2수는 노인네 두세 명이 보리로 술을 빚어 마시는 모습이다. 갈건(葛巾)을 한 늙은이는 세상을 벗어난 은사의 모습을 연상시킨다. 여기에서 '취송(翠松)'이라는 어휘는 송만재 자신의 호(號)이기 하다. 그가 '취송'을 호로 삼았던 상징적 함의를 주목할 필요가 있다. 제3수에서는 시골 마을의 저녁 모습을 그리고 있다. 하루 일과를 마친 일꾼들이 돌아오고 달빛 비친 평화로운 시골집의 정경을 묘사하고 있다. 〈전가잡영〉에서는 세상과 거리를 두고 평화롭게 살아가는 전원생활의 모습을 그리고 있다.

〈深秋書懷〉	깊은 가을에 회포를 적다
黃葉風中小屋深	바람에 낙엽이 지는 좁은 방에서
可人相對暮秋心	저무는 가을을 가슴에 안기가 참 좋구나.
一鴻去後天然樹	기러기 떠난 뒤에 나무는 본래 모습으로 돌아가고

---

85) 같은 책, 〈田家雜詠〉.

<table>
<tr><td>萬戶寥來忽復砧</td><td>많은 집들이 고요 속에서 갑자기 다듬이소리를 낸다.</td></tr>
<tr><td>抹月虛囪梅化夢</td><td>달을 희롱하는 텅 빈 창에선 매화의 꿈을 꾸고</td></tr>
<tr><td>眠琴瘦石鶴同吟</td><td>거문고 베개 삼은 앙상한 바위에선 학과 함께 읊조린다.</td></tr>
<tr><td>留看淡墨屛間竹</td><td>담묵으로 친 병풍 속 대나무를 바라보며</td></tr>
<tr><td>靑艸池塘戀不禁86)</td><td>푸른 풀 연못이 그립기 그지없구나.</td></tr>
</table>

〈깊은 가을에 회포를 적다(深秋書懷)〉는 늦가을의 회포를 적은 것이다. 먼저 늦가을의 쓸쓸한 정조를 담아내기 위해 낙엽이 쌓인다든가 다듬질 소리와 같은 시각과 청각의 이미지를 동원하고 있다. 가을밤에 시를 짓기도 하고 졸면서 거문고를 켜다가 졸기도 한다.

「옥전잉묵」에 실려 있는 시들을 보면 이런저런 단편적인 메시지들이 엿보이는데, 이 시도 예외가 아니다. 이 시를 보면 송만재가 시를 짓고 있는 정황이 감지되거나 자신의 삶을 관조하는 내면이 포착된다.

『판교초집』에 실려 있는 연희시인 〈관우희〉 50수와 「옥전잉묵」의 일반 한시 24수는 일 년 내외의 짧은 기간 동안에 지어진 것이다. 헤아려보니 「옥전잉묵」의 시들은 초봄부터 늦가을에 걸쳐서 지어진 것이다. 송만재의 시어들은 매끄럽고 깔끔하다. 언어 구사가 경쾌하고 자연스러우며 시세계도 깊이가 있으며 자연친화적이다. 이런저런 정황으로 짐작하건대, 그는 일생동안 상당량의 한시 작품을 창작하였을 것으로 보인다.

---

86) 같은 책, 〈深秋書懷〉.

5. 자료적 가치

송만재의 〈관우희〉는 판소리 열두 마당의 기준이 되는 중요한 사적 (史的) 방증(傍證)을 명시해주며 판소리와 관련된 여러 정보를 제공해 주는 자료이다.87) 이런 점에서 현재 연세대학교 도서관에 수장되어 있는 필사본 〈관우희〉의 자료적 가치는 매우 높다.

그런데 이번에 연세대본에 비해 보다 원전에 가까운 〈관우희〉와 그의 한시 24수가 출현하였다는 점이다. 〈관우희〉가 1955년도에 이혜구에 의해 처음 소개되었을 때의 성과와 비교할 수 없겠지만 이것도 하나의 성과로 판단된다. 무엇보다도 이번에 새로 나온 자료는 그동안 판소리 연구에서 텍스트로 삼아온 연세대본의 오탈자를 거의 바로잡을 수 있게 되었다는 점이다. 앞으로 연세대본과 구사회본을 교합하면 거의 완벽한 〈관우희〉를 확보할 수 있을 것으로 판단된다.

이번에 나온 자료의 가치는 그 외에도 송만재가 남긴 한시 24수를 처음으로 확인할 수 있게 되었다는 점이다.『판교초집』이라는 책명의 「옥전잉묵」편에 실린 한시들은 비록 얼마 되지 않는 분량이지만 그동안 〈관우희〉의 작자로만 알려졌던 송만재의 일반 한시도 접할 수 있게 되었다는 사실이다.

이들 시작품에서 그의 인물 교류도 단편적으로나마 짐작할 수도 있다. 그는 신석필(申錫弼)이라는 인물과 가까웠고, 와유문화와 관련된 겸가(蒹葭) 유본정(柳本正)과도 교유하고 있었다. 겸가추수정(蒹葭秋水亭)을 들었던 화산(華山) 조명하(趙命夏)의 이름도 보인다.

게다가 이번에 나온 자료를 통해 추측할 수 있는 것은 송만재의 〈관우희〉가 신위와 밀접한 관련을 맺고 창작되었다는 것이다. 연세대본의

---

87) 김동욱, 앞의 책, 314쪽.

<관우희>가 신위의 <소악부>와 함께 필사되어 있다는 점, 이번에 나온 자료에도 신위가 비평을 하였다는 기록이 그것들을 추정케 한다.

6. 맺음말

이 글은 새로 나온 송만재의 <관우희>와 한시 작품을 발굴하여 소개한 것이다. 이들은 『판교초집(板橋初集)』이라는 서책에 실려 있다. 소장자는 선문대학교 구사회이다.

『판교초집』은 일반 한시 24수가 담긴 「옥전잉묵(玉田賸墨)」과 연희시가 실린 「관우희오십절(觀優戲五十絶)」로 편제되어 있었다. 그것의 하단에는 '자하비평(紫霞批評)'이라고 적혀 있는 것으로 보아 신위의 점검을 받은 것으로 판단된다. <관우희>의 연세대본에도 신위의 <소악부>와 함께 필사되어 있다. 이로 미루어 송만재의 <관우희>는 신위와 밀접한 관련을 맺고 창작되었다. 필자는 신위와 송만재의 연결고리를 같은 당색으로 보았다. 이들은 둘 다 소론(少論)이었기 때문이다.

주지하다시피, 송만재의 <관우희>는 조선후기 판소리 연구에서 빼놓을 수 없는 중요한 자료이다. 지금까지 <관우희>는 연세대학교 탁사문고에 필사본이 유일하게 수장되어 있었다. 그런데 이번에 필자의 새로운 필사본이 나오면서 이제 <관우희>는 연세대본과 구사회본이 존재하는 셈이다.

본고는 원전비평의 관점에서 연세대본과 구사회본을 비교하여 검토하였다. 이들을 '누락 글자의 여부, 다른 표기, 글자 도치, 통용글자'의 순서로 검토하였다. 주목되는 것은 그동안 연세대본에서 결자(缺字) 상태로 있었던 <관우희>의 제4수와 제29수의 두 글자를 구사회본을 통해 확인할 수 있었다는 점이었다. 그것은 '書'자와 '節'자였다. 표기가 다른 것도 16자가 있었다.

서발(序跋)에서도 누락 글자가 있었고 표기가 다른 19자가 있어서 바로잡을 수 있었다. 연세대본은 구사회본에 비해 오탈자가 많은 편이었다. 구사회본에도 오자가 있었는데 〈관우희〉의 발문에 있는 '桑門濮上'의 '門'이라는 글자이다. 이것은 '桑間濮上'을 잘못 적은 것이다. 이번에 새로 나온 구사회본이 연세대본에 비해 원본에 가깝다고 말할 수 있다.

하여튼 이번 새로운 필사본이 나오면서 〈관우희〉의 전문을 거의 원문에 가깝게 복원할 수 있게 되었다. 그렇다고 연세대 소장본의 가치가 약화되는 것은 아니다. 처음에 이혜구교수가 연세대본의 〈관우희〉를 문맥에 의거하여 원문을 바로잡았는데, 이번에 새로 나온 자료와 비교해보니 많은 부분에서 부합하고 있었다.

더 나아가 이번에 새로 나온 자료를 통해 비록 24수에 지나지 않지만 송만재의 일반 한시를 접할 수 있게 되었다. 「옥전잉묵」에 실려있는 그것들은 〈관우희〉가 창작되었던 1843년 즈음하여 판교에 거주하면서 지어진 것으로 보인다. 시작품을 통하여 단편적이나마 그의 능참봉이라는 직업과 교유 관계를 짐작할 수 있었고, 한편으로 그가 산거생활을 하면서 지녔던 정겨운 자연 미감도 엿볼 수 있었다.

그가 늦게나마 과거를 통해 진사가 되었지만 미관말직을 전전하였던 것은 그가 양반이었지만 서자이었기 때문으로 판단된다. 그는 신석필(申錫弼)과 친했던 것 같고, 와유문화와 관련된 유본정(柳本正)과도 교류가 있었던 것 같다. 이들도 서얼이었다.

새 자료 『치원소고』와
황상의 만년 교유[*]

1. 머리말

다산 정약용(1762~1836)이 강진 유배 생활을 하면서 길러낸 일련의 제자들을 우리는 다산학단(茶山學團)이라 부른다.[1] 이 글에서 논의하려는 치원(巵園) 황상(黃裳, 1788~1870)도 다산학단의 일원이었다. 관련 자료를 살펴보면, 다산은 황상을 몹시 아꼈고, 황상도 스승의 가르침을 일생을 두고 충실히 따랐다. 다산은 일찌감치 황상의 시적 재능에 대해 주목하였다. 오늘날의 관점에서 보더라도 다산의 안목은 정확했다. 그는 스승인 다산의 가르침을 받들어 세속을 욕망하지 않고 시 창작에 열중하여 주옥같은 작품을 남겼기 때문이다.

황상은 다산이 없었으면 역사적 존재감이 없었을 것이다. 당시 아버지의 주벽에 시달렸을 것으로 보이는 환경에서 그가 어떤 계기로 다산에게 나아갔는지 알 수 없다. 다만 그가 훌륭한 스승을 만났기 때문에 오늘날의 황상이 존재하는 것이다. 황상은 다산을 통해서 아들인 정학연·정학유 등의 다산가(茶山家) 및 주위의 인사들과 교유하였다.

---

* 이 글은 김규선(선문대학교)과 저자가 공동 연구·작성한 글임을 밝힙니다.

1) 임형택, 「丁若鏞의 강진유배기의 교육활동과 그 성과」, 『실사구시의 한국학』, 창작과 비평사, 2000, 399~434쪽.

나중에는 추사 김정희의 삼형제들과 교류하며 우의를 맺고 있다. 황상은 이 과정에서 여러 인사들과 교류하며 시를 주고받고 있다. 이번에 새로 발굴한 『치원소고(巵園小藁)』에는 노년기의 황상 모습과 함께 다산가(茶山家)나 추사가(秋史家)와 교유했던 많은 시들이 실려 있다.

황상은 세상을 떠나기 전에 『치원총서(巵園叢書)』를 편찬한 것 같은데 오늘날 흩어져서 가늠할 수가 없다. 이번에 발굴한 『치원소고』는 그것의 일부인 것 같다. 그나마 다행인 것은 『치원유고(巵園遺稿)』의 필사본이 전해지고 있다.[2] 이외에도 치원이 다산을 비롯한 당대 인사들과 주고받은 편지나 글들이 일부나마 전해지고 있다.[3] 그렇지만 그것은 황상이 남긴 자료의 일부에 지나지 않는다.

황상이 죽은 다음에 세월과 함께 그의 저작물은 흩어졌다. 그러다가 누군가 그것의 일부를 수집하여 만든 것이 『치원유고』이다. 이번에 공개하는 『치원소고』는 황상 자신이 말년에 친필로 써서 직접 편집한 것으로 보인다.

이 글에서는 『치원소고』를 처음 발굴한 자리이니만큼 자료 소개에 중점을 두고자 한다. 『치원소고』에는 황상이 노년에서 말년에 이르는 시기의 모습들이 담겨 있고 그것도 다산가와 추사가의 교유가 두드러진다. 물론 『치원소고』에는 황상의 사회시나 그가 조성한 일속산방에서의 생활 미감도 주목할 만하다. 하지만 이 글에서는 그의 노년에 다산가와 추사가의 교류를 위주로 살펴보고 나머지는 지면 관계로 다음 기회로 미루고자 한다.

---

2) 황상, 『巵園遺稿』(다산학단 문헌집성5), 대동문화연구원, 2008.
3) 『실학의 집대성자, 다산』(강진군, 2005.7.30~8.31)
　　『다산과 추사』(강진군, 2006.10.14~11.12)
　　『다산 학예의 뿌리를 찾아서』(강진군, 2007.9.8~10.7)
　　『다산 정약용 ―마파람이 바다 위에 불어』(강진군, 2008.12.)

2. 『치원소고』와 『치원유고』의 비교

『치원소고』는 근래에 발굴되었는데, 선문대 김규선 소장본이다. 『치원소고』의 표제(表題)는 『치시(厄詩) 下』이고, 내제(內題)에 '치원소고(厄園小藁) 卷之五'라고 적혀 있다. 이르자면 『치시(厄詩)』가 바로 『치원소고(厄園小藁)』인 셈이다. 내제 첫 면 아래에는 탐진(耽津) 황상(黃裳) 저(著)라는 기록과 함께 '황상자자손손지장(黃裳子子孫孫之藏)'이라는 주인(朱印)이 찍혀 있다. 이 주인은 1848년에 정학연(丁學淵) 일가와 황상(黃裳) 일가가 맺은 <정황계첩(丁黃契帖)>에 찍힌 황상의 주인과 같다. 그리고 『치시』를 황상의 친필로 확인된 정약전의 편지 위에 쓴 작은 글씨와 <초의행>을 비교해 보면, 필사 시기의 차이에서 오는 차이점을 감안하더라도 전체적인 필선이 동일하다고 판단된다. 따라서 이 시집은 황상이 친히 만들어 소장했던 것으로 사료된다.

표제로 보아 『치시』는 사부나 문장을 넣지 않고 시로만 구성되었고, 모두 상·중·하 3권으로 이뤄졌을 것이다. 이번에 나온 『치시(下)』는 내제에서 『치원소고』의 5권과 6권으로 기록되어 있다. 그렇다면 어디엔가 『치원소고』 제1권에서부터 제4권까지 있다는 이야기이다. 『치원소고』의 필체는 해서체이고 황상의 자필로 보인다. 시집의 작품 배열은 대체적으로 시간적 순차를 따르고 있다. 그리고 『치시(下)』는 그의 68세부터 세상을 떠난 83세로 이어지는 시들로 이뤄져 있다.[4]

『치원소고』의 지질은 한지이고, 크기는 가로세로 14.5×24cm이다. 그것은 모두 144면에 걸쳐 265제 345수의 한시가 수록되어 있다. 구체적으로 제5권에는 118제 164수가, 제6권에는 147제 181수가 수록되어 있다. 이를 근거로 『치원소고』가 上·中·下의 세 권으로 이뤄졌다는

---

4) 이하 『厄詩』는 『厄園小藁』로 통일하여 사용하도록 한다.

추정이 가능하고 그것에는 천 여수에 이르는 작품이 기록되지 않았을까 생각된다. 한편, 필자가 확인한 바, 『치원유고』의 시작품은 모두 315제 365수였다. 다시 자세히 확인해볼 필요가 있지만, 이번에 나온 『치원소고』와 이미 알려진 『치원유고』에서는 중복되는 시들이 없다. 그래서 『치원유고』와 『치원소고』에 있는 한시 작품은 모두 700여 수에 이른다.

『치원소고』제5권은 <추수신산북일속산방가(追酬申汕北一粟山房歌)>부터 시작하고 있다. 산북(汕北)은 두릉에 살았던 신기영(申耆永, 1803~?)을 말한다. 그는 다산에게 배웠고 다산의 실학을 전승한 인물이다. 그는 1855년 12월에 정학연을 대신하여 황상에게 <일속산방기>를 지었고, 자신의 이름으로 다시 <일속산방기>를 지은 것으로 보인다.[5] 그리고 신기영의 『일당잡고』에 <석영옥명(石影屋銘)>과 <일속산방가(一粟山房歌)>가 실려 있는 것으로 미루어 그가 황상에게 <일속산방가>를 지어주었다. 황상의 <추수신산북일속산방가>는 그것에 화답한 시이다. 따라서 『치원소고』제5권은 1856년 초엽에 시작된다. 황상이 말년의 추사 김정희(1786~1856)에게 화답한 <추차완당증시(追次阮堂贈詩)>도 보인다. 그리고 추사의 죽음을 통곡하는 <곡완당령공(哭阮堂令公)>와 추사의 아우인 산천(山泉) 김명희(金命喜, 1788~1857)의 죽음을 애도하는 <곡산천고선생(哭山泉故先生)>도 있다. 다산의 장자인 유산 정학연(1783~1859)이 죽고서 그를 그리워하는 <불부봉정감역(不復奉丁監役)>도 보인다. 『치원유고』의 <곡정감역삼수(哭丁監役三首)>가 부음 소식을 듣고 지은 시라면,[6] 그것은 유산이 죽은 다음에 그를 그리워하며 지은 작품이다.

---

5) 정민, 『다산의 재발견』, 휴머니스트, 2011, 658~663쪽.
6) 『치원유고』 권4, <哭山泉故先生>.

『치원소고』5권에는 황상이 추사가와 주고받은 시들이 다수 있다. 그가 1855년 9월에 68세의 노구를 이끌고 다섯 번째로 두릉을 방문하고 돌아와서 다산가의 자손들에게 부치는 여러 편의 시들이 있다. 한마디로 제5권은 1850년대의 중후반 작품들이고, 그것도 후반기에 나온 것들로 보인다. 여기에서 주목할 것은 『치원소고』의 창작 시기는 『치원유고』의 그것과 몇 년의 시차를 두고 서로 앞뒤로 겹치면서 이어진다는 점이다. 그래서 『치원소고』제5권의 시작품들은 그의 나이 60대 중후반부터 70대 전반기의 작품들이다.

제6권에 실린 시들은 황상의 말년기라고 할 수 있는 75세 이후의 작품들이 많다. 임술년(1862) 봄에 지어진 <신앵래(新鶯來)>가 있고, 세월의 덧없음을 탄식하는 <이의재(已矣哉)>는 그의 나이 75세에 지어진 것이다. <령거초위금지행(領居樵委禽之行)>은 77세에 지어졌다. 다산학단의 일원이었던 기숙(旗叔) 윤종삼(尹鍾參, 1798~1879)과 주고받은 시들도 보인다. 제6권의 시들은 황상 말년에 일속산방에서의 쓸쓸함과 외로운 정서가 돋보인다. 그것으로 미루어 보건대, 『치원소고』6권에는 대체적으로 그의 70대 중반부터 세상을 떠난 80세 전후의 시들로 여겨진다.

『치원소고』제5권에는 황상의 60대 후반에서 70대 중후반에 이르는 1850년대 후반의 시들이, 제6권에는 70대 중반부터 죽기 직전인 1860년대의 작품들로 구성되어 있다. 따라서 이번에 발굴된 『치원소고』5~6권은 황상의 노년기부터 말년까지의 작품이다. 그렇다면 아직 확인되지 않고 있지만 『치원소고』의 제1권에서 4권까지는 황상의 젊은 시절부터 장년기의 작품들로 이뤄졌을 것으로 보인다.

이상을 종합해보면 다음과 같다. 『치원유고』의 뒷부분과 『치원소고』의 앞부분은 시기적으로 거의 같은 시기에 지어졌다. 『치원유고』의 마지막 시작품은 시기적으로 1859년으로 보인다. 마지막 부분에 실린 <권상공하세(權相公下世)>과 <곡정감역삼수(哭丁監役三首)>가 증거이다. 제목에서 권상공은 이재(彝齋) 권돈인(權敦仁, 1783~1859)을, 정감역은 유산(酉山) 정학연(丁學淵·1783~1859)을 말하기 때문이다. 그리고『치원소고』에 실린 시들은 1856년을 기점으로 시작된다.『치원소고』의 앞부분에 추사 김정희(1786~1856)에게 화답한 <봉답완당절구(奉答阮堂絶句)>와 그를 애도하는 <곡완당영공(哭阮堂令公)>이 보이기 때문이다.

그래서『치원유고』에 기록된 시들은 시기적으로 1840년대부터 1850년대의 작품들이 대부분이다. 연령상으로 황상의 50~60대 작품들이 주종을 이룬다. 그런데 이번에 발굴한『치원소고』는 작품 연대가 1855년경부터 1870년경에 가깝다. 황상의 나이 70에 가까운 시기부터 죽기 얼마 전까지 지어졌다고 볼 수 있다. 시집이 미완으로 끝나고 있기 때문에 마지막 작품의 창작 시기는 정확하게 판단하기 어렵다. 다만 그가 죽음을 얼마 남겨놓지 않고 지었다는 것을 추측할 수는 있다.

저자가 보기에『치원유고』에 실린 시들이『치원소고』로 편입된다면 아마 3~4권 정도에 속해 있을 것이다.『치원소고』의 제1~2권은 그 이전인 황상의 젊은 시절부터 장년에 이르는 시기에 지었던 작품들이 수록되지 않았을까 사료된다.

제책(製冊) 시기는『치원소고』가『치원유고』보다 빠르다.『치원소고』는 황상 말년에 자신이 시들만 모아서 직접 친필로 작성하여 편집한 것으로 보인다. 반면에『치원유고』는 황상 사후에 누군가의 편집 과정에서 그렇게 이름이 붙여진 것이다. 그리고『치원유고』는 황상 시문의 전부가 아니라 일부였고 필사본으로 그의 50~60대 작품들이다. 게다가 오늘날 전해지는『치원유고』는 수합된 시문을 누군가 다시 필사한 것이다. 이철희는 그것을 황상의 후손인 황호영(黃鎬穎, 1897~?)이 장흥(長

興)의 마상덕(馬相德1903~1952)이란 인물에게 초록하게 하여 따로 보관한 것으로 보고 있다.[7] 필자가 보기에 그것의 책명은 후손인 황호영이 명명했고, 제자(題字)는 마상덕이 쓰지 않았나 생각된다.

『치원유고』의 필사 작업은 현대에 들어와서 이뤄진 것이다. 『치원유고』를 자세히 읽어보면 그것은 황상이 남긴 시문의 일부일 뿐이다. 게다가 필사된 것도 현대에 와서 이뤄진 것이다. 『치원유고』의 필사가 끝난 시기는 1944년 7월이다.[8] 이 점은 이기윤(李基允)이 쓴 발문(跋文)에서 확인된다. 발문에 의하면 『치원유고』는 치원 황처사 시문의 약간이고, 그가 세상을 떠난 지는 이미 백년이 되었다고 말하고 있다.[9] 따라서 시 작품의 내용은 시기적으로 『치원유고』가 앞서지만, 필사 시기는 『치원소고』가 훨씬 앞선다.

3. 『치원소고』와 황상의 교유 내용

『치원소고』5권과 6권에서 황상이 교류하는 인물군은 크게 세 부류이다. 첫째는 다산과 다산가의 인사들이다. 둘째는 추사와 추사가의 인사들이다. 셋째는 다산학단을 중심으로 활동했던 강진 문인들이다.

첫째 부류는 다산과 다산 자제들, 그리고 주변 인물로 황상이 두릉에서 만났던 다산의 문인들이다. 그들은 두릉시사에 참여했던 일부 인사들인데 정학연 형제와 가까웠던 사람들이다. 다산의 제자 산북(汕北)

---

7) 이철희, 「≪巵園遺稿≫解題」, 『茶山文獻集成』5卷, 성균관대학교 대동문화연구원, 2008, 10쪽.

8) 양광식, 『치원 황상이 받은 편지』(편역), 문사고전연구소, 2010, 181~184쪽.

9) 『巵園遺稿』,<跋> 此巵園黃處士詩文若干稿也. 今去處士二百年, …… 歲乙酉八月下浣, 星山李基允跋.

신기영(申耆永, 1803~?)을 비롯하여 동번(東樊) 이만용(李晚用, 1792~ 1863), 벽은(碧隱) 권균(權均, 1786~1870), 서근삼(徐勤三), 심행농(沈杏農) 등이 여기에 포함된다. 둘째 부류인 추사와 추사가의 인물들이다. 시집에 등장하는 주변 인물은 많지 않고 이재 권돈인(1783~1859) 등을 꼽을 수 있다. 초의(草衣) 장의순(張意恂, 1786~1866)이나 화가 허련(許鍊, 1809 ~1892)은 등장하지 않고 있다. 셋째 부류는 강진의 다산학단을 배경으로 활동했던 인물들이다. 황경(黃褧)·기숙(旗叔) 윤종삼(尹鍾參)·자이(自 怡) 이시헌(李時憲)·반천(磻泉)·귀춘(歸春)·배회(裵回)·김문수(金文 秀)·김량빈(金良彬) 등의 이름이 보인다.

『치원소고』에서 이들이 주고받은 교유시를 살펴보면 황상이 정학연을 비롯한 다산가의 교분들, 추사가와 맺은 인연들이 잘 담겨 있다. 특히 황상은 다산가와 우의를 넘어 깊은 교분을 갖고 있었던 듯하다. 황상은 추사 3형제, 다산가의 정학연과 정학유가 죽은 다음에도 그 자손들과 끊임없이 시를 주고받으며 선대에 맺었던 인연을 잊지 않고 있다. 한편, 황상은 스승이었던 다산에 대한 존경과 사랑을 변함없이 지속하고 있었다. 그리고 그는 세상을 마칠 때까지 다산의 시를 읽거나 차운하며 스승의 가르침을 되새기고 있었다.

3.1. 다산의 추억과 다산가(茶山家)와의 교분

황상(1788~1870)은 다산이 강진에서 귀양살이를 처음 시작한 '사의재(四宜齋) 시기'(1801년 겨울~1806년 여름)에 가르친 제자였다. 다산은 강진 아전의 자식인 황상을 무척 아꼈고, 황상도 스승인 다산의 가르침을 일생을 두고 따랐다. 다산은 1802년 10월에 15세의 소년이었던 황상이 자신을 찾아오자 '삼근계(三勤戒)'를 주면서 학문하기를 권면

하였다. 황상은 그것을 평생의 좌표로 삼고 실천한다. 이후에도 다산은 황상에 대해 끊임없는 애정과 관심을 보이면서 그가 훌륭한 시인으로 성장하도록 돕고 있다.

『치원소고』에는 황상이 스승인 다산을 그리워하고 그 후손들과 교분을 담고 있는 50여수의 새로운 작품들이 실려 있다. 『치원유고』가 50~60대의 노년기에 접어든 황상의 모습이라면, 『치원소고』는 그 이후의 작품들이다. 다산이 세상을 떠나고 다시 30여 년이라는 세월이 흘러서 황상 자신도 상늙은이가 되었지만 그는 스승인 다산을 잊지 못하고 있다. 그는 늙어서 말년까지 스승인 다산의 시들을 읽고 베낀다든지, 다산시를 본떠 짓고 있다. 『치원소고』에는 그런 시들이 10여수에 이른다. <효여유당음선(效與猶堂吟蟬)>·<녹여유당시삼수(錄與猶堂詩三首)>·<간여유당시(看與猶堂詩)>·<람여우당시(覽與猶堂詩)>·<독여유당문이수(讀與猶堂文二首)>·<다산추감(茶山追感)> 등이 모두 그것에 해당한다.

萬淚茶山事	눈물의 다산 이야기는,
張騫河上槎	張騫의 황하 위 뗏목이다10).
依俙曾夢哭	어렴풋 해 꿈속에서도 울었나니,
恍惚是空華	황홀함은 공허한 꽃이었다.
絶筆金何重	'절필'은 황금이 어찌 중하다 하랴.
虐詩字半斜	<절학시>는 글자가 절반쯤 뉘었었다.
[夫子贈予截瘧詩]	스승께서 내게 <截瘧詩>를 지어 보내셨다.

---

10) 張騫 …… 뗏목이다 : 장건은 漢 武帝 때의 장수. 장건은 西域의 大月氏國에 사신으로 가던 도중 흉노에게 포로가 잡혀 10여 년을 억류되었다가 뒤에 탈출해 귀국하는 등 신고의 삶을 살았다. 뗏목은 곧 장건이 일찍이 뗏목을 타고 황하의 근원을 찾아 올라가서 마침내 은하수에 당도하여 견우와 직녀를 만났다는 고사에서 온 말이다.(『漢書 卷61 張騫傳』)

樵孫知我意   후손들은 나의 뜻을 잘 알아,
力學也傳家[11]   힘써 배우는 것이 집안에 전해진다.

이 시는 황상이 1855년 68세의 노구를 이끌고 다섯 번째 두릉을 방문한 무렵에 지은 것으로 보인다. 황상은 스승인 다산의 옛일을 생각하면서 눈물을 쏟고 있다. 먼저 다산이 강진에서의 험난했던 유배 생활을 중국 한무제 때 흉노에게 오랜 세월 동안 억류되어 온갖 수난을 당했던 장건(?~기원전 114)의 고사에 비유하고 있다. 그리고 다산이 돌아가신 뒤로 15년이 지난 1851년 3월 30일에 홀연히 꿈에 나타나셨던 일을 상기시키고 있다.[12] 자신을 위해 <절학시>를 지어주셨던 옛 일도 기억해내고 있다. 한편, 그는 1804년 4월에 사의재에서 공부하면서 학질을 심하게 앓은 적이 있었다. 이 때 다산은 학질을 앓고 있는 황상을 위해 쾌유를 빌면서 <절학가>를 지어준 적이 있었다. 당시 다산은 황상이 학질을 앓고 있으면서도 그의 글씨가 흔들리지 않는 강한 의지를 탄복하면서 하루빨리 낫기를 기원해 주었다. 황상은 다산과의 옛 일들을 자손들이 잊지 않기를 바라고 있다. 그리고 그것을 본받아 면학이 집안 대대로 이어지기를 확인하고 있다.

『치원소고』에는 다산가의 인사들과 교유하면서 쓴 시들이 많다. 황상이 다산의 아들인 유산(酉山) 정학연(丁學淵, 1783~1859)과 운포(耘圃) 정학유(丁學游, 1786~1853)[13], 유산의 아들인 연사(蓮史) 정대림(丁大林), 운포의 아들인 자원(子園) 정대무(丁大懋)·자산(子山) 정대번

---

11)『巵園小藁』卷5, <追念茶山故事>.
12)『巵園遺稿』卷3, <夢哭>.
13) 정학유는 다산의 둘째 아들이자 <농가월령가>의 작가로 알려졌다. 그리고『시경』에 등장하는 생물의 이름을 고증하여 해설한『시명다식(詩名多識)』이 있다.(허경진·김형태 譯,『시명다식(詩名多識)』, 태학사, 2007.)

(丁大樊)·자성(子城) 정대초(丁大楚) 등과 주고받은 시가 보인다. 다산의 조카인 정유상(丁維桑)에게 준 시도 있다.

황상은 다산이 유배생활을 끝내고 두릉으로 돌아간 이후로 다섯 차례에 걸쳐 다산가를 방문하고 있다. 그 중의 네 번은 1836년 3월 다산이 세상을 떠난 이후에 이뤄졌다. 1845년에는 다산의 열 번째 기년으로 두릉을 찾았고 두 집안이 정황계를 맺고 있다. 1848년 12월에는 3개월을 머물면서 여행을 하였고 정황계를 다시 확인하고 있다. 1855년 9월에 그는 세상을 떠난 운포를 조문하기 위해 68세의 노구를 이끌고 다섯 번째로 두릉을 찾았다. 한편, 다산이 죽고 26년이 지난 1854년 10월에 다산의 장자였던 유산 정학연은 <임술기(壬戌記)>를 75세의 황상에게 다시 써주고 있었다.

山瓢玄酒哭	표주박잔에 玄酒(물)로 곡을 하며,
唯向白雲遲	더디 가는 흰 구름만 바라본다.
流水何曾歇	흐르는 물 어찌 멈춘 적이 있던가,
層峰乃可移	층층의 봉우리도 옮길 수 있다.
蕭蕭松上雨	쓸쓸히 소나무에 내리는 비,
故故日中時	한결 같은 정오의 시각.
老病縱難進	늙고 병들어 찾아가기 어렵다 해도,
深羞栖鳳枝[14]	봉황 깃든 가지(후손)에 참 부끄럽다.

이 시는 병상의 황상이 남양주에 있는 유산 정학연의 빈소에 가서 조문하지 못하고 안타까워하는 <병미곡징유신궤연(病未哭丁酉山几筵)>이다. 유산의 아우인 정학유가 병으로 먼저 세상을 떠났을 때에 황상은 68세의 노구를 이끌고 몸소 남양주에 있는 두릉에 가서 조문

---

14) 『巵園小藁』卷6, <病未哭丁酉山几筵>.

하고 돌아온 바 있다. 그렇지만 정작 유산이 죽자 황상은 문상을 가지 못하고 있다. 그도 이미 칠순을 넘기고 병중에 있었기 때문이다. 당시 황상은 일속산방에서 산 표주박에 청수를 올려놓고 북쪽 하늘을 향해 곡을 하고 있다. 그는 유산과의 변함없는 우의를 흐르는 물이나 층층 봉우리와 같은 자연물을 통해 비유하면서 쓸쓸함의 일상을 보여주고 있다. 마지막으로 자신이 노병으로 유산의 빈소에 가지 못하는 것을 부끄러워하고 있다.

황상과 유산은 사의재 시절부터 친했고, 다산 사후에도 두 집안이 정황계를 맺을 정도로 깊은 교분을 맺고 있었다. 황상과 유산이 지은 시문이나 서로 주고받은 편지를 보면 이들이 서로 얼마나 깊이 존경하며 우의를 함께 하였는지를 알 수 있다. 이들의 우의는 일생을 두고 지속되었고 세교로 이어졌다. 황상이 유산의 죽음을 애도하는 시는 『치원유고』에도 보인다.15) 『치원소고』에는 그의 죽음을 애통해하는 〈불부봉정감역(不復奉丁監役)〉과 〈렬수부자휘진망곡삼수(洌水夫子諱辰望哭三首)〉 등이 있다.

황상과 다산가와의 교류는 다산 정약용에서 아들인 정학연과 정학유로, 그리고 손자인 정대림, 정대무, 정대번, 정대초로 이어지고 있다. 다산의 조카인 정유상과 주고받은 시도 있다.

斗陵故事將淪沒	두릉의 이야기가 사라지려 하며,
瞑目之前但口碑	아련함 앞에 口碑만 남아있다.
夜燭生殘風雪怒	세찬 눈보라에 한밤 촛불은 가물대고,
江船無恙浪紋奇	기묘한 물결 문양에 강물 위 배는 아무 탈이 없다.
逡巡難得盈栝酒	머뭇거리느라 한 잔 가득 술을 얻기 어렵고,

---

15) 『巵園遺稿』卷4, 〈哭丁監役三首〉·〈酉山吟〉.

憯感何窮贈杖詩　　지팡이 보낸 시에 서글픔의 끝이 있으랴.
我是猶堂輕棄物　　나는 여유당께서 가볍게 버린 물건 일 뿐,
丙申絶筆偶然居16)　병신년 절필은 우연한 차지였다.

　정학연이 죽고 몇 년이 지나자 황상은 그의 아들인 정대림(1807~?)에게 <기두릉정참봉연사이수(寄斗陵丁參奉蓮史二首)>를 보내 안부를 전한다. 연사는 다산의 장손이자 유산 정학연의 외아들이다. 이제 두릉에는 유산과 운포도 죽고 자손들만이 그곳을 지키고 있었다. 그렇다고 유산이 세상을 떠난 이후에는 황상 자신도 병든 노인이라 먼 길을 나설 수 있는 처지가 아니었다.

　황상은 세월이 흘러 두릉에서의 지난 일들이 사람들의 기억 속에 가물거리며 사라지며 단지 구비(口碑)만 남아 있다고 안타까워하고 있다. 그는 두릉에서의 추억들을 떠올리며 서글퍼하고 있다. 8구의 병신절필(丙申絶筆)은 1836년 다산이 세상을 뜨기 며칠 전에 자신에게 써준 마지막 글씨를 말한다. 그로부터 30여 년이 지나서도 황상은 스승에게 감사의 마음을 잊지 않고 있다.

　다음 시에서도 황상은 세상을 마칠 무렵에도 스승이었던 다산을 잊고 못하고 있다.

千般物物各留痕　　사물은 저마다 흔적을 남기는 법,
浪道消魂楚樹猿　　넋 잃은 楚樹의 잔나비라 말하고 싶다.
細雨從何來昔夜　　가랑비는 지난밤 어디서 온 것인가,
孤燈惱我上黃昏　　가물거린 등불은 황혼의 나를 시름겹게 한다.
煙而煙處陳璘廟　　안개 자욱 드리운 곳은 陳璘17)의 사당이고,

---

16)『巵園小藁』卷5, <寄斗陵丁參奉蓮史二首>.
17) 陳璘 : 정유재란 때 조선에 파견됐던 명나라 수군 제독이다.

水復水中弓福邨   물 너머 저 곳은 弓福(張保皐)의 마을이다.
蘡積胸懷安盡說   가슴 속 쌓인 회포를 어찌 다 말하랴,
茶門塵末此孤存   희미해진 다산 문하에 나만 홀로 남았다.

이 시는 <서탄(書歎)>과 함께 『치원소고』의 끝부분에 있는 <다산추감(茶山追感)>이다. 황상의 마지막 작품에 해당하는 셈인데, 내용을 보면 스승이신 다산을 추억하고 있다. 돌이켜보면, 황상이 처음 시를 짓게 된 것도 다산에게서 비롯되었는데, 끝마침도 다산인 셈이었다. 황상이 생을 마무리할 즈음에는 그가 다산에게 나아가 공부한지 70여년이 흘렀고, 다산이 타계한지 30여년이 흘렀다. 세월은 하염없이 흘러서 황상 자신의 삶도 저물어 모든 것이 끝나가는 시점이다. 이젠 모두 세상을 떠나고 의지할 데 없는 자신만 남아 있다. 황상은 그런 초라한 자신의 처지를 초나라의 넋을 잃은 잔나비로 비유하고 있다. 금방이라도 꺼질 것 같은 등불은 바로 그 자신의 모습이다. 자욱한 안개가 드리운 진린(陳璘, 1543~1607)의 사당이나 저 멀리 오랜 옛날에 있었던 장보고(張保皐, ?~846)가 살던 마을은 아득한 시간 속에 묻혀 있는데, 그것은 바로 황상 자신의 지난 시절을 암유한다. 오랜 세월 동안 가슴 속에 쌓인 회포를 담아두고 있었는데, 이제 다산의 문하생들은 모두 세상을 떠나고 그 자신만 남아 있다고 시름에 젖고 있다.

이외에도 다산가와 가까웠던 두릉시사(斗陵詩社)의 인사들과 교유한 시들이 보인다. 다산의 문인 이재(彝齋) 권돈인(權敦仁, 1783~1859), 다산의 제자 산북(汕北) 신기영(申耆永, 1803~?), 서근삼(徐勤三), 심행농(沈杏農) 등과 주고받은 시가 수십 수에 이른다. 『치원소고』에는 다산이나 다산가의 사람들, 그곳 두릉시사의 인사들, 그리고 두릉을 소재로 한 황상의 시들이 모두 백여 수에 이른다. 여기에서『치원소고』

제5권에 실려 있는 산북 신기영의 <추수신산북일속산방가(追酬申汕北
一粟山房歌)>는 황상의 일속산방과 관련하여 중요한 작품이다.

3.2. 추사가와의 교류와 우의

황상을 가르치고 알아준 것은 다산과 다산의 자식들이었고, 그를 세
상에 알린 것은 추사와 그 형제들이었다. 황상과 추사가와의 교류는
추사가 제주도 유배를 마친 다음이었다. 추사 김정희도 제주도의 유배
생활을 하면서 황상의 존재를 어느 정도 인식하고 있었던 듯하다. 추
사는 해배되어 돌아가면서 황상을 찾았으나 만나지 못하고 예산으로
올라갔다. 당시 황상은 두릉에 올라가 있었기 때문이다. 이후로 황상
은 추사를 비롯하여 그의 아우인 산천 김명희·금미 김상희와도 가까
운 사이가 된다.

황상이 추사가와 가까워지게 된 것은 다산가의 정학연과 화가인 허
소치, 그리고 승려인 초의의 역할이 컸던 것으로 보인다. 그는 다산의
장남인 정학연과 사의재 시절부터 가까웠고 훗날 그를 통해 초의와도
왕래하게 되었다. 유산이 해배되어 돌아온 추사에게 황상을 위한 노력
의 흔적이 보인다. 1849년 겨울에 황상은 초의를 찾아갔고 집으로 돌
아와서 초의에게 <초의행>을 지어서 보냈다. 초의는 <일속암가(一粟
菴歌)>로 화답하였다.[18] 1853년 3월에는 추사의 제자였던 허소치가
일속산방도를 그렸고 초의가 제사한 그림도 전한다. 사실, 다산가와
추사가의 사이를 자유롭게 왕래한 것은 초의나 허소치였다.

『치원소고』에는 황상이 추사의 시에 화답한 <추차완당증시(追次阮
堂贈詩)>를 비롯하여 그의 죽음을 슬퍼하는 <비남충(悲南充)>과 같은

---

18) 박동춘, 『초의선사의 차문화 연구』, 일지사, 2010, 171~178쪽.

작품들이 보인다. 추사가 세상을 떠나기 직전에 주고받은 시들도 있
고, 추사가 죽은 다음에 그를 애도하는 시들도 있다. 『치원소고』에는
황상이 추사보다 오히려 그의 아우인 김명희나 김상희, 아들인 서농
김상무와 주고받은 시들이 많다. 따라서 이번에 나온 『치원소고』에서
는 추사의 해배 이후로 황상이 그들과 맺고 있는 우의의 관계를 확인
할 수 있다.

한편, 『치원소고』에는 추사와 관련하여 주목할 시가 있다. 『완당전
집』에는 추사가 황상에게 주는 〈증항치원(贈黃巵園)〉이 있다. 『치원소
고』에는 추사의 운자를 사용하여 화답하는 시가 보인다. 〈추차완당증
시〉가 바로 그것이다.

〈贈黃巵園〉	치원에게 주다
眇然一粟敵山茨	산기슭에 떡 버틴 조그만 일송산방,
萬古松青青上眉	만년 푸른 솔이 눈 위에 푸르다.
直溯江西宗派譜	江西종파보를 곧장 거슬러 오르고,
旁參元祐罪人詩	元祐죄인시를 곁에서 참고했다.
心空綺語無三毒	綺語에 마음 비워 세 가지 독이 없고,
手卓紅斾起百痿	붉은 깃발 치켜들어 시든 걸 다 일으킨다.
甘紅露味眞佳否	甘紅露 술맛이 참으로 달콤한가,
藜莧圖書道自肥[19]	藜莧의 도서 속에 도가 절로 살지네

추사와 황상이 실제적으로 교류한 것은 5~6년에 불과하지만 이들
은 시를 통해 우의를 주고받았다. 추사는 황상의 시를 높이 평가하여
세상에 알렸다. 먼저 추사는 황상이 세속을 벗어나 유유자적한 은자의
삶을 영위하고 있는 모습을 말하고 있다. 그리고 여기에서도 황상의

---

19) 『阮堂全集』卷9, 〈贈黃巵園〉.

시에 대한 품평을 가하고 있다. 추사는 황상의 일속산방에 대한 신비
스러움을 전하면서 그의 시가 강서시파에 닿고 있으며 소동파를 본받
고 있다고 말한다. 한편, 경련에서 황상의 시에는 교묘(巧妙)하게 꾸미
거나 수식이 없다고 말한다. 미련에서는 황상이 약주인 감홍로(甘紅
露)를 마시거나 독서로 소일하는 은자적 삶을 언급하고 있다. 그런데
추사가 보내온 이 시를 받고서 황상이 화답한 것이 이번에 발굴되었
다. 『치원소고』에 실려 있는 다음 <추차완당증시>가 바로 그것이다.

<追次阮堂贈詩>　　완당이 지어준 시에 후에 차운하다
偃石放光影苐茇　　누운 바위에서 발한 빛이 초가에 비추어,
遠山少婦工蛾眉　　먼 산 젊은 아낙이 蛾眉를 다듬는다.
天台而下鮮支圃　　天台山아래 鮮支(치자) 전원은,
學士之扁監役詩　　학사(추사)의 편액에 감역(유산)의 시가 걸렸다.
歲去敎成兒子業　　세월 흐르며 여린 학문 익어가고,
春來蘇起老翁瘦　　봄이 와 늙어 시든 몸을 일깨운다.
果州使者探幽境　　果州(과천)의 심부름꾼이 한적한 곳 찾아와,
爲問澗隅薇蕨肥20)　　외진 골짜기 고사리가 살쪘는지 묻는다.

여기에서 황상은 추사가 <증황치원(贈黃巵園)>에서 사용하고 있는
자(茇)·미(眉)·시(詩)·위(瘦)·비(肥)의 운을 그대로 사용하여 화답하
고 있다. 수련에서 황상은 일속산방의 모습을 전하고 있다. 함련을 보
면 그는 강진군 천태산 아래 일속산방을 꾸미고 그곳에 자신의 호를
따왔던 치자를 많이 심었던 모양이다. 그리고 일속산방에는 추사선생
의 편액과 다산의 장남인 정유산의 시를 걸어놓고 있었던 듯하다. 경
련에서는 그가 영위하는 일속산방에서의 한가로운 생활의 모습을 전

---

20) 『巵園小藁』卷5, <追次阮堂贈詩>

하고 있다. 마지막 미련에서는 그럴 즈음 과천에서의 소식이 전해진
다. 필자가 보기에 이 시에서 '偃石放光影茆茨, 遠山少婦工蛾眉(누운
바위에서 발한 빛이 초가에 비추어, 먼 산 젊은 아낙이 蛾眉를 다듬는다)'라는
구절은 표현이 감각적이고 군더더기가 없이 뛰어나다. 마지막 구절인
'과천의 심부름꾼이 한적한 곳 찾아와, 외진 골짜기 고사리가 살쪘는
지 묻는다.(果州使者探幽境, 爲問澗隅薇蕨肥)'라는 구절은 은자의 삶을
함축적으로 잘 표현한 것으로 보인다.

<table>
<tr><td><悲南充></td><td>南充(과천,추사)을 슬퍼하며</td></tr>
<tr><td>秋公山老忽焉歿</td><td>추사공과 산천노인께서 갑자기 떠나시니,</td></tr>
<tr><td>冠嶽英靈誠噫咄</td><td>관악산 영령이 참으로 안타까워하시리라.</td></tr>
<tr><td>邑小如斗貧如村</td><td>말짝 만한 읍에 가난한 마을,</td></tr>
<tr><td>力弱不能戴日月</td><td>힘이 없어 해와 달도 실을 수 없다.</td></tr>
<tr><td>學語小兒停巷歌</td><td>말 배우는 어린 아이 골목 노래도 멈췄으니,</td></tr>
<tr><td>銅雀長江能無竭</td><td>銅雀의 긴 강물이 마를 날이 없으리라.</td></tr>
<tr><td>樹木孤城秋水邊</td><td>외딴 성 나무 늘어선 가을 물가에서,</td></tr>
<tr><td>我歌寄送餘短髮[21]</td><td>내 얼마 남지 않은 머리털로 노래 지어 보낸다.</td></tr>
</table>

이 시는 추사가 세상을 떠나자 그의 죽음을 슬퍼하며 지은 것이다.
황상이 추사를 애도하는 시가 『치원유고』에서는 보이지 않고 『치원소
고』에서 보인다. 추사는 말년에 과천의 과지초당과 봉은사를 오간 것
으로 알려졌다. 그가 죽기 직전의 주거지는 과천인 셈이다. 그의 갑작
스런 죽음은 관악산 신령도 안타까워하고 있다고 말한다. 추사를 잃은
슬픔으로 아이들도 노래를 멈추고 세상 사람들의 흘린 눈물로 긴 한
강의 강물이 마를 날이 없다고 말한다. 추사의 별세 소식을 듣고 늙고

---

21) 『巵園小藁』卷5, <悲南充>.

병든 황상 자신도 남녘인 강진에서 그 절절한 심정을 토로하였다.

『치원소고』에는 황상 노년의 시들이 담겨서인지 추사 이외에도 아우인 산천 김명희, 금미 김상희의 죽음을 애도하는 시가 있다. <곡산천고선생(哭山泉故先生)>은 산천 김명희를, <문기산선생하세(聞起山先生下世)>는 금미 김상희의 죽음을 애도하는 시이다. 황상은 <곡산천고선생>에서 5언 44구의 고시를 통해 그의 사람됨과 고난에 찬 삶의 과정 등을 하나하나 열거하며 비통함을 풀어내고 있다. <문기산선생하세>에서는 추사의 막내 동생인 김상희의 타계 소식을 듣고서 황상은 추사에 이어 산천과 금미마저 세상을 떠났다면서 슬픔을 가누지 못하고 있다. 그리고 황상은 자신만 외로운 산중에 홀로 남아있다고 탄식하고 있다.

추사가 죽고 나서 산천 김명희마저 형님의 죽음을 몹시 슬퍼하다가 세상을 떠난다. 결국 그것이 계기가 되어 조정에서는 추사 가문에 대한 신원 작업이 이뤄지게 된다. 황상은 그 소식을 듣고 추사의 막내동생인 금미 김상희, 추사의 아들인 서농 김상무, 산천 김명희의 아들인 보련을 위해 시를 짓는다.

我爲琴眉哭復歌	내 琴眉를 위해 곡하고 또 노래하노니.
從何以作兩東坡	어찌하여 두 짝의 동파가 된 것인가.
秋天霧捲晴餘月	가을하늘 안개 걷혀 달빛이 곱고,
聖主恩深雨後波	비 온 뒤 물줄기인 양 성상의 은혜 깊다.
第宅如新新樣粉	살림집은 새집처럼 새롭게 단장하고,
池塘依舊舊時荷	연못은 변함없이 옛 연꽃이 피어있다.
行人掩此悲歡淚	길가는 사람이 슬픔과 기쁨의 눈물을 훔치는 것은
不少前期一轗軻	지난 날 불우함이 적지 않기 때문이다.

我爲書農蹈復歌　　　나는 書農을 위해 춤추고 또 노래하노니,
在傍囉曲比歌多　　　나팔소리 노래들이 사방에 울려 퍼진다.
皐夷茆瘴春冰釋皐夷島(靑山島)
　　　　　　　　　　초가의 瘴氣가 봄날 얼음 녹듯 사라지고,
瀛海瀧嘲旅鴈過　　　영해(제주도) 파도 위로 기러기가 찾아간다.
慶弔相乘從古例　　　경사와 재앙이 엇갈리는 것은 의례 있는 일이나,
苦辛異味奈人何　　　신고의 씁쓸한 맛을 어찌 견딘단 말인가.
宮牕整頓琴書日　　　월궁 창가에 거문고와 책이 정돈되어 있는 날,
苴杖不疑銅雀沙　　　지팡이는 분명 동작의 모래 위를 걸으리라.

我爲寶蓮欲勿言　　　나는 寶蓮을 위해 아무 말도 하고 싶지 않나니,
怨中有樂奈驚魂　　　원망 속의 기쁨에 놀란 마음 어찌하려나.
乾坤雖闊皆愁迹　　　하늘과 땅이 넓어도 수심의 자취일 뿐,
風雨其凄是淚源　　　쓸쓸한 비바람은 눈물의 원천이다.
千古誰成歸後孝　　　누가 세상 떠난 후에 효심을 완성했는가,
於斯當宥未來孫　　　이제 미래의 후손을 용서해야 하리라.
傳家遺則擎先訓　　　집안에 전해오는 유훈을 잘 받들어,
一道禮原籤和塤22)　　　예산 언덕에 塤籤가 울려 퍼지어라.

　이 시는 황상이 추사가의 신원 소식을 듣고 쓴 <문월궁신설삼수(聞月宮伸雪三首)>이다. 주지하다시피, 추사 김정희는 조선 후기 훈척가문의 하나인 경주김씨 문중에서 태어났다. 증조부는 영조의 부마인 월성위(月城尉) 김한신(金漢藎, 1720~1758)이었고, 아버지 김노경(金魯敬, 1766~1837)도 판의금부사를 지냈다. 하지만 추사는 1840년에 윤상도(尹尙度)의 옥사에 연루되어 제주도에 유배되었다가 8년 만에 풀려났다. 그러고는 다시 1851년에 다시 북청으로 귀양을 갔다가 이듬해 풀

---

22) 『巵園小藁』卷5, <聞月宮伸雪三首>.

려났으나 1856년 12월에 눈을 감고 말았다. 그러자 아우인 김명희가 식음을 전폐하고 곡을 하다가 병으로 세상을 떠났다. 이것이 계기가 되어 추사는 1857년에 신원과 함께 관작이 복구되었다. 마침내 추사 가문에 대한 신원이 이뤄졌다.

시에서 황상은 금미 김상희에게 형님인 산천 김명희에 대한 애도와 함께 신원의 기쁜 소식을 함께 하고 있다. 추사의 아들이 서농에게는 경사와 재앙이 서로 바뀌 나타나는 세상의 이치에 대해 말하고 있다. 산천의 아들인 보련에게는 부친의 죽음과 집안의 신원이 한꺼번에 희비가 교차하는 상황을 언급하고 있다. 하지만 죽음으로 효성을 완성한 아버지 산천의 죽음은 마땅히 용서될 것이라며 후손이 훈지처럼 그것에 상응해야 한다면서 위로와 함께 당부의 말을 전하고 있다.

3.3. 다산학단과 기타 관련 인물들

『치원소고』에는 다산학단 시절에 황상이 함께 했던 인물들과 시를 주고받으며 교류하고 있다. 이들은 다산학단의 일원이었던 황경·기숙 윤종삼·자이 이시헌 등이다. 황경은 황상의 친동생으로 사의재 시절부터 함께 공부를 하였다. 기숙 윤종익은 다산초당에서 공부했던 해남 윤씨 가문의 일원이었다. 자이 이시헌은 다산의 18제자에는 들지 못했지만 강진 유배기의 주요 제자 가운데 한 사람이었다.[23] 그리고 염반천(廉磻泉) 과 벽은(碧隱) 권공헌(權公獻)과는 함께 자주 어울렸다. 그 외에도 황상은 현재로서는 확인할 수 없는 여러 인사들과 시를 주고받고 있다. 승려로는 철선(鐵船) 혜즙(惠楫, 1791~1858)과 주고받은 시들이 있다.

---

23) 이철희, 「『自怡先生集』解題」, 『茶山文獻集成』5卷, 대동문화연구원, 2008, 13쪽.

『치원소고』에는 황상이 아우인 황경(黃褧, 1792~1867)을 제재로 쓴 시 3수가 있다. 황경은 네 살 아래 동생인데 형님을 위해 이따금 술을 빚어 가지고 오거나 보내왔다. 그럴 때엔 황상은 꼭 시로써 남겼다. <자상송삼선주(子上送三仙酒)>·<호신시사제경(弧辰示舍弟褧)>·<사제지주이래(舍弟持酒以來)>가 바로 그것이다. 그것에서는 형제간의 우애를 느낄 수 있고 험난했던 가족사를 읽을 수 있다.

<弧辰示舍弟[褧]>	생일날 아우-경(褧)에게
我曾今日生	일찍이 내가 태어난 오늘,
君無今日期	그대는 오늘을 기약할 수 없었네.
於我四年後	나보다 4년 뒤에,
肇受全生肢	비로소 온전한 몸을 받아 태어났네.
諸兄夭而逝	형들은 일찍이 저 세상을 향해,
隨流如冰澌	물 위에 얼음덩이처럼 떠나가셨네.
後此兩衰翁	뒤를 이은 우리 두 늙은이가,
吾家短疎籬	성긴 담장 집을 지키었네.
落地初一聲	태어나서 처음 터뜨린 울음소리,
母劬今始知	어머니의 수고를 이제야 알겠네.
在昔豈無今	이전이라 어찌 오늘이 없겠나만,
漸老慕尤追	늙어가니 그리움이 더욱 애틋하네.
如此當不及	되돌릴 수 없는 지금에야,
我何未先施	어찌 먼저 베풀지 않았나를 생각하네.
今如奉定省	지금 만일 모시게 된다면,
萬一庶不隳	만에 하나도 어긋남이 없으리라 싶네.
母氏養吾輩	어머니는 우리를 기르시며,
徒乳但母慈	그저 어머니의 사랑으로 돌봐주셨네.
嚴君猶一曝	엄하신 선군께선 십일에 하루의 햇살정도로,
天只長嚴師	변함없이 엄숙한 스승이셨네.

從遊學而詧	스승을 찾아 공부하러 나서며,
北海與南皮	북해와 南皮를 두루 다녔네.
安敢違指南	어찌 감히 지침을 어기겠는가,
從如大將麾	대장의 깃발을 따르듯 했네.
望須懷疇昔	부디 지난날을 되새기게나,
我於君有欺	내가 그대를 속이겠는가.
雖乏能不忘	궁핍해도 잊지 않고,
遠送壺酒來	멀리서 술을 보내주어,
兼之以家釀	가양주도 함께 내놓고서,
隣里亦招爲	이웃들을 불렀네.
山樵及野農	산 나무꾼 들녘 농부의 삶은,
爲言弟所貽[24]	아우가 준 거라 말하고 싶네.

이 시에서는 황상의 가족에 대한 소중한 몇 가지 정보가 제공한다. 황상과 아우인 황경은 네 살 차이였고, 이제 두 사람은 모두 늙고 쇠약한 나이임에도 우애가 깊었다. 황상은 아우인 황경에게 어린 시절의 추억을 환기시키며 말을 건넨다. 위로 형들이 죽었다는 것과 가난한 어머니가 오로지 젖과 사랑으로 이들 형제를 키웠다는 것을 알 수 있다. 화자인 황상은 늙어서야 어머니의 수고로움을 알았다면서 그리움과 함께 제대로 효도하지 못한 아쉬움을 토로하고 있다. 아버지는 매우 엄격하셨고 황상 형제에게 배움의 길을 터주기 위해 남북으로 스승을 찾았고, 그들도 스승의 가르침을 충실히 따랐다고 회고하고 있다. 황상 형제가 강진으로 귀양온 다산을 가장 먼저 찾게 된 연유를 추측케하는 대목이다.

시에서 황상은 자신을 위해 가난한 아우가 술을 보내준 고마움을

---

24) 『巵園小藁』卷6, <弧辰示舍弟[褧]>.

담고 있다. <자상송삼선주(子上送三仙酒)>와 <사제지주이래(舍弟持酒以來)>에서도 자신이 살고 있는 적막한 산중에 가난한 아우가 술을 보내온 고마움을 담고 있다. 한편, 그는 늙어서도 아우인 황경에 대하여 따뜻한 정감으로 깍듯이 대하고 있다.

<table>
<tr><td><送旗叔昆季></td><td>윤기숙 형제를 보내며</td></tr>
<tr><td>開正山氣不勝和</td><td>새해 첫날 산 기운 더없이 따스해,</td></tr>
<tr><td>萬樹芳心欲吐華</td><td>나무마다 부풀어 꽃을 피려 한다.</td></tr>
<tr><td>此別明年似難得</td><td>이번에 헤어지면 내년엔 만나기 어려울 터,</td></tr>
<tr><td>君應指點老貧家[25]</td><td>그대는 응당 늙고 가난한 집을 가리키리라.</td></tr>
</table>

어느 날 황상의 일속산방을 방문하고 돌아간 형제가 있었다. 이들은 다산 귤동에 살았던 윤규로(尹奎魯)의 아들 윤종삼(尹鍾參, 1798~1878)과 윤종진(尹鍾軫, 1803~1879) 형제로 보인다. 이들은 다산초당 시기에 배웠던 해남윤씨가의 사람들이다. 황상이 윤종삼과 주고받은 시는 『치원유고』에도 몇 수 있다. 이들 형제가 일속산방을 찾은 때는 만물이 번성하던 봄날이었던 모양이다. 이번에 헤어지면 내년을 기약할 수 없음을 환기시키고 있다.

한편, 『치원소고』에서 황상이 자주 왕래하거나 시를 주고받은 사람으로 자이(自怡) 이시헌(李時憲, 1803~1860)을 꼽을 수 있다. 그는 본관이 원주 이씨의 소론 계열인데, 월출산 남쪽 계곡인 백운동에서 출생하였다.

<table>
<tr><td><寄白雲屋李自怡></td><td>白雲屋 李自怡에게</td></tr>
<tr><td>停仙老學兩茫然</td><td>停仙과 老學이 모두 사라져,</td></tr>
</table>

---

25) 『巵園小藁』卷6, <送旗叔昆季>.

雨雪交爭已舊年　　雨雪로 경쟁했던 것이 지난 일이 되었네.
鯛墨飜成紅蜨信　　먹물은 붉은 나비 서신이 되었으나,
龍鐘虛負朗詩緣　　늙은 몸은 명랑한 시의 인연을 저버렸네.
徒空欲許南能輩　　공허함에서 남쪽 慧能의 무리를 용인하려 하고,
惟寂如求北秀賢　　적적함에서 북쪼고 神秀의 현자를 찾으련듯하네.
惠我春風知不遠　　내게 보낼 봄소식이 멀지 않을 터,
須從幽興汙芳筵26)　　그윽한 홍취로 화사한 자리를 흩트려 주게나.

백운옥은 강진군 월출산 옥판봉 남쪽 자락에 자리를 잡고 있는 별서(別墅)이다. 조선 후기 명사들이 이곳을 찾아 그곳의 승경을 시로 남겼다. 다산은 이곳을 1805년에 이어 1812년 9월에 방문하였는데 이시헌의 부친이었던 이덕휘(李德輝)의 초청으로 이뤄졌다.

자료들을 보면 황상도 몇 차례 백운동을 찾았던 것 같고, 이시헌도 일속산방을 찾았다. 위의 <기백운옥이자이(寄白雲屋李自怡)>는 노년에 이른 황상이 백운동 각각의 12승경을 시로 지어 보내면서 이시헌에게 함께 부친 시이다.27) 시에서 황상은 안부와 함께 일속산방에 은거하는 자신의 내면을 담고 있다. 그는 자신의 모습을 속세를 떠나 수행했던 중국 선종 5대조 홍인(弘忍, 601~674) 문하의 2대 선사였던 육조 혜능과 대통신수의 정신세계로 비유하고 있다.

황상이 노년에 자주 만났던 주변 인물로는 벽은 권공헌(1786~1870)과 염반천이 있다. 이들은 일속산방을 자주 왕래했고 노년을 함께 한 인물들이다. 황상은 권공헌의 문집인 『벽은시고(碧隱詩稿)』의 서문을 쓴 바 있고, 그와 교류하면서 지은 <벽은혜병차(碧隱惠餠茶)>를 비롯해서 <송권공헌삼수(送權公獻三首)>·<답벽옹대여불래(答碧翁待予不

---

26) 『巵園小藁』卷5, <寄白雲屋李自怡>.
27) 『巵園小藁』卷5, <敬次洌水夫子寄題白雲洞李氏幽居>.

來)〉·〈송홍도어벽은걸영산홍자산홍(送紅桃於碧隱乞映山紅紫山紅)〉·
〈여벽은재유천관후기(與碧隱再游天冠後寄)〉·〈득벽은서(得碧隱書)〉·
〈기벽옹차두성서피범주잉용기율(寄碧翁次杜城西陂泛舟仍用其律)〉 등
의 시가 있다. 염반천(廉磻泉)과는 〈대반천불래(待磻泉不來)〉·〈희반
천지(喜磻泉至)〉·〈차두조추고열기회주염반천(次杜早秋苦熱寄懷州廉
磻泉)〉 등의 시를 남기고 있다. 그런데 이들의 교류 과정에서 황상이
권공헌에게 보낸 〈벽은혜병차(碧隱惠餠茶)〉는 차와 관련하여 주목하
는 내용을 담고 있다.

<table>
<tr><td>〈碧隱惠餠茶〉</td><td>碧隱이 병차를 보내주어</td></tr>
<tr><td>百疊紫茸香滿串</td><td>백 첩 紫茸이 꿰미마다 향이 넘쳐,</td></tr>
<tr><td>愛而不煎意如何</td><td>아끼느라 울이지 못한 마음 어떠하겠는가.</td></tr>
<tr><td>長川佳圃令人采</td><td>긴 계천 좋은 밭에서 채취하게 했을 터,</td></tr>
<tr><td>幾處名園若此多</td><td>이름 난 어느 전원이 이처럼 좋겠는가.</td></tr>
<tr><td>正憶江心師陸羽</td><td>江心(李德履)이 육우를 스승 삼던 일이 떠오르고,</td></tr>
<tr><td>聊憐秋史繼東坡</td><td>추사가 동파를 계승했던 일이 그립네.</td></tr>
<tr><td>感君欲得仙家術</td><td>선가의 법을 얻고자 하는 그대가 고마워,</td></tr>
<tr><td>寄送秦靑一曲歌[28]</td><td>秦靑(秦의 가객)의 노래 한 곡을 지어 보내네.</td></tr>
</table>

〈碧隱惠餠茶(碧隱惠餠茶)〉는 병차(떡차)를 보내준 권공헌에게 감사
의 답례로 쓴 것이다. 덖는 잎차가 대부부인 오늘날과 달리, 당시에는
주로 병차(떡차)가 유통되었다고 한다. 병차는 찻잎을 쪄서 절구에 찧
은 후에 떡처럼 틀에 박아내서 덩어리 모양으로 만든 것이다. 보내온
떡차를 받아들고 너무나 귀한 차라서 선뜻 울이지 못하고 아끼는 황
상의 모습이 역력하다. 그런데 이 시에서 우리나라 차 역사와 관련하

---

28) 『巵園小藁』卷6, 〈碧隱惠餠茶〉.

여 중요한 단서를 보이고 있다. 『치원유고』를 보면 황상이 차를 좋아하고 자주 음미했던 것을 짐작할 수 있다. 그것은 『치원소고』에서도 마찬가지인데, 위의 <벽은혜병차>를 보면 그가 차를 즐기는 수준을 넘어 그것에 대한 조예가 깊었음을 암시하는 대목이 나온다.

여기에서 황상은 차와 관련하여 주목할 만한 언급을 하고 있다. 강심과 추사에 대한 언급이다. 다산과 추사가 차를 즐겨했던 것은 주지의 사실이다. 다산은 차를 즐겨마셨고 관련 자료를 보면 제조법에도 정통했던 것으로 보인다. 한편, 그동안 사람들은 다산이 『동다기』의 저자로 알고 있었다. 그런데 최근에 그것의 저자는 다산이 아닌, 강심(江心) 이덕리(李德履, 1728~?)이라는 사실이 정민에 의해 밝혀졌다.[29] 하지만 그것이 기존의 차 학계에 준 충격이 너무 커서 관련 연구자들 사이에서는 아직 인정하지 않으려는 모습도 보인다. 하지만 위의 시는 정민의 견해에 힘을 실어주는 황상의 시적 발언이다.

왜냐하면 황상은 스승인 다산이 차에 관해 어느 정도 조예가 깊었는지 잘 알고 있었다. 그럼에도 불구하고 황상은 위의 시에서 차에 관해 다산이 아닌, 강심 이덕리를 차의 개조(開祖)이자 『다경(茶經)』의 저자인 당나라 육우(陸羽, 727?~803?)로 연결시키고 있는 점을 주목할 필요가 있다. 다선일여(추사는 茶禪一如)의 경지를 구가할 정도로 차에 몹시 심취했다는 것은 주지의 사실이다. 황상은 추사가 귀양살이했던 제주도에서의 차 생활과 송나라 소동파의 황주 유배 중의 그것을 비교하며 상기하고 있다. 정리하자면 황상은 강심 이덕리를 육우에, 추사 김정희를 소동파에 견주고 있다는 점이다.

이상은 인생 말년에 이른 황상이 다산가, 추사가, 그리고 다산학단

---

29) 정민, 『새로쓰는 조선의 차문화』, 김영사, 2011, 41~54쪽.

의 일원들과 시를 주고받으며 교류하는 대략적인 내용이다.

4.『치원소고』의 자료적 가치

이미 알려진『치원유고』에는 황상의 문학적 전모를 파악할 수 있는 시(詩)와 부(賦), 그리고 서(書)·서(序)·기(記)·문(文)들이 수록되어 있다. 황상에 대한 추사 김정희와 산천 김명희가 쓴 문집 서문도 있다. 그리고 부록으로「치원처사유고부록(巵園處士遺稿附錄)」과「치원처사 사우황복급수창록(巵園處士師友往復及酬唱錄)」이 실려 있어서 그에 대한 면모를 확인하는데 도움이 된다. 반면에『치원소고』5, 6권에는 시 작품만 수록되어 있다. 앞서 언급한 바,『치원유고』에는 황상의 5,60대의 시작품이,『치원소고』에는 6,70대인 노년과 말년 시들이 수록되어 있다. 그런데 이들 시작품들은 서로 중복되지 않아 그의 작품 세계를 연속적으로 이해하는데 도움이 된다. 연구자들이 지금까지『치원유고』를 위주로 이해하여 왔지만, 이제『치원소고』가 나와서 황상의 시 세계를 보다 폭넓게 이해할 수 있게 되었다. 따라서 이번에 나온『치원소고』는 기존의『치원유고』와 상호 보완 관계에 있다고 말할 수 있다.

지금까지 황상에 대해 전문(傳聞)은 사의재에서 다산을 만나 공부하는 과정, 그가 상경하여 세상을 떠나기 직전의 스승과의 재회 과정, 그 이후로 다시 네 차례를 상경하여 다산가와 추사가를 방문하고 우의를 나눈 것들이었다. 그런데 이번에 나온『치원소고』는 말년에 이른 황상의 노년 모습을 보다 구체적으로 확인할 수 있는 자료로 활용할 수 있게 되었다.

한편, 추사가 황상에게 보내준 수증시가 있었고 그것에 대한 황상의 화답시는 확인할 수 없었다. 그런데 이번에 나온 『치원소고』에는 황상이 추사의 운자를 그대로 사용한 화답시가 실려 있었다. 산북 신기영이 황상을 위해 지어준 <일속산방가>가 있었는데, 황상의 그것에 대한 화답시도 『치원소고』에 들어있었다. 차와 관련한 주목할 만한 시도 있었다. 최근에 논란이 되었던 『동다기』의 저자가 다산 정약용이 아닌, 강심 이덕리였다는 것을 시적으로 표현한 대목이 있어 주목된다. 아무튼 이번에 나온 『치원소고』는 무엇보다도 황상에 대한 시적 자료로 중요하고 그를 둘러싼 인적 교류를 통해 당대 지성사를 복원하는 데 상당한 도움이 될 것으로 기대된다.

5. 맺음말

지금까지 치원(巵園) 황상(黃裳, 1788~1870)의 『치원소고』에 대한 자료 소개와 함께 교류 내용을 살펴보았다. 이 글은 『치원소고』를 처음으로 세상에 알리는 자리이니만큼 자료 소개에 중점을 두었다.

『치원소고』는 저자인 황상이 직접 만들어 소장했던 시집이다. 표제가 『치시』이고 내제에 '치원소고'라고 적혀 있다. 이르자면 『치시』가 바로 『치원소고』인 셈이다.

『치원소고』는 전체 6권중에서 일부인 제5권과 제6권이다. 『치원소고』의 필체는 해서체이고 황상의 자필로 보인다. 시집의 작품 배열은 대체적으로 시간적 순차를 따르고 있고 68세부터 세상을 떠난 83세 가까이 이어지는 시들로 이뤄져 있다. 모두 265제 345수의 한시가 수록되어 있다. 특이한 것은 『치원소고』와 『치원유고』에 수록된 시들이 중복되지 않는다는 점이다. 필자가 보기에 『치원유고』는 황상의 50~

60대 시들이, 『치원소고』는 70~80대의 시들이 주종을 이루고 있기 때문이다.

『치원소고』의 5권과 6권에서 황상이 교류한 인물군은 크게 세 부류였다. 첫째는 다산과 다산가의 인사들, 둘째는 추사와 추사가의 사람들, 셋째는 다산학단을 중심으로 활동했던 강진 문인들이었다.

『치원소고』에서 이들이 주고받은 시들을 살펴보면 황상이 정학연을 비롯한 다산가의 교분들, 추사가와 맺은 인연들이 잘 담겨 있다. 특히 황상은 다산가와 우의를 넘어 깊은 교분을 갖고 있었던 듯하다. 황상은 추사 3형제, 다산가의 정학연과 정학유가 죽은 다음에도 그 자손들과 끊임없이 시를 주고받으며 선대에 맺었던 인연을 잊지 않고 있다. 한편, 황상은 스승이었던 다산에 대한 존경과 사랑을 변함없이 지속하고 있었다. 그리고 그는 세상을 마칠 때까지 다산의 시를 읽거나 차운하며 스승의 가르침을 되새기고 있었다.

『치원소고』에는 몇몇 주목할 시작품이 있다. 『완당전집』에는 추사가 황상에게 주는 〈증황치원(贈黃厄園)〉이 있다. 그런데 이번에 나온 『치원소고』에는 그것의 운자를 그대로 사용하여 화답하는 황상의 〈추차완당증시(追次阮堂贈詩)〉가 나왔다는 점이다. 산북 신기영이 황상을 위해 지어준 〈일속산방가〉가 있었는데, 황상의 그것에 대한 화답시도 이번에 나왔다는 점이다. 한편, 차와 관련한 주목할 만한 시작품이 있다. 최근에 논란이 되었던 『동다기』의 저자가 다산 정약용이 아니라, 강심 이덕리였다는 것을 시사하는 황상의 시가 있어서 주목된다.

아무튼 이번에 나온 『치원소고』는 무엇보다도 황상에 대한 시적 자료로 중요하고 그를 둘러싼 인적 교류를 통해 당대 지성사를 복원하는데 상당한 도움이 될 것으로 기대된다.

대한제국기 주불공사 석하 김만수의
〈일기〉 자료에 대하여*

1. 머리말

한국과 프랑스는 1886년 6월에 한불우호통상조약을 통해 공식적인 외교관계를 맺었고, 이에 앞서 1866년에 프랑스 함대가 쳐들어온 병인양요가 있었다. 당시 외교관계가 시작되면서 1888년에 프랑스는 서울에 공사관을 개설하였고, 빅토르 꼴랭 드 쁠랑시(Victor Collin de Plancy, 1853~1922)가 대리공사로 부임하였다.

한국 정부에서는 1887년 9월에 프랑스를 비롯한 5개국 겸임 구주특명전권대신으로 심상학(沈相學)을 임명했으나 교체하였고, 후임인 조민희(趙民熙)도 임지로 출발했으나 중국 당국에 억류되면서 현지에 부임하지 못하였다. 이후로 1890년 2월에는 박제순(朴齊純)이, 1897년에는 민영환(閔泳煥)이, 1898년에는 민영돈(閔泳敦)이 유럽 5개국 주차전권공사로 임명되었으나 국내 사정으로 부임하지 못했다. 한불관계에서 최초로 현지에 부임한 것은 이범진(李範晉)이었다. 그는 1899년 3월에 러시아 프랑스 오스트리아 주재 겸임공사로 임명되었으나, 1900년 4월에야 프랑스 대통령에게 신임장을 제정하고 러시아로 돌아갔다.

* 이 글은 양지욱(선문대학교)과 저자가 공동 연구·작성한 글임을 밝힙니다.

한불관계에서 최초로 프랑스에 주재하면서 외교 활동을 벌인 것은 김만수(金晩秀, 1858~1936)였다. 그는 1901년 3월 16일에 주불공사로 임명되어 7월 10일에 현지로 부임하여 외교활동을 벌이다가 다음 해 2월에 귀국하였다. 이어서 1900년 파리 만국박람회에 한국 대표 단장이었던 민영찬(閔泳璨)이 김만수(金晩秀)의 후임으로 현지에 부임하였다. 이러한 한국과 프랑스의 공식적인 외교관계는 1905년 11월 을사늑약으로 한국이 외교권을 빼앗길 때까지 존속되다가 일제강점기의 공백을 거치면서 1949년에 재개되어 오늘에 이른다.

한불수교 이래로 한국 외교관들이 프랑스에서 벌인 활동은 지금까지 알려진 것이 거의 없으며, 문서도 임명장 몇 점 이외에는 전해지는 것이 없었다.[1] 한국 주재 프랑스 외교관의 기록물이 프랑스에 약간이나마 보관되어 있는 것과는 달리, 초기 한국외교관들의 프랑스에서의 외교활동이나 행적을 밝혀줄 기록은 거의 남아 있지 않았다. 그런 점에서 이번에 발굴한 대한제국기 주불공사였던 석하(石下) 김만수(金晩秀)가 프랑스 현지에서 남긴 일기는 이 분야의 소중한 자료임에 틀림없다. 게다가 이 자료는 당시 한불관계에서 국제관계에 이르는 여러 실상들을 담고 있다.

본고에서는 지금까지 거의 알려지지 않았던 주불공사였던 김만수에 대해 알아보고, 그가 남긴 일기 자료의 서지와 기록 내용을 살펴본 다음, 그것의 자료적 가치를 검토하고자 한다.

---

1) 2006년 10월 18일부터 11월 30일까지 고려대학교 박물관에서 한불수교 120주년을 맞이하여 초기 주한프랑스 외교관이었던 빅토르 꼴랭 드 쁠랑시(Victor Collin de Plancy, 1853~1922)와 모리스 꾸랑(Maurice Courant, 1865~1935)의 한국 관련 기록물들과 한국의 모습을 담은 사진들이 전시되었다.(『서울의 추억』, 프랑스국립극동연구원·고려대학교 박물관, 2006년 10월, 6~254쪽.)

2. 김만수의 생애와 시대

　김만수는 1858년 2월에 서울에서 태어났다. 본관은 연안 김씨였고, 친부는 칠연(七淵)이었으나 나중에 우의정을 역임한 유연(有淵)에게 입양되었다. 자는 대여(大汝)이고 호는 석하(石下)이다.[2] 1876년 강화도조약을 맺으면서 일본 수신사로 파견되었던 김기수도 그의 친척이었다.

　그는 전형적인 양반 관료의 후손으로서 고종 15년(1878)에 진사가 되었고 1884년에 문과에 급제하여 관료의 발판을 마련한다. 그는 1890년에 규장각 대교와 홍문관 수찬을 지내면서 능력을 인정받아 1892년 3월에 성균관 대사성을, 11월에 이조참판을 역임하였다. 1899년에는 궁내부 특진관을, 1900년 7월에는 경효전(景孝殿) 제조로 임명되었다가 다시 궁내부 특진관으로 돌아온 김만수는 1901년 3월 16일에 특명전권공사로 임용되어 프랑스에 주재하라는 명령을 받았다. 그는 4월 5일에 출발하여 7월 10일에 현지에 부임하여 외교활동을 벌였다. 그리고 같은 해 10월 18일에는 벨기에 공사까지 겸임하는 명령을 받았다. 그러다가 1902년 2월 14일에는 병으로 사임하고 귀국하여 임금 앞에 복명하였다. 그는 프랑스 공사로 활동하면서 많은 인사들을 만났고 당시의 국제정세에 관한 이런저런 정보들을 기록해두었다. 그리고 귀국해서 그것을 다시 정리해서 보고서를 작성하기에 이른다.

　이후로 그는 칙임관 3등에 서임되었고 7월에 특명전권공사로 임용되었다가 1903년 7월에 봉상사 제조로 임명되었다. 1904년 4월에는 『문헌비고』편찬 당상관에 임명되었고, 그 사이에 다른 직책을 맡았다가 1906년에 다시 『문헌비고』 교정 당상관으로 임명되었다. 1906년 12월에는

---

　2) 『연안김씨대동보』, 2006, 회상사, 2898쪽.

중추원 참의로 임용되었는데, 한일합방 직후인 1910년 10월 1일에 조선 총독부에 의해 다시 중추원 참의로 임명되는 기록이 확인된다.[3]

1921년 3월 4일에 고종의 세실에 대한 문제로 헌의(獻議)를 하고 있는 것으로 보아 노년기에 이른 그의 사회적 활동이 확인된다.[4] 같은 해 9월에는 미국 워싱턴에서 11월에 열리는 열강5개국 태평양회의에 일제식민지를 반대하고 민족자주권을 요구하는 내용인 대한민족대표단의 〈대한인민의 건의서〉를 보냈는데, 그는 여기에 참여하여 서명했던 기록도 보인다.[5] 그는 부인 창녕성씨와 슬하에 사윤(思潤)·사연(思演)·사식(思湜)·사한(思漢)이라는 네 아들이 있었고, 1936년 1월 20일에 타계하였다.[6] 묘지는 경기도 고양군 중면 마두리에 있다. 석하 김만수에 대한 자료는 6·25전쟁 중에 모두 산실되었다.[7]

이상에서처럼 석하의 일생을 살펴보면, 그는 정통관료로서 일생을 보냈다고 말할 수 있다. 개화기에서 애국계몽기를 거쳐 일제강점기를 살았던 많은 지식인들이 부침을 거듭했던 것과는 달리, 그는 왕의 측근에서 인정을 받으면서 비교적 안정적인 관직 생활을 하였다. 다만, 한일합방이 되면서 김만수는 대한제국기부터 갖고 있던 중추원 참의를 유지했던 바, 본의 아니게 부일했던 비판을 면할 수 없겠다. 당시 관료로서 정치적 비중이 높았던 그를 일제가 다시 중추원 참의로 임명하였던 것인데, 그는 그것에 대하여 적극적으로 저항하지 않고 마지못해 따르는 일종의 소극적 친일에 나섰던 셈이다. 하지만 앞서 언급

---

3) 〈조선총독부관보〉, 1910년 10월 1일자.

4) 『조선왕조실록』, 「순부」 12권, 순종14년(1921 신유/3월 4일 양력 3번째 기사)

5) 『재미한인오십년사』(http://www.history.go.kr/front/dirservice/36history)

6) 『연안김씨대동보』, 2006, 회상사, 2897~2899쪽.

7) 증손인 김달흠(金達欽; 1934~)에 의하면, 1·4후퇴 때 피난을 갔다가 돌아오니 집안에 있던 모든 자료가 없어졌다고 한다.

하고 있는 것처럼 그는 민족자주권을 위해 힘쓴 행적도 나타나고 있다는 점을 간과해서는 안 된다.

3. 일기 관련 자료의 검토

3.1. 서지적 측면

필자들이 입수한 자료는 대한제국기인 1901년도에 프랑스 파리에 머물면서 주불공사로서 활동했던 김만수의 공관 일기이다. 이 자료들은 모두 3권인데, 표지명이 『일록(日錄)』·『일기책(日記冊)』·『주법공사관일기(駐法公使館日記)』이다. 『일록(日錄)』은 42.6×71.5cm의 62쪽, 『일기책(日記冊)』은 42.6×71.5cm의 54쪽, 『주법공사관일기(駐法公使館日記)』은 44.1×57.1cm의 28쪽으로 되어 있다. 『일록(日錄)』과 『일기책(日記冊)』은 표지명만 다를 뿐이지, 내용은 같은 체재이다. 표기 방식은 한문체이고 지명이나 인명에서 국문이 사용되고 있다.

1901년 3월 16일에 독일공사 민철훈, 영국공사 민영돈 등과 함께 김만수가 프랑스공사로 발령이 났다. 일기 자료에는 구주로 발령이 났던 신임 외교관들과 함께 4월14일(음력 2월 26일)에 함녕전(咸寧殿)에서 고종황제를 알현하고 출발하여 현지에 가서 공무를 마치고 귀국한 1902년 2월 9일(음력 1월 2일)까지 약 10개월에 걸친 기록이다. 『일록(日錄)』은 4월 14일부터 8월 26일까지, 『일기책(日記冊)』은 10월 1일부터 다음해 2월 9일까지 있었던 일들을 기록한 것이다. 그렇다면 『일록(日錄)』과 『일기책(日記冊)』의 사이에는 8월 27일부터 9월 30일까지의 일기가 빠진 셈인데, 그것은 국내 어디엔가 있을 것으로 생각된다.

이들 일기에는 김만수가 프랑스공사로 근무하면서 있었던 모든 공적인 일들과 개인사에 이르는 사소한 일들이 상세하게 기록되어 있다. 『주법공사관일기(駐法公使館日記)』는 『일기책』에서 공적인 업무 내용을 추려서 정서한 것이다. 말하자면 『일기책(日記冊)』은 『주법공사관일기』의 초고본인 셈인데, 김만수는 전자를 정리하여 후자로 만들어 공식적으로 국가에 보고하고자 작성했던 문건으로 보인다. 그렇다면 필자들이 입수한 이들 문건말고도 1901년 4월부터 9월까지 정리한 다른 『주법공사관일기』가 국내 어디엔가 있을 것으로 보인다.

『일록(日錄)』과 『일기책』의 편철 내용을 다음과 같다. 전자의 표지에는 '대한주법특명전권공사지장(大韓駐法特命全權公使之章)'이라는 한문 직인이 주인으로 찍혀있다. 그리고 기록 용지는 당시 대한제국 공관에서 사용되던 공용지로 보이고, 12칸 공간에다 행서체로 종서했다. 반면에 후자는 10칸으로 되어 있는데 해서체로 종서했다. 여기에는 날마다 양력과 음력을 밝히고 그 아래에다 날씨를 기록하였다. 전자에는 윗부분에 이따금 둥근 인장이 찍혔는데, 안쪽에는 김만수장(金晩秀章)이, 그것의 둘레에는 'KIM-MAN-SOU'가 새겨져 있다.

3.2. 내용적 측면

3.2.1. 여정

먼저 여정은 다음과 같다. 그는 4월14일에 함녕전(咸寧殿)에서 고종황제를 알현하고 다음 날 출발하여 인천 제물포항에서 배를 타고 17일 아침에 중국 절강 해관에 도착한다. 다음 날 상해로 가서 그곳에 와 있던 민영익 등을 만나고 다른 공무를 처리한다. 다시 배를 타고 동지나 해협을 지나서 5월 11일에 싱가포르(新嘉坡)항에 도착하였고, 17일에는 스리랑카(石蘭島)에 이르렀다. 5월 24일에는 예멘의 아덴(亞丁)을 거쳐 26일에는 수에즈 운하를 지나 28일에 이집트 포트사이드(portsaid, 프르사이) 항구에 이른다. 6월 1일에는 이탈리아를 지나 4일에 프랑스 마르세유(Marseille, 말르사이) 항구에 이르렀다. 그곳에서 육로를 이용하여 6일에 파리에 도착하여 명예영사 우니라(禹利羅)의 방문을 받았다. 이어서 8일 오후 1시에 프랑스 상원의장의 내방을 받았고 대통령에게 신임장을 제정하면서 드디어 공식적인 외교활동에 들어갔다.

 귀국 과정은 다음과 같다. 10월 7일에 본국에 공사 사임서를 전송하였으나 사의가 기각되었고 벨기에 공사까지 겸임하라는 명령이 하달되었다. 20일에 다시 사임을 표명하였으나 회신이 없다가 11월 11일에 궁내부로부터 사의가 확정되었다는 회신을 받았다. 16일에 프랑스 대통령을 면담하고 하직인사를 하였다. 11월 22일 프랑스를 출발하였고 독일 베를린를 거쳐서 26일에 러시아 수도 페트로부르크(St.petersburg)에 이르러 러시아공사인 이범진의 영접을 받았다. 12월 3일에는 러시아 주한공사를 지냈고 아관파천의 주역이었던 웨베르를 만났고, 23일에는 그곳을 출발하여 26일 우크라이나의 오대사(Odessa)항구로 가서 중국 뤼순행 배를 탔다. 30일에는 터키 수도 콘스탄티노플에 도착하였고, 1월 2일에 이집트 포트사이드(portsaid, 포로사이뜨) 항구8)에 정박한 다음, 수에즈 운하를 거쳐 홍해를 지나서 8일에 아덴에 이르렀다. 15일에 스리랑카를 거쳐 22일에 싱가포르에 이르렀고 2월 3일에 중국 뤼순 항구에 도착하였다. 8일에 그곳에서 인천을 거쳐 일본 나가사끼로 가는 배로 갈아탔고, 10일에 인천에 도착하여 서울로 와서 임금에게 복명하였다.

---

8) 앞서 말한 이집트 프르사이(portsaid, 포트사이드)항구를 말한다.

3.2.2. 활동내용

김만수는 날짜별로 날씨를 적고 이어서 시간에 따라 공무와 관련된 일들을 적고 있으며, 사적으로 접촉한 일들이나 개인적인 소감을 꼼꼼하게 적어나가고 있다. 경우에 따라서는 이국에서 느끼는 감회를 시로 남기고 있다. 그는 프랑스 공사로서 프랑스 대통령에서부터 상하의원장, 총리, 외무장관, 법무장관, 그리고 각국의 외교관들을 언제 어디서 만나 어떤 외교활동을 벌였는지를 자세히 기록하고 있다. 파리에서 접하는 국제 정세에서부터 각국의 정보를 수집하고 있고 공관의 대소사를 모두 일기에 기록하고 있다. 그는 일본이 영국은행에서 오천만원을 차관으로 빌렸다는 내용, 일본 전총리 이등박문이 파리를 방문하여 총리를 방문한 것이 혹시 차관 문제로 오지 않았나하고 이리저리 살피고 있다. 1902년도 프랑스 예산이 얼마이고 그것이 해마다 늘어난 이유가 무엇인지, 중국의 리홍장이 파리에 와서 열강대표 누구와 회담을 하였다는 내용에 이르기까지 크고 작은 정보를 수집하고 있다. 프랑스의 도량형이 매우 정밀하다는 관찰 내용, 미국의 교회와 학교 제도가 어떻고, 영국 황제의 생일이 언제이고 러시아 황제의 숙부가 파리를 방문한 시시콜콜한 사건들도 적고 있다.

일기에는 당시 해외에서 활동하던 우리 외교관들의 실명이 구체적으로 거론되고 있고 구한말 국내외에서 활동했던 외국 인사들도 등장하고 있다. 조선말기의 문신이자 개화사상가로 중국에 망명중이었던 원정(園丁) 민영익(閔泳翊, 1860~1914)을 상해에서 만났고, 1896년 아관파천의 주역으로서 당시에 주러시아공사로 있었던 이범진을 만나 시를 주고받고 있으며, 아관파천 당시에 주한러시아공사였던 위베르를 러시아에서 만나고 있다.

그리고 당시 외교관들의 어려운 생활을 통해 대한제국의 어려웠던 재정 상태를 짐작할 수도 있다. 10월 4일 일기를 보면, 본국에서 지원이 끊겨서 공관 월세를 내지 못하여 집주인에게 시달리다가 별 수 없이 12월 6일에 갚기로 하고 사채업자에게 돈을 빌리는 내용도 나온다.[9] 그것은 독일 공사도 마찬가지여서 부임하고서 몇 달 동안 공간을 마련하지 못하여 여관을 전전하는 생활하는 장면이 담겨 있다.[10] 당시 외교관들이 경제적 문제, 적응하기 힘든 타국 풍토나 환경 등으로 어려움을 겪는 내용이 담겨 있다. 이 일기에는 우리나라가 프랑스로부터 총기와 탄환 등을 구입하기 위한 교섭 내용도 보인다.[11] 운남회사를 통해 총(25불)과 탄환 천 개(175불)의 구입 여부를 본국에 전송하여 구입을 완료한다.

3.2.3. 한시 작품들

일기 자료에는 석하가 외교 인사들과 주고받았던 한시 작품 몇 수가 수록되어 있다. 그는 8월 20일에 파리 공관에서 몇몇 관원들과 두보의 시를 차운한 2수를 남기고 있고, 11월 16일에 프랑스 대통령을 만나 귀국 인사를 하고 귀국길에 오르면서 공사서리를 책임지는 이하영과 시를 주고받았다. 11월 22일에 석하는 파리에서 독일 쾰른을 거쳐 베를린에 있는 공관으로 갔다. 그곳에서 11월 24일에 민철훈 독일 공사와 시를 주고받으며 전별시에 화답하였다. 이어서 석하는 독일을 떠나 러시이로 갔는데, 그곳에서 러시아공사였던 이범진의 영접을 받았다. 12월 7일에는 귀국에 오르면서 이범진과 시를 주고받았는데, 석

---

9) 김만수, 『일기책』(10월 7일자).
10) 같은 책, 같은 날.
11) 같은 책(10월 25일자).

하는 이때 2수를 지었다. 그래서 일기에는 석하의 한시 작품 6수가 수록되어 있다.

먼저 8월 20일 파리 공관에서 석하는 외교 관원들과 시를 주고받으며 남긴 2수를 살펴보기로 한다. 이들 작품은 『두율(杜律)』·「장상(將相)」편의 〈제장오수(諸將五首)〉의 첫수를 차운한 것이다.12)

倚斗時兼陟北山	북두성 의지하여 때론 북산을 오르나니,
天涯家國兩相關	하늘 끝에서 나라와 집안이 모두 그립구나.
縱云毳服華夷混	털옷 속에 중화와 오랑캐가 뒤섞여 있기는 해도,
自有靈坮物我間	저와 나는 스스로 영대(靈臺:천부의 이성)를 갖고 있다.
蘇海十年持節苦	소무(蘇武)는 북해에서 십년 동안 사절로 고달프게 지냈고,
張河八月返槎閒	장건(張騫)은 은하에서 팔월차 배를 타고 한가로이 돌아왔다.
微臣幸布聲教迄	미천한 신하가 다행히 성상의 교화를 널리 베풀어,
將使邊酋革獸顔	변방 우두머리의 짐승 모습을 혁신하고자 하네.

석하는 타국인 파리 공관에서 수만리 떨어진 고국과 집안 생각에 잠겨 있다. 여기에서 북두는 단순한 북두성이라기보다는 화자의 임금과 가족이 있는 한양을 가리킨다. 화자는 한나라 때 사신으로 갔다가 흉노에게 억류되었던 소무와 서역으로 사신을 갔다가 억류되었던 장건을 떠올리고 있다. 언젠가 임금의 교화를 다 이루고 무사히 고국으

---

12) 『두보시의 이해』, 의암서당 한문강독회(역), 1994, 71쪽.

로 돌아가겠다는 염원을 담고 있는 작품이다.

석하는 11월 11일에 공사를 사임하고 22일에 파리를 출발하여 귀국 길에 오른다. 그는 프랑스 항구를 통해 귀국하지 않고 독일을 거쳐 러시아 수도 페트로부르크로 향한다. 그곳에서 조정에서 함께 관료생활을 하였던 러시아 공사 이범진을 만나기 위해서였다. 석하는 그곳에서 웨베르와 이범진을 만났고, 12월 7일에는 러시아 페트르부르크에 있는 공사관에서 주러시아공사로 있던 이범진과 헤어져 귀국길에 오르며 시를 주고받았다. 당시 이범진은 러시아에서 망명생활이나 다름없는 외교관 생활을 하고 있었다. 이범진은 귀국길에 일부러 러시아 수도 페트로부르크에까지 방문하여 자신을 방문한 김만수의 귀국을 아쉬워하며 시를 지었다.

欲解方言試學初　　이곳 말 알아듣고자 배우기를 시도하던 때,
最難西國蟹行書　　가장 어려운 것이 서양의 게걸음 글씨였다오.

何時恩遞遲丹鳳　　교체가 담긴 궁중소식은 어찌 이리 더디기만 한가.
積歲羈愁絶素魚　　오랜 세월 나그네 시름, 고국소식마저 끊어졌구나.

奇傑危樓天際起　　높고 웅장한 누대는 하늘 끝에 닿았고,
迷茫大雪夜光虛　　하염없이 내리는 눈에 달빛은 공허하기만 하네.

故人多病先吾返　　병에 시달리던 벗이 나보다 먼저 돌아가니,
從此參商萬里疎　　이제 내 주위는 더욱 쓸쓸하겠구나.

주지하다시피 이범진(1852~1910)은 1896년 아관파천의 주역으로서 개화기 친러파를 대표하는 인물이었다. 이에 앞서 그는 1895년 민비가 친러정책을 표방할 때 그것에 가담하였고, 1895년 11월에 춘생문사건

을 일으켰으나 실패하여 러시아에 망명하기도 하였다. 그는 1900년부터 주러시아공사로 재임하고 있었고, 1905년 11월에 일제가 강제로 을사조약을 체결하여 외교권을 박탈하고 각국에 주재하고 있던 외교관들을 소환하자, 그는 귀국하지 않고 그곳에 체류하면서 국권수복을 위해 헌신했던 인물이다.

이 시에서는 이범진으로 여겨지는 화자가 자신의 언어 소통을 위해 외국어를 처음 접했을 때의 어려움을 토로하며 시를 시작하고 있다. 화자는 언어와 문화가 다른, 머나먼 북쪽나라에서 조정으로부터 전해 올 소식을 기다리다가 이제는 체념한 상태라고 토로한다. 그러면서 그는 석하가 병으로 자신보다 먼저 귀국한다는 위로가 아닌 위로와 부러움을 나타내고 있다. 그리고 길이 엇갈리면서 서로 만 리를 사이에 두고 멀어진다고 아쉬워하고 있다. 이 둘은 조정에서 임금을 함께 모셨던 가까운 사이였다. 그래서 석하도 귀국길에 프랑스에서 바로 귀국하지 않고 일부러 이범진을 만나려고 러시아 수도까지 찾아왔던 것이다. 하지만 위의 시에서 언급한 대로, 이 둘은 이후로 다시는 만나지 못하고 만다. 1910년도에 한일합방으로 나라를 빼앗기자 이범진은 통분을 이기지 못하고 러시아 페트로부르크에서 권총으로 자살을 하였기 때문이다. 다음 시는 석하가 이범진의 시에 화답한 것이다.

詩聲攪我欲眠初　　시를 보낸 소리가 막 잠들려는 나를 깨우나니,
秪爲論懷未爲書　　회포를 서술하려는 것일 뿐, 글을 쓴 것이 아니었네.

電影似花還似月　　영화는 꽃 같기도 하고 달 같기도 하며,
椅粧非獸亦非魚　　의자 등은 짐승도 아니고 물고기도 아니네.

雪明遙夜三淸遠　　눈 내리는 밤 삼청(三淸)은 저 멀리 밝고,
管斂餘聲一境虛　　피리 거두자 여운이 허공에 메아리치네.

訂日歸槎蒼海泛　　날을 잡아 귀국하는 배가 푸른 바다에 떠있나니,
未報涓埃愧慵疎　　조금도 보답하지 못한 게으른 내 자신이 부끄럽
　　　　　　　　　다오.

귀국길에 오른 석하는 어수선한 심사를 시로 표현하고 있다. 석하로 여겨지는 화자는 잠을 이루지 못하고 있으며, 그렇다고 마음이 어수선하여 시로써 회포를 추스르지도 못하고 있다. 이곳 북방에는 눈이 내리고 적막하기만 한데, 소임을 제대로 마치지 못하고 병으로 일찍 귀국하는 자신이 부끄럽다는 것이다. 오랜 세월을 추운 러시아에서 나라를 위해 묵묵히 활동하는 이범진을 두고서 앞서 귀국하는 자신의 미안한 마음을 담은 것으로 보인다. 석하는 이것 이외에도 시를 한 수 더 지어서 그를 위로하고 있다.

彼得城中駐節初　　페트르부르크에서 처음 사절 일을 시작할 때,
皇恩感戴紫泥書　　조서(詔書)에 담긴 황제의 은혜에 감복하셨네.

十年海北遲蘇鴈　　십년 북해 생활에서 소무의 기러기는 느리기만
　　　　　　　　　하고,
萬里江東憶張魚　　만리 길 강동에선 장건의 물고기가 그립기만 하다.

天陰樓閣常多鎖　　흐린 하늘에 누각은 언제나 닫혀 있을 때가 많지만,
雪積江山自不虛　　눈 쌓인 강산은 스스로 공허하지가 않다.

朔風塞月天荒地　　삭풍에 달이 뜬 황량한 변방에서,
遙望公園落木疎　　저 멀리 헐벗은 공원의 나무들을 바라보네.

이 시에서 화자는 이범진이 고종황제의 명령을 받들고 러시아공사로 와서 나라를 위해 온갖 어려움과 외로움을 견뎌내는 모습을 적고 있다. 석하는 그를 한무제의 사신으로 흉노에게 억류되면서도 끝까지 신의를 저버리지 않은 충신 소무와 장건을 떠올리면서 비유하고 있다. 소무(蘇武, BC 140~BC 80)는 한무제의 명으로 흉노에게 사신으로 갔다가 십년 이상을 북해(바이칼호)에서 포로로 잡혀있었지만 끝까지 지조를 지켰던 인물이다. 장건(張騫, ?~BC114)은 한무제의 명령으로 흉노를 견제하기 위해 대월지국(大月氏國)으로 갔으나 도중에 흉노에게 붙잡혀서 10년이 넘게 억류를 당했으나 끝까지 한나라의 신절을 몸에 지니고 있었던 인물이다. 마지막에서는 북풍이 불어오고 변방에 달만 우두커니 떠있는 자연물의 제시를 통해 나라를 위해 외로이 분투하는 이범진의 모습을 간접적으로 비유하고 있다.

김만수가 프랑스공사를 역임하면서 남긴 한시는 모두 6수인데, 당시에 유럽에 주재하던 외교사절들과 주고받은 교유시이다. 내용들이 한결같이 어려운 환경에서 나라를 위해 묵묵히 일하는 모습과 타국에서의 외로움을 형상화하고 있다. 후손들에 의하면, 김만수는 시부에도 능했으나, 그가 남긴 기록물들이 6·25 전쟁을 겪으면서 모두 일실되었다고 한다. 따라서 현재 남아있는 그의 시문은 아쉽게도 이들 일기에 기록된 6수가 전부이다.

4. 자료적 가치

김만수의 일기 자료는 크게 사료적 측면과 문학적 측면으로 나누어 생각할 수 있다. 전자는 이들 자료가 초기 한불 외교 관계의 실상을 파악할 수 있는 중요한 외교 자료라는 점이고, 후자는 그것이 공식적인 국가 수행원이 기록물로 남긴 사행문학의 일종이라는 점이다.

먼저 사료적 측면에서 개화기 이래로 한말까지 프랑스 현지에서의 한불 초기 관계를 알려주는 한국측의 자료는 지금까지 없었다고 해도 과언이 아니다. 하물며 프랑스 현지에서 한국 외교관들이 공무를 수행하면서 남긴 자료는 더욱 그러하였다. 그런데 이번에 대한제국기 주불공사였던 김만수의 관련 기록물이 발굴됨으로써 한국과 프랑스 사이에 있었던 초기 외교관계의 실상을 어느 정도 확인할 수 있게 되었다. 이 일기 자료를 통해 우리들은 주불공사였던 김만수가 파리에 상주하면서 프랑스 대통령을 비롯한 각료들과 의회 수장들, 그리고 각국의 외교 관료들을 만나면서 주고받은 담화를 통해 열강들 사이에서 약소국 외교관의 숨가쁘게 움직였던 모습들을 만나게 된다. 이외에도 세계를 움직였던 서구 열강의 모습, 구라파에 파견되었던 한국 인사들의 활동 내용을 함께 확인할 수 있다. 뿐만 아니라, 김만수는 공식적인 외교 활동에 대한 기록이외에도 선진화된 서구 문명과 서구 문화의 생소한 모습을 놓치지 않고 기록하고 있다.

문학적 측면에서 이들 자료는 사행문학의 범주에 속한다. 이들 자료는 김만수라는 개인이 작성한 기행일기라고 말할 수 있고, 더 나아가서 공무를 수행하면서 여정에 따라 견문과 소감을 기록한 사행문학의 일종이라는 점이다. 예로부터 한국인들이 중국을 다녀와서 많은 기록물을 남겼는데, 우리는 그것을 '연행록' 내지 '사행록'이라 일컫는다. 조선시대에 사신이 원·명·청 왕조에 사행했던 총 회수가 공식적으로 579회에 이르렀고, 오늘날 그것을 기록한 독립성을 가진 연행록이 418건에 이르고 있다.[13] 김만수가 쓴 이들 자료는 사행 목적지가 중국이 아닌 프랑스 파리이지만 그것이 지닌 문학적 성격은 마찬가지이다. 이들 일기자료에서는 연행록처럼 정치·경제·사회·문화·외교·종교 등과 같은 여러 방면에 걸쳐 보고들은 내용들을 기록하고 있다. 조선시대에 관리들이 중국과 일본을 다녀오면서 보고들을 내용을 적은 기록물 이외에도 개화기 이래로 서구를 다녀오면서 여정과 견문을 적을 기록물들이 전한다. 민영환은 1896년 3월 11일에 특명전권공사로 임명되어 윤치호, 김득련, 김도일과 함께 4월 1일에 한양을 출발하여 러시아 니콜라이 2세의 황제대관식에 갔다가 10월 21일에 돌아왔다. 이 기간 동안에 보고들은 것에 대하여 민영환이 『해천추범(海天秋帆)』이라는 기행문을 남겼고, 김득련은 『환구음초(環璆唫艸)』라는 기행시집을 남겼다.[14]

이것은 이들 일행이 한양을 출발하여 김만수의 일기 자료는 민영환의 『환구일기』와 좋은 짝을 이룬다. 이들 기록물은 몇 년간의 시차를 두고 왕명을 받은 외교관이 서구에 갔다가 돌아오는 모든 과정을 기록한 사행문학의 성격을 지니고 있다.

5. 맺음말

지금까지 대한제국기인 1901년도에 프랑스 파리에 머물면서 주불공사로서 활동했던 김만수가 남긴 『일록(日錄)』·『일기책(日記冊)』·『주법공사관일기(駐法公使館日記)』를 살펴보았다.

김만수는 일찍이 과거를 통해 관료생활을 하다가 1901년 3월 16일에 특명전권공사로 임명되어 프랑스 파리에 가서 외교활동을 하다가

---

13) 임기중, 「연행록의 전승 현황과 그 문학담론」, 『한국문학논총』 31집, 2002.10, 34쪽.
14) 허경진, 『조선위항문학사』, 태학사, 1997, 343~347쪽.

1902년 2월 14일에는 병으로 사임하고 귀국한 인물이다. 그는 당시 프랑스 공사로 활동하면서 많은 인사들을 만났고 당시의 국제정세에 관한 이런저런 정보들을 이들 일기에 남겼다.

　이들 자료 중에서 『일록(日錄)』은 4월 14일부터 8월 26일까지, 『일기책(日記冊)』은 10월 1일부터 다음해 2월 9일까지 있었던 일들을 기록한 것이다. 『일록(日錄)』과 『일기책(日記冊)』의 사이에는 8월 27일부터 9월 30일까지의 일기가 빠졌다. 하지만 그것도 국내 어디엔가 있을 것으로 생각되는데 발굴이 기대된다. 그리고 『주법공사관일기(駐法公使館日記)』는 『일기책(日記冊)』에서 공적인 업무 내용을 추려서 정서한 것인데, 국가에 공식적 보고를 위해 작성한 것으로 추측된다.

　김만수는 4월 14일 함녕전에서 고종을 알현하고 다음날 인천을 출발하여 상해를 거쳐 싱가포르, 스리랑카, 아덴, 수에즈해협, 이집트의 포트사이드 항구, 이탈리아, 프랑스 마르세유 항구를 거쳐 파리에 이르렀는데, 그 과정을 진행에 따라 상세하게 기록하고 있다. 그곳에서 활동하다가 병으로 사임하고 11월 22일 프랑스를 떠나 귀국길에 오른다. 파리에서 독일 베를린, 러시아 수도 페트로부르크, 오대사항구, 터어키 콘스탄티노플, 이집프 수에즈운하, 홍해, 아덴, 스리랑카, 싱가포르, 중국 여순을 거쳐서 인천항을 통해 들어와서 임금 앞에 복명한다.

　일기자료를 살펴보면, 그는 날짜와 날씨를 밝히고 공무와 관련된 공적인 업무 내용, 수집한 정보 자료, 개인 대소사를 낱낱이 기록하고 있다. 그는 프랑스에서 프랑스 대통령을 비롯하여 내각 각료들, 의회지도자들, 각국의 외교관들을 만나 주고받은 내용들을 기록하고 있다. 여기에는 당시 해외에서 활동하던 우리 외교관들, 구한말 국내에서 활동했던 외국 인사들도 등장하고 있다. 그리고 여기에는 그가 이범진을 비롯한 외교관들과 주고받은 한시 6수가 기록되어 있다.

　자료적 가치는 크게 사료적 측면과 문학적 측면으로 나누어 생각할
수 있다. 먼저 사료적 측면에서 이들은 초기 한불 외교 관계의 실상을
파악할 수 있는 중요한 자료라는 점이다. 문학적 측면으로는 이들 자
료들이 일기나 기행문, 또는 국가 수행원이 남긴 기록물이라는 사행문
학으로 평가된다는 점이다. 특히 김만수의 일기 자료는 1896년도에 러
시아 니콜라이 2세의 황제대관식에 참여하기 위해 세계 일주한 기록
인 민영환의 『환구일기(環璆日記)』와 좋은 짝을 이룬다는 점이다.

　김만수가 대한제국기 주불공사로 봉직하면서 기록했던 『일록(日錄)』
·『일기책(日記冊)』·『주법공사관일기(駐法公使館日記)』의 발굴은 나름
대로 매우 소중한 성과라고 말할 수 있다. 특히, 이 자료들은 대한제국기
의 외교사, 근세사, 더 나아가 문학적 측면에서까지 도움이 될 것이다.
앞으로 이 자료를 번역하여 일반인들도 읽을 수 있도록 할 필요가 있다.
그리고 그것을 통해 당시에 열강제국의 틈바구니에서 국가를 위해 노력
했던 많은 외교 인사들의 활동도 눈여겨 볼 필요가 있다.

우고 이태로의 『면암집초』와
자료적 가치

1. 머리말

저자가 소장하고 있는 필사본 『면암집초부제가서(勉菴集抄附諸家書)』(이하 『면암집초(勉菴集抄)』)외 1권은 일제에 맞서 싸우다 순국했던 한말의 면암(勉庵) 최익현(崔益鉉, 1833~1906)에 대한 관련 기록물이다. 주지하다시피 면암 최익현은 19세기 서세동점의 역사적 격변기에 척사위정의 선봉에서 반외세를 부르짖던 조선말기의 유학자이다. 이것들은 을사늑약이 체결된 1905년을 전후로 면암의 상소문이나 격문 등을 호남 문인이었던 우고(又顧) 이태로(李泰魯, 1848~1928)가 모아 놓은 자료집이다.

여기에는 『만세보』나 『대한매일신보』와 같은 당대 언론이 보도했던 면암과 관련된 사건 기사, 선생이 백성들에게 을사늑약의 부당성을 지적하고 그것에 따른 절망적인 결과를 호소하는 내용, 을사오적을 비난하는 내용들이 포함되어 있다. 이 책에는 지금까지 세상에 공개되지 않았던 애국계몽기의 가사 작품들도 있어서 주목된다. 1906년 11월에 면암이 대마도에서 순국하자 전국적으로 선생을 추모하는 열풍이 있었다. 여기 기록된 선생을 추모하고 애도하는 학도들의 가사 작품들도 그것의 하나이다. 그리고 을사늑약이 체결되고 나서 을사오적이 나라를 팔아먹은 것을 자찬하는 반어적인 내용의 가사 작품인 <매국경축가>도 여기에 실려 있다.

『면암집초』의 편자인 우고 이태로는 지금까지 일반인들에게 알려진 바가 거의 없다. 현재 국립도서관에 수장된 우고의 문집인 『우고선생유고』를 살펴보니, 그는 조선 말기부터 일제식민지 시대에 걸쳐 살았던 문인이다. 우고는 노사 기정진이 세상을 떠나기 일 년전에 선생에게 나아가 공부를 하였는데, 그가 면암 최익현에 대한 자료들을 수집해 놓은 것은 전혀 예상치 못한 일이다.

본고에서는 먼저 우고 이태로가 어떤 인물이며 한말 전후의 역사적 격변기를 어떻게 살아갔는지 살펴보겠다. 이어서 우고가 수집해놓은 『면암집초』외 1권이 어떤 자료집들인지 서지를 개괄하고자 한다. 무엇보다도 이 책의 가치는 여기에 수록된 새로운 가사 자료에 있다고 본다. 이들을 검토하면서 면암의 충절을 추모하는 가사 작품들과 을사오적이 매국을 자찬하는 반어적인 내용의 <매국경축가>도 살펴보도록 하겠다. 다만 본고는 이들 작품에 대한 본격적인 논의에 앞서 면암 자료를 발굴하고 소개하는 해제적인 성격의 글임을 미리 밝혀두고자 한다.

2. 이태로의 생애와 면암 관련 자료

2.1. 생애와 민족의식

우고 이태로는 헌종 14년(1848) 3월에 전라도 나주군 지죽면 계양리에서 아버지 이경근(李擎根)과 어머니 이천서씨 사이에서 태어났다.[1] 이름은 태로(泰魯)이고 자는 도관(道寬)이며 우고(又顧)는 그의 호이다. 본관은 전의인데, 우고는 태조 왕건을 도와 개국공신에 봉해졌던 시조 이도(李棹)의 28세손으로 알려졌다. 우고 집안이 호남에 뿌리를 내리게 된 것은 김종직의 문인이었던 14대조 이영상(李永祥)이 무오사화(戊午士禍)를 피해 나주로 낙향하면서 비롯되었다. 아버지 고암(顧菴) 이경근은 노사 기정진의 문인이었는데 효성으로 이름이 높았고, 문집인 『고암집(顧菴集)』과 『고암가훈(顧菴家訓)』을 남겼다.

우고는 5세에 친모가 별세하자 계모인 광산김씨에 의해 친자식 이상의 극진한 사랑을 받으며 성장하였다. 그는 어려서부터 글자의 旨義를 탐색하였다고 전한다. 12세에 외삼촌이었던 서송은(徐松隱)의 서당에 나아가 공부를 하였다. 송은공은 우고가 언젠가 학문을 이룰 것으로 예단하였다. 우고는 18세(1878)에 풍산 홍씨를 부인으로 맞이하였고 19세에 노사 기정진 선생에게 나아가 공부하였다. 19세(1879)가 되던 해 봄에 홍씨 부인이 죽었고 광산김씨를 후처로 맞이하였다. 이 해에 우고는 송사(松沙) 기우만(奇宇萬, 1846~1916)·난와 (難窩) 오계수(吳繼洙, 1843~1915)·후석(後石) 오준선(吳駿善, 1851~1931)과의 돈독한 도의지교를 맺고 평생을 교유하였다. 갑오농민전쟁 당시에는 장정 삼백 명을 모집하여 고을을 방어하였다. 1898년에는 포천에 가서 면암 최익현을 방문하여 이건초(李建初)·서상봉(徐相鳳)·이문화(李文和) ·유기일(柳基一) 등의 유학자들을 만나 교유하였다. 우고는 이들과 함께 <斥倭事三疏>를 올려 7개월 동안 감옥에 구금되었다가 풀려나기도 하였다. 1905년에 을사늑약으로 충정공 민영환이 자결하자 그의 영전에 나아가 조문하였고 <견혈죽제일절우벽(見血竹題一絶于壁)>이라는 시를 남겼다.

---

1) 이하 우고 이태로에 대한 생애는 그의 문집 초고본인 『우고선생문집』(필자 소장본)에서 추출한 내용이며, 나머지는 출전을 밝힌다.

凌霜大節世無雙　　서리같은 큰 절개는 세상에 다시없고
十月寒風血瀉腔　　시월 찬바람에 피를 대공에 쏟다.
萬古忠靈青化竹　　만고 충령이 푸르게 대나무로 변하였으니
天綱不墜我東方　　하늘벼리가 우리 동방에서 몰락하지 않음이라.

우고는 이 작품 이외에도 다른 오언율시를 지어서 민영환의 충절을 추모하였다. 한편, 그는 일제강점기의 역사적 격변기를 살아가면서 애국적인 내용을 수집하여 기록하거나 이를 시로써 형상화하였다. 경술국치를 당한 1910년 가을에 광주 거리에서 개가 일본인을 물어죽이자 우고는 <의구설(義狗說)>을 지어서 의로운 개를 예찬하며 이후로 다시는 개고기를 먹지 않았다고 전한다.

1906년에는 면암 최익현이 순창에서 의거를 일으켰다. 우고는 최상경과 함께 합류하러 가는 도중에 면암을 비롯한 주모자 13인이 이미 구금되어 서울로 압송되었다는 소식을 들었다. 우고는 상경하였으나 면암을 비롯한 관련자 대부분이 대마도로 압송되었고 11월 17일에 면암이 순국하였다. 면암이 순국하자 우고는 제문을 지어 선생을 애도하였다. 이 시기에 우고는 면암의 의병 거사나 대마도 억류에 따른 심정을 시로 남겼다.

勉菴崔先生滯對馬島吟 면암 최선생의 대마도 체류를 읊다

丈山大義迫於燕　　장산의 대의는 연나라보다 절박한데
今有先生又亘天　　이제 선생이 계시어 하늘에 잇닿아 있다.
元氣由來綱不墜　　원기로 말미암아 벼리가 떨어지지 않았고
一身彌重四千年　　한 몸은 사천년 역사에 길이 장중하리라.

이 시는 우고가 면암이 의거 실패로 대마도에 구금되었다는 소식을 듣고 지은 것이다. 당시 일제는 국민의 존경과 열망을 받던 면암 때문에 골머리를 앓고 있었다. 그러다가 일제는 면암의 의병 거사를 빌미 삼아 선생이 한일친선을 방해한다는 죄목을 뒤집어씌워서 대마도로 유폐시켰다. 이 시에서 우고는 면암의 대마도 유폐에 즈음하여 연나라 형가의 고사를 빌어서 선생의 대의와 기상을 찬양하고 있다. 이에 앞서 우고는 면암의 순창 의거에 가는 도중에 그것이 실패로 끝났다는 소식을 듣고 발길을 되돌리면서 <부순창미급통곡이음(赴淳昌未及痛哭而吟)>과 같은 몇 편의 시들을 남겼다.

우고는 면암이 순국하자 선생에 대한 애국정신을 기리고자 관련 자료를 수집하기 시작하여 서책으로 만들었다. 그것이 바로 이번에 공개하는 『면암집초』와 『면암선생문집초』이다. 우고는 조정에 올린 면암의 상소문이나 관련 기사, 더 나아가 백성들이 면암의 순국을 애도하며 지었던 <위도가(慰悼歌)>·<조충가(弔忠歌)>를 비롯한 가사 작품들도 수집하여 여기에 기록해 두었다.

우고는 일제에 빼앗긴 우리 국토를 되찾자는 내용의 <농부가>도 지었는데,[2] 여기에는 일제의 국토 강점에 대한 강력한 저항의식이 담겨 있다. 이것은 기존의 <농부가>와는 달리, '국토를 회복해서 우리가 농사지어 왜놈들에게 빼앗기지 말고 우리가 배불리 먹자'라는 일제에 저항하는 애국적인 내용을 담고 있다. 1909년 봄에 네덜란드 헤이그에서 열린 만국평화회의에 참석했던 이준 열사기 분사하였고 가을에는 안중근이 이등박문을 사살하자, 우고는 면암의 영전에 나아가 이 사실을 고하였다.[3] 이외에도 우고는 중대한 역사적 사건마다 면암의 영전에

---

2) 앞의 책, 「雜著」,<농부가>.
3) 앞의 책, 「祭文」, 「設勉菴先生虛位祭文」.

나아가서 고하였다.4) 여기에서 우리는 우고가 면암을 마음 속 깊이 존경하며 추종하였다는 것을 알 수 있다.

1910년 경술국치를 당한 다음 해에 우고는 돌아가신 부친의 가르침을 본받고자 '又顧'로 自號를 삼았다. 우고는 도연명을 흠모하였고, '일월장림(日月長臨), 대명정기(大明正氣), 의관불개(衣冠不改), 조선유풍(朝鮮遺風)'을 좌우명으로 삼았다. 우고는 경술국치 이후로 의거의 뜻을 펴지 못한 것을 일생의 한스러움으로 여겨 문을 닫고 좌정하여 일본이 있는 동쪽을 등지고 앉아서 후진을 가르쳤다. 1919년에는 선친의 저술물인 『고암가훈(顧菴家訓)』을 발간하였다. 1914년에는 나주군수 김면수(金冕洙)가 방문하려 하자, "왜는 우리의 원수이다. 왜에게 나아간 사람과 무엇을 논할 것인가?"라고 말하면서 그의 방문을 거절하였다.

이처럼 우고의 생애와 행적을 살펴보건대, 그는 쇄국에서 개항으로, 중세에서 근대로 이어지는 역사적 격변기에 밀어닥친 외세 침략의 부당한 현실과 타협하지 않고 올곧은 정신으로 선비의 본분을 지키고자 노력했던 호남의 문인이자 민족지사로 규정할 수 있겠다.

2.2. 면암 최익현의 관련 자료

우고가 남긴 면암 관련 자료는 2권의 서책인데, 책명은 『면암선생문집초』와 『면암집초』이다. 둘 다 한지를 5침으로 엮은 서책이다. 크기가 전자는 30×19cm이고, 후자는 28.5×18cm이어서 전자가 후자보다 약간 크다.

전자는 표지에다 쪽물을 들였고 후자는 기름칠을 했다. 전자는 상소문·칙명·주차(奏箚)·연설(筵說) 등을 필사해놓은, 그야말로 면암선생

---

4) 위의 책, 「祭文」, 「祭勉菴崔先生」.

의 『면암집』을 초록했다는 것을 알 수 있다. 후자는 전자처럼 면암이 쓴 상소문도 보이지만 그것보다는 선생과 관련된 신문 기사니 애도문, 가사 작품이나 만사 등이 기록되어 있어서 차이를 보인다. 전자가 대체로 면암의 공식적인 저작물을 필사해 놓은 것에 비해, 후자는 면암과 관련된 기타 자료들을 포함하고 있다는 점에서 연구 가치가 있다.

전반적으로 이것들은 지어진 시간 순서에 따라 기록되고 있다. 『면암선생문집초』는 면암의 저작물과 다른 유학자들의 문집까지 초록해 놓았다. 이 책은 <장령시진소회소(掌令時陣所懷疏)>(1868년)에서 <청토역복의제소(請討逆復衣制疏)>(1895년)까지 6편의 상소문과 <정이품자헌대부선유원최익현(正二品資憲大夫宣諭員崔益鉉)>(1896)과 <칙유(勅諭)>(1896)로 시작하고 있다. 이어서 몇 개의 상소문이 기록되어 있다. 광무 8년(1904)에 면암은 찬정 벼슬을 사양하는 상소문을 올렸는데 받아들여지지 않자, 그가 다시 여덟 차례나 올렸던 상소 기록이 담겨 있다. 그리고 면암이 치안 방해죄로 지목되어 향리인 포천에 송치되었다는 신문 기사가 적혀 있다. 여기까지가 면암에 대한 공식적인 기록인데 모두 일백여 쪽이다. 나머지는 고산(鼓山) 임헌회(任憲晦, 1811~1876)의 문집 초록인 『고산선생문집초(鼓山先生文集抄)』·화서(華西) 이항로(李恒老, 1792~1868)의 문집 초록인 『화서선생문집초(華西先生文集抄)』가 필사되어 있다. 『화서선생문집초』의 뒷부분에는 우고 자신이 병오년(1906) 정월에 지은 <춘첩>을, 이어서 애산(艾山) 정재규(鄭載圭, 1843~1911)가 지은 통문과 정봉현이 지은 영재 이건창의 제문 등을 적어놓았다. 따라서 이 책은 대략 이 시기에 만들어진 것으로 보인다.

후자는 『면암집초부제가서』라는 책명에서처럼 『면암집』초록을 비롯한 면암 관련 기록과 다른 인사들의 글을 덧붙여 놓았다. 이 책은 크게 네 부분으로 나뉘는데, 「면암고초(勉菴稿抄)」·「면암선생혹사실기(勉菴先生惑事實記)」·「취록(聚錄)」, 그리고 송사 기우만의 관련 자료로 구성되어 있다.

「면암고초」는 면암이 순국하기 직전에 을사늑약과 같은 국가적 패망의 위기에서 구국의 일념으로 지었던 문장, 선생과 관련된 기사나 소식, 선생에 대한 애도문과 실기문학으로 이루어져 있다. 예를 들어 1905년에 을사늑약을 당하자 면암이 백성들에게 그것의 부당성과 자신의 심회를 알리는 <근고팔도사민서(謹告八道士民書)>(1905), 의거를 일으켜서 왜적들을 토벌하자는 <청거의토적소>(1906), 일본 정부에게 을사늑약의 부당성과 침략에 대한 경고를 보낸 <여일본정부서(與日本政府書)>(1906) 등이 기록되어 있다. 그리고 한일친선을 방해한 치안죄로 면암이 구속되었다는 『대한매일신보』나 『만세보』의 신문기사도 보인다. 이 부분의 마지막에는 선생의 의거일기를 뽑아놓은 <거의일기략(擧義日記略)>이 필사되어 있다.

이어서 「면암선생혹사실기(勉菴先生惑事實記)」에는 선생의 죽음을 알리는 11월 20일자 『대한매일신보』 기사문과 애산 정재규가 지은 면암에 대한 <제문>, 면암의 죽음을 알리는 부산상무사(釜山商務社) 사장인 김영규(金永圭)의 통문이 적혀 있다. 이어서 시민들과 젊은 학생들이 면암선생을 애도하고 추모하는 가사작품과 제문들을 수록하고 있다. 이들을 살펴보면 가사와 제문이 구분되어 있지 않고 서로 뒤섞여 있다. 가사 작품으로는 <위도가>·<조면암선생 영혼창가>·<니가라>·<조충가>·<최면암션싱 영혼창가>의 5편이 수록되어 있다. 제문은 이들 가사 작품의 사이에 수록되어 있다. 제문들도 가사체의 3·4조나 4·4조 형식을 차용하고 있는데, <기옥도제문>과 <기비봉제문>이 보인다. 당시 20여 명의 젊은이들이 지었던 연설문도 있다. 여기에는 8세부터 14세의 어린 학생들과 김소사를 비롯한 세 과부의 연설문도 보인다. 그런데 이것들은 대부분 부산 초량에서 지어진 작품들이다. 이어서 면암의 순국을 알리는 긴박했던 통문들, 매천 황현이 면암 선생을 애도하는 한시 <곡면암선생8수>와 오봉영이 지은 <면암선생 만사>가 필사되어 있다. 화서 이항로가 지은 면암의 증조부이신 가음 공(嘉陰公) 최광조(崔光肇)의 묘갈명서와 김평묵이 지은 면암 선친이었던 최대(崔岱)의 묘갈명이 함께 기록되어 있다.

「취록」에는 면암 관련 기록이나 선생의 민족정신과 관련된 내용, 또는 우고가 지었던 이런 저런 문장들을 모아놓은 부분이다. 곽종석이 경연 선생을 사직하는 <경연곽종석사사소(經筵郭鍾錫辭師疏)>를 시작으로 최상경(崔相景)의 당호에 대해서 우고가 지은 <송정기(松汀記)>, 장지연이 을사오적을 매몰차게 비판하는『대한매일신보』에 실렸던 <탄매국제적(歎賣國諸賊)>, 을사오적의 이름을 빌어 매국 행위를 자찬하는 반어적인 내용의 <매국경축가(賣國慶祝歌)>들이 실려 있다.

끝 부문은 송사 기우만과 관련된 자료들을 필사해 놓았다. 1906년도에 노사 기정진의 손자였던 기우만이 의거를 일으키며 지었던 <송사의통(松沙義通)>을 시작으로 그가 10월 17일에 왜경무관을 대면하여 침략의 부당성과 조선인에 대한 가혹 행위를 신랄하게 비난하며 따지는 내용을 담고 있다. 이것은 기우만의 제자였던 안규용(安圭容)이 채록한 것으로 우고가 필사해 놓은 것이다. 같은 날 기우만이 일제 경무관과 필담한 내용도 함께 수록해 놓았다. 나머지는 훗날에 기록한 것으로 보이는 다른 잡문들이다.

3. 『면암집초』의 가사 작품들

3.1. 면암의 순국과 추모가사들

1906년 11월 17일, 면암 최익현이 대마도에서 단식 끝에 순국하였다. 『매천야록』에 따르면, 당시 시신이 부산에 도착하자 수많은 사람들이 몰려들었고 곡성이 넓은 바다를 진동시켰다고 한다. 상인들은 회사에 호상소를 마련하고서 상여를 만들었다고 한다. 상여가 출발하자 그것을 따라가며 펄펄 뛰면서 울부짖는 사람들이 수만 명에 이르렀다. 운구는 몰려든 인파로 종일토록 십리를 지나지 못했고 동래에서 출발하는 날에는 상여가 여러 차례에 걸쳐서 떠날 수 없는 사태에 이르렀다. 이런 과정을 예의주시했던 일제는 초조감을 감추지 못하고 마침내 상주에서 시신을 탈취하다시피 기차로 옮겨서 운구했다고 전한다. 당시 면암에 대한 애도가 온 나라에 울려 퍼졌고 눈물을 흘리며 조상하지 않는 사람이 없었다고 한다. 국조 이래로 죽어서 슬퍼하는 것이 그같이 성황을 이룬 적이 없었다고 매천은 당시의 상황을 전하고 있다.[5]

이들 작품은 대부분 10대 젊은 학생들이 창작한 우국가사들이다.[6] <위도가(慰悼歌)>는 김해군 공립학교 여학도들이, <조면암선생 영혼창가(吊勉菴先生 靈魂唱歌)>는 사립초량학교에서, 그리고 <최면암션싱 영혼창가>는 초량학교 학생들이 지었다고 기록되어 있다. 이들 노래는 당시 일제 침략에 저항하며 민족의식을 고취하던 가사 작품들이 실렸던 『대한매일신보』에도 보이지 않는 새로운 작품들이다. 우고는 이들을 서책에다 고스란히 기록해 두었는데 당시 추모 과정에서 지어

---

5) 황현 지음(임형택 외 옮김), 『역주매천야록』(하), 문학과 지성사, 365~367쪽.

6) 필자는 다른 필사본도 입수하여 소장하고 있는데, 여기에는 이들 작품의 작자가 표기되어 있다.

졌던 가사 작품들은 아래의 5편이다

3.1.1. 가사 작품들

〈위도가〉

어와 우리 學徒들아 慰悼歌를 불너보시
壯ᄒ시고 壯ᄒ시고 勉菴先生 壯ᄒ시다
거록ᄒ신 道德이요 炳炳ᄒ신 忠義로다
滄海万里 對馬島에 不屈大義 ᄒ셨도다
視死如歸 ᄒ신 節槩 孰不憾愴 ᄒ오리요
사름마다 嗚咽ᄒ고 걸리걸리 哭聲이라
魂歸故國 ᄒ오실시 路經金海 ᄒ엿구나
鯨道鰐浪 먼먼 길에 行次平安 ᄒ신잇가
嗚呼先生 가신후에 大韓社稷 어이할고
國摧棟樑이요 士失依歸로다
閔忠正 趙忠正은 去年에 殉節ᄒ고
슬푸다 우리先生 今年에 致命ᄒ니
烈士 忠臣이 年年에 다가시고
岌嶪ᄒ 우리國權 뉘가다시 回復할고
南山에 저 松柏은 先生의 志槩로다
靑天의 저 日月은 先生의 忠義로다
우리 金海 士女들이 致祭如雲 모아든다
술푸다 學徒들아 痛哭ᄒ번 ᄒ여보시
今日哭 明日哭에 우리 슬픔 다할소야
그러치도 아니ᄒ다 너무 과이 우지마라
先生을 慰勞커든 工夫(을) 着實ᄒ며
國家에 需用되면 泉坮下 先生魂靈
우리를 陰隲ᄒ여 國權回復 ᄒ오리라

<吊勉菴先生 靈魂唱歌>
壯ᄒ시다 壯ᄒ시다 勉菴先生 壯ᄒ시다
日月가탄 빗난忠義 뉘라셔 가률쇼냐
松柏갓튼 壯ᄒ節槩 뉘라셔 썩글쇼냐
거룩ᄒ다 거룩ᄒ다 勉菴先生 거룩ᄒ다
竭忠報國 ᄒ시다가 萬里他國 遠行일셔
烟波萬里 가실쩌에 杖屨冠劍 儼然터니
烟波萬里 오실쩌는 殯歌數曲 어인일고
痛哭일시 痛哭일시 先生위에 痛哭일시
거룩ᄒ다 先生이여 쥬금이 榮華로다
國事爲ᄒ 쥬거시니 자ᄋ시고 거룩ᄒ다
어화 우리 學徒들아 션셩忠義 본을바다
爲國報君 ᄒ넌날에 一心으로 죽어보시
젼후左右 상두군아 멀고먼 우셜질에
영이호상 안령ᄒ쇼 자로가시요 자로가시요
어히어히 잘가시오

<니가라>
면암션셩 찬졍디신 우리나라 츙신일시
도희ᄒ든 노즁연과 경쳔ᄒ던 문쳔상시
디한국의 탄싱ᄒ니 면암션셩 아니신가
니쳔만인 우리 동표 구제ᄒ신 면암션셩
쳔리가 무상턴가 국운비식 ᄒ가
부산항의 힝츠ᄒ야 디마도로 가시기는
무삼일로 가셧던고
황쳔후토 명감홉쇼 보국안민 무삼쥔가
반양산 젼횡도외 오빅의사 드러 갓너
슬푸도다 우리 싱도 못간거신 후회로다
희도즁의 공상키도 구제창싱 그일일셰

무스환국 바릿더니 영결숑천 호엿도다
면암선싱 불미영혼 승피빅운 호신날이
샹졔젼 신쇼호야 디흔국 극복호고
다시세상 환싱호야 디흔황졔 시죵호쇼
슬푸다 우리싱도 티평셩세 다시보시
쳔세쳔셰 디흔황졔 만셰만셰 디흔황졔

<조충가>
디흔 광무 병오동에 이국츙신 장호도다
삼쳔니 우리강토 자쥬독입 힘셧도다
말니창히 졀도즁의 일편단졍 워인일고
우리흑도 열심호야 션싱츙의 본을 밧시

<최면암선싱 영혼창가>
통곡일시 통곡일시 면암션싱 연관이여
슬허할이 슬허홀이 말리타국 반구로다
우리흑도 사문에는 일월(이) 회명일시
우리흑싱 무복호여 원로츙신 영결일시
산악가탄 도덕이요 숑빅갓탄 졀기로다
효졔츙신 다반이요 공안졍쥬 깅장이라
우리국셰 보젼호야 우국심셩 간측일시
쥬야로 싱각흔바 죵묘사즉 안죠로다
슈죡이 갈어토록 심력이 탄갈일시
츙이니쯔 명폐호야 육역부위 심쎠로다
탕확부리 불탄이요 백언모리 불피로다
불힝일시 불힝일시 니역원힝 불힝일시
만이창파 가실쩌는 장구엄연 호시더니
말이풍랑 오실쩌는 영혼만 돌라오늬
흔풍이 쇼슬호여 빅일이 무광이라

우리창싱 일국눈물 가이모아 더강일시
우리창싱 만강역혈 가이토ᄒ야 더히로다
침침칠야 혼구중에 뉘가다시 졉촉되리
슬푸다 우리혹도 빅셰종사 영결이라
뉘를다시 위로ᄒ며 뉘가다시 지로홀고
어와 우리 더흔국인 션싱츙외 본을바다
진츙보국 ᄒ연후에 션싱츙혼 위로ᄒ시
긍천만고 불미존령 셔사흠격 ᄒ옵소셔
빅셜분분 쳔리죠도 식쥰안귀 ᄒ옵소셔
오호통곡 오호통곡 오희오희 오희오희

3.1.2. 형식과 내용

이들 노래는 '~창가'라는 명칭을 사용하고 있지만 형태는 오히려
가사에 가깝다. 창가는 개화기부터 명칭이 다양하게 사용되면서 그것
의 형태나 출현 시기를 한 마디로 규정할 수 없다. 그래서 창가는 개화
기 시가 중에서 연구자들의 논란이 거듭되고 있는 양식이기도 하다.
창가는 애국가의 유형에서 분화한 것으로 가창을 전제로 한 점에서
서로 일치한다. 분연법에서도 애국가 유형의 2행연에서 4행연으로 변
화한 것이 창가의 일반적 속성이며, 그것은 7·5조, 8·5조, 6·5조를
기조로 하고 있다.7) 물론, 1907년에 설립된 계명의숙의 교가인 <본숙
창가>처럼 4·4조의 가사 형식을 따라 지어진 학교창가도 있다.

면암에 대한 이들 애도가들은 4·4조를 기본으로 2구가 한 연을 이
루는 전통적인 가사 형식이고, 표기는 한주국종체(漢主國從體)이다. 이
들 노래는 1906년도 11월에 면암이 순국하고 유해가 대마도에서 부산
으로 들어오자 10대의 젊은 학생들이 지은 노래들이다. 이들 노래는

---

7) 김학동, 「개화기시가」, 『국문학신강』(국문학신강편찬위원회 편), 새문사, 371~372쪽.

한결같이 면암의 도덕과 충절을 찬양하면서 선생의 죽음을 애도하고 있다. 더 나아가 시시각각 다가오는 일제의 국권 침탈에 대해 저항의식을 드러내면서 국가 존망에 대한 염려와 함께 국권 회복의 의지를 다짐하고 있다.

면암을 추모하는 이들 노래는 『대한매일신보』에 실렸던 민영환을 추모하는 가사 작품과 형태나 표현이 비슷하여 주목할 필요가 있다. 1905년 12월부터 1907년 1월까지 민영환의 순절을 추모하고 찬양하는 <명충가>·<해로가>·<민충정혈죽가>·<추도가>·<모충교가> 등의 가사 작품들이 비슷한 시기에 쏟아져 나왔다.

<가>
精忠일네 精忠일네/ 우리閔公 精忠일네.
大節이네 大節일네/ 우리閔公 大節일네.
이忠誠 이節槪는/ 萬古에도 쪽이없네.
빗치나네 빗치나네/ 大韓山川 빗치나네.
(이하생략)8)

<나>
於我億兆 蒼生들아/ 三綱五倫 힘을쓰오.
廣大한 天地間에/ 萬古忠臣 生覺허니
富國安民 極盡함이/ 閔忠正公 아니신가.
어셔가즈 밧비가즈/ 萬古忠節 여긔로다.
(이하 생략)9)

---

8) <薤露歌>, 『대한매일신보』(1905.12.21일자)
9) <爲國效忠歌>, 같은 신문(1906.2.10일자)

1905년에 을사늑약을 당하자 충정공 민영환이 자결하였다. <가>는 민충정공의 장례 발인에서 영어학도들이 지었던 <해로가(薤露歌)>이고, <나>는 경성의 사녀들이 지은 <위국효충가(爲國效忠歌)>이다. 이들 형태는 면암의 애도가들과 마찬가지로 4·4조를 기본으로 2구가 한 연을 이루는 전통적인 가사 형식을 취하고 있다. 내용에서도 민충정공의 충절을 찬양하면서 죽음을 애도하는 노래의 일부이다. 한 마디로 면암의 충의와 절개를 찬양하며 선생의 순국을 애도하는 노래들은 이것들과 거의 비슷하다고 말할 수 있다. <가>에서 4·4조를 기본으로 하는 각각의 2구가 반복되는 것은 <조면암선생 영혼창가>에서의 "壯ᄒ시다 壯ᄒ시다 勉菴先生 壯ᄒ시다"와 같은 AABA의 반복과 점층으로 이뤄진 표현 방식이다. 1906년 11월에 면암이 순국하고서 젊은 학도들이 지었던 노래들은 여기 민충정공을 찬양하며 애도했던 노래들과 형태나 표현 기법이 서로 상통한다. 한 마디로 면암을 추모하는 노래들은 민영환을 추모하는 그것들과 같은 유형의 노래라고 하겠다.

구자균은 이들 노래들을 '한말우국경시가'로 규정하였는데,[10] 송민호는 이를 보다 구체화하여 『독립신문』에 실린 애국·독립가 유형을 '개화시'로, 『대한매일신보』에 실린 가사 형식을 '개화가사'로 규정하고 있다.[11] 따라서 논란거리가 없는 것은 아니지만, 면암선생의 애국 정신을 기리고 본받자는 이들 노래는 창가가 아닌 애국계몽기의 개화가사로 여겨진다.

---

10) 구자균, 「한말우국경시가에 대하여」, 『文理論集』 제4집, 고려대출판부, 1959, 282쪽.
11) 송민호, 『한국시가문학사(하)』, 고려대 민족문화연구소, 1971, 910쪽.

3.2. 〈매국경축가〉의 반어적 어법

3.2.1. 작품 원문

〈賣國慶祝歌〉

代賣國大臣

慶祝일싸 慶祝일싸 新明文에 捺章ᄒ야
大韓 三千里를 一手販賣 ᄒ엿시니
口文이 不多로다
富貴榮華 自取ᄒ니 身外無物이라
國家는 何用이며

慶祝일싸 慶祝일싸 韓國大臣 交椅爭奪者 何人이며
日本帝國 大勳位ᄂ 一平生 榮耀로다
天上天下에 惟我獨尊ᄒ야
勢力重焰 自取ᄒ니 身外無物이라
國君은 何用인고

我命在天 뉘가 敢이 쥬기자고
정청인지 복각인인지 一般逆賊 元老公卿
憲兵隊가 계격일싸 强國功勳 自取ᄒ니
身外無物이라
國論이 何用인고

慶祝일싸 慶祝일싸 屬國되면 뉘가 알며 領土되면 뉘가알이
니 富貴가 地位야 三頭六臂 어늬 놈이 或하야보계
如此ᄒ면 輪艇타고 日本東京 니고지라
綽綽餘地ᄒ니 身外無物
國土 何用일고

慶祝일싸 慶祝일싸 二千萬 生靈 다 쥬거도 惟吾獨生 第一일싸
無衣無食 할리잇나 無金無帛 ᄒ단말가
高臺廣室 如家舍에 絶代佳人 行樂ᄒ고
錦衣玉食 自取ᄒ니 身外無物이라
國民 何用인고

어와 五賊아 니의말를 들어보라
無君父ᄒ 五賊놈아 爾之所行이 犬豕不如ᄒ다
爾之妻도 倭놈쥬고 爾之女도 倭놈쥬에
爾之自樂 圖取ᄒ니 犬豕不如 五賊놈아

3.2.2. 형식과 내용

<매국경축가>는 1905년 12월 1일자 『대한매일신보』에 실렸던 개화가사이다. 『대한매일신보』는 1904년 7월 18일에 창간되어 1910년 8월 28일에 한일합방과 함께 폐간되었다. 민족지사들이 참여했던 이 신문은 암울했던 애국계몽기에 민족의 각성과 함께 항일 의식을 일깨우던 당대의 대표적인 민족언론지였다.

이 신문은 1905년 9월 3일에 <가역비장(歌亦悲壯)>을 시작으로 폐간 직전이었던 1910년 3월 25일의 <철추가(鐵椎歌)>까지 애국·독립가 유형의 가사 작품들을 게재하였다. 처음에는 전통적인 가사 형식에 민족적 울분을 토로하거나 애국심을 고취시키는 내용을 담았다. 풍자적이고 반어적인 어법으로 시대정신을 표현하기도 하였고, 반복구를 사용하며 가사에 비해 짧은 형태를 시험하기도 하였다.

이 같은 새로운 형식을 시험하는 과정을 거치면서 『대한매일신보』 특유의 가사로 만들어진 것이 <매국경축가>이다.[12] 본래의 <매국경

---

12) 조동일, 『한국문학통사4』, 지식산업사, 1994, 279쪽.

축가>는 전체 5연으로 이루어진 노래이다. 반면에 여기 우고가 기록한 그것은 마지막 부분에 1연이 첨가되어 모두 6연으로 되어 있다. 우고의 서책에는 행이나 연의 구분도 없으며 띄어쓰기도 되어 있지 않았다. 그렇지만 작품을 자세히 살펴보면 일정한 부문에 이르면 유사 어구가 주기적으로 반복되는 것을 알 수 있다. '國家는 何用이며'를 시작으로 '國君은 何用인고'·'國論이 何用인고'·'國土는 何用일고'·'國民은 何用인고'로 반복되면서 각각의 연을 구성하는 일정한 짜임을 갖추고 있다. 이것을 중심으로 행연을 분간하면 6연 형태로 고정된다. 처음 1연부터 5연까지는 을사오적의 입을 빌어 매국한 것을 자찬하는 반어적 효과를 노리고 있다. 그러다가 마지막 6연에 이르러서는 교술적 화자로 보이는 인물이 을사오적을 향하여 아내와 딸을 왜놈에게 주라고 욕설을 퍼부으며 개돼지보다 못하다고 비난하고 있다. 화자가 달라지는 6연은 우고가 첨가하여 개작하였거나, 아니면 다른 누군가 첨가한 것을 우고가 필사하여 놓은 것으로 보인다.

이외에도 우고의 서책에 기록된 <매국경축가>는 『대한매일신보』에 실렸던 본래의 작품과 비교해보면, 표기법의 변화가 있었고 부분적으로 어구가 생략되거나 달라지는 경우가 있다. 예를 들어 우고의 서책에는 '慶祝일싸 慶祝일싸 新明文에 捺章ᄒ야'로 시작하고 있는데, 이것은 『대한매일신보』의 '慶祝일시 慶祝일지 新明文에 捺印ᄒ야'의 표기법을 바꾼 것이다. 우고는 '~일시'나 '~일지'를 '일싸'로, '捺印'을 '捺章'으로 적고 있다. 이어서 우고의 '大韓 三千里를 一手販賣 ᄒ엿시니 口文이 不多로다'는 신문에서 '大韓江山 三千里룰 一手販賣 ᄒ얏스니 口文이 不少로다'를 바꾼 것이다. 3연에서 우고는 아예 '慶祝일시 慶祝일시 이니 一身 경축일시'로 시작하는 어구를 생략하고 있다.

이처럼 우고가 기록한 <매국경축가>는 『대한매일신보』에 실렸던 그것에 비해 보다 근대적인 표기로 바뀌고 있고 부분적으로 어휘가 달라지고 있다. 하지만 전체적인 맥락에서 큰 변화는 없었다. 다만, 『대한매일신보』에 없었던 6연이 새로이 첨가되면서 작품의 어조가 달라지고 내용이 강화되는 변화를 보인다. 문학사적으로 <매국경축가>는 앞서 나왔던 『대한매일신보』에 실렸던 애국·독립가 유형의 가사 작품이 발전하는 과정에서 출현한 것으로 판단된다. 그리고 이 노래는 일제 침략의 사회상을 고발했던 사회등가사의 출현에 앞서 나왔던 개화가사의 일종으로 보인다.

4. 『면암집초』의 자료적 가치

우고 이태로는 학자 이전에 선비로서 시대정신을 잃지 않으려 노력했던 인물이다. 그는 젊은 시절에 노사 기정진의 문하에 드나들었고, 한편으로 척사위정의 선봉에 섰던 면암 최익현의 삶과 정신을 본받으려 노력했다. 우고는 면암이 살아있을 때에는 선생을 존경하며 따랐고 순국한 뒤에는 그의 행적을 좇아 관련 자료들을 수집하여 기록물로 남겼다. 이번에 새로 발굴된 우고의 『면암선생문집초』와 『면암집초』가 바로 그것이다.

여기에 기록된 대부분의 자료들은 이미 세상에 알려진 내용들이다. 다만 『면암집초』에 있는 5편의 우국가사들은 기존에 알려지지 않았던 새로운 가사 작품들이다. 이들 작품은 본격적인 분석이 필요 없을 정도로 평이한 내용들이지만 애국계몽기 시가문학의 한 단면을 파악하는데 도움이 된다. 이들은 면암이 순국하기 일 년 전에 자결했던 충정공 민영환을 애도하는 우국가사들과 같은 유형의 개화가사로써 서로 좋은 짝을 이룬다.

『대한매일신보』에 실렸던 <매국경축가>도 우고의 『면암집초』에 필사되어 있다. 그런데 우고의 그것은 신문에 실렸던 원전 그대로의 필사가 아니라, 우고나 누군가의 첨삭 과정을 거쳐서 본래의 모습에서 달라진 가사 작품으로 개작되고 있다는 점이다. 이것은 친일 행위에 대한 강력한 비판 내용을 담고 있는 <매국경축가>가 사람들 사이에서 유포되다가 누군가에 의해 새로운 내용이 첨가되는 집단 창작의 과정을 밟고 있다는 특징이 있다. 서책에는 이외에도 몇몇의 새로운 부수적인 자료들이 눈에 띈다.

이들 서책은 우고 이태로라는 무명의 지방 문인을 통해서 조선 말기부터 일제강점기에 걸쳐서 질곡의 역사를 살아갔던 당대 지식인의 단면을 엿볼 수 있다는 점이다. 그의 생애는 암울했던 시대에 수많은 이 땅의 무명 인사들이 걸어갔던 삶의 한 궤적을 보여주고 있기 때문이다. 우고가 호남의 궁벽한 곳에 살면서도 면암 관련 자료들을 추적하여 그것을 기록으로 남겨 두었다는 것도 그가 지향하고자 하는 정신이 무엇인지 잘 드러내고 있다. 이들 자료를 통해서 우고가 노사계열이었음에도 불구하고 화서계열의 면암 최익현을 보다 존경하며 따랐다는 점도 여러모로 시사해주는 바가 많다.

5. 맺음말

본고는 우고 이태로(1848~1928)가 일제에 맞서 싸우다 순국했던 면암 최익현(1833~1906)에 관한 자료들을 모아놓은 『면암선생문집초』와 『면암집초부제가서』에 대한 논의이다.

먼저 지금까지 알려지지 않았던 우고 이태로에 대하여 살펴보았다. 우고는 조선 말기에 학문과 효행으로 이름이 높았던 고암 이경근의 아들이었고 노사 기정진의 문인이었다. 우고는 노사의 손자였던 송사 기우만을 비롯한 한말의 호남문인들과 가깝게 지냈고 기호지방의 유학자들과도 교류하였다.

우고의 면암에 대한 존경심은 남달라서 여러 차례 선생을 방문하여 가르침을 받은 바 있다. 그는 면암의 행적을 좇아서 시나 문장으로 남겼고 면암 사후에는 여러 차례에 제문을 지은 바 있다. 우고는 이준열사의 헤이그 분사나 안중근의 이등박문 사살과 같은 일대 사건이 터지면 반드시 면암 영전에 나아가 아뢰었다. 우고에게 면암은 정신적인 사표였고 스승이었다.

우고는 면암이 1906년 11월에 대마도에서 순국하자 그와 관계된 자료들을 수집하기 시작하였는데, 그것이 바로 이번에 공개하는 『면암선생문집초』와 『면암집초부제가서』이다. 대체적으로 전자가 기존에 알려진 면암의 공식적인 저작물을 필사해 놓은 것에 비해서, 후자는 면암과 관련된 가사 작품이나 여러 부수적인 자료들을 포함하여 기록으로 남기고 있다는 점에서 가치가 높다. 특히 후자에는 면암이 대마도에서 순국하고서 여러 사람들에 의해 지어졌던 <위도가>·<조면암선생 영혼창가>·<니가라>·<조충가>·<최면암선싱 영혼창가>의 가사 5편이 수록되어 있다.

이들은 4·4조를 기본으로 2구가 한 연을 이루는 개화가사들이다. 내용은 면암의 충절을 찬양하면서 선생의 죽음을 애도하는 내용으로 일관하고 있다. 더 나아가 이들 작품은 일제의 국권 침탈에 대한 저항의식을 드러내면서 국가 존망에 대한 염려와 함께 국권 회복의 의지를 다짐하고 있다. 면암을 추모하는 이들 노래는 당대에 『대한매일신보』에 실렸던 민영환을 추모하는 가사 작품과 형태나 표현이 유사하여 주목할 필요가 있다.

여기에는『대한매일신보』에 실렸던 <매국경축가>도 필사되어 있었다. 그런데 이것은 신문에 실렸던 원전 그대로의 작품이 아니라, 우고나 누군가의 개작 과정을 거쳤다는 점이다. 신문에 실렸던 <매국경축가>는 본래 5연으로 이루어진 노래였다. 반면에 여기 우고가 남긴 그것은 마지막 부분에 1연이 첨가되었기 때문이다. 처음 1연부터 5연까지는 을사오적의 입을 빌어 매국한 것을 자찬하는 반어적 효과를 노리고 있다. 그러다가 마지막 6연에 이르러서는 교술적 화자로 보이는 인물이 을사오적을 향하여 아내와 딸을 왜놈에게 주라고 욕설을 퍼부으면서 개돼지보다 못하다고 비난하고 있다. 화자가 달라지는 6연은 우고가 첨가하였거나, 아니면 다른 누군가에 의해 첨가된 것을 우고가 필사하여 놓은 것으로 보인다.

우고가 기록한 <매국경축가>는『대한매일신보』에 실렸던 그것에 비해 보다 근대적인 표기로 바뀌고 있고 부분적으로 어휘가 달라지고 있다. 하지만 전체적인 맥락에서 큰 변화는 없었다. 다만,『대한매일신보』에 없었던 6연이 첨가되면서 작품의 어조가 달라지고 의미가 강화되는 변화를 보인다.

【부록】 면암집초 원문

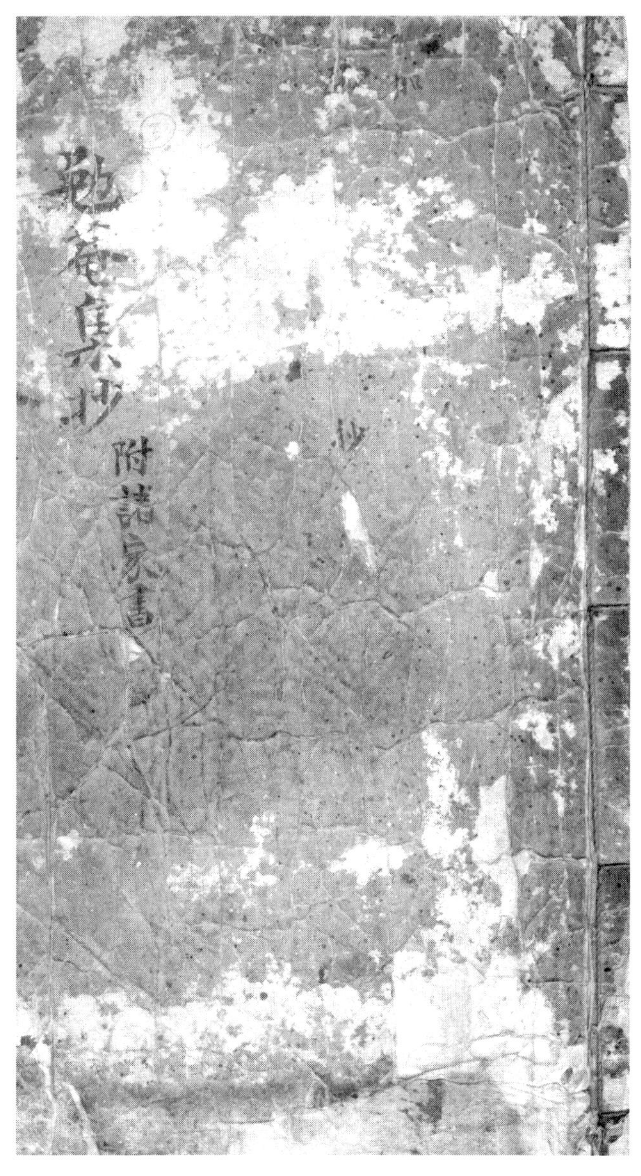

慰悼歌

애와 우리 學徒들아
慰悼歌를 불너보세
滄海不里 對馬島에
不屈大義 하시도다
視敀故國 오셔서
路經金海 하엿구나
國權棟樑 이오
士失依敀 하도다
烈士忠臣 이
나라 위ᄒᆞ 가시되
先生의 忠義로다
靑天의 明日月은
今日哭ᄒᆞᄂᆞᆫ 明月에
우리 슬흠을 다ᄒᆞ해소이다

勉菴先生 壯ᄒᆞ시다
視死如敀ᄒᆞᄂᆞᆫ 節槩
軌不愧愉 오리오
行次平安 ᄒᆞ신잇가
鯨濤鰐浪 吐ᄒᆞᄂᆞᆫ절에
閔忠正 趙忠正은
去年山 殉節ᄒᆞ고
發憤 引國權
귀가마시 回復ᄒᆞ고
우리金海 士女들아
致死報國 雲모와든다
그러치 아니ᄒᆞ니
너무과이 마지마라

거룩ᄒᆞ신 道德이오
炳然ᄒᆞ신 忠義로다
沙長山 嗚咽ᄒᆞ며
절절이 哭聲이라
嗚呼先生 가신후에
大韓社稷에 이럿고
今年山 致命ᄒᆞ니
슬프다 우리先生
南山에 松栢으로
先生의 志操로다
痛哭ᄒᆞᆫ 學徒들아
슬프다 우리學徒들을
痛哭을 말고
先生을 慰悼ᄒᆞ며
工夫着實히 ᄒᆞ세

國家에 需用되면

泉台下 先生魂靈 우리들을 陰隲하여 國權田復 호오리라

유세츠명오십여 철갑오색 나삼옷 明진 등긔오도 근

구비박 지수 통곡 집고우

의정부차정 흿 공조참셔면 앗 회련 있지 구쳔

오호비지오호통지라 도덕도 고조시고 보국셜치호시랴고

찬정공 면앗 흥외도 자락 할사 직간흥 션멋신고

부원도 모르시고 내쇠오소쳔심 면혼 고국지두여기롵다

정학도 여스롵다 참흥비 두룡고비 창허니

효외노열워쇼호 이 쳔쓰고 충신열스 쳔비셜우소노

절기보상열이늘의라 이외쎄더할쏘쇄 여쓰롵코눈물사노

언들 설호노훈바람 운무거든후에 사미도우리쳔심

희상은 무생열고 참무지게궁원열사 참쳘호온흣료롵다

숨혼철 백가날라도 세우리라 、 、 、

흥혼이야 엽실소나 우리되혼독셩컨을 복슈 존령톄샤흄

격오호톰지 심행

유제천병 소십 일월근 갑오싁이십 이욀을 모동늬끼 비봄은 ㄷ

구비박즉애 젹비곡젼우 졍쳔되부힝 끔죠칸셔면 쇳 최셩

셩구지젼은 노니 오호라례의 동방군즈국외츙신의 신불젼이라

산쳔슉국기육졍호야 우리션심 쁗츠른사 온앙품겸자젹이오 갑

외졍죽셩 기로다틴산고 싁졀 외요꽌 쥼쳬월슈최르다 츙효

도학창쳔호고 문장몀혈겸지로다 학뗘 구교졍 문즈사몀등묘

당흉신후애 츌임후 원보릐은소 군민경윤이라 진션꽤

사간ㅅ지싯국싼즉 그안인고 되군즈츠신사젹을 행쳔늬셔

알의 젼즉 신구를 셩 둣고 갑영비려너니빵 흰국늬빵에 션

심회를 의뢰사라 시운이 불길ᄒᆞ여 가ᄂᆡ
역상변에 인발ᄒᆞ고 만겁츈츄 모구에 티고 일만 쳥산 이라 삼젹
명졍노피 두어층의 광ᄉᆞ 일월 휘라ᄀᆞᆷ
무오초라 면츙졍우 던 눈물 셤셩 젼기다시 우니 디 ㅊᆞᆫ 쳔지
선심더러 비통으로 쳬ᄒᆞᆫ 젼이라 진신 잡보게 만ᄒᆞᆯ고 힘노싸고 ㅊᆞ졔
로다 무지흔 소ᄂᆡ비도 명 ᄂᆡᆼ사 일빤 이라 지원 인통불승 ᄒᆞᆫᄆᆡ
박젼비신ᄒᆞ야 ㄱᆞ고로 오니 삼흠 무기 복우 존령 향ᄋᆞ
흔졍셔ᄉᆞ 음격ᄒᆞ 옴소셔 오호 이진ᄉᆞᆼ ㅊᆡᆨ

吊勉菴先生 靈魂唱歌

勉菴先生 壯ᄒᆞ시다 、
勉菴先生 壯ᄒᆞ시다
거록ᄒᆞ다 、、、、
勉菴先生 거록ᄒᆞ다

日月가 탄빗ᄂᆞᆫ 忠義
ᄒᆞᆯᄂᆡᆯᄉᆞ ᄒᆞᆯ소ᄂᆡ 松栢水 ᄃᆞ른節操
ᄒᆡᄃᆞ여녴ᄒᆡᆷ으니

褐忠報國ᄒᆞ시다가 湖波萬里 가실ᄯᆡ에
萬里他國ᄒᆡᆼ 인ᄉᆡ 枕鷹冠劍ᄭᅡ쓰더니

烟波萬里 오실되는

藏歌數曲에인일ㅅ든

國事를 희奇거시니

壯흐시고 거록호다

痛哭 하신 ···

先生 위에 痛哭여서

거록호다 先生이여

쥬든의 榮華로다

어화 우리 孝徒들아

先生忠義 본을바다

爲國報君 호난날에

一心으로 호세보세

젼후左상 두군사

엄이호상 산졍호소

떨고 면우僚질에

자로가시오 ··· 어희 ··· 질까시을

후를음효고잠흐시다면 얘연심이에우리곰부흐반역ㅅ흥에졔국

꼬사를 보니글난나라시젼의소무라호노충신은충노의졔잡례북흥

희상외서십구면을교샹흐시다가가셩환고국흐에빗는일흔흐을

니오볼ㄴ면앳연셩의졀기를보리우리나라눈되젼각의외예더흐

꺼린각에울떠다흐리그줄를익다가흐채탄식ㅎ굴른모르ㅅ써

흔기린각시잇셔아흐것스우리챡도ㄴ자차이후로면에연심의

본을바다사랏 、、쇠쳔만슐더신호기를 림쇄호오시다

우는회상규면너삽스에션쉘이라

쟝호심 거룩호시다면액션요흉회가쟌호심고거룩호시다국사

룰위국아빨니타국원힝호사도라가셔 진쟉쎌쎄본국의도

라오엿신 엇지슐호지아니호리오

우는허타찬이연십사에션쉘이라

쟝호시다 、、、면액연요흉의쟝호시다국스룰 빨우시나다가

만리타국셜 본가도라가시여요활널 뺜구호니우리니쳔만둥포

가엇지갯격지아니호며엇지슐호지아니호리오까이둥푹헐믹

이올소이다

우는굼지화연십사에연쉘이라

우리타한에잠을로 거룩호신 면액션읽은횡면랄십에빅

백성을 드리옵실 보국안민호랴시며 태국의 위험호

샹즉어셔 본국의 오셧시니 쟝호고

거록호심이온 누은 만민이 실허호미온 우리

불명한 동포는 면애 희션의 츙의를 본을 바다 츙심 나라

러두곤 국사에 대호거든 목슘을 불그고 면애 깟치 나라 위호

어 봅시다 우는 깟치 슉면 산사 면혁 이라

츙의두쥰를 쟈시 쌀홀 것스즁 호란 그을 슐 우리 학성 본빗

고 죠와국 노어 터위 우리 까항 샹즁를 조와 할 셔래 이아니

울실 헝 낫셔 매되 것 노듸 우리 마애에 잇고 실 헝 을 안 할지

경 이면 애 위 엇 매되 것스 오날 실 헝 옷신 면애

회션 셩에 더 호 매 셔 불지 경 이면 우리 디 한 을 위 호에 국사

룰 바루려 호시다 가 이지 경 에 셜 르러 시니 책 룰 픽 쥬 지로다

면앳현셩만 본지엘미라도 본을 바다 츙두 조판 밸를

지빨코실 힝츄기 룬츙규잔 츙립니다

우는 굠 제근연 삽사연 셜이라

쟝츙시다 면앳현셩이 국사를 바루를 나츙시다가 밸이타국외 원힝

츅사쥭씨 도라오엿시니 우리도 엇지술 두지 싸니 츙리 온 시도는 우리

도굠부를 잘츙애 면앳현셩 츙위를 본바다 국사에 즁츙음시다

우는 나랑 슈변이 삽사라

흘 슝츙며 빗나고 쟝츙시다 면앳현셩 외츙절을 보미 우

러니현만 동모가 어둡고 엇지 갭젹지 싸니국 러오자 군

위사와 노우리 나현만 동무도 우는 허흥슈 연 너삽 육의라

츙시다

우리 티환 빅셩들아 면앳현셩 외츙외 본을 바다 삼츙씨

면앳현셩 외본 뺏 기를 빙셰

러두고 잇지마옵시다 우는 회티혼연이십괄 이라

우리학성들은 흥씨 체츨 취음 체주를사 무옵시다

우리태찬동죠들아 면애원셩졀기를 흥보호아령

짜옵시다 우는 녀흐그도나규동연 나십사가

우리는 믜우붓그렵소 우리는 믜우붓그렵소엇더훈

샤룸 위흐야 짤이 타국외 잡펴가셔 죽씨여도타오시 우리

우는 녀흐그도 회팅엮 면 칱호쎄

눈흐흔 밤떡근 죠혼 잘이쎄재 자그 잇셔시니 엇지 붓그렵

흐터올 우는 녀흐그도 깁 짤 남연 십쎄다

면애원셩이 니쳔반동죠들 위흐야 죽써신니 우 타도나쳔반동

죠룰 위흐여 죽어봅시다

우리책도둘은 면애원심흥외를 본을 바다일주위우
러도국가를 위흥아얼셔 스로죽씨 봄이라
　　　　　　우는 버흥구도 박명슉연구셰라
유셰춘변오셥얼월갑오셕 너십사얼 평소셰경샹밧도둠너
부사츙연츌량등거곰쇼사 졍쇼사 노른니 비박지구로
젼비폭고우　　　 면애션임령구기흥와 오호통젼라 ;;
ㄷㄷ연오셰샹심거신벌씨위 국흥사간졀흥사금난츙어라
도신명도가 보지아니흥사죽으 씨얘 까은되명셔흥 잇도
우러녀쳔빤둠쿠외되애아모뎌록 보국쌘면흥시라ㄷ
쥬쌔씨군샹즈흥시니뉘라셰갯 꺽지아니흥리슐얼월갓톡
노츙외뉘라셔가를쇼아쑴빅개톤구드졀기뉘라셔쩍굴
쇼아산악가톤눕쥰도덕뉘라셰앵쌔치쌔니흥쩔흥희가툐

김츈은덕 뉘라셔 개틴치 아니ᄒ랴 오호의 젼지라

이여ᄲᅢ에 한국원 형위션 ᄲᅡᆯ꼬 가싣디 졍안의 가시기를 ᄲᅡᆫ 젼심

츅원ᄒᆞ엿더 오실뒨 너가슈곡여 인일고 ᄉᆞᆯ푸고 ᄉᆞ루

도다 우리노여뎌 외일기과 부로지 석의 혼리ᄒᆞ나 ᄒᆞ의외오 개

ᄲᅢ엿지개 격지 아니ᄒᆞ리로 셩각고 힝꺽듸기 젼이눈 물며 조영온

이타불원 ᄉᆞ섭ᄂᆞ를로 갓치니 젼ᄒᆞ오니 물며

셔ᄉᆞ후격ᄒᆞ으여 오호통졔샹 힝

너가라

ᄲᅵ앳쳔심 찬졈듸신 우리나라흘 신실어 도회ᄒ듣 노ᄒᆞᄲᅥ

라경쳔흐던 문쳔상시 디친국의란 실ᄒᆞ나 ᄲᅥ앳쳔심 악다

신가니쳔ᄲᅡᆫ신 우리뮴포 구졔ᄒᆞ신 ᄲᅥ앳쳔라 가부ᄉᆞᆷ

만가국운 비ᄉᆞᆨᄒ가 부산힝의 휠ᄒᆞ주 ᄉᆞᄳᅥ 키ᄆᆞ도로

가시기는 무섯 일로 가 잇던고 황천후토 명 ᄒᆞᆷ소 북국

안 민우섯 회가 반앗신 전 회도의 오백 외사드러 갓 비술

듀도다우리임도 못간 거시후회르다 회도흠의고십기도

구제챵싱그얼 ᄉᆡ 무소환국ᄇᆡ리더니 덩젼홍쳔군엣도

다ᄆᆞᆫᄋᆡᆨ션힝불리명혼승회빅슌ᄒᆞᆫᄂᆞᆯ위 샹제련신ᄉᆞ

후애되ᄒᆞᆫ국극북흘로다시셰샹ᄒᆞᆫ싱ᄒᆞ 티ᄃᆞᆫ황제시굠

흐오술ᄒᆞ다우리싱도티렴엄세 다시보이쳔셰 ᄃᆞ티ᄒᆞᆫ

황제 만세 ᄃᆞ티혼황제

죠츙가라   황우나일멍은존찬챰의라

티혼광무명오돔에회국흠신쟝흐도다ᄉᆡ쳔ᄂᆞ우리강토

자쥬독입힘엇도다딸ᄂᆞ참희젼도흠의열련단젼위

인일고 우리흐고도 열십 호아 션셩 츙의 본을 바리

회면 애 원셩 영혼차 가라 호랑호교 잇드 이라 … 딸

통곡일시 … 면색 편싱연간이에 슬허할이

니타국 반구로다 우리흑도 사문씨는 일월회명 할이

우리흑셩 무복흐씨 원로흥신 명졀일시 산색가탄도

더어일 흘빅갓한졀 지로다 효졔흥신다반이오 몸앤졍

류킹장 이라 우리국셰 보원흐아 우국습 졍간즉일이 즉

씨로셩 퍽흔바 츙묵죽 안즈로다 슈죡이 갈이토록

심력 이란 갓일시 츙의 낫선 명졔흐아 육역무위 십써로다

탕학 부리 불탄이오 빅션모리 물타로다 불힝일이 … ᆞ

니억원횡 불일이 빨이창파 가실씬는 잠구여엔 흐시어

니말씨 흘랑 오길씬는 영혼 도타오거 흔룡이오 슬흐예

백셜이 무량이라 우리 창성 혈 국는 물 강이 모와디 감셜

이 우리 창성 맨강 역혈 강이 토들아디 하도다 참참 철라

혼 국즁에 늬가다시 젼 즉 되리 슬흐다 우리 흑도 백셰

죵사 병졀이라 늬를 다시 위로하매 늬 ᄇᆞ다시

고 어와 우리 되한 국인 젼심 할의 본을 바다

국 천연 후에 젼심 흘 위로하시 공 쳔만고 불 존

렴 셔사 흠격하옵소셔 백셜 본 쳔리 쵸도 식즁산지

호옹소셔 오호통곡 、、오회 、、오회 、、

효로 학도 넘어연셜 록이라

쟝하고 거룩하시다 면약 젼심이셰 위국 갈츙하시다가

맬시 타국실 본에 원 힝하사 절수 흑아 고국셰 도라오시니

우리 티훈둘호가 엇지갑 젹지아니하며 엇지슬흐지아니ᄒᆞ리오

우리도 타설에 결흥보국흔 밴후에 선심 미로지 충론
을 위로흘 돕시다

우는 남흘못 겁두희 연니섭앗이라

오늘 면암 션셩 졀사에되 흘아 우리되흔 동포구름은
모와 효상흐오니 다만 이 겁소에다 모든 어러신네 흥위돔
구흘션는 어러신 네도 폐실 북루흐신 노어러신 네도 계시고
오나다 썅반 의라 흔다 죤즁흐는 맬노 쌔지마시오 구습을
후비챗비 즁후시논 썅반도 잇슬러이오니 챰답ᄂ흐라답ᄂ흔
바리지못흔 소릿 외말이올시다 흐로라도 쌔비문명 뻘을
흐샤 삼두사랏 되써서 면앗 션셩갓튼 흥위흘 직갑시다

우는 오흔딕 연 심욱이라

잠흐시오 후흘 수응흔 면앗 션셩이 우리되흔니 션뜬둥흐흘셩

만ᄒᆞ야 새쳔되 감토를 ᄒᆞ구에 배가지 아니ᄒᆞ거ᄒᆞ야 죽음을

되치야넌ᄒᆞ시고 밧ᄒᆡ라 국세원 힝ᄒᆞᄉᆞ 도라가졋시니 엇지 쟝을

고쟝ᄒᆞ지 아니ᄒᆞ시리오 에세 둘고 어두온 티혼을 뉘 다시 ᄒᆞ혹

불되야 팡 떠게 ᄒᆞ시껏소

우는 오삽식연 니임사라

쟝ᄒᆞ시고 노주시다면 앳 언십흥위에 쟝ᄒᆞ임고 거록ᄒᆞ시

다북국ᄯᆞ인 ᄒᆞ시기를 단심ᄉᆞ반역 국사를 위ᄒᆞ혹

야 죽음을 불되ᄒᆞᄉᆞ라 국에 가시여셔 죽세 도라오시

너되혼나쳔 ᄯᆞᆫ동ᄒᆞ는 졍념 잇지 밀기를 ᄒᆞᆼ상세밀 ᄒᆞᆼ

시다   우는 울근호연 십흥이다

送極時釜山商務社會員祭文

국문문학과 한문문학의 교섭과 수용

〈관동별곡번사〉의
문예의식과 한역 태도

1. 머리말

　필자는 송강 정철(1536~1593)의 〈관동별곡〉을 한시로 옮긴 춘담 신승구(1810~1864)의 〈관동별곡번사(關東別曲飜辭)〉를 발굴하여 학계에 보고한 바 있다.[1] 가사나 시조 작품을 한시로 번역한 것을 '번사(飜辭)'라고 하는데, 지금까지 〈관동별곡번사〉는 청음(淸陰) 김상헌(金尙憲, 1570~1652)·서포(西浦) 김만중(金萬重, 1637~1692)·청호(靑湖) 이양렬(李揚烈, 1581~1616)에 의해 지어진 3편이 전하고 있었다. 그런데 신승구의 번사 작품이 발견되면서 새로운 한 편이 추가된 셈이다.[2] 게다가 근래에는 중인 출신의 담옹(澹翁) 박창원(朴昌元, 1683~1753)이 지은 새로운 관동별곡 번사 작품이 발굴되었다.[3] 따라서 이제 〈관동별곡〉 번사 작품

---

1) 구사회, 「새로 발굴한 申升求의 〈關東別曲飜辭〉에 대하여」, 『국어국문학』139집, 국어국문학회, 2005.5, 237~268쪽.

2) 근래에는 중인 출신의 담옹(澹翁) 박창원(朴昌元, 1683~1753)이 지은 새로운 관동별곡 번사 작품도 발굴되었다.(정한기, 「朴昌元의 〈關東別曲〉 한역시에 나타난 한역의 배경과 그 양상」, 『한국문학논총』 40집, 한국문학회, 2005, 83~109쪽). 따라서 지금까지 알려진 〈關東別曲〉 번사 작품은 모두 5편이고, 앞으로 새로운 작품이 발굴될 가능성도 높다. 박창원의 〈관동별곡〉 한역시에 대한 논의는 다음 기회로 미루고 이를 발굴한 정한기의 논의를 따르기로 한다.

3) 정한기, 「朴昌元의 〈關東別曲〉 한역시에 나타난 한역의 배경과 그 양상」, 『한국문학논

은 모두 5편이 되었고, 앞으로 새로운 관련 작품이 발굴될 가능성도 높다.

필자는 그동안 연대미상으로 남아 있던 청호 이양렬의 생몰연대도 근래에 밝혀냈다.[4] 학계에서 18세기에 생존했을 것으로 여겨졌던 청호 이양렬은 생각과는 달리, 16세기 말엽에서 17세기 초엽에 살았던 인물이었으며 서포보다 50여년이나 앞서고 있었다. 게다가 청호는 청음보다 10여년 늦게 태어났으나 36년이나 먼저 세상을 떠났기 때문에 오히려 청호가 청음보다 <관동별곡>을 앞서 한역했을 가능성에 대해서도 타진하였다. 따라서 <관동별곡번사>는 청호 이양렬 → 청음 김상헌 → 서포 김만중 → 담옹 박창원 → 춘담 신승구의 순서로 세상에 나왔고, 앞으로 이를 염두에 두고 논의할 필요성이 있다.

그동안 <관동별곡번사>는 개별 작품을 위주로 논의되었고,[5] 이것은 각각의 작품들이 지닌 문예적 특징을 밝히는데 유효하였다. 그런데 역대 <관동별곡번사>는 같은 작품을 두고서 한역 태도나 작품을 바라보는 관점에 따라 편차를 보인다. 이들 역대 번사 작품들이 공유하고 있는 문예적 보편성이나 독자성을 추출하려면 상호 비교와 대조를 통한 총체적 접근 방법이 유효할 것으로 보인다. 이 글에서는 먼저 역대 <관동별곡번사>를 남겼던 작자들의 번사에 대한 각각의 태도나 견해를 살펴보겠다. 이어서 이들 작품들의 한역 과정에서 드러나는 문예적 태도를 밝히고 그것에 따른 시가사적 의미를 모색하도록 하겠다.

총』40집, 한국문학회, 2005, 83~109쪽.

4) 구사회, 「청호 이양렬의 <關東別曲飜辭>에 대한 문예적 검토」, 『한국문학연구』28집, 동국대학교 한국문학연구소, 2005, 261~295쪽.

5) 윤승준, 「청음 김상헌의 「관동별곡」번사에 대하여」, 『한문학논집』12집, 근역한문학회, 1994, 611~631쪽.

최규수, 「서포 김만중의 <관동별곡번사>에 나타난 한역의 방향과 그 의미」, 『한국시가연구』제14집, 한국시가학회, 1998, 257~286쪽.

2. 〈관동별곡번사〉와 역대 작가의 문예의식

선조 13년(1580)에 송강 정철이 강원도 관찰사로 부임하여 관동팔경을 유람하고 지은 〈관동별곡〉만큼 오랜 세월 동안 널리 애송된 작품이 없다고 해도 과언은 아니다. 이 작품은 그 자체로서 끝나는 것이 아니라 여러 유통과정을 통해서 다양한 방식으로 후대인들에게 수용되었고 후대 가사에 끼친 영향도 적지 않다.6)

〈관동별곡〉은 가창되고 읽혀지면서 문인들에 의해 다시 한시로 지어지거나 아예 전문 자체가 한역되기도 하였다. 이러한 가사나 시조에 대한 한역을 '번사(飜辭)'라고 한다. 〈관동별곡〉의 번사는 청호 이양렬(1581~1616)·청음 김상헌(1570~1652)·서포 김만중(1637~1692)·춘담 신승구(1810~1864)에 의해 이루어진 4편이 전한다. 이외에도 택당 이식(1584~1647)이나 송강의 후손인 정용택이 지은 번사가 있었다고 하는데 확인되지 않고 있다.7)

〈관동별곡〉을 포함하고 있는 송강의 시가 작품집인 『송강가사』가 오늘날까지 전승될 수 있었던 것은 후손들의 가문의식이나 그를 존숭하던 서인계 인물들의 지지 기반에 힘입은 결과였다.8) 이외에도 지방 선비, 고위관료, 실학자, 성리학자 등과 같은 다양한 성향의 문인들에 서부터 이민성, 이기류 등과 같은 전문적인 한역작가들도 송강의 시가

---

6) 김기형, 「〈관동별곡〉의 유통 양상에 대하여」, 『어문연구』 제36집, 어문연구학회, 2001, 187~208쪽.

7) 이 중에서 澤堂 李植(1584~1647)의 작품은 장유승이 규장각에서 찾아냈다.(장유승, 「최고(最古)의 〈관동별곡(關東別曲)〉 -택당 이식의 〈번관동별곡가(飜關東別曲歌)〉」, 『문헌과 해석』 32호, 문헌과 해석사, 2005, 203~224쪽). 하지만 그것을 청호 이양렬의 작품으로 보는 것이 학계의 대체적인 흐름이다.(정원기, 위의 논문, 83~110쪽).

8) 최규수, 『송강 정철 시가의 수용사적 탐색』, 월인, 2002, 75~113쪽.
  김문기·김명순, 『조선조 시가 한역의 양상과 기법』, 태학사, 2005, 369~370쪽.

를 한역하였다.

후손들은 송강의 시가 작품들이 연멸되는 것을 방지하기 위해『송강가사』를 다시 판각하여 보급하거나 한역하는 수고를 마다하지 않았다. 여기에는 몇 가지 특징이 있다.『송강가사』의 보존이나 확산과 관련하여 후손들에 따라 차별성이 드러난다. 송강의 둘째 아들이었던 정종명(鄭宗溟)의 후손들은 판각 작업에, 셋째 아들이었던 진명(鄭振溟)의 후손들은 번사 작업에 힘을 쏟았다. 예를 들어『송강가사』의 역대 판본으로 꼽을 수 있는 <의성본>·<관북본>·<관서본>·<성주본>·<황주본>은 모두 송강의 둘째 아들이었던 종명의 후손들에 의해 이뤄졌다. 반면에 송강의 후손들에 의해 이뤄진 번사 작업은 셋째 아들이었던 진명의 후손들과 관계가 깊다. <사미인곡>·<속미인곡>·<성산별곡>의 번사를 남긴 정도(鄭棹, 1708~1787)는 진명의 5세손이었고, 근래에 발굴된 춘담 신승구의 <관동별곡번사>는 진명의 8세손이었던 정붕(鄭灝, 1804~1867)의 간절한 청탁에 의해 이뤄진 것이었기 때문이다.

<관동별곡>을 번사했던 작자들을 살펴보면 한결같이 서인계 인물이거나 송강 집안과 가까운 인물들이었다. 김상헌과 김만중은 각각 당대의 서인계 중심인물로서 정치적 부침을 거듭했던 인물들이다. 이양렬은 왕실에서 분가해 나간 세종의 17남 영해군(寧海君) 이당(李瑭, 1436~1478)의 7대손인데, 청호와 자식들은 서인들과 인척관계를 맺고 있었다. 신승구는 신말주의 후손으로 호남에 거주하였는데 송강 후손들과 가깝게 지내던 인물이었다.

이처럼 후손들과 서인계 인물들은 송강의 시가 작품을 보존하고 선양하려는 적극적인 의지를 갖고 있었다. 이들은 시대에 따라 일정한 유형적 태도를 보인다. 후손들은 송강의 작품이 유실되는 것을 막고자『송강가사』를 간행하는 데 힘을 쏟거나 그것을 한역하였다. 후손들은

자신들과 가깝게 지내던 역량있는 문사들에게 줄기차게 번사를 요청하였다. 송강을 추모하던 인사들은 처음에는 작품 연멸에 대한 안타까움이나 추모하는 마음에서 시를 짓거나 작품을 번사하고 있다. 그런데 이들은 송강 후손들이 지녔던 보존 의식보다는 번사에 대한 작가로서의 문예의식에 깊은 관심을 나타내고 있다.

關東歌曲最淸新	가곡 <관동별곡>이 가장 맑고 깨끗하나니
樂府遺傳五十春	이 악부가 흘러서 전해온 오십 여년 세월.
文采風流今寂寞	문채와 풍류가 이제는 아득하고 쓸쓸하니
世間誰見謫仙人	세상에서 누가 적강한 선인을 보겠는가?

이 시는 청음 김상헌이 강원도 관찰사로 가는 윤이지(尹履之, 1579~1668)에게 써준 〈관동 안찰사 윤이지에게 주는 4수(贈關東按使尹仲素四首)〉 중의 일부이다. 여기에서 청음은 송강의 〈관동별곡〉이 세상에 나온 지 50여년이 지나면서 점점 잊혀져가는 것을 안타까워하고 있다. 여기에서 나아가 청음은 〈관동별곡〉의 세계를 초월적인 선경의 차원에서 수용하는 미의식을 보인다.9)

서포 김만중은 〈관동별곡〉을 비롯한 송강의 작품에 대한 평가를 내리면서 구전이나 국문 전승에 따른 문제점 등을 정확하게 인식하고 있었던 듯하다. 서포는 우리말로 된 가사에 대해 아무리 한역을 잘하더라도 본래의 우리말 노래에 비해 결코 아름다울 수 없다는 평가를 내리고 있다.

---

9) 청음의 이러한 태도는 〈관동별곡번사〉에서도 나타나고 있다. 가사 중에 '송근을 베여누어 푸잠을 얼풋드니(松根乍枕夢忽成)/꿈의 혼 스롬이 날다려 일온말이(遇一神翁開兩眉)'를 한역하면서 그 앞에다 원문에도 없는 '世有仙人人不知(세상에 신선이 있어도 사람들이 알지 못하네)'라는 구절을 부분적으로 첨가하여 번사를 선경적 취향으로 유도하고 있다.

정송강의 <관동별곡>·<사미인곡>·<속미인곡>은 우리나라의 이소(離騷)이다. 그런데 그것은 문자로 쓸 수 없기 때문에 오직 악공들이 입으로 주고받아서 이따금 국문으로 전해질 뿐이다. 어떤 사람이 칠언시로 <관동별곡>을 번역하였지만 아름답지 못하다. 간혹 택당이 젊은 시절에 지었다고 하는데 사실이 아니다.

구마라습이 말하기를 "인도의 풍속이 문채를 숭상하여 부처를 찬양하는 노래가 매우 화려하고 아름답다. 이제 중국어로 번역하면 단지 그 뜻을 얻을 수 있으나 그 말은 얻을 수 없으니, 이치가 마땅히 그러하다."

사람의 마음이 입을 통해서 나타난 것이 말이요, 말에 가락이 있는 것이 노래·시·문장·부(賦)이다. 사방의 말은 비록 같지 않지만 진실로 말이 능숙한 사람이 각각 그 말에 따라서 가락을 맞추면 모두가 천지를 움직이고 귀신을 감통할 수 있나니, 중국에만 그런 것이 아니다.

지금 우리나라 시문은 우리말을 버리고 남의 나라 말을 배운 것이니 설령 아주 비슷하더라도 단지 앵무새가 사람의 말을 흉내 낸 것이다. 그런데 마을 사이의 나무하는 아이들이나 물을 긷는 아낙네들이 노래하며 서로 주고받는 노래는 비록 비루하다고 하나, 참과 거짓을 따진다면 진실로 배운 사대부들의 이른바, 시부라고 하는 것과 함께 논할 수는 없다. 하물며 이 세 노래는 천기가 저절로 발현하여 오랑캐 풍속의 비루함이 없다. 예로부터 우리나라의 참된 문장은 이 세 편뿐이다. 그런데 더 나아가 세 편을 가지고 논의한다면 <속미인곡>이 가장 높다. <관동별곡>과 <사미인곡>은 오히려 한자어를 빌어서 그 형색을 수식하였기 때문이다.10)

---

10) 松江關東別曲前後思美人歌, 乃我東之離騷, 而以其不可以文字寫之, 故惟樂人輩, 口相授受, 或傳以國書而已. 人有以七言詩飜關東別曲, 而不能佳, 或謂澤堂少時作, 非也. 鳩摩羅什有言曰, 天竺俗最尙文, 其讚佛之詞極其華美. 今以譯秦語, 只得其意, 不得其辭, 理固然矣. 人心之發於口者爲言, 言之有節奏者爲歌詩文賦. 四方之言雖不同, 苟有能言者, 各因其言而節奏之, 則皆足以動天地通鬼神, 不獨中華也. 今我國詩文, 捨其言而學他國之言, 設令十分相似, 只是鸚鵡之人言, 而閭巷間樵童汲婦咿啞而相和者, 雖曰鄙俚, 若論眞贋, 則固不可與學士大夫所謂詩賦者同日而論. 況此三別曲者, 有天機之自發, 而無夷俗之鄙俚. 自古左海眞文章, 只此三篇. 然又就三篇而論之, 則後美人尤高, 關東前美人, 猶借文字語以飾其色耳. (金萬重, 『西浦漫筆』)

서포는 송강 정철의 가사 작품인 〈관동별곡〉·〈사미인곡〉·〈속미인곡〉을 동방의 이소(離騷)로 극찬하고 있다. 아울러 그는 우리 노래를 번역하는 과정에서 발생하는 문제점을 지적하고 있다. 서포는 번역을 잘 하여 뜻을 획득할 수 있겠지만 노래는 말과 관계가 깊기 때문에 우리말 자체가 지닌 아름다운 노래 가락을 살릴 수 없다는 부정적 인식을 피력하고 있다. 그는 식자층이 중국의 시문을 겨우 깨우쳐서 글을 짓는 것을 앵무새가 사람의 말을 흉내 낸 것으로 비판하면서 비루하지만 성정이 자연스럽게 울려나오는 일반 백성들의 노래가 오히려 천기(天機)를 발현하고 있다고 말한다. 말하자면 식자층의 노래는 천기가 부족하고 백성들의 노래는 천기가 발현되지만 비루하다는 취약점이 있다는 것이다. 결국 서포가 말하고자 하는 내용은 오직 송강의 노래만이 그것을 극복하여 속되지 않으면서도 천기를 발현하여 성정이 저절로 자연스럽게 흘러나왔다는 것이다.

철종 11년(1860)에 춘담 신승구(1810~1864)는 〈관동별곡번사〉를 새로 짓고서 후기를 남겼다. 이를 살펴보면 춘담은 이미 〈관동별곡〉을 한역한 이전의 번사 작품들에 대한 검토와 함께 대안을 강구했던 것으로 보인다.

> 오른쪽 번사는 옛날 청음·서포·청호와 같은 여러 선생들의 번역한 곡조가 이미 완비되었다면 후생처럼 학식이 낮은 사람으로서는 반드시 거듭할 필요가 없겠다. 그런데 누차에 걸쳐 긴요한 부탁을 해오면서 기필코 이루겠다는 것이었다. 정녕코 여러 선생들의 번역한 것들이 모두 문청공(文淸公)께서 마음 속으로 생각하고 있는 참다운 간절함을 획득하였겠지만 그 장구에 있어서는 혹시 장단점들이 옮기는 과정에서 존재하는 바, 이처럼 열심히 독려한 것이 아니었을까? 그렇지 않았다면 반드시 그렇게 까지 하였겠는가? 이에 원본으로 그 구두를 따라 망령되이 번

역하여 드린다. 모름지기 刪削하는 게 마땅할지니, 만약에 또한 모범이 되지 못한다면 하나의 안주거리로 삼으시기를 바란다. 경신년(庚申年) 대한(大寒)에 신승구가 드리다.[11]

위의 언급대로라면 춘담은 누군가의 강권을 차마 거절하지 못하고 번사를 하였다고 겸사를 늘어놓고 있다. 이 자료가 송강의 후손이었던 정우원(鄭友源, 1872~1950)의 집안에서 나왔다는 점을 감안한다면 춘담은 송강 후손의 간곡한 부탁으로 지었다는 것을 알 수 있다. 우리가 여기에서 눈여겨보아야 할 점은 춘담이 그것을 한역하는 과정에서 번사의 형식이나 내용 등에 대해 함께 고심하였다는 점이다.

춘담은 전대에 이뤄졌던 번사들에 대한 문제점을 인식하고 있었던 듯하다. 그는 이전에 이뤄진 번사들이 성과가 있었지만 한편으로 문제점도 있었다고 우회적으로 비판하고 있다. 조선말기의 춘담은 <관동별곡>의 연멸 내지 단절보다는 작가적 관점에서 기존 작품들이 지닌 장단점을 파악하고 문제점을 극복하여 새로운 번사 작품을 지으려는 문예의식을 보인다.

역대 작가 중에서 가장 먼저 번사 작업을 했을 것으로 보이는 청호 이양렬은 작품 이외에 별다른 관련 기록이 남아 있지 않다. 다시 논의하겠지만 청호의 번사 작품을 살펴보면 <관동별곡>의 과장적인 표현 부분을 사실적 표현으로 바꾸고 있고, 선가적 어휘를 유가적 내용으로 교체하는 경우에서처럼 간접적으로 그의 문예의식을 엿볼 수 있다.

따라서 청호·청음·서포·춘담의 담론들을 살펴보면, 이들은 송강

---

11) 右飜辭舊有淸陰, 西浦, 靑湖諸先生飜調已備, 則後生淺學不必更疊, 而屢賜緊囑, 必成乃已者, 政或以諸先生所飜, 皆獲文淸心思之眞切, 而於其章句, 或有所短長移置者存, 而若是勤督否歟. 不然行必乃已也. 玆因原本襲其句讀, 妄飜以呈, 須下刪削爲宜. 如又不可以則, 作一瓶資深望. 庚申大寒申升求呈(申升求, 『關東別曲飜辭』, 「後記」).

의 〈관동별곡〉을 한역하면서 번사의 형식이나 내용, 미의식 등과 같은 작품 전반에 걸친 나름대로의 일정한 문예 의식을 갖고서 작업에 임했다는 것을 알 수 있다.

3. 역대 〈관동별곡번사〉의 한역 태도

지금까지 가사에 대한 한역은 5언고시, 7언고시, 5·7언고시, 초사체, 그리고 장단구로 이뤄졌다. 초기에는 이들에 대한 한역이 주로 5언이나 7언고시 형태로 이뤄졌는데 후대로 내려올수록 초사체와 장단구의 형태가 많아지고 있다.

〈관동별곡〉에 대한 한역도 청호 이양렬은 191구의 7언고시체로, 청음 김상헌은 180구의 5·7언고시로, 서포 김만중은 88구의 7언고시체로 하였다. 반면에 춘담 신승구는 개화기 직전인 1860년에 290구의 초사체로 하였다. 따라서 〈관동별곡번사〉는 장단구를 제외한 例의 양식이 모두 시도되었다. 분량상으로는 서포가 가장 짧고 춘담이 가장 길다. 춘담의 번사는 지금까지 전해지는 송강의 가사에 대한 번사 중에서 가장 길면서도 후대에 이뤄졌다는 특징이 있다.

이들의 한역 방식을 살펴보면, 5언이나 7언고시체에서는 대체적으로 가사의 2음보 1구나 4음보 2구를 각각의 한시 1구로 옮겼다. 그 중에서도 5언고시체는 대부분 가사의 2음보 1구를 한시 1구로 옮기고 있다. 물론 여기에도 예외가 없는 것은 아니다. 서포의 경우에 〈관동별곡〉을 한역하면서 새로운 내용을 과감히 첨가하거나 생략하면서 가사 3행, 다시 말해서 6구 12음보를 한시 2구로 축약하기도 하였다. 청호나 청음이 1음보를 한시 1구로 확대한 것도 부분적으로 눈에 띈다.

반면에 <관동별곡>을 유일하게 초사체로 한역한 춘담 신승구는 극히 일부를 제외하고는 고지식할 정도로 가사 2음보 1구를 한시 1구로 옮기고 있다.

    <예문 1>
    강호애 병이 깁퍼 듁님의 누엇더니
    ① 江湖多病竹林臥(청호)
    ② 江湖抱病一老身, 永辭風塵臥竹林(청음)
    ③ 江湖多病故人疎, 竹林閒臥幽懷寂(서포)
    ④ 伊江湖兮病深, 高余臥乎竹林(춘담)

위의 예문은 <관동별곡>이 처음 시작하는 부분의 4음보 2구절이다. 청호는 이를 7언고시 1구로 직역하고 있고, 청음과 서포는 같은 형식의 2구로 옮기고 있다. 청음은 '강호포병일노신(江湖抱病一老身), 영사풍진와죽림(永辭風塵臥竹林)'을 '강호포병와죽림(江湖抱病臥竹林)'으로 직역할 수도 있는데, 가사의 원문 내용을 훼손시키지 않는 범위에서 '일노신(一老身)'과 '영사풍진(永辭風塵)'을 부연하고 있다. 마찬가지로 서포의 '강호다병고인소(江湖多病故人疎), 죽림한와유회적(竹林閒臥幽懷寂)'도 '강호다병와죽림(江湖多病臥竹林)'으로 직역할 수 있는데, 일부러 '고인소(故人疎)'와 '유회적(幽懷寂)'을 덧붙여서 내용을 확대하고 있다. 번사의 내용대로라면 청음은 강호에 대한 그리움으로 늙은 자신이 세속을 버렸다는 것이고, 서포는 강호에 대한 그리움으로 자신이 지인들로부터 소외되어 한가로이 죽림에 누워있노라니 회포가 적막하다는 말이다.

표면적으로 청음이 강호에 대한 능동적 태도를 보인다면, 서포는 수동적인 태도를 드러내고 있다. 위에서 춘담은 초사체 2구로 바꾸고 있는데, 가사 원문의 내용에서 크게 벗어나지 않는다. 위의 예문만 보더라도 이들 번사자들이 가사 작품을 대하는 태도나 한역방식에 있어서 각각의 특징과 차이를 보이고 있다. 대체적으로 청호와 춘담은 가사의 원문을 정확하게 한역하려는 태도를 보이고 있다. 반면에 청음과 서포는 가사를 한역하면서 내용을 덧붙이고 있다. 청음과 서포를 비교하면, 전자는 가사의 원문에서 크게 벗어나지 않고 있는데 비해서 후자는 텍스트를 자신의 주체적 관점에서 접근하려는 태도를 보인다.

〈예문 2〉
어와 성은이야 가디록 망극ᄒ다
연츄문 드리ᄃ라 경회문 ᄇ라보며
① 如何聖恩日罔極
　　欲報涓埃任奔走
　　延秋門下一馳入, 慶會樓前擡眼望 (청호)
② 斗覺君恩隨處深
　　始入延秋門, 欣瞻慶會樓(청음)
③ 君恩朝謝延秋門(서포)
④ 猗歟休哉聖恩, 尤竊感兮罔極
　　延秋門兮趍進, 慶會樓兮仰覿(춘담)

　　위에서 같은 가사 부분을 놓고서 번사 작자들은 서로 다른 태도를 보이고 있다. 가사 원문과 비교해서 춘담의 번사가 가장 직역에 가까운 한역 태도를 보인다. 반면에 서포는 가사 4구를 다만 '君恩朝謝延秋門(아침에 연추문에서 임금님 은혜에 감사하고)'라는 내용의 한시 1구로 압축하고 있다. 청호는 가사의 원문을 충실히 한역하면서 '欲報涓埃任奔走(조금이라도 보답하려 바삐 나서서)'라는 뜻의 어구를 첨가하고 있다. 청음은 '斗覺君恩隨處深(임금님 은혜를 곳곳마다 깊음을 크게 깨달았

네)'에서처럼 가사 원문을 벗어나지 않는 범위에서 줄 친 내용을 덧붙이고 있다.

더 나아가 <관동별곡>에 대한 역대 작가들의 이념적 태도를 살펴볼 필요가 있다. 대체로 청호는 충신연주지사의 유가적 측면을, 청음과 서포는 선적 취향을 강화하는 태도가 엿보인다. 반면에 그것을 가장 늦게 한역했던 춘담은 원문 자체에 충실한 사실적 태도를 보이고 있다.

예로써 <관동별곡>의 '선사롤 씌워 내여, 두우로 향ᄒ 살가 / 션인을 ᄎᄌ려, 단혈의 머므살가'라는 구절을 청호는 '선사를 띄워 두우로 향해볼까, 성인을 찾으려 단혈은 어떠한가(仙槎泛泛向斗牛, 丹穴何如尋聖人)'로 한역하고 있는 바, '仙人'을 '聖人'으로 교체하여 작품의 성격 변화를 유도하고 있다. 청음은 '신선의 뗏목을 띄워서 두우로 향하여 신선이 사는 단구를 찾고자 하노라(欲泛仙槎向斗牛, 將揖浮邱訪丹邱)'로 한역하고 있다. 춘담은 '선사를 띄워 배회하며 북두와 견우 사이를 향해볼까(仙槎兮徘徊浮, 斗牛之間漸向), 선인의 남긴 자취를 찾아서 단혈의 먼 구릉을 길로 삼을까(訪仙人之遺躅, 路丹穴之遐邱)'로 번사한데서 알 수 있듯이, 원문 내용을 사실적으로 전달하는데 역점을 두고 있다. 반면에 서포는 이 부분을 과감하게 생략하고 있다.

그것은 <관동별곡>의 마지막 구절인 '명월이 쳔산 만낙의 아니 비쵠 ᄃᆡ 업다' 부분에서도 확연히 드러난다. 청호는 이 부분에 대한 한역을 생략하고 원문에도 없는 '마시고 마셔도 못다 마시고(欲吸欲吸不盡吸), 모두 마셔버린다면 어디로 가져가리.(假使盡吸輸何地)// 아이야(呼兒), 잔을 씻어 다시 한 잔 따르렴(洗盞更酌一杯水), 구중궁궐로 돌아가 모두 취했다고 아뢰어라.(回奏九重今盡醉)'라는 구절을 첨가하며 작품을 태평성대를 칭송하는 충신연주지사로 전환시키려는 유가적 태도를 보이고 있다. 반면에 서포는 <관동별곡>의 '이 술 가져다가 스희예 고로 눈화' 이하 부분을 과감히 생략하고 '천하로 하여금 모두 선골이 되게 하리라(坐令天下皆仙骨)'로 개작하고 있다. 서포는 청호의 유가적 태도와는 달리 정철의 〈관동별곡〉을 과감하게 선적 취향으로 방향을 바꾸고 있다.12) 청음은 '천지간에 밝은 달빛이 눈에 가득하다(滿目乾坤明月色)'로 한역하였고, 춘담은 '명월이 천산만락을 아니 비춘 곳이 없도다(明月兮 千山萬落無不照)'에서처럼 원문에 충실한 번역이었다.

　〈관동별곡번사〉를 남겼던 역대 작가들의 작품을 살펴보면, 이들은 그것을 단지 번역으로 여기지 않았고 일정한 문예의식을 갖고서 작업을 수행했던 것으로 보인다. 청호는 〈관동별곡〉에서 드러나는 과장적 표현을 삭제하거나 사실적으로 바꾸어 한역하는 태도를 보이고 있다.13) 청음은 대체로 가사의 원문 내용을 훼손시키지 않는 범위에서 부분적으로 내용을 생략하거나 부연하는 특징이 있다. 청음은 가사 원본에 벗어나지 않는 충실한 한역 태도를 지니고 있지만 다른 작자들에 비해 공간적·시간적 경과를 생략하거나 관습적 표현을 사용하고 있다.14) 역대 번사 중에서 가장 독자적이고 주체적 관점에서 가사 작품을 재해석하고 새로운 방향으로 한역한 것은 서포라고 말할 수 있다. 〈관동별곡〉을 청호가 191구로, 청음이 180구로 한역한 것에 비해 서포는 과감하게 88구로 줄여서 한역하고 있다. 역대 작가 중에서 원문 내용을 사실적으로 충실하게 반영하려고 노력했던 작가는 춘담이다. 그는 원문 내용이 빠지거나 새로운 내용이 첨가되는 경우가 거의 없는 축자역에 가깝다. 이것은 그가 생각하는 번사란 제2의 새로운 창

---

12) 서포의 선적 취향에 대해서는 崔圭穗의 『송강 정철 시가의 수용사적 탐색』(월인, 2002, 331~340쪽)을 참조하기 바람.

13) 구사회, 앞의 논문(『한국문학연구』 28집), 261~295쪽.

14) 윤승준, 앞의 논문, 611~631쪽.

작이 아니라, 원작자가 담아냈던 내면의 간절함이나 노랫말을 그대로 살려야 한다는 것을 의미한다고 말할 수 있다. 춘담은 이러한 자신의 문예적 관점을 실현하기 위해 우리 가사 장르에 대응하는 한시 양식을 숙고했던 것으로 보인다.15) 그는 앞서 선인들이 시도했던 5언고시나 7언고시, 또는 5·7언고시와 같은 형식을 지양하고 가사에 대응하는 문예양식으로 사부양식의 초사체를 취택하고 있다. 춘담은 가사 양식에 대응하는 한문 양식은 고시체가 아니고 초사체에 가까우며 그것이 가사의 내용을 보다 사실적으로 핍진하게 담아낼 수 있다는 판단을 내렸던 것으로 짐작된다.

4. 시가사적 의의

우리 가요와 한시 문학의 교섭은 오랜 역사를 통해 이루어졌다. 고유 문자가 없었던 우리 조상들은 가요를 한문으로 기록하거나 그것의 음과 뜻을 빌어서 기록하였다. 고대가요들은 한시로 옮겨졌는데, 오늘날 문헌으로 기록된 <구지가>나 <공무도하가>, <황조가> 등이 바로 그것이다. 고려 초기의 최행귀는 균여의 향가 작품 <보현시원가>를 한역하였고, 고려후기 이제현과 민사평은 속악가사를 소악부로 한역하였다.

15세기에는 세종대왕이 우리 고유의 문자인 훈민정음을 만들었지만, 그와 같은 가요 한역의 전통은 달라지지 않았다. 예로써 우리 문자가 제정되고 가장 먼저 나왔던 <용비어천가>는 국문과 한문 작품이 있는데 후자가 한역시의 방식을 취하고 있다. 이 시기에는 우리 시가

---

15) …… 皆獲文淸心思之眞切, 而於其章句, 或有所短長移置者存, 而若是勤督否歟. 不然行必乃已也. (申升求, 『關東別曲飜辭』, 「後記」).

를 한역하면서 한편으로 중국의 문학 작품을 우리말로 한역하는 작업이 활발하게 이루어졌다. 두보 시를 주석하고 번역한 『두시언해』의 간행이 이를 말해준다.

영정조 시대에는 실학사상과 함께 평민예술이 대두하면서 판소리나 탈춤과 같은 연희문학이 발달하였고 사설시조가 널리 지어졌다. 그림은 사실적인 진경산수화가 자리를 잡았다. 이 시기에 중인계층이 새로운 문학담당층으로 등장하면서 여항문학이 성흥하였고 우리 역사나 풍속을 읊는 문예 양식이 나왔다. 이 시기에는 판소리도 한역되었는데, 1754년(영조 30) 유진한이 지은 〈만화집〉의 〈춘향가〉를 필두로 순조 때 윤달선의 〈광한루악부〉 등이 나왔다. 게다가 우리 고유의 사상과 감정을 중시하는 조선시 운동이 일어나면서 다양한 장르에 걸친 국문시가와 한시의 활발한 교섭과 융합이 이뤄졌다.

조선조의 시가 한역은 시조·가사·잡가·민요 등의 광범위하게 이루어졌다. 시조는 조선조를 거치며 100여 명이 넘는 작가들이 참여하였고 1,200 여수가 한역되었다. 반면에 가사는 시조와는 달리, 작품 수가 적고 정철의 가사가 그것의 대다수를 차지하고 있다. 그리고 그의 가사 작품은 여타 가사들에 비해 이른 시기에 한역이 되었다. 송순의 〈면앙정가〉도 초사체로 한역되었지만 정철의 가사에 비해 늦은 시기에 이뤄진 것으로 보이는데, 정철의 가사 중에서도 〈관동별곡〉이 〈사미인곡〉이나 〈속미인곡〉보다 반세기 이상을 앞서고 있다. 양적으로도 〈관동별곡〉이 다른 작품에 비해 많다. 정철의 가사 작품은 10명이 13편을 한역하였는데, 〈관동별곡〉이 5편, 〈사미인곡〉과 〈성산별곡〉이 각각 3편, 〈속미인곡〉이 2편이다.

송강이 남겼던 가사의 전승이나 유통을 살펴보면, 그것은 초기부터 후손들이나 그를 흠모하고 따랐던 서인 집단들과 깊은 관련을 맺고 있다. 이 글에서 논의한 <관동별곡>은 더욱 그러하여 번사 작가들이 모두 송강을 흠모하고 따랐던 서인 집단과 관련을 맺고 있다. 게다가 <관동별곡>에 대한 한역이 상대적으로 많았던 것도 송강의 행적과 관련하여 그것이 그에 대한 자부심을 환기시켜 주었기 때문이다. 한편으로 <관동별곡>이라는 하나의 가사 작품이 <관동별곡>처럼 다양한 형태로 한역된 사례가 없었다. 이것은 가사와 한시 문학이 교섭하고 융합된 실험적 사례라고 말할 수 있다.

정철의 다른 작품들도 다른 지면을 통해 검토할 필요성이 있겠지만, <관동별곡번사>는 작가들의 세계관이나 미적 태도를 따라서 번사라는 하나의 독자적인 문예 양식을 창출하는 결과를 보여주고 있다. 앞서 논의한 바, 정철의 <관동별곡>을 한역하면서 서포 김만중은 원문을 주체적으로 재구성하여 독자성을 강화하면서 선가적 취향으로 경도되고 있고, 청음 김상헌은 원문의 내용을 훼손하지 않는 범위에서 선가적 취향을 보이고 있다. 청호 이양렬은 사실성을 중시하면서도 유가적 취향을 보인다. 반면에 가장 늦게 한역한 춘담 신승구는 원문 자체에 충실한 사실적 한역이 되도록 노력하고 있다.

5. 맺음말

<관동별곡번사>는 청호 이양렬(1581~1616)·청음 김상헌(1570~1652)·서포 김만중(1637~1692)·담옹 박창원(1683~1753)·춘담 신승구(1810~1864)에 의해 이루어진 4편이 전한다. 본고에서는 이들 작자들의 번사에 대한 각각의 문예의식을 살피면서 한역 과정에서 드러나는 태도에 주목하였다.

문학사에서 〈관동별곡〉처럼 다양한 형태로 한역된 사례가 없었다. 청호는 7언고시체로, 청음은 5·7언고시로, 서포 김만중은 7언고시체로, 춘담은 초사체로 한역하였다.16) 이들 작가들은 송강 후손들이 지녔던 보존 의식보다는 번사 작가로서의 문예의식이 두드러지고 있다. 이들은 그것을 단순한 번역으로 여기지 않았고 일정한 문예의식을 갖고서 작업을 수행했던 것으로 보인다. 그렇지만 이들은 〈관동별곡〉에 대한 한역을 바라보는 문예적 관점이나 태도에서 서로 편차를 보인다.

역대 작가 중에서 가장 먼저 번사 작업을 했을 것으로 보이는 청호 이양렬은 작품 이외에 별다른 관련 기록을 남기지 않았다. 그렇지만 한역 과정에서 〈관동별곡〉의 과장적인 표현을 사실적 표현으로 바꾼다든가, 선가적 어휘를 유가적 내용으로 교체하는 경우에서처럼 그의 문예의식을 간접적으로 엿볼 수 있었다. 청음은 〈관동별곡〉이 잊혀져 가는 현실을 안타까워하면서도 그것을 초월적인 선경의 차원에서 수용하려는 미의식이 보인다. 서포는 송강의 노래가 속되지 않으면서도 천기가 발현하여 성정이 저절로 자연스럽게 흘러나왔다고 보았다. 조선말기의 춘담은 기존 작품들이 지닌 장단점을 파악하였고 한역 과정에서 번사의 형식이나 내용 등에 대해 고심하였다.

번사 작가들의 〈관동별곡〉을 대하는 태도나 한역방식은 각각의 특징과 차이를 보인다. 청호와 춘담은 대체적으로 가사의 원문을 정확하게 한역하려는 태도를 보이고 있다. 반면에 청음과 서포는 가사를 한역하면서 내용을 덧붙이고 있다. 청음과 서포를 비교하면, 전자는 가사의 원문에서 크게 벗어나지 않고 있는데 비해서, 후자는 텍스트를 자신의 주체적 관점에서 접근하려는 태도를 보인다.

---

16) 참고적으로 근래에 발굴된 담옹 박창원의 〈관동별곡〉 번역은 6언 과부체(科賦體)로 되어 있다.(정한기, 앞의 논문, 107~109쪽.)

<관동별곡>에 대한 역대 작가들의 이념적 태도를 살펴보면, 청호는 충신연주지사의 유가적 측면을, 청음과 서포는 선가적 취향을 강화시키고 있다. 반면에 그것을 가장 늦게 한역했던 춘담은 원문 자체에 충실한 사실적 태도를 취하고 있다.

<관동별곡>은 국문시가와 한시 문학이 교섭하고 융합했던 실험적 사례라고 말할 수 있다. 게다가 <관동별곡>에 대한 한역이 많았던 것은 이 작품이 그를 흠모하던 후인들에게 송강에 대한 자부심을 환기시켜주었기 때문으로 보인다.

청호 이양렬의
〈관동별곡번사〉에 대한 문예적 검토

1. 머리말

　송강(松江) 정철(鄭澈, 1536~1593)이 남긴 〈관동별곡〉만큼 오랜 세월을 두고 가창되며 폭넓게 알려진 가사 작품은 거의 없다. 게다가 〈관동별곡〉은 그 자체로 끝나는 것이 아니라 여러 유통 과정을 통해서 다양한 방식으로 수용되고 있으며 그것이 후대 가사에 끼친 영향도 적지 않다.[1]

　〈관동별곡〉은 기본적으로 가창되면서 판본이나 필사에 의해 전승되었다고 말할 수 있다. 이것은 번사 양식이나 연희 방식으로 변용되어 전승되기도 하였는데, 근대 이후로는 가창성을 상실하고 하나의 문학 작품으로 계승되고 있다. 그 중에서 〈관동별곡〉에 대한 한역 작업은 송강이 죽고 얼마 되지 않아 그를 따르는 후인들에 의해 시도되고 있다. 그리고 이러한 한역 작업은 그의 다른 가사 작품이나 시조들로 확대되었다.

　역사적으로 별다른 문자를 가지고 있지 못했던 우리 선조들은 부득

---

[1] 金起垞, 「〈관동별곡〉의 유통 양상에 대하여」, 『어문연구』 제36집, 어문연구학회, 2001, 187~208쪽.

이 가요를 한역하거나 그것을 한자의 음과 뜻을 빌려서 기록하기도 하였는데, 이러한 한역 작업은 훈민정음이 제정된 이후에도 꾸준히 이뤄졌다. 이런 흐름에서 나타난 번사는 훈민정음이 국자로 제정된 이후에도 국문시가와 한문학이 만나 교섭하고 융합하면서 만들어낸 독특한 문학 양식이라고 하겠다. 그 중에서도 <관동별곡번사>를 비롯한『송강가사』에 대한 한역 작업은 조선조 중기 이후에 나타난 번사 양식의 중심에 놓여있다고 말할 수 있다.

지금까지 <관동별곡번사>는 청음 김상헌(1570~1652)·서포 김만중(1637~1692)·청호(靑湖) 이양렬(李揚烈, 1581~1616)에 의해 이루어진 3편이 전하는 것으로 알려졌는데, 근래에 필자가 춘담 신승구(1810~1864)에 의해 지어진 새로운 작품을 발굴하여 공개한 바 있다.[2] 근래에는 중인 출신의 담옹(澹翁) 박창원(朴昌元, 1683~1753)이 지은 새로운 관동별곡 번사 작품이 발굴되었다.[3] 따라서 지금까지 알려진 <관동별곡> 번사 작품은 모두 5편이 되는 셈이다. <관동별곡번사>는 그 외에도 택당(澤堂) 이식(李植, 1584~1647)이나 송강의 후손인 정용택(鄭容澤)의 것이 있었다고 하지만 아직 확인되지 않고 있다.[4]

---

[2] 구사회, 「새로 발굴한 申升求의 <關東別曲飜辭>에 대하여」,『국어국문학』139집, 국어국문학회, 2005.5, 237~268쪽.

[3] 정한기, 「朴昌元의 <關東別曲> 한역시에 나타난 한역의 배경과 그 양상」,『한국문학논총』40집, 한국문학회, 2005, 83~109쪽.

[4] 근래에 장유승은 규장각에 수장되어 있던 澤堂 李植(1584~1647)의 초고본인『澤堂先生集』(규장각 古3428-67A)에서 그동안 이름만 전하던 <飜關東別曲歌>을 찾아냈다. 논의에 의하면, 택당의 그것은 靑湖 李揚烈(1581~1616)의 <관동별곡번사>와 일부 어구에서 차이가 있을 뿐 서로 차이가 없다. 장유승은 이를 청호 이양렬의 작품이 아닌 택당 이식의 작품으로 비정한 바 있다.(장유승, 「최고(最古)의 <관동별곡(關東別曲)> -택당 이식의 <번관동별곡가(飜關東別曲歌)>」,『문헌과 해석』32호, 문헌과 해석사, 2005, 203~224쪽). 반면에 정원기는 그것을 청호 이양렬의 작품으로 보았다.(정원기, 위의 논문, 83~110쪽).

그동안 청음이나 서포가 남긴 〈관동별곡번사〉가 논의되면서 이에 대한 문학적 내용과 특질도 어느 정도 밝혀졌다.5) 반면에 청호의 작품은 부분적으로 다뤄진 이외에는6) 아직 구체적으로 논의된 적이 없었고, 게다가 그가 어느 시대를 살았던 인물인지도 확실하지 않았다. 필자는 춘담 신승구의 〈관동별곡번사〉를 발굴하여 논의하는 과정에서 청호 이양렬의 〈관동별곡번사〉에 대한 논의의 필요성과 함께 무엇보다도 그의 생몰 연대를 확인할 필요성을 느낀 바 있었다. 이후로 청호의 생몰연대를 추적해 오다가 근래에 이르러 마침내 청호 이양렬의 생몰 연대를 확인할 수 있었다. 그래서 본고에서는 청호 이양렬의 생몰연대와 함께 그가 남긴 〈관동별곡번사〉에 대한 문학적 내용을 검토하도록 하겠다.

2. 청호 이양렬과 〈관동별곡번사〉

〈관동별곡번사〉는 청음·서포·청호가 지은 3편이 『송강별집추록유사(松江別集追錄遺詞)』에 차례로 기록되어 있고, 19세기 중엽에 지어진 춘담의 것이 있다. 지금까지 청호의 생몰연대를 알 수 없었고 『송강별집추록유사』에도 그의 번사 작품이 청음이나 서포보다 뒤에 놓여있었기 때문에 그를 18세기의 인물로 추정해왔다. 그런데 필자가 청호의 생몰연대에 대하여 관심을 갖고 추적하여 확인해보니, 선학들의 예측과는

---

5) 尹勝俊, 「淸陰 金尙憲의 「關東別曲」 飜辭에 대하여」, 『한문학논집』 12집, 근역한문학회, 1994, 611~631쪽.
　　崔圭穗, 「서포 김만중의 〈關東別曲 飜辭〉에 나타난 漢譯의 방향과 그 의미」, 『한국시가연구』 제14집, 한국시가학회, 1998, 257~286쪽.
6) 김문기·김명순, 『조선조 시가 한역의 양상과 기법』, 태학사, 348~350쪽.

전혀 다른 결과였다.

　먼저 청호의 생애를 살펴보자. 청호 이양렬(1581~1616)의 字는 비승(조承), 본관은 전주, 장악원 司評을 지낸 이기명(李耆命, 1554~1592)의 2남 2녀 중의 차남으로 태어났다. 그는 세종의 17남이었던 영해군 이당(1436~1478)의 7대손으로 선조 14년(1581) 11월 15일에 출생하였다. 청호는 광해군 원년(1609)에 사마시에 합격하여 생원이 되었는데, 같은 왕 8년(1616) 6월 13일에 36세의 나이로 병사했다.7)

　그의 집안은 전주 이씨의 왕실에서 분가해 나간 영해군파에 해당하며 청호의 여동생이 영의정으로 서인과 가까웠던 윤두수(尹斗壽)의 아들 윤일군(尹日君)에게 출가하였다. 윤두수는 그의 아우 윤근수(尹根壽)와 함께 선조조의 학자이자 관료였는데 송강 정철과 가까운 사이였다. 또한 청호는 1남 3녀를 두었는데 아들 이시필(李時苾, 1601~1650)를 비롯하여 출가한 딸들도 서인과 관련이 있다. 청호는 시문에도 뛰어나서 과거에 합격하였으나 출사를 기다리는 도중에 죽었기 때문에 지금까지 그와 관련된 역사적 기록이 거의 전하지 않은 것으로 보인다. 문집이 있었을 것으로도 생각되지만 아직 발견되지 않고 있다. 다만 『송강가사』에 그가 지은 <관동별곡번사>가 전해지면서 이것이 오늘날 남아있는 그의 유일한 작품이지 않을까 싶다. 따라서 그에 대한 구체적인 기록이 남아 있지 않기 때문에 확실하지는 않지만, 그가 청음이나 서포처럼 정철과의 직간접적인 관련으로 <관동별곡번사>를 짓게 되지 않았을까 짐작된다.

---

7) 전주이씨 대동보를 보면 그의 가계는 다음과 같다. 전주이씨 24대 世宗大王 李祹 → 25대 寧海君 李瑭(1436~1478) → 26대 永春君 李仁→ 27대 江寧君 李祺 → 28대 李守瑗 → 29대 李德良(1533~1557) → 30대 李耆命(1554~1592) → **31대 李揚烈(1581~1616)** → 32대 李時苾(1601~1650)→33대 李廷麟(1625~1682)·李聖麟(1631~1691)

　문제는 지금까지 청음이나 서포보다 뒤늦게 지은 것으로 추정되었던 청호의 〈관동별곡번사〉가 광해군 8년(1616) 이전에 지어졌다는 것이다. 이것은 송강의 〈관동별곡〉이 지어지고 30여년이 지나면서 벌써 한역되고 있었다는 사실이다. 게다가 청호의 번사는 서포의 〈관동별곡번사〉와 50여년 이상의 차이를 두고 먼저 지어졌다는 것도 전혀 예상을 뒤엎는 내용이다.

　청호의 그것을 청음의 작품과 비교해 볼 때, 청호가 청음보다 11년 늦게 태어났으나 그가 요절하였기 때문에 청호의 번사가 청음보다 오히려 앞설 가능성이 많다. 청호는 젊은 나이에 지었고 청음은 초로를 지나서 지은 것으로 보인다. 왜냐하면 청음은 송강이 죽고 나서 50여년이 지나면서 〈관동별곡〉이 사람들 사이에서 점점 잊혀져 간다고 우려를 하고 있는 것으로 미루어,[8] 그의 번사는 1630년이 지나서 지어졌을 가능성이 많기 때문이다. 따라서 『송강별집추록유사』에서의 번사 순서나 후대인의 번사 작자에 대한 언급이 청음·서포·청호의 차례로 되어 있는 것은 역사적 순서에 따라 나열하거나 언급한 것이 아니라 지명도에 따른 언급이라는 것도 인식해야 할 것이다. 앞으로 청음 김상헌이 〈관동별곡번사〉를 가장 먼저 지었다는 주장은 다시 고려되어야 할 것으로 보인다.

---

8) 關東歌曲最淸新, 樂府流傳五十春, 文彩風流今寂寞, 世間誰見謫仙人. 〈贈關東按使
　 尹仲素四首履之〉, 『淸陰集』卷2.

3. 〈관동별곡번사〉의 원문과 현대역

〈관동별곡〉	〈관동별곡번사〉	번사의 현대역

[↓ : 위를 이은 한역, 되 :어구 도치, ✖ : 어구 생략, 가 : 새로운 어구 첨가]

〈관동별곡〉	〈관동별곡번사〉	번사의 현대역
강호애 병이 깁퍼	江湖多病竹林臥	강호에 병이 많아
듁님의 누엇더니	↓	죽림에 누었더니
관동 팔빅니에	八百關東方面授	관동 팔백 리에
방면을 맛디시니	↓	방면을 주시니
어와 성은이야	如何聖恩日罔極	어와, 성은이여!
가디록 망극ᄒ다	↓	망극하도다.
	欲報涓埃任奔走 가	조금이라도 보답하려 바삐 나서
연츄문 드리ᄃ라	延秋門下一馳入	연추문 아래를 한번에 내달아
경회문 ᄇ라보며	慶會樓前擡眼望	경회루 앞을 눈을 들어 바라보며
하직고 믈너나니	平明下直出遠郊	아침에 하직하고 멀리 교외로 나오니 옥절이 알픠셧다
	玉節雙雙臨道傍	옥절이 쌍쌍이 길옆에 섰다.
평구역 물을 ᄀ라	平邱古驛替馬行	평구역에서 말을 갈아타고
흑슈로 도라드니	黑水逶迤相追廻	흑수로 구불구불 좇아서 돌아드니
셤강은 어듸메오	蟾江沼遞在何許	섬강은 아득하여 어디쯤에 있는가.
치악이 여긔로다	雉岳崔嵬入眼來	치악이 높이 솟아 한 눈에 들어온다. 쇼양강 ᄂ린 믈이
	昭陽江水入那邊	소양강 내린 물은
어드러로 든단 말고	↓	어디로 흘러드는가

고신 거국에	去國孤臣愁白髮	서울 떠난 외로운 신하가
빅발도 하도 할샤	↓	백발을 서러워하도다.
동쥐 밤 겨오 새와	東州永夜轉輾明	동주 긴 밤을 뒤척이다가 날이 밝자
북관뎡의 올나ᄒ니	北寬亭高臨突兀	북관정 높이 오르니 우뚝 솟아있다.
삼각산 데일봉이	依微三角第一峰	희미한 삼각산 제일봉
ᄒ마면 뵈로리다	西望長安如可覩	서쪽으로 장안을 바라보니 보일 듯하다.
궁왕 대궐 터희	弓王闕墟烏鵲噪	궁왕 대궐 터에
오쟉이 지지괴니	↓	까마귀 까치 지저대니
천고 홍망을	千古興亡知耶否	천고의 흥망을
아ᄂ가 몰ᄋᄂ다	↓	아는가 모르는가.
회양 녜 일홈이	淮陽舊號會相思	회양의 옛 이름이
마초아 ᄀ톨시고	↓	마침 서로 비슷하고
급댱유 풍치를	汲直風彩倘相見	급장유의 풍채를
교뎌 아니 볼 게이고	↓	아마 서로 보겠노라.
영듕이 무ᄉᄒ고	營中無事三月時	영중이 무사하고
시졀이 삼월인 제	↓	시절은 삼월인데
화천 시내길히	路出花川楓岳轉	화천에서 나온 길이
풍악으로 버더 잇다	↓	풍악으로 뻗어있다.
힝장을 다 썰티고	行裝淡泊總拂袖	행장을 조촐하게 다 떨치고
셕경의 막대 디퍼	石逕飛錫還如僧	석경에 지팡이를 스님처럼 짚고
빅천동 겨티 두고	百川洞裏萬瀑洞	백천동으로 난
만폭동 드러가니	↓	만폭동을 향하니
	俯瞰飛雪千疊層 ㉮	날리는 눈들은 수없이 층층이라

은 ᄀᆞ튼 무지게	銀虹之脚玉龍尾	은같은 무지개 다리
옥 ᄀᆞ튼 룡의 초리	↓	옥을 머금은 용의 꼬리
섯돌며 뿜는 소리	噴薄聲傳十里外	섯돌며 뿜는 소리
십 리의 ᄌᆞ자시니	↓	십 리 바깥에 울려 퍼지니
들을 제는 우레러니	入耳初訝殷雷迅	귀에 들리는 것은 우레 소리 같더니
보니는 눈이로다	擧目還疑飛雪灑	눈을 드니 도리어 날리는 눈 송이로다.
금강디 민 우층의	金剛帶上最高處	금강대 맨 윗자리
션학이 삿기 치니	靑鶴危巢知幾歲	청학의 아찔한 둥지, 얼마나 세월이 흘렀는가.
츈풍 옥뎍셩의	春風玉笛夢初驚	봄바람 옥피리 소리에
첫줌을 ᄭᅵ돗던디	↓	깜짝 깨어 보니
호의 현샹이	縞衣玄裳半空唳	흰 옷에 검은 치마로
반공의 소소ᄯᅳ니	↓	반공을 치고 울어대니
셔호 녯쥬인을	無乃西湖舊主人	바로 서호의 옛 주인이 아니런가.
반겨셔 넘노는 듯	宛對靑眸相嬉戲	살가운 눈빛으로 서로 반겨 노는 듯
쇼향노 대향노	眼前香爐大小列	소향로 대향로를
눈 아래 구버보고	↓	눈 아래로 굽어보고
정양ᄉ 진헐디	正陽眞歇超然倚	정양사 진헐대를
고텨 올나 안즌 마리	↓	초연히 의지하니
녀산 진면목이	忽識廬山眞面目	여산의 진면목이
여긔야 다 뵈ᄂᆞ다	箇箇輸來此中視	여기에서 낱낱이 다 보이나니
어와 조화옹이	好事還覺造化翁	아, 조화옹이
헌ᄉ토 헌ᄉ홀샤	↓	훌륭하기도 하시어라.
놀거든 ᄯᅱ디 마나	翔而躍兮立而起	날아오르며 뛰고

셧거든 솟디 마나	↓	서서 일어나듯
부용을 고잣는 듯	天然淸水出芙蓉	천연의 맑은 물에서 나온 부용인듯
빅옥을 믓것는 듯	美哉崑崗簇白玉	아름답도다. 곤강에서 나온 백옥인 듯
동명을 박츠는 듯	周遭遠世蹴東溟	세상을 에워싼 동명을 박차는 듯
북극을 괴왓는 듯	岌業峩冠拱北極	높이 떠있는 북극을 괴고 있는 듯
놉흘시고 망고디	危乎高哉望高坮	드높은 망고대여!
외로울샤 혈망봉이	子望峰高渺一髮	혈망봉은 높이 털끝만큼 솟아
하늘의 추미러	爲問向天欲何語	하늘을 향해
므스 일을 스로리라	↓	무슨 말을 하려 하는 듯
천만겁 디나드록	千萬浩劫不解屈	천만겁 지나도록
구필 줄 모르는다	↓	굽힐 줄을 모르도다.
어와 너여이고	嗟爾高標嗟爾容	아! 너는 높은 곳에 네 모습이 있구나.
너 그트니 쏘 잇는가	世豈復有如爾直	세상에 너 같은 이 다시 있으랴.
기심디 고텨 올나	更誇開心望衆香	개심대에 다시 올라
듕향셩 브라보며	↓	중향성을 바라보고
만 이천봉을	萬二千峰數歷歷	일만 이천 봉을
녁녁히 혀여ᄒ니	↓	뚜렷이 헤아리니
봉마다 밋쳐 잇고	峰峰結鬱氣磅礴	봉우리마다 맺혀있고
굿마다 서린 긔운	↓	기운은 가득 찼다.
묽거든 조티 마나	⊗	
조커든 묽디 마나	⊗	
뎌 긔운 흐터 내야	我欲散出爲人傑	나는 기운을 흩어 내어

인걸을 믄둘고쟈		인걸을 만들고 싶다
형용도 그지 업고	形容呈露不盡藏	형용의 드러남이 그지 없고
톄셰도 하도 할샤	體勢分別無終極	체세 분별이 이루 헤아리기 어렵도다.
텬디 삼기실 제	天開地闢本自然	천지가 처음 열려 본래 자연으로 이뤄졌지만
ᄌ연이 되연마는		
이제와 보게되니	此日看來還有情	이제야 보게 되니
유졍도 유졍ᄒᆞᆯ샤		도리어 유정하다.
비로봉 샹샹두의	毗盧之峰上上頭	비로봉 상상두의
올라 보니 긔 뉘신고	伊昔登臨何姓名	옛날에 올라 본 이 누구신가
동산 태산이	東山泰山孰爲高	동산과 태산이 어느 것이 높은가.
어ᄂ야 놉돗던고		
	萬古乾坤嗟我生 [가]	만고의 천지 사이에서 내 인생을 탄식하다.
노국 조븐 줄도	魯國之小尙不解	노국이 작은 줄도
우리는 모ᄅᆞ거든		오히려 모르거늘
넙거나 넙은 텬하	何況能言天下小	하물며 천하를
엇찌ᄒᆞ야 젹닷 말고		어찌 작다고 말하겠는가.
어와 뎌 디위롤	優優大哉彼境界	아 위대하다, 저 경계여!
어이ᄒᆞ면 알거이고		
오ᄅᆞ디 못ᄒᆞ거니	欲窺涯涘何渺渺	끝 경계를 엿보고자 하나
ᄂᆞ려가미 고이ᄒᆞᆯ가		어찌나 아득한지
원통골 ᄀᆞᄂᆞᆫ 길로	圓通洞裏有鳥道	원통골 험한 길로
ᄉᆞᄌ봉을 ᄎᆞ자가니	落日行尋獅子峰	석양에 사자봉을 찾아 가니
그 알픠 너러바회	峰前巖是臥龍淵	봉우리 앞에 있는 바위
화룡쇠 되여셰라		와룡연이어라.
천년 노룡이	蜿蜒千年藏老龍	구불구불 길게 이어진 모습

구비구비 서려 이셔	↓	천년 늙은 용이 서려 있어라.
듀야의 홀녀 내여	波連滄海晝夜歸	주야로 흘러내려
창히예 니어시니	↓	창해로 이어지니
풍운을 언제 어더	幾時風雲作霖雨	풍운을 언제 얻어
삼일우룰 디련는다	↓	장마비를 지어내려는가.
음애예 이온 플을	陰崖幽谷草枯死	그늘진 언덕 그윽한 골짜기의 시든 풀을
다 살와 내여 스라	願匝和風餘澤注	화풍을 두루 얹고 은택의 물줄기를 쏟으리라
마하연 묘길상	摩河妙吉內子峴	마하연 묘길상
안문재 너머 디여	↓	안문재 넘어
외나모 쎠근 드리	雲棧橫連佛頂臺	구름위에 걸린 길을 건너
블뎡디 올라ᄒ니	↓	불정대로 이어지니
천심절벽을	千尋絶壁靑雲掛	천심절벽에는
반공애 셰여두고	↓	푸른 구름이 걸려있고
은하슈 한 구비롤	一牛銀河機素開	은하수 한 구비를
촌촌이 버혀 내어	⊗	
실ᄀ티 풀텨이셔	↓	베틀 실처럼 펼쳐있다.
뵈ᄀ티 거러시니	⊗	
도경 열두 구비	休言倒景十二曲	도경 열두 구비를 말하지 말게나,
내 보매는 여러히라	使我見之多如毛	내 보기에는 터럭처럼 많도다.
니뎍션 이제 이셔	謫仙詩評如到此	이적선 여기에 이르러
고텨 의논ᄒ게 되면	↓	시평을 하게 되면
녀산이 여긔도곤	廬山未必專其高	여산이 반드시
낫단 말 못ᄒ려니	↓	높다는 말은 못하리니
샨듕을 미양보랴	奇觀豈但此山中	기이한 볼거리는 어찌 이 산중만 있으랴.

동희로 가쟈스라	東海名區且遊傲	동해 명소 또한 볼만 하니
남여 완보ᄒ야	藍輿緩步山映樓	남여에 완보하여
산영누의 올나ᄒ니	↓	산영루 올라가니
녕농 벽계와	碧溪春禽怨離別	푸른 시내와
수셩 뎨됴는	↓	봄날 새소리는
니별을 원ᄒᆫ 듯	↓	이별을 원망하 듯
졍긔를 썰티니	旌旗拂來五色飄	정기를 떨치고 오니
오식이 넘노는 듯	↓	오색이 나부끼고
고각을 섯부니	鼓角喧處行雲絶	고각을 부는 곳마다
희운이 다 것는 듯	↓	지나가는 구름이 개도다.
명사길 니근 몰이	鳴沙飛駔馱醉仙	명사길 말을 타고
취션을 빗기 시러	↓	취션을 등위에 싣고
바다홀 겻티 두고	閒傍烟波入海棠	한가로이 물안개를 옆에 두고
희당화로 드러가니	↓	해당화로 들어가니
빅구야 ᄂᆞ디 마라	烟波白鷗莫飛去	물안개 속 백구야 날아가지 마라
네 버딘 줄 엇디 아는	傾盖安知爾友生	멈추니 네 벗인 줄 어찌 알랴.
금난굴 도라드러	金蘭爭似叢石異	금난굴이 다투듯이
총셕뎡 올나ᄒ니	↓	총석정이 기이하니
빅옥누 남은 기동	十二樓餘三四柱	백옥 십이루에
다만 네히 셔 잇고야	↓	서너 기둥만 남았구나.
곳슈의 셩녕인가	誰將六面强象物	누가 육면으로 애써 사물을 본떴는가.
귀부로 다드믄가	得非工倕是鬼斧	공수의 솜씨가 아니면
구ᄐ야 뉵면은	↓	귀부가 다듬었으리.
무어슬 샹톳던고	↓	
고셩을란 뎌만 두고	高城南望三日浦	고성을 남쪽으로 바라보며
삼일포룰 츠자가니	↓	삼일포를 찾아가니

단셔는 완연ᄒ되	四仙去後丹書在	사선이 가고 난 뒤
ᄉ션은 어디가니	↓	단서만 완연하다.
예 사흘 머문 후의	於焉之間復安留	그럭저럭 머문 후에
어디 가 쏘 머믈고	↓	어디서 다시 머물 것인가.
션유담 영낭호	映朗仙遊應少憩	선유담 영랑호에서
거긔나 가 잇는가	↓	잠시 쉬리라.
청간뎡 만경디	淸澗暮雨沾羽衣	청간정 저문 비가 옷을 적시고
멋 고디 안돗던고	萬景天風吹角巾	만경대 하늘 바람 두건에 분다.
니화는 볼셔 디고	梨花已落杜鵑啼	이화는 이미 지고
졉동새 슬피 울 제	↓	두견새 슬피 울 때
낙산 동반으로	洛山東頭當暮春	낙산 동쪽 언덕 봄날이 저무 는데
의샹디예 올라 안자	要看日出義相臺	의상대에 올라서
일츌을 보리라	↓	일출을 봐야겠노라.
밤듕만 니러ᄒ니	極目遙空更五點	저 멀리 바라보니 시간은 오 경인데
샹운이 집픠는 동	祥雲嫋娜集怳惚	아리따운 상운이 황홀하게 피어나는 듯
늇뇽이 바퇴는 동	六龍葳甤舉焂忽	육룡이 성하여 갑자기 일어 나는 듯
바다히 쩌날 제는	初離海上耀萬國	바다를 처음 떠날 때는
만국이 일위더니	↓	온 세상을 비추더니
텬듕의 티쓰니	忽到天中察秋毫	문득 중천에 이르니
호발을 혜리로다	↓	털끝도 셀 수 있겠다.
	光明正大燭下土 ㉮	광명정대한 빛이 대지를 비 추니
아마도 녈구름	或恐浮雲時近飄	혹시라도 뜬구름이
근쳐의 머믈세라	↓	가까이 불어댈까 두렵도다.

시션은 어디 가고	詩仙奚適餘咳唾	시션은 어디 가고
히타만 나맛ᄂ니	↓	해타만 남았나니
텬디간 장ᄒ 긔별	天地奇權專妙括	천지사이에 기이한 권한
즈셔히도 홀셔이고	↓	교묘하게 망라하고 있도다.
샤양 현산의	뒷부분으로	
텩툭을 므니 불와	뒷부분으로	
우개 지륜이	芝輪羽盖入鏡湖	우개지륜이
경포로 ᄂ려가니	↓	경포로 내려가니
십리 빙환을	十里冰紈平似熨	십리 빙환이
다리고 고텨 다려	↓	평평하기가 다린 것 같고
	斜陽一林峴山外	석양은 현산 밖에 넘어가고
	躑躅步踏紅半堆	철쭉으로 반쯤 붉은 언덕을 걷노라.

댱숑 울흔 소개	長松面面圍極浦	긴 소나무가 물가에 두루 펼쳐져 있으니
슬ᄏ장 펴뎌시니	↓	
믈결도 자도 잘샤	水波如羅沙可算	물결은 비단처럼 잔잔하여 모래도 셀 수 있겠다.
모래롤 혜리로다	↓	
고쥬 히람ᄒ야	孤舟解纜木蘭枻	고주에서 닻줄을 풀고
뎡ᄌ 우희 올나가니	飛閣玲瓏始躋攀	영롱한 누각에 비로소 올라가니

강문교 너믄 겨틔	江門橋外是大洋	강문교 바깥은 대양이니
대양이 거긔로다	↓	
	別乾坤如畵圖間	별천지가 그림 속에 잠겼어라.
둉용ᄒ댜 이 긔상	從容之氣闊遠景	조용한 이 기상
활원ᄒ댜 뎌 경계	↓	드넓은 저 경계
이도곤 ᄌ존 디	勝地如斯更何有	이보다 나은 승지
ᄯ 어듸 잇닷 말고	↓	다시 어디에 있단 말인가.
홍장 곳사롤	紅粧故事亦可憐	홍장의 고사 또한 가련하나니

헌스타 ㅎ리로다	對此令人指點久	이를 대하는 사람에게 한참 보게 하도다.
강능 대도호	江陵雄府大都護	강릉은 웅장한 고을 대도호이니
풍속이 됴흘시고	⊗	
절효 정문이	節孝旌門隨處立	절효 정문이
골골이 버러시니	↓	고을마다 널려있도다.
비옥 가봉이	唐虞比屋可封俗	요순의 집집마다 벼슬을 봉할 만하니
이제도 잇다 홀다	莫說當今未幾及	지금 거의 미치지 못한다고 말하지 말라.
진쥬관 듁셔루	眞珠最是竹西樓	진주관 죽서루
오십천 느린 믈이	五十川流當檻來	오십 천 물이 난간 앞을 흘러와
태빅산 그림재롤	縈回吸盡太白影	얽혀 돌아 태백산 그림자를 들이마셔
동힌로 다마 가니	走入東溟歸意催	동해로 들어가기를 재촉하니
출하리 한강의	寧歸添却漢江波	차라리 돌아가 한강물결을 더하고
목멱을 다히고져	直接終南山外津	곧바로 종남산 바깥 나루터를 닿고자
왕뎡이 유흔ㅎ고	王程有限風景饒	왕정은 유한하고
풍경이 못 슬믜니	↓	풍경이 풍요로우니
유회도 하도 할샤	客愁却與幽懷新	유회도 새로와서
긱수도 둘 듸 업다	↓	객수도 둘 데 없다.
선사롤 씌워 내여	仙槎泛泛向斗牛	선사를 띄워
두우로 향ㅎ살가	↓	두우로 향해볼까
선인을 츠ᄌ려	丹穴何如尋聖人	성인을 찾으려

단혈의 머므살가	↓	단혈은 어떠한가.
텬근을 못내 보와	天根去來看未足	천근을 끝까지 못 보고
망양뎡의 올은 말이	快馬仍登望洋亭	유쾌한 말을 달려 그대로 망양정에 오르니
바다 밧근 하늘이니	海外長天天外何	바다 밖은 하늘이니
하늘 밧근 므서신고	↓	하늘 밖은 무엇인가?
ᄀᆞᆺ득 노흔 고래	⊗	
뉘라셔 놀내관디	⊗	
블거니 뿜거니	修景駭噴波晦暝	긴 해그림자가 어지러이 분출하더니
어즈러이 구는디고	↓	물결이 어둑어둑하구나.
은산을 것거 내여	若折銀河下六合	은하를 꺾어내어
뉵합의 ᄂᆞ리는 듯	↓	육합을 내리는 듯
오월 댱텬의	五月白雪胡爲乎	오월 장천에
빅셜은 므스일고	↓	백설은 무슨 일인가.
져근덧 밤이 드러	斯須風定浪頭靜	어느덧 바람이 잡히고
풍낭이 뎡ᄒᆞ거늘	↓	풍랑이 고요해 지거늘
부상 지쳑의	待月扶桑咫尺高	부상을 지척에 바라보고
명월을 기ᄃᆞ리니	↓	명월을 기다리니
셔광 쳔댱이	瑞光千丈乍隱見	서광 천 길이
뵈는 듯 숨는고야	↓	보이는 듯 다시 숨는다.
쥬렴을 고텨 것고	更捲珠簾掃玉除	주렴을 다시 걷고
옥계롤 다시 쓸며	↓	옥계를 깨끗이 쓸며
계명성 돗도록	衝宵坐見啓明星	밤을 새며
곳초 안자 ᄇᆞ라보니	↓	계명성을 앉아서 바라보니
빅년화 ᄒᆞᆫ 가지롤	誰送白蓮花一枝	백련화 한 가지를
뉘라셔 보내신고	↓	누가 보내셨는가.
일이 됴흔 셰계	淸冷世界大羅包	해맑은 세계가 온통 감싸 안은

눔대되 다 뵈고져	勝賞欲與人人知	이 좋은 광경을 모두에게 알리고 싶다.
뉴하쥬 ᄀ득 부어	滿酌流霞問明月	유하주를 가득 부어
둘ᄃ려 무론 말이	↓	달에게 묻기를
영웅은 어디 가며	英雄何處四仙誰	영웅은 어디 가고
ᄉ션은 그 뉘러니	↓	사선은 그 누구인가
아미나 뭇나 보아	我欲逢人間故事	내 사람을 만나서
녯 긔별 뭇쟈 ᄒ니	↓	옛 기별 물으려 하니
션산 동ᄒᆡ예	仙山東海迷歸路	선산 동해에
갈 길히 머도 멀샤	↓	돌아갈 길이 아득하구나.
숑근을 볘여 누어	松根高枕忽成眠	송근을 높이 베고서
픗줌을 얼픗 드니	↓	문득 잠에 드니
쑴애 흔 사롬이	夢有一人前致語	꿈속에 한 사람이
날ᄃ려 닐온 말이	↓	앞에서 이른 말이
그디롤 내 모ᄅ랴	知君眞是上界仙	그대는 진정
상계예 진션이라	↓	상계의 신선이로다.
황뎡경 일ᄌ롤	一字黃庭何誤讀	황정경 일자를
엇디 그룻 닐거 두고	↓	어찌 잘못 읽게 되어
	朝辭玉皇香案前 ⑦	아침에 옥황의 향안 앞을 하직하고
인간의 내려와셔	暮謫人間隨我屬	저녁에 인간으로 귀양을 와서
우리롤 ᄯ롤오는다	↓	우리를 따르려느냐.
져근덧 가디 마오	殷勤留勸一杯酒	은근히 만류하며
이 술 흔 잔 머거 보오	↓	한 잔 술을 권하니
븍두셩 기우려	北斗星沈滄海水	북두성을 기울이고
창ᄒᆡ슈 부어 내여	↓	창해수를 다 부어
저 먹고 날 머겨놀	相對對酌數三盃	서로 마주하여
서너 잔 거후로니	↓	서너 잔을 마시고

	起來却忘塵世界 가	일어나니 문득 세상 다 잊어서
화풍이 습습ᄒ야	春風習習生兩腋	화풍이 솔솔
냥익을 추혀 드니	↓	두 겨드랑이에서 이니
구만리 댱공애	九萬長空飛庶幾	구만 리 장공을
져기면 놀리로다	↓	잠깐이면 날 듯 하도다.
이 술 가져다가	願將一杯分四海	이 술을 가져다가
스히예 고로 ᄂ화	↓	사해에 고루 나눠서
억만 창싱을	酌彼億萬蒼生歸	억만 창생을 두루
다 ᄎᆔ케 밍근 후의	↓	나눠주고서
그제야 고텨 맛나	然後重逢復一杯	그제야 다시 만나
ᄯᅩ ᄒᆫ 잔 ᄒᆞ쟛고야	↓	또 한 잔 하자구나.
	不知吾意其何似 가	내 뜻이 어떤지 알지 못하고
말 디쟈 학을 ᄐ고	須臾言訖鶴飛去	잠시 말을 마치자 학을 타고 날아가
구공의 올나가니	九霄靈馭飄雲裙	구공을 헤치고 구름치마 펄럭이며
공듕 옥쇼 소리	空中玉簫如昨日	공중의 옥피리 소리
어제런가 그제런가	↓	어제만 같구나.
나도 ᄌᆷ을 ᄭᅵ여	睡覺滄溟唯有月	잠을 깨니
바다흘 구버보니	↓	바다에는 달만 떠있다.
기픠ᄅᆞᆯ 모ᄅᆞ거니	滄溟淺深已難測	바닷속 깊이를 알 수 없거니
ᄀᆞ인들 엇디 알리	浩杳津涯焉識得	아득한 바다 끝을 어찌 알랴.
명월이 쳔산 만낙의	⊗	
아니 비쵠 ᄃᆡ 업다	⊗	
	欲吸欲吸不盡吸 가	마시고 마셔도 못다 마시고
	假使盡吸輸何地 가	다 마시더라도 어디로 가져 가리.
	呼兒 가	아이야,

洗盞更酌一杯水 ㉮ 잔을 씻어 다시 한 잔 따르렴.
回奏九重今盡醉 ㉮ 구중궁궐로 돌아가 모두 취
했다고 아뢰어라.

4. 번사의 한역 방향과 태도

4.1. 형태적 측면

청호 이양렬은 〈관동별곡〉을 191구의 7언고시체로 한역하였다. 이
것은 〈관동별곡〉을 180구의 5·7언고시체로 한역한 청음 김상헌의 작
품이나 88구의 7언고시체로 한역한 서포 김만중의 작품에 비해 길고,
초사체로 한역한 춘담 신승구의 290구에 비해서는 짧다.

청음은 대체적으로 가사 2음보의 1구 또는 4음보의 2구를 한시 1구
로 옮기거나, 부분적으로 1음보를 1행의 한시로 확대하기도 하였다.
서포도 그런 예를 따르면서도 한역 과정에서 새로운 내용을 과감하게
첨가하거나 재편하여 가사 3행, 다시 말해서 6구 12음보를 한시 2구로
축약하기도 하였다. 반면에 춘담은 극히 일부를 제외하고는 고지식할
정도로 가사 2음보 1구를 한시 1구로 옮기고 있다. 그렇다면 청호는
어떤 형태로 한역하고 있는지 살펴보도록 한다.

① 강호애 병이 깁퍼, 듁님의 누엇더니 (江湖多病竹林臥)
　 관동 팔빅니에, 방면을 맛디시니　　 (八百關東方面授)
　 어와 성은이야, 가디록 망극ᄒ다.　　 (如何聖恩日罔極)
② 연츄문 드리ᄃ라 (延秋門下一馳入)
　 경회문 ᄇ라보며 (慶會樓前擡眼望)
　 하직고 믈너나니 (平明下直出遠郊)
　 옥졀이 알픠셧다 (玉節雙雙臨道傍)

　③ 저 먹고 날 머겨놀, 서너 잔 거후로니 (相對對酌數三盃)
　　일어나니 문득 세상 다 잊어　　　　　 (起來却忘塵世界)
　④ 강능 대도호, 풍쇽이 됴홀시고(江陵雄府大都護)//
　　절효 정문이, 골골이 버러시니(節孝旌門隨處立)//

　청호는 대체적으로 4음보 2구를 한시 1구로 한역하거나 2음보 1구를 한시 1구로 한역하고 있다. 위의 예문에서 ①은 청호가 4음보 2구를 한시 1구로 한역한 것이고, ②는 2음보 1구를 한시 1구로 한역한 것이다. 전자가 모두 102구이고, 후자가 72구인 것에서 알 수 있듯이 4음보 2구를 한시 1구로 한역하는 것이 상대적으로 많다. 그는 <관동별곡>을 한역하면서 전반적으로 이와 같은 방식으로 한역하였고, 예외적으로 도치한 경우도 2구가 있다. 그리고 예문 ③의 줄친 부분처럼 원문에 없는 새로운 어구를 첨가한 사례도 13구에 이르고, 예문 ④의 줄친 부분처럼 원문 내용을 한역에서 생략한 어구도 10구에 이른다.

　청호가 이처럼 <관동별곡>을 한역하면서 부분적으로 첨가하거나 생략하고 있지만 전체적으로 본다면 원문에 충실하려는 한역이었다고 말할 수 있다. 역대 번사작자의 한역 방식을 살펴본다면 춘담이 원문에 가장 충실한 직역 형태에 가까웠고 서포가 원문을 재구성하여 독자성을 강화하였다. 반면에 청음과 청호는 부분적으로 부연하거나 생략하기도 하였지만 서포에 비해서는 원문에 충실하려는 한역이었다고 말할 수 있겠다.

4.2. 표현적 측면

　청호는 <관동별곡>을 번사양식으로 한역하면서 비교적 원문의 내용을 그대로 살리려고 노력하고 있지만, 모든 한역 작업이 그렇듯이 수식과 어휘의 교체, 어구의 첨가와 생략들이 뒤따르고 있다. 청호가 한역과정에서 원문 내용에 크게 벗어나지 않는 수식이나 부연 등은 그리 문제될 것이 없다. 그런데 한역과정에서 의도적으로 어구를 생략하거나 첨가해서 새로운 방향으로 작품의 성격을 교정하려는 청호의 태도에 주목할 필요가 있다. 말하자면 표현적 측면에서 두드러지는 청호의 한역 특징을 살펴보도록 하자.

4.2.1. 수식을 통한 장면의 구체화와 어휘 교체

번사 작자가 가사를 한역하면서 한시 형식에 맞추려다보면 원문 내용을 크게 벗어나지 않는 범위에서 수식어를 덧붙이거나 정황에 맞추어 내용을 부분적으로 바꾸기도 한다. 그래서 번사는 원문의 내용을 생략하기보다는 덧붙이거나 수식하는 경우가 훨씬 많다. 이것은 어느 특정 작자에게 한정되는 것이 아니고 모든 번사에서 나타나는 현상이기도 하다. 마찬가지로 청호도 〈관동별곡〉을 한역하면서 수식어를 덧붙이거나 정황에 맞추어 새로운 어구를 삽입하고 있다.

> ① 삼각산 뎨일봉이(依微三角第一峰)//
>   ᄒ마면 뵈로리다(西望長安如可覰)//
> ② 평구역 ᄆᆯ을 ᄀ라(平邱古驛替馬行)//
>   흑슈로 도라드니(黑水透迤相追廻)//
>   셤강은 어듸메오(蟾江迢遞在何許)//
>   치악이 여긔로다(雉岳崔嵬入眼來)//
> ③ 부용을 고잣는 둣(天然淸水出芙蓉)//
>   빅옥을 뭇것는 둣(美哉崑崗簇白玉)//
>   동명을 박츠는 둣(周遭遠世蹴東溟)//
>   북극을 괴왓는 둣(岌嶪峩冠拱北極)//

④ 션사롤 씌워 내여, 두우로 향호 살가(仙槎泛泛向斗牛)//
션인을 츠즈려, 단혈의 머므살가(丹穴何如尋聖人)//

위의 예문에서 줄친 부분은 한역 과정에서 수식어구가 첨가되거나 어휘를 교체하는 경우이다. ①에서는 '희미한(依微)'이란 수식어와 '서쪽으로 장안을 바라보니(西望長安)'라는 어구를 덧붙여 정황을 구체화하면서 한시 형식에 맞추고 있다. ②에서는 '구불구불(逶迤)', '아득하여(迢遞)', '높이 솟아(崔嵬)'라는 수식을 통해 사물의 구체적인 모습을 묘사하며 한시의 형식에 맞추고 있다. ③에서는 '천연의 맑은 물(天然淸水)', '아름답도다(美哉)', '세상을 에워싼(周遭遠世)', '높이 떠있는(岌嶪峩冠)'과 같은 어구를 덧붙이고 있다. 이것들은 번사 과정에서 수식과 부연을 통한 장면의 구체화하는 사례들이다.

반면에 ④에서는 한역 과정에서 '仙人'을 '聖人'으로 어휘를 교체하여 작품의 성격 변화를 유도하고 있는 경우이다. 이것은 청호가 <관동별곡>을 한역하면서 도가적인 측면보다는 유가적인 측면을 부각하여 강화시키려는 의도가 작용한 것으로 보인다. 말하자면 청호는 <관동별곡>을 유가적 관점에서 해석하고 그것으로 귀결시키려는 의도를 지니고 있었던 것 같다.

4.2.2. 어구 첨가를 통한 내용의 강조와 의미의 변화

청호는 가사를 한역하면서 원문에도 없는 새로운 어구를 첨가하거나 의도적으로 원문의 내용을 부분적으로 생략하고 여기에 새로운 어구를 첨가하여 특정 방향으로 유도하고 있다. 그리고 때로는 번사 작자가 작품에 개입하는 감정 이입도 시도하고 있다.

① 어와 성은이야, 가디록 망극ᄒ다.(如何聖恩日罔極)//
　조금이라도 보답하려 바삐 부임하며(欲報涓埃任奔走)//
　연츄문 드리ᄃ라(延秋門下一馳入)//
　경회문 ᄇ라보며(慶會樓前攬眼望)//

② 그제야 고텨 맛나, ᄯ 흔 잔 ᄒ쟛고야(然後重逢復一杯)//
　내 뜻이 어떤지 알지 못하고(不知吾意其何似)//
　말 디쟈 학을 틔고(須臾言訖鶴飛去)//
　구공의 올나가니(九霄靈馭飄雲裙)//
　공듕 옥쇼 소리, 어제런가 그제런가(空中玉簫如昨日)//

③ 황뎡경 일즈롤, 엇디 그릇 닐거 두고(一字黃庭何誤讀)//
　아침에 옥황의 향안 앞을 사양하고(朝辭玉皇香案前)//
　인간의 내려와셔, 우리롤 쏠오ᄂ다(暮謫人間隨我屬)//

④ 고쥬 히람ᄒ야(孤舟解纜木蘭枻)//
　뎡즈 우희 올나가니(飛閣玲瓏始躋攀)//
　강문교 너믄 겨틱, 대양이 거긔로다 (江門橋外是大洋)//
　별천지가 그림속에 잠겼어라. (別乾坤如畵圖間)//

⑤ 빅쳔동 겨틱 두고, 만폭동 드러가니(百川洞裏萬瀑洞)//
　날리는 눈들은 수많은 층층이라(俯瞰飛雪千疊層)//

⑥ 비로봉 샹샹두의(毗盧之峰上上頭)//
　올라 보니 긔 뉘신고(伊昔登臨何姓名)//
　동산 태산이, 어느야 놉돗던고(東山泰山孰爲高)//
　만고의 천지 사이에서 내 인생을 탄식하다(萬古乾坤嗟我生)

⑦ 텬듕의 티쓰니, 호발을 혜리로다(忽到天中察秋毫)//
　광명정대한 빛나는 땅(光明正大燭下土)//
　아마도 녈구름, 근쳐의 머믈세라(或恐浮雲時近飄)//

⑧ 명월이 쳔산 만낙의, 아니 비쵠 ᄃ 업다(생략)//
　마시고 마셔도 못다 마시고(欲吸欲吸不盡吸)//
　다 마시더라도 어디로 가져가리.(假使盡吸輸何地)//

아이야(呼兒)//

잔을 씻어 다시 한 잔 따르렴(洗盞更酌一杯水)//

구중궁궐로 돌아가 모두 취했다 아뢰라.(回奏九重今盡醉)//

위의 예문 ①②③의 줄친 부분에서 번사 작자는 원문에도 없는 새로운 어구를 덧붙이고 있다. 그렇지만 이것은 시상 전개와 관련하여 문맥에서 크게 어긋나지 않는 부연적 내용이라고 말할 수 있다. 예문 ④⑤에서는 원문에 없는 새로운 내용이 첨가되고 있는데, 여기에서는 구체적 묘사를 위해 어구가 첨가되고 있다. 반면에 예문 ⑥⑦⑧에서도 원문에도 없는 새로운 어구가 첨가되고 있지만 사정이 다르다. 먼저 ⑥에서는 작자의 감정 이입이, ⑦에서는 광명을 상징하는 사물을 통하여 임금의 위덕을 드러냄과 동시에 당대 현실을 암시하는 어구를 삽입하고 있다. 그리고 ⑧에서는 가사의 마지막 어구를 생략하고 유가적 포부와 연주지사를 담은 새로운 내용을 첨가하고 있다.[9] 이것은 번사 작자가 태평성대를 칭송하는 충신연주지사로 전환시키려는 의도가 있었던 비롯된 것으로 보인다. 말하자면 이것은 서포가 〈관동별곡〉을 한역하면서 의도적으로 어구의 생략과 부연을 통해 위정자적 입장을 축소하고 선적 취향을 지향하는 태도와 대조되는 현상이다.

4.2.3. 생략과 축약을 통한 사실적 표현

전반적으로 청호는 가사 원문을 살려서 한역하려는 태도를 보이고 있다. 하지만 그도 한역과정에서 작품의 일부를 생략하거나 축약하기도 하고, 부연하거나 새로운 내용을 덧붙이기도 하였다. 그는 어구의

---

9) 의성본이나 이선본과는 달리, 성주본에는 '명월이 천산 만낙의, 아니 비친 디 업다'라는 어구가 없다.

일부 또는 전체를 생략하기도 하고, 다른 한편으로 생략한 어구 대신
에 자신이 의도하는 새로운 내용을 첨가하기도 하였다.

① 어와 뎌 디위롤, 어이ᄒ면 알거이고(優優大哉彼境界)//
② 강능 대도호, 풍쇽이 됴홀시고(江陵雄府大都護)//
　절효 정문이, 골골이 버러시니(節孝旌門隨處立)//
③ 은하슈 한 구비롤, 촌촌이 버혀 내어,
　실ᄀ티 풀텨이셔, 뵈ᄀ티 거러시니(一半銀河機素開)//
　도경 열두 구비,(休言倒景十二曲)//
　내 보매는 여러히라.(使我見之多如毛)//
④ 긔심디 고텨 올나, 듕향셩 ᄇ라보며(更誇開心望衆香)//
　만 이천봉을, 녁녁히 혀여ᄒ니(萬二千峰數歷歷)//
　봉마다 밋쳐 잇고, 긋마다 서린 긔운(峰峰結鬱氣磅礴)//
　묽거든 조티 마나, 조커든 묽디 마나 (생략)//
　뎌 긔운 흐터 내야, 인걸을 ᄆ돌고쟈(我欲散出爲人傑)//
⑤ 텬근을 못내 보와,(天根去來看未足)//
　망양뎡의 올은 말이,(快馬仍登望洋亭)//
　바다 밧근 하늘이니, 하늘 밧근 므서신고.(海外長天天外何)//
　ᄌ득 노흔 고래, 뉘라셔 놀내관디.(생략)//
　블거니 씀거니,(修景駭噴波晦暝)//
⑥ 나도 좀을 씌여, 바다홀 구버보니(睡覺滄溟唯有月)//
　기픠롤 모ᄅ거니,(滄溟淺深已難測)//
　ᄀ인들 엇디 알리,(浩杳津涯焉識得)//
　명월이 천산 만낙의, 아니 비쵠 디 업다. (생략)//
　欲吸欲吸不盡吸/ 假使盡吸輸何地/
　呼兒/ 洗盞更酌一杯水/ 回奏九重今盡醉(첨가)

위의 예문 ①②③의 줄 친 부분은 한역되는 과정에서 어구의 일부가

생략되거나 축약된 부분이다. 예문 ④⑤⑥에서는 어구 전체를 생략하고 있다. 예문 ④의 줄친 부분은 문맥의 흐름을 간결히 하기 위하여 생략한 것으로 보인다. 예문 ⑤에서는 청호가 과장된 내용의 표현를 배척함과 동시에 이를 사실적인 표현으로 전환하려는 의도가 엿보인다. 그래서 줄친 부분을 없애고 이어지는 '블거니 쓸거니'를 '해 그림자가 어지러이 분출하더니 물결이 어둑어둑하구나!(修景駭噴波晦暝)'로 한역한 것으로 생각된다. 여기 앞부분에서 '망양뎡의 올은 말이'를 '말을 달려 그대로 망양정에 오르니(快馬仍登望洋亭)'로 옮긴 것은 원문의 내용을 오역한 것으로 보이는데 이것은 작자가 잘못 파악하였든지, 작자의 의도가 작용한 것으로 보인다. ⑥은 이미 앞장에서 논의하였다.

4.3. 문예적 측면

가사를 번사 양식으로 바꾸다보면 언어를 구사하는 작자의 역량이나 작품을 보는 관점에 따라 양식의 선택이나 표현 방법, 작품의 내용이나 성격도 편차를 갖기 마련이다. 번사 작자는 본래의 가사 작품을 놓고 어떤 형태와 방식으로써 한시 양식으로 어떻게 대응할 지를 놓고 고심하기 때문이다.

청호도 이점을 두고 191구의 7언고시체로써 격자운을 사용하여 한역하고 있다. 문제는 그가 <관동별곡>을 한역하면서 이를 단지 번역 작업으로만 생각하고 있었을까, 아니면 이를 단순한 한역 작업을 뛰어넘는 <번사>라는 하나의 독자적인 문학 양식으로 받아들였는지도 생각해 볼 필요가 있다. 하지만 오늘날 청호에 대한 별다른 자료가 남아 있지 않기 때문에 이를 확인할 수 없다. 다만, 그의 번사 작품을 <관동별곡>과 비교해 보면 번사 전편에 일관하고 있는 그의 관점과 태도를 읽어낼 수가 있다. 한마디로 말해서 청호는 번사를 단순한 번역으로 받아들인 것이 아니었고 그것에 대한 일정한 문예의식을 지니고 있었다고 말할 수 있다.

먼저 청호의 번사 작품을 통해서 읽어낼 수 있는 것은 그가 사실적 표현을 중시하고 있었다는 점이다. 청호는 〈관동별곡〉을 한역하면서 과장적 표현을 삭제하거나 의도적으로 다른 내용으로 변개하고 있다.

> 바다 밧근 하늘이니, 하늘 밧근 므서신고(海外長天天外何)//
> ᄀᆞᆺ득 노혼 고래, 뉘라셔 놀내관더 (한역 생략)//
> 블거니 씀거니, 어즈러이 구논디고 (修景駭噴波晦暝)//

위의 예문은 망양정에서 바라보이는 동해 바다의 출렁이는 파도 모습을 묘사하고 있는 장면이다. 여기에서 송강은 사나운 파도의 모습을 성낸 고래의 물을 뿜는 모습으로 묘사하고 있는데, 청호는 이를 생략해 버리고 있다. 그는 이 부분이 실제 고래의 모습을 운운한 것으로 파악하여 사실적이지 못하고 지나치게 허무맹랑한 과장적 표현으로 받아들이고 있는 듯하다. 그래서 청호는 이 부분을 생략해 버리고 '긴 해 그림자가 어지러이 분출하더니(修景駭噴波晦暝)'로 변개하여 한역한 것으로 보인다. 말하자면 청호는 어쨌든 자신이 세운 합리적 관점에서 사실적 표현을 중시하여 원문을 가다듬었다는 말이 된다.

청호는 이처럼 사실적 표현을 중시하다보니 가사 원문이 지나치게 부연적이거나 복잡하다고 생각되는 부분은 생략하거나 축약하여 한역하고 있다. 경우에 따라서는 도치하여 한역하기도 하였다.

> ① 봉마다 밋쳐 잇고, 긋마다 서린 긔운(峰峰結鬱氣磅礴)//
> 묽거든 조티 마나, 조커든 묽디 마나(생략)//

> 뎌 긔운 흐터 내야, 인걸을 묻둘고쟈 (我欲散出爲人傑)//
> ② 은하슈 한 구비룰, 촌촌이 버혀 내어,
> 실ᄀ티 풀텨이셔, 뵈ᄀ티 거러시니 (一半銀河機素開)//
> ③ 샤양 현산의, 텩튝을 므니 볼와 (아래 한역)
> 우개 지륜이, 경포로 ᄂ려가니 (芝輪羽盖入鏡湖)//
> 십리 빙환을, 다리고 고텨 다려(十里冰紈平似熨)//
> (斜陽一林峴山外, 躑躅步踏紅半堆)

위의 예문은 청호가 가사 원문을 생략과 축약, 그리고 도치하여 한역한 경우이다. 예문 ①의 줄친 경우는 앞뒤 문맥의 가사 내용을 훼손하지 않고 간결한 시적 흐름을 위해 생략한 것으로 보이는 부분이다. 예문 ②의 경우는 4구를 축약하여 1구로 한역한 경우인데, 줄친 부분이 번사 과정에서 생략되고 있다. 이 부분도 예문 ①의 경우처럼 간결한 시적 흐름을 위해 생략한 것으로 보인다. 예문 ③의 경우는 줄친 부분이 뒷부분으로 도치되어 한역되고 있다. 그것은 그대로 한역하는 것보다 오히려 뒤로 도치를 하는 게 자연스럽고 합리적이라고 청호는 생각했던 모양이다.

또한 청호는 가사를 한역하면서 생략이나 축약에 그치지 않고 새로운 내용을 첨가하기도 하였다. 그리고 앞서 언급한 바, 청호는 원문에도 없는 새로운 어구를 첨가하여 작품 내용을 특정 방향으로 유도하고 있다고 하였다. 바다의 해돋는 모습을 보고서 원문에도 없는 '광명정대촉하토(光明正大燭下土)'라는 국왕의 위덕을 암시하는 내용을 첨가한 것이나, 마지막에 '욕흡욕흡불진흡(欲吸欲吸不盡吸), 가사진흡수하지(假使盡吸輪何地), 호아(呼兒), 세잔갱작일배수(洗盞更酌一杯水), 회주구중금진취(回奏九重今盡醉)'라는 어구 첨가에서처럼 작품을 의도적으로 송축적인 충신연주지사로 전환하려는 것에서 우리는 청호의 유가적 문예의식을 엿볼 수 있겠다.

작품을 한역하면서 누구나 똑같을 수는 없고 작자의 생각과 관점에 편차가 있기 마련이다. 청호의 이런 태도는 서포가 〈관동별곡〉을 한역하면서 자신의 개인적 취향을 반영하여 대체적으로 왕정의 의무를 수행하는 위정자적 시각과 입장을 축소하고, 대신에 선경을 탐승하고 선골을 지향하는 기행문학으로 바꿔 놓은 것과는[10] 대조가 된다. 청호는 오히려 〈관동별곡〉에서의 '仙人'을 번사에서 '聖人'으로 교체하거나 가사 원문에도 없는 내용을 번사에다 임금을 송축하는 내용을 첨가하고 있다는 점에서 본래의 〈관동별곡〉에서 한층 충신연주지사의 유가적 관점을 강화시켰다고 하겠다.

따라서 우리는 청호가 전체적으로 작품의 원문에 충실하게 한역하였다고 하지만, 이상에서처럼 원문에 대한 한역을 부분적으로 생략하거나 전혀 새로운 내용을 첨가하고 있는 대목을 눈여겨 볼 필요가 있다. 이것은 청호가 번사를 단순한 번역이 아니라, 그것을 자신의 관점에서 작품을 해석하고 인식하려는 문예 의식을 함께 지니고 있었던 것으로 보인다. 또한 이것은 가사의 한역 과정에서 처음부터 번사란 단순한 번역이 아니라 가사라는 본래의 작품을 나름대로 수용하여 이를 주체적으로 재해석하고 문학적 양식으로 시도되고 있었다는 증거이기도 하다.

5. 맺음말

본고는 송강 정철(1536~1593)이 선조 13년(1580)에 강원도 관찰사로

---

10) 崔圭穗, 앞의 논문, 1998, 257~286쪽.

부임하면서 지었던 <관동별곡>을 한역한 청호 이양렬의 <관동별곡번사>에 대한 문학적 검토이다. 주지하다시피, 번사는 조선 중기 이후에 나타난 새로운 문학양식의 하나이다. 지금까지 <관동별곡번사>는 청음 김상헌(1570~1652), 서포 김만중(1637~1692), 청호 이양렬(1581~1616), 춘담 신승구(1810~1864)의 4편이 전해지고 있다.11) 이 중에서 춘담의 번사는 최근에 필자가 발굴해 낸 것이다.

필자는 춘담의 번사를 발굴해 내는 과정에서 청호의 연대가 미상인 점을 착안하여 이 분야의 연구를 위해서는 그의 생몰 연대를 시급히 확인할 필요성을 느꼈다. 그러다가 최근에 마침내 그의 생몰연대를 찾아냈다. 그는 18세기 인물일 것이라는 연구자들의 예상을 뒤엎고 16세기 말엽부터 17세기 초엽에 살았던 인물이었다. 그는 전주 이씨의 왕실에서 분가한 영해군의 후손이다. 그는 선조14년(1581)에 태어나 광해군 8년(1616)에 36세의 나이로 요절했다. 그는 과거에 합격하여 생원이 되었으나 출사하기 이전에 병사한 것으로 보인다. 그래서 오늘날 그에 대한 공식적인 기록이 거의 남아 있지 않는 것은 그의 요절과 깊은 관련이 있을 것으로 보인다. 그는 서인쪽 인물들과 가깝게 지냈던 것으로 보이는데, 그의 <관동별곡번사>가 정철의 문집 수록되면서 오늘에 전하게 되었다.

청호는 서포보다 50여년이 앞서고 청음보다 11년 늦게 태어났다. 하지만 청호가 30세를 전후로 <관동별곡>을 한역한 것으로 미루어본다면 그의 번사가 오히려 청음보다 한발 앞서서 세상에 나왔을 것으로 여겨진다. 따라서 앞으로 청음 김상헌을 최초의 번사자로 규정하는 것을 삼가야 할 것으로 보인다.

---

11) 근래에 발굴된 담옹(澹翁) 박창원(朴昌元, 1683-1753)의 <關東別曲> 한역시를 포함하면 관동별곡 번사 작품은 모두 5편이 되는 셈이다.(정한기, 앞의 논문.)

청호의 〈관동별곡번사〉를 살펴보면, 다음 몇 가지 특질을 찾을 수 있다. 그는 〈관동별곡〉을 191구의 7언고시체 한시로 한역하였는데, 이것은 청음이나 서포보다 길고 290구에 달하는 춘담에 비해서는 짧다. 그는 대체적으로 4음보 2구를 한시 1구로 한역하거나 2음보 1구를 한시 1구로 한역하고 있다. 또한 그의 한역은 원문에 없는 내용을 부분적으로 첨가하거나 생략하기도 하였지만 대체적으로 원문에 충실한 한역이었다고 말할 수 있다.

청호는 사실적 표현을 중시하였던 것으로 보인다. 그는 한역과정에서 원문 내용에서 크게 벗어나지 않는 범위 내에서 수식이나 부연을 사용하고 있었다. 하지만 그는 한역 과정에서 원문의 내용이 지나치게 과장적인 내용이라고 생각되는 어구는 생략하거나 사실적인 다른 내용으로 바꿔 한역하고 있었기 때문이다.

또한 그는 유가적 문예의식을 지니고 있었던 것으로도 보인다. 왜냐하면 그는 〈관동별곡〉을 한역하면서 생략이나 축약에 그치지 않고 원문에도 없는 새로운 어구를 첨가하여 작품을 유가적 포부를 담고 있는 충신연주지사로 전환시키려는 의도가 엿보이기 때문이다. 따라서 이것은 청호가 번사를 단순한 번역이 아니라, 그것을 자신의 관점에서 작품을 해석하고 인식하려는 문예 의식을 함께 지니고 있었던 것으로 추측된다. 또한 이것은 번사가 단순한 번역이 아니라 가사라는 본래의 작품을 나름대로 수용하여 이를 주체적으로 재해석하고 문학적 양식으로 시도되고 있었다는 증거이기도 하다.

새로 발굴한 신승구의
〈관동별곡번사〉에 대하여

1. 머리말

송강(松江) 정철(鄭澈, 1536~1593)의 〈관동별곡(關東別曲)〉은 작자가 선조13년(1580) 강원도 관찰사로 부임하여 관동팔경을 유람하고 지은 작품으로서 가사 작품의 백미로 꼽힌다. 그것은 우리말을 3·4조의 운율에 맞춰 대구의 묘미를 살리면서도 작자 특유의 호방한 기상과 풍류를 유감없이 발휘하였기 때문이다. 이 작품은 후대에도 계속해서 판본으로 간행되거나 필사되어 오늘에 전해지고 있다.

〈관동별곡〉은 가창되고 읽혀지면서 여러 문인들에 의해 한시로 지어지거나 아예 전문 자체가 한역(漢譯)되기도 하였다. 이러한 가사나 시조에 대한 한역을 '번사(飜辭)'라고 하는데, 지금까지 〈관동별곡〉의 번사로는 청음(淸陰) 김상헌(金尙憲, 1570~1652)·서포(西浦) 김만중(金萬重, 1637~1692)·청호(靑湖) 이양렬(李揚烈,(1581~1616)에 의해 이루어진 3편이 전하고 있다.1) 〈관동별곡번사〉는 그 외에도 택당(澤堂) 이식(李植, 1584~1647)이나 송강의 후손인 정용택(鄭容澤)의 것이 있었다고

---

1) 근래에는 중인 출신의 담옹(澹翁) 박창원(朴昌元, 1683~1753)이 지은 새로운 관동별곡 번사 작품도 발굴되었다.(정한기, 「朴昌元의 〈關東別曲〉 한역시에 나타난 한역의 배경과 그 양상」, 『한국문학논총』 40집, 한국문학회, 2005, 83~109쪽).

하는데, 이들은 아직 확인되지 않고 있다.[2]

이번에 발굴하여 공개하는 춘담(春潭) 신승구(申升求, 1810~1864)의 〈관동별곡번사〉는 지금까지 확인된 번사가 세 편에 불과함을 고려한다면, 귀중한 자료적 가치를 지닌 것이라 할 수 있다. 뿐만 아니라 이것은 〈관동별곡〉이 19세기에 이르기까지 다양하게 변용되면서 수용되었고 폭넓게 유통되었음을 확인시켜 주는 증거이기도 하다.

이 글에서는 새로 발굴한 신승구의 〈관동별곡번사〉의 원문을 소개하고, 이 자료가 갖는 특징과 문학사적 의의를 살펴보도록 하겠다.

2. 〈관동별곡〉의 유통과 〈관동별곡번사〉

〈관동별곡〉은 〈사미인곡〉·〈속미인곡〉·〈성산별곡〉 등 가사 작품이나 〈장진주사〉를 포함한 70여수의 시조와 함께 『송강가사』에 실려 있다. 이 책은 여러 차례에 걸쳐 판각되거나 필사되어, 오늘날 많은 이본이 전해지고 있다. 그 중에서도 판본에 따라 차이를 보이고 있는 〈관동별곡〉은 가장 다양한 변용 과정을 거치며 유통되었다고 말할 수 있다.[3]

〈관동별곡〉의 유통 방식은 매우 다양하다. 판본이나 필사에 의해 전승되기도 하였고, 한역하여 변용시킨 번사의 형식으로 전승되기도 하였고, 연희 방식으로의 변용되어 전하기도 하였고, 근대 이후에 가

---

2) 澤堂 李植(1584~1647)의 작품은 근래에 장유승에 의해 발굴되었다.(장유승, 「최고(最古)의 〈관동별곡(關東別曲)〉 -택당 이식의 〈번관동별곡〉」, 『문헌과 해석』 32호, 문헌과 해석사, 2005, 203~224쪽.)

3) 이와 관련된 송강가사의 수용과 유통에 대해서는 다음 논문을 참조하면 유용한 정보를 얻을 수 있다. 崔圭穩, 『송강 정철 시가의 수용사적 탐색』, 월인, 2002; 金起垣, 「<關東別曲>의 流通 樣相에 對하여」, 『어문연구』 제36집, 어문연구학회, 2001, 187~208쪽.

창성을 상실하고 읽기문학으로서 계승되기도 하였다. 그리고 넓은 의미에서는 <관동별곡>에 대한 소회를 읊고 있는 한시도 여기에 포함시킬 수 있다. 특히 궁중 의례 및 교방의 연희로 전승 유통된 것은 송강의 다른 가사에서 찾아볼 수 없는 독특한 현상이라고 하겠다.

<관동별곡>의 유통은 이것이 수록되어 있는『송강가사(松江歌辭)』의 유통과 불가분의 관계를 맺고 있다. 지금까지『송강가사』의 판본은 6종이 간행되었는데, 현재는 의성본(義城本)·성주본(星州本)·관서본(關西本)이 전하고 있다. 이 중에서 의성본과 관서본은 표기법에서만 다소 차이가 나는 동일 계통의 판본이고, 성주본은 다른 판본과 비교해 볼 때, 시조의 한자어구에 대한 기사법의 차이, 어구 첨삭의 차이, 어구 표현의 차이, 조사나 어미의 차이, 시조 작품의 차이 등 상호간의 뚜렷한 차이가 있는 것으로 보아 다른 계통의 판본이다.4) 특히 성주본의 <관동별곡>은 '어와 뎌 디위롤 어이호면 알거이고'가 낙구되어 있어 다른 판본과는 확연히 변별되고 있다. <관동별곡>의 필사본으로는 19세기에 나온『송강별집추록유사(松江別集追錄遺詞)』를 비롯한『고금가곡(古今歌曲)』·『가집(歌集)』·『잡가(雜家)』·『윤시힝장』·『악학편고(樂學便考)』·『가사(歌詞)』·『잡가집(雜歌集)』 등 14종을 꼽을 수 있는데,5) 최근에는 새로 발굴한 고시조집『고금명작가(古今名作歌)』와 함께 수록되어 있는 <관동별곡>(선문대학교 중한번역문헌연구소 소장본)이 공개된 바도 있다.6) 이 외에도 <관동별곡>은 여러 사람에 의해 전사되어, 이본에 따라 약간씩의 차이를 보여 준다.

---

4) 金文基,「松江·蘆溪·孤山의 歌集 板本 및 冊板 研究」,『국어교육연구』 제21권, 1989, 4~21쪽.

5) 姜銓燮,「關東別曲의 原典 摸索」,『동방학지』 권42, 연세대학교 국학연구원, 1984, 51~56쪽.

6)『古今名作歌 附 關東別曲』, 선문대학교 중한번역문헌연구소, 2004, 47~55쪽.

〈관동별곡번사〉는 〈관동별곡〉이 한시체나 사부체로 한역되어 유통된 것이다. 물론 송강 작품에 대한 번사는 〈관동별곡〉을 비롯한 〈사미인곡〉·〈속미인곡〉·〈성산별곡〉에서부터 〈장진주사〉 등과 같은 시조 작품에 이르기까지 광범위하게 이루어졌다. 그 중에서도 〈관동별곡〉에 대한 번사가 시기적으로 가장 먼저 이루어졌고 가장 많이 시도되었다. 즉 〈관동별곡〉은 1580년에 그것이 처음 지어지고 나서 50여 년이 지난 17세기 전반기에 이미 청음 김상헌의 번사가 나타났고, 서포 김만중과 청호 이양렬 등의 번사가 뒤를 이었다.[7] 현재 확인되지 않고 있지만 택당의 번사가 17세기 전반기에 이루어졌다는 점을 고려한다면, 〈관동별곡번사〉는 〈관동별곡〉이 전승하는 초기 단계에 이미 출현하였다고 말할 수 있다. 따라서 〈관동별곡번사〉는 현존하는 4편에다가 이식과 정용택처럼 이름만 거론되고 작품이 전하지 않는 2건, 그리고 이번에 새로 발굴한 신승구의 번사까지 모두 7건에 이르고 있다.

이처럼 〈관동별곡번사〉가 많았던 것은 송강에 대한 추모심도 부분적으로 작용하였겠지만 무엇보다도 이 가사가 우리말로 가창 내지 구전되면서 향후 발생할 그것의 인멸에 대한 두려움이 크게 작용했던 것으로 보인다. 최초의 〈관동별곡번사〉를 지었던 청음 김상헌은 1629년에 강원도 관찰사로 가는 윤이지(尹履之, 1579~1668)에게 수증한 시에서 〈관동별곡〉이 세상에 나온 지 50여 년이 지나면서 이미 쇠퇴하고 있다는 우려를 표명하고 있다.[8] 뒤이어 〈관동별곡번사〉를 남겼던 서포 김만중

---

7) 청호 이양렬의 생몰연대는 분명치 않다. 『司馬榜目』을 보면, 그는 전주이씨로서 16세기 말엽~17세기 전반기의 인물인데, 청음 김상헌(1570~1652)보다는 약간 늦고 서포 김만중(1637~1692)보다 4~50년 정도 앞선 인물로 보인다.

8) "가곡 〈관동별곡〉이 가장 맑고 깨끗하나니 / 이 악부가 흘러서 전해온 오십 년 세월 / 문채와 풍류가 이제는 아득하고 쓸쓸하니 / 세상에서 누가 적강한 선인을 보겠는가? (關東歌曲最淸新, 樂府流傳五十春, 文釆風流今寂寞, 世間誰見謫仙人)" 金尙憲, 「贈關東按使尹仲素四首履之」, 『淸陰集』卷2.

도 동일한 문제를 의식하고 있었던 것 같다.9) 서포는 <관동별곡>을 비롯한 송강의 가사 작품에 대해서 높은 평가를 내리면서도, 구전이나 국문 전승에 따른 문제점을 정확하게 인식하고 있었던 것 같다. 우리말로 된 가사를 한어(漢語)로 제아무리 잘 옮겨도 본래의 우리말 노래에 비하여 결코 아름다울 수 없다는 평가를 내린 서포가 정작 이 작품을 번사한 것은 장차 일어날 수 있는 그것의 인멸에 대한 우려 때문이었던 것이라 생각된다.

송강의 가사 작품에 대한 번사는 17세기 전반기에 이루어진 청음 김상헌의 <관동별곡번사>으로부터 19세기 노사(蘆沙) 기정진(奇正鎭, 1798~1876)의 <성산별곡번사>에 이르기까지 역대 문인 8인에 의해 이루어진 10편이 현존하고 있는데,10) 그 외에도 작품은 전하지 않지만 제목이 전해지는 경우까지 합친다면 그 수는 더욱 늘어날 것이다. 그런데 이와 같은 역대의 번사 작업은 송강 후손들의 꾸준한 노력과 요청에 의해서 이루어졌다는 사실과, 번사를 했던 이도 청음이나 서포와 같이 대개 서인계 인물이었다는 점에 유의할 필요가 있다.11)

송강의 후손들은 『송강가사』가 인멸되지 않고 계속 전승되도록 대를 이어가며 적극적인 노력을 기울이는 일종의 패트런 역할을 하였다고 말할 수 있다. 이들은 『송강가사』에 대한 각별한 관심과 애정을 가

---

9) 松江先生鄭文淸公, 關東別曲前後思美人歌, 乃我東之離騷, 而惟其不可以文字寫之, 故唯樂人輩, 口相授受, 或傳以國書而已. 人有以七言詩, 飜關東別曲, 而不能佳, 或謂澤堂少時作, 非也. 『西浦漫筆』.

10) 이를 열거하면 다음과 같다.
　　<關東別曲>은 金尙憲(1570~1652)·金萬重(1637~1692)·李揚烈(연대미상)이, <思美人曲>은 鄭棹(1708~1787)·金相肅(1717~1792)·成海應(1760~1839)이. <續美人曲>은 鄭棹(1708~1787)·金相肅(1717~1792)가, <星山別曲>은 鄭棹(1708~1787)·宋達洙(?~1858)·奇正鎭(1798~1876)이 남겼다.

11) 崔圭穗, 앞의 책, 75~93쪽.

지고 기회만 주어지면 판각을 하거나 주위의 문사들에게 번사를 요청하였다. 바로 이것이 송강의 가사 작품이 폭넓게 뿌리를 내리는 동인(動因)이 된 것이다. 그래서 17세기에는 국외인(局外人)이라고 할 수 있는 영남의 유생 이재(頤齋) 조우인(曺友仁, 1561~1625)은 〈관동별곡〉을 본받아 〈속관동별곡〉을 지었고, 당색을 달리 했던 북곡(北谷) 이진유(李眞儒, 1669~1728)도 〈사미인곡〉을 화작(和作)하는 사례를 남기기도 하였다.12)

〈관동별곡〉은 송강의 다른 가사에 비해 먼저 번사되었음을 앞에서 밝혔는데, 이것은 무엇보다도 〈관동별곡〉이 지닌 뛰어난 예술성에 말미암은 것이지만, 다른 한편으로 사회문화적인 맥락에서 보자면 〈관동별곡〉은 다른 가사와 달리 송강이 영달한 시기의 작품인데, 이것도 후손들이 그것을 다른 작품에 비해 중요시한 요인이었다고 생각된다. 말하자면 송강의 후손들이나 정치적 견해를 같이 했던 이들에게는 〈관동별곡〉이 다른 작품에 비해서 상징성이 컸던 것이다. 이르자면 〈관동별곡〉은 송강 정철의 표상성을 가장 잘 나타내면서도 자파의 **화려하고** 영달한 모습을 일깨울 수 있는 상징성을 지닌 작품으로 받아들였기 때문으로 보인다. 그래서 역대 제가들에 의해 이루어진 〈관동별곡번사〉는 〈관동별곡〉의 인멸을 우려한 김상헌이나 김만중과 같은 문사들의 자발적 의지로 이루어지거나 송강 후손들의 요청에 의해 번사 작업이 이루어졌다. 이번에 공개하는 신승구의 번사도 예외가 아니다.

오른쪽 번사는 옛날 청음·서포·청호와 같은 여러 선생들의 번역한 곡조가 이미 완비되었다면 후생처럼 학식이 낮은 사람으로서는 반드시 거듭할 필요가 없겠다. 그런데 누차에 걸쳐 긴요한 부탁을 해오면서 기

---

12) 姜銓燮, 앞의 논문, 86~95쪽 참조.

필코 이루겠다는 것이었다. 정녕코 여러 선생들의 번역한 것들이 모두 문청공(文清公)께서 마음속으로 생각하고 있는 참다운 간절함을 획득하였겠지만 그 장구에 있어서는 혹시 장단점들이 옮기는 과정에서 존재하는 바, 이처럼 열심히 독려한 것이 아니었을까? 그렇지 않았다면 반드시 그렇게 까지 하였겠는가? 이에 원본으로 그 구두를 따라 망령되이 번역하여 드린다. 모름지기 刪削하는 게 마땅할지니, 만약에 또한 모범이 되지 못한다면 하나의 안주거리로 삼으시기를 바란다. 경신년(庚申年) 대한(大寒)에 신승구가 드리다.[13)

이것은 신승구(1810~1864)가 새로운 <관동별곡번사>를 짓고서 쓴 후기이다. 신승구는 19세기 중엽에 전라도 장성에서 살았던 인물이다. 위 번사의 발문에서 밝힌 경신년은 신승구의 생몰 시기로 보아 철종 11년(1860)에 해당한다. 송강 정철이 <관동별곡>을 짓고서 300여 년이 지난 19세기 중엽에 이르기까지 번사가 유통되고 지어졌음을 알 수 있다. 청음 김상헌이 지은 최초의 <관동별곡번사>가 출현한 지 200여 년이 지나서 다시 같은 작품에 대한 번사 작업이 이루어지고 있었다.

작가 신승구는 누군가의 강권을 차마 거절하지 못하여 번사를 하였다고 겸사를 늘어놓고 있다. 그런데 대체로 역대 번사들의 대부분이 송강을 추모하는 인사들이나 송강 후손의 요청으로 이루어졌다는 점을 감안한다면, 이것도 여기에서 크게 벗어나지 않으리라고 여겨진다. 이 서책의 소장자가 앞부분에 찍혀있는 직인에서처럼 본래는 정우원(1872~1950)의 것이었고, 위의 인용문에서 누차에 걸친 긴요한 부탁도 다름 아닌 신승구가 송강 집안의 후손으로부터 <관동별곡>의 번사를

---

13) 右飜辭舊有淸陰, 西浦, 靑湖諸先生飜調已備, 則後生淺學不必更疊, 而屢賜緊囑, 必成乃已者, 政或以諸先生所飜, 皆獲文淸心思之眞切, 而於其章句, 或有所短長移置者存, 而若是勤督否歟. 不然行必乃已也. 玆因原本襲其句讀, 妄飜以呈, 須下刪削爲宜. 如又不可以則, 作一瓶資深望. 庚申大寒申升求呈(申升求, 『關東別曲飜辭』, 「後記」).

요청받은 것이기 때문이다.14)

　신승구 자신도 〈관동별곡번사〉에 대하여 관심을 표명하고 있다. 청음·서포·청호와 같은 여러 선생의 번역한 곡조가 이미 완비되었다면 자신과 같은 사람이 굳이 나서서 번사 작업을 반복할 필요가 없다는 것을 강조하고 있는 것으로 미루어 보아, 그는 전대에 이뤄졌던 번사들에 대한 문제점을 그 나름대로 인식하고 있었던 듯하다. 말하자면 그는 〈관동별곡〉의 인멸이나 단절보다는 작자의 관점에서 기존 번사의 장단점을 파악하고 문제점을 극복하여 새로운 번사를 지으려는 순수한 문학적 의도를 지니고 있는 듯하다. 따라서 먼저 이루어졌던 세 편의 〈관동별곡번사〉가 〈관동별곡〉의 인멸에 대한 우려에서 비롯된 것과는 달리, 신승구의 그것은 처음부터 새로운 번사를 지으려는 순수한 문학적 동기에서 이뤄졌다고 말할 수 있다.

3. 〈관동별곡번사〉의 원문과 현대역

　〈관동별곡〉이 사람들 사이에 회자되고 유포되면서 여러 판본과 필사본들이 나왔다고 앞서 언급하였다. 그렇다면 신승구가 과연 어떤 판본을 텍스트로 삼아 〈관동별곡〉을 번사하였는지 궁금하지 않을 수 없다. 물론 그는 어떤 판본을 텍스트로 삼았는지 밝히지 않았다. 그렇지만 그의 〈관동별곡번사〉를 몇몇 판본이나 필사본과 비교해 본 결과, 성주본은 아니고 이선본 내지 의성본과 부합하거나 가깝다는 것을 확인할 수 있었다. 이에 대해서는 다음 장에서 다시 논의하도록 하겠다.

---

14) 鄭友源은 송강의 12대 직계 후손인데, 이와 관련된 구체적인 내용은 '4.1.서지적 측면'에서 다시 논의하도록 하겠다.

이 글에서는 신승구의 번사 원문을 현행 국정교과서에서 채택되어 널리 알려진 이선본을 함께 제시하고 여기에 우리말 번역을 곁들이도록 하겠다.15)

〈관동별곡〉	〈관동별곡번사〉	번사의 현대역
강호애 병이 깁퍼	伊江湖兮病深	저 강호에 병이 깊어
듁님의 누엇더니	高余臥乎竹林	죽림에 높이 누었더니
관동 팔빅니에	關東路兮八百里	관동길 팔백 리에
방면을 맛디시니	重方面兮授其任	무거운 방면, 그 임무를 주시니
어와 성은이야	猗歟休哉聖恩	아, 아름답도다! 성은이야
가디록 망극ᄒ다	尤竊感兮罔極	더욱 감격이 망극하도다.
연츄문 드리ᄃ라	延秋門兮趍進	연추문을 내달아서
경회문 ᄇ라보며	慶會樓兮仰覿	경회루를 우러러 보며
하직고 믈너나니	下直兮退委蛇	하직하고 물러나니
옥졀이 알퓌셧다	導前路兮玉節	앞길을 인도하는 것은 옥절이도다
평구역 물을 ᄀ라	平邱驛兮替馬	평구역에서 말을 갈아타고
흑슈로 도라드니	黑水路兮溯迴入	흑수로 거슬러 돌아드니
셤강은 어듸메오	蟾江兮阿那邊	섬강은 어디에 있는가
치악이 여긔로다	雉嶽兮其在斯	치악이 여기에 있도다.
쇼양강 ᄂ린 믈이	昭陽江直下波	소양강 바로 내린 물이
어드러로 든단 말고	何處自兮流回	어느 곳으로 흘러 돌아가는가.
고신 거국에	孤臣之去國兮	외로운 신하가 서울을 떠나니

---

15) 金文基는 관서본과 의성본은 작품의 분량면이나 내용면에서 서로 酷似하고, 이선본은 의성본이 틀림없다며 앞으로 이선본이라는 말을 쓰지 말았으면 하는 의견을 피력한 바도 있다(金文基, 위의 논문, 9쪽).

빅발도 하도 할샤	多益多兮白髮	더욱 많아진 것은 백발이로다.
동쥐 밤 겨오 새와	東州夜兮纔曙	동주 밤을 새우자마자
븍관뎡의 올나ᄒ니	北寬亭兮朝陟	북관정을 올라가니
삼각산 뎨일봉이	三角山第一峰	삼각산 제일봉의
ᄒ마면 뵈로리다	幾乎顏面見之	얼굴을 볼 듯하도다.
궁왕 대궐 터희	弓王大闕之墟兮	궁왕 대궐 터에
오쟉이 지지괴니	而鵲噪兮烏飛	까치 지저대고 까마귀 나니
쳔고 흥망을	千古之興亡兮	천고의 흥망을
아는가 몰으는다	爾曾識耶且否	아는가 모르는가.
회양 녜 일홈이	淮陽之舊號兮	회양의 옛 이름이
마초아 ᄀᆞᄐᆞᆯ시고	今與古兮相似	예나 이제나 비슷하고
급댱유 풍치를	汲長孺之風彩兮	급장유의 풍채가
교텨 아니 볼 게이고	若當日之臥閣	당시 누각에 누워있는 듯하도다.
영듕이 무ᄉᆞᄒ고	營中兮無事	영중이 무사하고
시졀이 삼월인 제	時節兮三月	시절은 삼월인데
화쳔 시내길히	花川溪兮波悠悠	화천의 시내 물은 아득하고
풍악으로 버더 잇다	楓嶽去兮路長亘	풍악으로 가는 길은 멀리 뻗어있다.
힝장을 다 썰티고	行裝惟其卸却	행장을 다 떨치고
셕경의 막대 디퍼	石逕尋兮藜杖	석경에 지팡이 짚고
빅쳔동 겨ᄐᆞ 두고	百川之流傍過	백천동 옆을 지나
만폭동 드러가니	萬瀑洞兮直向	만폭동을 바로 향하니
은 ᄀᆞᄐᆞᆫ 무지게	疑是銀兮若虹	아마 은빛 무지개인 듯
옥 ᄀᆞᄐᆞᆫ 룡의 초리	玉含輝而龍垂尾	옥이 빛을 머금고 용이 꼬리를 드리웠네
섯돌며 쑴는 소리	倏匐㕌而噴薄	갑자기 큰소리 쏟아내어
십리의 ᄌᆞ자시니	聲十里兮喧繞	십 리 먼 곳까지 울려 퍼지니

들을 제논 우레러니	耳得聆兮晴雷	귀에 들리는 것은 우레 소리더니
보니논 눈이로다	目寓之而如雪	눈에 보이는 것은 눈과 같다.
금강디 민 우충의	金剛臺㝡上層	금강대 맨 위층에
선학이 삿기 치니	將雛兮仙鶴	새끼를 치는 선학이
츈풍 옥덕셩의	春風玉笛之聲兮	봄바람 옥피리 소리에
첫줌을 끼돗던디	倘初睡之來覺	문득 첫잠을 깨어
호의 현샹이	縞衣兮玄裳	흰 옷에 검은 치마로
반공의 소소쓰니	掠半空兮翼若	반공을 치고 날아오르니
셔호 녯쥬인을	西湖之舊主人	서호의 옛 주인이
반겨셔 넘노는 듯	欣相遇而爲戲	흔연히 서로 반겨 놀도다
쇼향노 대향노	小香爐大香爐	소향로 대향로를
눈 아래 구버보고	置眼底而俯視	눈 아래로 굽어보고
졍양ᄉ 진헐디	正陽寺眞歇臺	정양사 진헐대를
고텨 올나 안즌 마리	忽更登而坐說	다시 올라앉아 하는 말이
녀산 진면목이	蘆山之眞面目	여산의 진면목이
여긔야 다 뵈ᄂ다	方到此而盡矚	여기에서 모두 보이도다.
어와 조화옹이	偉哉造化翁	위대하다, 조화옹이여
헌ᄉ토 헌ᄉ홀샤	紛多機兮多事	분분하게 일이 많도다.
눌거든 쒸디 마나	翔以飛則勿躍	날아오르면 뛰지를 말거나
셧거든 솟디 마나	介以立則莫起	서있거든 솟지 말거나
부용을 고잣는 듯	芙蓉若兮削揷	부용을 꽂은 듯
빅옥을 뭇것는 듯	白玉猶夫繽束	백옥을 묶은 듯
동명을 박츳는 듯	龍如躍乎東溟	용이 동명을 박차고 오른 듯
북극을 괴왓는 듯	星似拱其北極	별이 북극을 괴고 있는 듯
놉홀시고 망고디	高哉望高臺	높은 것은 망고대요
외로울샤 혈망봉이	危乎穴望峰	깎아지른 것은 혈망봉이라.
하놀의 추미러	聳上出兮重霄	하늘에 높이 솟아

므스 일을 스로리라	叫帝闔兮訴其功	천제 궁문을 두드려 공을 아뢰리라
천만겁 디나드록	千萬刦兮閱過	천만겁 지나도록
구필 줄 모른는다	仰而觀兮不知俯	우러러만 보고 굽힐 줄 모르도다.
어와 너여이고	猗使汝而在玆	아! 네가 여기에 있구나.
너 그튼니 쏘 잇는가	其適爾者復焉有	너 같은 이 다시 어디 있으랴.
기심더 고텨 올나	開心臺兮更上	개심대에 다시 올라
듕향셩 브라보며	衆香城兮望眺	중향성을 바라보고
만 이쳔봉을	一萬二千之峯兮	일만 이천 봉을
녁녁히 혀여ᄒᆞ니	歷歷驗而指屈	뚜렷이 보며 손으로 헤아리니
봉마다 밋쳐 잇고	峰峰兮氣瀜結	봉우리마다 기운이 맺혀있고
긋마다 서린 긔운	麓麓兮狀磅礴	산기슭마다 형상이 가득하다
묽거든 조티 마나	淑而復何好	맑고도 왜 이리 좋고
조커든 묽디 마나	好而又何淑	좋고도 또 어찌 맑은가
뎌 긔운 흐터 내야	菀彼佳氣散作	저 아름다운 기운을 흩어 내어
인걸을 몬들고쟈	人間人傑鍾毓	인걸을 만들고 싶도다
형용도 그지 업고	形容兮莫可贊	형용을 이루 말할 수 없고
톄셰도 하도 할샤	體勢兮難可測	체세도 이루 헤아리기 어렵도다.
텬디 삼기실 제	緬天地之肇判	천지가 처음 열릴 때
즈연이 되연마는	其自然之攸成	자연으로 아스라이 이뤄졌으련만
이제와 보게되니	而今爲其發見	이제야 이를 발견하게 되니
유졍도 유졍ᄒᆞᆯ샤	旣有情兮又有情	반갑고도 반갑구나
비로봉 샹샹두의	毗盧峰上ᄼ頭	비로봉 가장 윗머리를
올라 보니 그 뉘신고	登大觀者云誰	올라 본 이 누구신가
동산 태산이	東山與夫泰山	동산과 태산이

어느야 놉돗던고	繽爭誰其惟高	누가 높다고 서로 다투는가
노국 조븐 +줄도	魯國之所小兮	노국이 작은 줄을
우리는 모르거든	吾不敢曰能知	우리가 안다고 감히 말하지 못하거늘
넙거나 넙은 턴하	矧廣大之天下	하물며 넓고도 큰 천하
엇 씨호야 젹닷 말고	胡爲乎哉謂小	어찌 작다고 말하겠는가.
어와 뎌 디위롤	猗彼聖之地位	아! 저 거룩한 경지를
어이호면 알거이고	其何以乎識者	어떻게 알 것인가.
오르디 못호거니	雖登臨之未久	비록 오르지 못하거니
느려가미 고이홀가	旋復下兮寧怪	되돌아 다시 내려감이 어찌 이상하랴
원통골 구는 길로	圓通谷去路兮	원통골 가는 길로
스즈봉을 츠자가니	獅子峰往尋	사자봉을 찾아 가니
그 알픠 너러바회	瞻在前兮廣嚴	앞에 보이는 너른 바위
화룡쇠 되어셰라	謂其沼曰龍潭	그 연못을 용담이라 하도다.
쳔년 노룡+이	千年之老龍兮	천년 늙은 용이
구비구비 서려 이셔	曲曲兮盤屈	굽이굽이 서려있어
듀야의 흘녀 내여	晝夜兮混混波	주야로 흘러내려
창희예 니어시니	滄海兮流不息	창해로 흘러서 가니
풍운을 언제 어더	風雲兮那時得	풍운을 언제 얻어
삼일우룰 디런는다	三日雨兮化作	삼일우 지어내려는가.
음애예 이온 플을	陰崖兮委靡草	음애에 시든 풀을
다 살와 내여 스라	旣咸霖而咸苗	모두 적셔 싹을 틔울지어다.
마하연 묘길샹	磨訶衍妙吉祥	마하연 묘길상
안문재 너머 디여	雁門嶺兮去逾	안문재 넘어가니
외나모 뼈근 도리	涉朽木之獨橋	외나무 썩은 다리 건너
블뎡디 올라호니	佛頂臺兮陟來	불정대를 오르니
쳔심졀벽을	千尋之絶壁兮	천심절벽을

반공애 셰여두고	削半空兮置諸	반공에 세워두고
은하슈 한 구비를	銀河水一帶曲	은하수 한 구비를
촌촌이 버혀 내어	寸寸兮剪出	마디마디 베어내어
실フ티 풀텨이셔	若散絲兮長在	풀어논 실처럼 길게 펼쳐있고
뵈フ티 거러시니	似掛布兮爲疋	걸어 놓은 베같이 한 필이 되었으니
도경 열두 구비	圖經十二之曲兮	도경 열두 구비
내 보매는 여러히라	我竊觀兮重疊	내 보기에는 여러 개로다.
니뎍션 이제 이셔	李謫仙兮今復存	이적선이 다시 있어
고텨 의논ᄒ게 되면	風景盖嘗論	풍경을 논한다면
녀산이 여긔도곤	廬山較夫斯境	여산이 여기와 견주어
낫단 말 못ᄒ려니	互相勝負難言	누가 낫다는 말 못하리라
산듕을 미양보랴	此山中不可久	이 산중만 오래 머물 수 없는 터
동ᄒᆡ로 가쟈ᄉ라	東海上盍往觀	동해로 가보지 않을쏘냐.
남여 완보ᄒ야	藍輿緩步兮	남여에 완보하여
산영누의 올나ᄒ니	山映樓兮去登	산영루 올라가니
녕농 벽계와 수성 뎨됴는	玲瓏碧溪彼啼鳥	영롱한 벽계에 지저대는 새소리는
니별을 원ᄒ는 듯	怨別離兮數聲	이별을 원망하는 소리인 듯
졍긔를 썰티니	旌旗翻兮五雲拂	깃발을 펼치니 오색구름 떨치고
오싁이 넘노는 듯		
고각을 섯부니	鼓角吹兮海雲晴	고각을 불어대니 해운이 개도다.
희운이 다 것는 듯		
명사길 니근 몰이	鳴沙路貫識馬	명사길 익숙한 말이
취션을 빗기 시러	醉仙兮背上駄	취선을 등위에 싣고
바다홀 겻티 두고	滄溟波兮在傍	바다를 옆에 두고
희당화로 드러가니	海棠花外下長洲	해당화 너머 긴 물가로 내려가니

빅구야 느디 마라	白鷗兮莫驚飛	백구야 놀라지 마라
네 버딘 줄 엇디 아는	爾友生兮知否	네 벗인 줄 알겠느냐
금난굴 도라드러	金幱窟兮回來	금난굴을 돌아들어
총셕뎡 올나ᄒ니	叢石亭兮登眺	총석정에 오르니
빅옥누 남은 기동	白玉樓十二京	백옥루 십이경에
다만 네히 셔 잇고야	餘四柱兮卓乎	남은 네 기둥만 우뚝하구나
곳슈의 셩녕인가	倘工倕之施巧兮	공수의 솜씨인가
귀부로 다드믄가	若鬼斧之磋磨	귀부로 다듬은 듯하도다.
구ᄐ야 뉵면은	開六面之方幅兮	육면의 방폭을 열어
무어슬 샹톳던고	何所象兮得來	무엇을 본 뜬 것인가.
고셩을란 뎌만 두고	彼高城兮且舍	저 고성을 놔두고
삼일포롤 ᄎ자가니	三日浦兮尋去	삼일포를 찾아가니
단셔는 완연ᄒ되	丹書猶其宛然	단서는 완연하건만
ᄉ션은 어디가니	伊四仙兮安在	저 사선은 어디 있는가.
예 사흘 머문 후의	四三日信宿後	삼사일 머문 후에
어디 가 쏘 머믈고	阿何邊兮再留	어디 가서 다시 머물가.
션유담 영낭호	仙遊潭永郎湖	선유담 영랑호
거긔나 가 잇는가	這處或其遨遊	이곳이 놀만 한 곳인가.
청간뎡 만경디	淸澗亭萬景臺	청간정 만경대
몃 고디 안돗던고	幾箇所兮逍遙	몇 곳에서 노닐었던가.
니화는 볼셔 디고	梨花落兮掃盡	이화는 다 지고
졉동새 슬피 울 제	杜宇夜夜哀號	밤 두견새 슬피 울 때
낙산 동반으로	洛山東兮陟畔	낙산 동쪽 언덕 위의
의샹디예 올라 안자	義相臺兮上座	의상대에 올라앉아
일츌을 보리라	日出壯觀早圖兮	일출 장관을 보아야겠노라.
밤듕만 니러ᄒ니	夜未央兮睡起	날이 새기 전에 일어나니
샹운이 집픠는 동	祥雲兮掩靄	상운이 갑자기 피어나
뉵뇽이 바퇴는 동	六龍兮控捧	육룡이 떠받치듯

바다히 쩌날 제는	海中兮纔離	바다를 막 떠날 때는
만국이 일위더니	萬國早兮昧爽	온 세상이 아직 희미하더니
텬듕의 티쓰니	天中出大明兮	중천에 밝게 솟아오르니
호발을 혜리로다	毫髮兮若箇數	털끝도 다 셀 수 있도다.
아마도 녈구름	於休哉	아, 아름답도다!
근쳐의 머믈세라	瑞雲近處留長有	상서로운 구름이 가까운 곳에 오래 머무른 듯하구나.
시션은 어듸 가고	詩仙兮今何在	시션은 지금 어디 있는가
희타만 나맛느니	咳唾兮猶尙在	말자취만 아직 남아 있도다
텬디간 장흔 긔별	天地間壯大信兮	천지 사이에 장대한 소식
즈셔히도 흘셔이고	仔細多且好	자세히 많고도 좋구나.
샤양 현산의	斜陽之峴山兮	사양 현산의
텩튝을 므니 불와	躑躅兮剪而取	철죽을 잘라 들고
우개 지륜이	羽盖兮芝輪	깃 덮개에 지초 바퀴로
경포로 느려가니	鏡浦兮遡乃下	경포로 내려가니
십리 빙환을	開十里之氷紈	십리 빙환을 열어
다리고 고텨 다려	練復練兮尤美	누이고 누여 더욱 아름답구나
댱숑 울흔 소개	鬱千株之長松兮	천 그루 장송이 울창하여
슬ᄏ장 펴뎌시니	厭風味兮久臥	풍미에 겨워 누워있노라니
믈결도 자도 잘샤	滄波紋兮且細	물결의 무늬는 미세하고
모래롤 혜리로다	白沙照兮可籌	모래는 비추어 셀 만 하도다.
고쥬 히람ᄒ야	下孤舟而解纜兮	고주에서 내려 닻줄을 풀고
뎡ᄌ 우희 올나가니	更余上乎亭子	다시 정자에 오르니
강문교 너믄 겨팃	傍江門之高橋兮	강문에 가까운 높은 다리
댜양이 거긔로다	臨大洋兮浩浩	드넓은 대양을 임하였도다.
둉용ᄒ다 이 긔상	襍從容之氣像	자연스런 기상을 모으고
활원ᄒ다 뎌 경계	開濶遠之境界	드넓은 저 경계를 열어
이도곤 ᄌᆫ 디	固衆美之攸在	진실로 뭇 아름다움이 다 모

		여 있으니
또 어듸 잇닷 말고	求勝地焉復無奈	이보다 좋은 승지 다시는 없으리라
홍장 곳사룰	枚紅粧之古事兮	홍장의 고사를 낱낱이 들어서
헌스타 흐리로다	攬陳跡而興嘆	지난 자취 들추며 감탄하리로다.
강능 대도호	江陵是其大都護	강릉은 대도호
풍쇽이 됴홀시고	風俗厚兮且淳	인심이 후하고 순박하도다
절효 정문이	家家傳以節孝	집집마다 절효를 전하여
골골이 버러시니	谷谷列其旌門	고을마다 정문이 널려있도다
비옥 가봉이	勳華之屋比封兮	요순의 집들이 이어저서
이제도 잇다 흘다	三代遺風可觀	삼대의 유풍을 볼 수 있도다
진쥬관 듁셔루	眞珠館竹西樓	진주관 죽서루
오십쳔 느린 믈이	五十川兮波橫流	오십 천에 물이 내리고
태빅산 그림재롤	屹太白之山影兮	드높은 태백산의 그림자를
동희로 다마 가니	塡東海之滄波	동해의 창파로 담아가니
출하리 한강의	接漢江兮浩蕩	호탕한 한강에 닿아
목멱을 다히고져	抱木覓兮添瀏	맑은 목멱을 안았도다
왕뎡이 유혼ㅎ고	王程固其有限	왕정은 본디 한도가 있고
풍경이 못 슬믜니	飽不盡兮景像	싫증나지 않는 것은 풍경이니
유회도 하도 할샤	幽懷苑其多增	그윽한 회포가 한없이 일어나
긱수도 둘 듸 업다	客愁爲之未已	객수가 끝이 없도다
션사롤 씌워 내여	仙槎兮徘徊浮	선사를 띄워 배회하며
두우로 향ㅎ살가	斗牛之間漸向	북두와 견우 사이를 향해볼까
션인을 츠즈려	訪仙人之遺躅	선인의 남긴 자취를 찾아서
단혈의 머므살가	路丹穴之遐邱	단혈의 먼 구릉을 길로 삼을까
텬근을 못내 보와	天根未乎創覩	천근을 끝까지 못 보고
망양뎡의 올은 말이	望洋亭上云何	망양정 위에 올라 말하노라

| 바다 밧근 하놀이니 | 海外一色長天兮 | 바다는 하늘과 일색이어서 |
| 하늘 밧근 므서신고 | 天外渺兮無所存 | 하늘 밖은 아득하여 아무것도 없도다. |

굿득 노흔 고래	長鯨胡爲且怒兮	큰 고래는 어찌 성을 내는가
뉘라서 놀내관더	爾將驚夫何人	누구를 놀라게 하려는 것인가
블거니 씀거니	旣噴迅而蹙踏	빠르게 숨을 내뿜고 길을 재촉하며

어즈러이 구눈디고	又奮湧而晦暝	크게 용솟음쳐 어둑하구나.
은산을 것거 내여	裂壁立之銀山兮	벽처럼 서있는 은산을 꺾어내어
뉵합의 느리눈 둣	灑六合兮翻空	육합을 씻어 허공을 뒤집는 듯
오월 댱텬의	掀五月之長天兮	오월 장천에 치켜들어
빅셜은 므스일고	撒白雪飄搖	백설을 마구 뿌리도다.
져근덧 밤이 드러	萬籟息而夜靜兮	만뢰가 쉬며 밤이 고요해지고
풍낭이 뎡ᄒ거늘	風雷定兮止波	풍랑이 잡히고 파도가 그치거늘

부상 지척의	望扶桑兮咫尺	부상을 지척에 바라보고
명월을 기드리니	愛明月兮未幾時	명월을 그린 지 얼마 안 되어
셔광 천댱이	瑞光射其千丈	서광이 천 길을 쏘아대니
뵈눈 둣 숨눈고야	若將顯兮還微	보이는 듯 다시 희미해지도다.
쥬렴을 고텨 것고	珠簾敞而復捲	주렴을 가리고 다시 걷고
옥계롤 다시 쓸며	玉階淨而更除	옥계를 깨끗이 다시 쓸며
계명셩 돗도록	星啓明兮前導	계명성이 앞을 인도하여
곳초 안자 ᄇ라보니	高孤坐兮瞻望	고고하게 앉아 바라보니
빅년화 흔 가지롤	白蓮花一枝色	백련화 한 가지를
뉘라셔 보내신고	孰能折兮送贈	누가 꺾어 보내주실까.
일이 됴흔 셰계	如此良夜間世界	이리 좋은 밤 세계를
눔대되 다 뵈고져	人人欲乎同樂	사람들과 함께 즐기고 싶노라.
뉴하쥬 ᄀ득 부어	流霞酒兮滿酌	유하주를 가득 부어

둘드려 무론 말이	爲君問夫彼月	그대 위해 저 달에게 묻기를
영웅은 어디 가며	英雄之忽焉兮	영웅은 어디 가고
스션은 긔 뉘러니	而四仙兮伊誰	사선은 누구인가
아미나 믓나 보아	若將遇夫知己	지기를 만나다면
녯 긔별 믓쟈 ᄒ니	古來消息問之	옛 기별을 물으려 하니
션산 동ᄒᆡ예	仙山隔兮東海深	선산은 막히고 동해는 깊어
갈 길히 머도 멀샤	路漫漫兮無逌	갈 길이 아득하여 어찌할 수 없도다.
숑근을 볘여 누어	松根藉兮盤紆	구불구불 송근을 자리삼고
픗ᄌᆞᆷ을 얼픗 드니	枕石頭兮高眠	돌을 베개 삼아 잠에 드니
꿈애 ᄒᆞᆫ 사름이	夢一道士人兮	꿈속에 한 도사가
날드려 닐온 말이	爲余謂者那言	나에게 한 말이 무엇인가
그ᄃᆡ롤 내 모ᄅᆞ랴	我非子而知子	내 그대가 아니어도 그대를 아나니
상계예 진션이라	昔上界之眞仙	옛 상계의 진선이로다.
황뎡경 일즈롤	黃庭經一箇字	황정경 일자를
엇디 그롯 닐거 두고	胡爲乎哉誤讀	어찌 잘못 읽게 되어
인간의 내려와셔	人間今日謫下	인간세계 귀양 와서
우리롤 ᄯᆞᆯ오ᄂᆞᆫ다	流世我曹追逐	세속의 우리를 따르게 되었노라.
져근덧 가디 마오	少焉兮流連	어느덧 붙들고서
이 술 ᄒᆞᆫ 잔 머거 보오	樽有酒且相屬	술 한 잔을 서로 권해
북두셩 기우려	北斗星兮挹彼	북두성을 기우리고
창ᄒᆡ슈 부어 내여	滄海水兮酌斯	창해수를 다 부어
져 먹고 날 머겨놀	勸君進兮飮我	그대에게 권하고 나도 마시나니
서너 잔 거후로니	一盃一盃三盃	한 잔 한 잔 석 잔이라
화풍이 습습ᄒᆞ야	和風暢兮習習	화풍이 솔솔 불어
냥익을 추혀 드니	軼兩腋兮扶余	두 겨드랑이를 추켜드니
구만리 댱공애	橫九萬之長空	구만 리 장공을 가로질러

져기면 늘리로다	若將飛兮周遊	두루 날 듯 하도다.
이 술 가져다가	搴此酒兮挈榼	이 술을 가져다가
스히예 고로 ᄂᆞ화	分四海兮如派	사해에 고루 나눠서
억만 창싱을	俯億萬之蒼生	억만 창생을 보살펴
다 취케 밍근 후의	須盡醉之然後	다 취하게 만든 후에
그제야 고텨 맛나	聊與子而重逢	애오라지 그대와 다시 만나
쏘 ᄒᆞᆫ 잔 ᄒᆞ쟛고야	一壺酒兮更酬	한잔 술을 다시 하자구나
말 디쟈 학을 ᄐᆞ고	忽仙鶴之戛然	문득 선학의 울음소리
구공의 올나가니	響九空兮遐擧	구공을 울리고 멀리 올라가니
공듕 옥쇼 소리	中空一聲玉簫兮	공중의 옥피리 소리
어제런가 그제런가	疇耶昔耶難分	어제인지 그제인지 분간하기 어렵도다.
나도 ᄌᆞᆷ을 ᄭᆡ여	予亦倏其驚悟	나도 깜작 잠을 깨여
바다흘 구버보니	海水直下俯看	바다를 바로 굽어보니
기픠롤 모ᄅᆞ거니	固莫測其深淺	참으로 그 깊이를 알 수 없고
ᄀᆞᆺ인들 엇디 알리	且不可以涯涘	가장자리도 알 수 없도다
명월이 천산 만낙의	明月兮	명월이
아니 비쵠 ᄃᆡ 업다	千山萬落無不照	천산만락을 아니 비춘 곳이 없도다.

4. 〈관동별곡번사〉의 내용 분석

4.1. 서지적 측면

신승구(1810~1864)의 〈관동별곡번사〉는 전체 14면으로 이루어진 20.5×17㎝ 크기의 한지에 해서체의 모필(毛筆)로 적혀 있다. 겉표지에는 『관동별곡번사』라는 책명이 적혀 있고 안쪽 첫 부분에 '송강정선생

관동별곡번사(松江鄭先生關東別曲飜辭)'라는 해서체의 글씨와 소장자로 추정되는 '장수정우원공익씨장(長水鄭友源公益氏章)'이라는 인장이 찍혀 있다.

신승구의 <관동별곡번사>는 송강 정철의 셋째 아들 운붕(雲鵬) 정진명(鄭振溟, 1567~1614)의 11대 직계 후손인 삼삼재(三三齋) 정우원(鄭友源, 1872~1950)의 집안에서 보관해 오던 것이다. 정우원의 집안은 누대에 걸쳐 광주(光州) 지역에 살고 있었는데 그 중의 일부가 충남 당진 지역으로 이주하여 살고 있다. 이 자료는 충남 당진에 살고 있던 정우원의 후손에게서 나온 것이다. 송강가사와 관련하여 이들 가계의 내력을 살핀다면, 송강의 막내아들이자 운붕의 아우였던 정홍명(鄭弘溟)은 『송강집』의 편찬에 참여하여 발문을 남겼다. 운붕의 중형(仲兄)이었던 정종명(鄭宗溟)의 후손들은 의성본·관북본·관서본·성주본·황주본 등과 같은 여러 판본의 송강가사를 출간해 냈다. 반면에 셋째 아들이었던 정진명의 후손들은 주로 번사와 관련된 업적을 남겼다. 그것은 <사미인곡번사>와 <속미인곡번사>를 남겼던 정도(鄭棹, 1708~1787)가 정진명의 직계 6세손이었고, 이번에 새로 발굴된 <관동별곡번사>의 소장자였던 정우원도 그의 11세손이기 때문이다.

번사의 작자인 춘담(春潭) 신승구(申升求, 1810~1864)는 본관이 고령(高靈)으로 신말주(申末舟)의 직계 후손이며 여암(旅菴) 신경준(申景濬)의 방계 후손이기도 하다. 그의 집안은 대를 이어 장성과 순창 지역을 오가며 살았다. 그는 진사였던 신우모(申禹模)의 차남이었고 헌종 3년(1837)에 사마시에 합격하여 생원이 되었다. 춘담은 문장과 서예에 뛰어났던 것으로 알려졌고 매산(梅山) 홍직필(洪直弼, 1776~1852)의 문하에서 수학하기도 하였다. 정우원 후손들의 언급에 의하면 신승구가 번사를 짓게 된 것은 정우원의 조부 행탄(杏灘) 정붕(鄭瀵, 1804~1867)

□兮 □□□○□□'나 '□□□○□兮 □□○□□'에서처럼 7언체나 6언체가 대구를 이루는 가운데 중간 '○'에는 '지(之)'와 같은 허자를 배치하고 앞 귀의 끝에 '혜'자를 써서 다음 구로 잇는 형태의 것으로 되어 있다. 이들을 살펴보면, 전체 290구에서 '□□□兮□□'와 '□□兮□□□'의 6언체 형식을 따르고 있는 어구가 102구, '□□□兮 □□□'의 7언체 형식이 14구로써 흔히 초사의 대표적인 구법이라고 일컬어지는 위와 같은 형식이 모두 125구에 이른다. '□□□○□□兮'나 '□□□○□兮', 또는 '□□○□兮'도 36구에 이른다. 이와 같은 형식들은 모두 초사의 정격 형태라고 말할 수 있다.[17]

신승구의 번사는 지금까지 지어진 송강가사의 번사 중에서 가장 장형에 해당하며, 역대 번사 중에서는 19세기 중엽에 김형수(金迥洙)가 〈농가월령가〉를 420구의 칠언고시로 지었던 〈월여농가(月餘農歌)〉 다음으로 길다.

4.3. 문예적 측면

춘담 신승구의 〈관동별곡번사〉의 후기를 보면, 그는 정철의 〈관동별곡〉을 번사하면서 여러 측면을 고려하며 고심한 대목이 눈에 띤다. 그는 자신보다 앞서 번사를 했던 세 사람의 작품을 읽었던 것으로 보인다. 그의 언급에 의하면 이들 3인이 송강의 내면적 간절함을 잘 살려 번사를 하였겠지만 번사 과정에서 장단점이 발생할 수 있다는 것이다.[18] 그리고 이에 대한 다른 언급이 없기 때문에 보다 그것에 대한 보다 구체적인 내용을 확인할 수는 없다. 다만 춘담의 번사 작품을 분

---

17) 李鍾燦, 『漢文學槪論』, 이화문화출판사, 1998, 90~96쪽.
18) 註 11)의 예문 참조.

석해보니 그것은 번사 양식이 지닌 형식과 내용의 문제였던 것으로 보인다.

왜냐하면 앞서 언급한 것처럼 춘담은 원문에 충실한 번사를 기획하였는데 서포를 비롯한 다른 작가들이 고시라는 정형화된 고정형태에 맞추다보니 불가피하게 원문의 내용을 생략하거나 부연 내지 확대시키는 문제점을 감안했을 것으로 보이기 때문이다. 그래서 그는 이런저런 조건을 고려하여 고시체가 아닌 사부의 초사체를 취택하였을 것으로 보인다.

내용적으로도 그의 번사는 원문의 내용이 누락되거나 새로운 내용이 첨가되는 경우가 거의 없어, 그가 원전의 내용을 충실하게 반영하려고 노력하였음을 알 수 있다. 그가 원문의 구두를 따라 번사를 했다는 것은 그가 생각하는 번사란 제2의 새로운 창작이 아니라, 다만 원작자가 담아냈던 내면의 간절함이나 노랫말을 그대로 살려야 한다는 것을 의미한다고 말할 수 있다.

사실, 청음 김상헌의 <관동별곡번사>를 살펴보노라면 독백이나 감정표출에 대해서는 자신의 언술로 바꾸거나 생략함으로써 축자역(逐字譯)에 그치지 않고 그것을 자신의 것으로 재창조하려 노력했다.[19] 서포 김만중의 번사도 원작품과 달리 부분적인 생략과 부연 등을 통해 서포 자신의 관점과 취향으로 작품을 변개시키고 있다.[20] 이양렬은 <관동별곡>을 7언 고시 191구로 번사를 하였는데, 비교적 원전 자체에 충실히 따르려 노력하고 있다. 그런데 그는 7언 고시의 형식에다

---

19) 尹勝俊, 「淸陰 金尙憲의 <關東別曲> 飜辭에 대하여」, 『한문학논집』 12집, 근역한문학회, 1994, 630쪽.

20) 崔圭穗, 「서포 김만중의 <關東別曲 飜辭>에 나타난 漢譯의 방향과 그 의미」, 『한국시가연구』 제14집, 한국시가학회, 1998, 257~286쪽.

맞추려 한 결과, 부득이 원문에 없는 어구를 삽입하거나 원전의 주요 언술을 생략하고 있다. 맨 앞부분만 서로 비교하여 보더라도 이들의 특징들이 잘 드러나고 있다.

강호애 병이 깁퍼//	江湖抱病一老身(청)/	江湖多病故人疎(서)/	江湖多病竹林臥(이)/	伊江湖兮病深(신)
듁님의 누엇더니 //	永辭風塵臥竹林(청)/	竹林閑臥幽懷寂(서)/	↓　　　(이)/	高余臥乎竹林(신)
관동　팔빅니에 //	按節關東八白里(청)/	關東忽承汝往命(서)/	八白關東方面授(이)/	關東路兮八百里(신)
방면을 맛디시니//	↓　　　(청)/	↓　　　(서)/	↓　　　(이)/	重方面兮授其任(신)
어와 성은이야 //	斗覺君恩隨處深(청)/	⊗　　　(서)/	如何聖恩日罔極(이)/	/猗歟休哉聖恩(신)
가디록 망극ᄒ다//	↓　　　(청)/	⊗　　　(서)/	欲報涓埃任奔走(이)/	尤竊感兮罔極(신)
연츄문 드리ᄃ라//	始入延秋門　　(청)/	君恩朝謝延秋門(서)/	延秋門下一馳入(이)/	延秋門兮趨進(신)
경회문 ᄇ라보며//	欣瞻慶會樓　　(청)/	⊗　　　(서)/	慶會樓前擡眼望(이)/	慶會樓兮仰覿(신)
하직고 믈너나니//	朝辭丹鳳出東洛(청)/	⊗　　　(서)/	平明下直出遠郊(이)/	下直兮退委蛇(신)
옥졀이 알픠셧다//	玉節前導森戈矛(청)/	⊗　　　(서)/	玉節雙雙臨道傍(이)/	導前路兮玉節(신)

(청) : 청음 김상헌, (서) : 서포 김만중, (이) : 이양렬, (신) : 신승구, ↓ : 위를 이은 번역, ⊗ : 생략된 부분

위의 예문에서 가장 두드러진 것은 서포 김만중의 번사이다. 서포의 번사는 원문에 구애되지 않고 과감하게 생략하거나 독자적인 창작이라고 할 정도도 변개시키고 있다. 그는 위의 예문 10구 중에서 절반에 해당하는 5구를 생략하고 있고, 첫 구의 '고인소(故人疎)'나 둘째 구의 '유회적(幽懷寂)'에서처럼 서포 자신의 주관적 해석을 개입시킴으로써 창작적 내용을 첨가하고 있다. 청음 김상헌의 번사는 서포에 비해서 원문에 충실한 번사라고 말할 수 있으나, '일노신(一老身)'·'영사풍진(永辭風塵)'·'단봉출동락(丹鳳出東洛)'·삼과모('森戈矛') 등은 원문 내용을 고려하여 새롭게 첨가하거나 부연한 언사라고 말할 수 있다. 청호 이양렬의 번사도 이 점에서는 마찬가지이다. 그는 원문에 충실하려

고 노력하였으나 '욕보연애임분주(欲報涓埃任奔走)'나 '출원교(出遠郊)'
처럼 가사 원문의 정황에 맞춰서 새로운 내용을 첨가하거나 부연을
거듭하고 있다. 이처럼 과감하게 생략하여 독자적인 창작 수준에 이른
서포의 번사, 부연이나 첨가가 많은 청음과 청호의 번사 모두 각각의
문학적 개성과 특징을 지니고 있다.

신승구의 번사는 2음보 1구를 한 단위로 하여, 원전 작품과 정확하게
대응되고 있다. 이러한 원칙은 세 곳을 제외한 전편을 통하여 지켜지고
있다. 번사 형태가 초사체인 것도 하나의 특징이다. 내용상의 한역도
'고(高)'나 '위사(委蛇)'처럼 원문을 벗어나지 않는 범위 내에서 극히 부
분적인 묘사가 있을 뿐이다. 따라서 그의 번사는 이전의 3인에 비해
생략이나 부연, 변개를 삼가고 원문 자체에 충실하였다고 할 수 있다.

신승구는 전대(前代) 3인의 생략과 부연, 또는 변개를 번사의 문제
점으로 인식하여, 원문 자체에 충실한 번사를 의도했던 것으로 보인
다. 이를 위해 그는 송강이 담아냈던 작가 내면의 간절함에다가 우리
말 노래의 뜻과 리듬을 모두 살리기 위해 가장 적절한 번사 양식을 강
구했던 것으로 보인다. 이런 과정에서 그가 찾아낸 것은 고시체보다는
초사체가 번사 양식에 더 부합하다는 인식을 했던 것으로 보인다. 이
것은 초사체가 양식적 유사성으로 인하여 가사를 한역하는 데 가장
적합한 형태라는 김문기의 분석 결과와도 일치한다.[21]

신승구의 <관동별곡번사>는 정철의 <관동별곡>이 지닌 의미와 내
용을 벗어나지 않고 초사체의 운율과 형식에 맞추기 위한 간단한 수
식어 정도를 붙이는 데에 그치고 있다. 그렇지만 번사라는 양식의 특
성상 그의 <관동별곡번사>에서도 원문을 벗어나는 의역도 나타나고

---

21) 金文基, 「歌辭 漢譯의 目的과 漢譯技法」, 『국어교육연구』 제29집, 국어교육연구회,
1997, 43쪽.

생략과 부연이 뒤따르지 않을 수 없다. 이 작품에서는 몇 가지 오역도 나타난다. 그것은 송강 정철의 〈관동별곡〉 이후 300여 년 동안 음운과 의미 부문에 걸쳐 국어사적 변화가 일어난 것에 말미암은 것이다. 몇 가지 예를 들어 보자. 그는 '묽거든 조티 마나'를 '숙이부하호(淑而復何好)'로 한역하였다. 여기에서 '좋다(조타)'는 '깨끗하다(潔)'라는 의미를 지녔던 형용사인데, 19세기에는 이미 '둏다(好)'에서 변화한 '좋다'가 쓰였으므로, 작자는 이를 혼동하여 '조티'를 '호(好)'로 옮긴 것이다. '원통골 ᄀᆞ는 길로'를 '원통곡거로혜(圓通谷去路兮)'로 한역하였다. 'ᄀᆞ는'은 'ᄀᆞ놀-(細)+ᄋᆞᆫ(관형사형 어미)'의 구조를 지닌 것인데, 19세기에는 이미 /·/가 음운 체계에서 소멸하여 /ㅏ/와 구별되지 않았기 때문에 '가는(行)'으로 착각한 것이다. 이런 사례가 몇 군데 더 있는데, 이것은 신승구가 국어사적 변화를 제대로 파악하지 못한 결과이다.

그렇지만 대체적으로 신승구의 〈관동별곡번사〉는 술이부작적(述而不作的) 문예 태도에 기초하여 사실성(寫實性)을 도모하였고 축자역(逐字譯)을 통한 의미 전달에 충실하려는 번사였다고 규정할 수 있다.

그리고 신승구는 〈관동별곡〉을 번사하면서 성주본이 아닌 이선본 내지 관서본을 텍스트로 삼은 듯하다. 성주본에 없는 '어와 뎌 디위를 어이ᄒᆞ면 알거이고'를 '의피성지지우 기하이호직자(猗彼聖之地位 其何以乎識者)'로 번사하고 있으며,22) 마지막 구 '명월이 천산 만낙의 아니 비쵠 ᄃᆡ 업다'를 '명월혜 천산만락무불조(明月兮 千山萬落無不照)'로 번사하고 있는 것으로 미루어 신승구가 번사의 텍스트로 삼았던 판본은 성주본이 아니었다.23) 그리고 그의 번사는 앞서 제시한 〈관동별

---

22) 이 부분의 번사를 청음(淸陰)은 생략했고, 서포(西浦)는 '望極乾坤雙眼豁'로, 靑湖는 "優優大哉彼境界 欲窺涯涘何渺渺"로 했다. 서포는 원문을 벗어나고, 청호는 부연이 지나치다고 하겠다.

곡> 이선본과 한결같이 부합하고 있는 것으로 미루어서 그가 텍스트로 삼은 판본은 이선본(李選本) 내지 의성본(義城本) 계열이었을 것으로 보인다.

5. 문학사적 의의

우리 가요에 대한 한역(漢譯)의 전통은 유원하다. 그것은 <구지가>나 <공무도하가>와 같은 고대가요에서부터 조선말기의 시조에 이르는 다양한 시가에 걸쳐 망라되어 있다. 시기적으로도 한자가 유입된 삼국 이전부터 근대 직전인 20세기 초엽에 이르는 오랜 기간에 걸쳐 축적되어 왔다. 고대가요나 속악가사의 <소악부>처럼 우리말로 표기할 마땅한 수단이 없어서 구전되던 노래가 한역된 사례도 있었고, 조선조의 시조나 가사처럼 우리 문자로 기록된 작품을 한역한 경우도 있었다. <구지가>나 <황조가>는 노래로 불려지다가 한역되어 정착한 경우이고, 최행귀(崔行歸)의 <보현십원가>는 우리말과 한어의 차이로 말미암아 국제적인 소통을 위해 한역된 경우이다.

송강가사의 번사는 두 가지 동인에 따른 것으로 보인다. 하나는 인멸에 대한 염려이고, 또 하나는 한문에 대한 존숭의 관습이다. 18·19세기의 민족적 각성에 따른 '조선시' 운동에서도 당대의 진보적 지식인들이 국문시가의 가치를 인식하였으면서도 역으로 민요를 채집하여 한역하기도 하였던 것이다.

그런데 우리가 가장 눈여겨 살펴야 할 경우는 국문시가를 한역한다는 차원을 넘어, 한역된 작품 그 자체를 하나의 문학적 양식으로 인정

---

23) 이 부분의 번사를 서포와 청호는 생략했고, 청음은 '滿目乾坤明月色'으로 하였다.

하고 가치를 부여하고 있다는 점이다. 고려조 익재(益齋) 이제현(李齊賢)이 고려 속악가사를 한역하면서 마련된 〈소악부(小樂府)〉의 전통이 급암(及菴) 민사평(閔思平)에 의해 계승되고 자하(紫霞) 신위(申緯)에 의해 하나의 문학적 양식으로의 가능성을 보였다. 이것은 조선조 후기에 이르러서는 익재가 마련하고 자하가 계승한 소악부를 마침내 하나의 양식적 규범으로 이해하고 받아들이고 있었다.24)

이것은 가사를 한역하는 과정에서도 비슷하다. 우리는 이를 〈번사〉라고 하는데 송순의 〈면앙정가〉가 한역된 이래로 정철의 송강가사를 비롯한 많은 가사 작품들이 오랜 세월에 걸쳐서 근대 직전까지 '번사(飜辭)'라는 이름으로 한역되며 양식화되는 양상을 보였기 때문이다. 신승구의 관동별곡번사도 〈관동별곡〉이라는 원작이 지닌 문학적 가치와 인멸에 대한 우려에서 비롯되었을 것이다. 또한 이것은 조선후기의 가사를 한역하는 과정에서 벌어졌던 번사라는 문학적 양식으로 편입되는 흔적을 보여주고 있다는 점이다.

이런 점에서 신승구의 〈관동별곡번사〉는 조선후기에 이루어진 가사의 유통 과정에서 일어났던 번역문학과 관련하여 중요한 가치와 의미를 지녔다고 말할 수 있다. 무엇보다도 19세기 중엽에도 관동별곡이 교방이나 궁중의례에서 가창되거나 연행되었는데, 다른 한편으로 그것이 번사라는 문학적 양식으로 제작되며 유통되었다는 사실을 신승구의 〈관동별곡번사〉를 통해서 다시 확인할 수 있기 때문이다. 그리고 이번에 그의 〈관동별곡번사〉가 발굴됨으로써 그것이 넓게는 삼국시대부터 있어왔던 국문시가에 대한 번역문학사에 편입되고 있으며, 좁게는 조선후기에 이뤄졌던 가사의 번역문학, 즉 번사 양식에 대한

---

24) 金文基·金明淳, 「朝鮮朝 漢譯詩歌의 類型的 特徵과 展開樣相 硏究(2)」, 『어문학』 58호, 우리어문학회, 1996, 53쪽.

가치와 논의의 필요성도 함께 제공해주는 작품이기도 하다.

그 동안 우리 문학사에서 시조는 1,200여수라는 다량의 한역 작업이 이뤄졌다. 반면에 가사는 장편이었던 관계로 지금까지 18편에 그치고 있다. 따라서 이번에 발굴된 신승구의 〈관동별곡번사〉는 번사가 지닌 희소성과 함께 문학사적으로도 매우 가치가 있는 작품으로 평가할 수 있다. 그리고 이것은 〈관동별곡번사〉가 19세기 중엽까지 줄기차게 제작되며 이어졌다는 것을 다시 확인할 수 있는 단서가 되는 작품이기도 하다.

6. 맺음말

이 글에서는 이번에 새로 발굴한 신승구의 〈관동별곡번사〉를 소개하고, 그것이 지닌 문학적 특질에 대하여 논의하였다. 주지하다시피 송강 정철(1536~1593)이 선조13년(1580) 3월에 관동팔경을 유람하고 지었던 〈관동별곡〉은 후대에도 지속적으로 판각되고 필사되면서 여러 방식으로 유통되었다. 신승구(1810~1864)가 지었던 〈관동별곡번사〉는 그 중의 하나로서, 전문(全文)을 한역(漢譯)한 것이다. 오늘날 〈관동별곡〉에 대한 번사는 청호 이양렬(1581~1616)·청음 김상헌(1570~1652)·서포 김만중(1637~1692)의 세 편이 전하고 있었는데, 근래에 나온 담옹(澹翁) 박창원(朴昌元, 1683~1753)의 〈관동별곡〉 한역시와 이번에 신승구의 새로운 작품 하나를 추가하게 되었다.

신승구의 〈관동별곡번사〉는 철종 11년(1860)에 지어진 것이다. 이것은 송강 정철의 〈관동별곡〉이 지어지고 나서 300여 년이 지난 19세기 중엽에 이르기까지 번사가 지어지고 유통되었다는 증거가 된다. 신승구가 지은 번사의 소장자는 삼삼재(三三齋) 정우원(鄭友源, 1872~1950)이었다. 이것은 춘담 신승구(1810~1864)가 정우원의 조부이신 행탄(杏灘) 정붕(鄭漰, 1804~1867)의 부탁에 의해 지었던 것이라고 한다. 행탄은 정철의 셋째 아들 운붕(雲鵬) 정진명(鄭振溟, 1567~1614)의 9대손인데, 그는 집안의 가문 의식과 〈관동별곡〉의 인멸에 대한 우려에서 신승구에게 부탁한 것이었다고 한다. 그렇지만 신승구는 그의 의도 여부와 상관없이 자신이 생각했던 순수한 문학적 동기에서 지었다고 말할 수 있다.

그가 어떤 판본을 번사의 텍스트로 삼았는지 분명하지 않지만 성주본은 아니었고 이선본 내지 의성본 계열과 부합하는 것으로 파악되었다. 신승구의 〈관동별곡번사〉는 초사체로써 모두 290구로 이루어졌다. 그는 전대(前代) 3인의 생략과 부연, 또는 변개를 번사의 문제점으로 인식하였고 우리말로 된 〈관동별곡〉을 번사하는 과정에서 필연적으로 대두되는 문제를 극복하려 노력하였던 것으로 보인다. 그래서 그가 도달한 결론은 송강이 담아냈던 작가 내면의 간절함에다가 우리말 노래의 뜻을 잃지 않으면서도 그것이 지닌 음운까지 살려서 작품 자체가 지닌 예술적 양식을 고려한 초사체가 여기에 부합하다고 파악했던 것으로 보인다.

한편으로 신승구는 다른 번사 작자들에게서 발견되는 지나친 생략과 부연을 피하고 2음보 1구를 한 단위로 하여 원문 자체에 충실한 번사가 되도록 노력하였다. 결과적으로 그의 번사는 정철의 〈관동별곡〉이 지닌 의미와 내용을 벗어나는 경우가 거의 없었고 초사체의 운율과 형식에 맞추기 위한 간단한 수식어 정도의 어휘 구사가 있을 뿐이었다. 대체적으로 신승구의 〈관동별곡번사〉는 술이부작적(述而不作的) 문예 태도에 기초하여 사실성(寫實性)을 도모하였고 축자역(逐字

譯)을 통한 의미 전달에 충실하려는 번사였다고 규정할 수 있다.

송순의 <면앙정가>가 한역된 이래, 정철의 송강가사를 비롯하여 여러 가사 작품들이 오랜 세월에 거치며 근대 직전까지 '번사'라는 이름으로 한역되며 양식화되는 양상을 보였다. 신승구의 <관동별곡번사>도 인멸에 대한 우려나 <관동별곡>이라는 원작이 지닌 문학적 가치에 의해 비롯되었을 것이다. 또한 이것은 조선후기에 가사를 한역하는 과정에서 벌어졌던 번사라는 문학적 양식으로 편입되는 흔적을 보여주고 있다는 특징이 있다.

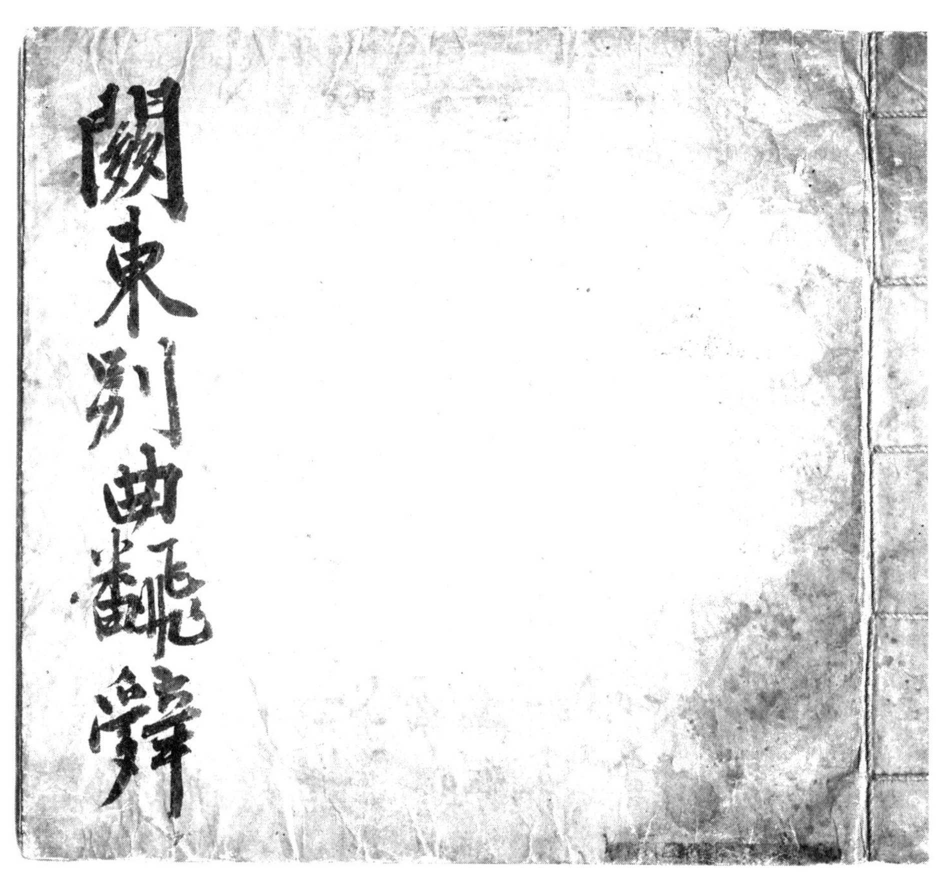

關東別曲飜辭

松江鄭先生關東別曲飜辭

伊江湖兮病深　關東路兮八百里

高余臥乎竹林　重万面兮授其任

猗歟休哉聖恩　延秋門兮趨進

无竊感兮同櫃　慶會樓兮仰覲

下直兮退委蛇　平邱驛兮替馬

導前路兮玉節　黑水路兮溯廻入

蟾江芳阿郍遻　昭陽江直下波

雄嶽兮其在斯　何慮自兮流田

孤臣之去國兮　東州夜兮繞曙

多益多兮白髮　北寬亭兮朝隮

三角山兮一峰
幾乎顏面見之
千古之與亡兮
甫曾識耶且否
汲長孺之風彩兮
若當日之開閤
花川溪兮波悲悲
楓嶽去兮路長亘
百川之流傍過
萬瀑洞兮直向
倏南圓而噴薄
聲十里兮喧繞

弓王大闕之壚兮
而鵲鵜兮鳥飛
淮陽之舊躰兮
今與古兮相似
譽中兮無事
時節兮三月
行裝惟其卸却
石逕尋芳藜杖
疑是銀兮若虹
玉舍輝而龍盡尾
耳得聆芳晴雷
目寓之而如雪

金剛臺最上層　春風玉笛之聲兮
將雛芳仙鶴　倘初睡之來覺
繡承芳玄裳　西湖之藩主人
掠半座兮翼若　欣相選而爲戲
小香爐大香爐　正陽寺眞歇臺
疊眼底而俯視　忽更登而坐訊
廬山之眞面目　偉哉造化翁
方到此而盡矚　紛多機兮多事
翔以飛則勿躍　笑芙蓉若芳削揷
介以立則莫起　白玉猶夫績束
龍如躍于東溟　高武望高臺
星似拱其北極　兀于穴望峰

髻上出兮重霄
叫帝閽兮訴其功
稿使改而在兹
其遹甬者復焉有
一萬二千之峰兮
歷歷驗而精屈
淑而復兮何淑
好而又兮何好
形露兮莫可贊
膿勢兮難可測
而今爲其鬱見
就有情兮又有情

千萬幽兮闃邃
仰而觀兮不知俩
衆香城兮空眦
開心臺兮更上
峰峰兮氣瀜結
麓麓兮狀礧磈
菀彼佳氣歊作
人間人傑鍾姫
緬天地之擘判
其自眺之收成
眠廬峰上上頭
燈大觀者云誰

東山與夫泰山　魯國之所小兮
續爭誰其淮高　吾不敢曰能知
矧廣大之天下　倚彼聖之地位
胡爲乎我蠲小　其何以乎識者
雖登臨之未久　圓通谷去路兮
旋復下兮寧惟　獅子峰雜尋
瞻在前兮廣嚴　千尺之老龍兮
謂其沼曰龍潭　曲乙兮盤屈
晝夜兮混々波　風雲兮邪時得
滄海兮流不息　三日雨兮化作
陰崖兮委靡草　摩訶衍妙吉祥
既成霖而咸若　雁門時兮去遊

涉杇木之獨橋兮　千尋之絕壁兮
佛頂臺兮陟來　削平坐兮罷謫
銀河水一帶曲　似掛布兮爲延
寸、兮剪出　若敬絲兮長在
圖經十二之曲兮　李謫仙兮今復存
我竊觀兮重疊　風景盖當論
廬山較夫斯境　此山中不可久
互相勝負難言　東海上盍往觀
藍輿緩步兮去登　玲瓏碧濟彼啼鳥
山映樓兮去登　怨別離兮數聲
雜旗翻兮坐雲拂　鳴沙路憤讀馬
皷角吹兮海懷晴　醉仙兮背上駄

滄溟波芳在傍　白鷗芳莫驚飛

海棠花外下長洲　肴友生芳知否

金幡麗芳回來　白玉樓十二京

蘝石厚芳登眺　餘四柱芳卓乎

倘工儀之施坊芳　開天面豈方幅芳

若鬼斧之礪磨　阿所象芳得來

後高城芳且舍　丹書猶其宛然

三日浦芳尋去　伊四仙芳安在

四三日信宿後　仙遊潭永卽湖

阿阿邊芳再留　遠膚武其遨遊

清澗亭萬景臺　黎疤落芳掃盡

幾筒齊芳逍遙　秋序夜夜衰箒

洛山東兮陝畔 日出壯觀早圖兮起

義相臺兮上座 夜未央睡兮起

祥雲兮掩露 海中兮鏡雜淘

大龍兮控捧 萬國早兮眜爽

天中出大明兮 旅休乱

電鞏芳岩嶌散 瑞雲近震畓長肴

詩仙芳今何往 天地閒壯大信兮

暖嘘芳猶尚在 仔細多且好

斜陽已峴山兮 羽盖芳芝輪

蹣蹋芳前而取 鏡浦芳潮乃下

開十里之水兮 欝于株之長松兮

練後練芳尤美 厭風味芳久臥

蒼波紋芳且細
下騎舟而解纜芳
白沙照芳可籌
更余上乎亭子
傍江門之高橋芳
裸徒露之氣像
臨大洋芳浩乙
開濶遠之境界
固衆美之攸在
枚紅粧之往事芳
求勝地焉復無奈
攬陳跡而興嘆
江陵是其大都會
家家傳以節孝
風俗厚芳且淳
谷谷列其旌門
飄華之廬沈封芳
真珠館竹西樓
三代遺風可觀
五十川芳波橫流
屹太白之山巖芳
接江漢芳浩蕩
墳東海之渝波
抱木覓芳添澗

王程固其有限　幽懷荒其多增
胡不盡芳景像　客慈爲之未已
仙樓芳徘徊浮　訪仙人之遺躅
斗牛之間漸向　路丹穴之遊邸
天根未乎劇觀　海外一色長天芳
蜃洋亭上云何　天外渺芳無所存
長鯨胡爲且恐芳　飮噴地而盛踰
甫將驚夫何人　又奮瀉而晩暝日
裂壁豈之銀山芳　掀五月之長天芳
瀧天合芳翻空　撒白雪芳飄橋
萬穎迤而夜靜芳　謹扶桑芳愍尺
風雷迸芳止波　愛明月芳未央時

瑞光射其千丈
若將顯芳遲微
星婆明芳前導
高孤坐芳瞻瞪
人人欲乎同樂
如此良夜同世界
英雄之忩焉芳
而四仙芳伊誰
仙山隔芳東海深
駱漫々芳無適
夢一道士人芳
為余韻若鄕音

珠簾撤而復捲
玉階淨而更除
白蓮花一枝色
乾能折芳遂贈
流霞洞芳滿酌
爲君問夫彼月
若將過夫狐已
古來消息問之
秘根藉芳盤紆
枕石頭芳高眠
我非子兮知子
昔上界之眞仙

黃庭經一箇字 人間今日讀下
胡為學我誤讀 流世我書遊邀
少焉芳流連 北斗星兮搖彼
樽有酒且相儔 滄海水兮酌斷
勸君進兮歇我 和風暢兮習習
一盃一盃二盃 軟兩腋兮快余
橫九萬之長空 攀此酒兮挈檻
若將飛兮周遊 分四海兮如沱
俯億萬之蒼生 聊與子兮重逢
須盡醉之然後 一壺酒兮更一
忽仙鶴之溪邊 中盃一辨玉蕾兮
響九霄兮遊峯 疇昔邢昔難分

予亦俯其鷲悟　固莫測其深淺

海水直下俯者　且不可以涯涘

明月号

千山萬落　無不照

右觀詞真蹟

淸陰西浦書與張先生蹟

調已涸刿海生出李子不必更

置而屬雜家嘿不成而已矣

政未以誅先生仁軌皆藏

文情心思之真物而推其壽

句末無以程長後且去存

美星動替在郎不盍行及

乃巳也而困原左藜其句讀

妄靚呈須下刪却處宜

出又可以分心一瓶貪保生

庚申天寒申升求呈

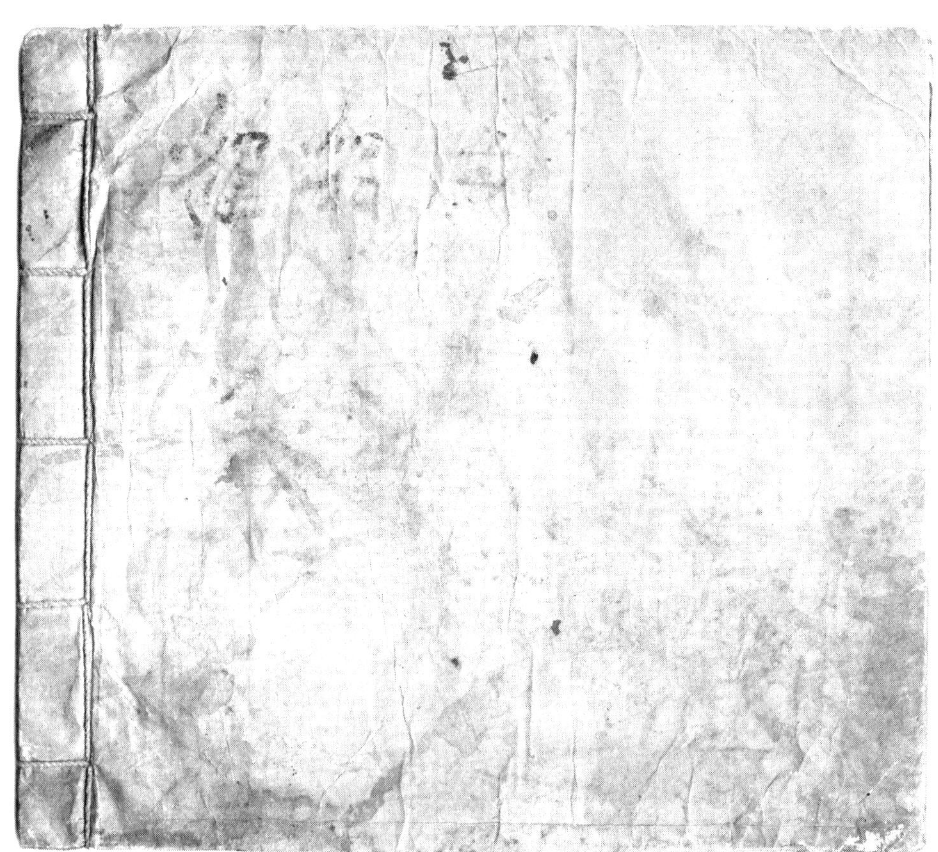

새로 발굴한 김삿갓의
한시 작품에 대한 문예적 검토

1. 머리말

우리 한국인들에게 김삿갓처럼 친숙한 역사적 인물도 그리 많지 않다. 흔히 김삿갓, 또는 김립(金笠)으로 불렸던 천재시인 김병연(金炳淵, 1807~1863)은 봉건체제가 낳은 비운의 인물이었다. 그는 세상에 대한 조롱과 삶의 애환을 기발한 한시로 형상화하여 이름을 날렸다. 그의 비운에 찬 생애와 수많은 일화는 오늘날까지 민담, 대중가요, 드라마 등에 걸쳐 폭넓게 자리를 잡으며 확대 재생산되고 있다. 게다가 그가 남긴 문학은 윤색되거나 덧붙여지면서 적층문학의 성격까지 띠고 있다.[1]

김삿갓은 본래 조선후기의 세도가였던 안동 김씨의 장동(壯洞) 일족이었다. 그렇지만 할아버지였던 김익순(金益淳, ?~1812)이 홍경래란 때 선천부사로 있으면서 적에게 투항했던 죄과로 그의 집안은 폐족을 당하고 어머니와 형제들만 도망쳐서 겨우 살아남은 상태였다. 훗날에야 이를 알게 된 김삿갓은 관계 진출을 포기하고 가출하여 전국을 유

---

1) 이창식, 「김삿갓 시의 구비문학적 성격」, 『우리말글』 21호, 우리말글학회, 2001. 119~
146쪽.

랑하며 한 많은 일생을 마친 것으로 알려졌다.

그는 20세였던 1826년(순조 26년)을 전후로 가출하여 1863년(철종 13년)에 전남 화순군 동복에서 57세의 나이로 세상을 떠날 때까지 모멸과 회한 속에 강산을 떠돌았다. 오늘날 그의 시작품을 보더라도 그는 금강산에서 함경도와 강원도, 평안도와 황해도, 경상도와 충청도, 그리고 전라도에서 제주도까지 그의 발길이 닿지 않는 곳이 없을 정도였다.

김삿갓은 유랑하면서 가는 곳마다 자신의 감회를 시로 읊었고, 그것으로 생계 수단을 삼기도 하였다. 게다가 그가 살았던 당대에도 많은 사람이 그의 시를 좋아하여 베껴서 읽었다. 그는 자신의 시작품을 따로 모아두지 않아서 시문들이 여기저기 흩어져 후세에 전해졌다. 그러다가 근대에 이르러 이응수가 전국을 답사하며 그의 시들을 모아 출간하면서 마침내 세상에 본격적으로 알려지기 시작했다. 오늘날에도 이따금 그의 새로운 시작품들이 발견되고 있는데, 이것도 그의 행적과 깊은 관련이 있다.

필자도 근래에 우연히 그의 새로운 시작품을 접할 수 있었다. 필사본 『동시(東詩)』를 검토하는 과정에서 여기에 수록된 일부 작품이 김삿갓의 시작품이라는 것을 알 수 있었다. 이 글에서는 이들 김삿갓의 새로운 작품들에 대한 확인 과정을 통해 그것들이 지닌 문예적 특질에 대하여 살펴보도록 하겠다.

2. 그의 생애와 새로운 작품 발굴의 가능성

언뜻 보면 유랑과 방황으로 점철되었던 김삿갓의 고난에 찬 삶의 여정은 선천부사로서 반군에게 투항했던 할아버지 김익순의 불충에서 비롯된 것이었다. 하지만 그것을 자세히 들여다보면 김삿갓의 비극은 가족사보다는 이미 조선후기에 노정되었던 봉건체제의 와해과정에서 비롯된 것이다. 19세기에는 붕당에 따른 세도정치의 강화와 백성들의 기본적인 생계마저도 위협했던 삼정의 문란, 권력 독점에 따른 사회적 갈등과 같은 봉건 제도의 구조적 모순들이 심화되면서 체제 붕괴의 조짐이 곳곳에서 나타나고 있었다. 특히 서북인의 차별에 따른 홍경래난이나 학정에 따른 민중 봉기는 기존 질서를 송두리째 뒤흔드는 반체제적 성격을 띠고 있었다. 따라서 김삿갓의 가족을 비극으로 몰고 갔던 것은 홍경래난 자체보다는 그와 같은 당대 조선사회가 지녔던 봉건체제의 구조적 모순에서 비롯된 것이었다.

이와 같은 상황에서 김삿갓의 삶과 문학이 풍자와 조롱, 자학과 체념 등으로 점철될 수밖에 없었던 것도 그 자신이 사회적으로나 계급상으로 어정쩡한 처지에 놓여있었기 때문이다. 본래 세도정권이었던 안동김씨의 일문이었던 그의 집안은 홍경래난이라는 뜻하지 않았던 사건으로 나라와 가문으로부터 버림을 받았고, 동시에 피지배계급이었던 일반 백성들에게서도 손가락질을 당하는 조롱거리가 되었다. 그의 집안은 본래 양반 계급이었으나 당시에 그 자신은 대역죄인의 후손으로 이제는 양반이 아니었고, 그렇다고 평민도 아니었다. 여기에 그의 삶이 지닌 아이러니가 있다. 결국, 예민한 감수성과 뛰어난 문학적 재능을 지닌 그가 선택할 길은 몰락 양반으로서 세상에 정착하지 못하고 유랑생활을 하면서 시와 지식을 팔아 어정쩡한 삶을 연명하는 것이었다.

김삿갓이 일생동안 지었던 한시는 본래 수천 편을 훨씬 웃돌았을 것으로 보인다. 그는 발길이 닿는 곳마다 시를 남겼고 이런 과정에서 그의 한시는 전사되어 전국으로 흩어졌다. 그러다가 그가 죽고 나서

70여 년이 지나서 이응수가 전국에 산재해 있던 그의 한시들을 수집하여『김립시집』(1939)으로 출간하면서 그것들의 일부나마 세상에 모습을 드러냈다.[2] 이후로 그의 시집은 오늘날까지 여러 편자에 의해 20여 권의 시집이 나왔으나 초기 이응수의 작업을 넘어서지 못하고 있다. 또한, 이응수가 수행했던 일련의 작업 이후로 10수가 더해졌는데, 1983년도에 이르러 문예지『문학사상』에서 김삿갓의 한시 13편을 발굴해냈고,[3] 영월에 사는 박영국이 수집한 김삿갓의 한시 중에서 3편이 새로 추가되었다.[4]

정대구에 의하면 지금까지 전하는 김삿갓의 한시는 모두 456편(일반한시 248편, 과체시 208편)이다.[5] 근래에 이건호는 김삿갓이 세상을 떠났던 곳으로 알려진 全南 和順郡 同福面에 살았던 정창진(丁昌鎭)의 후손가에서 새로운 한시 2편을 찾아냈다.[6] 그런데 이번에 필자가 새로운 과체시 11수를 추가하면, 김삿갓의 한시는 모두 469편(일반한시 250편, 과체시 219편)으로 정리된다. 이번에 필자가 우연히 김삿갓의 한시를 발굴하면서 느낀 소감도 아직 어디엔가는 그의 한시들이 남아있을 것으로 보인다.

김삿갓이 대체로 일반 한시를 통해 자신의 내면 의식과 세상에 대한 갈등을 읊었다면, 그의 과체시는 오늘날의 과외선생처럼 제자들을

---

2) 이응수,『金笠詩集』, 학예사, 1939.
    ______,『金笠詩集』(대증보판), 한성도서주식회사, 1941. 3~488쪽.
3) 안춘근·남만성,「강산에 떠도는 삿갓을 혹이나 기억하시는지」,『문학사상』, 1983.2. 247~258쪽.
    그런데 정대구에 의하면 여기에서 2편은 취옹 이유의 시작품이고 11편만이 김삿갓의 시작품이라고 논증하였다.(정대구,『김삿갓연구』,문학아카데미, 1990, 68쪽.)
4) 정대구, 위의 책, 68~69쪽.
5) 정대구, 같은 책, 59~96쪽.
6) 이건호,「김병연시연구」, 조선대학교 박사학위논문, 2004, 47~50쪽.

가르쳐서 생계를 연명하려고 지었던 것으로 추측된다. 여기에는 조선 후기 이후로 늘어난 과거시험과 함께 사회적 변동에 따른 양반수의 증가에 따른 과거 응시자의 양산과 깊은 관련이 있다.[7] 영정조를 지나면서 과체시의 비중이 더욱 높아진 것도 이것과 무관하지 않다는 것으로 보인다.

김삿갓의 시를 읽다 보면 그는 유랑하다가 의식주를 해결할 만한 곳에 이르면 잠시 머물다가 정처 없이 자리를 옮겼던 것으로 보인다. 그는 주로 문화적으로나 경제적으로 안정된 생활을 누렸던 향반에게 기탁했을 것으로 보인다. 그곳에서 그는 자신의 학식과 시적 능력을 발휘하거나 자제들을 가르치며 머물렀다. 그는 당시에 그런 부류들에게 지식과 교양을 팔며 삶을 영위했고, 이런 과정에서 그의 과체시가 나왔을 것이다. 오늘날 그의 과체시가 많이 남아있고 이따금 새로운 자료가 발굴되고 있는 것도 모두 그의 행적과도 깊은 관련이 있다.

김삿갓은 금강산을 비롯하여 관북과 관서 지역을 거쳐 경기, 충청, 영남 좌도를 돌아다니다가 나중에는 호남지역으로 흘러들어 간 것으로 보인다. 그가 마지막으로 화순군 동복에 있는 정씨 집안에서 몇 년 동안 머물다가 죽었던 것도 이와 같은 당시의 사정을 말해준다. 그가 전국을 유랑하다가 호남으로 흘러들어 가서 그곳에서 일생을 마친 것은 무엇보다도 그곳이 곡창지대에 자리를 잡고 있어서 물산이 풍부하고 넉넉했기 때문으로 보인다. 게다가 호남은 서울에서 멀리 떨어져 있어서 세상과 일정한 거리를 두고 자신의 신분을 숨기기에 유리했고 그곳에는 일정한 경제력을 갖춘 향반들이 많아서 그 자신이 지닌 학식과 시적 재능을 인정받으면서 경제적 문제를 해결할 수 있었기 때

---

7) 조좌호, 「교육·과거제도」, 『한국사론(조선후기)』 4권, 국사편찬위원회, 1981, 37~53쪽.

문으로 보인다.

3. 새로 발굴한 김삿갓의 한시 작품들

3.1. 서지적 측면

우리나라는 예로부터 과거제도를 통해 인재를 발탁하면서 시부를 중시했고 중국과는 다른 형식의 과체시가 자리를 잡았다. 이번에 발굴한 김삿갓의 한시 작품들도 모두 과체시로써 『동시(東詩)』라는 시선집에 14수가 실려 있었다. '동시'는 '과시(科詩)' 또는 '과체시(科體詩)'로, 때에 따라서는 '행시(行詩)'나 '공령시(功令詩)'라고도 말한다. '동시' 자체가 우리나라 고유의 과시(科詩)를 뜻한다는 점에서 그것들의 문학적 양식을 짐작할 수 있다.

이 책의 표지 안쪽에는 '동인시(東人詩)'라는 낙서가 보이는데, 이것도 과체시를 뜻하는 말이다. 국립도서관에는 역대 과체시를 모아 편집한 서로 다른 3종의 『동시』가 있으며 이름은 다르지만 같은 양식의 『동선(東選)』이 있다. 이것들은 옛날에 많은 사람이 과거 응시를 위해 과체시를 배우고자 역대의 뛰어난 그것들을 선집해서 읽었던 수험 자료이다. 이번에 필자가 발굴하여 공개하는 『동시』도 모두 그와 같은 것이지만 수록 작품들은 서로 같고 다르다. 따라서 『동시』마다 서명이 같고 내용이 다른 것은 '동시'가 하나의 독자적인 문예 양식을 뜻하는 보통명사였기 때문이다.

이 책은 전체 50면으로 이루어진 16.9×30.0㎝의 한지에 6단 매듭으로 되어 있었고, 해서체의 모필(毛筆)로 기록된 필사본이다. 표지와 뒷장 이면에는 『동시』라는 책명 적혀 있다. 이 책은 본래 나주에 살았던 평택 임씨의 누군가에 의해 필사되거나 편집되었던 것으로 보인다. 왜냐하면 뒷부분의 빈 여백에 필사자의 후손으로 여겨지는 누군가가 비방(秘方)과 함께 '전라남도 나주 동강 성지리 임씨 무술생 신방법(全羅南道 羅州 洞江 聖池里 林氏 戊戌生 身防法)'이라는 기록이 있기 때문이다.8)

『동시』에는 8명의 과체시 작품 45편이 한 면에 한 편씩 수록되어 있다. 맨 앞부분에 실려 있는 <백우선>과 <초봉>의 두 작품은 작자 이름이 누락되어 있고, 이어서 이현급(李賢汲)·이현급(李賢及)·신광수(申光洙)·윤면동(尹勉東)·김용필(金龍弼)·조명국(曹鳴國)·김립(金笠)의 과체시가 이름과 함께 필사되어 있다.9) 체제를 살펴보면 18세기 중엽에 활동했던 신광수에서부터 19세기 중반까지 활동했던 김삿갓에 이르기까지 시대 순서에 따라 편집되어 있다. 이들 시인의 과체시가 다른 『동시』에서도 빠지지 않고 실려 있는 것으로 미루어서 이들은 과

---

8) 오늘날 全南 羅州市 洞江面 仁洞里이다. 이곳은 옛날에 평택 임씨들이 많이 살았는데 이들 대부분 나주를 비롯한 외부로 이주했고, 필자가 확인한 바로는 현재 후손인 林點鎬 씨 가족만 살고 있다.

9) 이들의 수록 작품을 순서대로 열거하면 다음과 같다.(총45편)
　작자 미상(2편): <白羽扇>·<楚蜂>
　李賢汲(4편): <擧筑搏秦帝>·<止王大澤笑秦始皇望樓船>·<虞兮虞兮奈若何>·<河梁別蘇武說老母已死>
　李賢及(1편): <三遷至學舍傍喜可處吾子>
　申光洙(18편): <圖窮>·<無范叔>·<兩祖女>·<洹水上見項羽流涕爲言趙高>·<遺書信陵君請救邯鄲>·<伐咸陽父老待童男童女(代)>·<易水待遠客>·<嶺南樓月夜逢李上舍說三生怨恨>·<縞素>·<織自若>·<晨炊>·<顧笑呂馬童曰子莫非吾故人>·<焚酒券>·<代童男童女問徐市去處>·<秦衣贈子房>·<夜雨聞鈴斷腸聲>·<詔天下大索鐵椎客>·<詐稱公子扶蘇>
　尹勉東(1편): <從客步圮上>
　金龍弼(2편): <其友識之>·<罷方士>
　曹鳴國(3편): <代江東父老怨楚伯王>·<渡江而西>·<脫幘投地歎自壞萬里城>
　金笠(14편): <湖南詩>·<選一大錢(漢劉昆事)>·<御製詩程>·<論鄭嘉山忠節歎金益淳降賊>·<秦始皇>·<漢高祖>·<楚覇王>·<蘇秦>·<張良>·<諸葛武侯>·<責索頭>·<合符疑>·<泗上田舍笑阿季不在家>·<訕漂麥>

체시로 이름이 높았던 것으로 보인다. 사실, 신광수는 악부와 과체시로 조선시대에 이름이 높았던 인물이다. 국립도서관에 소장된『동시』의 다른 소장본에도 이들 7명의 작품이 실려 있었다. 그런데 여기에 실려 있는 작품들은 대부분 어디에도 보이지 않는 작품들이 많고, 이현급의 <우혜우혜내약하(虞兮虞兮奈若何)>을 비롯한 몇몇 작품들은 다른『동시』에서도 눈에 띈다. 그리고 신광수의 <영남루월야봉이상사세삼생원한(嶺南樓月夜逢李上舍說三生怨恨)>은 다른『동시』에서는 배극소(裵克紹)의 작품으로 되어 있기도 하다.10)

김삿갓의 과체시는 마지막 부분에 14수가 필사되어 있었는데, 본래는 어디에도 그의 이름이 기록되어 있지 않았다. 그런데 필자가 마지막 14수를 그의 작품으로 확신하는 것은 이들 중에는 김삿갓의 한시로 익히 알려진 <논정가산충절탄김익순강적(論鄭嘉山忠節歎金益淳降賊)>과 <책색두(責索頭)>가 실려 있었기 때문이다. 14수 중에서 맨 처음 작품인 <湖南詩> 밑에는 '金'이라 글자가 적혀 있었는데, 여기서부터 14수가 김 아무개의 작품이라는 것을 추측할 수 있었다. 예를 들어 앞부분에서 새로운 작자의 작품이 시작되는 <도궁(圖窮)>이나 <기우식지(其友識之)>와 같은 시제의 아래에는 신광수나 김용필처럼 반드시 작자 이름이 기재되어 있었다. 그래서 <호남시> 밑에'金'이라는 글자는 김삿갓을 지칭하며, 보다 구체적으로 말한다면 방랑시인'김병연(金炳淵)'을 지칭하는 것을 확정할 수 있었다. 왜냐하면, 당대에 또 다른 유랑시인 김삿갓(金笠)들이 있었다고 전해지지만, 여기에 수록된 작품 중에는 <책색두>처럼 김병로 확인된 시작품, <논정가산충절탄김익순강적>처럼 그의 실제 작품이거나 관련된 작품을 수록하고 있었

---

10)『東詩』(필사본)

기 때문이다. 그리고 <호남시>는 그의 시작품에서 자주 드러나는 이중자의의 언어유희가 돋보이기 때문이다.

필사자는 한쪽에 하나의 작품을 제목과 함께 적어 놓았는데, 나중에 지면이 부족하면 다시 앞부분에 있는 시제의 아래에 있는 여백에다 기록하고 있다. 그런데 14편 중에서 <논정가산충절탄김익순강적>과 <책색두>을 다른 필사본과 비교해보니 부분적으로 어구와 글자가 다른 것도 확인할 수 있었지만 내용의 변화는 거의 없었다. 그리고 <어제시정(御製詩程)>은 조선 후기에 활동했던 강백(姜栢, 1690~1777)의 과체시 <행시격(行詩格)>과 일치하는 작품인데,[11] 아직 누구의 작품인지는 확실하지 않다. 따라서 이번에 발굴된 14수 중에서 11수는 새로운 작품으로 보인다.

3.2. 문예적 측면

김삿갓은 한시가 지닌 전통적인 시형을 깨기도 하고 동음이의어(同音異議語)나 이중자의(二重字義)와 같은 언어유희를 통해 세태를 풍자하거나 조롱하면서 독자들로 하여금 웃음을 유발하고 있다. 그렇지만 한편으로 그의 시는 독자들로 하여금 삶의 처연함과 비장감을 느끼게 하는 것도 사실이다. 이와 같은 김삿갓 한시가 지닌 표현상의 특질이나 민중 취향의 미의식은 그동안 여러 연구자에 의해 주목을 받아왔다.[12]

---

11) 『東詩』(필사본)

12) 정후수, 「金笠小考」, 『한성어문학』 1집, 1982, 195~203쪽.
  박혜숙, 「김삿갓 시 연구」, 서울대 대학원, 1984, 74~135쪽.
  임형택, 「이조말 지식인의 분화와 문학의 희작화」, 『전환기의 동아시아 문학』(임형택·최원식 편), 창작과 비평사, 1985, 11~54쪽.
  정대구, 앞의 책.
  이건호, 앞의 논문.

반면에 그가 남긴 과체시에 대한 논의는 일반 한시보다 상대적으로 소외됐다.13) 지금까지 보고된 김삿갓의 과체시는 219편에 이르고 있는데, 한국 한시사에서 그만큼 다량의 과체시를 남긴 작자도 그리 많지 않다. 우리나라의 과체시는 고시 형태를 취하고 있다. 고시는 형태적으로도 다양하고 근체시보다 평측과 대우에서도 비교적 자유로운 형식을 취하고 있는데, 우리나라 과거에서 채택했던 과시는 그것이 비록 고시형태였지만 까다로운 형식을 취하고 있다. 그리고 여기에다 역사적 지식과 전고를 능란하게 응용하고 담아낼 수 있어야 했다.

과체시는 시의 구절 중에서 일부를 따와서 제목으로 삼고, 제목 중에서 한 글자를 택해서 압운하였다. 과체시에서는 칠언일구를 한 짝 곧 일척(一隻)으로 하고, 이척(二隻)을 택하여 1구라 칭하였으며, 매행에 삼구씩으로 배정하였다. 모두 삼십육 척 18구요, 서두(敍頭)는 혹은 포두(舖頭), 포서(舖敍)로 쓰기도 하고, 첫목은 초항(初項), 두목은 이항(二項)으로 쓰기도 한다. 첫구·서두·첫목·두목·회제(回題)·회하(回下) 등의 받침은 반드시 대구로 하였다.14)

이번에 발굴된 작품들을 그것에다 적용해보면 <호남시>·<선일대전(한유곤사)>·<논정가산충절김익순강적>·<한고조>·<책색두>는 형태적으로 정확히 들어맞는다. 반면에 다른 작품은 형식에서는 부합하더라도 형태에서 가감이 있었다. 이것은 그의 시가 구전되고 전사되는 과정에 누락된 것으로 보인다.

『동시』에 실린 김삿갓의 한시 14수의 내용을 살펴보면 다음과 같다. 이 중에서 <논정가산충절김익순강적>와 <책색두>은 이미 일반인들에게 알려진 작품이다. <논정가산충절김익순강적>은 김삿갓이 자신

---

13) 과체시에 대한 논의는 박혜숙(1984)과 정대구(1990)가 다루고 있다.
14) 이가원, 『朝鮮文學史』, 태학사, 1997, 919쪽.

의 할아버지인지도 모르고 홍경래의 반란군에게 투항했던 선천부사 김익순을 통렬하게 비난하면서 끝까지 저항했던 말단 관리 정가산(鄭嘉山)의 충절을 높이 평가한 내용이다. 이 시는 김삿갓의 일화와 더불어 세상에 널리 알려진 작품인데, 일부에서는 김삿갓의 작품이 아닌 것으로 파악하기도 한다. 하지만 이런 주장도 아직 구체적인 증거가 없는 추정일 뿐이고, 그가 짓지 않았다는 증거도 없다. <책색두>는 형가(荊軻, ?~B.C.227)가 진왕을 죽여 달라는 연나라 태자 단(丹)의 부탁을 받고 친구 진무양(秦舞陽)을 대동하고 진나라로 건너갔으나 실패하고 둘 다 죽임을 당했던 사정을 다루고 있다. 작자는 이와 같은 역사적 사실을 바탕으로 시적 상상력을 동원하여 저간의 사정을 형상화하고 있는데, 죽은 진무양의 원혼이 형가에게 자신의 목을 돌려달라는 요구에 대해서 꾸짖는 내용이다.

<어제시정>은 조선 후기의 문신이었던 강백의 과체시 <행시격>과 같은 작품으로 보인다. 이 시는 작시 과정을 읊고 있는 작품인데, 작시의 기초에서부터 시작하여 노력과 변화의 과정을 거쳐 마침내 높은 시적 경지에 이르는 일련의 과정을 사물에다 비유하여 형상화하고 있다. 그런데 이들의 시는 둘 다 서로 다른『동시』에 실려 있고 실제로 누구의 작품인지는 더욱 정밀한 검토가 필요하다고 본다.

<호남시>는 여기에 부기된 '全羅道五十三州'라는 글자에서 알 수 있듯이, 호남의 고을 이름을 넣어서 시로 지은 것이다. 하지만 전라도 53주란 당시 사람들의 일반적인 통념이었고 실제로는 좌도 32도와 우도 34도로 이뤄진 56주의 지명을 골고루 사용하였다. 이 노래의 양식은 과체시이지만 김삿갓이 일반 한시에서 즐겨 표현했던 이중자의의 언어 표현이 사용되고 있다. 그렇지만 <호남시>는 표현상으로 언어유희의 재미는 주고 있지만, 내용상으로는 이들 지방의 실제 지리나 풍물들과

는 거리가 멀다는 약점이 있다. 그리고 이러한 표현 방식은 김삿갓이 <호남시>에서 처음 사용한 것만은 아니었고, 그 이전부터 불렀던 <팔도가>나 가사류 <호남가>에서 폭넓게 사용되던 방식이었다.15)

나머지 시들은 중국의 역사적 인물에 대한 행적을 비평하는 내용이다. 한나라 때의 청렴했던 지방 수령 유곤의 행적을 다루고 있는 <선일대전(選一大錢)((한유곤사(漢劉昆事))>을 비롯하여 <진시황(秦始皇)>·<한고조(漢高祖)>·<초패왕(楚覇王)>·<소진(蘇秦)>·<장량(張良)>·<제갈무후(諸葛武侯)>는 한 시대를 풍미했던 중국의 역사 인물들에 대한 행적이나 위업을 다룬 과체시들이다. 그리고 <합부의(合符疑)>는 조나라 평원군의 부절(符節)과 관련된 신의에 대한 논의이며, <사상전사소아계부재가(泗上田舍笑阿季不在家)>는 사수지방의 농부가 그곳의 말단 관리를 지냈던 유방의 천하대업에 대한 야망을 비웃던 고사를 다루고 있다. <산표맥(訕漂麥)>은 본래 역사적 사건을 다룬 작품으로 보이는데 뒷부분 6행이 망실되어 있다. 이 시는 조선후기 몰락 양반의 궁핍한 현실적 삶을 암유하고 있는 것으로 보인다. 여기에는 가렴주구에 시달리며 자신의 박복한 신세를 한탄하면서 힘든 춘궁기를 보내는 백성들의 생활상도 곁들이고 있다. 다른 과체시와는 달리, 현실주의의 관점에서 보자면 이 시는 상당한 문학적 가치를 지닌 작품으로 여겨진다.

---

15) <호남시>와 관련한 이러한 표현 방식은 이미 18세기 초엽의 문헌에도 보인다. 죽봉(竹峰) 고용즙(高用楫, 1672~1735)의 「남정부(南征賦)」에서는 호남 56고을의 지명을 사용하여 이중자의의 언어표현이 구사되고 있다. 원문은 柳在泳의 다음 논문을 참조하기 바람.(柳在泳, 「竹峰 高用楫의 南征賦에 對한 考察」, 『한국언어문학』 22집, 한국언어문학회, 1983, 129~131쪽.)

4. 〈호남시〉의 문학적 평가

이번에 발굴된 김삿갓의 한시 작품에서 〈호남시(湖南詩)〉는 항목을 따로 만들어서 좀 더 고찰할 필요성이 있다. 이 노래는 다른 작품들과 달리, 작품 자체가 지닌 문학적 성과와 가치가 있기 때문이다. 〈호남시〉가 공식적으로 공개되기는 이번이 처음이지 않을까 생각된다. 지금까지 널리 알려졌던 단가 〈호남가〉와는 달리, 〈호남시〉는 극히 한정된 몇몇 사람들만이 제목이나 알고 있었을 정도로 오리무중이었다. 게다가 그것은 작자 미상으로 전해왔기 때문이다. 먼저 〈호남시〉의 원문과 한역시를 제시하고 나서 그것이 지닌 문학적 내용에 대하여 살펴본다.

4.1. 원시와 현대역

湖南詩

天以高山作長城	하늘은 高山으로 長城을 쌓고
一國咸平通全州.	온 나라의 咸平은 全州로 통한다.
靈巖形勢鎭海南	靈巖의 형세는 海南을 보호하고,
寶城奇麗重金溝	寶城의 화려함은 金溝에 겹쳐 있네.
臨陂連海幾井邑	臨陂는 바다로 이어지니 井邑은 얼마인가?
古阜新阡萬頃波.	古阜의 새 언덕은 萬頃의 물결이라네.
君臣同福太平世	군신이 同福하니 태평 세상이요,
國勢扶安千萬秋	국세가 扶安하길 천만년이라.
雲峯挿天益山高	雲峯이 하늘에 꽂혀 있어 益山이 높이 솟고
沃溝連江長水流.	沃溝가 강으로 이어지니 長水가 흘러간다.
民心咸悅鎭安居	민심이 咸悅하니 鎭安에 살고지고
王業長興順天休.	왕업이 長興하니 順天이 아름답도다.
扶桑紅日遍光州	동녘에 뜨는 붉은 해는 光州에 둘러있고

仙李枝頭玉果留.	오얏나무 가지 위에는 玉果가 맺혀있네.
君能務安求禮勤	임금이 능히 務安과 求禮에 힘쓰고
國亦昌平興德修.	나라가 또한 昌平하여 興德을 닦는다.
綾州錦山繡錦錯	綾州와 錦山은 비단으로 짜여있고
珍島金堤財寶優	珍島와 金堤는 재물 보화가 넉넉하다.
南原芳草茂長春	南原의 꽃다운 풀은 茂長의 봄이요
瑞日光陽高敞樓	상서로운 태양의 光陽은 高敞樓에 비춘다.
淳昌岷俗樂安久	淳昌의 민속은 樂安이 오래되고
泰仁人心和順調	泰仁의 인심은 和順의 조화이다.
禎祥聖世茂州草	상서로운 성세에 茂州의 풀빛이요
貨寶天地靈光浮.	보배로운 세상에 靈光이 떠 있다.
龍潭波瀾龍安宅	龍潭은 물결이 넘실대어 龍安의 집이고
白日潭陽雷雨收.	밝은 대낮의 潭陽에는 뇌우가 거두어지네.
興陽春日萬和暢	興陽의 봄날은 만물이 화창하고
谷城花間山牒幽.	谷城의 꽃 사이에는 산채가 그윽하다.
珍山一島走貨肆	珍山의 섬으로 물품을 실어 나르고
泛彼康津商客舟.	康津에 두둥실 장사배가 떠있구나.
羅州列郡幾牧使	羅州에 벌인 고을들은 목민관이 몇이나 되는가.
任實織兒曾識否.	任實의 길쌈하는 아이들은 알고나 있는 것인지.
男兒磨劍礪山石	사나이가 礪山石에 칼을 가는 것은
島夷南平將馘頭.	섬 오랑캐를 南平하여 괴수의 목을 베고자.
湖南濟州海不揚	호남의 濟州에는 바다가 잔잔하고
貞義大旌滄波洲.	旌義(?)와 大靜(?)은 푸른 물결이 휘날리네.

4.2. 시적 특질과 〈호남가〉와의 상관성

〈호남시〉는 창작할 당시에 전라 감영에 소속된 지명들을 골고루 사
용하여 지은 작품이다. 그런데 '전라도 오십삼주(全羅道 五十三州)'라

는 기록에서처럼 <호남시>는 호남 53고을이 아닌, 56고을의 지명을 사용하고 있다. 이 중에는 정의(貞義)와 대정(大旌)처럼 지명을 잘못 적은 것도 있다. 필사 과정에서 비롯된 것으로 보인다. 당시에 전라도 53주란 사람들 사이에 통용되던 일반적 지칭이었고, 실제로는 전라도는 좌도 32도와 우도 34도로 이루어진 56주였다. 이 시에서는 전라도 53고을이 아닌, 56고을의 지명을 사용하고 있다.

<호남시>는 지명을 살려서 해석할 수도 있고 풀어서 해석할 수도 있다. 어떻게 해석하느냐에 따라 <호남시>의 내용은 같거나 달라진다. 위에서 제시한 한역시는 지명을 살려 해석한 것이다. 이를 풀어서 해석하면, 제1구는 '하늘이 높은 산으로 긴 성을 쌓고, 온 나라가 두루 화평함은 모든 고을로 통한다.'가 되고, 제2구는 '신령스런 바위의 형세는 바다 남쪽을 누르고, 보배로운 성곽의 화려함은 금으로 만들어진 도랑에 겹쳐 있네.'라는 해석이 된다. 제3구는 '비탈에서 이어진 바닷가에는 정전 고을이 얼마인가? 옛 언덕과 새 언덕이 일만 이랑의 물결이라네.'라는 식의 의미가 된다.

이것은 이중자의(二重字義)를 통한 언어유희의 일종이다. 물론 이러한 표현 방식은 그만의 독자적인 것이 아니었고, 조선 후기에 이르러서 시조나 잡가, 또는 한시 작품에서 폭넓게 나타나는 시적 특질 중의 하나이기도 하였다. 이러한 언어유희적인 표현 방식은 김삿갓이 근체시나 언문풍월에서 즐겨 사용했던 방식이었는데, 그는 <호남시>라는 과체시에서 사용하고 있다.

이와 같은 언어유희적인 사례를 그의 일반 한시에서 찾아보면 그것이 어떤 것인지 쉽게 이해할 수 있다. 김삿갓의 <서당을 욕하다(辱說某書堂)>시를 사례로 제시해본다.

書堂乃早知　　　서당을 일찍부터 알고 와보니
房中皆尊物　　　방안에 모두 귀한 분들일세.
生徒諸未十　　　생도는 모두 열 명도 못 되고
先生來不謁　　　선생은 와서 뵙지도 않네.

이 시는 세상에 널리 알려진 작품인데, 언뜻 보면 내용상으로 이상할 게 전혀 없다. 하지만 뒤의 세 글자를 소리가 나는 대로 읽으면 '서당은 내조지, 방안은 개좃물, 생도는 제미씹, 선생은 내불알'이라는 차마 입에 담지 못할 상욕을 퍼붓는 시가 되고 만다. 김삿갓의 해학과 기지가 번뜩이는 시작품인데, 이 시에서는 동음이의어의 활용에 따른 시적 효과를 거두고 있다. 이러한 시적 표현은 김삿갓의 작품에서 많이 나타나고 있고, <호남시>는 언어유희의 연장선에 있는 작품이다.

그런데 <호남시>와 가사류 <호남가>를 비교해 보면, <호남시>는 김삿갓만의 천재적 발상과 독창성으로 짓게 되었다고 생각되지는 않는다. 왜냐하면 그것의 창작 발상이나 표현 방식들은 팔도가나 <호남가> 등에서 착안하였던 것 같고, 넓게는 당대에 이미 폭넓게 자리를 잡았던 언문풍월과 같은 조선 후기의 문학적 풍조에 바탕을 두고 있는 것 같기 때문이다.

성산슌천우홍덕일국함평장낙안죠졍부안차구례민무안기화슌상하함열티인의노쇼동복영창평금구옥토긔만경화곡무장위옥구김졔부즁옥나슈고부신화화광양(이하 생략)16)

위의 가사는 호남 지명을 사용하여 노래로 불렀던 <팔도가>의 전라도 부분이다. 이 노래는 후대에 필사되었지만 김삿갓이 <호남시>를

---

16) 金東旭·林基中　編, 『歌集(二)』, 「八道歌」(全羅道), 태학사, 1982, 402~403쪽.

짓기 이전부터 불렀던 노래로 보인다. 그런데 이 노래를 가만히 살펴
보면 우리말 가사라기보다는 악부시에 가깝다는 것을 알 수 있다. 부
분적으로 착오가 뒤따르겠지만 이를 한자로 바꿔놓으면 내용은 대략
다음과 같기 때문이다.

聖上順天于興德	임금께서 하늘을 따라 덕을 일으키니
一國咸平將樂安	온 나라가 두루 화평하여 안락해질 것이다.
朝廷扶安且求禮	조정이 안정을 떠받치고 예를 구하니
民務安皆和順17)	백성들은 안정에 힘을 써서 모두 화합하고 따르도다.
上下咸悅泰仁義	상하가 모두 기뻐하고 인의를 크게 하니
老少同福永昌平	노소가 복록을 함께 하여 창평을 길게 하네.
金溝沃土幾萬頃	금도랑의 기름진 땅은 몇 만 이랑인가?
花谷茂長圍沃溝	꽃 고을은 무성하여 기름진 도랑을 둘러쌓도다.
金提府中玉羅州	금제방의 관아에는 보옥으로 벌려있는 고을들
古阜新花和光陽	옛 언덕에 새 꽃이 피니 빛나는 햇볕으로 빛나도다.

이 노래는 조선 팔도의 경개를 읊고 있는 <팔도가> 중에서 '전라도'
의 한 부분이다. 노래를 살펴보면 여기에서도 '순천(順天)'·'흥덕(興
德)'·'함평(咸平)'·'낙안(樂安)'·'부안(扶安)'·'구례(求禮)' 등과 같은 지
명들이 한결같이 이중자의의 표현 방식으로 쓰이고 있다는 것을 알
수 있다. 이러한 시적 표현 방식은 신재효의 단가 <호남가>에서도 거
의 비슷하게 나타난다. 그의 <호남가>는 김삿갓의 <호남시>보다 거의
반세기 이후에 정리된 것이다. 그렇지만 신재효가 정리한 <호남가>은

---

17) 필사되는 과정에서 한 글자가 누락된 것으로 보인다. 왜냐하면 상하 구절이 서로 댓구
를 이루고 있기 때문이다. '萬民務安皆和順'이 옳을 성싶다.

그가 지은 것이 아니라 훨씬 이전부터 전승되던 사설을 정리하여 기록한 것이라는 사실을 명심해야 한다.[18]

咸平天地 늘근 몸이	光州故鄕 바리보니
濟州漁船 비러 틋고	海南의로 건너올제
興陽의 도든 히는	寶城에 빗쳐있고
高山에 아침안기	靈巖에 둘너 잇고
泰仁ᄒ신 우리 션군	영학을 장흥長興ᄒ니
〈중략〉	
萬丈雲峰 뇌피쇼ᄉ	층층이 益山이요
百里潭陽에 나린ᄂ 물은	구부구부 萬頃이요
龍潭에 말근 물은	이안이 龍安處며
綾州에 불근 쏫셜	곳곳마다 錦山이라
南原의 봄이 들어	왼갓 화쵸 茂長ᄒ미
나무나무 任實이요	가지가지 玉果로다
〈중략〉	
우리 湖南 구든 法聖	全州百姓 거나리고
長城을 멀이 싸고	長水로 도라ᄂ디
礪山石에 칼을 가라	南平樓에 쏘즈신이
어쩌훈 방역끽이	놀고가긔 질거훌야[19]

신재효의 〈호남가〉는 김삿갓의 〈호남시〉보다 거의 반세기 이후에 정리된 것이다. 그렇지만 신재효가 정리한 〈호남가〉은 독창적인 작품이 아니었고 그 이전부터 전승되던 사설을 정리하여 기록한 것이다. 아마 가요의 성격상, 김삿갓의 창작시 〈호남시〉보다는 전승가요인

---

18) 이진원, 「단가 호남가 형성과 변화 연구」, 『한국음반학』 10집, 한국고음반연구회, 2000, 192~193쪽.

19) 강한영, 『申在孝 판소리사설 集(全)』, 「湖南歌」(申氏家藏本), 민중서관, 1974, 668쪽.

<호남가>가 훨씬 이전부터 존재하며 전승됐을 것으로 생각된다.

그런데 여기 신재효의 판소리 단가인 <호남가>에 쓰인 지명도 그 자체가 지닌 지시적 의미로 쓰였다기보다는 중의적 의미를 강화한 언어유희적 표현이다. 예를 들어 '咸平天地 늘근 몸이 光州故鄕 바리보니'는 '함평천지에 늙은 몸이 고향 광주를 바라보니'라는 의미에서 발전하여 '두루 화평한 세상에 늙은 이내 몸이 빛나는 고을의 고향을 바라보니'로 해석할 수 있다. '興陽의 도든 히는 寶城에 빗쳐있고, 高山에 아침 안기 靈巖에 둘러 잇고'라는 구절은 '흥양의 돋은 해는 보성을 비추고 고산의 아침 안개는 영암에 둘러있고'라는 일차적 의미에 머물지 않고 '볕을 일으키며 돋는 해는 보배로운 성을 비추고 있고, 높은 산의 아침 안개는 신령스런 바위에 둘러있고'라는 이차적 의미를 내재하고 있다.

창작시 <호남시>와 전승가요로서의 신재효의 <호남가>가 지닌 유사성은 이와 같은 표현 발상에 그치지 않는다. 이 두 작품은 상당 부분에서 비슷한 어구를 공유하고 있어 주목된다.

① 雲峯揷天盆山高　　　(雲峯이 하늘에 꽂혀 있어 盆山이 높이 솟고)
　萬丈雲峰 뇌피쇼스　　층층이 盆山이요
② 龍潭波瀾龍安宅　　　(龍潭은 물결이 넘실대어 龍安의 집이고)
　龍潭에 말근 물은　　　이안이 龍安處며
③ 綾州錦山繡錦錯　　　(綾州와 錦山은 비단으로 짜여있고)
　綾州에 불근 꽂셜　　　곳곳마다 錦山이라
④ 南原芳草茂長春　　　(南原의 꽃다운 풀은 茂長의 봄이요)
　南原의 봄이 들어　　　왼갓 화쵸 茂長ᄒᆞ미
⑤ 男兒磨劍礪山石　　　(사나이가 礪山石에 칼을 가는 것은
　島夷南平將馘頭　　　섬 오랑캐를 南平하여 괴수의 목을 베고자)

礪山石에 칼을 가라　南平樓에 꼬즈신이
⑥　一國咸平通全州　　（온 나라의 咸平은 全州로 통한다）[20]
우리 湖南 구든 法聖　全州百姓 거나리고

위에 제시한 한시는 김삿갓의 <호남시>와 국역시이고 국문 시가는 신재효의 <호남가>이다. 두 작품을 대비해서 살펴보면, 지명 어휘와 표현 발상에서 유사하다는 것을 알 수 있다. ①에서는 '운봉(雲峯)'과 '익산(益山)'을 함께 사용하면서 구름과 산이 높이 솟아 있는 모습을 형상화하고 있다. ②에서는 다 함께 '용담(龍潭)'의 맑은 물에 '용안(龍安)'의 거처로 착상하고 있다. 이런 식으로 나머지 작품들에서도 서로 비슷한 시적 발상을 보이고 있다. 전체적으로는 한시를 시가로, 시가를 한시로 서로 번역했다고 말해도 큰 무리는 없다. 이들 작품은 이외에도 다른 부분에서 유사성을 찾을 수 있어서 영향관계를 추측할 수 있겠다.

이처럼 김삿갓의 <호남시>가 <팔도가>의 전라도 부문이나 단가 <호남가>와 비교해서 서로 유사점을 지니고 있는 것을 어떻게 해석해야 할까? 이것은 <호남가>가 <호남시>에서 비롯된 것이 아니라, 김삿갓이 <호남시>를 지으면서 당대에 이미 전승되고 있었던 가사인 <호남가>로부터 시적 착상을 얻어 지었을 가능성이 많다. 물론 여기 <호남시>가 언어유희를 구사하고 있는 것은 특히 당시에 과문의 각 문체가 희작화되는 과정과[21] 밀접한 관련이 있을 것으로 추측된다. 다른 한편으로는 특히 조선 후기 이래로 내려오면서 있었던, 시조나 가사를 한시로 바꾸거나 한시나 악부를 시조나 가사로 한역하는 작업 과정과도 맞물려 있다. 특히 김삿갓의 <호남시>는 조선말기에 유행했던 유

---

20) 『역대가사문학전집』(임기중 편, 아세아문화사, 1998)과 김대현 교수(전남대 국어국문학과)의 <호남시>에는 '通'이 '統'으로 되어 있어 <호남가>의 '거나리고'와 상통한다.
21) 임형택, 앞의 논문, 37~42쪽.

희적 언어표현의 방식을 빌려서 과체시에 적용한 구체적인 사례로써, 특히 신재효의 판소리 단가인 <호남가>와의 유의적 연관성에 주목할 필요가 있다.

5. 맺음말

　우리 한국인에게 김삿갓만큼 친숙하고 널리 알려진 인물도 그리 흔하지 않다. 그의 행적들은 오늘날 우리에게는 낭만과 풍류로 표백되어 있다. 하지만 그 자신의 삶은 모멸에 찬방황의 연속이었다. 그의 삶은 죽을 때까지 정착하지 못하고 끊임없이 객지를 떠돌 수밖에 없었던 고난으로 점철되어 있다. 그는 자신이 겪었던 힘들었던 삶들을 해학과 풍자로, 때로는 슬픔과 체념의 시어로써 부단하게 담아냈다. 하지만 이러한 시들은 그가 죽고 나서 후대에 수집된 것들이다. 이런 점에서 이번에 발굴된 새로운 작품들은 그 자체만으로도 충분한 가치와 의의가 있다고 말할 수 있다.

　정리하자면 『동시』라는 시집에 실린 김삿갓의 한시는 14수였고, 이 중에서 <논정가산충절탄김익순강적>과 <책색두>는 이미 알려진 작품이고, <어제시정>은 조선 후기의 문신이었던 강백(1690~1777)의 과체시 <행시격>과 제목만 다르고 서로 같은 작품이다. 따라서 그것이 강백의 작품인지 김삿갓의 작품인지는 아직 확정할 수 없으므로 평가를 유보한다면, 이번에 새로 추가하는 김삿갓의 한시는 과체시 11수라고 말할 수 있겠다. 이 중에서 작품 일부가 망실된 작품이기는 하지만 <산표맥>은 과체시 형식을 빌었지만 조선후기 몰락 양반이 겪고 있었던 궁핍한 삶의 현실을 실감나게 형상화하고 있었다. 이런 점에서 이 작품은 일정한 현실주의 문학의 가치를 얻었다고 평가할 수 있겠다.

이번에 새로 발굴된 한시 중에서 가장 주목되는 작품은 호남의 56고을 이름을 넣어 지은 <호남가>이다. 왜냐하면 지금까지 작자를 알 수 없었던 <호남시>가 이번에 김삿갓의 작품으로 드러났기 때문이다. 게다가 이것은 과체시 형태지만 그 자체에 함몰된 것이 아니었고, 김삿갓의 일반 한시가 지닌 일자이의의 중의적 표현 방법을 그대로 적용하여 일정한 언어유희의 효과를 얻고 있다는 점이다.

이 글에서는 김삿갓의 <호남시>가 신재효의 판소리 단가였던 <호남가>와 맺고 있는 유의적 연관성에 주목하였다. 무엇보다도 <호남시>는 그만의 천재적 발상과 독창성에서 비롯된 것이 아니었고, 당대에 널리 유포되고 있었던 가사류 <호남가> 등에서 시적 발상이나 표현 방식 등을 착안하였던 것으로 보았다. 왜냐하면, 김삿갓은 조선말기에 유행했던 유희적인 언어표현의 방식을 <호남시>에 그대로 적용하고 있었기 때문이다. 또한 <호남시>는 신재효의 판소리 단가인 <호남가>와 시적 발상이나 표현 방식에서부터 어구에 이르기까지 많은 부분에서 비슷하거나 관련을 맺고 있었기 때문이다.

【부록】새로 발굴한『東詩』소재 김삿갓의 한시 작품들

(◉은 새로운 한시 작품, □은 落字임)

◉ <湖南詩>

天以高山作長城　一國咸平通全州　靈岩形勢鎭海南　寶城奇麗重金溝
臨陂連海幾井邑　古阜新阡萬頃波　君臣同福太平世　國勢扶安千萬秋
雲峰揷天盆高山　沃溝連江長水流　民心咸悅鎭安居　王業長興順天休
扶桑紅日遍光州　仙李枝頭玉果留　君能務安求禮勤　國亦昌平興德修
綾州錦山繡錦錯　珍島金提財寶優　南原芳草茂長春　瑞日光陽高敞樓
淳昌氓俗樂安久　泰仁人心和順調　禎祥聖世茂州草　貨寶天地靈光浮
龍潭波瀾龍安宅　白日潭陽雷兩收　興陽春日萬和暢　谷城花間山牒幽
珍山一島走貨肆　泛彼江津商客舟　羅州列郡幾牧使　任實織兒曾識否
男兒磨劍礪山石　島夷南平將馘頭　湖南濟州海不揚　貞義大旌滄波洲

◉ <選一大錢　-漢劉昆事->

我政不直錢一文　淸風明月官三年　問君何不酌淸溪　爲我殷勤齎貨泉
誰亭不感父老恩　百錢中間只一圓　平生不與孔方親　太守心中無半錢
伏嫌廣陵呻千客　向笑楊洲腰萬仙　山陰官吏不敢索　百里風謠村狗眠
輕舟俄渡若耶溪　帝錢何人羅拜前　齋臨錢路日賺行　頌登甘棠云饋賢
柯翁溪老各一索　百箇靑銅其數全　儋惟爲捲感意多　非我情錢情可憐
將推恩贐恐負人　欲取長緡知有天　辭而不迫受不泰　久執其中有一焉
含情錢樹問幾株　一葉東風消息傳　形分衛吏二作圓　數得吳天孤雁懸
街童莫笑一箇小　大哉其形乾配坤　稽山一路近吳江　可贈歸時東渡船
翁言恩政報萬一　公日深情當百午　劉公一心尙恐黨　投水歸來風颯然

<御製詩程>

走者飛者皆天機	或以奇兵或以師	依微影子月露假	隱暎精神鈆墨施
尖峰秋準忽搏兎	飛下平蕪雙翮垂	洪流發源盖自此	木固其根方茂枝
千尋勢似立極地	萬夫聲如扛鼎時	低回雙龍忽轉身	變化其端誰得知
天東斗柄漸向寅	脩竹叢林層節奇	包丁利刀導髓解	扁鵲神方隨疾醫
銅仙赤脚戴金盤	屹立雲宵承露滋	將鉗猛虎暗伏弩	欲釣游魚潛引絲
尋龍千里等坎輿	到頭明堂只在玆	身登實地束水翁	手障狂瀾韓退之
春江一棹遇順風	無限烟波隨處宜	千層塔上力更加	九仞山頭功不虧
油然逝魚更搖尾	或躍于淵或躍池	詩於到此可謂工	視詩迷程放此詩

<論鄭嘉山忠節歎金益淳降賊>(古風)

日爾世臣金益淳	鄭公一箇鄕大夫	將軍桃李隴西墜	烈士功名圖末高
詩人到此慷慨多	擊劍悲歌秋水滸	宣城本是壯大邑	較諸嘉山先守義
淸朝共作一王臣	死地寧爲二心者	升平日月壬申秋	風雨西城何變起
尊周孰非魯仲連	輔漢人多諸葛亮	東朝亦有鄭忠臣	抵掌風塵立節死
魂歸南國伴岳飛	骨埋西山傍伯夷	關西老吏擧銘旌	生色靑天白日下
西來消息使人慚	問渠誰家食錄子	家聲壯洞甲族金	名字長安行列淳
家門如此聖恩重	十萬兵前宜不下	淸川江水洗兵流	鐵馬山城掛弓峙
吾王廷下進退膝	忍向西山凶賊跪	飛魂莫向漢陽城	淸廟高臨先大王
忘君是日又背親	一死猶輕萬死宜	分明賊中一降字	渠手其時渠自書

◉ <秦始皇(古風)>

萬國日出秦長安	萃鳳幽旗靈鼉鼓	大王地畢冠帝國	萬里長城山海館
如天函谷正東開	嬴仲家門從此大	灞西基業祖孌廉	七雄乾坤强一秦
□倉端徵得寶雉	夏城遺風鳴鐵駟	邯鄲美姫孕元氣	大販宮中天子生
神功春盡老蚕食	號令風生金號威	連鷄天下不敢聲	河北山東魏萬里

魚三過五大功業　一統歸來遂爲帝　金銷字內六侯兵　玉出荊南萬歲璽
嘉平朝賀十月朔　丞相將軍廷尉臣　崤山不動渭火晚　綠樹咸陽白日長
扶蘇張外珮聲閑　滿月垆前琴語淸　金根大車白顚馬　六郡年年東出遊
山高鄒澤瘵釖回　海內無憂花滿宮　安期玉潟阜鄕亭　徐福樓船方丈山

◉ <漢高祖>

廉價大販秦天下　八年馬下南宮宴　長物赤宵三尺釖　大基黃面九幅地
篡冠醉倚未央宮　亭長今爲漢天子　神堯靈派太公家　天出中陽劉二郎
旺時異兆夢龍夕　醉後休徵斬蛇夜　田翁小屋夏日凉　老栢淸陰圓不改
秋風起聽隴上鴻　二世元年天下事　群雄將逐望夷鹿　一敵方出彭城號
陳倉八月喚兵仙　楚漢乾坤龍野鬪　新城歸路哭義帝　縞素三軍聲羽罪
張翁籌策玉雙箸　孺子奇謨金萬斤　鷄山秋月玉簫夜　帳裡重瞳坐失楚
殲秦楚馘次第事　馬上金甌圓一片　南山秋色萬歲靑　長樂春花三月紅
涯雲飛盡楚氛晴　大風歌中威四海　洋洋絃誦古城下　斂兵歸來祀孔子
弘規初創四百運　帶礪山河刑馬誓　詩書新語講陸賈　禮樂遺風評叔孫

◉ <楚覇王>

戲馬垆前春日長　繡衣色動彭城晝　深讐雨洗六里山　異識時回三戶村
乾坤始大楚羽家　阜鳥江南春鳥鳴　英雄早學萬人敵　古將遺風賢有孫
山河壯氣藐禹鼎　日月英姿明舜瞳　秦天前路笑書劍　漸生男兒天下事
阿翁不掩盖世氣　同上烏江西渡船　天時鹿走望夷宮　神物龍躍塗山澤
風塵歸路一破釜　鉅鹿靑山楚戰聲　秦城花柳喚虞美　舞入鴻門春酒宴
風驅赤幟百騎勢　兩洗烏騅九戰汗　三分天下九郡大　大楚將軍新覇王
咸陽一炬不復秦　覇運何江萍出丹　謀臣帳下七十翁　健兒吳中八千兵
巴雲一鎖漢中王　爵爵潛龍不敢怒　鴻溝花發兩家春　笑放西郵劉季兒

◉ <蘇秦>

洛陽兒女驚走藏	白日仙下青雲梯	去時黑貂身上弊	來日黃金肘後橫
官途車馬擁如雲	六國乾坤蘇辯士	懷書十年不得意	鬼谷門前初讀符
懸河辯舌有三寸	□部生涯無二頃	機妻不下刺股郎	畫錦誰家紅織女
符經在袖一出門	揣磨河山以東侯	俄從碣石客舌掉	更向暉坮王膝跪
洹壇盟血有如水	大鷄聲中天下白	張公捲舌犀首退	季子今爲從約長
歸時厚饋楚千金	行處高車齊駟馬	煌煌六卿大如斗	望若天仙業柘裡
卿卿叔叔一室門	玉帛能生丈夫威	山河大事北報趙	中國深盟西擯秦
齊賓梁客揖者稀	到處蘇郎高地位	西蠶不食六業春	從此函關十年閉
神符闔闢寸舌上	世道炎凉一身外		

◉ <張良>

杜門絶粒誰家子	父祖以上宜陽人	炎劉天下了債客	赤松門前學道士
堂堂婦貌丈夫心	大漢乾坤張子房	狐星瑞彩降人傑	博帝峩冠奇少年
家聲上黨五世相	國耻西關一天讐	青山盡日第在殯	十年千金燕趙市
邀來滄海有力士	博浪金椎天地聲	咸陽禍網十月連	圯上仙緣三夜遇
苞業神訣滿袖歸	一生工夫太公書	塵埃天子下邳巷	錦上添花新際遇
鴻門雪消兩家讐	鳥道烟生千里棧	帷中坐運決勝策	八年山河帝者師
殲秦鹹楚大功業	一則張良二則良	簫中兵散九里山	舌端金銷六國印
時從局外有權數	蹴足床前高着某	功名雲薄萬戶榮	事業風高三傑斑

◉ <諸葛武侯>

吳虎魏狗皆凡庸	三國乾坤人一龍	宗臣大義大出地	先主深誠三顧夜
風雲變化八陳門	天下奇才忠武侯	南陽抱臥大經綸	建安初年高處士
月中籌策魏吳枰	□上江山荊益圖	龍崗春睡夢三代	渭月岩烟一茅廬
綸巾强整預州地	歸驢空山風雨夜	山人韜略豹霧變	帝胄心期魚水親

幅然一上四輪車　是日先生出山廬　星柵噓送赤壁火　羿勢東男風力戰
銅坮勁敵老孟德　石頭芳隣兒仲謀　奇籌畵獻鼎峙勢　帝在成都章武年
高皇舊業庶幾心　一體君臣匡復計　傷心永安託孤詔　感淚祚山出師表
尋常對疊畏如虎　仲達男兒巾幗耻　軍中虛實小人窺　短琴西城閒意思

<責索頭>

我股雖斷無索處　劍事燕南水東流　英雄已許好肝膽　鬼神何用空髑髏
逢場爾若不開口　失手男兒還自羞　資吾西入責在誰　秦索其時樊將頭
靑山督元倂圖裏　白日阿房因劍投　其王生愜足爲快　匕首英魂楓樹秋
烏頭往愜薊門夕　何故將軍怨語啾　魂魄北邙每受嘲　事去西天猶戴讐
難忌千古勇士元　無怪渠心恨悠悠　山東俠目至今白　有口荊卿言亦酬
千金爾諾假手故　一劍吾行知己由　函中渠目尙親見　敗亦其天誰怨尤
佳人無復斷手恨　處士何曾刎頸憂　人雖有頭復何用　草木空山同腐愁
人形本非斷復續　俗語誠云恩反仇　當時胡乃大膽許　畢境公然枯骨求
君家七族盡殞首　此亦秦家能索否　頭還古國亦何妨　擲置咸陽秋草邱

◉ <合符疑>

王牛鄙半分各有　其然豈然符胡爲　將軍節鉞有詔止　公子單車無故馳
暉坮咫尺事如夢　冠盖城東讒過時　君臣契合合如符　事在宮中無所疑
□王佩之將敢辭　□鄙來時公亦知　兵權在外但信符　君命留中方住師
平原使者日未暮　匹馬王孫來代之　人來不意事或然　何出無名符底隋
王如一毫不信余　罪亦宜之招亦宜　深深九重臥內物　本非群臣容易持
今來出自信陵袖　意者吾君中失玆　分而察之合以思　符則丁寧人則欺
明公無奈自家意　詔命胡爲中道移　元戎意內事事疑　有妹君家曾嫁誰
王言不許趙勝救　是日君行應出私

● <泗上田舍笑阿季不在家>

長歌往來咸陽道	禾黍兄村草芥視	群成樊噲五六人	債重王婆三百觶
山河如踏戶庭內	行事嘉平太放恣	豊村身作上農夫	數畝吾家大天地
官倉日日賦稅納	縣籍年年名姓記	家門不幸弟無賴	生産年來度外置
平明携出赤宵劒	無數泰山眼下翠	雙肩倒掛破落衫	空手前村去則醉
人間渠豈自負心	羞作豊西草草季	前宵去斬寸餘蛇	到處逢人必日瑞
離離黃果渭南園	臥待秋風自然墜	英雄百年大産業	妄擬中州白壤冀
家牛昨耕洞口田	父老長長牽草彎	艱辛數畝債人作	渠則老栢陰低睡
公然抱我大犢走	亂斫斜陽水邊肆	胎生左股撫何事	黑子殊常七十二

● <訕漂麥>

偶人立隴駈鳥雀	猶勝書生坐無聊	隣鷄亂啄黃雲散	夕春空對靑山遙
吾非薄命子疎濶	泣訕空廚投短瓢	平生不貴讀書郎	食貧三年織我腰
□忘峴田送歲月	□借村春經暮朝	南隣傭織北隣縫	僅得新年數斗饒
靑黃蒸出半破釜	曝近書窓身採樵	雷聲忽送白日雨	野墅山溪生急潮
空階有鳥勿啄粒	破突多鼠無食苗	禾收野畝老農喧	衣捲江籬羣婦招
吾家有人麥何去	坐對晴窓空首搖	橫流小溪衆蛙戲	半雜秋泥羣鳥蹯
□□□□□□□	□□□□□□□	□□□□□□□	□□□□□□□
□□□□□成白	□□□□□		

【부록】 김삿갓호남시 원문

湖南詩　金

全羅道五十三州

男兒磨劒嬋山石　湖南濟州海不揚
島夷南平將醞頭　貞義大施滄浪洲
大以高山作長城　一國咸平通全州
靈岩形勢鎮海南　臨陂連海羲丹邑
寶城帝麗重金溝　古阜新竹萬頃波
喦峯柳天益高山　民心咸悅鎮安居
禾葉長興順天休　仙李枝頭玉果留
快索紅日通光州　君能務安求禮勤
沃海連江長水流　國勢扶安千萬秋
君臣同福太平世　國亦昌平興德修
綾州錦山輔錦緖　南原芳草茂長春
淳昌紙俗樂安久　禎祥聖世茂州草
瑞日光陽高欲樓　泰仁人心和願調
貨寶天地靈光浮
綏島金堤財寶倭
龍潭決瀾龍安宅　興陽春日萬和暢
珍山一島走貨津　羅州列郡幾收使
谷城花間山溪幽　泛彼江漢商客舟
白潭陽雷雨收

選一文錢・漢劉寵事

我政不直錢一文　　間君何不酌清溪
清風明月官三年　　爲政勤儉貸錢泉
百錢中間只一圜　　難再不感尖老恩
平生不與北方親　　太守心中無半錢
翁言恩政報萬一　　列公一心尚恐然
公曰深情當百千　　投水皎來風颯然

倏嫌廣陵卿千客　　山陰官吏不敢素眠
而笑楊州腰萬企　　輕舟俄渡若耶溪
村翁溪老各一嚢　　帝錢何人羅拜前
百簡青銅其數全　　商賈俗路日矚賢行
嬌帽爲橋感音多　　將帷恩贈長納知有天
非我情錢情可憐　　敢嘆長納知有天

舍情錢樹問幾株　　竹分衙吏三呌闇
某東風消息傳　　　街童眞笑一嵩小
毅得吳天孤鳩艇　　大武且飛乾醉神
稽山一路近吳江　　可購故時東渡船

御製詩程

論鄭嘉塘忠節歎金益亭降賊　古風

鄭公一箇鄕大夫
日有世臣金益亭

列士功名冨末高
將軍桃李隴西墜
淸南高臨先大王
飛況真向漢陽城

詩人到此慷慨多
擊釼悲歌秋水瀚

較諸嘉孫山先守義
宣誠本是壯大邑

分明賦中一降字
凜凜其時樂自書

尊周訊孙魯仲連
輔漢人多諸葛亮

東朝亦有鄭忠臣
抵掌風塵立節此

風兩西城何處起
升子日月壬甲秋

西來消息使人斷
問渠誰家食祿子

家聲壮同甲族金
名守良安行列亭

關西老吏攀認施
生色青天白日下

雲飛南國伴岳飛
骨埋西山傍伯夷

吾王廷下進退勝
忠君是日父背親

淸川江水洗兵流
鐵馬山城掛甲府

忽向西山血賊院
一作輶輕萬死里

家門如此聖恩重
十萬兵前宜不下

秦始皇　嬴

萬國日出秦長安
六合地界冠帶國
如天函谷正東闢
倉庚徵得寶駸駽
見城遺風鳴硯駟
邯鄲美妓孕元氣
大販官中天子生
驪令風生金床威
神功春盡老蠶食
嬴仲家門從此大
河西基業秦祖業
雄旗乾坤強一業
連鷄天下不敢聲
河兆山東覩萬里
一統歸來遂為帝
魚三過五大功業
金銷宇內六侯兵
土出荊南萬歲重
嘉平朝賀十月朔
丞相將軍廷尉臣
嶧山不動渭水咽
鯨樹咸陽白日長
扶蘇張外珮聲斷
滿月冷而琴靜清
金根大車白頰馬
六郡年少東出遊
山高郡澤察鉤四
海內無愛花滿宮
安期玉堂身鄉亭
徐福樓船方丈山

漢高祖

八年馬下南宮宴　大業黃圖九幅地　再長今為漢天子　天出中湯劉二郎

廉價大販秦天下　長物赤霄三尺釗　簦冠醉倚未央宮　神光靈沁太公家

是時異兆夢龍夕　田疇小屋夏月疾　秋風起兮飛上鴻　二世元年天下事

而後休微斬蛇夜　老柏清陰圓不改　一歌方出起城市　群雄將遊空馬鹿

神金八月喚兵仙　新城故路哭義帝　張翁籌策金萬斤　鵝山秋月玉簫夜

趙漢乾坤龍野鬪　縞素三軍聲物眯　弱子奇獻　帳裡重瞳坐失楚

獄蒸楚醢次芽事　南山秋色萬歲青　渡雲飛盡楚氣晴　洋洋紿論古城下

馬上金甌圖一片　長樂春花三月紅　大風歌中鄉四海　斂兵故禾乃禮孔子

楚覇王

戲馬抬前春日長
繡衣紅白動彭城盡

河壯氣顏烏闥門
日月英姿明舜瞳

風塵散路一破釜
銀鹿青山楚歌聲

咸陽一炬不復来
霸運何江辟出丹

蘇秦

神符闔闢寸舌士
去時黑貂身上弊
世道炎涼一身外
洛陽兒女驚走藏
宦遊車馬癰如雲
懷書十年不得意
白仙下青雲梯
來日黃金肘後橫
六國乾坤蘇辯士
鬼谷門前初讀符
掉河辯舌有三寸
晝錦誰家紅線女
揚磨河山以東俟
更向暉垳玉膝沱
郤生涯無之頃
機妻不下剝股即
符經在袖一曲門
俄從媧女寒舌棹
渲痕盟血有如水
張公捲舌犀首退
故時厚饋楚千金
贈贈六卿大如斗
大鷄聲中天下白
季子今爲從約長
行處高車齊駟馬
煌煌芳天仙綵栢
鄕鄕長長一室門
山河大事此報趙
齊賓梁客栮者稀
西蚕不食六桑春
王帛能生丈夫威
中國勞盟西檟秦
劉虞蘇卿高卲位
淀此函關十年閑

張良

帝謀亦在謝病後
當時豈是眞願逃仙
翌翼東宮松四鳳
明哲平生保身計

杜門絶粒誰家子
炎劉天下丁債客
堂婦頻丈夫心
狐星偏彩降人傑

及祖以上宜陽人
赤松門前學道士
大陸乾坤張子房
恃帝戚冠奇少年

上憲五世相
青山盡日身在墦
豈來滄海有力士
咸陽禍網十五道

函□西關一天警
十年千金燕趙市
博浪金椎天地聲
圯上仙緣三夜遇

芭菜神缺滿袖婦
慶候天子下卯巷
鴻門雪涕西家眷
帷中坐運決勝策

一庄工天太公書
錦上添花新除過
鳥道烟生千里棧
八年山河帝者師

殘秦眸大切菜
舌端金鋪天國印
照見東萊前菜

簞中兵散九里山
特從局外有權教
切名雲薄萬戶榮

一則張良二則良
事業秋風萬首業
三傑班

諸葛武侯

驅馳不策五月廬
開濟誠心兩朝漢
天時不利漢末運
五丈秋燈星夜殞

吳帝魏祖皆凡庸
宗臣大義六出地
風雲慶化八陣門
南陽抱卧大經綸

三國乾坤人一龍
先主哭諷三個夜
天下奇才忠武侯
遭安初年高風士

中等策魏吳杯
龍崗春睡夢三代
綸中強整豫州地
山人韜畧豹霧處

上江山判益圖
渭月岩烟一茅廬
的驢空山風雨夜
帝胄心期魚水親

福然一上四輪車
星丹墟送赤壁火
銅怡勁敵老孟德
商壽畫獻愚時勢

延日先生出山廬
羽扇束南風力戰
石頭芳隣兒仲謀
帝在阮郁事武年

高皇肇業廢幾心
傷心永安託孤詔
壽寧對壘異如市
軍中盧實示人窺

一道君臣直後計
感淚祚山出師表
仲達男兒中腼耻
短策西城聞意思

責索頭

人形本非斷復續　頭還古國亦何妨　擲置咸陽秋草□
俗語詠云恩反机　攅□□□□□□□

□股猶涉無索處　莫雄心許好肝膽　達場看若不開口
幽事無南水東流　魁神俯月空暢懷　失手易兒還自善

□山省元備□□　其生幽廷為□快　為頭徒惻剚門少
□日阿房日□長　青英濯楓梧秋　何故將事晚詰啾

難忘千古男士元　山東俠目至今白　千金看諸假手故
無瘁渠心恨悠悠　有口荊卿言亦酬　一釼吾行知己用

催人無復斷手恨　人雖有頭復何用　當時胡乃大膽許
處士何曾刎頸憂　草木空山同窅慈　單塊公然枯骨九

合符疑

王半鄆牛分各有
其欻盡然符胡爲
將軍節鉞有詔止
公子革車無故馳
冠盖城東誚過時
暉埮鴈人事如夢
君臣異合如符
事在宮中無所疑
王佩之將敢辭
邺来時公亦知
兵權在外但信符
君俞留中方佳師
平原使者日未暮
四馬王硯来代之
人来不意事或然
何出無名符底随
深深九重卧内物
本那肇臣容易持
今来出自信陵神
意者吾名中失藍
分而盛之合以思
符則下寧人則欺
王如一毫不信余
亦宜之拍求宜
明公無奈自家意
諮俞胡爲中道移
元戍意以事一題
有妹名家曾嫁谁
王言不許趙勝赦
足日君所應出私

泗上田舍笑阿季不在家

天歠作來成陽道
群成樊嘮五六人
天泰兒村草芥視
債重玉婆三百斛
山河如階戶庭內
畫村身作上農夫
行事嘉平太夜老
數卧吾家美天地
倉日之賦稅綱
家門不筆第無賴
生產年未度外遺
無數蓁山眼下翠
子明揥出赤霄鈎
雙肩倒掛收落衫
座手前村去則醉
人間樂事自負心
菴作豊亞草之李
前宵去斬寸餘蛇
到處逢人必日諾
雅之黃果渭南園
卧待秋風自歎匯
英雄百年大產業
安擬中州白壤糞
家牛昨細同口田
艱辛數卧債人作
父老長之席草輋
凍則老栢陰低瞄
公畝抱我大憤走
亂斫料陽水蓋犀
胎生里股擒阿事
黑子殊帝七十二

訕漂麥

偶人立隴駈鳥雀　猶勝書生坐無聊
隣鷄亂啄黃雲畝　夕舂空對青山遙
吾非薄命子殊閒　泣訕空廚投短瓢
平生不貴讀書所　食貧三年縛我腰

[illegible]況田送歲月　僧村春經暮朝
南鄰偏織北郊縫　僅得新年裁手號
青黃蒸出半筬釜　曝近書窓身採穢
雷聲忽送白日雨　野坐山溪生忽潮

階前有鳥勿啄粒　破竈多鼠無食苗
禾似野臥老農喧　末捲江籬摹婦柏
吾家有人麥何去　坐對晴窓空首搖
橫流小溪家蛙戲　半雜秋嵐摹鳥蹄

[illegible]白
喜中有女媒可居　妾不君家同此宵

焚瘧防法、

閻羅大王爲關事卽開甫家瘧鬼隱伏云明

睨頭眼同是火來待宜當者

右關

竈王

年月某月某日

全羅南道羅州洞江聖池里林氏戌戌生身防法

閻羅大王

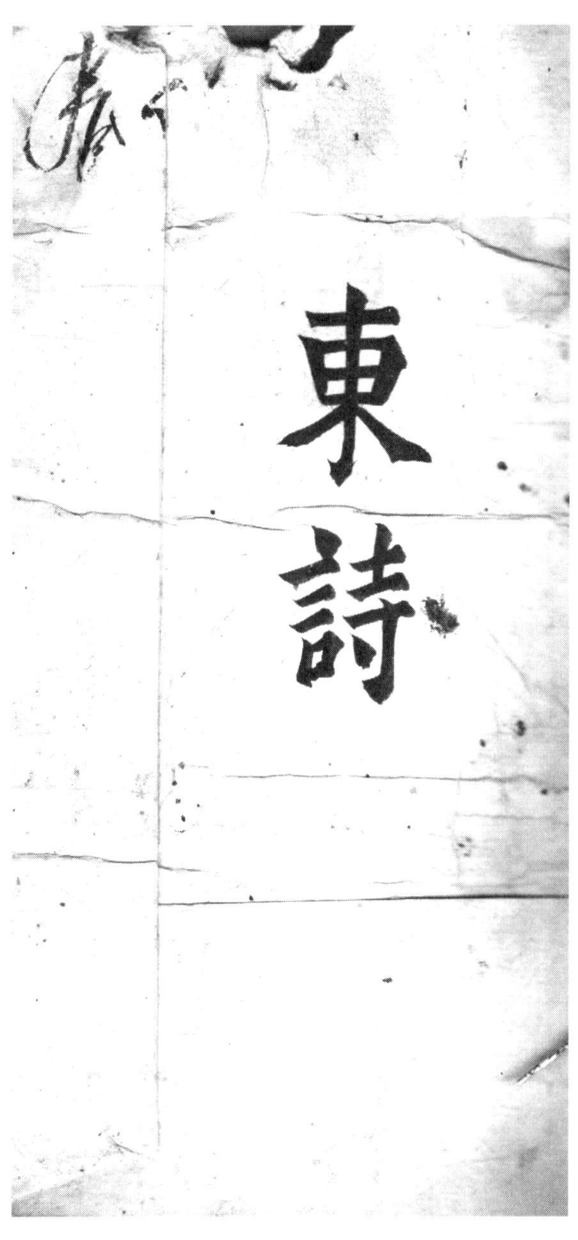

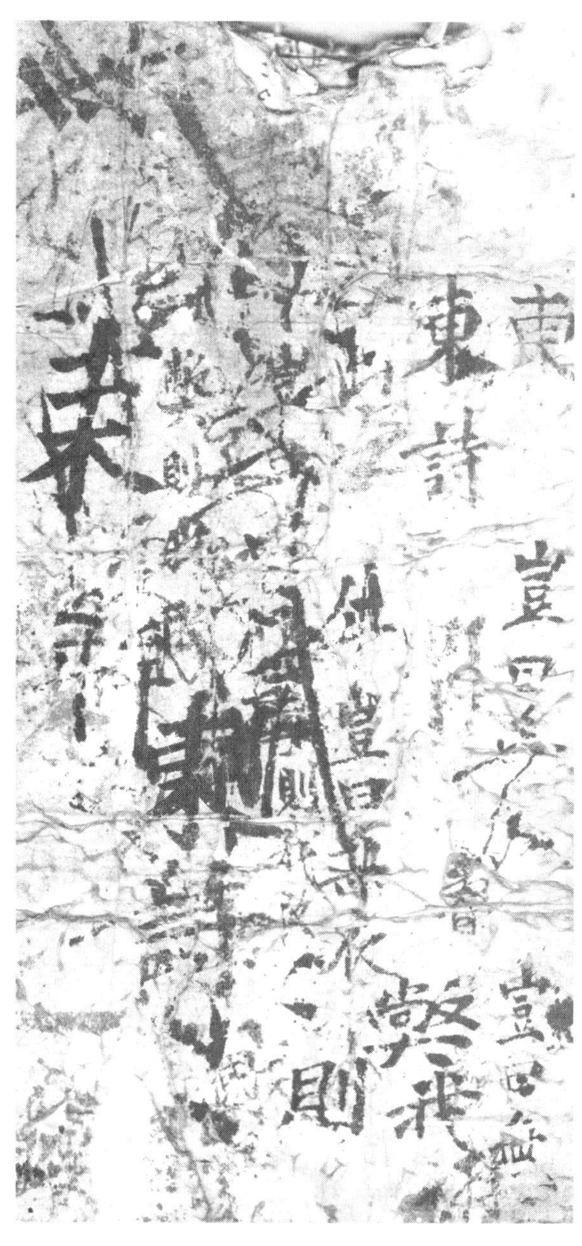

조선후기의 연희시와 전승 계보

-19세기 소론계 문인을 중심으로-

1. 머리말

유희적 존재인 인간에게 놀이란 일상생활과 구별되는 삶의 원동력이다. 그래서인지 예로부터 우리 조상들은 한 해의 농사를 마치면 하늘에 제사를 지내고 춤과 노래를 즐겼다. 신라 유리왕 9년에 '가무백희(歌舞百戲)'를 했다거나 연희를 즐겼다는 『삼국사기』의 기록도 보인다.

하지만 우리에게는 고유문자가 없었기 때문에 놀이 내용이 기록된 것은 훨씬 후대의 일이다. 그런데 언제부터인가 식자층이 연희를 보고 그것에 대한 견문과 자신의 감회를 시로 담아내기 시작하였다. 우리는 그것을 '연희시(演戲詩)'라고 부른다. 연희시를 굳이 한문으로 표기할 필요는 없었겠지만 대부분 한시 형태로 지어진 것은 그런 까닭이다.

연희시는 놀이 내용을 시로 형상화하는 문예 양식이다. 게다가 놀이가 그대로 기록되는 것이 아니라 어디까지나 시인의 눈을 통해 투영되고 여과되는 과정을 거친 것이다. 이 과정에서 연희시에는 놀이 내용이 들어가고 작자의 감상과 함께 비평도 들어가기 마련이다. 뿐만 아니라 연희시를 살펴보면 시대에 따라 그것들이 유형화되고 있음을 알 수 있다. 그것은 시대에 따라 연희 문화가 달라지고 생성과 소멸의 과정을 거치기 때문이다.

이런 관점에서 보자면 판소리는 19세기가 정점이지 않았나 싶다. 판소리 관련 연희시가 집중적으로 많이 나왔기 때문이다. 19세기 판소리 관련 연희시를 지은 문인으로는 신위로부터 송만재, 윤달선, 이유원, 이건창을 들 수 있다. 이들의 연희시는 판소리가 우리말로 채록되기 이전의 모습을 어느 정도 확인할 수 있는 자료이기도 하다.

근래에 필자는 「관우희」의 새로운 필사본을 발굴하여 소개한 바가 있다.[1] 이 자료를 검토하다가 19세기 판소리계 연희시의 이면에 주로 소론계 문사들이 자리를 잡고 있었다는 것을 확인할 수 있었다. 이들 소론계의 특정 인물들은 연희시라는 문예 양식을 공유하면서 당대의 연희문화를 시로 담아내고 있었기 때문이다. 이런 까닭으로 이 글에서는 19세기에 나온 판소리 관련 연희시를 둘러싸고 존재했던 문화적 맥락에 대해서 소론계 문인들을 중심으로 살펴보고자 하였다.

2. 조선후기의 연희시 작품들

우리나라에서 연희를 보고 시로 형상화한 것은 신라말기 최치원(崔致遠, 857~?)의 「향악잡영(鄕樂雜詠)」부터이다. 그는 <금환(金丸)>·<월전(月顚)>·<대면(大面)>·<속독(束毒)>·<산예(狻猊)>라는 다섯 놀이를 구경하고 그것을 한시로 남겼다.

고려시대에는 이규보(李奎報, 1168~1241)·이제현(李齊賢, 1287~1367)·이숭인(李崇仁, 1347~1392)·이첨(李詹, 1345~1405)·이곡(李穀, 1298~

---

1) 구사회, 「새로 나온 송만재의 <관우희>와 한시 작품들」, 『열상고전연구』 36집, 2012, 143~178쪽.

1351)·이색(李穡, 1328~1396) 등과 같은 사대부 문인들이 연희를 보고 한시로 남겼다. 이규보는 꼭두각시 놀이를, 이제현이나 이첨 등은 <처용무>를, 이색은 산대잡극(山臺雜劇)이나 구나(驅儺)를 보고 시로 남겼다.

조선전기에는 꼭두각시 인형극이 성홍했던 모양이다. 성현(成俔, 1439~1504)이 꼭두각시 인형놀이를 보고 <관괴뢰잡희(觀傀儡雜戲)>라는 연희시를 남겼다. 박승임(朴承任, 1517~1586)과 나식(羅湜, ?~1546)도 그랬는데, 전자는 <괴뢰붕(傀儡棚)>를 후자는 <괴뢰부(傀儡賦)>를 남겼다. 그런데 나식의 <괴뢰부>는 '부(賦)' 양식이었다.

연희시는 조선후기에 이르러 꽃을 피운다. 임진왜란과 병자호란이라는 두 차례의 큰 전쟁을 치른 조선은 17세기 이후로 체제 변화와 사회 변동을 겪는다. 18세기 이후로는 도시문화가 발달하면서 각종 연희가 나왔다. 특히 영정조 이후에는 가객과 악사, 이야기꾼과 같은 각종 예인들이 나왔고 그것에 따른 연희도 다양해졌다. 이 과정에서 나온 조선후기의 연희시를 살펴보면 대략적으로 다음 다섯 종류로 나눌 수 있다.

(① 춤과 관련된 연희시. ② 줄타기나 장대에서 재주를 부리는 솟대놀이나 산대놀이의 연희시. ③ 예인들의 가창 연행이나 그 정경을 담은 연희시. ④ 판소리나 광대들의 주변 모습을 담은 연희시. ⑤ 기타, 불교 작법이나 무속 의례와 관련된 연희시.)

① 춤과 관련된 연희시

먼저 조선후기에는 칼춤 관련된 연희시가 많이 나왔다. 시기적으로는 17세기로부터 19세기에 걸쳐 지속적으로 지어졌다. 조선후기에 지어진 이들 춤과 관련된 연희시의 대부분은 황창무와 관련이 깊다. 물론 조선전기에 김종직(金宗直, 1431~1492)이 지은 <황창랑(黃昌郞)>이 있다. 황창무는 황창랑이 칼춤을 추다가 백제왕을 찔러 죽였다는 전설을 춤으로 올린 검무시의 일종이다. 문인들은 연행되는 황창무를 직접 보거나 관련 문헌을 읽고 지었다. 황창무는 17세기에 이르러 이달(李達, 1539~1612)의 <만랑무가(漫浪舞歌)>, 성여신(成汝信, 1546~1632)의 <황창무(黃昌舞)>로 이어진다. 김만중(金萬重, 1637~1692)도 <관황창무(觀黃昌舞)>를 남겼다.

18세기에는 홍세태(洪世泰, 1653~1725)의 <관매랑황창무가(觀梅郎黃昌舞歌)>를 시작으로 권섭(權燮, 1671~1759)의 <황창무고풍주필시아배(黃昌舞古風走筆示兒輩)>, 이하곤(李夏坤, 1677~1724)의 <증별윤백수(贈別尹伯修)>가 나왔다. 이익(李瀷, 1681~1763)·신유한(申維翰, 1681 ~?)·오광운(吳光運, 1689~1745)·이광사(李匡師, 1705~1777)·이헌경(李獻慶, 1719~1791)·성대중(成大中, 1719~1809)·이영익(李令翊, 1740 ~?)·조수삼(趙秀三, 1762~1849)·정약용(丁若鏞, 1762~1836), 이유원(李裕元, 1814~1888), 정현석(鄭顯奭, 1817~1899), 이건창(李建昌, 1852~1898)을 비롯한 많은 시인들이 황창무를 보거나 관련 고사를 바탕으로 작품을 남겼다. 그리고 신광수(申光洙, 1712~1775)의 <관무시(觀舞詩)>, 홍량호(洪良浩, 1724~1802)의 <관무시>8편, 남공철(南公轍, 1760~1840)의 <한벽당관무검(寒碧堂觀劍舞)>도 그것과 관련이 있었던 것으로 보인다. 그 외에도 홍석기(洪錫箕, 1606~1680)의 <관대랑무검(觀大娘舞劍)>를 비롯하여 다른 칼춤 관련 시들이 나왔다.

19세기 진주 촉석루에서 논개를 기리는 의암별제가무(義巖別祭歌舞)를 보고 소감을 담은 정현석(鄭顯奭, 1817~1899)의 가무시(歌舞詩)도 그런 종류의 하나이다. 그가 『사기』·「항우본기」에 기록된 중국 진나라 말기의 초패왕 항우와 한고조 유방의 '홍문연(鴻門宴)' 고사를 본떠 만든 <항장무(項莊舞)>도 검무시의 일종이다. 그가 처용 가무를 보고 소감을 담은 것이나 지방 교방에서 잡극의 하나인 승무를 보고 지은 한시도 모두 연희시에 해당한다.

② 줄타기나 장대에서 재주 부리는 솟대놀이나 산대놀이의 연희시

솟대놀이나 산대놀이를 보고 지은 연희시도 나왔다. 솟대놀이는 장대 위에서 연기를 벌이는 연회 종목의 하나이다. 18세기에 이르러 권섭은 줄 위에서 구슬을 굴리며 재주를 부리는 솟대놀이를 보고 <관촌중우희(觀村中優戱)>를 남겼다. 강이천(姜彝天, 1768~1801)은 정조2년(1778)에 우리 민족놀이의 하나인 산대놀이를 보고 <남성관희자(南城觀戱子)>를 지었다. 신광수는 연회하는 아이가 줄타기하는 것을 보고 <관창동주색(觀倡童走索)>을, 송만재는 줄타기(緪戱)나 땅재주(場技)를 보고 <관우희>에 각각 7수씩을 남겼다.

영조때 문인인 홍신유(洪愼猷, 1722~?)는 <달문가(達文歌)>를, 이학규(李學逵, 1770~1835)는 <걸사행(乞士行)>을 남겼다.[2] <달문가>는 팔풍무(八風舞)를 잘 추었던 광대 달문(達文, 1707~?)을, <걸사행>은 유랑 연예 집단의 연회를 다뤘다. 이들 작품은 서사시이지만 연회 내용을 담고 있다는 점에서 연희시적 성격을 띠고 있다.

참고로 근대시기에 들어와서 솟대놀이를 묘사한 최영년(崔永年, 1856~1935)의 <무간장(舞竿場)>이나 인형극 꼭두각시를 보고 교훈적인 소감 내용을 적은 <홍동지(紅同知)>도 연희시의 일종이다.

③ 예인의 가창 연행이나 그 정경을 담은 연희시

가곡이나 가사 등을 연창하는 예인들의 모습이나 그것의 주변 정경

---

2) 임형택 편, 『이조시대 서사시(하)』, 창작과 비평사, 1992, 284~311쪽.

을 담은 연희시들이 있다. 권섭이 1682년에 음악 관련 연희를 보고 소감을 담은 시조 <육영(六咏)>6수가 있다.[3] 시조양식의 연희시라고 말할 수 있다. 교방에서 정재창사로 부르는 <어부사(漁父詞)>의 일종으로 <선악(仙樂)>의 가무를 마치고 소감을 적은 정현석의 한시가 있다. 봄노래 양산도를 부르는 사당패들에 대한 소회를 담은 최영년의 <사당패>나 신방곡을 부르며 구걸하는 풍각장이의 모습을 담은 <풍각패(風角牌)>등도 연희시에 해당한다. 18세기 중엽에 기생 신분에서 여항의 예인으로 성장한 추월을 다루면서 그의 가창 모습을 담고 있는 홍신유의 <추월가(秋月歌)>가 있다.

④ 판소리나 광대들의 주변 모습을 담은 연희시

18세기인 영조30년(1754)에 충청도 목천에 살고 있던 만화(晚華) 유진한(柳振漢, 1712~1791)이 호남 지방을 다녀와서 판소리 관련 연희시 「가사춘향가이백구(歌詞春香歌二百句)」를 남겼다. 19세기에 이르러서는 다양한 연희가 기록되거나 시로 형상화되고 있었는데, 판소리가 그것의 중심으로 자리를 잡았다. 순조 26년(1826)에 신위(申緯, 1769~1845)가 「관극절구십이수(觀劇絶句十二首」를, 헌종 9년(1843)에 송만재(宋晚載, 1783~1851)가 「관우희(觀優戲)」50수를 남겼다. 윤달선(尹達善, 1822~?)은 철종 3년(1852)에 「광한루악부(廣寒樓樂府)」를, 이유원(李裕元, 1814~1888)은 「관극팔령(觀劇八令)」과 「영산선성(靈山先聲)」5수를 남겼다. 1884년경에는 이건창(李建昌, 1852~1898)은 <작심청가(作沈青歌)>2수를, 근대에 최영년은 <춘향가>를 남겼다.

---

3) 이권희, 「옥소 권섭의 연희시 고찰」, 『어문연구』 73권, 어문연구학회, 2012, 241쪽.

⑤ 기타, 불교 작법이나 무속의례와 관련된 연희시.

마지막으로 불교의식을 보고 지은 권섭의 <관작법(觀作法)>·<야관사미무(夜觀沙彌舞)>·<천중일견범수(天中日見梵修)>가 있고, 구나희를 묘사한 <소회제(少晦題)>가 있다. 이덕무(李德懋, 1741~1793)의 <관승희(觀僧戱)>에서는 민가를 돌아다니며 염불하거나 기도하면서 연행하는 모습을 그리고 있다.

3. 19세기의 연희시와 소론 계보

3.1 소론계의 문예의식

18세기를 전후로 나타난 문학사적 특징의 하나로 서인으로부터 갈라져 나온 소론계 문인 그룹의 출현을 들 수 있다. 이들 소론계 인사들은 서인 내부의 분화 과정을 거쳐 노론과 대립하게 된다. 그것은 정쟁보다는 상호간의 이데올로기와 세계관의 충돌에 기인했던 것으로 판단된다. 왜냐하면 소론계 인사들은 당대의 국제 정세에 대한 대응 방법이나 조선조 건국을 둘러싼 역사의식, 학문의 내용과 방법론에서 노론과 차별성을 갖고 있었기 때문이다.[4] 이들 소론계는 사상적으로 양명학을 수용하여 실천궁행을 강조하였고 정국 운영에서도 현실을 중시하고 실용을 강조하였다. 소론계의 학적 전통은 명분과 이상을 강조하는 노론과 대립하였다.

그러한 소론계의 학적 전통은 문예 의식에도 투영되면서 이들은 우리의 것을 높이 평가하였고 개인 정서와 개성을 중시하였다. 이 과정

---

4) 김영주, 「조선후기 소론계 문학이론의 형성 배경(Ⅰ)」, 『동방한문학』 26집, 2004, 412쪽.

에서 소론계 학자들은 우리의 국어인『훈민정음』에 관해서도 남다른 관심을 두고 연구를 하였다.[5] 조선후기 소론계 학자들의『훈민정음』과 관련된 연구로는 최석정(崔錫鼎, 1645~1715)의『경세훈민정음도설 (經世訓民正音圖說)』을 선두로 남극관(南克寬, 1689~1714)의「사시자 (射施子)」(『몽예집(夢囈集)』), 이광사(李匡師, 1705~1777)의「오정음서(五正音序)」(『원교집(圓嶠集)』)·「관택당초학자훈(觀澤堂初學字訓)」·「논동국언해토(論東國諺解吐)」(『두남집(斗南集)』), 홍량호(洪良浩, 1724~1802)의「경세정운도설서(經世正韻圖說序)」「훈민정음초성상형도(訓民正音初聲象形圖)」(『이계집(耳溪集)』), 이의봉(李義鳳, 1733~1801)의『고금석림(古今釋林)』, 정동유(鄭東愈, 1744~1808)의『주영편(晝永編)』, 홍희준 (洪義俊, 1671~1841)의『언서훈의설(諺書訓義說)』, 유희(柳僖, 1773~1837)의『언문지(諺文志)』·『시물명고(詩物名攷)』·『물명고(物名攷)』, 정윤용(鄭允容, 1792~1865)의『자류주석(字類註釋)』, 이유원(李裕元, 1814~1888)의「훈민정음(訓民正音)」·「방언해구경(方言解九經)」·「계림유사방언(鷄林類事方言)」(『임하필기(林下筆記)』) 등을 꼽을 수 있다.

조선후기의 소론계 학자들은 훈민정음에 대한 가치를 새롭게 해석하거나 높이 평가하였다. 이들은 훈민정음이 비천한 글이 아니라 천하의 위대한 문헌이며 조선의 언어만을 전사하는 자료가 아니라고 하면서[6] 천하에 통용할 수 있는 문자로 평가하였다.[7] 이러한 소론계의 훈민정음에 대한 지속적인 연구와 관심은 실학과 함께 조선학의 한 특

---

5) 김동준,「소론계 학자들의 자국어문 연구활동과 양상」,『민족문학사연구』35권, 민족문학사연구소, 2007, 8~39쪽.
　　김영주,「少論系 學人의 言語意識 硏究(Ⅰ) -『正音』硏究를 중심으로-」,『동방한문학』27집, 동방한문학회, 2004, 291~320쪽.

6) 鄭東愈,『晝永編』卷2, "訓民正音, 卽天下之大文獻, 豈直爲朝鮮一區言語傳寫之資已哉."

7) 鄭允容,『字類註釋』, "訓民正音可以通行於天下者也."

징으로 규정지을 수 있다.[8]

그러한 소론계의 학문 전통은 문학에서도 이어졌다. 그들은 민요와 시조, 방언과 속언의 가치를 인정하였고 생활 주변에서 발견되는 소박하고 일상적인 소재를 많이 찾았다. 예로써 18세기 소론계 시인이었던 홍량호는 문학의 중심을 '천기(天機)'에 두고 우리 가요를 새롭게 인식하는 모습을 보였다.

> 옛날에 성왕(聖王)이 민풍을 보고자 할 때는 반드시 시에서 그것을 보았다. 요임금의 성총도 미복차림으로 백성에게서 들으셨으니 강구(康衢)와 격양(擊壤)의 노래가 그런 것들이다. 주나라에 이르러서는 드디어 노래를 채집하여 풍속을 관찰하는 법이 있었으니 『시경』 삼백편의 「국풍」이 그것이다.
>
> 대개 각국의 국풍은 모두 촌구(村謳)와 항요(巷謠)에서 나왔으니 그 정서와 뜻을 서술하고 천기(天機)를 드러낸다. 이것으로 사방의 풍속을 보며 치란의 근본을 살폈다. 공자께서 말씀하기를 "시는 가히 볼 만하다."라고 한 것은 이를 두고 말함이다. 그러나 후대에 이르러서는 시체가 여러 차례 변하여 인공이 우세하고 천기가 얕아져서 그 자연스러움의 참다움을 잃어버렸다.[9]

위의 글은 홍량호가 정조21년(1797)에 위항시인들의 시선집인 『풍요속선(風謠續選)』에 쓴 <서문>의 일부이다. 그는 시경 정신을 내세워 백성들의 노래에 대한 의미를 부여하고자 했다. 주지하다시피, 중국

---

8) 김영주, 앞의 논문, 『동방한문학』 26집, 2004, 412쪽.

9) 洪良浩, 『耳溪集』卷12, <風謠續選序>. "古之聖王, 欲觀民風, 必於詩焉觀之. 以唐堯之聖. 微服而聽於民. 康衢擊壤之歌是已. 逮于成周. 遂有陳詩觀風之法. 三百篇之國風是已. 盖列國之風, 皆出於村謳巷謠, 敍其情志, 發於天機, 於以見四方之俗, 審治亂之本, 孔子曰, 詩可以觀, 此之謂也. 降至後世, 詩體屢變, 人工勝而天機淺, 失其自然之眞."

고대에는 민간가요를 채집하여 풍속과 정치의 득실을 살피는 전통이 있었다. 당시 각국의 민간가요를 모아놓은 것이『시경』의「국풍」편인데, 그것에는 백성들의 자연스럽고 진솔한 감정이 담겨 있었다. 여기에서 홍량호는 백성들의 진솔한 감정이 자연스럽게 흘러나온 것을 '천기(天機)'로 보았다.

홍량호는 참다운 시의 근원을 '천기'로 설정하고 인공이나 가식을 배척하였다. 이것은 그가 직접 우리의 민족가요를 긍정한다고 언명하지는 않았지만 시경 국풍의 논리를 통하여 민족가요인 시조나 민요를 간접적으로 옹호하며 거기에 담긴 民의 정서를 암묵적으로 인정한 것이었다.10) 그래서 그는 '민족 정서의 구현'을 창작의 중심에 두고서 시조나 민요를 섭취하였고 향토민의 정서와 삶, 그리고 그들의 애환을 다양한 시각으로 펼쳐 보였다.11)

19세기의 소론계 시인으로 신위를 들 수 있다. 신위가 구축한 문학 세계는 홍량호와 차이가 있지만, 큰 틀에서 우리 고유의 노래에 주목한 것은 일맥상통하다고 말할 수 있다. 그는「동인논시절구(東人論詩絶句)」로 우리나라의 시사(詩史)를 정리하였고,「관극절구(觀劇絶句)」12수로 우리의 민속 연희를 찾아내어 보존하려고 노력하였다. 그리고「소악부(小樂府)」로 연멸해가는 우리 민요를 보존하며 고유의 민족 정서에 주목하였다.12)

동국의 언어와 문자는 번거롭고 간략함이 특별하지만 예로부터 사곡(詞曲) 모두 언어·문자를 섞고 합하여 이루어진 것이다. (중략) 이제 그

---

10) 진재교,「耳溪 洪良浩의 文學論 −天機論을 中心으로−」,『고전문학연구』15집, 고전문학연구회, 1999, 369쪽.

11) 진재교,『이조 후기 한시의 사회사』, 소명출판사, 2001, 313~359쪽.

12) 鄭垣杓,「紫霞 申緯의 漢詩 硏究」, 서울대학교 박사학위 논문, 1987, 25~33쪽.

사(辭)를 뽑아 시로 옮기려 해보니 어떤 것은 그 구를 길거나 짧게 해야
하고 어떤 것은 운자를 달리해야 할 때도 있었다. 굳이 고체로 이름을 붙
였으나 읊고 되새겨보는 동안에 소리와 울림이 어긋나서 사곡의 본색을
회복할 수 없으니 참으로 서로 상치되어 손대기가 어려웠다. 이로써 문
원의 여러분들이 불문에 부쳐서 역대 가요가 점차 흩어져 없어지고 전해
지지 않았으니 개탄할 일이다.

고려의 이익재 선생이 곡을 채집하여 칠언절구(七言絶句)로 만들어
<소악부>라 이름을 붙이니 지금 선생의 문집에 있다. 그 대부분이 관현가
들에게 전하지 않는 곡인데, 그 사(辭)가 없어지지 않은 것은 이들 시에
힘을 입어서이니 문인의 글이 귀중하다 하겠다. 내가 가만히 이를 기쁘게
생각하여 우리 조선의 소곡(小曲) 중에서 기억하는 것들을 역시 칠언절구
로 만들었다. 비록 그 사조와 문체가 도저히 선생을 따를 수는 없지만 다
른 시대에 같은 곡조로 각기 국풍을 채집한 것은 한 가지라 하겠다.

대개 우리 조선의 충신과 지사, 철인과 거장, 고명유일(高明幽逸)과
재자가인(才子佳人)이 뜻을 얻었을 때나 불우한 때 읊조리고 남은 것을
대략 여기에 갖추었다. 비록 '황하원상(黃河遠上)'의 사(詞)만큼은 못하
나 '기정(旗亭)'에는 비길만하다. 또한 일대의 풍아를 보존하여 시가의
궐문을 보충하니 뒷날에 보는 이가 바람부는 달 아래에서나 향불 또는
등잔 아래에서 한번 읊어볼 만하다. 그러면 반드시 관현에 올린 것 같지
는 못하더라도 또한 반드시 상음하는 이가 있을 것이다.

그 시대의 선후 문제와 같은 것은 기억나는 대로 따라서 지었고 일시
에 지은 것은 아니다. 그러므로 다시 차례를 갖추지 않는다.[13)]

---

13) 申緯, 『警修堂全藁』17卷, <小樂府十四首幷序>. 東國言語文字, 繁簡懸殊, 古來詞曲,
皆參合言語文字而成也. (中略) 今欲採其辭入詩, 則或可以長短其句, 散押其韻, 强名
之曰古體, 然吟咏咀嚼之間, 頓乖聲響, 非復詞曲之本色, 儘可謂憂憂乎, 其難於措手
矣. 是以文苑諸公, 置若罔聞, 將使昭代歌謠, 聽其散亡而不傳, 可勝哉. 高麗李益齋先
生, 採曲爲七絶, 命之曰小樂府, 今在先生集中, 擧皆今日管弦家不傳之曲, 而其辭之不
亡, 賴有此詩, 文人命筆, 顧不重歟. 余窃喜之, 就我朝小曲中余所記憶者, 亦以爲七言
絶句. 藻采雖萬萬不逮先生, 而異代同調, 各採其國之風則一也. (中略) 凡我朝忠臣志
士, 哲輔鴻匠, 高明幽逸, 才子佳人, 得志不遇, 出於咏歎噸呻之餘者, 略備於此. 縱不堪

이는 신위가 시조 40수를 한역하여 「소악부」라고 명명하고 지은 <서문>이다. 「소악부」의 <서문>은 본래 시조 한역의 취지를 말하려고 쓴 것인데, 한편으로 시문에 대한 그의 관점도 엿볼 수 있다. 그는 우리나라의 문자가 중국과 다르므로 우리의 노래를 한역하는 데 어려움이 있다고 말한다. 시조를 한역한 것은 그것을 후대에 보존하기 위함이라면서 우리의 노래가 연멸되어 후세에 전해지지 않을까 염려하고 있다. 그리고 그것이 비록 우리 노래의 본연에는 미치지 못하더라도 한역된 소악부가 후대에 나름대로 읊을 만하다는 것이다. 여기에서 신위는 우리 고유의 시조를 「소악부」로 채집하여 한역한 것을 고대 중국에서 각국의 노래를 채록했던 것처럼 가치가 있다며 우리 시가에 대한 풍아 의식을 드러내고 있다.

이제현의 「소악부」를 전범으로 삼았던 신위의 「소악부」는 이유원(李裕元)의 「소악부」와 이유승(李裕承)의 「속소악부(續小樂府)」로 이어졌다. 그런데 이들도 모두 소론계 문인이었다. 한 마디로 이들 소론계 문인들은 다른 당색에 비해 우리의 고유문화에 대한 깊은 관심을 두고 천착하는 경향을 보였는데, 그것은 판소리에 대해서도 마찬가지였다. 왜냐하면 소론계 문인들이 판소리에 주목하며 그것을 시로 담아내려던 관심들이 감지되고 있기 때문이다.

무릇 음악을 관찰하려면 반드시 운[韻, 운치]을 관찰해야 하는데, 운(韻)이라는 것은 성음(聲音)의 끝을 말하는 게 아니다. 정(情)이 촉발된 바가 소리[聲]로써 펼쳐져서 천지자연의 운(韻)을 움직여서 흔든 것이다. 이는 색(色)을 좋아하는 국풍(國風)이요, 신(神)을 즐겁게 하는 초(楚)나

與黃河遠上之詞, 甲乙於旗亭. 亦庶幾存一代之風雅, 補詩家之闕文, 後之覽者, 於風前月下, 香炧燈光, 試一吟諷, 未必不如品竹彈絲, 而亦必有賞音者矣. 若其時代先後則隨記隨作, 非出於一時者, 故不復詮次云爾.

라의 노래이니, 정으로 말미암아 기(氣)를 펴고, 기로 말미암아 소리를 이루고, 소리로 말미암아 운(韻)을 얻기 때문이다. 서로 연결되고 이어지며 서로 맞서고 얽혀, 가까우면서도 얽매이지 않으며 성글면서도 뻐개지지 않으니, 운이란 어찌 썩은 이들이나 인색한 이들이 얻을 수 있겠는가.

무릇 배우[倡優]가 놀이판을 벌임에 멋대로 노래하고 질탕하게 춤추어 더럽고 거친 조잡함이 없을 수 없으나, 진실로 그 운(韻)을 얻으면 운사[韻士, 시인]도 취함이 있다. 시험삼아 보건대, 부채를 두드리며 높이 노래 부르고 휘파람 불며 흥겹게 즐기는 것은 통달한 선비의 운(韻)이요, 아랫마을 앞 시내에서 질탕하게 웃는 것은 방탕한 사내의 운(韻)이요, 띠를 부여잡고서 이별을 슬퍼하며 끊임없이 주절거리는 것은 원한을 품은 여인의 운(韻)이요, 도환(跳丸)놀이[14]를 하거나 검무를 추며 허리를 젖혀 땅에 닿게 하는 것은 용맹한 지아비의 운(韻)이다. 신선을 익힌 이의 운(韻)은 손을 떨쳐 날아가는 모양이고[翶翔], 승려를 가탁한 이의 운(韻)은 석장을 세우고 범패를 부르는 모양이다. 경을 외우니 맹인의 운(韻)을 얻고, 점괘가 내리니 무당[巫姑]의 운(韻)이 있다. 닭의 꼬끼오, 제비의 지지배배, 나약한 꿩, 느릿한 토끼, 게 걸음, 해오라기의 오그린 발까지 한 번의 손짓과 한 번의 말재주로 천하 사람들을 묘사하여 그 자연스러운 운(韻)을 얻지 못함이 없으니 썩은 이들이나 인색한 이들의 추함이 없다. 따라서 운(韻)이라는 것은 큰 해탈의 마당이다.

나라 풍속에 과거에 급제하면 반드시 광대놀음을 베푸는데 소리와 재주를 하며 논다. 집안 아이가 올봄에 기쁜 소식이 들렸으나 너무 가난하여 한바탕 놀이를 갖출 수 없었다. 그러다가 도성 거리에서 고적(鼓笛)을 즐기는 풍속에 대해 들었는데 이에 흥이 또한 얕지 않았다. 그 소리 모양을 본떠 몇 개 운(韻)을 불러 마을[同社]의 벗들에게 화답하게 하니 어느 정도 분량이 되었다. 매번 등불 앞이나 달 아래에서 스스로 거문고를 튕기고 읊조리며 마음을 풀어내니, 사람들이 혹 경륜(景綸)의 동자[15]라 이

---

14) 도환(跳丸)놀이 : 구슬을 공중으로 던졌다가 받는 놀이. '농환(弄丸)'이라고도 한다.
15) 경륜(景綸)의 동자 : 경륜은 남송(南宋) 때 문인 나대경(羅大經)의 자(字). 그가 지은

르기도 하며 노래와 시가 품탄(品彈)[16]보다 낫다고 하였다. 그러나 나로
서는 중용(仲容)[17]이 긴 장대에 잠방이를 내건 것[長竿掛褌][18]처럼 풍
속을 피할 수 없었다. 그 운(韻)을 서술하여 『악원(樂苑)』이 남긴 운(韻)
에 보태려 한다.[19]

이는 송만재가 쓴 「관우희」의 발문(跋文)이다. 연세대 소장본에는
'<서문> - <관우희 50수> - <발문>'의 순서로, 구사회소장본에는 '<관
우희 50수> - <서문> - <발문>'의 순서로 편제되어 있다.[20]

『학림옥로(鶴林玉露)』는 손님들과 학림(鶴林) 아래서 주고받은 말들을 기록한 것으로,
마음에 들거나 회한이 일 때 동자를 시켜 쓰게 했다고 한다.

16) 품탄(品彈) : 품죽탄사(品竹彈辭)의 줄임말로 피리를 불고 거문고를 탄다는 말.

17) 중용(仲容) : 완함(阮咸)의 자(字). 삼국시대 죽림칠현 중의 한 명인 위(魏)나라 완적(阮
籍)의 조카.

18) 중용(仲容)이 긴 장대에 내건 잠방이[長竿掛褌] : 완씨 일가가 길의 남북쪽에 나뉘어
살았는데 북쪽의 완씨는 부유했고 남쪽의 완씨들은 가난했다. 음력 7월 7일에 책이나
옷 등을 햇볕에 말리는 풍습이 있었는데, 이날 북쪽의 완씨들은 화려한 비단옷을 걸었고
남쪽에 살던 중용은 거친 베로 만든 짧은 바지를 장대에 걸어놓았다. 사람들이 그것을
이상하게 여기자 중용이 풍습을 따르지 않을 수 없어 이렇게 때우는 것이라고 답하였다.
『세설신어(世說新語)』, 「임탄(任誕)」.

19) 宋晩載, 「觀優戲」・<跋>. 凡觀樂必觀其韻, 韻者非謂其聲音之末也. 情之所觸, 聲以
宣之, 動盪乎天地自然之韻. 此好色之國風, 娛神之楚歌, 所以因情而發氣, 因氣而成
聲, 因聲而得韻. 聯翩絡屬, 頡頏纍貫, 近而不拘, 疏而不槭, 則韻豈腐濫纖嗇之所可得
者哉.
　今夫倡優劇戲也, 放歌佚舞, 不能無藝荒之雜, 而苟得其韻, 則韻士亦有取焉. 試觀其
拍扇高唱, 嘯傲酣適者, 達士之韻也, 下里前溪, 跌宕嬉笑者, 蕩子之韻也, 攬帶傷離, 昵
昵絮叨者, 怨女之韻也, 跳丸舞劍, 反腰帖地者, 勇夫之韻也. 學仙之韻, 而手拂翱翔, 借
僧之韻, 而卓錫梵唄, 念經而得瞽師之韻, 降乩而有巫姑之韻, 以至鷄之喔, 燕之喃, 雉
之粥粥, 兎之爰爰, 行則郭索, 拳則春鉏, 一手之觸, 一口之給, 而盡天下人物之情狀, 無
不得其自然之韻, 而無腐濫纖嗇之醜. 故曰韻者, 大解脫之場也.
　國俗登科必畜倡, 一聲一技. 家兒今春聞喜, 顧甚貧不能具一場之戲, 而聞九街鼓笛之
風, 於此興復不淺, 倣其聲態, 聊倡數韻, 屬同社友和之, 凡若干章. 每燈前月下, 自彈自
詠, 以抒其思, 人或謂景綸之童子, 歌詩勝於品彈, 而我則以爲仲容之長竿掛褌, 未能免
俗也. 因序其韻, 以補樂苑之遺韻云.

20) 그동안 「관우희」<서문>과 <발문>의 작자에 관해서는 관례로 작자인 송만재가 쓴 것으

<발문>은 내용상 크게 세 부분으로 나눌 수 있는데, '운(韻)'에 대한 정의, 운에 대한 다양한 종류의 열거, 끝으로 <관우희 50수>가 지어지게 된 동기와 동학들과 창화(唱和)했던 일에 대한 기록이다.[21] <발문>에서 작자인 송만재는 '운(韻)'을 전면에 내세워 거론하면서 연희에 대한 자기 생각과 관점을 피력하고 있다. 여기에서 송만재가 말하는 '운'이란 시를 지으면서 지켜야 할 형식적인 운을 말하는 것이 아니다. 그것은 우리의 연희에 대한 가치를 부여하는 작자의 미학적 견해라고 말할 수 있다. 이전의 도학자들이 '정(情)'을 억제하고 '성(性)'을 내세운 것과 달리, 그는 오히려 '정(情)'에서 촉발된 소리를 천지자연의 운치를 드러내는 소리라며 높이 평가하고 있다. 그래서 창우들의 놀이나 농환(弄丸), 심지어 무당들에 의해 이뤄지는 다양한 연희에 이르기까지 그 모두가 인간의 자연스러운 감정에서 발현된 것으로 보았다.

이러한 송만재가 입론한 '운(韻)'에 대한 개념은 인간의 내면에서 자연스럽게 흘러나오는 감정을 중시하는 관점으로 18세기 이래로 홍량호 등이 주장했던 '천기론(天機論)'의 연장 선상에 놓여 있다. 여기에서 그

로 받아들이고 있었다. 그런데 필자는 「관우희」·<서문>과 <발문>의 작자가 혹시 다르지 않았나 하는 의구심이 있다. 그것은 <서문>과 <발문>의 문체나 내용적 성향이 매우 다르기 때문이다. <서문>이 운문적 흐름이 강화된 변문체에 가깝다면, <발문>은 그야말로 산문체이다. 내용적 성향도 달라지고 있다. <서문>이 연희에 대한 역사적 배경이나 사례, 「관우희」에 대한 전반적인 내용을 제시하면서 연희에 대한 교화론적인 견해를 제시하고 있다. 반면에 <발문>에서는 「관우희」를 창작하게 된 동기와 배경, 그리고 연희에 대한 작자 자신의 긍정적인 문예 의식을 드러내고 있다. 한편, <서문>에서 「관우희」작품의 어구를 예로 들어 연희를 거론하는 것은 작자인 송만재 자신보다는 타인이 그의 작품을 읽고 써주었을 가능성이 높다. 물론, 이처럼 「관우희」·<서문>과 <발문>의 문체가 달라지고 내용상의 성향이 달라지는 것이 작자인 송만재의 의도적인 글쓰기 전략일 수도 있다. 하지만 이런저런 정황으로 판단해보자면 <발문>은 작자인 송만재가 분명히 지었고, <서문>은 다른 사람이 지었을 가능성이 높다. 필자는 그게 혹시 신위이지 않았나 생각된다.

21) 윤광봉, 『한국연희시연구』, 이우출판사, 1985, 108쪽.

가 내세운 '운(韻)'의 개념은 조선후기에 이뤄졌던 수많은 연희의 가치를 인정하고 그것을 시로 형상화할 수 있는 의미를 부여하는 입론이다. 한 마디로 19세기 판소리 관련 연희시들이 많이 창작된 것은 인간의 자연스러운 성정을 중시하는 그와 같은 문예 의식에 힘입고 있었다. 그리고 그 중심에는 당대의 소론계 문사들이 자리를 잡고 있었다.

3.2 판소리 관련 연희시와 소론 계보

앞서 조선후기 연희시의 한 국면으로 판소리의 수렴을 들었다. 판소리 관련 연희시는 18세기 중엽인 영조30년(1754)에 충청도 목천에 살고 있는 지방 문인이었던 유진한에 의해 처음으로 「가사춘향가이백구(歌詞春香歌二百句)」로 담겼다.[22] 그러나 그것은 유학자들의 비웃음으로 유포되지 못하고 집안에 수장되어 있다가 1970년대에 김동욱에 의해 비로소 알려졌다.[23]

19세기인 순조 26년(1826)에 이르러 소론계 문인이었던 신위(申緯, 1769~1845)가 판소리 관련 연희시 「관극절구」12수를 지었다. 그가 직접 판소리를 들었다는 것은 작품 내용에서도 드러난다. 그것에는 무대 주변의 관객 모습부터 판소리 <춘향가>의 면모, 광대들의 연희 모습

---

22) 「歌詞春香歌二百句」의 원천텍스트가 판소리인지, 아니면 판소리계소설인지는 확실치 않다. 유진한의 문집인 『晩話集』권2에는 「歌詞」라는 편명 아래에 한역가인 <춘향가>와 고전소설 <사씨남정기>를 원천으로 한역한 「劉翰林迎娜夫人告祠堂歌」가 있기 때문이다. 김석배는 그것이 18세기 중엽 전라도에서 부르던 소리 광대의 「춘향가」를 비교적 성실하게 수용하고 있는 이본으로 초기 「춘향전」의 모습을 잘 보여주고 있는 것으로 보았다.(김석배, 「만화본 춘향가 연구」, 『춘향전의 지평과 미학』, 박이정, 2010, 233~263쪽.) 이윤석은 유진한의 <춘향가>가 판소리 <춘향가>보다는 세책계열 <춘향전>에 더 가깝다는 점 등을 들어 판소리 <춘향가>보다는 소설인 <춘향전>의 직접적인 영향으로 보았다.(이윤석, 『향목동 세책 춘향전 연구』, 경인문화사, 2011, 339~361쪽.)

23) 김동욱, 『증보 춘향가 연구』, 연세대학교 출판부, 1976, 77쪽.

에 이르는 일련의 과정이 담겨 있다. 그리고 신위의 「관극절구」는 연희 모습을 단순히 묘사하는데 그치는 것이 아니라, 전체의 흐름을 자기 나름대로 소화시켜 치밀하게 구성한 것이다.[24]

신위의 「관극절구」12수는 19세기 판소리 관련 연희시의 중심으로 자리를 잡는다. 그것은 송만재나 이유원 등과 같은 후인들이 신위의 「관극절구」12수를 전범으로 판소리 관련 연희시를 짓고 있었기 **때문**이다. 이 과정에서 후인들은 「관극절구」12수를 전범으로 본받은 것에 머물지 않고 자신들의 관점으로 당대 시정의 모습이나 연희 내용을 담으려고 노력하였다. 특히 이유원은 어린 시절에 신위에게 나아가 공부한 바 있다. 그는 「소악부」나 「관극절구」, 더 나아가 「동인논시절구」와 같은 문예양식을 신위에게서 본받아 공유하기에 이른다.[25] 신위가 「소악부」로 우리 고유의 시조를 한역하여 민족 정서에 주목한 것이나 「동인논시절구」로 우리 선인들의 시를 비평한 것, 더 나아가 「관극절구」12수에서처럼 우리 민속과 연희를 시로 담아 보존하려는 의식은 높이 평가될 만하다. 이것은 민족문화에 대한 신위의 자긍심과 자각에서 비롯된 것이었다.

신위의 연희시는 헌종 9년(1843)에 지어진 송만재(宋晩載, 1783~1851)의 「관우희」50수로 이어진다. 「관우희」는 본래 아들의 과거 합격을 기념하는 문희연(聞喜宴)을 대신하여 지어진 것이다. 송만재의 「관우희」는 신위와 밀접한 관련을 맺고 창작된 것으로 보인다. 그동안 송만재의

---

24) 윤광봉, 『조선후기의 연희』, 박이정, 1998, 345~362쪽.

25) 논시 양식은 중국 당나라 이래로 고려조를 거쳐서 조선후기에 이르렀다. 19세기에 이르러서는 <동인논시절구(東人論詩絶句)>에서 시작되는데, 그것은 자하 신위 → 추금 강위 → 매천 황현 → 석정 이정직으로 이어지는 논시양식의 계보를 갖고 있다. 그리고 이유원은 신위의 직접적 영향을 받았고, 하정(荷亭) 여규형(呂圭亨, 1849~1922)과 매천(梅泉) 황현(黃玹, 1855~1910)은 강위를 통한 간접적 영향을 받았던 것으로 보인다.(구사회, 『근대계몽기 석정 이정직의 문예이론 연구』, 태학사, 82~107쪽.)

「관우희」는 연세대 도서관에 신위의 「소악부」와 함께 편철된 1부가 필사되어 있었다. 그런데 최근에 연세대본보다 선본(善本)인 새로운 필사본이 나오면서 「관우희」가 신위와 밀접한 관련을 맺고 지어졌다는 단서를 확인할 수 있었다.26) 왜냐하면 송만재의 「관우희」가 「옥전잉묵(玉田謄墨)」과 함께 『판교초집(板橋初集)』이라는 책에 실려 있었는데, 그것에는 '자하비평(紫霞批評)'이라는 글씨가 적혀있었기 때문이다. 이것은 송만재의 「옥전잉묵」과 「관우희오십절」이 창작된 다음에 자하 신위의 검증을 거쳤다는 것을 뜻한다. 필자의 조사에 의하면 이들의 연결고리와 밀접한 관계는 같은 소론 당색으로 보았다.27)

철종 3년(1852)에는 윤달선(尹達善, 1822~1890)이 판소리 춘향가를 보고 「광한루악부」를 지었다.28) 송만재의 「관우희」가 나온 지 10년째 되는 해이고, 신위의 「관극절구」가 나온 지 27년째였다. 그는 해평윤씨로 일찍 급제하여 철종 2년(1850)에 28세의 나이로 증광시 진사가 되었다. 그럼에도 불구하고 그는 늦도록 관로가 막혀 늙어서도 겨우 말단직을 전전하였다. 해평윤씨는 노론계가 많았지만 일부는 소론계에 속해 있었다.29) 그의 당색은 확실하지 않다. 그런데 부친인 윤치중(尹

---

26) 이전에 연세대본 <관우희>만 존재하였을 적에 그것은 도서관을 통한 수집과 진열의 존재로써 공간적 분리가 되면서 그 본래 지녔던 콘텍스트를 상실하고 있었다. 그런데 최근에 새로운 필사본이 출현하면서 연세대본 <관우희>와 함께 이들이 지녔던 콘텍스트가 어느 정도 회복된 것으로 보인다. 그것은 송만재의 <관우희>가 신위와 뗄 수 없는 관련성이었다.

27) 구사회, 앞의 논문, 『열상고전연구』 36집, 2012, 174쪽.

28) 그동안 윤달선의 몰년은 족보에도 누락되어 알 수 없었는데, 『奉化郡誌』(봉화군지 편찬위원회, 1988, 268쪽)에 그가 봉화 현감으로 재직하다 1890년 7월에 죽은 것으로 나와 있다.

29) 신위는 해평윤씨였던 죽사(竹史) 윤영선(尹永善, 1813~?)이 자신의 73세 생일을 축하하는 시를 보내오자 차운하여 답하는 시가 있다.(『警修堂全藁』 28卷, 「覆瓿集」 7, <七十三生朝, 次韻答竹史>). 윤영선은 소론가인 평산가 신태유(申泰有, 1790~?)의 여식에게 장가를 들었던 인물이다.

致重, 1791~1831)을 비롯하여 윤달선 자신과 그의 아들인 윤성구(尹性求, 1874~1934)도 모두 소론계와 혼사를 맺고 있다.[30] 이런저런 정황으로 미루어 윤달선 집안은 소론계였던 것으로 보인다.

「광한루악부」의 서문을 써 준 사람으로 윤원(尹瑗, 1818~1892)과 이계오(李啓五, 1822~?)가 있다. 윤원은 본관이 파평(坡平)으로 숙종조에 활동했던 윤지완(尹趾完, 1635~1718)의 7대손이다. 그의 집안은 대를 이어 소론계로 활동하였다. 이계오(李啓五, 1822~?)도 소론계였던 경주이씨였다.

그런데 윤달선이 30세라는 젊은 나이에 「광한루악부」108구를 지은 것으로 미루어 그는 일찌감치 판소리, 특히 <춘향가>에 조예가 깊었던 듯하다. 현재로서는 그가 신위를 대면한 사실이 있었는지는 확인되지 않는다. 그렇지만 운달선은 「광한루악부」·<서문>에서 신위가 지은 관극시의 풍류스러운 가락이 근세의 절창이었지만 소략한 것이 매우 아쉽다는 의견을 피력한 바 있다.[31] 이것은 그가 신위의 「관극절구」를 익히 알고 있었고 나름대로 아쉬움을 갖고 있었던 듯하다. 그렇다고 신위의 「관극절구」를 부정하는 것이 아니다. 그는 신위가 사용했던 칠언절구의 연희시 문예 양식을 계승하면서 자신의 관점에서 <춘향가>를 구체적으로 형상화하였다. 이것은 신위의 「관극절구」가 판소리 연행 과정의 모습과 그 정경을 포괄적으로 담아내는 것과는 차이를 보인다. 윤달선의 「광한루악부」는 7언절구 108구에 용어나 창자 이름을 적시해가며 구체적으로 <춘향가>를 담아내고 있었기 때문이다.

이유원(李裕元, 1814~1888)의 「관극팔령(觀劇八令)」과 「영산선성(靈

---

30) 『海平尹氏大同譜』卷3, 「陶齋公派」.

31) 윤달선, 「廣寒樓樂府」, <自序>. "紫霞申侍郎作觀劇詩數十首, 其風流韻響, 卽近世絶唱. 然詩甚些略, 良可惜也."

山先聲)」도 신위의 「관극절구」문예 양식을 전습한 것이다. 이유원은 본관이 경주, 백사(白沙) 이항복(李恒福, 1556~1618)의 8대손으로 당대 소론계를 대변하는 인물이었다. 「광한루악부」의 서문을 쓴 이계오(李啓五, 1822~?)도 그의 족친이었다. 신위의 문예 양식에 가장 충실했던 인물도 이유원이었다. 그는 신위가 선험했던 소악부, 논시절구, 연희시의 문예 양식을 두루 계승하여 각각의 작품을 남겼기 때문이다. 다만, 그것을 형상화 방식에서는 차이가 있었다. 신위의 「관극절구」에서는 관객과 창자의 모습, 작자의 심회, 파장 후의 광경을 다루고 있다. 반면에 이유원의 「관극팔령」에서는 판소리 여덟 작품 자체를, 「영산선성」에서는 단가를 중심으로 형상화하였다. 더 나아가 이유원의 연희시는 신위의 그것에 비해 상대적으로 작자의 주관이 짙게 반영되고 있었다.

영재(寧齋) 이건창(李建昌, 1852~1898)도 1884년경에 <작심청가(作沈清歌)>2수를 지었다. 그는 전주이씨 덕천군파의 후손으로 양명학자를 많이 배출했던 대표적인 소론가 출신이었다. 그가 직접 신위를 대면한 적은 없었다. 그러나 이건창은 신위와 교유했던 고환당(古懽堂) 강위(姜瑋, 1820~1884)에게 시를 배웠고, 그를 통해 신위로부터 이어진 이 시논시 양식과 연희시를 접했던 것으로 보인다. 참고로 이건창은 강위에게 시를 배우거나 교류했던 여규형(呂圭亨, 1849~1921)이나 황현(黃玹, 1855~1910)과도 가까웠다. 이들은 모두 논시 양식이나 기속시를 남겼다. 특히 여규형은 근대계몽기에 이르러 판소리 관련 사업에 참여하여 한문연본 <춘향전>과 <잡극심청왕후전>를 저술한 바 있다.[32] 이건창이 영광출신 광대 배희근이 불렀던 심청가를 듣고 연희시를 지었

---

32) 송미경, 「여규형본 <춘향전> 각본의 형성과 독서물로의 수용 전화」, 『판소리연구』 28집, 판소리학회, 2009, 263~188쪽.

던 것도[33] 결코 우연이 아니었을 것으로 본다.

4. 맺음말

19세기에 이뤄진 판소리 관련 연희시는 신위의 「관극절구」12수, 송만재의 「관우희」50수, 윤달선의 「광한루악부」, 이유원의 「관극팔령」과 「영산선성」5수, 이건창의 <작심청가> 2수를 꼽을 수 있다. 이 글에서는 이들 판소리 관련 연희시들의 문화적 맥락을 살펴보고자 하였다.

그것에 앞서 조선후기 연희시의 갈래를 다섯 유형으로 구분하였다.(① 춤과 관련된 연희시. ② 줄타기나 장대에서 재주를 부리는 솟대놀이나 산대놀이의 연희시. ③ 예인들의 가창 연행이나 정경을 담은 연희시. ④ 판소리나 광대들의 주변 모습을 담은 연희시. ⑤ 기타, 불교 작법이나 무속 의례와 관련된 연희시.)

19세기에 이르러 연희시는 다양하게 전개되고 있었는데, 판소리가 그것의 중심으로 자리를 잡았다. 그런데 이들 판소리 관련 연희시를 살펴보면 그 기저에 흐르는 일련의 흐름을 엿볼 수 있었다. 그것은 신위로부터 송만재·윤달선·이유원·이건창으로 이어지는 판소리 관련 연희시 작자들이 모두 소론계 인물이었다는 점이다. 그리고 그 중심에 신위가 있었다. 이들 소론계 문인들은 신위의 「관극절구」12수를 전범으로 삼아서 판소리 관련 연희시 문예 양식을 공유하면서 전승시키고 있었다. 하지만 이들 소론계 문인들이 판소리 관련 연희시를 형상화하는 방식은 서로 달랐다.

---

33) 李建昌, 『明美堂集(上)』卷4, <靈光裴希根伶人也. 作沈淸歌, 悲壯感慨, 近所罕有>, 1984, 169쪽.

19세기에 이뤄진 이들 판소리 관련 연희시는 소론계의 문예적 전통과 깊은 관련이 있었던 것으로 보인다. 이들 소론계 문인들은 사람들의 자연스럽고 진솔한 감정을 중시하였고 우리 고유의 민족 정서에 주목하고 있었다. 그리고 그것은 하나의 소론계 문예 전통이 되어 우리 고유의 노래를 보존하려는 노력으로 이어졌다. 한편, 이들 소론계 문인들이 판소리 관련 연희시들을 저술하였던 것은 민속 연희에 대한 가치를 자각하여 적극적으로 보존하려는 문화적 주체의식의 발로로 여겨진다.

제3부

근대 한문학의
새로 읽기

❖ 근대 동아시아 건국지도자의 한시문학
  -모택동·이승만·호지명을 중심으로-

❖ 박영철의 『다산시고』와 친일시

❖ 다산 박영철의 『아주기행』과 문학적 형상화

❖ 석정 이정직의 시의식(詩意識)과 문예론적 특질

❖ 유재 송기면의 선비정신과 시세계

근대 동아시아 건국지도자의 한시문학

-모택동·이승만·호지명을 중심으로-

1. 머리말

근대 이전에 중국은 동아시아에서 세계의 중심이었고, 한국은 주변국이었던 일본이나 베트남 등과 교린의 위치에 있었다. 그러나 19세기에 서구문물을 먼저 받아들인 일본은 세계열강의 대열에서 다른 동아시아 국가들을 침략하는 제국주의 세력으로 바뀌었다. 제2차 세계대전이 끝나고 세계가 동서냉전체제로 바뀌면서 한국은 중국과 외교를 단절하였고, 베트남도 1975년에 북베트남이 통일하면서 단절되었다. 한국은 한일정상회담을 통해 먼저 일본과 1965년에 공식적인 외교관계를 맺었다. 1990년대에 동서냉전체제가 약화되고 중국과 베트남의 개혁과 개방이 이뤄지면서 한국은 이들과 외교관계를 정상화하였다.

오늘날 한국은 중국·일본·베트남과 함께 동아시아의 일원으로 긴밀한 관계를 맺고 있다. 지금부터 한 세기 전에 중국·한국·베트남은 서구열강과 일제의 침략을 받았는데, 이들 동아시아 삼국은 그것에 강력하게 저항하여 투쟁하였다. 당시 이들 국가에서는 많은 애국지사가 투쟁의 길로 나섰고, 이들 중에는 후일에 국가를 재건하고 최고의 정치지도자로 자리를 잡은 인물들이 있다. 중국의 모택동(1893~1976), 한국의 이승만(1875~1965), 베트남의 호지명(1890~1969)이 바로 그들이다.

이들의 내력을 살펴보면 흥미로운 점이 발견된다. 이들 삼인은 제국주의의 침략을 받았던 암울했던 시대에 나라와 민족의 미래상을 제시하고 국민을 이끌었던 사상가들이자 정치가였다. 그리고 이들은 시를 창작하였던 시인들이었다. 중국의 모택동은 100여수의 한시작품을, 한국의 이승만은 160여수의 한시작품을, 베트남의 호지명도 100여수의 한시작품을 남겼다. 물론 이등박문(1841~1909)을 비롯한 일본의 근대 정치지도자들도 한시를 창작하였다. 하지만 이들은 식민지 세력의 원흉이었지, 그것에 저항했던 민족지사는 아니었다.

지금까지 이들 근대 동아시아 3국의 건국지도자였던 모택동·이승만·호지명에 대한 연구는 정치학과 같은 사회과학분야에 집중되어 있었고, 이들 각각의 문학작품에 대한 연구는 미미한 상태였다. 연구사를 살펴보면, 모택동에 대한 문학 연구도 시작품보다는 문학예술론에 집중되어 있었고,[1] 이승만[2]과 호지명[3]의 문학에 대한 논의는 거의 없었다. 특히 이들 근대 동아시아 건국지도자들의 시작품에 대한 비교 연구는 아직 없었다.

본고에서는 먼저 동아시아에서 중세 이래로 근대 이전까지 전승되었던 한시 전통에 대해 살펴보고 왜 그런 전통이 자리를 잡았는지 살펴본다. 그리고 그러한 한시 전통 속에서 이들 3인의 한시 작품을 살펴보고 비교해보도록 하겠다.

---

1) 김충렬, 「모택동의 혁명문예론」, 『아세아연구』 65호, 고려대 아세아문제연구소, 1981, 69~84쪽.
　　이수웅, 「모택동의 정치문예사상」, 『중국연구』 11권, 건국대 중국문제연구소, 1992, 121~141쪽.
　　전형준, 『현대 중국의 리얼리즘 이론』, 창작과 비평사, 1997, 195~232쪽.
2) 이승만, 『이승만 한시선』(이수웅 옮김), 배재대학교 출판부, 2007, 2~14쪽.
3) 호지명, 『옥중에 자유인 머물다』(김상일 옮김), 사람생각, 2000, 109~117쪽.

2. 중국·한국·베트남의 한시 전통과 근대 전승

중세 이래로 근대 이전까지 동아시아에서 중국은 세계의 중심이자 문화의 종주국이었다. 반면에 한국은 베트남·일본·유구 등과 함께 그것의 주변국으로 자리를 잡았다. 한국을 비롯한 주변국들은 사대의 예로써 중국의 선진 문화를 받아들였고, 주변국끼리 서로 교린의 관계에 있었다. 한국을 비롯한 국가들이 중국과 맺었던 사대 관계라는 것은 당시 세계의 중심이었던 중국의 선진문화를 섬기고 받아들인다는 것이었지, 오늘날 사람들이 생각하는 정치적 종속이나 복속의 의미는 아니었다.

근대 이전까지 중국을 비롯한 한국·일본·베트남 등에서는 자국의 민족어가 있었지만, 이들 동아시아에서 두루 통용되는 공동문어는 한문이었다. 그 과정을 보면, 춘추전국시대에 이뤄진 사서오경과 같은 유학 서적들과 역사서들이 중국 주변으로 보급되었다. 기원전 206년에 진나라가 망하고 다시 중국을 통일한 한나라에 이르러 한문은 이미 한국을 비롯한 주변국으로 전파되면서 국제어로 자리를 잡았다.

자세하지는 않지만, 한국은 기원전 108년에 한무제가 고조선을 멸망시키고 한사군을 설치하면서 한문이 통용되었을 것으로 추정된다. 한사군 시대를 거치며 고구려·백제·신라의 삼국시대에 이르러 한문은 상당한 수준에 올라섰을 것으로 보인다. 일본은 4세기 후반에 백제로부터 한자를 전해 받았다. 백제 근구수왕(?~384)의 재위 기간에 왕인박사가 『논어』와 『천자문』 등을 가지고 일본으로 건너가 가르치면서 한문을 전한 것으로 알려졌다. 베트남도 기원전 2세기에 중국으로부터 한자가 전래되었다. 趙왕조를 세운 찌에우 다(趙佗)가 베트남에 처음으로 한자를 소개하였고, 이후로 중국 통치기에 부임해오는 중국

관리나 귀양을 온 문인들에 의해 한문이 보급되었다.4)

한국을 비롯하여 이들 일본이나 베트남에서 한문이 보급되고 자리를 잡게 된 것은 유교 경전과 함께 한문으로 번역된 불경의 유입에 힘입은 바가 크다. 중국 남북조 시대를 거치면서 한문이 불교의 경전어가 되고, 중국 안팎의 여러 민족이 한문경전을 통해 불교를 받아들이면서 한문은 동아시아의 공동문어가 되었다.5) 동아시아의 여러 나라에서는 문화종주국이었던 중국의 문물을 받아들이고 나라의 위업과 자국의 역사를 알리기 위해 경쟁적으로 그것을 한문으로 남겼다. 그리고 이들 국가는 세련된 한문을 구사하고 그것으로 시문을 지어서 자신들이 야만국이 아닌 문화국임을 알리기 위해 힘을 쏟았다.

게다가 중국을 비롯한 이들 각국에서는 시험을 통해 인재를 발탁하는 과거제도가 시행되면서 문치주의가 자리를 잡게 되었고 학문과 문학의 발전을 가져왔다. 특히 중국과 한국에서는 과거제도가 사장(詞章) 위주로 운용되면서 시문학의 성흥을 가져왔다.

중국에서는 일찍이 한나라 시대에 시험을 통해 관리를 선발하였고, 587년부터 본격적인 과거제도를 시행하였다. 한국에서는 신라 원성왕 4년(788)에 독서삼품과라는 시험제도가 가동되었고, 고려 광종 9년(958)에 시부로 인재를 뽑는 과거제도가 시행되면서 그것은 전통으로 이어졌다. 베트남에서는 1075년에 과거제도가 시행되었는데, 과목별로 시험을 치러서 관리를 선발했다.6) 일본에서는 헤이안(平安) 시대에 형식적인 과거제도가 일시적으로 있었으나 18세기 말까지 중국이나 한국과 같은 과거제도가 없었다. 다만 관리채용에서 중국의 과거제도를 두는 대신에

---

4) 한국베트남학회 편, 『베트남』, 한국외국어대학교 출판부, 2000, 73쪽.
5) 조동일, 『공동문어문학과 민족어문학』, 지식산업사, 1999, 43쪽.
6) 유인선, 『새로 쓴 베트남의 역사』, 이산, 2002, 129쪽.

유력 인사의 자제를 정실 채용을 통해 선발하였다.

한국에서는 시문이 과거시험의 주요 과목으로 자리를 잡았고 중국과의 문화 교류를 통해서 한문학이 성흥하였다. 베트남에서는 과거와 함께 중국의 오랜 지배 기간에 중국의 관리나 문인들이 한문학의 융성에 크게 이바지하였다. 반면에 일본에서는 과거제도를 발전시키지 못한 문화의 단점을 한시 대신에 하이꾸를 국민문학으로 세련되게 발전시키거나 다른 분야로 만회하는 변화를 보였다.7) 이들 동아시아 국가에서는 대부분이 과거제도를 통하여 관리를 선발하였고, 시문학의 성흥과 함께 교양을 갖춘 지식인이라면 한시 창작이 하나의 문화적 전통으로 자리를 잡았다. 따라서 중국을 비롯하여 한국과 베트남에서 관리로 출세하고자 하는 사람은 뛰어난 한시 능력을 갖춰야만 하였다. 결과적으로 이들 동아시아 국가에서는 한문학이 융성하고 중국과 함께 한국과 베트남에서도 많은 한시 작가들이 배출된 것은 모두 그와 같은 문화적 동력이 작용한 것이었다.

중국을 비롯하여 한국과 베트남에서의 한시 전통은 19세기 말엽에 이르러 과거 제도가 폐지될 때까지 지속해서 이어졌다. 그 이후에 교육제도가 바뀌고 과거제도가 폐지된 이후에도 한시 전통은 곧바로 소멸한 것이 아니라 상당기간에 걸쳐서 지속하였다. 한국에서는 한문학과 한시 창작이 일제강점기에 약화하였지만 그래도 면면히 이어졌고 이후에도 부분적으로 존속하였다. 중국도 달라졌지만, 근대를 살았던 모택동만 하더라도 고시나 근체시, 사(詞)와 같은 정형시를 두루 익혔다. 한국의 이승만은 과거시험을 준비하는 과정 중에 한시를 익혀서 일생을 두고 창작하였다. 베트남의 호지명도 자연스럽게 한문과 함께

---

7) 김태준, 「과거제도와 동아시아 문학의 사회사」, 『비교문학별권』, 한국비교문학회, 1998, 238~245쪽 참조.

한시를 익혀서 작품으로 남겼다.

이들 동아시아의 근대 건국지도자들은 모두 19세기 말엽에 일어났던 서세동점의 역사적 격변기에 태어나서 처음엔 전통적인 유교 교육을 받았고, 성장하면서 서구 사상과 신문물을 접한 이력을 가지고 있다. 또한 이들 세 사람은 이념적 노선이 서로 달랐지만 각각 자국의 독립과 해방을 위해 투쟁했던 동아시아의 건국지도자들이기도 한데, 공통으로 한시를 창작하여 작품으로 남겼다.

3. 근대 동아시아 건국지도자의 한시문학

3.1. 모택동

모택동(1893~1976)은 외세로부터 독립과 주권을 위해 싸웠던 근대 중국의 건국지도자이다. 그는 가난한 농부의 아들로 태어나서 아버지의 농사일을 도우며 자랐다. 그는 8세에 초등학교에 입학하여 13세까지 논어를 비롯한 기초 유학을 익히다가 20대에 마르크스의 유물론이나 무정부주의에 관한 책들을 접하면서 공산주의자가 되었다. 그는 중국 내전을 승리로 이끌며 1949년에 국가주석으로 선출되었다. 그는 젊은 시절부터 죽을 때까지 격변의 중심에 있었던 근대 중국의 정치가이자 공산주의 이론가였다.

모택동은 어려서 전통 교육을 받았는데, 학교 교육을 통해 시문과 경학을 배웠다. 20대에 사회주의 서적을 탐독하며 문필가로 활동하기 이전에 그는 시문 창작 능력을 갖췄던 것으로 보인다. 그뿐만 아니라 그의 문예이론은 오늘날 중국 혁명문예의 지침으로 작용하고 있다.

모택동의 문학은 시(詩)와 사(詞)로 요약되는데, 그는 시뿐만 아니라

사에도 조예가 깊었다. 그는 1949년 중화인민공화국이 성립되기 이전에 50수의 시와 29수의 사 작품을 지었고, 이후로 여기에 21수가 보태졌다.8)

모택동의 시문학은 주로 공산주의 이념을 고취하는 무산계급의 민중의식을 형상화하거나 투쟁적인 내용으로 일관하고 있다. <여몽령(如夢令)>의 <元旦>에서처럼 붉은 깃발로 뒤덮는 장정(長征)의 과정이나 <서강월(西江月)>에서처럼 국민당 군대와의 투쟁 과정을 담고 있는 것처럼, 그의 작품은 이념적이며 투쟁적인 내용이 주류를 이룬다.

먼저 사(詞) 형식으로 지어진 <청평락>을 살펴보기로 한다.9)

清平樂 -蔣桂戰爭-　청평락 -장계전쟁-

風雲突變	바람과 구름이 갑자기 변하듯이
軍閥重開戰	군벌들이 다시 싸움을 벌렸다.
灑向人間都是怨	인민에게 뿌리는 것은 원망뿐이니
一枕黃粱再現	부질없는 헛된 꿈을 다시 꾸느냐.
紅旗躍過汀江	붉은 깃발 정강을 훌쩍 지나
直下龍岩上杭	곧바로 용암과 상항으로 내려간다.
收拾金甌一片	국토의 한 조각을 거두어서
分田分地眞忙	토지를 분배하기 참으로 바쁘구나.

모택동은 1929년 10월에 복건성 정강(汀江) 유역의 용암(龍岩)과 상항(上杭)에 근거지를 마련하고 인민들에게 토지를 분배하는 등 혁명과

---

8) 모택동이 남긴 시와 사의 작품 개관은 변성규의 논문을 참조하기 바란다.
　　변성규, 「毛澤東 詩·詞의 특질」, 『중국인문과학』 23집, 중국인문학회, 2001, 399~423쪽.
9) 이 논문에서 모택동의 번역시는 유중하의 『정강산』(평밭, 1989)을 채택하였고, 경우에 따라서 공기두의 『모택동의 시와 혁명』(풀빛, 2004)을 참조하였다.

업을 수행하면서 바쁜 날들을 보내고 있었다. 이에 앞서 3월에는 국민당의 장개석과 광서성을 거점으로 세력을 잡았던 이종인·백숭희의 사이에서 반혁명적이며 반인민적인 군벌 싸움이 있었다. 화자는 자신의 혁명 이념을 인민의 뜻에 반하는 군벌들의 반혁명적인 행태와 대조시켜 제시하고 있다.

西江月	서강월
-井岡山-	-정강산에서-

山河旌旗在望	산 아래에 깃발이 바라보이는데
山頭鼓角相聞	산 위에서 고각소리 들려온다.
敵軍圍困萬千重	적군이 천만 겹 에워싸고 있어도
我自歸然不動	우리는 우뚝 서서 꼼짝하지 않노라.
早已森嚴壁壘	일찌감치 삼엄한 보루에다가
更加衆志成城	인민의 뜻을 더해 성채를 이뤘다.
黃洋界上炮聲隆	황양계에서 포성소리 요란하더니
報道敵軍宵遁	적군들이 밤새 도주했다고 알려온다.

정강산은 호남성과 강서성의 경계에 있는 산인데, 모택동 중심의 중공당사에서는 혁명의 메카로 불리는 곳이다. 그는 이곳에서 혁명을 옹호하고 당의 임무를 규약하는 결의문을 발표한 바 있다. 1927년에 모택동은 민중봉기를 일으켰다가 장개석 군대에 쫓겨 정강산으로 피신하였고 재기를 도모했던 곳이다. 시의 앞부분에서 정강산은 적군이 천만 겹을 에워싸고 있어도 끄떡없는 천혜의 요새임을 암시하고 있다. 그런 천연적인 조건에다가 인민들의 성원으로 더욱 견고한 성채를 이루고 있어서 적들이 퇴각했다고 기염을 토한다. 시인은 중국 혁명의 요새인 정강산이 천혜의 견고함으로 지켜진 것이 아니고 무엇보다도

인민의 성원과 투쟁에 힘입었음을 암시하고 있다.

다음은 그의 시풍을 살펴보기로 한다. 모택동은 서구열강의 침략으로 청나라가 망하고 일제에 국토가 유린당하는 근대시기에 반제국주의 투쟁에 나섰던 지도자였다. 일제가 패망한 뒤에는 장개석의 국민당과 투쟁을 통해 중국을 통일했던 영웅이기도 하다. 그의 시작품은 영웅적 면모와 함께 범인들로는 감히 넘볼 수 없는 웅혼하며 장대하다.

滿江紅	만강홍
-和郭沫若同志-	-곽말약 동지에게 화답하다-
小小寰球	작디 작은 지구
有幾個 蒼蠅碰壁	몇 마리 파리가 벽에 부딪치다.
嗡嗡叫	윙윙거리는데
幾聲凄厲	몇은 소리가 처량하고
幾聲抽泣	몇은 소리가 구슬프구나.
螞蟻緣槐誇大國	작은 개미가 괴목에 붙어 대국이라 뽐내고
蚍蜉撼樹談何易	왕개미가 나무를 흔든다고 말하기가 얼마나 쉬울까.
正西風 落葉下長安	서풍에 낙엽이 장안에 떨어지니
飛鳴鏑	우는 화살이 날아간다.
多少事	크고 작은 일들
從來急	예로부터 급하다지만
天地轉	천지는 구르고
光陰迫	세월은 빠르다
一萬年太久	일만 년의 오랜 시간
只爭朝夕	아침저녁으로 다투기만 한다.
四海飜騰雲水怒	사해는 들끓으며 구름과 물이 노하고

五洲震蕩風雷激　　오대주는 뒤흔들리며 바람과 우뢰가 격렬하다.
要掃除 一切害人蟲　사람 해치는 온갖 벌레를 쓸어 없애려는데
全無敵　　　　　　전혀 대적할 것 없어라.

이것은 곽말약이 보내온 〈만강홍(滿江紅)〉에 대해 1963년 1월 9일에 화답한 사(詞) 작품이다. 당시 후르시초프의 수정주의 노선을 두고서 소련과 중국의 사회주의 양대 진영에서 논쟁을 벌이며 대립하고 있었다. 게다가 중국 내부에서도 후르시초프의 노선에 동조하는 세력이 있었다. 여기에는 그것을 비판하며 공세를 취하는 모택동의 이념적인 관점과 태도가 담겨 있다.

여기에서는 모택동의 시작품 전반에 관류하는 시풍과 표현 수법도 추출할 수 있다. 시인은 둘레가 40,074㎞에 질량이 6조 톤의 10억 배에 이르는 지구가 작디작다고 일갈한다. 미국과 소련을 비롯한 강대국을 나무에 들러붙은 개미 정도로 우습게 여기고 있다. 그의 시공간적 관념은 천지를 뛰어넘고 일만 년을 길다고 여기지 않는다. 사해와 오대주를 뒤흔들며 인민을 해치는 해충을 쓸어버리는데 대적할 것이 없다는 호기를 드러낸다. 칠언율시 〈동운(冬韻)〉 등에서도 미소 제국주의를 상징하는 호표(虎豹)나 곰을 몰아내겠다고 다짐을 하는 웅지를 드러내고 있다. 이런 작품들을 읽다 보면, 범인들은 감히 넘볼 수 없는 모택동의 웅혼하며 장대한 시풍에 압도되고 만다.

그리고 모택동은 자신의 이념과 사상을 효과적으로 표현하기 위해 여러 가지 방식을 모색하였는데, 대표적인 것이 비유와 상징이다. 그는 사물들을 활용하여 비유적 수법으로 시적 효과를 높이고 있다. 이 시에서 '서풍'은 사회주의에 대립하는 제국주의의 힘을 비유한 것이다. 작은 개미나 왕개미는 제국주의에 기대어 허장성세하는 세력들을 말

한다. <복산자(卜算子)>에서는 매화를 통해 절의와 충절의식을 비유하고 있다. 이것은 시인이 비유와 상징을 통해 시적 효용성을 높이려는 의도에서 비롯된 것으로 보인다.

모택동의 시작품은 서정적인 내용이 없는 것은 아니지만, 이념적이며 투쟁적인 혁명 내용이 작품 전체를 압도하고 있다. 더욱이 중국에서 문학이란 인민과 국가를 위해 복무하고 존재해야한다는 사회주의 문학의 효용성과 공리성이 강조되면서 모택동의 개인적 정서를 읊은 작품들은 국가적 차원에서 배제되었을 것으로 보인다.

3.2. 이승만

우남 이승만(1875~1965)은 21세가 되던 1895년 4월에 배재학당에서 신학문을 시작하기 이전에 집안에서 한문을 익혔고 이어서 서당에 나아가 한학을 익혔다. 1894년 갑오개혁으로 과거제도가 폐지되기 이전까지 우당은 과거 준비를 하면서 한시를 자유로이 지을 수 있는 상태였다. 그가 평생 한시를 가까이할 수 있었던 것도 모두 그와 같은 젊은 시절에 쌓았던 내공에서 비롯되었다. 훗날 그는 반세기에 가까운 세월을 유랑과 망명생활을 하였지만, 한시 창작은 그의 내면을 추스르고 시름을 달래주는 하나의 생활 방편이자 수단이었다. 그래서 우남은 평생 상당한 분량의 한시를 지었고, 오늘날까지 남아 있는 작품도 160여 수가 넘는다.[10]

먼저 우남의 시 생애를 시기별로 구분하여 특징을 개괄하고 이어서 주제별로 분류하여 살펴본다. 우남의 시문학은 대략 제1기 독립협회·

---

10) 이승만, 『체역집』, 동서출판사, 1961, 1~32쪽.

　　　　, 『우남시선』, 공보실, 1959, 1~63쪽.

　　　　, 『우남 이승만박사 서집』, 우남 이승만박사 서집 발간위원회 편, 1990, 1~271쪽.

만민공동회 시기(1896~1898), 제2기 옥중시기(1899~1904), 제3기 독립운동시기(1905~1945), 제4기 건국시기(1945~1949), 제5기 6·25전쟁이후의 시기(1950~1960)로 구분된다.11)

수배 중이었던 우남 자신이 모친상을 당해서도 장례식에 가지 못하는 안타까운 심정이 담긴 <미봉영구(未奉靈柩)>가 있다. 제2기에는 반정부 혐의로 5년 7개월 동안 한성감옥에서 수감생활하면서 백여 편을 남겼다. 그런데 이 시기의 작품에는 감옥 생활의 애환을 담은 작품들이 유달리 많다. 구체적으로 말해서 수감 중에 일어났던 일들이나 아버님이나 벗들에 대한 그리움에서부터 조국애나 비장한 자신의 각오 등에 이르기까지 여러 내용을 담고 있다. 그리고 이 시기의 시들 중에는 19세기 이래로 시단에서 크게 유행하였던 다수의 영물시가 있는 것도 한 특징이다.

제3기에는 우남이 1945년 광복 이전까지 독립운동을 하면서 20여 편의 한시를 남겼는데, 주로 상해임시정부 시절에 중국을 거점으로 활동하면서 지은 작품들이다. 제4기는 조국 광복에서 6·25 직전까지 지어진 시들로써 우남이 광복과 함께 귀국하여 고향산천을 돌아보며 감회를 적은 서정적인 작품들이 많다. 제5기는 6·25전쟁 이후에 지어진 시들이다. 이 시기의 작품들은 전쟁과 관련된 내용, 유엔군 사령관들과 우방국 원수에게 지어준 시들, 기타 개인적인 감회를 적은 시들로 이루어져 있다.

다음은 우남의 시작품을 주제별로 살펴보기로 한다. 우남은 수배와 도피, 그리고 감옥생활로 청년기인 이십대를 보냈고, 30대부터는 조국을 떠나 유랑과 망명생활로 일생을 보냈다고 해도 과언이 아니다. 그

---

11) 이승만, 『이승만한시선』(이수웅 옮김), 배재대학교 출판부, 2007, 8~14쪽.

가 오랜 망명생활을 끝내고 광복과 함께 귀국했을 때에는 이미 고희의 나이였다. 따라서 그의 한시는 청년기에는 감옥생활과 관련된 시, 장년기 이후에는 유랑생활의 내면을 담은 작품들이 가장 많다.

櫪驥思長路	마구간 천리마는 먼 길을 생각하고
籠禽憶舊林	우리 안의 새는 옛 숲을 추억하다.
牢中寒十月	차가운 시월의 감옥 속에서
盡日擁重衾	온 종일 무거운 이불만 두르고 있네.12)

이 시에서 마구간에 갇힌 천리마나 새장에 갇힌 새는 모두 우남 자신을 비유하는 사물이다. 이 시는 우남이 옥살이를 하면서 자신의 답답함을 사물에 빗댄 것이다. 그는 고종황제를 폐위시키려 했다는 의혹에 연루되어 1899년부터 1904년까지 5년 7개월간 옥살이를 하였다. 그는 옥살이하면서 많은 한시를 지었고 『체역집(替役集)』이란 한시집을 내기도 하였는데, 오늘날에도 백 편이 넘게 전한다.13) 그런데 이들 작품을 살펴보면, 우남은 감옥생활 중에도 이상과 포부가 예사롭지가 않았다.

偶吟	우연히 읊다
秋霜之氣劍俱寒	서릿발 같은 기상에 칼날이 함께 차가워라.
一死非難死節難	한번 죽기 어렵지 않으나 절개를 죽이기는 어렵다
此世如從床息輩	이 세상 따라가면 침상에서 편히 쉴 수 있겠지만
有誰義膽丈夫看	어느 누가 의롭고 담대한 장부로 보겠는가.

---

12) 위의 책, 32쪽.

13) 이 논문에서 이승만의 번역시는 이수웅의 『이승만한시선』(배재대학교 출판부, 2007)을 채택하였고, 부분적으로 수정하였다.

　화자는 자신의 서릿발 같은 기상으로 절개를 저버리기가 죽기보다 어렵다고 말하고 있다. 이것은 타자에게 일컫는 것이 아니라, 화자 자신에게 스스로 일컫는 말이다. 자신이 세상과 적당히 타협하면 한순간의 안락한 생활이 보장되겠지만, 자신은 장부로서 그럴 수 없다고 스스로 다짐하는 말이다. 이 시에서 우남은 감옥에 갇혀서도 구차하지 않고 높은 이상과 포부를 가지고 장부의 뜻을 저버리지 않고 있다.

　그의 시는 망명생활의 유랑 중에 조국에 대한 그리움이나 지도자로서 애민의식을 잃지 않고 있다.

太平洋舟中作　　　태평양 배안에서 짓다
一身泛泛水天間　　이 한 몸 바다와 하늘 사이에 떠서
萬里太平幾往還　　만 리 태평양을 몇 번이나 오갔나.
到處尋常形勝地　　이른 곳마다 명승지를 찾아다녀도
夢魂長在漢南山　　꿈속 넋은 길이 한강과 남산에 있는데.

　이 시에서 화자로 보이는 우남은 망명 생활 중에 조국의 독립을 위해 태평양을 몇 번이나 오갔는지 모르겠다고 말한다. 그 과정 중에 수많은 명승지에 이르렀으나, 그래도 꿈속에는 언제나 조국의 한강과 남산만 있다는 것이다. 한 마디로 그는 망명의 유랑 생활에서도 잠시도 조국에 대한 그리움을 놓지 않고 있었다. 그리고 <秋月夜>에서 우남은 자신의 소망을 빌고 있다.[14] 그는 삼천만 동포와 함께 자주 독립국의 백성으로 노후에 전원으로 돌아가 근심 걱정 없이 한가롭게 살고 싶다는 소박한 바람을 피력하고 있다.

　우남은 자신과 교유했던 인물들과 주고받은 다수의 교유시를 남겼

---

14) <秋月夜>, 願與三千萬, 俱爲有國民, 暮年江海上, 歸作一閑人.

다. 옥살이하면서 유금석·윤춘경·이기동·승려였던 이백허나 정백남·유길준의 동생 유성준 등과 주고받은 시들이 있고, 독립운동 시기에는 노백린이나 김규식에게 준 시가 있다. 남북분단 이후로 남한에 친미정권이 들어서면서 많은 미국인사가 우리나라를 방문하였다. 우남은 6·25전쟁이 발발하자 참전했던 밴플릿장군, 태평양 미군총사령관이었던 해리 디 펠트제독, 운크라 행정관이었던 해롤드 E 이스트우드 장군, 경제조정관 윌리암 E 원 장군, 콜터 장군을 상대로 시를 남기고 있다. 이화여대 총장이었던 김활란 박사, 월남 초대대통령이었던 고딘디엠 대통령에게 지어준 시들도 있다. 특히 도딘디엠 월남 대통령에게 지어준 시는 반공지도자로서의 면모를 보여준다.

吳廷琰大統領	고딘디엠 대통령에게
從古越韓若比隣	예로부터 월남과 한국은 이웃과 같았는데
今逢赤禍倍相親	이제 공산당의 재앙을 만나 더욱 친해졌다.
須令友國皆同力	모름지기 우방들이 모두 힘을 합해서
永保亞洲屬亞人	영원히 아시아의 아시아인을 보존하시기를

이 시는 이승만 대통령이 1958년 11월에 월남을 방문하여 초대 월남 대통령이었던 고딘디엠에게 지어준 시이다. 먼저 화자는 월남과 한국은 예로부터 중국의 주변국으로서 이웃처럼 가까운 사이였다는 것을 상기시키고 있다. 이제는 베트남이나 한국이 동서냉전 체제에 의해 분단국이 되었고, 둘 다 반공 국가로서의 공통점을 지녔다는 것을 애써 강조하고 있다. 같은 처지에 있는 베트남과 한국이 서로 힘을 합쳐서 영원토록 아시아인이 지녀야 할 긍지를 지니고 보존하자는 말에 다름이 아니다.

이외에도 우남은 다수의 뛰어난 서정시를 남겼다. 우남은 정치가 이전에 감성적이고 다정다감했던 것으로 보인다. 예로써 <樵夫>를 살펴 본다.

樵夫	나무꾼
滿山落木一擔秋	온산에 낙엽지고 한 짐 가을을 지니
背上西風葉語流	등위에서 서풍이 불고 속삭이는 낙엽소리
石徑招提斜日下	돌길 닿는 절에는 해가 기울고
林煙起處有書樓	숲 연기 피어나는 곳에 글방이 있네.

이 시는 우남이 젊은 시절 옥중생활을 하면서 지은 작품이다. 칠언 절구로 쉽게 읽히는데, 한 폭의 그림과 같은 작품이다. 이와 같은 서정시는 그의 시작품에서 가장 많은 분량을 차지하고 있고, <浪跡>·<和韻口呼>·<冬晴>·<和秋日早行詩韻>·<夜坐>·<春暖>·<雪月>·<落照>·<樵夫>·<落葉>·<有折贈黃花數朵>·<早春>·<春日戱題> 등과 같은 많은 서정시를 남겼다.

한 마디로 우남의 시작품은 다양한 내용을 담고 있다고 말할 수 있다. 그중에서도 감옥생활 중의 소회를 읊은 내용이 가장 많고, 망명생활로 유랑하면서 조국과 부친에 대한 그리움, 벗들이나 지인들과의 우의나 교유 내용을 비롯한 여러 다양한 주제를 담고 있다. 창작 방식에서도 우남은 전고와 용사를 자주 사용하고 있으며, 자신의 내면이나 의지를 자연물을 이용하여 비유적으로 표현하기도 하였다. 젊은 시절인 제2기 옥중시기(1899~1904)에는 19세기 이래로 성홍했던 다수의 영물시를 남기고 있는 것도 우남 한시의 한 특징이다.

3.3. 호지명

호지명(1890~1969)은 불굴의 투지로 프랑스 식민통치로부터 독립을,

뒤이어 미국의 침공으로부터 승리를 쟁취했던 베트남의 혁명가이자 정치가이다. 그는 오늘날에도 국민의 신뢰와 존경을 한 몸에 받고 있는 베트남의 건국지도자이다. 그는 프랑스 식민지배기였던 1890년 5월에 중부 베트남의 응에안주에서 태어나 어려서 한문과 불어를 배웠고, 1911년에 프랑스로 건너가 사회주의자가 되었다. 그가 한시를 쓰게 된 것도 어린 시절에 배웠던 한학의 힘입은 바가 크다.

그는 제1차 세계대전 이후에 베르사이유 회의에서 베트남 대표로 참가하여 '베트남 인민의 8항목 일람'을 제출하여 유명해졌다. 1924년에는 모스크바의 코민테른 제5차 대회에 출석하였고, 중국 남부와 타이로 파견되어 혁명운동에 참가하였다. 1930년에는 코민테른에 의해 권한을 부여받아 인도차이나 공산당을 창립하였다. 이듬해 홍콩의 영국 관원에게 체포되었다가 석방되어 모스크바로 돌아갔다가 1941년 2월 8일에 인도차이나 혁명운동을 지도하기 위해 베트남으로 잠입하여 돌아왔다. 호지명은 1942년 7월에 중국공산당과 접선하기 위해 중국으로 월경하다가 8월 29일에 광서성 국민당 요원에게 체포되어 1년여 동안 감옥을 전전하다가 1943년 9월 10일에 풀려났다.

본고에서 다루려는 시작품은 이 시기에 감옥에서 지어진 한시 작품이다. 이 시기에 호지명이라는 이름을 사용하기 시작하였다. 1945년 8월에 태평양전쟁의 종전과 함께 동시에 총봉기를 주도하였고, 위웬 왕조를 무너뜨려 베트남민주공화국의 독립을 선언하고 국가 주석으로 취임하였다. 1946년 퐁텐블로 회의가 결렬되자 프랑스에 대한 항전을 직접 지휘하여 1954년에 디엔비엔푸의 승리로써 독립을 지켰다. 그는 프랑스로부터 독립을 쟁취하였으나 미국의 개입으로 항미 구국투쟁을 전개하다가 승리를 눈앞에 두고 1969년 9월 2일에 심장병으로 사망했다.

호지명의 한시집인 『옥중일기』는 1960년에 베트남어로 번역되어

하노이에서 출간되었다. 그것은 다시 영어, 불어, 러시아어, 독일어, 헝가리어 등의 외국어로 번역되었다. 대표적인 번역 시집은 1965년에 하노이에서 『Prison Diary』로 출간된 영역본이고, 지금까지 10판 이상이 나왔다.

호지명은 시를 좋아하지 않는다고 말하지만,[15] 그의 시작품을 읽다 보면 오히려 시를 좋아했다는 반어적 의미로 느껴진다. 그는 시 창작에 대한 견해도 내비치고 있다. 그는 옛날 시가 과거에 산수와 안개와 꽃, 눈이나 달과 같은 자연의 천연미에 치우쳤으나, 현대시에서는 마땅히 무쇠가 들어있어서 시인은 그것을 적진으로 돌진하는 무기로 삼아야 할 것이라고 말한다.[16] 이것은 문학이 단지 시인의 사사로운 감정이나 감상에 머물러서는 안 되고 투쟁과 혁명을 위해서 봉사해야 한다는 사회주의적 목적문학론의 한 단면을 보여준다.

전체적으로 그의 한시 작품은 감옥생활에서 보고 느낀 일상이나 자유에 대한 갈망, 자신의 포부나 의지, 또는 조국애로 점철되어 있다. 먼저 시집 『옥중일기』[17]의 앞부분에 있는 <권두(卷頭)>시에서는 그의 창작 의식과 정신자세를 엿볼 수 있다.

身體在獄中	몸은 감옥 안에 있지만
精神在獄外	정신만은 감옥 밖에 있다.
欲成大事業	큰일을 이루고자 한다면
精神更要大	정신은 더욱 더 커야 하리.

---

15) 『Prison Diary』, <開卷>, 老父原不愛吟詩, 因爲囚中無所爲, 聊借吟詩消永日, 且吟且待自由時.

16) 『Prison Diary』, <看天家詩有感>, 古詩偏愛天然美, 山水煙花雪月風, 現代詩中應有鐵, 詩家也要會衝鋒.

17) 이 논문에서 호지명의 번역시는 김상일 교수의 『옥중에 자유인 머물다』(사람생각, 2000)를 채택하였고, 경우에 따라서 부분적으로 수정하였다.

여기에서 호지명은 자신의 심경을 밝히고 있다. 자신이 비록 감옥에 갇혀 있지만, 정신만은 그것에 얽매이지 않고 자유롭다는 것이다. 또한 자신이 큰일을 이루려면 원대한 정신을 지녀야 한다고 다짐하고 있다. 시집에는 이처럼 작자 자신의 의지나 포부를 밝히는 시들이 많다. <自勉>의 '추운 겨울의 초췌한 모습이 없다면 따스한 봄날의 찬란함도 없으리라. 재앙은 나를 단련시켜서 내 정신을 더욱 굳세게 하리로다.'18)에서처럼 그는 굳센 의지를 다짐하고 있다.

그의 시집에서 가장 많은 분량을 차지하는 내용은 감옥에서 자유를 그리워한다든가, 수감생활과 관련된 것들이다. 그리고 이런 내용은 주로 수감 초기에 많이 지어졌다.

不眠夜	잠 못 드는 밤
茫茫長夜不能眠	아득히 기나긴 밤, 잠들 수 없어
我做囚詩百幾篇	옥중 시 백여 편을 지어 보았다.
做了一篇常擱筆	한 편을 짓고 나면 항상 붓을 던지고
從籠門望自由天	창살문을 통해 자유 하늘을 바라보았지.

자신은 시를 즐기지 않지만, 영어의 처지에서 시를 지으며 자유의 몸이 되기를 기다린다고 하였다. 그런데 어느덧 시가 백여 편이 넘었고, 감옥에 구금된 지도 일 년이 넘었다. 화자는 시 한 편을 짓고 나면 창살문 너머 자유로운 하늘을 바라본다고 하였다. <開卷>·<入靖西縣獄>·<早>·<午>·<晚>·<囚糧>·<脚閘>·<中秋>·<初到天保獄> 등과 같은 작품들이 모두 감옥 속에서 자유를 갈구하는 작품들인데, 이것들은 대체로 수감 초기에 지어졌다는 공통점이 있다. 그리고 그의

---

18) '沒有冬寒憔悴景, 將無春暖的輝煌, 災殃把我來鍛鍊, 使我精神更健强'(『옥중에 자유인 머물다』, 김상일 역)

시작품은 감옥에서 자유로움을 갈구하는 데 머물지 않고 더 나아가서 조국과 민족에 대한 애끓는 사랑과 그리움으로 발전하고 있다.

秋感	가을에 느낌이 있어
去歲秋初我自由	작년 가을 초, 나는 자유로웠는데
今年秋首我居囚	금년 가을 초엔 나는 갇혀 지내네.
倘能裨益吾民族	우리 민족에게 보탬이 될 수 있다면
可說今秋値去秋	올 가을이 작년 가을과 같다 할 수 있으리.

화자는 감옥에서 가을에 대한 느낌을 적고 있다. 지난해에는 자유로운 몸이었는데, 지금은 멀리 타국에서 감옥에 갇혀 있는 처지이다. 하지만 민족에게 보탬이 된다면 화자 자신은 그것을 감수하겠다고 다짐한다. 이처럼 그는 감옥에 갇혀서도 조국과 민족에 대한 끊임없는 사랑과 걱정을 놓지 않고 있다. 이외에도 <월유소동(越有騷動)>·<병중(病重)>·<추야(秋夜)>·<즉경(卽景)>를 비롯한 상당수의 작품이 조국에 대한 애끓는 그리움이나 사랑을 형상화하고 있다.

한편, 그의 시작품은 그처럼 순수한 자유에 대한 갈망이나 민족과 조국에 대한 애끓는 사랑에 한정되지 않고 담백하고 진솔한 인간적인 정감이 자연스럽게 시집을 관통하고 있다.

望月	보름달
獄中無酒亦無花	감옥 안엔 술도 없고 꽃도 없으니
對此良宵奈若何	이 좋은 밤을 마주하여 어찌할 거나?
人向窓前看明月	사람이 창밖으로 밝은 달을 바라보니
月從窓隙看詩家	달도 창틈으로 시인을 바라본다.

이 시는 호지명이 정서현(靖西縣)의 감옥에 있을 때 지은 작품이다.

혁명가의 작품이라고 믿기지 않을 정도로 서정적이고 낭만적이다. 이념적 중압감과는 거리가 먼, 자연스럽고 소박한 시인의 정감이 배어 있다. 시집 『Prison Diary』에는 제목처럼 대부분의 시작품이 감옥생활을 소재로 많은 지어졌지만, 시풍이 정감적이고 자연스러운 정서가 물씬 풍긴다. <모(暮)> · <야경(野景)> · <조해(早解)> · <황혼(黃昏)> · <조청(早晴)> 등은 모두 서정성이 뛰어난 작품이다.

호지명의 일생은 베트남의 자주와 독립을 위해 침략 세력에 대하여 저항과 투쟁의 연속이었다고 해도 과언이 아니다. 그런데, 그의 한시 작품은 모두 감옥 생활에서 얻어진 것이었지만 이념적이거나 투쟁적인 내용이 거의 없다. 오히려 조국과 민족에 대한 그리움이나 사랑에서부터 자연과 사물에 대한 미감들이 밝고 건강한 언어로 가득 차 있다. 시풍도 낭만주의적 성향에 가깝다고 말할 수 있다.

4. 문학적 평가

시는 사물이나 사회 현실과 같은 외적 세계를 인식하여 내재화하는 과정에서 작자의 세계관이나 개성들이 작품에 반영되기 마련이다. 이런 관점에서 이들 3인은 각각의 독자적인 시세계를 확보하고 있었다. 먼저 중국의 모택동은 문학적 본령이 시와 사였고, 혁명문예이론의 주창자이기도 하다. 그의 시는 서정적인 내용이 없는 것은 아니지만, 사회주의 이념에 충실한 투쟁적인 내용들이 작품을 압도하고 있다.

반면에 이승만의 시작품은 이념성이나 투쟁성이 강화되는 중국의 모택동과는 달리, 자유로움과 다양성을 꼽을 수 있다. 그는 청년 시절엔 감옥에서, 일제강점기엔 유랑과 망명 생활을, 노년에는 귀국하여 대통령이 되었다가 정치적으로 몰락하여 다시 망명생활을 하다가 타국에서 죽었다. 그런 까닭인지, 그의 시에는 다양한 내용이 담겨 있다. 감옥생활 중의 소회, 망명생활 중에 쓴 조국과 부친에 대한 그리움, 자유세계의 지도자를 상대로 지은 우의적인 내용, 나아가서 자연과 사물을 보고 느낀 다수의 서정시에 이르기까지 다양한 시세계를 담고 있다. 때에 따라서 어떤 시는 친미적이고 반공적인 이념성을 드러내기도 한다.

베트남의 호지명은 전체적으로 감옥생활에서의 일상이나 자유에 대한 갈망, 자신의 포부나 의지, 또는 조국애로 점철되어 있다. 그가 제국주의와의 투쟁을 통해 조국을 지켰던 위대한 정치지도자였다는 것과는 달리, 그의 시에는 담백하고 진솔하며 인간적인 정감이 배여 있다.

중국의 모택동과 베트남의 호지명은 둘 다 공산주의자로서 사회주의에 충실했던 정치지도자였다. 하지만 이들의 시적 경향이나 시풍에서 대조적이다. 모택동은 혁명문예의 충실한 이론가로서 그의 작품은 이념적이고 투쟁적이며 집단적 성향이 강한 사회주의적 리얼리즘으로 경도되고 있다. 반면에 호지명은 공산주의자였지만 그의 시는 상대적으로 매우 자유롭고 풍부한 감성이 돋보이는 낭만주의적 성향을 보여준다. 이승만은 그들과는 달리, 다채로운 경향을 보여주고 있다. 우남은 자연과 사물에 대한 개인적 서정성을 극대화하면서도 충효의 이념성을 보여주기도 하고, 민족적 이념성을 강화하면서 맹방에 대한 친미적이며 우익적 성향을 보여주기도 한다. 때에 따라서는 19세기 한국시단에서 유행했던 사물을 세밀히 묘사하는 영물시를 남기기도 하였다. 결국, 우남이 문명한 개화 지식인이었고 동서양을 넘나드는 지도자였지만, 그의 한시 작품은 19세기에서 20세기로 이어졌던 한국의 전통적인 시풍과 닿아 있었다고 말할 수 있다.

5. 맺음말

이 글에서는 근대 동아시아의 건국지도자였던 중국의 모택동(1893~1976), 한국의 이승만(1875~1965), 베트남 호지명(1890~1969)의 한시에 대하여 살펴보았다.

먼저 동아시아에서 중세 이래로 근대 이전까지 전승되었던 한시의 전통에 대해 살펴보았다. 역사적으로 동아시아의 여러 나라에서는 문화 종주국이었던 중국의 문물을 받아들이고 자신들이 야만국이 아닌 문화국임을 알리기 위해 노력하였다. 게다가 이들 국가에서는 대부분 과거제도를 통해 관리를 선발하면서 교양을 갖춘 지식인이라면 한시 창작이 하나의 문화적 전통으로 자리를 잡았다. 따라서 중국을 비롯하여 한국과 베트남에서 관리로 출세하고자 하는 사람은 뛰어난 한시 능력을 갖춰야만 하였다.

이들 동아시아의 건국지도자들은 모두 19세기 말엽에 일어났던 서세동점의 역사적 격변기에 태어나서 처음엔 전통적인 유교 교육을 받았고, 성장하면서 서구 사상과 신문물을 접한 이력을 가지고 있다. 또한, 이들은 근대교육을 받기 이전에 한학을 배웠고 한시 창작의 소유자들이었다.

모택동의 시작품은 서정적인 내용이 없는 것은 아니지만, 전체적으로 이념적이며 투쟁적인 혁명 내용이 작품 전체를 압도하고 있다. 게다가 그의 시작품은 영웅적 면모와 함께 범인들로는 감히 넘볼 수 없는 웅혼하며 장대하다. 더욱이 그의 시는 인민과 국가를 위해 복무하고 존재해야 한다는 사회주의 문학의 효용성과 공리성이 강조되는 것과 일치하고 있다.

한국의 이승만은 평생 상당한 분량의 한시를 지었는데, 오늘날 160

여수의 한시가 전한다. 그의 시작품은 모택동처럼 획일적이지 않고 다양한 내용을 담고 있다. 감옥생활에서의 감회, 망명생활을 하면서 조국과 부친에 대한 그리움, 벗들과의 우의나 지인들과의 우의나 교유 내용을 비롯한 다양한 주제를 담고 있다. 창작 방식에서도 전고와 용사를 자주 사용하고 있으며, 자연물을 이용하여 자신의 내면이나 의지를 비유적으로 표현하기도 하였다.

호지명의 한시작품은 모두 감옥 생활을 하면서 지어졌다. 그는 공산주의자로서 일생을 조국의 독립과 자주를 위해 투쟁하였는데, 그의 시작품은 이념적이거나 투쟁적인 내용이 거의 없다. 오히려 조국과 민족에 대한 그리움이나 사랑에서부터 자연과 사물에 대한 미감들이 밝고 건강한 언어들로 가득 차 있다. 시풍도 낭만주의적 성향에 가깝다고 말할 수 있다.

박영철의 『다산시고』와 친일시[*]

1. 머리말

일제의 조선에 대한 강점과 식민지 지배는 우리 민족에게 많은 상처와 시련을 안겨 주었다. 우리는 36년에 걸친 식민지 생활을 거치고서야 일제의 지배를 벗어났지만 아직도 그들이 남긴 상처가 남아 있다. 그것의 하나가 친일파 문제이고, 그것은 오늘날에도 한국 사회에서 불씨로 남아 논란의 중심에 있다. 여기에는 일제에 협력했던 대부분의 친일파 인물들이 청산되지 않고 사회의 모든 분야에서 두루 요직을 차지하며 권력을 휘둘러 왔기 때문이다.

그동안 친일파 문제는 우리 민족의 역사적 정체성을 훼손시키고 구성원들의 화합과 평화를 저해했다. 이제는 친일파에 대하여 법적 단죄가 어렵고 그렇다고 그냥 덮어둘 수도 없다. 법적 단죄가 불가능한 것은 해방으로부터 오랜 세월이 흘렀고 이제 당사자들은 거의 사망했기 때문이다. 게다가 친일문제는 오늘날에도 친일/비친일의 영역에서부터 친일에 대한 역사적 단죄나 아량에 이르는 많은 부문에서 어느 하나도 합의나 결론에 이른 것이 없다. 그럼에도 불구하고 늦게나마 친일파 문제를 거론하는 것은 이제라도 그들을 역사의 심판에 세워서

---

* 이 글은 최우길(선문대학교)과 저자가 공동 연구·작성한 글임을 밝힙니다.

후세의 본보기를 삼아야 할 필요성이 있기 때문이다.

이런 상황에서 2004년 3월 22일에 대통령령으로 일제 강점하의 반민족 행위 진상 규명에 관한 특별법이 공포되면서 늦게나마 그들에 대한 진상조사가 착수되었다. 친일반민족행위 신상규명위원회는 2006년 12월에 친일반민족행위 106명의 명단을 확정해 발표했고, 이어서 2009년 11월 27일에는 제3기 친일반민족행위자(1937년 중일전쟁~1945년 해방) 704인의 명단을 발표하고 활동을 종료하였다. 한편, 국가기관이 아닌 민족문제연구소가 일제 강점기에 친일 행위를 한 친일파의 목록을 정리하여 2009년 11월 8일에 『친일인명사전(親日人名辭典)』을 발간했다. 여기에는 이들의 반민족행위와 해방 이후의 주요 행적 등을 구체적으로 수록하였다.

그동안 문학 분야에서의 친일에 대한 논의는 임종국의 『친일문학론』(1966년)에서 비롯되었고,[1] 이후로 많은 연구자가 논의를 거듭해왔다. 이제 친일문학에 대한 연구는 어느 정도 상당한 분량이 축적되었다. 그중의 하나가 일제강점기에 이뤄졌던 친일문학인의 명단과 작품 목록도 그것에 해당한다고 말할 수 있다.[2] 하지만 여기에도 문제점이 없는 것은 아니다. 목록 내용을 살펴보면, 일제강점기가 근대문학 시기라서인지 주로 한글이나 일본어로 이뤄진 친일문학만을 탐색했고, 구시대 지식인들이 사용했던 한문으로 이뤄진 저작물을 빠뜨리고 있다는 점이다. 그중의 하나가 이 글에서 다루려는 다산(多山) 박영철(朴榮喆, 1879~1939)의 저작물이다.

다산은 2002년에 친일반민족행위진상규명위원회에서 발표한 친일파 708인 명단, 2008년 민족문제연구소의 친일인명사전 수록 예정자

---

1) 임종국, 『친일문학론』, 평화출판사, 1966, 1~496쪽.
2) 편집부, <친일문학 작품목록>, 『실천문학』 67호, 실천문학사, 2002, 123~148쪽.

명단에 모두 선정된 인물이다. 다산은 일제강점기에 중추원 참의를 지
낸 실업계 거물로서 우리나라 1930년대를 대표하는 컬렉터 중의 한
사람이기기도 하였다.3) 다산은 일제강점기에 요직을 두루 거치면서
친일적인 내용의 글을 짓거나 시를 남겼다. 한편으로 그는 여행을 좋
아하여 일본과 중국을 비롯한 동아시아, 영국과 프랑스를 비롯한 세계
각국을 순방하거나 유람하고 그것에 대한 보고서나 저작물도 남겼다.
그는『다산시고(多山詩稿)』에 이런저런 다양한 한시 작품 900여 수를
남겼는데, 그 중에는 친일적인 작품들도 포함되어 있다.

　이 글에서는 먼저 근대 지식인이었던 다산 박영철의 내면과 행적을
따라가면서 그의 의식과 함께 친일적인 시작품을 찾아서 그것이 어떻게
형상화되고 있는지 살펴보도록 하겠다. 여기에서 우리는 다산 박영철이
일제가 내세운 내선일체나 대동아공영론을 추종하면서 그것을 내면적
으로 일체화하고 당대 현실을 왜곡하고 있다는 것도 확인할 수 있을
것이다.

2. 박영철의 생애와 친일 행적

　다산 박영철의 생애와 내면은 1929년에 자신의 살아온 50년을 회고
하며 쓴『오십년의 회고(五十年の 回顧)』를 비판적으로 살펴보면 잘
드러난다.4) 그는 책의 <자서(自序)>에서 살아오면서 겪은 50년의 사
건들을 사회에 진출하는 청년들에게 도움을 주고자 하는 생각에서 썼
다는 것이다.5)

---

3) 이광표, 『명품의 탄생』, 산처럼, 2009, 186~189쪽.
4) 박영철, 『五十年の回顧』, 大阪屋號書店, 1929, 1~744쪽.
5)『五十年の回顧』는 모두 16편 139항목 744면에 이르는 많은 분량이다. 전체적으로 이
　책은 문물을 소개하고 그 다음에 자신의 일을 기술하는 체제이다. 자서전의 마지막 부분

다산은 1879년 2월에 전라북도 전주에서 태어났다.6) 그는 사암(思菴) 박순(朴淳, 1523~1589)의 후손으로 본디 양반가였으나 가세가 기울면서 조부 시절에는 몰락양반이 이었다. 부친 박기순(朴基順, 1857~1935)은 가축을 키우거나 상점 점원을 하였고 미곡상으로 많은 돈을 벌었다. 나중에 그는 삼남은행 은행장과 100만 정보의 토지를 소유한 엄청난 거부로 성장하였다. 다산의 말에 의하면 자신의 조상은 양반이었고, 아버지는 아전이었고, 자신은 평민이었다고 말한다. 다산 자신은 군인으로 출발하여 목민관과 관리 생활을 거쳐 실업계로 나아갔다고 보았다. 그는 자신이 살았던 일제강점기를 사농공상의 귀천이 없는 평등한 시대로 보았고, 봉건시대의 신분사회에 대해서는 매우 비판적이었다.

다산은 7세에서 15세까지 서당에서 한문을 배웠다. 이 시기에 그는 『천자문』이나 『사략』에서부터 경학이나 시문을 배웠다. 그는 영웅을 좋아하여 충무공 이순신을 경모하였다. 그는 당시에 한학에 대해 별다

에는 다산 자신의 약력을 부기하고 있다. 다산은 1932년도에 『다산시고(多山詩稿)』를 발간하고 이후에 지은 한시들을 합철하여 죽기 직전인 1939년 2월에 다시 간행하고 있다. 매사를 기록해두는 다산의 성향으로 미루어 그는 『五十年の回顧』를 발간한 이후에도 자신의 행적을 계속해서 기록해두었을 것으로 추측된다. 하지만 1939년 3월에 다산이 갑자기 뇌일혈로 사망하면서 기록은 끊겼다. 따라서 오십 이후의 삶은 산견되는 자료들을 수합하여 재구성하기로 한다. 다산의 행적은 이 책을 위주로 하고 기타 자료들을 참조하여 작성하기로 한다. 별다른 각주가 아니면 본고는 그의 『五十年の回顧』를 인용하거나 필자의 비판적 관점에서 재구성한 것임을 미리 밝혀둔다.

6) 이 해에는 독립지사 안중근과 한용운도 태어났는데, 박영철은 안중근과 간접적으로 얽혀있다. 박영철은 안중근이 총으로 쏴죽인 이등박문의 수양딸이었던 배정자와 결혼(정확하게 말하자면 동거가 맞음)하기도 하였다. 그리고 그는 안중근이 사형당한 뤼순을 방문하기도 하였고, 이등박문을 추모하는 한시를 짓기도 하였다. 박영철이 이등박문과 안중근에 대하여 언급을 한 기록도 있다. 안중근은 자기대로의 독자 생각이 있어서 하얼빈에서 이등박문을 살해한 것이겠지만, 박영철 자신의 생각으로는 오히려 그것이 없었더라면 이등박문이 조선을 통합하지 않았을 것으로 추정하고 있다.(박영철, 「역대 총독의 인물」, 『삼천리』 6호, 1934년 5월호, 48쪽.)

른 흥미를 느끼지 못하였다고 자서전에서 회고하고 있지만, 나중에 그
가 주로 한문으로 저작물을 남기고 있는 것으로 보건대, 그것에 대한
소양은 이 시기에 이뤄진 것으로 보인다.

다산은 한학을 하다가 20세(1899년)에 전북 전주의 삼남학당(三南學
堂)에서 일본어를 배웠다. 다음 해 4월에 목포와 부산을 거쳐 시모노세
키를 통해 고베로 갔다. 그는 고베에서 망명 중이던 박영효를 만났고,
다시 오사카와 동경으로 옮겼다. 그는 동경에서 성성학교(成城學校)에
입학하여 재학하다가 국비장학생으로 일본 육군사관학교에 들어갔다.
그는 일본 거주 5년 만인 1903년 11월에 일본육사 15기로 졸업하고 일
본군 근위기병연대에서 견습사관으로 근무하였다. 이윽고 러일전쟁이
발발하자 그는 외국인이었지만 테라우치에게 요청하여 종군하였다. 그
는 러일전쟁 중에 우리의 낙후된 모습을 보면서 조선을 일본의 문명화
된 모습으로 개량해야 한다고 확신하였다. 당시에 지어진 그의 한시
작품을 보면, 그는 완전한 일본 군인이었고 일본인이라고 말해도 무리
가 없을 정도로 그의 의식은 바뀌어 있었다. 1905년도 을사늑약이 이뤄
지자 시종무관 민영환이 자결하였는데, 다산은 그의 충절 정신을 높이
평가하였다.

1907년 7월에 정미조약으로 대한제국의 군대가 해산된 후에도 그는
군부대신 부관과 시종무관으로 근무하였다. 당시에 많은 군인이 반발
하였고 상당수는 의병으로 나섰다. 당시 일본 육사의 동기생이었던 이
갑과 유동렬이 독립운동에 뛰어들었으나 그는 일제에 순응하여 친일
군인으로 남았다. 경술국치 이후에는 자리를 옮겨 1912년 8월에 익산
군수를 시작으로 함경북도와 전라북도 참여관을 역임하였다.

그는 1920년 9월에 민원식·김명준·정병조들과 모의하여 국민협회
를 설립하고 일본인과 조선을 동등한 권리를 육성시키자는 일선동화

(日鮮同化)와 조선의 식민지를 본국(本國)의 연장으로 보아서 같은 법령과 정책을 시행하자는 내지연장주의(內地延長主義)를 주창하였다. 1920년 전라북도 참여관 시절에 그는 공리공론을 타파하고 사실온건주의로 나아가고 당쟁 등을 제거하자는 생활개선에 대한 의견 40개 조항을 개진하였다.

1919년 3·1 운동이 일어나자 그는 만세운동을 비난하는 글을 작성하여 《매일신보》를 통해 발표하기도 하였다. 1924년에는 강원도 지사, 1926년에는 함경북도 지사를 지냈다. 1926년 12월에는 일제의 요시히토(嘉仁, 1879~1926) 천황이 죽자 장례식 칙임관의 자격으로 동경에 건너가서 의식에 참여하였고 그들의 충군과 애국심에 감격하였다. 이것을 마지막으로 그는 1929년에 관직을 사퇴하고 동양척식주식회사의 감사로 자리를 옮겼다. 이후로 조선 상업은행과 여러 공기업에서 주요 간부를 지냈고, 1933년에는 조선총독부 중추원의 참의에 임명되었다. 1935년에는 총독부가 편찬한 『조선공로자명감』에 조선인 공로자 353명 중 한 명으로 수록되었고, 갑부였던 그는 중일전쟁이 발발하자 거액의 국방헌금을 내고 모금 운동에 나섰다. 1939년도에 뇌일혈로 죽자 일제는 그의 공적을 인정하여 욱일중수장(旭日重綏章)을 추서하였다.

박영철의 자서전인 『오십년의 회고(五十年の回顧)』를 살펴보면 그는 자신이 살아온 과정보다 우리 역사와 문화, 그리고 시국에 대한 자신의 견해에 보다 많은 비중을 두어 서술하고 있다. 다산은 이 책의 독자층을 한국인들보다는 일본인들을 염두에 두고 서술하지 않았나 생각된다. 그것은 한글 폐지 이전 시절에 일본어로 작성한 것도 그렇거니와 내용 자체가 자신이 겪은 내용을 최소화하고 있다. 대신에 그는 한국의 전반적인 역사나 문화를 교과서처럼 서술하고 있고 그것에 대하여 자신의 견해를 덧붙이고 있기 때문이다. 이들 내용에 대한 서술 시각은 식민지

사관에 가깝고 조선에 대한 일제의 관점을 벗어나는 경우가 거의 없다.

한편, 당대의 민감한 사건에 대해서는 호도하여 은근히 일제를 두둔하고 있다. 예로써 당시 대부분의 한국인은 배일사상이 명성황후 시해나 국권 침탈에서 비롯되었다고 하지만 그는 그것보다 임진왜란 때에 발생했다고 본질을 비켜가고 있다. 명성황후 시해도 일본군이 아니라 대원군의 사주로 시해된 것으로 보았다. 그는 조선 멸망의 원인을 일제보다 우리 민족에게 눈을 돌려서 국민들의 무기력이나 나태, 독립심의 결여를 꼽으며 우리의 민족성을 식민근성으로 파악하였다. 우리나라 멸망에 대한 정치적인 측면으로는 특권계급의 창궐이나 관리의 부패, 정의와 공적 도의의 전멸 등으로 파악하였다. 게다가 그는 우리 민족의 문화나 생활수준이 낮고 지방산업이 피폐하다며 민족성을 개조하고 일본을 본받아야 한다고 보았다. 결국, 그는 일제의 한국에 대한 부정적 인식에 입을 맞추며 우리 민족의 현실을 외면하고 역사를 왜곡하고 있으며 일제의 식민지 통치를 합리화시키고 있다.

다산은 일본이 러시아를 상대로 전쟁에서 승리하게 된 것은 러시아를 견제하려는 영국으로부터 얻어내 영일동맹과 함께 전쟁 수행을 위한 국채 모집이 유리하였기 때문이라는 기록을 남기고 있다.[7] 이어서

---

7) 1901년에 일본은 조선은 일본이, 만주는 러시아가 지배한다는 종전의 입장을 바꿨다. 그리고 러시아의 만주에 대한 단독 지배를 인정하지 않고 제국주의 열강과의 협조 하에 한국 지배뿐만 아니라 중국 분할에도 참가하는 쪽으로 기울었다. 이 과정에서 일본은 영국과의 제휴를 모색하게 되었다. 두 나라의 이해가 결부되어, 그 해 12월에 주영 일본 공사 하야시(林董)와 영국의 외무대신 랜스다운(Lansdowne)이 교섭을 벌였다. 그리고 1902년 1월에 런던에서 영국과 일본이 러시아를 공동의 적으로 하여 러시아의 동진(東進)을 방어하고 동시에 동아시아의 이권을 함께 분할하려고 동맹을 체결하였다.
　당시 유럽에 주재하던 대한제국의 외교관들도 그것에 대해 예의주시하면서 일기로 남기고 있다. 근래에 필자가 새로 발굴한 석하(石下) 김만수(金晩秀, 1858~1936)의 일기 자료에 의하면, 이등박문은 1901년에 영국을 방문하여 활발한 외교활동을 벌이고 있다는 것이다. 석하는 아무래도 그것이 차관 때문일 것이라고 본국에 급히 타전하고 있다.

다산은 일본이 왜 강하냐는 문제에 대하여 나름의 분석을 하고 있다. 그는 일본의 충군애국의 국민적 교육, 군기엄명, 풍기 숙정, 강건한 정신력, 우수한 병참의 문제 등을 거론하며 상대적으로 러시아의 무지를 비판하고 있다. 이어서 다산은 조선 장래의 일은 일본의 힘을 빌려서 개발과 진보를 해야 한다는 신념을 확인하고 있다.

이처럼 다산의 친일 행적은 단순한 그의 행각보다는 의식과 이념으로 무장하고 있기에 간략하게 기술하기에는 부족하고 다른 글을 통해 다시 논의할 필요가 있다. 박영철의 『오십년의 회고(五十年の回顧)』나 『다산시고(多山詩稿)』를 읽다 보면 과연 어디까지가 그의 본심이었을까 의구심을 갖게 된다. 그의 친일 행각은 먹고살기 위한 생존 전략이었는지, 아니면 진심으로 그의 마음에서 우러나왔는지 알 길이 없다. 다만 그가 남긴 자료들을 읽으면서 확인할 수 있는 것은 그에게 일본은 문화적으로나 문명적으로 분명히 본받을 대상이었고 선진국이었다는 점이다. 그는 일본의 선진 문명을 동경하였고 우리의 낙후된 현실에 고뇌하면서 그것을 청산해야 할 대상으로 보았다. 그는 민족적 자주성이나 주체성보다는 근대화가 중요하다고 생각했던 것으로 보인다.

더 나아가 다산은 일제 식민지의 현실을 적극적으로 받아들이고 그들이 구실로 내세운 일본과 조선, 더 나아가 만주와 중국까지 하나가 되어 대동아 공영이라는 유토피아를 꿈꾸었는지도 모른다.[8] 다산은 일제의 대륙 진출도 모두가 하나가 되는 과정으로 보았고 그러기를

이것으로 미루어 영일동맹은 이등박문이 막후에서 주도하였고, 당시 일제는 이미 러시아와의 전쟁을 대비하고 있었던 듯하다.(양지욱·구사회, 「대한제국기 주불공사 석하(石下) 김만수(金晩秀)의 <일기>자료에 대하여」, 『온지논총』 18집, 온지학회, 2008, 205~223쪽.)

8) 식민지 통치에서 동화정책과 인종주의는 차이는 있지만 영국과 일본을 비롯한 제국주의가 표방했던 보편적인 현상이었고 허상으로 파악하고 있다.(박지향, 『제국주의, 신화와 현실』, 서울대학교 출판부, 2000, 259~287쪽.

소망하였다. 사실, 그의 시작품을 읽다 보면 시간이 흐를수록 조선과 일본이 구분되지 않고 뒤섞여 있었고 마음속 깊이 그것을 추구하였다는 것을 확인할 수 있다. 그는 나라를 잃은 조선의 지식인이 아니었다. 그는 이미 그것을 뛰어넘어 조선은 일본을 비롯하여 만주·몽고·중국, 그리고 더 나아가서 동양이 하나가 되어 공영하는 이상세계로서의 심상지리가 그의 관념 속에 자리를 잡고 있었던 것으로 보인다. 그런 측면에서 그는 자신을 매국노나 친일파라고 조금도 생각하지 않았고 조선의 전근대적인 체제를 해체하고 새로운 자본주의적 문명 발전을 위해 노력하는 선각자라는 자부심이 자리를 잡고 있었다. 다산이 일제 통치자들에게 일본인들과 차별이 없는 조선인의 관직 진출과 대우를 요구하였던 것도 그와 같은 의식에서 비롯되었던 것으로 보인다. 다산은 얄팍한 일제의 현실에 순응하고 타협한 슬픈 현실주의자가 아니라, 어쩌면 손에 잡히지 않는 꿈을 좇는 이상주의자였다고 말할 수 있다.

그런 차원에서 본다면 그가 왜 그렇게 우리 문화에 관심을 두고 수집하여 유언으로 경성제국대학에 기증하였는지 조금이나마 이해가 간다. 그는 세상을 떠나면서 오세창으로부터 거액을 주고 인수한『근역서화』·『근역화휘』를 비롯하여 자신이 수집한 고서화 100여 점을 경성제국대학에 기증하였다. 또한, 그는 고서 출간에도 관심을 가져서 1932년 5월에는 연암 박지원의 『연암집』을 17권 6책으로 간행하였다. 그것은 『열하일기(熱河日記)』·『과농소초(課農小抄)』까지 포함된 책으로 연암의 모든 저작의 실체를 최초로 공감하여 햇빛을 보게 했다는 역사적 의의가 있었기 때문이다.9)

---

9) 김혈조, 「연암집(燕巖集) 異本에 대한 考察」, 『한국한문학』 17집, 한국한문학회, 1994, 162쪽.

3. 『다산시고』의 체재와 친일시

3.1. 시집의 체제와 내용

『다산시고(多山詩稿)』는 두 번에 걸쳐서 발간되었다. 제1차는 1932년 5월에 경성 대동인쇄소에서 444제 536수의 시를 연활자본 2권 1책으로 발간하였다. 이것은 그가 22세에 일본으로 밀항하면서 지은 <遊學日本>을 시작으로 1931년 조선상업은행 두취(현재, 은행장)에 취임한 직후까지의 한시를 모아 출간한 것이다. 여기에는 그가 러일전쟁에 참전하면서 겪었던 사건들이나 그것에 대한 자신의 감회, 군수나 도지사와 같은 관리로 근무하면서 지은 한시 작품, 이후로 중국과 유럽 각국을 시찰하면서 지었던 기행시들이 포함되어 있다. 여기에는 성당(惺堂) 김돈희(金敦熙, 1871~1936)의 제첨(題簽), 규원(葵園) 정병조(鄭丙朝, 1863~1945)의 서문, 회당(悔堂) 송지헌(宋之憲, 1872~1934)의 발문이 들어 있다.

제2차는 1차 시집에다가 1932년 봄부터 1939년 1월까지의 300여 수의 시작품을 추가하여 1939년 2월에 간행되었다. 모두 705제 859수의 시들이 수록되어 있다. 그리고 그는 1939년 3월에 뇌졸중으로 갑자기 사망하였다. 2차 시집에는 중국 만주를 시찰하거나 사할린을 기행하고 지은 시, 일본인 고위층들과 교유한 여러 시작품이 포함되어 있다. 여기에는 1차 때 들어 있었던 김돈희의 제첨, 박영철의 초상 사진과 기념사진, 선조였던 사암(思菴) 박순(朴淳)의 시작품에 대한 박영철의 제자(題字), 중국 제백석(齊白石)과 일본 이이다 타츠(飯田辰)의 전각 도장인, 위창 오세창이 신라 시대 이래로 모은 서첩인『근역서휘(槿域書彙)』앞에서 찍은 사진,[10) 진흥왕 순수비 탁본, 기타 여러 기념사진이 들어 있다. 그리고 1차 때의 정병조가 쓴 서문, 전체 시작품, 부친

박기순이 죽은 다음 해에 다산 자신이 지은 묘표(1936년), 죽기 직전인 1939년 2월 1일까지의 다산 연보, 유진찬(兪鎭贊, 1866~?)의 발문 순으로 되어 있다.

평소에 여행을 좋아했던 다산은 『다산시고(多山詩稿)』의 출간에 앞서 자신의 기행 경험과 소감을 시문으로 기록하여 『백두산유람록(白頭山遊覽錄)』과 『아주기행(亞洲紀行)』을 발간한 바 있다. 『백두산유람록』은 1921년에 전라북도 참여관에 있으면서 출간한 것이고, 『아주기행(亞洲紀行)』은 1925년 10월에 강원도 도지사로 있으면서 출간한 것이다. 전자는 기행문과 시 작품 이외에도 李完用(1858~1926)의 제첨(題簽), 전북도지사로 있던 성재(星齋) 이진호(李軫鎬, 1867~1943)의 서문, 백두산과 정계비의 사진, 마쓰다 코(松田甲)와 영가(永嘉) 권양채(權陽采)의 발문이 있다. 후자는 상·중·하 3편을 1책으로 한데 묶어 연활자로 간행되었는데, 기행문에 기행시를 포함한 형식이다. 책의 체제는 먼저 무정(茂亭) 정만조(鄭萬朝, 1858~1936)와 우당(于堂) 윤희구(尹喜求, 1867~1926)의 서문으로 시작하여 성석(惺石) 한영원(韓永源)의 제사(題辭), 권양채(權陽采)의 약전(略傳), 의친왕 이강(李堈, 1877~1955)·사이토 마코토(齋藤實, 1858~1936)총독·李完用·朴泳孝(1861~1939)의 휘호, 백두산·만리장성·블라디보스토크·대만 총독부 등의 사진, 아주기행의 약도를 제시하고 목차와 기행문의 순서로 구성되어 있다. 상편은 국내 여행지인 백두산·지리산·금강산·한라산을, 중편은 일본 내지·대만·간도·블라디보스톡을, 하편은 만주·몽고·중국의 남북부를 여행하면서 지은 것들이다.

---

10) 박영철은 오세창의 『근역서휘(槿域書彙)』와 『근역화휘(槿域畵彙)』를 인수하여 자신의 고서화 100여 점을 죽은 뒤에 경성제국대학(오늘날 서울대학교)에 기증하였다.(이광표, 앞의 책, 186~189쪽)

『다산시고』의 내용을 살펴보면 시들은 창작된 시간적 순서대로 편집되어 있다. 주요 작품들은 1929년에 출간한 그의 자서전『오십년의 회고』에도 부분적으로 수록되어 있어 그것들이 어느 시기, 어떤 상황에서 지어졌는지 알 수 있다. 결국 창작 과정이 자연스럽게 드러나면서 그의 내면과 삶에 대한 전모를 파악하는데 도움이 된다.

시집에 실린 900여 수의 작품들은 자연 경물에 대한 미감이나 여행 중에 자신의 소회를 읊고 있는 것이 많고, 대다수의 한시집에서 볼 수 있듯이 교유하면서 주고받은 것들이 많다. 전체적으로 친일 작품보다는 자연 경물이나 일상사를 읊고 있는 일반 작품들이 월등하게 많다. 하지만 그의 친일작품은 다른 시인들에 비해서 매우 많은 편이다. 미당 서정주의 경우에는 전체 1,200여 수의 작품 중에서 12수의 친일 작품으로 난타를 당하며 매도당하고 있기 때문이다. 반면에 박영철의 노골적인 친일 작품은 상대적으로 많아서 100여 수에 이른다. 여기에는 일제 통치에 대한 찬양이나 그것을 동조하고 합리화하는 내용, 식민지 통치와 관련된 일제 인사들과 교유하면서 그들의 덕을 기리거나 찬양하는 작품들이 모두 해당한다. 더 나아가서 다산의 친일작품은 어떻게 규정하느냐에 따라서 상황이 달라진다. 넓은 의미에서 그가 내면적으로 일본을 부러워하며 우리의 민족적 주체성을 부정하는 것도 일종의 친일작품이라고 말할 수 있다. 그가 식민지통치를 받아들이고 황국신민으로서 사태를 파악하거나 동조하는 것도 그것에 해당한다고 볼 수 있다. 그렇게 하다 보면, 다산의 이런저런 친일 작품은 더욱 많아지게 된다. 아울러『다산시고(多山詩稿)』에는 다산의 근대 문명에 관한 관점이나 일제에 대한 시대의식이 형상화되면서 그의 왜곡된 역사의식도 잘 드러나고 있다.

한편,『다산시고』에는 자연 경물을 읊고 있는 작품과 더불어 다수를 차지하는 게 교유시이다. 이들 작품은 당시 이뤄졌던 다산의 교유관계, 더 나아가 친일 인물의 전모를 파악하는데 도움이 된다. 다산은 일제강점기에 정관계와 실업계에서 두루 활동했던 고위층으로서 주로 친일 인사들과 교유하며 기록을 남기고 있기 때문이다.

3.2. 일제 통치의 동조와 내면적 일체화

박영철의 『다산시고』에는 다수의 친일 작품들이 들어 있다. 그는 일제의 조선 통치를 현실적으로 받아들여 식민지 건설에 참여하였다. 다산은 조선인이었지만 그 자신이 추구하는 세상은 조선과 일본이 구별되지 않는 일체가 되는 것이었다. 그는 당시에 일제가 내세운 통치 이념에 적극적으로 부응하면서 신념을 갖고 그것을 실행으로 옮겼고 한편으로 이를 시로 형상화하였다. 이것은 일제가 내세운 '대동아공영론'이라는 상상적 지리 관념을 토대로 그가 추종하였기 때문으로 파악된다.

오늘날의 관점에서 우리는 그것을 정상적이라고 말할 수 없다. 게다가 당시에 많은 지식인이 일제에 떠밀려 친일에의 발을 디딘 것과 달리, 다산은 자발적으로 나서서 일제에 협력하며 그들이 내세운 새로운 식민지 사회의 건설을 위해 헌신하였다. 이러한 그의 내면을 이해하기는 쉽지 않다. 어쩌면 그가 친일의 길로 들어선 것은 성장기에 가졌던 조선의 봉건 왕조에 대한 부정적 반감이나 자신의 출세욕에서 비롯되지 않았나 추측된다.[11]

---

11) 『五十年の回顧』에서 다산은 많은 지면을 할애하여 조선 왕조의 폐해와 문제점을 나름대로 분석 비판하고 일본의 선진 문명과 문화를 받아들여서 봉건사회의 폐해를 청산하고 민족의 잘못된 생활습관이나 자세를 바로잡을 것을 촉구하고 있다.

丈夫一生志　　　　장부의 평생 품은 뜻이
固不在書檠　　　　단지 책상머리에 있지는 않다네.
肯作林鷦息　　　　어찌 수풀의 굴뚝새처럼 살랴
思馳櫪驥程　　　　준마가 길을 달리듯 달리고 싶다.
軌文同制度　　　　문화에 있어 그 제도가 같아
弧矢有經營　　　　큰 뜻을 펼치려 한다.
短棹滄溟去　　　　노를 저어 망망한 바다로 나아가니
扶桑旭日明12)　　　동쪽에 밝은 태양이 떠오른다.

　1900년 4월에 다산은 22세의 나이로 일본인의 도움을 받아 목포에서 일본으로 건너간다. 이 시는 당시 대한 해협을 건너며 지은 <일본으로 유학하며(遊學日本)>라는 작품이다. 그는 일본어를 배우기 이전에 서당에서 한학을 하면서 무공을 세운 역사적 영웅을 흠모했는데, 여기에서 그는 문인보다는 군인에의 포부와 야망을 내비치고 있다. 이후로 그는 일본에서 육군사관학교를 마치고 러일전쟁에 참전하면서 군인으로 발을 내딛게 된다. 마지막 구절인 '부상욱일명(扶桑旭日明)'은 단지 동쪽에서 태양이 떠오른다는 지시적 의미보다는 앞서 말한 자신의 포부와 야망이 일본에서 실현되리라는 친일적 의미를 암시한다고 볼 수 있다.

風雲日露兩交兵　　　풍운처럼 일본과 러시아가 서로 전쟁을 벌이니
東亞安危在此行　　　동아시아의 안위가 여기에 달렸구나.
萬里從征投筆起　　　만 리 출정길을 붓 던지고 일어서니
誰知定遠是書生13)　　정원후(定遠侯, 班超)가 서생임을 누가 알리요.

---

12) <遊學日本>, 『다산시고(多山詩稿)』(주백인쇄소, 1939), 23쪽. 이하 다산의 한시는 책명을 밝히지 않고 이를 텍스트로 인용함.
13) <從軍日露戰役>, 위의 책, 23쪽.

이 시는 1904년도에 지은 다산의 <러일전쟁에 종군하며(從軍日露戰役)>라는 작품이다. 그가 일본사관학교를 졸업할 무렵에 러일전쟁의 전운이 감돌았다. 다산은 사관학교 조선인 졸업생들과 함께 전쟁에 종군하기를 데라우치 사령관에게 청원하여 조선인으로서는 일본군에 처음으로 편입되어 참전한다. 다산은 이 시에서 동양의 평화가 일본이 러일전쟁에서 승리하는 것에 있다고 확신한다. 그는 후한 시대에 서역에 가서 그곳 50여 국의 흉노족으로부터 화친과 연맹을 얻어낸 반초(班超, 33~102)처럼 자신도 일개 문사로서 일본의 대륙 진출에 공을 세우지 못할 것이 없다는 자부심을 드러내고 있다.

일찍이 후쿠자와 유키치(福澤諭吉)는 서구의 위협에 대항하기 위해 동양인이 일본을 맹주로 연대의식을 가지고 연합할 것을 주장하였다.[14] 다루이(樽井藤吉)는 백색 인종의 서양 열강들이 동양을 침략하고 있기 때문에 동양이 하나로 단결하여 그것을 막아내야 한다는 대동합방론을 주창하였다.[15] 다음의 <세계대세(世界大勢)>라는 시는 그와 같은 후쿠자와나 다루이의 견해에 일치한다.

白黃人種各西東	백인종 황인종이 동서양을 차지해
文字方言互不通	문자와 방언이 서로 통하지 않는다.
欲求平和長久策	평화를 이루고자 하는 장구한 대책은
先須全亞結心同[16]	아시아가 먼저 한 마음으로 뭉쳐야 한다.

박영철은 1928년 네덜란드 암스테르담에서 개최하는 국제올림픽대

---

14) 福澤諭吉, 「時事小言」『福澤全集』 5권, 국민도서주식회사, 1926, 353쪽.

15) 김호일, 「구한말 안중근의 '동양평화론'연구」, 『中央史論』 10·11합집, 중앙대 중앙사학연구소, 1998, 158쪽.

16) <世界大勢>, 앞의 책, 90쪽.

회에 참관하면서 6월부터 9월까지 약 3개월에 걸쳐서 중국·러시아·독일·영국·네덜란드·프랑스·스위스·이탈리아·이집트·인도·홍콩과 상해를 시찰하고 일본 에도를 거쳐서 귀국하였다. 그는 여행하면서 7언절구로 33수의 한시를 남겼는데 이 시는 세계 일주를 마치면서 지은 것이다.[17]

여기에는 그가 당시에 생각하고 지녔던 시대의식과 사고체계가 잘 담겨 있다. 그의 의식에는 일본과 한국, 그리고 더 나아가서 동아시아가 하나가 되어 인종이 다른 서구 열강을 막아내어야 동양의 항구적인 평화가 보장된다고 보았다. 앞서 언급한 것처럼 다산의 이런 자세는 일찍이 일제가 조선을 합방하기 위한 명분으로 내세워 이념화하였던 대동아합방론의 연장선에 있는 견해에 불과하다.

滿洲九月下天兵　　9월 만주에 하늘 병사가 내려오니
一境簞壺老幼迎　　노소를 막론하며 밥 싸들고 환영한다.
革舊而今新政好　　옛 제도를 혁파한 지금 새 정부를 좋아하여
三千萬衆得蘇生[18]　　삼천만 민중들이 다시 살아났도다.

이것은 다산이 1932년 9월에 만주국에 가서 발표한 〈만주에 새로이 나라를 세우는 것을 축하하며(祝滿洲新建國)〉라는 작품이다. 일본 제국은 1931년 9월에 만주를 중국 침략을 위한 전쟁의 병참 기지로 만들고 그것의 식민지화를 위해 만주사변을 일으켰다. 선전포고도 없이 만주를 침략하여 마침내 1932년 3월에 일본 군부는 중국 동부에 있는 세

---

17) 박영철은 6월부터 9월까지 세계 일주를 하면서 지었던 시작품 30편을 따로 모아서 간략한 『歐洲吟草』소책자로 먼저 출간한 바 있다. 박영철, 『歐洲吟草』, 近澤印刷社, 1928, 1~12쪽.

18) 〈祝滿洲新建國〉, 앞의 책, 108~109쪽.

개의 성과 열하와 내몽고를 하나의 판도로 하여 만주국이라는 일제의 괴뢰국가를 건설하고 부의(浮議, 1906~1967)를 허수아비 황제에 등극시킨 바 있다. 박영철은 만주국의 건국에 즈음하여 경축하고자 그곳을 방문하여 주요 인사를 만나고 건국을 찬양하는 시를 남겼다. 그의 언급에 의하면 일제가 세운 만주국은 남녀노소 할 것 없이 많은 사람으로부터 열렬한 환영을 받았다고 추켜세우고 있다. 그리고 새로 건국한 만주국은 잘못된 구제도를 혁파하고 유신하면서 죽어가던 삼천만 민생들이 다시 소생하였다고 강조하고 있다.

官車商舶往來頻　　관용차와 상선이 빈번하게 왕래하며
一帶江分左右鄰　　강이 나뉘는 일대는 좌우가 이웃이다.
禦侮急難相愛地　　수모를 막고 어려움에 달려가며 서로 사랑하는 처지
兩情視若兄弟倫　　둘 사이의 정이 형제와 같다.

聲勢東洋占覇權　　동양의 패권을 점유한 기세로
關心風雨暗西天　　비바람에 휩싸인 서쪽 하늘에 관심 둔다.
提携黃白平和策　　황인종과 백인종이 제휴하는 평화 정책으로
旭日光明淨四邊[19)　　떠오르는 태양의 빛이 사방을 정화시키리라.

이것은 1938년에 다산이 확대되는 중일전쟁 중에 만주 전선을 시찰하며 지었던 <조선과 만주는 하나(鮮滿一如)>라는 시이다. 1931년에 일제는 만주를 침략하여 이듬해 3월에 만주국을 건설하여 중국 침략의 발판을 마련하였다. 그러다가 1937년 7월에 일제는 중일전쟁을 일으켜 중국 본토를 공략하기 시작하였다. 박영철은 중일 전쟁이 확대되자 1938년도에 황국신민의 일원이자 만주제국의 한성주재 명예총영사

---

19) <鮮滿一如>, 위의 책, 145쪽.

로서 만주국을 방문하여 격려하고 여러 편의 한시를 남겼다.

위의 시에서 조선과 만주가 하나라는 '선만일여(滿鮮一如)'는 '내선일체(內鮮一體)'의 연장선에 있는 말이다. 일제는 1910년도에 조선에 대한 강제 합병을 하고 그 이래로 조선 지배를 위한 동화정책을 펴왔다. 그러다가 1937년에 중일전쟁이 발발하자 조선 총독이었던 미나미 지로(南次郎)가 징병제의 시행과정에서 조선 청년들로부터 병역에의 내발성을 끌어내기 위한 수단으로 내선일체의 황민화 정책을 부르짖었다.[20] 그럼에도 불구하고 다산은 일본과 조선이 하나이고, 더 나아가 중국과 만주도 일체라는 일제의 대동아공영론을 확신하고 있었던 듯하다.

제1수에서 다산은 조선과 만주가 강 하나를 사이에 두고서 서로 빈번하게 왕래하는 이웃이고, 어려움을 함께 극복하고 돕는 형제의 윤리를 보는 듯하다고 말하고 있다. 제2수에서는 중일전쟁의 상황을 암시하는 듯하며 동양평화론을 강조하고 있다. 중국이 동양의 권세를 두고 일본과 다투고 있는데, 그것은 잘못이라는 것이다. 지금 동양이 하나가 되어 서양 열강들과 평화를 제휴해야 하는데, 떠오르는 태양, 즉 일본이 그렇게 해 나가고 있다는 것이다.

同洲同種又同文	같은 대륙과 인종, 또한 같은 글
日滿宜親不可分	일본과 만주는 친해야 하며 분리할 수 없다
經濟國防脣齒勢	경제와 국방이 순망치한의 형세인지라
關東萬里駐皇軍	관동 만리에 황군이 주둔하고 있다.
獰風虐雪異南天	사나운 바람과 세찬 눈이 남쪽 하늘과 달라서
悶我王師耐幾年	걱정스러운 우리 제국 군사가 몇 년을 인내해야 하나.

---

20) 宮田 節子(李熒娘 譯), 『朝鮮民衆과 皇民化 政策』, 일조각, 1997, 159~189쪽.

分內宣威揚武責　위무(威武)를 선양하는 책무를 가져
一心報國重雙肩[21]　일심으로 나라에 보답하려고 두 어깨가 무겁다.

한편, 박영철은 중일전쟁이 벌어지고 있는 가운데 전쟁터로 떠나는 관동군을 위로하고 격려하며 지은 <황군을 위로하여(慰勞皇軍)>라는 시도 지었다. 이 시에서 다산은 일제가 침략의 본성을 숨기고 명분으로 내세운 내선일체와 대동아 공영이라는 이념에 편승하여 관동군을 격려하고 있다. 제1수에서 박영철의 언급으로는 일본과 만주는 같은 대륙에 같은 인종이며 글도 같다는 것이다. 일본과 만주는 마땅히 친해야 하며 분리할 수도 없다는 것이다. 이 둘의 경제와 국방은 입술이 없어지면 이가 시린 것처럼 서로 의지하고 보호해야 한다는 생각이었다. 그래서 광활한 만주 땅에 일본군이 주둔하고 있다는 것이다. 제2수에서 다산은 북풍한설이 휘날리고 추운 만주벌판에서 하루빨리 제국을 건설해야 한다는 조급함까지 내비치고 있다. 그래서 목숨을 걸고 싸우는 군인들이 위무를 선양해야 하는 책임과 함께 조국에 대한 보답으로 두 어깨가 무겁다고 송축하고 있다.

이상에서 알 수 있듯이 한 마디로 다산의 한시는 우리 민족의 역사와 암담했던 현실을 외면하고 일제의 식민지 정책을 합리화하거나 호도하면서 시대를 왜곡시켰다는 비판을 면할 수 없다.

3.3. 일제 인사와의 교류와 시적 형상화

서세동점의 격변기에 몰락양반의 자손으로 태어나 어린 시절을 가난 속에 성장했던 다산 박영철의 일생은 청년기에 일본으로 밀항하면

---

21) <慰勞皇軍>, 앞의 책, 145쪽.

서부터 달라지기 시작한다. 일본에서 육군사관학교를 마치고 러일전쟁에 참전한 이래로 그의 삶은 일제와 하나가 된다. 이후로 그는 스스로 일제 체제로 들어가서 그들의 이념을 내면화하고 그들보다 더욱 체제화 된 인물로 성장하게 된다. 일제 체제에서 그의 일생은 현달 자체였고 그 과정에서 많은 식민지 고위층과 교유를 하게 된다. 일본으로 건너가기 이전에 서당에서 한학을 배웠고 그것을 탐탁하게 여기지 않았던 그가 오히려 어린 시절에 연마했던 한시로 일제 식민지의 고위 인사들과 교유하며 수창할 수 있었던 것은 역설적이다. 그는 일본에서 사관학교를 거치며 근대 학문과 일제의 군사 교육을 체계적으로 습득하여 더욱 체제화의 식견과 지식을 갖추게 되었다. 『다산시고』에는 그가 일제 인사들과 주고받은 시나 그들의 위업을 기리는 것들이 많은데 그것에는 식민지 통치에 관여했던 다수의 일제 고위층이 거론되고 있다.

一心爲國秉公平	나라 위한 마음으로 공평한 자세를 갖추고
坐鎭靑邱海嶽淸	청구(靑邱)를 다스려 온 산하가 맑다.
建得殊勳陞爵位	남다른 공훈을 세워 작위가 오르시고
煌煌恩誥荷新榮[22]	빛나는 칙명의 새로운 영예에 감사하시네.

다산은 총독이 베푼 연회에 참석하여 시를 짓거나 그들의 작위가 오르면 축시를 지어 보냈다. 1925년도에 강원도지사로 있던 그는 고수(皐水) 총독의 작위가 오르자 <고수(皐水) 총독의 작위 승진을 축하하며(賀皐水總督陞爵)>라는 시를 지어서 보냈다. 송축하는 시는 대상에 대한 단점보다는 장점을 부각시키며 그것이 없더라도 만들어서 과장

---

22) <賀皐水總督陞爵>, 위의 책, 72쪽.

하는 법이다. 다산은 고수 총독이 나라를 공평하게 다스려서 가만히 앉아 있어도 식민지가 잘 다스려지고 세상이 맑아졌다고 칭송하고 있다. 또한, 총독의 그와 같은 공적으로 작위가 올랐고 천황의 빛나는 은총이 그것에 더해져서 더욱 영예롭다는 것이다.

다산이 일제 권력자와의 교유에 공을 들이고 좋은 관계를 유지할 수 있었던 것은 그의 엄청난 경제력에 힘입은 바도 없지 않지만, 그것에 못지않게 어린 시절에 습득했던 한시 창작의 능력이었다. 그는 전통 시대의 지식인들이 구사하는 문예 양식인 한시로 대상을 찬양하거나 그들의 위업을 기렸다. 이와 같은 다산의 교류시는 전쟁 중에 전사한 일본 군인들에 대해서도 깊은 애도를 표하며 그들의 넋을 기리고 있다.

將軍一死死猶榮	장군이 죽으면 죽음도 영광이어서
竹帛千秋有盛名	천추의 역사에 명성을 휘날린다.
也是忠魂凝不散	충혼도 응결돼 흩어지지 않고
儼然來鎭錦西城[23]	엄연히 금서성을 관장하리라.

이것은 다산이 1932년 봄에 만주국을 시찰하면서 지은 〈고가(古賀) 연대장을 애도하며(弔古賀聯隊長)〉라는 시이다. 당시에 그는 관직을 그만두고 실업계에 투신하여 조선상업은행의 두취역(은행장)을 맡고 있었다. 그는 만주 지역을 시찰하면서 만주 건국을 찬양하거나 일본군의 무공을 기리는 작품들을 지었다. 여기 만주사변에서 전사한 고가연대장을 조문하며 애도하는 것도 그것의 하나였다. 그는 전투에서 싸우다 산화한 고가연대장의 죽음이 헛되지 않고 제국 건설을 위한 충성심의 애국적 행위이자 역사에 길이 남을 위업이라고 기리고 있다.

---

23) 〈弔古賀聯隊長〉, 위의 책, 108쪽.

一心爲國秉忠誠	한 마음으로 나라 위해 충성을 다해
走卒兒童誦姓名	길가에 아이들도 이름을 들먹인다.
萬里東溟歸路遠	만 리길 일본으로 돌아가니
天涯怊悵不禁情[24]	하늘 끝 서글픈 마음 어찌하지 못하겠다.

이 시는 1928년도에 지은 ＜일본으로 귀국하는 유아사 정무총감을 보내며(送湯淺政務總監歸東)＞라는 작품이다. 유아사 다이사(湯淺 倉平)는 조선총독부 제5대 정무총감을 역임한 인물인데 다산과 가까운 사이였다. 그가 임기를 마치고 귀국길에 오르자 다산은 그와의 이별을 못내 아쉬워하고 있다. 여기에서 다산은 유아사가 오직 한마음으로 나라를 위해 충성했고, 명성이 높아서 동네 꼬마들도 그의 이름을 모두 알고 있다는 것이다. 그리고 다산은 총감을 보내면서 그와 맺은 우의를 생각하니 슬픔을 내비치고 있다. 이처럼 다산의 일제 인사들과 맺은 교유 관계는 폭이 넓었고 주로 고위층에 집중되어 있었다.

詩吐光炎筆落烟	시는 밝은 불꽃을 토하고 붓은 안개가 어른거려
一篇寫出一心天	한 편의 한 마음 하늘을 써 내렸다.
讀來自起悽然感	읽고 나니 절로 처연한 마음 들어
回首公歸三十年[25]	돌아보니 공이 떠난 지 어언 삼십년이다.

이것은 다산이 장충단공원 동쪽에 있는 박문사(博文寺)에 가서 이토 히로부미의 주련을 보고서 차운한 ＜박문사에서 이토 히로부미公의 남긴 운율에 차운하여(博文寺次伊藤博文公遺韻)＞라는 시이다. 장충단은 본래 을미사변 때 피살된 시위연대장 홍계훈과 궁내부대신 이경식 등을 기리기 위해 쌓은 제단으로 항일 감정을 상징하는 장소이기도 하

---

24) ＜送湯淺政務總監歸東＞, 위의 책, 84쪽.
25) ＜博文寺次伊藤博文公遺韻＞ 위의 책, 158쪽.

였다. 그래서 일제는 1919년에 그것을 공원으로 바꿨다. 1932년에는 공원 동쪽에 이등박문을 추모하기 위한 사찰을 짓고 절을 박문사라고 하였다. 1938년 늦가을에 다산은 그곳을 방문하고 그를 애도하고 있다. 시의 내용으로 미루어 그는 이등박문을 추모하는 행사에 참석했던 것으로 보인다. 주련의 시구는 햇빛으로 빛나고 글씨는 연기 속에서 아른거린다고 말하고 있기 때문이다. 다산은 그런 상황에서 이등박문의 시를 베껴 적고 있다. 다산은 그의 시를 읽으면서 처연한 감정이 일어나고 그가 죽기 전인 30년 전의 일들을 그리워하고 있다.

이들 일제 인사를 위해 지은 시작품들을 살펴보면, 다산은 조선인이라기보다는 이미 일본 제국의 일원이자 황국신민으로서 전혀 손색이 없고 그들과 하나가 되었다고 하겠다. 이외에도 다산은 영친왕과 이방자의 결혼을 축하하는 시도 지었고, 여러 종류의 일제 요인들과 시를 주고받았다. 대체로 교유시는 서로 수증하거나 화답한 시가 많은 것이 통상적이다. 그래서 근대 이전의 문인들이 남긴 시들은 대체로 수증시나 차운시, 또는 화답시들이 많은 분량을 차지하고 있다. 그것은 서로 만나서 교유하거나 차운하였기 때문이다. 그런데 박영철의 **화답시**는 조선인과의 교유 과정에서 지어진 것이 많고, 수증시는 일제 인사에게 보낸 것이 많다.

4. 문학사적 의미

조선사회의 지식인들이 자신들의 사상이나 감정을 표현하는 문자는 한문이었다. 개화기를 거치면서 근대계몽기에도 그것은 크게 달라지지 않았다. 일제강점기에 이르러서야 한문 대신에 한글이 본격적으로 쓰이면서 그것을 대체해 나갔다. 그럼에도 불구하고 한문은 일부 지식인들 사이에서 깊게 남아서 기록으로 남거나 문집으로 발간되었다. 일제 친일파의 한 사람이었던 다산 박영철의 관련 자료들의 대부분이 한문이나 일본어로 남아 있었다. 물론 그가 잡지에 한글로 쓴 일부 자료도 보인다.

그동안 그의 친일 행적이 잘 알려지지 않았던 것은 기록 자료와 깊은 관련이 있었던 것으로 파악된다. 지금까지 문학 방면에서의 친일 연구는 주로 현대문학 전공자들에 의해 한글로 기록된 자료 위주로 진행되었고, 상대적으로 한문 자료는 그것을 벗어났기 때문이다. 이런 측면에서 본다면 앞으로 친일문학에 대한 연구는 더욱 다양한 측면에서 접근할 필요가 있다. 게다가 일제강점기에 친일했던 인사들의 문집은 해방 후에 문집으로 발간되는 과정에서 후손들에 의해 삭제되고 있는 것도 주의할 필요가 있다.

그나마 박영철의 관련 자료들은 일제강점기에 출간되었기 때문에 연구자들이 그의 친일 행각에 쉽게 접근할 수 있는 사례이다. 그럼에도 불구하고 아직 그에 대한 한 편의 연구 결과도 없다는 것은 오늘날 연구자들이 왜 그런지를 생각해 볼 필요도 있다. 그리고 일제강점기에 친일파나 우국지사들이 남긴 한문 관련 자료는 오늘날에도 많이 남아 있고 연구를 기다리고 있다.

박영철의 시문집에는 일제강점기의 총독이나 정무총감, 또는 주요 군벌 등과 교유한 다수의 한시가 남아 있다. 이를 통해 다산의 친일 행적이나 그의 친일 교류를 파악할 수 있다. 다산의 친일 작품에는 친일 행적 이외에도 일제가 조선을 통치하기 위해 평화를 내세우며 역사와 현실을 호도했던 내선일체나 대동아 공영이라는 일제 이데올로기에 부화하는 식민지 지식인 박영철의 초라한 초상화를 함께 엿볼

수 있다. 앞으로 일제강점기에 이뤄졌던 친일문학은 국문문학 분야 이
외에도 박영철의 친일 한시처럼 한문학 분야에서도 함께 진행되어야
그것에 대한 폭넓고 깊이 있는 성과가 나올 것으로 기대된다.

5. 맺음말

이 글에서는 다산(多山) 박영철(朴榮喆)의 생애와 저작물에 남아있
는 친일시를 개괄해서 살펴보았다. 지금까지 다산이 남긴 저작물과 그
의 시작품에 대한 논의는 없었다. 그런 점에서 이 논의는 일종의 발굴
사적 의미가 있다.

일제강점기의 한국인으로는 드물게 그는 도지사를 비롯한 고위직과
국가 기간산업의 요직을 두루 역임한 친일파였다. 그래서 그는 2002년
에 친일반민족행위진상규명위원회에서 발표한 친일파 708인 명단과
2009년 민족문제연구소에서 출간한 친일인명사전에 선정된 인물이기
도 하다. 한편 갑부이기도 하였던 다산은 우리나라 1930년대를 대표하
는 컬렉터 중의 한 사람으로 문화재를 아끼고 수집하여 국가에 기부하
기도 하였다.

그는 시집에 앞서 자서전인 『오십년의 회고』을 출간하기도 하였다.
그는 여기에서 자신이 살아온 과정과 함께 한국의 역사나 문화, 그리
고 시국에 대하여 자신의 견해를 덧붙이고 있었다. 이 책은 일본인을
독자층으로 저술한 것으로 추정되며 관점도 일제가 주장하는 식민사
관에 가깝게 서술되고 있다. 다산은 자서전에서 일본의 근대화론에 동
조하면서 우리 민족성의 문제점을 거론하고 있으며 일본의 문명화와
선진화에 집착을 보이고 있었다.

한 마디로 그는 나라를 잃은 조선의 지식인이 아니었다. 그는 이미 그것을 뛰어넘어 조선은 일본을 비롯하여 만주·몽고·중국, 그리고 더 나아가서 동양이 하나가 되어 공영하는 이상세계로서의 심상지리(Imaginative geography)가 그의 관념 속에 자리를 잡고 있었던 것으로 보인다. 그런 측면에서 그는 자신을 매국노나 친일파라고 조금도 생각하지 않았고 오히려 조선의 전근대적인 체제를 해체하고 새로운 자본주의적 문명 발전을 위해 노력하는 선각자라는 자부심이 자리를 잡고 있었다. 다산은 얄팍한 일제의 현실에 순응하고 타협한 슬픈 현실주의자가 아니라, 어쩌면 손에 잡히지 않는 꿈을 좇는 이상주의자였다고 말할 수 있다.

다산의 시집인 『다산시고(多山詩稿)』는 1932년과 1939년에 두 번에 걸쳐서 출간되었다. 여기에는 다양한 내용의 시작품 705제 859수가 수록되어 있었는데, 그중에서 친일시는 대략 100여 수에 이르고 있었다. 『다산시고』에 실려 있는 친일작품의 내용은 크게 두 가지로 요약된다.

첫째, 다산의 친일시는 그는 일제 식민지 통치에 동조하고 그것을 내면화하거나 일체화하고 있는 내용이었다. 이를 살펴보면 다산은 일제가 내세운 내선일체나 대동아 공영의 통치 이념에 적극적으로 두둔하거나 그렇게 해야 한다고 시로써 형상화하고 있었다. 한 마디로 그의 시에는 민족적 주체의식이 빠져 있고 시대와 역사를 왜곡하고 있었다. 다산은 일본이 러일전쟁에서 승리하자 하얼빈을 방문하여 당대를 평화의 시대로 호도하거나 내선일체를 찬양하면서 조국의 식민지 현실을 왜곡시키고 있었기 때문이다.

둘째는 다산은 일제강점기의 총독이나 정무총감, 또는 주요 군벌 등과 교유하면서 그들의 위업을 찬양하고 덕을 기리 있었다. 여기에는 경술국치의 주역이었던 이토 히로부미를 그리워하며 기리거나, 제5대

정무총감이었던 유아사 다이사(湯淺 倉平)와의 이별을 아쉬워하는 내용도 있다. 본고에서는 다루지 않았지만, 하세가와 요시미치(長谷川好道, 1850~1924)총독이나 사이또 마코토(齋藤實, 1858~1936)총독을 비롯한 군벌의 장도(壯途)를 위해 송축한 작품도 보인다.

앞으로 문학사적으로 친일문학은 국문문학 분야 이외에도 박영철의 친일 한시처럼 한문학 분야에서도 함께 진행되어야 그것에 대한 폭넓고 깊이 있는 연구 성과가 나올 것으로 기대하였다.

다산 박영철의 『아주기행』과
문학적 형상화

1. 머리말

우리 조상은 동아시아의 중심국이었던 중국을 통해 어렴풋이 대륙
바깥의 세계를 인식해왔다. 우리 민족은 중국과의 교류를 통해서 선진
문물을 받아들이고 수용하면서 간접적으로 서구 세계를 만났다. 조선
후기 이래로 해외에 대한 관심이 더욱 높아졌는데, 그것은 시문에서도
나타나고 있다. 연행사절이 중국을 왕래하며 남긴 연행록도 그렇거니
와 조수삼의 「외이죽지사(外夷竹枝詞)」나 이유원의 「이역죽지사(異域
竹枝詞)」처럼 기존의 자료를 섭렵하여 국외에 대한 관심을 시문으로
상상하고 있는 것도 그것의 하나이다.[1]

19세기에 이르러 천주교가 급속히 확산되며 서구 문물도 함께 들어
오기 시작하였다. 외래 문물은 개화기에 본격적으로 유입되었고 개화
파 지식인들은 해외에 눈을 돌리기 시작하였다. 이 시기에 많은 외국
인이 국내에 들어왔고 한국인들도 해외를 유람하면서 기록을 남겼다.
개화기에 일본을 거쳐 미국을 유람한 유길준(1856~1914)의 『서유견문』

---

1) 신은경, 「추재 조수삼의 「외이죽지사」 연구」, 『국제어문』 42집, 국제어문학회, 2008, 163
~201쪽.

이 그렇고, 1896년에 김득련(金得鍊, 1852~1930)의 『환구일기』와 『환구음초』가 그렇다. 1901년에 석하(石下) 김만수(金晩洙, 1858~1936)는 프랑스공사로 다녀오면서 「주법공사관일기(駐法公使館日記)」를 남겼다. 이종응(李鍾應, 1853~1920)은 1902년 영국 에드워드 7세의 대관식에 특명공사였던 의양군(義陽君) 이재각(李載覺)을 수행하여 기행문 <서사록(西槎錄)>과 기행가사 <셔유견문록>을 남겼다.2) 김한홍(金漢弘, 1877~1943)은 1903년부터 국내기행, 미국의 하와이와 샌프란시스코에서의 생활 체험을 기행문인 <서양미국노정기(西洋美國路程記)>와 기행가사인 <해유가(海遊歌)>로 남겼다.3)

일제강점기에는 많은 지식인이 국외 유학을 떠났고 교통망의 발전과 더불어 국내외의 여행이 많아졌다. 금강산을 비롯한 국내의 명산 유람은 조선후기 이래로 많아지더니, 일제강점기에는 시인묵객들 사이에서 보편화되었다. 일제강점기에 고위 관료를 지냈던 박영철(朴榮喆)도 그중의 하나였다. 그는 백두산·지리산·금강산·한라산을 등정하였고, 일본과 중국 내륙, 만주와 몽고, 블라디보스토크를 순방하여 각각의 기행문을 남겼다. 그리고 그는 1928년에 러시아와 독일, 영국과 프랑스 등 10여 개국을 유람하고 기행시로 남겼다.

무엇보다도 이 글에서는 일제치하에서 국내와 동아시아를 여행하고 그것을 기록으로 남긴 다산(多山) 박영철(朴榮喆)의 『아주기행』을

---

2) 김원모, 「이종응의 「해사록」과 「서유견문록」 해제 자료」, 『동양학』 32집, 단국대학교 부설 동양학연구소, 127~183쪽.
 정흥모, 「20세기초 서양 기행가사의 작품세계」, 『한민족문화연구』 31집, 한민족문화학회, 2009, 27~56쪽.
3) 박노준, 「「海遊歌」(一名 西遊歌)의 세계인식」, 『한국학보』 64집, 일지사, 1991, 194~236쪽.
 ______, 「「해유가」와 「셔유견문록」의 견주어 보기」, 『한국언어문화』 23집, 한국언어문화학회, 2003, 127~162쪽.

발굴하여 살펴보고자 한다. 그리고 이들 자료를 읽다 보면, 그가 유람했던 곳은 지역 표상으로서의 심상지리(Imaginative Geography)가 다르게 나타나는 특징이 있다. 본고에서는 박영철의 『아주기행』을 살피면서 그와 같은 측면도 고려하기로 한다. 다만, 그의 세계 일주와 관련한 문학적 형상화는 내용상으로나 지면상으로 모두 수용할 수 없어서 다른 논의를 통해 밝히기로 한다.

2. 박영철의 동아시아 기행과 기록물들

19세기 말엽의 조선사회는 봉건체제가 급속히 해체되며 근대사회로 이행하던 시기였다. 이 시기에 전주라는 지방에서 태어난 박영철은 전통의 고수와 문명의 개화 사이에서 가치와 제도의 혼란을 겪으며 성장한다. 그는 전통적인 서당교육과 근대적인 서구교육을 차례대로 받게 된다. 마침내 문명의 길을 선택하여 일본으로 건너간 그는 일본 육사를 거치면서 일제 식민지의 장학생으로 길러진다. 마침내 그는 일제의 이데올로기를 추종하여 침략의 발판이 되는 러일전쟁에 참여하였고 일제치하에서 주요 공직과 실업계를 두루 역임하였다.

그는 일제강점기에 국토를 두루 여행하며 피폐한 조선의 현실을 보게 된다. 그는 일제가 점령했던 만주 일대와 대만, 그리고 중국 본토와 블라디보스토크를 여행하게 된다. 1928년에는 네덜란드 암스테르담에서 개최되는 국제올림픽대회를 참관하기 위해 3개월에 걸쳐서 중국·러시아·독일·영국·네덜란드·프랑스·스위스·이탈리아·이집트·인도·홍콩과 상해를 시찰하고 일본 에도를 거쳐서 귀국하였다.4) 일제강점기

---

4) 박영철은 6월부터 9월까지 세계 일주를 하면서 지었던 시작품 30편을 따로 모아서 『歐

에 그는 당시의 국내여행이나 동아시아 여행, 그리고 세계여행을 하면서 견문이나 소회를 기록으로 남기거나 시로 형상화하였다.

다산이 남긴 50세까지의 여행은 자서전인 『오십년의 회고(五十年の回顧)』를 통해 어느 정도 확인할 수 있다. 이외에도 1932년도와 1939년도에 두 차례에 걸쳐 출간된 시집인 『다산시고(多山詩稿)』를 통해서도 어느 정도 알 수 있다. 그가 국내나 중국, 또는 러시아 블라디보스토크를 여행하고 남긴 기록은 『백두산유람록(白頭山遊覽錄)』이나5) 『아주기행(亞洲紀行)』에서 확인할 수 있다. 세계여행은 자서전이나 1928년 11월에 발간된 기행시집인 『구주음초(歐洲吟草)』를 통해서도 확인할 수 있다.

이들의 내용은 서로 중복되고 있다. 1921년에는 『백두산유람록(白頭山遊覽錄)』을 간행하였고, 전후로 금강산이나 지리산과 같은 국내 지역, 만주를 포함한 중국, 일본과 러시아 블라디보스토크를 유람하고 지은 여행기는 1925년에 『아주기행(亞洲紀行)』으로 수록하고 있다. 여기에는 『백두산유람록』도 들어가 있다. 『오십년의 회고』는 1929년 간행된 자서전인데, 『아주기행(亞洲紀行)』의 기록이 일본어로 바뀌고 있다.

이들 『백두산유람록』이나 『아주기행, 그리고 『오십년의 회고』를 살펴보면, 그것들의 서술이 언뜻 산만하고 무분별한 것처럼 보인다. 『백두산유람록』이나 『아주기행』에 기록된 백두산·지리산·금강산·한라산의 등정기는 조선시대 이전부터 있었던 산을 등산한 체험을 산문으

洲吟草』란 소책자로 출간한 바 있다. 박영철, 『歐洲吟草』(경성, 近澤印刷社, 1928.11), 1~12쪽.

5) 『백두산유람록』은 그가 1921년에 전라북도 참여관으로 있으면서 간행한 것이다. 『백두산유람록』은 그가 함경북도 참여관으로 재직하던 1918년 여름에 일행과 함께 백두산을 다녀와서 적었던 기행문이다. 이것은 그가 강원도 도지사로 재직하던 1925년도에 그 동안의 기행문을 모아서 『아주기행(亞洲紀行)』으로 출간하였는데 『백두산유람록』은 여기에 다시 수록되고 있다.

로 남겼던 '유산기(遊山記)' 또는 '유산록(遊山錄)'의 일종이다.6) 『오십
년의 회고』는 자전적인 회고록이라기보다 조선의 역사나 문화 등에서
많은 부분을 할애하고 있다. 전체 16편으로 이뤄진 그것은 제1편의 각
론에서 자서전을 쓰게 된 동기와 자신의 출생 과정이나 어린 시절을
서술하고 있다. 하지만 제2편과 제3편은 조선 근대사를 개괄하거나 역
사적 사건을 기술하면서 그것에 자신의 견해를 덧붙이고 있다. 제4편
에서는 수양시대라 하여 소년 시절의 감상이나 일본 유학에 오르게
된 사연, 일본 육사를 졸업하고 군문에 들게 된 과정을 적고 있다. 이
들 내용을 읽다 보면 그가 겪었던 사건보다는 그것을 둘러싸고 벌어
졌던 역사에 대하여 논평을 하거나 그것과 관련된 여러 정보를 담고
있다.

기행문인 『백두산유람록』이나 『아주기행』의 서술도 여행했던 곳에
대한 단순한 여정이나 소감만을 적고 있는 것이 아니다. 백두산 기행
문을 보면, 숙종 시기에 세워진 백두산의 정계비와 관련된 역사적 기
록이나 정계비 원문, 그리고 그것에 대한 자신의 견해를 싣고 있다. 때
에 따라서는 여행 중에 느낀 소감 등을 한시로 형상화하고 있다. 다른
기행문에서도 이것은 마찬가지이다.

이들 기록물은 시간적 순서, 여정과 견문에 따라 기술되고 있다. 그
리고 작자는 단락의 마지막에 자기 생각과 느낌을 시로 압축하고 있다.
여정 중에 관련된 역사적 사실이나 내용 등은 항목을 따로 정해 기술하
고 있다. 박영철은 여러 지역을 다니면서 그것을 문예적 양식으로 담고
있다. 그것은 우리의 전통적인 연행록 양식을 따르고 있는 것으로 보이
는데, 특히 『열하일기』의 영향을 받은 것으로 추정된다. 그것은 『아주

---

6) 유산기 문학에 대해서는 다음 저서를 참조하기 바람.
　이혜순·정하영·호승희·김경미, 『조선중기의 유산기 문학』, 집문당, 1997, 11~129쪽.

기행』의 서술 체계가 연암 박지원의 그것과 유사할 뿐만 아니라, 그가 역대 가장 완본에 가까운『연암집』을 발간하였기 때문이다.7)

사실, 박영철의『백두산유람록』이나『아주기행』과 같은 여행 기록물의 서술 방식은 일정에 따라 서술되는 편년체이다. 출발한 날짜부터 여행의 일정에 따라 제1일, 제2일의 순서로 서술해가고 있다. 그런데 작자는 그렇게 서술하다가 중요 대상에 대하여 다시 항목을 만들어 구체적 내용을 첨가하는 기사체의 서술방식도 수용하고 있다. 예로써 <금강산유람록>은 1924년 9월 17일 08시에 경성역을 출발하여 금강산에 도착하여 9일 동안 여행 기록이다. 그런데 여행 중에 명소를 거치면서 장안사, 명경대, 표훈사 등의 항목을 따로 만들어 유래나 역사에 대해 자세히 기술하고 있기 때문이다. 한 마디로 박영철의 이러한 서술 방식은 전통적인 연행록 양식에서 많이 볼 수 있는 편년체에 기사체를 결합한 것이라고 말할 수 있다.

『아주기행』의 편제를 살펴보면 박영철은 대만이나 간도, 만주 등을 중국에서 분리하여 생각했던 것으로 보인다.『아주기행』은 상·중·하 3편으로 구성되어 있다. 상편은 우리나라 명산인 백두산·지리산·금강산·한라산에 대한 유람기이다. 중편은 일본 내지·대만·간도·포염사덕(浦鹽斯德, 블라디보스토크)을, 하편은 만주 몽고와 중화남북부에 대한 유람을 싣고 있다. 당시 동아시아의 지배 판도가 대만이나 간도, 만주 등이 이미 일제의 실질적인 지배를 받고 있었기 때문이다. 박영철은 이를『아주기행』에 그대로 반영시키고 있다.8)

---

7) 김혈조,「연암집(燕巖集) 異本에 대한 考察」,『한국한문학』17집, 한국한문학회, 1994, 162쪽.

8) 본고에서 특별한 언급이 없으면 삽입한시를 제외하고는 모두 박영철의『아주기행』의 본문을 인용하거나 요약한 것임을 미리 밝혀둔다.

3. 『아주기행』의 문학적 형상화

3.1. 국내 기행

박영철은 여행을 아주 좋아하여 국내에서 발길이 닿지 않은 곳이 없을 정도였다. 그가 국내를 오고 간 것은 모두 『다산시고』에 한시로 남겼다. 그중에서 백두산·지리산·금강산·한라산에 대한 유람과 등정기는 그것에 앞서 『아주기행』에 수록되고 있다.

백두산은 1919년 7월에 그가 함경북도 참여관으로 있으면서, 지리산은 1921년 9월에 전라북도 참여관으로 있으면서 유람한 것이다. 금강산과 한라산은 1924년 9월과 10월에 전라북도 참여관으로 있으면서 유람한 것이다.

먼저 백두산 유람록은 1919년 7월 28일에서 8월 15일까지 19일간의 여행을 기록한 것이다. 일정은 다음과 같다. 함북 경성출발(첫날, 7월 28일) → 무산에서 체류(2일째) → 산양현, 간도 화룡현(3~5일째) → 두만강변 도착(6일째) → 우천으로 체류(7일째) → 조선의 최북단 변경 마을 장파 도착(8일째) → 서간도 안도현(安圖縣) (9일째) → 인원과 장비 점검(10일째) → 백두산정계비 도착(11일째) → 백두산 정상(12일째) → 하산, 농사동 도착(13일째) → 삼하강 입구(14일째) → 무산 도착 후 이틀 체류(15~18일째) → 경성 도착(19일째).

다산은 서간도 안도현(安圖縣)을 거쳤는데 그곳은 조선 이주자들이 많고 민심도 소박하고 풍속이 두텁다고 적고 있다. 그는 백두산 정계비에 이르러 토문강 이내의 북간도가 우리의 경계이기 때문에 그것을 두만강으로 한정해서는 안 된다는 것을 확인하고 있다.

다산은 등정을 시작한 지 12일째인 8월 8일 정오에 마침내 백두산 정상을 올라 다음과 같은 시를 남겼다. 다산은 백두산이 조선인들의 이름이고, 중국인들은 장백산이나 불함산으로 부른다고 말한다. 그것의 위치는 조선 무산군 농사동의 서쪽, 갑산 혜산진의 동북쪽, 만주의 남쪽에 자리를 잡고 있고 만주와 조선에서 가장 높은 산이라고 한다. 다산은 백두산에 대한 지리적 위치나 형세에 대하여 자세하게 기록하고 자신의 감회를 시로 읊고 있다.

白頭山上有天池	백두산 위에 천지가 있는데
雲霧龍藏風雨施	운무 속에 용이 숨어 비바람을 내린다네.
鴨土二江分水嶺	압록강과 토문강으로 나뉘는 분수령과
韓淸兩國定疆碑	한국과 청국을 가르는 정계비가 있다.
森羅萬象乾坤大	삼라만상은 하늘과 땅이 거대하고
蘊蓄千年木石奇	천년을 온축한 목석이 기이하다.
到此始觀神鬼秘	이곳에 이르러 비로소 귀신의 신비로움을 보겠고
堪歎靈境少人知9)	감히 신령한 경지를 감탄하나니 아는 사람이 적다.

다산은 백두산 천지의 변화무쌍함을 신령스런 용이 숨어서 조화를 부린다고 말하고 있다. 그는 백두산에서 압록강과 토문강의 발원이 시작되고 중국과 조선을 나누는 국경의 정계비가 있다고 한다. 그리고 백두산의 거대한 모습과 신비로운 모습은 말로 형용하기 어렵다고 토로하고 있다.

지리산 유람록은 1921년 9월 3일부터 6일간의 기록이다. 당시에 박영철은 지리산과 비교적 가까운 전주에 있었다. 단원은 전주에서부터 그와 함께 갔던, 동행하였던 총독부 기사 석호곡면(石戶谷勉)과 기수 정태현(技手 鄭台鉉) 등 21명, 인부 19명을 합쳐서 모두 40명에 이르는 일행이었다. 일정은 다음과 같다. 전주 출발, 임실을 거쳐 남원(첫째 날)

---

9) 박영철, 『아주기행(亞洲紀行)』(上編), 장학사, 1925, 33쪽.

→운봉 여원치와 인월면을 거쳐 산내면 실상사에서 숙박(2일째) → 경남 함양군 마천면, 백무동, 세석평전(3일째) → 지리산 천왕봉, 하산하여 마천면 숙박(5일째) → 백장암, 운봉(6일째) → 남원, 전주 도착(7일째).

한편, 그는 지리산 등정기를 쓰면서 자신의 등산하는 네 가지 목적을 들고 있다. 첫째는 국토 지리를 살펴서 조사하는 것이고, 둘째는 식물을 연구하는 것, 셋째는 주민의 생활을 시찰하는 것, 넷째는 신체 단련과 식생활 계발하는 것으로 요약하고 있다.10) 자신은 그중에서 어느 것 하나도 능통하지 못했다고 말한다. 그는 지리산의 지리적 위치, 생활 조건, 민속과 풍속 등에 대해서도 언급하고 있다. 그는 지리산을 등정하면서 3수의 한시를 남기고 있다.

天皇峯色碧嵯峨	천황봉은 푸른빛을 띠고 가파르게 솟아 있고
未到中腰日已斜	중허리에 닿기도 전에 해는 이미 기울다.
仙侶却嫌世人知	신선은 속인들이 아는 것을 싫어하여
故教洞壑鎖雲多11)	짐짓 골짜기를 많은 구름으로 닫아놓았다.

푸른빛을 띠고 고고한 자태를 뽐내는 천왕봉은 지리산의 정상이다. 지리산은 고도가 높고 기후 변화가 심하여 초가을에도 구름으로 가려 있거나 비가 오는 날이 많다. 다산은 그것이 속인들의 접근을 신선들이 싫어하기 때문이라는 것이다.

금강산 유람록은 1924년 9월 17일부터 25일까지 9일 동안의 기록이다. 일정은 다음과 같다. 경원선을 타고 경성 역 출발, 동평강역, 금강산 조선여관(첫째날) → 장안사, 명경대, 영원암, 수렴동(2일째) → 백천동,

---

10) 登山之目的, 大槪有數種, 一則地理審查, 一則植物研究, 一則居民生活視察, 一則身體修鍊識見啓發也. 余一未能於此數者, 而只以同行諸員之後援, 空往空返, 然亦不可謂全無觀感於其間也.(박영철, 위의 책, 48쪽.)

11) 박영철, 위의 책, 45쪽.

표훈사, 만폭동, 팔담, 보덕굴, 마하연, 백운대(3일째) → 묘길상, 비로봉, 다시 여관으로(4일째) → 사선교, 백화담, 은선대, 구룡소, 유점사(5일째) → 백천교, 보현동, 삼일포와 해금강, 신계사 투숙(6일째) → 보광암, 옥류계, 미봉폭포, 구룡연과 팔담, 온정리(7일째) → 한하계(寒霞溪), 만물상, 다시 온정리 투숙(8일째) → 장전읍(長箭邑)을 거쳐 총석정(9일째).

다산은 사흘째에 비로봉에 오르면서 우암 송시열과 미수 허목의 한시를 상기하고 있다. 그리고 자신도 5·7언 2수를 지었다.

> 山皆奇處水皆奇　　산이 모두 기이한 곳에 물도 모두 기이해
> 瀛島蓬壺面面疑　　영주와 봉래의 모습들이 아닌지 의심스럽다.
> 若寫金剛眞面目　　만약 금강산의 진면목을 그리고자 한다면
> 一區不足百篇詩12)　한 구역에 백 편의 시로도 부족하리라.

위에서 영도(瀛島)와 봉호(蓬壺)는 영주산(瀛洲山)과 봉래산(蓬萊山)을 말한다. 예로부터 동해바다 가운데에 영주산·봉래산·방장산(方丈山)이라는 삼신산(三神山)이 있는데, 그곳에는 신선이 살고 있다고 한다. 다산은 금강산의 산수가 모두 기이하고 신선 세계가 아닌가 생각된다고 말한다. 그리고 다산은 금강산을 유람하면서 그곳의 도로 안내와 여관에 대해서 기록하고 있고, 금강산의 명칭이나 유래, 지리적 위치나 지형 등과 같은 여러 내용을 개괄하고 있다.

한라산 유람록은 1924년 10월 15일부터 23일까지 9일 동안의 기록이다. 일정은 다음과 같다. 전주 출발, 목포 투숙(첫째 날) → 풍랑으로 완도 기착(2일째) → 추자도에서 다시 풍랑으로 비양도(飛揚島) 부근 한림(翰林)에 투숙(3일째) → 제주도 상륙(4일째) → 한라산(5일째) → 하산(6일째) → 관공서와 학교 방문(7일째) → 소안도를 거쳐(8일째) → 목표에

---

12) 박영철, 위의 책, 59쪽.

상륙, 전주 도착(9일째)

박영철은 한라산 유람기에서 제주도에 대한 지리적 위치, 지세, 물산, 풍속, 삼성혈을 비롯한 명승고적 등을 개괄하고 있다. 그리고 조선 광해군 때 유구국 왕세자가 일본으로 피랍된 국왕의 석방을 위해 나라의 보물을 싣고 가다가 풍랑으로 제주도에 쓸려온 이야기를 적으며 그의 시를 인용하고 있다.[13] 유람기의 마지막에는 제주도 유람에 대한 자신의 소감을 시로 형상화하고 있다.

特立滄溟萬仞山　　　푸른 바다에 만 길 산이 홀로 서 있고
秋風客到白雲間　　　가을바람의 나그네가 흰 구름 사이에 이르다.
瀛洲仙子如相遇　　　영주산에 사는 신선들이 서로 만난 듯이
快洗塵襟却忘還[14]　찌든 가슴 씻어내고 돌아가는 것조차 잊었다.

다산은 한라산을 유람하면서 멀리 우뚝 서 있는 한라산의 모습을 그리고 있다. 그 모습은 마치 영주산 신선을 만난 것 같고, 가슴속의 티끌을 씻어내고 돌아갈 줄 모른다고 말하고 있다.

이상에서 국내 명산을 유람하고 남긴 다산의 시작품을 살펴보면 몇 가지 징후가 있다. 그가 우리 국토와 명산을 주유하면서 지은 작품 중에는 고단한 현실을 벗어나려는 태도를 보이거나 선계의 탈속적인 경지를 추구하려는 내용이 많다. 이들 명산에 대한 시적 형상화는 속세와는 다른, 신묘하고 신령스런 세계로 묘사되고 있다. 그가 식민지 현실을 만나는 기점에서 보이는 문명 추구나 친일적인 태도와는 사뭇

---

13) 『광해군일기』(5년 1월 28일조, 1613년))에는 유규 사람이 탔던 배가 제주도에 표류하였는데, 관원이 선박을 습격하여 재물을 빼앗은 기사가 기록되어 있다. 하지만 박영철이 인용한 '堯語難明桀服身 臨刑何暇訴蒼旻. 三良臨穴人誰贖 二子乘舟賊不仁. 骨暴沙場纏有草 魂歸故國弔無親. 竹西樓下滔滔水 遺恨分明咽萬春.'는 이중환의 『택리지』에는 유규국 세자의 절명시로 기록되어 있지만 그것의 진위는 확실하지 않다.
14) 박영철, 앞의 책, 81쪽.

다른 모습이다. 그리고 심상지리에 있어서도 다산은 이들 명산이 복잡한 현실세계와는 달리, 문명에 훼손되지 않은 순수한 세계로 표상하는 모습을 보여주고 있다.

3.2. 일본 기행

1912년 9월에 동양척식주식회사가 일본 산업계를 시찰한다는 명분으로 조선인 관광단을 모집하였다. 당시 익산군수로 있던 다산 박영철은 단원 및 관청 동행자, 조선총독부 기사, 전국의 군수와 면장이 포함된 시찰단의 일원으로 참가하게 된다. 시찰단은 모두 130명이었고 그는 이들과 함께 달포에 걸쳐 일본을 여행하였다.

다산의 일본 여행은 그것이 처음은 아니었다. 그는 22세였던 1900년 4월에 도일하여 고베와 오사카, 동경 등을 전전하며 일본 육사를 졸업한 바 있다. 그리고 1904년도에 일본을 시찰하는 대한제국 대신의 수행원으로 다시 동경을 방문한 바 있다. 따라서 『아주기행』에서 말하는 일본 기행은 그로서는 세 번째 방문인 셈이다.

일정은 대략 다음과 같다. 부산 출발(10월 1일)→쿠우슈우의 門司, 야와타(2일)→츠쿠시 쓰미요시무라(3일)→오카야마(5일)→세노오(6일)→고베(7일)→교토(8일)→오쓰(10일)→나고야(12일)→나가노縣, 아사마 온천(14일)→마츠모토(15일)→동경 신주쿠驛(16일)→치바縣, 나리타(17일)→동경(18일)→고마驛(19일)→시주쿠교엔(21일)→내무성 방문(22일)→우에노 공원(23일)→동경고등공업학교(24일)→나고야(25일)→오오사카(27일)→오사카성, 조폐국 시찰(28일)→우메다驛(29일)→미야지마 도착(30일)→해산식(31일)→시모노세키, 부산 도착(11월 1일)→대전을 거쳐 이리 도착(2일).

다산은 일본의 3부 8현에 자리를 잡고 있는 산업계를 한 달에 걸쳐 시찰하였다. 그는 산업이 백성을 먹여 살리고 국가 부강의 근원이라고 말한다. 그런데 조선은 예로부터 그것을 비천하게 보고 허영만을 좇아서 국력이 쇠퇴하고 끼니도 제대로 해결하지 못하였다고 주장한다. 그러다가 이제야 우리 동포들이 눈을 떠서 구습을 버리고 제대로 발전을 위해 노력한다고 보았다. 한 마디로 다산은 우리 조선의 구습과 폐해를 하루빨리 타파하고 일본의 선진 문명을 본받아서 수용하자는 주장이다.

다산은 한 달 동안 일본 외유를 하면서 20편에 가까운 한시를 남겼다. 『아주기행』에는 일정과 함께 8수의 한시 작품을 기행문에 포함하고 있는데,15) 죽기 직전에 출간된 『다산시고』에는 그것에서 빠진 다른 한시 작품이 일부 확인된다.16) 따라서 다산이 일본 여행을 하면서 지었던 한시는 20여수가 넘는다.

舊遊已隔十年間　　옛적에 노닐던 것은 이미 10년 전의 일
秋夜重登赤馬關　　가을밤에 다시 시모노세키에 오르다.
物態隨時多展進　　물상은 시시각각 많은 발전이 있어서
煤烟汽笛満江山17)　매연과 기적소리가 강산에 가득하다.

---

15) 기행록에 수록된 작품은 <釜山出帆>·<馬關途中>·<京都>·<千葉縣途中>·<東京>·<登大阪城>·<宮島吟一律>·<贈別團員一行>으로 모두 8수이다.(『아주기행』(中編), 경성, 장학사, 1925.)

16) 이 시기를 전후하여 지어진 일본 기행 한시가 『다산시고』에 수록되고 있다. <釜山出帆>·<馬關途中>·<木曾山車中>·<千葉縣九日途中>·<東洋協會歡迎會席上>·<渡日本>·<京都>·<東京>·<日光>·<奈良>·<大阪>·<宮島>·<山陽途中>·<東萊別同行>이 그것에 해당한다. 이 중에서 <木曾山車中>·<東洋協會歡迎會席上>·<渡日本>·<京都>·<東京>·<日光>·<奈良><山陽途中>는 『아주기행』에는 없다. 각각의 자료에서 <千葉縣途中>과 <千葉縣九日途中>, <宮島吟一律>와 <宮島>, <贈別團員一行>과 <東萊別同行>은 제목만 다르거나 약간 상이하지만 내용은 같다. <東京>은 제목만 같고 내용은 다르다. 다만, <登大阪城>과 <大阪>은 시의 어구가 달라지고 있다.

개화기에 사람들이 배를 타고 부산에서 일본 교토로 가는 길목에서 시모노세키를 거쳤다. 이 시는 그곳을 지나면서 지었던 <시모노세키를 가는 도중에(馬關途中)>이다. 박영철도 당시에 시찰단의 일원으로 일본의 산업 단지를 시찰하면서 그곳을 거치고 있다. 이에 앞서 그는 이미 1900년도에 일본으로 유학을 가면서 목포에서 그곳을 거쳐 동경으로 들어간 바 있다. 그는 그때의 일을 상기하며 시모노세키가 10여 년 사이에 이뤄진 많은 변화와 발전을 주목하고 있다. 눈에 띌 정도의 변화는 산업의 진전과 함께 도시가 매연과 기적으로 가득하다는 지적이다.

東京	동경에서
卄日驅馳萬里程	이십 일을 내달린 만 리 길
舊遊歷歷摠關情	옛 유람이 낱낱이 모두 생각나네.
驛亭工竈煤烟暗	역정과 공조에선 매연이 어둑어둑한데
御苑宮城瑞靄明	어원과 궁성에선 상서로운 기운이 밝도다.
海陸舟車爭湊集	바다와 육지엔 배와 자동차들이 다투어 모이고
衢街樓觀互縱橫	거리에는 누관이 서로 종횡으로 벌려 있다.
維新四十年間事	이 모두 유신 40년 사이의 일들이고
赫赫威權遠邇驚[18]	빛나는 위세는 멀고 가까이 놀라울 뿐이다.

박영철을 비롯한 시찰단은 고베·京都·나고야 등을 거치며 일본의 여러 산업 단지를 시찰하면서 18일 만에 동경에 들어갔다. 부산에서 시작하여 거의 20여 일만에 만리 길을 달려 일본의 수도 동경에 이른 것이었다. 일제의 정치 문화의 중심지인 동경은 천황이 있는 상서로운 곳이고, 그곳은 배와 자동차가 운집하고 있으며 건물들이 벌려있다고

---

17) 박영철, 『아주기행(亞洲紀行)』(中編), 장학사, 1925, 86쪽.
18) 박영철, 위의 책, 107쪽.

칭송하고 있다. 다산은 그것들을 근대화의 표상으로 삼아 일본 동경의 문물을 찬양하고 있다. 이 모든 것이 메이지 유신 10년 만에 달성된 빛나는 성과라고 경탄하고 있다. 한편, '어원과 궁성에선 상서로운 기운이 밝도다(御苑宮城瑞靄明)'라는 어구에서처럼 그의 친일 본색을 은근히 드러내고 있기도 하다. 이외에도 다산은 일본 산업을 시찰하면서 이런저런 기행시를 남기고 있는데, 개인적인 소회와 함께 일본 문명의 발전된 모습을 담고 있다.

다산은 일본 산업계를 시찰하고서 느끼는 감상을 기행문 끝에 남기고 있다.[19] 동양척식주식회사가 거액을 들여서 많은 인원을 모집하여 일본 방문을 시도한 것은 조선인들이 문명의 공기를 마시고 부강의 실제를 관람하고 지식을 계발하여 발전의 복리를 도모하기 위함이라는 것이다. 그는 시찰하면서 선진화된 농사 기술, 교육 제도, 산업조합, 수리조합, 도로와 수송, 분묘 제도, 산업 제도 등을 주목하며 그들의 장점을 주목하였다. 유감스러운 것은 그가 일본인의 장점으로 근면 정신, 용기와 진취적 기상, 공익성 등을 내세우면서 우리 민족의 나태심과 부패심, 그리고 사익 추구를 개조해야 한다고 비판하고 있다는 점이다.[20]

다산에 의하면 일본인들은 우리 한국인들과는 달리, 부지런하고 근면하며 진취적이다. 그래서 일본과 일본인들은 우리가 본받아야 할 대상이다. 다산이 일본을 여행하고 지은 시들은 모두가 나날이 발전하는 문명의 모습을 전하고 있다. 이들 작품은 짧은 기간에 일본의 눈부시게 발전하는 모습과 부강한 모습을 전하고 있다. 또한, 다산의 일본에 대한

---

19) 박영철, 『아주기행』(중편), 장학사, 113~116쪽.

20) 今日日本之富強, 達於極度, 其源因何在. 以人民之勤勉心, 勇進心, 公益心, 當改良而則改良, 進進不已者也. 今日朝鮮之貧弱, 陷於極度, 亦無他故. 人民之懶怠心, 腐敗心, 私益心, 當改良而不改良, 因循姑息之幣也.(박영철, 위의 책, 116쪽.)

심상지리도 그와 같은 시적 특질과 멀지 않는 근대 문명의 표상이다.

3.3. 중국 기행

박영철의 중국 유람은 오늘날 간도·대만·만주·중국 남북부 지역이었다. 모두 네 차례에 걸쳐 이뤄진 것이었는데, 1919년 6월에 간도를 시작으로 1922년 1월과 5월에 대만과 만몽 지역을 시찰하였다. 중국의 남북부 지역은 1924년에 이뤄졌다.

간도 유람록은 다산이 함경북도 참여관으로 있었던 1919년 6월의 보름동안 그 지역을 여행하고 기록한 것이다. 일정은 경성(鏡城) 출발(25일)→두만강을 건너 용정촌 도착(26일)→일본 영사관 방문(27일)→중국 시가지 시찰(30일)→천보산, 광산 방문(7월 1~2일)→조양천(朝陽川)을 건너 국자가(局子街) 도착(3일)→다시 용정촌(6일)→총영사관 환영회(7일)→회령도착(8일)→경성 관사 도착(9일)이었다. 다산은 유람록에서 일정을 간략하게 요약하고 있다. 반면에 간도의 내력과 감계(勘界), 이주와 생활, 기후와 호구, 교통과 통신, 교육과 종교 등에 대해서는 자세하게 기술하고 있다. 그것은 유람록이라기보다는 일종의 보고서 양식에 가깝다. 『아주기행』에는 한시가 없고 『다산시고』에는 그 당시에 지어진 것으로 보이는 <북간도>가 실려 있다.[21]

대만 시찰은 1922년 1월 3일부터 17일까지 보름 동안에 이뤄졌다. 대만은 청일전쟁(淸日戰爭) 이후 시모노세키조약(下關條約, 1895)에 의하여 청나라의 통치가 끝나고 일본의 해외 식민지가 되었다. 이후로 1945년에 제2차 세계대전이 끝나고 중국 영토로 복귀할 때까지 타이

---

21) 連關關戌問行裝, 譯語通過和縣陽. 布爾河西邊柳暗, 帽兒山北塞雲長. 拓耕菽麥新開地, 放牧牛羊古戰場. 雁戶滋繁連聚落, 稔秋輕稅是淳鄉.(『다산시고』卷上, <北間島>)

완은 51년 동안 일본의 치하에 있었다.

박영철은 경성일보사가 주최한 대만시찰단 16인의 일원으로 출발하였다. 일정은 경성을 출발하여(3일) → 부산, 쿠우슈우 모지(門司) 도착(4일) → 대만 상륙, 대만총독부와 관저 방문(7일) → 카오슝(高雄) 도착(9일) → 공자묘 참배(10일) → 타이중(臺中)도착(11일) → 대만총독부로 돌아옴(12일) → 대북 감옥 방문(13일) → 모지 도착(16일) → 경성 도착(17일)이었다. 이어서 대만의 위치와 기후, 인구, 내력, 행정 구획, 당국 시설, 생활 정도, 산업, 대만의 토착인이었던 번인(蕃人)에 대한 내용을 기술하고 있다. 『아주기행』에는 그가 귀국하면서 지은 <귀로음(歸路吟)> 1수가 실려 있는데, 『다산시고』에는 <시찰대만(視察臺灣)>이라는 이름으로 되어 있다. 『다산시고』에는 당시 지은 친일 작품인 <대만에서 아카시 총독묘에 올리다(臺灣上明石總督墓)> 도 보인다.

峴山落日弔忠碑	산 고개에서 해는 지는데 충혼비에 고개 숙이고
回憶漢陽司令時	한양에서의 사령관 시절을 추억한다.
春草年年無限恨	봄풀은 해마다 피고 지는데 끝없이 한탄하는 것은
將軍雄略未全施[22]	장군의 웅대한 지략을 모두 펴지 못함이라.

아카시 모토지로(明石元二郎, 1864~1919)는 대만의 7대 총독이었는데, 그는 경술국치 전후로 헌병사령관과 초대 경무총감을 지냈다. 그가 헌병사령관으로 있을 때에 다산은 그의 휘하에서 장교 생활을 하였다. 그는 대만총독으로 있다가 1919년에 사망하였고, 그의 무덤은 지금도 대만에 있다. 다산은 한국에서 상관이었던 아카시를 회상하면서 추억을 더듬고 있다. 다산은 아카시총독을 훌륭한 군인으로 추모하고 있다.

---

22) 박영철, 『다산시고』(상권), 58쪽.

다음으로 만주와 몽고 지역의 유람은 그가 대만 시찰을 마치고 돌아와서 4개월 후인 1922년 6월 1일부터 20일 사이에 이뤄졌다. 그해 5월에 경성일보와 매일신보가 22명의 만몽시찰단을 조직하여 박영철에게 단장을 맡겼다. 일정은 경성에서 출발하여 신의주와 압록강 철교를 통과하여 중국 안동에 도착(6월 1일)→봉천의 여러 기관(3~4일)→장춘(5일)→길림, 송화강 유람(6일)→헤이룽강(7일)→하얼빈(8일)→장춘을 거쳐 정가둔(鄭家屯)→평가(平街), 요양성(遼陽城)을 거쳐 대련(大連) 도착, 시가지 관람(13~14일)→뤼순(15일)→무순(撫順) 탄광 시찰(16일)→중국 안동현 봉황성에 있는 오룡배역(五龍背驛)에 도착하여 해산식(17일)→압록강 철교를 거쳐 평양역, 개성역, 남대문역(18일)→경성 체류(19일)→이리, 전주 도착(20일)의 순서였다.

만주와 몽고 편에서는 유람록 뒤에 내력이나 산업 등과 같은 항목을 만들지 않고 여행지를 지나면서 그곳의 특징을 각각 서술하고 있다. 그리고 『아주기행』에는 기행한시 9수가 수록되어 있는데 시집에 다시 수록되고 있다.

北滿新開哈爾賓　　　　북만주에 하얼빈을 새로이 개창하니
日鮮支露互相親　　　　일본·조선·중국·러시아가 서로 친하다
平和今日無戰伐　　　　이제는 평화롭고 전쟁이 없는데
塞柳靑靑帶晩春23)　　　변방의 버드나무는 푸르고 늦봄이 한창이다.

이 시는 다산이 하얼빈에서 지은 <하얼빈에서 한 수(哈爾賓一絶)>이다. 『다산시고』에는 <하얼빈 객사에서(哈爾賓客舍)>로 되어 있다.24) 당시 일본은 만주로 세력을 넓히며 중국과 러시아를 물리치고 새로운 동

---

23) 박영철, 『아주기행』(하편), <哈爾賓一絶>, 장학사, 1925, 176쪽.
24) 박영철, 『다산시고』(상권), <哈爾賓客舍> 60쪽.

아시아 질서를 획책하고 있었다. 다산은 이것을 새로운 세계가 열렸다고 말하고 있다. 다산은 하얼빈이 일본·조선·중국·러시아가 서로 공존하는 평화세계에 놓여 있다고 칭송하고 있다. 다산은 그곳에 더 이상의 전쟁이나 정벌이 없다고 단언한다. 이것은 다산의 생각이 아니라 당시 일제가 내세운 대동아 공영론의 하나였다. 사실 그것은 일제가 겉으로 내세운 명분이었고, 실제로는 식민지 확대를 위한 책략이었다. 다산은 동양 4국이 공존하는 평화 세계에서 버드나무도 푸르고 늦봄이 깊어간다고 딴청을 부리고 있다. 이 시는 한 마디로 친일 작품이다.

다산의 중국 남북부 지역에 대한 유람록은 1924년 3월 17일부터 다음 달 17일까지 한 달에 걸쳐 이뤄졌던 여행을 기록한 것이다. 그는 당시 전라북도 참여관으로 있었는데 경성상업회의소가 주최한 중국시찰단 15인으로 참여하여 부단장을 맡았다. 일정은 다음과 같다. 경성 남대문역 출발(3월 17일) → 중국 봉천 도착(18일) → 무순 탄광(19일) → 탄광 평야를 거쳐 산해관(20일) → 천진(21일) → 북경(22일부터 5일간) → 탁주(涿州)를 거쳐(26일) → 한구(漢口)도착, 한양(漢陽), 무창(武昌), 양쯔강(8일) → 황주, 팽택(彭澤)을 지나 오강(烏江), 채석강(31일) → 남경 도착(4월 1일) → ~상해, 항주(2일) → 소주(4일) → 소주에서 상해(7일) → 청도(9일) → 대련 시내 및 부두 시찰(11~12일) → 뤼순(13일) → 안동 및 신의주(14일) → 경성 도착.

중화 남북부 유람록에서도 다산은 일정에 따라 각 지역을 개괄하는 방식으로 서술하였고 이따금 한시를 삽입하면서 26수를 싣고 있다. 이를 『다산시고』에서는 「시찰중국연로유음(視察中國沿路有吟)」이라는 편명으로 수록하고 있다.[25] 중화 남북부를 유람하면서 지은 이들 시

---

25) 박영철, 위의 책, 64쪽.

작품은 작자가 역사적 사건을 회상하거나 당시 중국의 모습을 반추하고 있다.

> 列國舟車盡會同   여러 나라의 배와 자동차들이 모두 모였고
> 亞洲惟一港灣通   아시아에서는 유일하게 항만이 통하는 곳.
> 山堆海積奇珍品   산과 바다처럼 쌓인 진기한 물품들이
> 怳惚波斯寶肆中[26]   황홀한 페르시아 보석 가게 안에 있다네.

상해는 중국에서 서구 문물이 가장 먼저 들어왔던 도시이다. 중국이 아편전쟁에서 패하고 1842년 8월에 남경조약이 체결되면서 그곳은 문호 개방과 함께 유럽으로 출발하는 항구였다. 1920년대의 상해는 개항 80년을 넘기며 서구식 건물과 진기한 물품들이 넘치고 있었다. 당시의 상해 모습을 다산은 그렇게 표현하였다. 다른 시작품에서도 그는 자신이 방문한 도시의 모습을 읊었다.

한편, 다산은 유람록 마지막 부분에서 중국은 영토가 광대하고 물산이 풍부하나 자국인들끼리 언어 소통이 어렵고 부패가 심하다고 비판하고 있다. 또한 중국은 늙었고 몽매하고 통치하기 어렵다고 말한다.[27] 그러면서 다산은 일제에 의해 중국의 남북부와 만주가 분할 통치되고 있어서 서로 싸우지 않으며 정치에 노력하여 산업교육이 발전하고 있다고 진단한다. 또한 그들이 이기주의를 포기하고 일제의 국가주의에 협동하면서 전진한다면 만회의 길이 없는 것은 아니라고 말한다. 이것은 중국에 대한 일제의 분할 통치가 바람직하다는 친일적인 발언이라고 말할 수 있겠다.

중국에 대한 다산의 심상지리는 복잡하고 미묘하다. 같은 중국이라

---

26) 박영철, 『아주기행』(하편), <上海>, 229쪽.
27) 박영철, 위의 책, <結論>참조, 252~254쪽.

도 지역에 따라서 그것이 다르게 나타나고 있기 때문이다. 예로써 상해에 대해서는 풍요로운 근대의 모습을, 대만에 대해서는 지난 시절의 야만과 문맹을 벗어나 문명과 문화로 나아가는 모습을 표상하고 있다. 만주에 대해서는 중국과 일본, 그리고 조선이 서로 대립하지 않고 평화를 이룩하여 대동아 세계의 이상을 이룩한 심상지리가 자리를 잡고 있었다. 그런데 중국에 대한 전반적인 심상지리는 영토가 광활하고 웅대하지만 부패하고 몽매한 지역으로 표상하고 있었기 때문이다.

3.4. 러시아 기행

박영철은 『아주기행』에서 '포염사덕(浦鹽斯德)'에 대한 유람을 적고 있다. '포염사덕'은 블라디보스토크(Vladivostok)로 '해삼위(海蔘威)'라고도 한다. 원래는 발해 지역이었는데, 청나라가 점유한 시대에는 길림성의 어촌이었으나 1860년 북경조약으로 러시아에 편입되었다. 이곳은 러시아의 전진 기지가 되었고 1903년에는 시베리아 철도가 개통되면서 모스크바로 이어지게 되었다. 1918년 봄부터 1922년까지는 열강들의 지배를 받았는데, 박영철은 이 시기에 그곳을 방문하였다. 이 시기는 일본이 러시아혁명의 어수선한 상황을 틈타서 시베리아전쟁을 일으켜서 연해주에 병력을 주둔시키면서 영향력을 행사하던 시기였다.

박영철은 함경북도 참여관이었던 1919년 8월 25일에 도서기 이운벽(李運碧), 부서기(府書記) 이문기(李文基)를 대동하고 청진에서 배를 타고 다음 날 아침에 블라디보스토크로 입항하였다. 부두 광경은 서양풍이었다고 한다. 그는 27일에 일본 총영사관과 군부사령부, 헌병대를 방문하고 시내를 유람하였다. 28일에는 증기선을 타고 블라디보스토크 반도를 유람하였고, 30일에 함경북도 경성으로 돌아왔다. 1주일간

의 짧은 유람이었고 유람록에 한시 1수를 싣고 있다. 『다산시고』에서
는 어구가 조금씩 달라지고 있다.[28)]

扁舟一棹掛秋風	조각배는 가을바람에 노를 저어가고
東海雲烟入望窮	동해의 운무 속으로 끝없이 들어간다.
曉泊浦鹽要塞港	새벽에 블라디보스토크의 요새 항구에 정박하니
扶桑旭日射潮紅	부상에 떠오르는 태양은 물결에 비치어 붉다.
烏蘇占領奏奇功	우수리를 점령하여 기특한 공적을 올리고
萬里長驅噬極東	만 리 길을 내달려서 극동에 이르렀는데,
國弊君亡威不振	나라와 임금은 망하고 위세는 떨치지 못하니
百年大計一時空[29)]	백년대계라는 게 한 때의 부질없는 것.

작자가 블라디보스토크에 입항하여 상륙을 기다리면서 지은 것이
다. 박영철은 함경도 청진에서 배를 타고 날이 밝아오는 새벽에 블라
디보스토크에 들어가서 상륙 허가증을 받기 위해 한나절을 배 안에서
기다려야 했다. 앞 시에서는 그 때의 정황을 담고 있다. 반면에 뒤의
시는 러시아제국이 세력을 넓히며 동진하여 우수리 지역을 점령하고
마침내 극동까지 점령했다는 역사를 언급하고 있다. 그런데 1917년에
공산주의 혁명으로 로마노프왕조의 멸망을 언급하며 제국의 부질없음
을 환기하고 있다.

한편, 유람록 말미에는 블라디보스토크의 연혁·위치·기후·시가·
거주·관공서·단체·근세 역사·조선인에 대한 교육과 교회·러시아
의 조선인 정책·조선인 노동에 관해 기술하고 있다.

다산의 블라디보스토크에 대한 소감은 발전하는 모습보다는 러시아

---

28) 박영철, 『다산시고』(상편), <過露領浦鹽>, 48쪽.
29) 박영철, 『아주기행(亞洲紀行)』(中編), <吟二絶>, 151쪽.

제국의 쇠락한 모습을 표상하고 있다. 다산이 그곳을 유람했을 때는 러시아제국이 무너지고 열강들의 지배를 받고 있던 시기였다. 그리고 블라디보스토크에 대한 그의 심상지리 또한 그것에서 절대 멀지 않았다.

4. 문학사적 평가

조선후기 이래로 여행에 대한 관심이 높아졌다. 문묵인사는 금강산이나 묘향산을 유람하고 시문이나 화폭으로 남기기도 하였고, 연행 사절단은 중국을 왕래하며 연행록을 남겼다. 또는 뱃길을 가다가 폭풍우를 만나 중국으로 표류한 경험을 기록으로 남긴 표해록이 나왔고, 네덜란드 사람들이 표류하여 억류되었다가 탈출하여 그것을 기록으로 남기기도 하였다. 때에 따라서는 외국에 가지 않고도 문헌 자료를 보고 그것을 시문으로 남기기도 하였다.

개화기에는 문호가 열리면서 외국인들이 국내를 여행하거나 내국인이 외국을 다녀와서 남긴 기행문이 나타났다. 일제강점기에는 교통의 발달과 함께 여행이 보편화되었고, 많은 문인은 국내외를 유력하며 기행문을 남겼다. 이들은 부여와 평양, 경주와 개성 등과 같은 국내 고도(古都)에서부터 중국과 일본, 만주와 몽고와 같은 동아시아, 더 나아가서 유럽과 미국에까지 폭넓은 지역으로 확대되었다. 여기에는 최남선과 이광수를 비롯하여 이기영, 이태준, 한설야, 정지용, 백석 등과 같은 많은 문인이 참여하였고,[30] 이들은 우리말 글쓰기를 통하여 근대시기의 본격적인 기행문학을 구축하였다.

---

30) 이에 대해서는 다음 논문을 참조하기 바람. 차혜영, 「동아시아 지역표상의 시간·지리학」, 『한국근대문학연구』 20호, 한국근대문학회, 2009, 123~161쪽.

하지만 우리가 일제강점기의 기행문학에 대하여 간과한 것이 있는데, 그것은 한문으로 기록된 기행문학이다. 이 시기의 한문문학은 주도권을 국문으로 넘겨주었지만, 결코 소멸한 것이 아니었다. 이 시기에도 우리말로 기록된 것에 못지않게 한문 양식의 기행문학이 있었다. 국내외를 여행하고 그것을 한시나 한문으로 남겼는데, 대부분이 기행한시였다. 반면에 한문 양식의 기행문은 적었다.

박영철의 『아주기행』은 후자의 대표적인 자료이다. 그의 기행문은 근대적인 기행문과는 달리, 연행록 양식에서 보이는 편년체에다 기사체를 혼합하는 양식을 보이고 있다. 그리고 기행문에 자신의 소회를 담는 삽입시를 보이고 있다. 다산의 이들 삽입시는 주로 여행하면서 특정 대상이나 일반적인 소회를 압축적으로 표현하는 '정서적 기능'을 수행하고 있었다.[31] 다산의 『아주기행』은 기행문이지만 정보보고서에 가까운 양식이었고, 그의 여행에 대한 소감이나 미감은 기행문보다는 오히려 삽입한시에 잘 나타나고 있었다고 말할 수 있겠다.

박영철의 『아주기행』에는 그의 행적과는 달리, 구체적인 친일 내용은 없다. 하지만 기행문 곳곳에는 일본의 선진 문명에 대한 흠모와 동

허병식, 「폐허의 고도와 창조된 신도」, 『한국문학연구』 36집, 동국대 한국문학연구소, 2009, 79~105쪽.

31) 신은경은 야콥슨이 제시한 발신자, 수신자, 전언, 약호, 관련 상황, 접촉이라는 여섯 가지 의사전달의 요소를 적용하여 기행문에 삽입된 시의 기능을 검토하고 있다. 이 중 어떤 요소가 특별히 강조되느냐에 따라 지배적인 언어의 기능이 달라진다고 보았다. 이 견해를 기행문의 삽입시에 적용해보면, 시가 여행 중에 일어나는 발신자의 감흥이나 느낌을 표현하기 위해 삽입되었을 때는 '정서적 기능'이, 어느 특정 장소에 관련된 정보를 전달하는 데 초점이 맞춰질 때는 '지시적 기능'이 우세해진다. 그리고 여행지에서 만난 사람과 어떤 관계를 형성하는 데 초점이 맞춰질 때는 '친교적 기능'이, 여행하는 주체가 수신자가 되어 타인으로부터 받은 시에 의해 어떤 행동을 하도록 촉구당할 때 그 시는 '욕구적 기능'이 우세해진다고 보았다.(신은경, 「기행문의 삽입시 연구」, 『동양학』 45집, 단국대학교 동양학연구소, 2009, 21~40쪽.)

경으로 가득 차 있었고, 상대적으로 조선과 중국은 열등한 존재로 서술되고 있었다. 이것은 일제가 식민지 지배를 위한 명분으로 민족보다 문명과 개화를 내세우며 표방하였던 대동아공영론의 이데올로기에서 비롯된 것으로 박영철이 그것에 편승한 것이었다.

5. 맺음말

이 글은 일제강점기 다산(多山) 박영철(朴榮喆, 1879~1939)의 기행문을 발굴하여 소개한 것이다. 박영철은 개화기에서 일제강점기라는 역사적 격변기를 살았던 친일파 인물이다. 그는 봉건 전통과 근대 문명의 사이에서 가치와 규범의 혼란을 겪으며 성장하다가 마침내 문명의 길을 선택하여 일본 육사를 졸업하고 나중에 일제 치하에서 주요 공직과 실업계를 두루 역임하였다.

일제강점기에 박영철은 우리 국토를 시작으로 간도와 만주, 대만과 중국동북부, 그리고 유럽을 여행하였다. 그가 여행한 이들 지역은 당시에 일제의 식민지거나 점령지였다. 그가 국내와 동아시아를 여행한 것은 『아주기행』이라는 기행문으로, 반면에 유럽을 여행한 것은 『구주음초』라는 기행시집으로 남겼다.

『아주기행』은 시간적 순서, 여정과 견문에 따라 기술되었고, 중간 또는 단락의 마지막에 작자 자기 생각과 느낌을 시로 압축하였다. 여정 중에 관련된 내용이나 역사적 사실은 항목을 따로 정해서 기술하였다. 이런 서술 방식은 연행록 양식에서 보이는 편년체에 기사체를 결합한 방식으로 보인다. 그리고 『아주기행』은 기행문이지만 정보보고서에 가까운 양식이었고 여행에 대한 소감이나 미감은 오히려 삽입

한시에 잘 나타나 있었다.

박영철의 『아주기행』나타나는 시적 특질이나 심상 공간은 지역에 따라 다르게 나타난다. 먼저 그가 국내 명산을 유람하면서 지은 기행한시는 현실을 벗어나 선계의 탈속적인 경지를 추구하는 내용이다. 반면에 그가 일본을 여행하고 지은 시들은 문명의 모습과 함께 부강한 일본의 모습을 전하고 있다. 따라서 국내 명산의 심상지리가 문명에 훼손되지 않은 순수 세계였다면, 일본의 그것은 근대 문명을 표상하고 있었다.

중국에 대한 다산의 시적 형상화와 심상지리는 복잡하고 미묘하다. 지역에 따라서 상해는 근대의 풍요로운 모습을, 대만은 문명과 문화로 나아가는 모습을 표상하고 있었다. 만주는 중국과 일본, 그리고 조선이 서로 대립하지 않고 대동아 세계의 이상을 구현하는 심상지리로 자리를 잡고 있었다. 하지만 전반적인 중국의 모습은 과거 대국에서 멀어진, 부패하고 몽매한 존재로 묘사되고 있다.

1919년에 다산이 블라디보스토크를 여행하였을 때에 그곳은 일제의 실질적인 점령지였다. 그가 블라디보스토크를 방문하고 남긴 기행한시는 쇠락한 러시아제국의 모습이었고, 심상지리도 그것에서 절대 멀지 않았다.

한 마디로 『아주기행』의 곳곳에는 일본의 선진 문명에 대한 흠모와 동경으로 가득 차 있다. 그의 기행문학은 겉으로 평화를 내세우면서 침략을 획책했던 일제의 이데올로기에서 크게 벗어나지 않았던바, 친일문학의 범주에 든다고 평가할 수 있겠다.

석정 이정직의 시의식(詩意識)과 문예론적 특질

1. 머리말

석정(石亭) 이정직(李定稷, 1841~1910)은 매천(梅泉) 황현(黃玹, 1855~1910)·해학(海鶴) 이기(李沂, 1948~1909)와 더불어 한말의 호남삼걸(湖南三傑)로 알려진 인물이다. 석정은 젊은 시절부터 시문을 전공하여 오십을 넘어서며 이미 10여 권의 시문집을 갖고 있었다. 그런데 그가 일생의 사업으로 심혈을 쏟았던 시문을 비롯한 모든 저작물은 갑오농민전쟁(1894)으로 전주성이 함락되면서 가옥과 함께 소실되었다.

석정은 경세가나 도학자라기보다는 시인이자 문장가라고 말할 수 있다. 왜냐하면, 그는 젊은 시절에 성리학에 관심이 없는 것은 아니었지만 그것보다는 시와 문장에 남다른 애착을 지니고 있었고 여기에 심혈을 쏟았기 때문이다. 반면에 그의 도학에 대한 업적은 칸트나 베이컨과 같은 서양철학에 대한 관심과 함께 말년에 이르러 집중적으로 이루어졌다. 따라서 그가 일생동안 가장 심혈을 쏟았던 것은 시문이었다고 말할 수 있다.

그는 불의의 병화로 모든 시문을 한순간에 잃었지만 이를 하늘의 뜻으로 돌리며 절망하지 않았고 하루에도 몇 편씩을 지어서 죽을 때

까지 수천 편의 시를 짓겠다고 스스로 다짐을 하였다.[1] 이후로 석정은
세상을 떠날 때까지 약 15년간에 걸쳐서 927제 1,279수의 시작품과 20
여 문체의 산문 273편을 남겼다. 오늘날 전하는 그의 시작품들은 대부
분 노년기에 해당하는 작품이다. 당시에 병화로 소실되었던 작품이 오
늘날까지 전한다면 그의 시작품은 수천 편으로 늘어났을 것이다.

　이 글은 석정 이정직이 남긴 여러 분야 중에서 그것의 본령이라고
말할 수 있는 시문학에 대한 분석적 고찰이다.[2] 먼저 석정 문집의 초
고본에 해당하는『연석산방미정고』의 기록을 통하여 그 자신이 평소
에 생각했던 시에 대한 문예의식을 점검하도록 하고, 이어서 그의 시
문학에 관류하고 있는 문예론적 특질을 살펴보도록 하겠다.

2.『연석산방미정고』와 석정의 시의식

　『연석산방미정고(燕石山房未定藁)』는「연석산방미정문고(燕石山房
未定文藁)」·「연석산방미정시고(燕石山房未定詩藁)」·「연석산방미정
잡저고(燕石山房未定雜著藁)」로 이루어진 석정 문집의 초고본이다. 이
것은 동학농민전쟁 직후인 1894년 5월부터 그가 세상을 떠났던 1910
년 11월까지 약 15년간에 걸쳐서 저술되었다. 석정은 여기에 927제

---

1) 석정은 59세가 되었던 정월 초이렛날에 자신이 70세까지 산다고 가정하여 매년 360편
　의 시를 짓는다면 일생동안 4,000편은 쓸 수 있을 것이라고 다짐한 바 있었다.(『燕石山
　房未定詩藁』卷3,「人日得年字」)
2) 지금까지 석정 이정직의 시문학에 대한 논의는 미약한 편이다. 그의 시문학 전반에 걸
　친 金泰善의 논문과 石亭의 시가 지닌 정감적 특성 및 기법적 특성을 예술미학적 차원
　에서 논의한 李月英의 논문이 있을 뿐이다.
　金泰善,「石亭 李定稷 詩文學의 硏究」, 고려대 석사학위논문, 1995.
　李月英,「石亭 李定稷의 交遊와 시 특성 고찰」(『石亭 李定稷의 學問과 藝術』, 한국
　서예문화연구회 제1회 학술대회, 2004. 11.)

1,279수의 시작품과 20여 문체의 산문 273편을 남겼다. 이것을 다시 512수의 시작품과 123편의 산문으로 선집(選輯)한 것이 『석정집(石亭集)』이다.

『연석산방미정문고』는 다양한 갈래의 산문으로 이루어져 있으며 그것도 논변체 산문들이 그 대부분을 차지하고 있다. 이러한 산문 양식은 역대 고문가들이 즐겨 다루던 문체로써 사리 분별이나 사물의 이치를 밝히는 데 유용하다. 뿐만 아니라 이것은 한말에 이르러 호남에서 조선후기의 한구정맥(韓歐正脈)을 계승했던 석정의 문장의식과도 깊은 관련이 있다.3)

『연석산방미정시고』에는 시간적 순서에 따라 1,279수의 다양한 시작품들이 실려 있다. 이것은 자연 경물이나 자신의 복잡한 심회를 읊고 있는 시작품 이외에도 해학 이기나 매천 황현 등과 같은 여러 호남 문인들과 주고받은 시, 문인화가로서 자신의 그림에다가 덧붙인 제화시(題畵詩), 시의 형식을 빌려서 시를 논한 이시논시(以詩論詩), 글씨를 논한 논서시(論書詩) 등에서처럼 다양한 종류의 시작품들로 이루어져 있다.

석정은 다른 어떤 분야보다도 시인으로서의 자부심을 나타냈고 또한 그렇게 불리기를 소망했다. 그리고 『연석산방미정고』를 살펴보면 석정은 시를 창작하면서 한편으로 시란 무엇이냐는 문제에서부터 어떻게 써야 하고 어떤 시가 좋은지에 이르기까지 다양한 항목에 걸쳐 고심한 흔적이 역력하다.

석정에 의하면 시는 인간의 정영(精英)이 발현한 것으로써 이것이 갖춰지면 인간 내면의 심성이나 정신에서부터 인간사와 관련된 모든 것이 시가 될 수 있다고 보았다.4) 본디 인간의 마음이란 신령스러워서

---

3) 이에 관해서는 구사회의 「石亭 李定稷의 古文論과 歷代文評」(『어문연구』 118호, 한국어문교육연구회, 2003)을 참조하기 바란다.

정신이 모여 마음을 얻게 되면 지극히 정미(精微)한 경지에 나아가기 마련인데, 석정은 이런 지극히 세밀한 것을 '정(精)'이라 하고, 지극히 작은 것을 '미(微)'라고 말하고 있다.5) 시가 인간의 정영(精英)을 발현한 것이라는 석정의 주장은 시가 지극히 정미한 마음의 경지를 언어로 담아낸 것이라는 의미이다. 그리고 시가 인간사와 관계된다는 언급도 언뜻 시의 사회적 측면을 강조한 것처럼 들리지만, 오히려 그 대칭적 의미로 사용된 말이다. 이 말은 시속(時俗)이 변해도 인간사와 관련된 천성(天性)6)은 옛날이나 지금이나 변하지 않는다는 의미로써 시인은 마땅히 시세(時勢)에 따라 변하지 않는 시를 지어야 한다는 관점으로 사용한 말이다.7)

또한 석정은 시란 마음의 소리로써 마음에 두면 뜻이 되고 말로 발현하면 시가 된다고 보았다.8) 이는 시가 뜻을 나타내고 노래는 말을 읊은 것이라는9) 동양의 전통적인 관점을 따르면서도 더 나아가 시에 있어서 마음[心]의 작용을 강조한 견해이다. 여기에서 석정이 도출하

---

4) 詩者, 人之精英之所發也. 是以其備也, 如人之有性情焉, 有志慮焉, 有精神焉, 有氣魄焉, 有九竅四肢焉, 有行住坐臥焉. 細之而嚏唾瞬息欠伸蹴跑之類, 無不備焉, 夫何者而非人也哉.(『燒餘錄』, 「與海鶴論詩文記」)

5) 人心之靈, 無形無象而入無內, 出無外. 凡耳之所未嘗聞, 目之所未嘗覩, 手之所不能指, 足之所不能到. 皆神會而得之, 斯之爲精微之至也. 至細之謂精, 至小之爲微, 而乃復至細, 而極於無細, 至小而極於無小, 夫豈有形象者所能盡哉. (『燕石山房未定文藁』卷6, 「心之精微口不能言論」)

6) 이에 대해서는 'Ⅱ-2'에서 다시 논의하겠지만 그의 문학론에서 '天性'은 대체적으로 '性'과 같은 맥락에서 통용되고 있다. 경우에 따라서는 그것의 의미가 다르게 쓰이기도 한다.

7) 「訥人詩性矯健, 積年苦吟. 往往有驚語, 意謂非久當據古名家一席. 比來見擧世不尙詩學, 稍稍不經意. 余則以詩道雖小亦關人事, 固在所自好而已, 豈隨時世改其素操哉. 殊甚惜之, 得近體一首, 冀其有省且以自勉」(『燕石山房未定詩藁』권4.)

8) 詩者, 心聲也. 心之形於詩而爲聲, 其致有二焉. 曰天才也, 曰天識也.(『燕石山房未定文藁』권7, 「王小川詩稿序」)
   噫, 在心爲志, 發言爲詩. (위의 책 권5, 「月一詩社序」)

9) 詩言志, 歌永言.(『書經』, 「舜傳」)

고 있는 마음[心]이란 밝음[明]이 하늘에서 나와 사람의 몸 안에 자리를 잡은 것이다.10) 석정은 형이상에 나아가서는 마음 안에 성(性)이 자리를 잡고, 형이하에 나아가서는 마음 안에서 정(情)이 발현한다고 보았다.11) 그래서 성(性)은 볼 수 없는 것 같으면서도 볼 수 있는 단서가 있기 때문에 은미하며, 정(情)이란 꼭 나쁜 것은 아니지만, 그것을 따르면 성(性)을 어그러뜨릴 수 있으므로 위태롭다는 것이다.12) 이점에 대해서 일찍이 석정 자신도 시를 짓는 것이 바로 성(性)에서 얻은 바를 가지고 자신의 시문을 좋아하는 버릇에 기탁하여 타고난 천취(天趣)를 발현한 결과물이었다고 밝히고 있다.13)

이처럼 성을 위주로 하는 그의 문예론적 관점은 시를 어떻게 써야 하고 또한 어떤 시가 바람직한가에 대한 문제에 대해서도 깊은 관심을 보이고 있다. 먼저 석정은 헛된 명예를 위해 시를 짓거나 감정을 속이는 시를 배척하고 있다. 석정이 생각한 바람직한 시는 성에서 우러나온 인위적인 가식이 없는 진실하고 순수한 시를 말한다.14) 그리고 이런 경지에서 우러나온 시가 웅혼초일(雄渾超逸)이라는 높은 경지에 도달할 수 있다는 것이다.15)

따라서 석정이 꼽고 있는 훌륭한 시는 천성에서 우러나온 진실한

---

10) 明自乎天而宅乎人身之內者, 心是也.(『燕石山房未定文藁』권8,「在明明德說」)

11) 自心而言, 就其形上而有性斯宅焉. 就其形下而有情斯發焉.(같은 책,「天命之謂性說」)

12) 性, 不可見而可見者, 其端也, 故曰微. 情, 未必不善而徇之則悖於性矣.(같은 책,「天命之謂性說」)

13) 姑以余所得於性者, 寄吾癖, 而發天趣, 曰斯吾乎以爲吾詩文也己.(위의 책, 卷1,「燒餘錄一」)

14) 出乎天性者, 居之確而不遷, 外物惡得而奪之 … 於是擧南沙子好詩之得, 由乎天 性, 非循名矯情之爲者, 而爲之說, 此皆不佞之所目擊者, 不佞嘗聞之.(같은 책,「申南沙書室記」)

15) 余居常論詩, 雄渾超逸, 非受之性, 未易擬也. 可勉而積者, 人工而已. 曰奚先字必從辭必順也. 曰奚宗平而典淡而雅也.(위의 책 권5,「與李元瑞論詩說」)

시라고 말할 수 있다. 그렇다면 석정이 주장하는 이런 시적 경지에 도 달하려면 어떻게 해야 하고, 어떤 시적 특성을 지니고 있겠느냐는 문 제를 살펴볼 필요가 있다. 석정은 이런 경지에 도달하려면 무엇보다도 앞서 언급한 것처럼 천성이 뛰어나야 하겠지만 이를 꾸준히 갈고 닦 아야 한다는 것이다. 석정은 이런 경지에 도달한 대표적인 인물로써 당나라 두보를 들어 그 근거를 제시하고 있다.

> 무릇 갈고닦음[工]과 천성[性], 이 두 가지가 지극한 연후에 시를 말할 수 있습니다. 천성[性]이라는 것은 풍골이 뛰어난 것으로 타고난 것이요, 갈고닦음[工]이라는 것은 학력이 정밀하고 익숙하게 하는 것으로써 사람 에게서 말미암은 것입니다. 천성이 있어도 갈고닦지 않으면 천성을 채울 수 없고, 갈고 닦아도 천성이 없으면 갈고 닦은 것을 이룰 방법이 없습니 다. 이 두 가지를 함께 겸비하기란 어렵습니다. (중략) 이백의 뛰어난 천 재성은 두보보다 앞섭니다. 그러나 집대성에 이르러서는 이백이 미칠 수 없습니다. 천성이 수승한 자는 그 천성만을 믿고서 학식에 고개를 숙이 려 하지 않습니다. 이백이 이런 경우입니다. 학식이 수승한 자로 이치에 통달하고 마침내 천성에 미루어 도달한 것은 두보입니다.16)

석정은 좋은 시를 쓰려면 천성에 바탕을 두어야 하지만 그 자체에 머물러서는 안 된다고 말하고 있다. 훌륭한 시인이 되려면 무엇보다도 뛰어난 천성에 바탕을 두고 끊임없이 갈고닦아야 한다는 게 석정의 주장이다. 그렇지만 뛰어난 천성과 후천적인 갈고닦음을 함께 겸비하 기란 거의 불가능하다. 당나라 이백은 두보보다 천성이 뛰어났지만 그

---

16) 夫工性兩至然後, 可以言詩矣. 性也者, 風骨超拔得之天. 工也者, 學力精熟由乎人 也. 性而不工, 無以充性, 工而無性, 無由致工之, 二者難乎其兼矣. (중략) 李白天才穎 拔, 過於杜甫. 然至於集大成, 非太白之所能及. 天性勝者, 特其天性, 而不肯低首於學 識, 李白是已. 學識勝者, 達乎理, 乃能追及於天性, 杜甫是已.(『燒餘錄』, 「與海鶴論詩 文記」)

것을 과신하여 갈고닦는 데에 소홀해서 결국 학식이 뛰어났던 두보에 미치지 못하였다는 석정의 지론이다.

그리고 사람이 훌륭한 천성을 지니고 태어나기도 어렵지만 설령, 그렇더라도 무작정 갈고닦는다고 되는 것은 아니다. 석정에 의하면 무엇보다도 육의(六義)의 시를 근본으로 삼아서 매진해야 시가 바르고 넉넉하고 우아하고 순수하게 될 거라고 단언하였기 때문이다.17) 다음 장에서 논의하겠지만 석정이 추구한 것은 인위와 수식이 제거된 평이하고 담박한 풍아의 유풍과 함께 천성에서 우러나온 진실한 『시경』의 시정신이었다. 말하자면 석정의 문예의식은 『시경』과 같은 동양 고전문학의 예술정신을 재해석하고 가치를 부여하여 이를 현대적으로 계승하려 한다는 점에서 동양의 고전주의적 속성을 지녔다고 말할 수 있다. 그렇지만 석정이 구현하려는 문학은 그것의 단순한 모방이나 답습이 아니라 거기에 내재하고 있는 본질적인 속성을 회복하려는 데 있었다고 하겠다. 이것은 어쩌면 개화기로부터 한말로 이어지는 서세동점의 역사적 격변기에 사회 전반에 걸친 변화와 가치의 혼란상으로부터 석정 자신이 꿈꾸었던 또 다른 질서와 조화의 세계였는지 모른다.

3. 석정 시문학의 문예론적 특질

3.1. 풍아(風雅)의 유풍(遺風)과 고시(古詩)의 의미부여

석정은 문(文_은 사대(四代)의 문(文)을 본받고 시(詩)는 육의(六義)의 시(詩)를 근본으로 삼는다고 말하고 있거니와,18) 문은 전모(典謨)에서

---

17) 이에 대해서는 'II-1' 장에서 다시 구체적으로 논의하도록 하겠다.
18) '文祖四代之文 詩宗六義之詩'(『燕石山房未定文藁』卷6, 「黃梅泉五十壽序」)

시작하였고 시는 풍아(風雅)에서 나왔다고 주장하였다.19) 이는 문장이
란 고대 성현의 말씀이 담긴 『서경』에 모범을 두어야 하고, 시는 고대
의 『시경』에 근본을 두어야 한다는 말이다. 석정이 이처럼 시의 근본
을 『시경』에 두고자 하였던 까닭은 그것을 그대로 복원하자는 것이 아
니고 그것에 담긴 정신을 본받자는 것이다. 이것은 시를 지으면서 방
자하고 날카롭거나 부박한 시풍을 버리고 고대 시경의 풍아가 지닌
진실하고 넉넉하며 순수한 시정신을 되찾자는 의미이기도 하다. 이것
은 석정이 매천에게 보낸 글에서도 그대로 확인된다.

> 나로서는 또한 바라는 바가 있습니다. 매천께서 내년 오십일 세부터
> 오십 이전의 글을 모두 없애버리고, 글은 사대의 글을 본받고 시는 육의
> 의 시를 근본으로 삼아 해마다 매진하여 육십이 넘도록 한다면 그 바르
> 고 넉넉하며 우아하고 순수한 것이 앞에서 말한 세 사람보다 도리어 뛰
> 어나지 않겠습니까?20)

　1904년에 석전(石田) 황원(黃瑗, 1870~144)은 자신의 형인 매천의 오
십을 맞이하여 석정에게 축하의 글을 부탁한 적이 있었다. 이것은 당
시에 석정이 그의 부탁을 흔쾌히 받아들이며 답장으로 보냈던 글 일
부이다. 그런데 여기에 적힌 석정의 견해에 대하여 매천이 반박의 답
신을 보내오면서 두 사람은 시문을 둘러싸고 논쟁을 벌이기도 하였다.
　여기에서 석정이 사대의 글을 본받고 육의의 시를 근본으로 삼아야
한다는 것은 단순히 옛사람을 모방하여 본뜨겠다는 것이 아니라 그것

---

19) ‘文自典謨始 詩從風雅出’(『燕石山房未定詩藁』卷5, 「小川遺其詩稿三卷 旣而贈以五
　　七古詩三首 余亦以五七古詩酬呈」)

20) 余則又有所望焉. 梅泉自明年五十一歲, 盡去五十以前之文, 文祖四代之文, 詩宗六義
　　之詩, 而年邁六十以外, 則安知其典贍雅粹不迴出數子上也耶.(『燕石山房未定文藁』卷
　　6, 「黃梅泉五十壽序」)

에 담긴 온전한 심성과 정신을 본받고 계승하겠다는 법고(法古)의 관점에서 나온 말이다. 석정에 의하면 시경의 풍아처럼 옛 신인들이 지녔던 바르고 넉넉하며 우아하고 순수한 심성은 시대가 달라져도 그것의 근본은 예나 지금이나 차이가 없다는 것이다. 이에 대하여 매천은 시문이란 진정(眞情)을 펴는 것이 중요하지, 거짓된 모습을 표절하는 것을 귀히 여기지 않는다고 반박하였다.[21] 매천은 훌륭한 시작품이란 인간의 진솔한 감정에서 나오는 독창성을 발휘해야 한다는 관점이었고, 석정은 모방이 아닌 옛사람의 바른 성정을 본받아서 계승해야 한다는 관점이었다.

　이들의 논쟁을 들여다보면 매천이 석정의 생각과 관점을 잘못 이해하여 표절로 몰아붙이는 측면이 있지만, 이들 사이의 논쟁은 시문을 둘러싼 관점의 차이에서 비롯된 것이었다고 말할 수 있다. 다시 말해서 풍아의 유풍이 담긴 시경 정신을 계승하겠다는 동양 전통의 고전주의적 관점을 견지하고 있었던 석정과 인간의 진솔한 감정을 중시하고 자기만의 독창성을 옹호하는 개성주의적 관점을 지니고 있었던 매천의 대립이었다고 말할 수 있다. 이점에 대해서 석정은 매천에게 물러서지 않고 끝까지 자기 생각과 관점을 견지하며 관철했다. 풍아의 유풍을 옹호하는 석정의 관점은 그의 시작품 곳곳에서 발견된다.

風雅降漢魏	풍아가 한위에 이르러
繁音一變古	번잡한 소리는 한결같이 옛날로 변화했고
唐人洗六朝	당인들은 육조를 씻어내고
平醇開門戶	평이하고 순박함으로 문호를 열었다.
後世尙奇巧	후세가 기교를 숭상하고 나서

---

21) 且詩文之學, 貴抒其眞情, 不貴剿其膚貌. 藉口古大家而拾其唾瀋, 亦何足貴哉.(위의 책, 別集2, 「答黃雲卿」【附梅泉書】)

氣象何局促	기상은 왜 이리 좁고 촉박한지.
仰首發長歎	머리를 들어 길게 탄식하노라니
煙雲紛過目	안개구름이 어지러이 눈앞을 가린다.[22]

석정이 수식이나 인위적인 시를 싫어하고 평이하고 담백한 시풍을 좋아했던 것도 위의 언급처럼 풍아의 진실하고 넉넉하며 순수한 시정신을 옹호했기 때문이다. 문학사적으로 주나라가 무너지면서 시경의 쇠퇴와 함께 아송의 전통도 무너졌다, 그런데 한고조가 천하를 다시 통일하면서 풍아의 전통을 잇는 악부의 성립과 함께 『시경』의 전통이 다시 이어졌다. 풍아가 한위(漢魏)에 이르러 번잡한 소리가 사라지고 다시 옛날로 일변했다는 석정의 시구는 시경의 유풍을 되찾았다는 말인데, 시는 한위를 스승으로 삼고 글씨는 진을 스승으로 삼는다는 그의 다른 언급에서도 다시 확인되고 있다.[23] 그렇지만 위진남북조 시대에 이르러 다시 청신하고 유미적인 시풍이 휩쓸고 기발한 대구와 섬세한 운율을 따지는 풍조가 자리를 잡았다. 문풍도 대우와 성률을 중시하는 변려문으로 경도되었다. 이런 풍조는 석정이 평소에도 못마땅하게 여기고 배척했던바, 전섬아수(典贍雅粹)의 시경 정신을 추구하는 그로서는 도저히 받아들일 수 없는 흐름이었다. 그렇지만 당나라에 이르러 두보와 같은 시인들에 의해 이러한 풍조는 말소되고 풍아의 유풍이 다시 회복되었다는 게 석정의 지론이다.

이처럼 석정은 시경 풍아의 유풍을 옹호하고 그 정신을 본받으려 노력했다. 심지어 시경의 4언체를 본떠 짓기도 하였고, 다른 한편으로

---

22) 風雅降漢魏 繁音一變古. 唐人洗六朝 平醇開門戶. 後世尙奇巧 氣象何局促. 仰首發
  長歎 煙雲紛過目.(『燕石山房未定詩藁』卷5, 「＜張韶石寄詩十餘首索和 久而未就 却以
  二百四十字謝之(二解)」)
23) 詩師漢魏, 書師晋.(『燕石山房未定文藁』卷7, 「讀古文解」)

는 실제로 시경을 탐구하여『시경일과(詩經日課)』란 연구서를 저술해서 학동들을 가르치는 데 참고하기도 하였다. 석정이 1895년 봄에 구례를 방문하고 돌아와서 당시에 함께 뜻깊은 시간을 보냈던 인사들을 그리워하며 시경체를 본떠서 지었던 60여 수의 시들이 그 예이다.[24]

그렇다고 석정이 시경의 정신을 본받겠다며 그처럼 시경체를 고집한 것은 아니다. 석정이 시경체를 본떠 지은 것은 구례를 다녀와서 실험적으로 지었던 극히 일부 작품에 지나지 않았고, 그도 다른 시인들처럼 절구와 율시와 같은 근체시를 즐겨지었다. 왜냐하면, 석정이 추구한 것은 인위와 수식이 제거된 평이하고 담박한 풍아의 유풍과 함께 천성에서 우러나온 진실한 시경의 창작 정신이었지, 그것의 형태 자체는 아니었기 때문이다. 그래서 석정은 이와 같은 시경시의 창작 정신을 계승하면서도 풍아의 유풍을 되찾을 수 있는 조건의 시형을 모색하게 된다. 그것이 바로 古詩이다. 고시는 시경시의 정신을 계승하면서도 성정을 표출하는데 여러모로 좋은 조건을 가지고 있었기 때문이다.[25] 사실 석정은 <화매천오고십수(和梅泉五古十首)> · <화백촌고시(和白村高詩)> · <화고생석문오고십수(和高生石門五古十首)> · <신약(哂藥)> · <임우(霖雨)>등을 비롯한 다수의 고시를 남겼다. 특히 그의 고체시는 교유하면서 지은 화답시나 수증시, 시서화를 비롯한 문장에 관해서 의론했던 논시 양식, 사물의 이치를 진술한 시작품에서 두드러지고 있다.

이처럼 석정이 고시에 대한 가치와 의미를 부여하고 있는 것은 형

---

24)『燕石山房未定詩藁』卷1, 「皎月五章懷梁南坡」·「民生六章悔李海鶴」·「我行五章懷黃梅泉」·「愷悌五章懷王小川」·「君子有交五章懷許卯園」·「德不孤五章懷李玉樵」· 「凡九章贈李白村」·「和風五章懷吳翠軒」·「豊秀五章贈黃秀才鍊九」·「懷彼愷悌五章懷李秀才樂祖」·「獨行五章懷梁晴史」.

25) 이향배,『한국한시비평론』, 이회, 2001, 182쪽.

식보다 내용을 중시하였기 때문이다. 게다가 석정은 질박한 표현을 선
호하였고 수식이나 과정을 혐오하였다.[26] 그리고 석정은 전아하고 웅
혼한 풍격을 좋아하여 섬세한 기교를 배척했고 경박한 기운이나 가련
한 성음을 싫어했다.[27] 그렇다고 그가 고체시를 맹목적으로 좋아한
것이 아니었고 그것에 담긴 시정신을 좋아했다.

> 또한 오늘날 사람들은 고시의 겉이 번지르한 성조를 보고서 '뜻의 운
> 용이 능숙하다'라고 일컬어 말하는데 정신이 존재하는 것에 대해서는 대
> 개 좋아하지 않습니다. 이것은 한낱 자구가 있다는 것을 알 뿐이지, 편장
> 이 존재하는 것을 모르는 것입니다.[28]

석정은 고시를 짓더라도 그것의 형식만 있고 수사를 앞세우는 부화
한 시작품은 고시에 담긴 참뜻을 잃어버렸다는 것을 강조하고 있다.
말하자면 석정은 고시가 지닌 꾸밈이 없는 질박한 표현, 담백하고 쉬
운 내용, 전아하고 웅혼한 시풍은 바로 풍아가 지녔던 유풍을 염두에
두고서 석정이 그것에 대한 가치를 새롭게 인식하고 의미를 부여했다.

3.2. 천성(天性)의 발현(發現)과 천취(天趣)의 표현 미학

일찍이 매천이 시는 인간의 진솔한 감정인 진정을 펴는 것이 중요

---

26) 凡我文人, 亦論音節, 其音也緩, 世值聖哲, 其音也促, 衰季之筆, 毋文而浮, 以伐厥質,
　　(『燕石山房未定詩藁』卷1, 「凡九章贈李白村」)

27) 典雅雄渾最卓然, 聲音氣格逈相縣, 淳風漸散逐纖巧, 豈許才情勝昔賢 (『燕石山房未
　　定詩藁』권4, <戲爲二十四絶句>). 胸中却有一權衡, 不爲低昂便失平, 語緩先消浮薄氣,
　　情多莫作可憐聲. (같은 책, 같은 시)
　　凡我文人, 亦論音節, 其音也緩, 世值聖哲, 其音也促, 衰季之筆, 毋文而浮, 以伐厥質,
　　(『燕石山房未定詩藁』卷1, 「凡九章贈李白村」)

28) 且今人見古詩之有色澤聲響者, 稱之曰能其意運, 而神存者, 槪不喜焉. 是徒知有字
　　句, 而不知有篇章也.(『燒餘錄』, 「與海鶴論詩文記」)

하다고 보았는데, 석정은 이를 비판하고 하늘로부터 부여받은 천성을 발현해야 한다고 보았다. 석정의 이 언급은 희로애락과 같은 감정을 위주로 시를 지을 것이 아니라, 어디까지나 인의예지와 같이 순수하고 참된 천성에서 우러나온 바를 시로 담아야 한다는 의미이다.

석정은 이처럼 인위적인 가식이 작용할 수 있는 '정(情)'보다는 참되고 진실한 '성(性)'에서 우러나온 시를 훌륭하다고 보았다. 이것은 그가 '정(情)' 자체를 부정한 것이 아니었지만 순선(純善)한 성(性)보다 기(氣)에 해당하는 정(情)은 반드시 악하지는 않지만 때로는 선하지 못할 수도 있다고 보았기 때문이다. 그래서 석정은 시에서의 천성을 내세우며 더 나아가 이를 시론으로 체계화하고 있다. 그는 자신의 시작품도 천성에서 얻은 바를 시벽에 맡겨 천취를 발현한 결과물이라고 앞에서 언급하였다.[29]

여기에서 석정이 말하는 천성(天性)이란 타고난 성품으로써 외적 사물에 의해 좌우되지 않는 본질적이고 불변적인 존재이다. 비록 사람들은 타고난 천성에서 청탁과 통색의 차이가 있지만, 그것은 변하거나 더럽혀지지 않는 본질적인 존재이다. 반면에 이것과 대칭이 되는 '정(情)'이란 가변적인 존재여서 자칫 가식적이고 위선으로 흐를 수가 있다.[30] 그래서 정이란 꼭 나쁜 것은 아니지만 성인이 아닌 이상 그것을 따르다 보면 천성을 어그러뜨릴 수 있다. 말하자면 천성이 본질적인 이(理)의 존재라면 정(情)은 현상적인 기(氣)의 존재라고 말할 수 있다.

석정이 생각하는 바람직한 시는 순수하고 진실한 '천성'에 바탕을

---

29) 姑以余所得於性者, 寄吾癖, 而發天趣, 曰斯吾乎以爲吾詩文也已.(『燕石山房未定詩藁』卷1,「燒餘錄一」)

30) 上帝至公, 摠降是德, 惟性眞實, 萬善本足. 寂感相應, 觸類而長, 光明洞達, 如鑑照象. 其或淸濁, 所受或異, 情隨物遷, 流而爲僞.(위의 책, 別集2,「識本箴」)

두어야지, 세상의 목적을 위해 진실을 호도하거나 천성을 어그러뜨릴 수 있는 '정'에 바탕을 두어서는 안 된다는 것이다. 이런 전제에서 그는 자신의 후학이었던 신남사가 세상적인 명예나 출세를 위해 시를 짓는 것이 아니고 어디까지나 천성에서 우러나온 바를 시로써 발현하였다고 칭찬을 아끼지 않고 있다.[31]

석정이 주장하는 시가 천성에서 우러나와 천취를 발현하려면 무엇보다도 헛된 명예를 좇거나 불순한 목적을 염두에 두어서는 안 된다고 앞서 말하였다. 내용상으로도 심성에서 우러나와 진실해야 하고 이에 부응하는 시적 표현도 함께 갖춰야 한다. 그렇다면 석정이 주장하는 자신의 시가 천성에서 우러나와 천취를 발현했다는 것은 구체적으로 무엇을 뜻하고 어떤 표현을 말하는지, 그리고 그것을 어떻게 구현해야 하는지에 대해서 살펴볼 필요가 있다.

胸中却有一權衡　　마음속에 도리어 하나의 저울이 있나니
不爲低昂便失平　　높낮이에 따라 평형을 잃어서는 안 된다.
語緩先消浮薄氣　　말이 완만해도 먼저 부박한 기운을 씻어내고
情多莫作可憐聲　　정이 많더라도 가련한 소리랑 내지 말거라.[32]

석정은 인간의 마음속에는 성정이 자리를 잡고 있는데 그것의 평정을 잃어서는 안 된다고 보았다. 그리고 비록 어조가 느리더라도 수식과 기교를 앞세우는 부박한 기운을 제거해야 하고 감정을 앞세우는

---

31) 出乎天性者, 居之確而不遷, 外物惡得而奪之. 聖賢之於仁義, 志士之於氣節, 狷介者之於廉潔, 雖所得有通徧, 而當其動中而形外, 油然自宣, 充然無歉, 饑飽之所不撓, 榮悴之所不移, 徇名者易沮, 矯情者易渝, 此非能久於有者也. 士之於文字亦然, 終身樂之不貳者, 其性焉者歟. 南沙於世無所好, 獨好爲詩, 自少矻矻老白首, 不懈而益篤, <중략> 於是擧南沙子好詩之篤, 由乎天性, 非徇名矯情之爲者, 而爲之說, 此皆不佞之所目擊者, 不佞嘗聞之.(『燕石山房未定文藁』卷4, 「申南沙書室記」)
32)『燕石山房未定詩藁』권4, 「戲爲二十四絶句」.

시를 지어서는 안 된다는 것이다. 말하자면 시에서 천취를 발현하려면 천성에 바탕을 두어야 하는데, 그것은 감정을 앞세워서는 안 된다는 말에 불과하다. 게다가 천성에서 우러나와 천취를 발현한 시는 감정에서 우러나온 시와는 시어의 사용이나 표현, 시풍에서도 분명한 차이가 있다.

蒼深之極到平易	창연함이 깊어져 지극해지면 평이함에 이르나니
當作人間絶妙音	마땅히 사람들이 절묘한 소리로 여긴다.
平易元非容易語	평이함은 본래 쉽다는 말이 아닌데
艱深詎必解蒼深	난해함을 어찌 반드시 의미 깊다고 할까.
典雅雄渾最卓然	전아하고 웅혼함은 가장 뛰어나서
聲音氣格逈相懸	성음과 기격이 저 멀리에 서로 매달려 있다네.
淳風漸散迄纖巧	순박한 유풍은 점점 흩어지고 섬세한 기교로 나아가지만
豈許才情勝昔賢	어찌 재능과 감정이 선현보다 낫겠는가?[33]

석정은 자신이 생각하는 바람직한 시, 즉 천취를 발현한 시는 시어의 선택이나 표현에서도 이해하기 쉬운 언어와 쉬운 표현으로 이루어졌지, 어렵고 난해한 어구나 표현으로 이뤄지는 것은 아니라고 보았다. 그렇다고 여기에서 말하는 평이함이란 언어 자체가 그저 쉽다는 말이 아니고, 인간 내면에 자리를 잡고 있는 심성으로부터 얻어진 바를 깨우쳐 얻어진 평이함을 뜻한다.

석정은 천성에서 우러나온 시의 풍조는 전아하고 웅혼하며 성음과 기격도 높다고 보았다. 반면에 감정을 앞세우는 시는 착하고 순수한 마음보다는 오히려 진실치 못한 마음에서 우러나와서 수식이나 기교

---

33) 같은 책, 같은 시.

만을 앞세우기 마련이다. 그러다 보니 이러한 시는 인간 본연의 순박한 심성에서 우러나온 순박한 유풍도 사라졌다는 것이다. 따라서 감정을 앞세우는 시는 인간 본연의 천성을 어그러뜨리기 때문에 천취로부터 멀어질 수밖에 없다. 그렇다면 석정이 주장하는 천성에서 우러나와 천취를 발현한 시는 어떤 시를 말하는 것일까, 궁금하지 않을 수 없다.

淸風自遠之	맑은 바람이 멀리서 불어오니
紛塵歸何處	티끌은 어느 곳으로 돌아가는가.
靜中發眞機	고요한 가운데 眞機를 발현하니
不着煩瑣語	번거롭고 자잘한 말들이 달라붙지 못하네.
尺璧有神光	보옥은 신묘한 빛을 지녔고
全帛無疵纇	온전한 비단은 흠 있는 실마리가 없다.
工深造自然	공력이 깊어지면 저절로 만들어지나니
何曾强雕繪	어찌 일찍부터 억지로 아름답게 꾸미리.34)

이 시에서 석정은 자신이 추구하는 바람직한 시가 지녀야 할 성정의 문제, 시어의 문제, 표현의 문제, 그리고 재능과 노력의 문제에 대하여 말하고 있다. 먼저 석정은 청풍과 티끌이라는 사물의 대조를 통해 성정을 말하고 있다. 천성을 되찾으면 자칫 거짓되고 진실하지 못한 정이 멀어지기 마련이다. 석정은 고요한 마음속에 자리를 잡고 있는 천성에서 진기를 발현한다고 했으니, 바로 이것이 그가 도달하고자 했던 천취(天趣)를 얻은 경지이다. 이런 경지에 도달하면 시어가 평이하고 단순해지므로 번거롭고 자잘한 말들이 여기에 얼씬거리지 못하고, 표현상으로도 인위적인 수식이나 가식이 없어지고 천연으로 완전해진다는 것이다. 그런데 이런 경지는 선천적인 재능의 차원이 아니고

---

34) 위의 책, 卷5, 「張韶石寄詩十餘首索和 久而未就 却以二百四十字謝之(解四)」.

끊임없는 노력이라는 공력[工]의 차원에서 저절로 도달하게 된다는 게 식정의 시에 관한 일관된 주장이었다. 밀하자면 석징은 시에 있어서 가변적이고 위선이 개입할 수 있는 감정보다는 변함없고 진실한 천성을, 현학적이고 난해한 시어보다는 담백하고 쉬운 시어를, 기교가 작용하는 인위적인 표현보다는 심성으로부터 저절로 우러나온 천연적인 표현을, 선천적인 재능보다는 후천적인 노력을 강조하고 있다.

3.3. 시적 진술과 의론(議論)의 강화

『연석산방미정시고』는 1894년 5월부터 그가 세상을 떠났던 1910년 11월까지 시간적 경과에 따라 차례대로 기록되었다고 앞서 언급하였다. 그러므로 시간의 경과에 따라 변모했던 시의 형상화 방식이나 시문학의 특질들이 자연스럽게 감지된다. 이런 과정에서 석정은 노년에 이를수록 시의 형상화 방식이 진술적(陳述的)이거나 의론적(議論的)인 경향으로 바뀌거나 많아지고 있다는 것을 확인할 수 있다. 여기에서 시의 형상화 방식이 진술적이거나 의론적이라는 말은 고도의 시적 비유나 상징보다는 사실적이고 간결한 표현을 통하여 시적 내용을 보다 이해하기 쉽게 서술하거나 시문의 조리를 일관되게 하는 것을 말한다. 이 점에 대해서 제자였던 고석문(高石門)도 석정이 나이가 들수록 의론에 더욱 노력해서 시문의 조리가 일관되게 흐른다고 하였다.[35]

석정의 언급에 의하면 시는 문과 달라서 운어(韻語)에 의해 지배를 받으며 천변만화의 속성을 지니고 있다.[36] 물론 석정의 시작품에도 다

---

35) 論議老愈勤, 條理若貫穿.(『燕石山房未定詩藁』卷3,「附記 高石門의 詩」)

36) 詩則不然, 去之乎者也而爲之也. 是之謂韻語. 夫韻語者, 千途萬轍, 愈出愈新. 淺之則朝讀暮學之輩, 可以依俙於萬一極焉則腹笥萬卷者, 不得其影響. 故其工性之異同, 比之於文, 更有甚焉.(『燒餘錄』,「與王小川問答記」)

른 시인들처럼 사물에 대한 섬세한 통찰이나 사람들에 대한 따뜻한 정
감을 담고 있지만, 그의 시에서 진술적이거나 의론적인 경향이 두드러
지고 있다는 것은 석정만의 독특한 개성중의 하나이다. 게다가 그의
진술적이거나 의론적인 시적 경향은 이것들이 각각의 다른 영역에서
자리 잡고 있는 것이 아니라 서로 결합해서 함께 나타나는 특징이 있다.

시가 진술적이라는 것은 고도의 시적 비유나 상징보다는 자연스럽
고 사실적인 표현을 통하여 이해하기 쉽게 서술하는 형상화의 한 방
식을 말한다. 대체로 시인들은 벗을 회상하거나 자신의 심회를 읊을
때에 내면에서 흘러나오는 자연스러운 정감을 진술하는 경우가 많다.
석정도 예외는 아니었다. 다만 석정은 인위적인 표현을 싫어하여 경발
하거나 기괴한 어구를 싫어하였고 섬약하거나 난해한 전고나 용사를
싫어하였다. 그는 고도의 비유나 상징보다는 사실적인 표현을 선호하
였고, 압축적인 시어나 인위적인 언어구사보다는 性에서 우러나온 흔
연스럽고 질박한 표현을 좋아했다. 게다가 그는 난해한 어구나 전고를
배제하고 평이하고 단순한 시어를 위주로 마음의 흐름을 따라 자연스
럽게 진술하였다. 석정의 시작품에서 시적 진술이 많아지고 있는 것은
무엇보다도 천성에서 흘러나온 자연스러운 표현을 중시하는 천취적
표현과도 깊은 관련이 있을 것으로 보인다.

凡我文人　　무릇 우리 문인들은
先觀才性　　먼저 재능과 성품을 살펴야 한다.
苟曰眞才　　진정한 재능을 가진 인물이라면
文心如鏡　　글 짓는 마음이 거울과 같다.
是能好學　　이렇게 배우는 것을 좋아하여
求厥至竟　　것을 구하면 궁극의 경지에 이르게 된다.
書不我貳　　글이란 내 자신과 둘이 아니니

浸漬涵泳　　　점점 하나로 스며들어 가는 것이다.[37]

이 시는 석정이 1895년 봄에 구례에서 만났던 백촌(白村) 이선오(李善吾)를 위해 시경체(詩經體)로 써주었던 〈凡九章贈李白村(凡九章贈李白村)〉중의 첫째 시이다. 그는 석정보다 이십 여세나 연하인데 석정이 구례에서 두어 달을 머물다 고향으로 돌아간 다음 해에 백촌은 서신을 통해 석정의 안부를 물어왔다. 이때 석정은 그에게 문장에 관한 견해를 답신으로 보내주기도 하였다.[38] 위의 시를 보면 석정은 '재(才)'와 '성(性)'에 대하여 진술하면서 이에 대한 자기 생각과 관점을 의론화(議論化)하고 있다. 여기에서는 석정은 별다른 비유나 상징적 표현을 사용하지 않고 시의 '성(性)'과 '재(才)'에 대하여 자기 생각을 자연스럽게 진술하고 있다. '재(才)'와 '성(性)'은 석정이 시문에 대하여 논의하면서 수없이 다뤘던 핵심 사안의 하나이기도 하다.

그리고 석정의 시작품에서 의론이 강화된다는 것은 감흥에 따라 사물을 읊거나 노래하는 것이 아니라 자신의 관점을 내세우거나 주장들을 관철하기 위해 논의를 위주로 하는 시적 형상화의 한 방식이다. 석정의 이러한 시적 성향은 1900년을 전후로 10여 년에 걸쳐서 두드러지고 있다. 물론 이것은 그 이전의 작품에서도 감지되고 있거니와 어쩌면 동학혁명 때 소실되었던 청장년 시절의 작품에서도 나타났던 성향이었는지 모른다.

의론(議論)이 강화되는 석정의 시작품은 크게 두 가지 방향으로 나뉜다. 하나는 시로써 시문서화를 의론하는 경우이다. 이것은 시로써 시를 논하는 '이시논시(以詩論詩)'나 시로써 글씨를 논하는 '이시논서(以詩論

---

37) 『燕石山房未定詩藁』卷1, 「君子有交五章懷許卯園」.
38) 『燕石山房未定文藁』卷2, 「答李善吾」.

書’의 경우인데, 그가 이러한 특정 양식의 시작품을 짓다 보니까 결과적으로 자연스럽게 시적 의론이 강화된 것이다. 이것은 문을 논하는 ‘이시논문(以詩論文)’의 경우도 마찬가지이다. 다른 하나는 사물의 내면 이치를 탐구하거나 벗들과 교유하면서 시적 의론을 강화하는 경우이다. 석정에게는 그를 따르는 벗들과 많은 제자가 있었다. 이들은 여러 분야에 걸친 다양한 사안에 대하여 시와 글을 보내 서로 문의하기도 하였고 때로는 안부를 묻거나 격려하기도 하면서 의론을 강화하고 있다.

석정은 전자(前者)의 사례로써 <논시첩전운(論詩疊前韻)>39) · <희위이십사절구(戲爲二十四絶句)>40) 등을 비롯하여 다수의 ‘이시논시(以詩論詩)’를 남겼다.41) 이처럼 시의 형식을 빌어서 시를 논하는 방식은 오래 전부터 있었던 양식이다. 이미 중국에서는 당나라의 두보(杜甫)가 <희위육절(戲爲六絶)>이라는 논시시(論詩詩)를 남기면서 이런 양식의 조종(祖宗)이 되었다. 후대에 이르러서 송대의 구양수와 매요신, 원대의 원호문, 청대의 왕사정 등이 대를 이어 ‘이시논시’이라는 논시(論詩)를 남기면서 이것이 하나의 문학적 양식으로 자리를 잡았다. 우리나라에서는 조선조에 들어와서 단편적으로 보이다가 자하 신위의 <동인논시절구삼십오수(東人論詩絶句三十五首)>(1831)에 이르러 본격적인 논시시(論詩詩)가 나왔다.42) 한말에는 석정이 <논시첩전운(論詩疊前韻)>(1898) · <戲爲二十四絶句(戲爲二十四絶句)>(1902) 등과 같은 다수의 논시시를 남겼고, 이것은 매천 황현의 <독국조제가시십사수(讀國朝諸家詩十四首)>(1907)를 비롯한 몇 편의 논시시로 이어졌다.

---

39) 『石亭山房未定詩藁』卷3.

40) 위의 책 卷4, 「戲爲二十四絶句」.

41) ‘Ⅲ-2. 天性의 詩學과 天趣의 表現美學’에서 사례를 들고 있는 작품들이 ‘以詩論詩’의 대표적인 사례이다.

42) 孫八洲, 「東人論詩絶句의 分析」, 『수련어문론집』 6집, 수련어문학회, 1978, 169~214쪽.

　　석정은 시로써 글씨를 논하면서 의론을 강화한 경우도 있는데 <제서결상론오고팔수(題書訣詳論五古八首)>43)가 그것의 대표적인 사례이다. 석정은 산문 형식으로 서예이론을 개진하거나 글씨에 대한 비평을 제시한 사례도 있거니와 다른 한편으로 시의 형식을 빌어서 글씨를 의론하기도 하였다.44) 우리는 이를 '논서시(論書詩)'라고 하는데 <제서결상론오고팔수>가 바로 이것이다. 여기에서 석정은 동진 왕희지에서부터 청대 하소기(何紹基)에 이르는 중국의 역대 서예가 11인을 선정하여 오언고시의 형식으로 비평하고 있고, 마지막 시에서는 자신의 학서 과정을 진술하고 있다.45) 그리고 각 연의 마지막에는 반드시 자주(自註)를 붙여서 시의 내용을 보충하고 있다.

　　석정은 가까운 문인들과 서한으로 문에 대한 의견을 자주 주고받았고 때로는 논쟁을 벌이기도 하였다. 석정은 이것을 문장으로 다시 논의하거나 정리하기도 하였는데, 시로써 문을 논한 '이시논문(以詩論文)'의 사례도 적지 않다. 문인(門人) 고석문과 문장에 관한 의견을 주고받으면서 지었던 <우차간자운(又次簡字韻)>46)도 이러한 양식의 하나이다.

　　한편, 석정은 '이시논시'나 '이시논서'에서처럼 이 분야에 대한 자신의 주장을 관철하기 위한 방식이 아니더라도 사물의 본질적 이치를 탐구하거나 자신의 내면세계를 담아내기 위한 하나의 방식으로써 의론을 강화하는 경우도 있다. 예로써 <계란삼십운(鷄卵三十韻)>47), <수석암

---

43) 『燕石山房未定詩藁』卷5.

44) 이에 관해서는 구사회의 「石亭 李定稷의 書畵藝術論 硏究」(『선무학술논집』 제15집, 국제선무학회, 2005, 21~38쪽)을 참조할 것.

45) 이에 관해서는 구사회의 「石亭 李定稷의 書畵論에 대하여」(『石亭 李定稷의 學問과 藝術』, 제1회 한국서예문화연구회 학술대회, 2004. 11.)를 참조할 것.

46) 『石亭山房未定詩藁』 권3,

견기오고각부이편(酬石菴見寄五古却賦二篇)>48), <쇄약(晒藥)>49) 등과 같은 시들이 모두 여기에 해당한다. 오언고시 30운을 사용한 <계란삼십운>에서처럼 닭의 산란 모습을 통하여 호기심 어린 눈으로 달걀의 내밀한 이치를 탐구하거나, 지인들과 교유하면서 주고받은 <수석암견기오고각부이편>에서처럼 학문과 독서의 자세를 의론적으로 형상화하고 있다. 예로써 36운의 환운을 사용하여 햇볕에 약재를 말리는 일련의 과정을 의론적으로 진술하고 있는 <쇄약>이라는 작품을 살펴보도록 하자.

醫經有湯液	의경에 탕액이 있으니
炮炙俱合宜	포자가 함께 합해지는 것이 마땅하다.
以之助藥力	그것으로 약의 힘을 도와서
切專盡所治	오로지 치료에 전력을 다해야 한다.
材良尙且爾	약재가 좋은 것은 오히려 당연하거늘
況或壞本質	하물며 간혹 본질을 무너뜨려서야.
五氣濕化虫	오기가 습하면 벌레가 생기고
虫蝕爽其實	벌레가 먹으면 그 열매가 상한다.
神農曉藥性	신농씨는 약의 성질에 밝아서
百毒躬自嘗	온갖 독을 몸소 맛보았다.
玆實係生命	이 열매 생명과 관계되어
臨病灌人腸	병들면 사람에게 관장하였다. 50)
…(중략)…	

이 시에는 석정의 약재에 대한 해박한 교양과 지식이 동원되는 전

---

47) 위의 책, 권1.
48) 위의 책, 권4.
49) 위의 책, 권5.
50) 『燕石山房未定詩藁』卷5, 「晒藥」.

문적인 내용으로 가득 차 있다. 먼저 약재에 대한 탕액(湯液)과 포구(炮灸)에 대한 의학적 근거와 힘께 이깃을 치료에 사용한다는 것을 밝히고 있다. 그는 좋은 약재의 중요성과 그것의 관리문제, 중국 고대의 신농씨가 약재에 밝았다는 것을 밝히면서 이를 어떤 방식으로 인간에게 적용하는지에 대해서도 언급하고 있다. 석정은 이처럼 약재와 관련된 자신의 지식과 관점을 36운의 환운을 연속적으로 사용하며 의론 방식을 통하여 시를 형상화하고 있다.

결국, 석정이 다른 문인들에 비하여 상대적으로 의론적인 경향의 시 작품을 많이 지은 까닭은 다음 몇 가지 측면에서 비롯된 것으로 보인다. 먼저 석정은 시문과 서화에 두루 통달한 예술가였지만, 이 분야의 이론가로서도 뛰어난 학자였다. 그래서 석정은 문예이론가이자 서화이론가였고, 문장이론가이자 실학자로서 지인들과 주고받은 화답시에서 자기 생각이나 의지를 진술하면서 의론을 강화하고 있다. 다른 하나는 석정은 당신에 교유했던 인사들을 가르치거나 일깨우는 선학의 위치에 있었다. 따라서 석정은 자신에게 보내온 수증시와 똑같은 운자로 맞춰 화답하면서 질의에 대한 응답을 하다 보니 시가 길어지거나 의론적인 내용으로 흐르는 것은 당연한 귀결이었다. 그러다 보니 석정은 이럴 때 있어서 형식적 제약이 많은 운율 위주의 근체시보다는 내용을 전달하기에 쉬운 장편의 고시를 옹호하였고, 이 과정에서 시적 진술이나 의론이 많아지고 있다.

이와 같은 석정의 시적 진술이나 의론이 많아지거나 그것이 강화되는 것은 압축적이고 절제된 언어미를 강조해온 한시의 전통적인 시적 형상화 방식과는 많은 거리가 있어 보인다. 이것은 자칫 시적 에스프리가 약화되고 시적 긴장감이 떨어지면서 산만하게 흐를 가능성도 없지는 않지만, 시와 학문을 결합하는 특징이 있다.

4. 석정의 시문학사적 위상과 의의

한말의 호남 문단은 북부의 석정 그룹과 남부의 매천 그룹이 양대 산맥이었다. 사실, 호남의 한문학은 전통적으로 장성에서 담양으로 이어지는 서남부 지역이 오랜 역사성과 함께 호남 문단의 주도권을 잡아왔었다. 이곳은 조선 중기 이래로 오랜 기간에 걸쳐 호남문단을 이끌어 왔고 중앙문단과의 직접적인 연계를 맺으며 시가문학의 산실이자 호남 한문학의 본산으로서 그 역할을 해왔다.

이에 비해 호남 북부 지역은 미미하기 그지없었다. 그런데 이것은 19세기 말엽에서 20세기 초엽에 걸쳐 한말의 호남삼걸이 등장하면서 호남 북부가 왕성한 문단을 이루게 되었다. 왜냐하면 이 시기에 이르러 호남 남부의 구례에서는 매천 황현과 왕씨 일가를 중심으로 많은 문인이 문단을 이루고 있었고, 호남 북부인 지금의 전북지역에서는 석정 이정직을 중심으로 이곳 지방의 문인들이 하나의 문단을 이루고 있었기 때문이다. 해학 이기는 석정이 살았던 호남의 북부 지역에서 태어나 성장했지만, 서울과 대구 등에서 활동하다가 나중에는 구례에 정착하였다.

이들 석정·해학·매천의 호남삼걸이 주축이 된 문인 그룹은 도학보다는 시문에 힘썼다. 반면에 호남 서남부의 노사(蘆沙) 기정진(奇正鎭, 1798~1879) 문하생들과 부안을 거점으로 하는 호남 서북부의 간재(艮齋) 전우(田愚, 1841~1922) 문하생들은 시문보다는 도학에 경도되어 있었다. 당시 이들 호남삼걸은 모두 시문으로 이름이 높았는데, 매천은 죽은 이후로 전국적인 애도를 받으며 애국지사로 자리를 잡았고, 해학은 시인보다는 혁명가로서 이름을 남겼다. 반면에 석정은 실학자로 자리를 잡았다고 말할 수 있다.

이들 호남삼걸은 시적 경향에서도 각각의 독자성과 다양성을 지니고 있었다. 매천은 농촌의 일상에서부터 불의와 사회 모순에 대하여 질타하고 시국에 대한 비판정신과 우국정신을 시로 형상화하였다.[51] 해학은 처음에는 농촌 질곡의 생생한 묘사를 사실적 수법과 대비의 기법을 유감없이 발휘하다가, 후반기에는 거의 식민 상태로 전락한 민족적 위기감을 시로 담아냈다.[52] 말하자면 시에 있어서 매천은 우국적인 내용이, 해학은 혁명적인 내용이 두드러졌다. 반면에 석정은 당대의 사회 현실보다는 인간 내면의 순수한 심성과 수양의 문제, 그리고 학문과 예술의 세계를 시로 담아냈다고 말할 수 있다.

매천이 자신만의 감정과 독창성을 중시하는 개성주의적 문학관을 가졌다면 석정은 평이하고 담박한 풍아의 유풍과 함께 천성에서 우러나온 진실한 시작품을 옹호했다. 말하자면 석정은 『시경』의 예술정신을 재해석하고 가치를 부여하여 이를 현대적으로 계승하려 한다는 점에서 동양의 고전주의적 속성을 지녔다고 말할 수 있다.

또한, 석정이 조선후기의 추사 김정희와 자하 신위가 쌓아올렸던 시서화삼절(詩書畵三絶)을 한말에 다시 이룩한 것도 하나의 성과이다. 게다가 석정은 자하의 <동인논시절구삼십오수(東人論詩絶句三十五首)>(1831)를 있는 <논시첩전운(論詩疊前韻)>(1898)・<희위이십사절구(戲爲二十四絶句)>(1902) 등과 같은 다수의 논시시를 남겼고, 이것은 매천 황현의 <독국조제가시십사수>(1907)를 비롯한 몇 편의 논시시로 이어졌다.

---

51) 기태완, 『黃梅泉詩硏究』, 보고사, 1999, 253~257쪽
52) 朴鍾赫, 『해학 이기의 사상과 문학』, 아세아문화사, 1995, 164~183쪽.

5. 맺음말

본고에서는 한말의 지식인이자 예술가였던 석정 이정직의 시의식과 시문학에 관한 문예론적 특질을 고찰하였다.

먼저 석정 문집의 초고본인 『연석산방미정고』에 나타난 그의 시의식을 살펴보았다. 석정에 의하면 시는 인간의 정영(精英)이 발현한 것으로써 이것이 갖춰지면 인간 내면의 심성이나 정신에서부터 인간사와 관련된 모든 것이 시가 될 수 있다고 보았다. 여기에서 이 말은 시속(時俗)이 변해도 인간사와 관련된 천성은 예나 지금이나 변하지 않기 때문에 시인은 마땅히 시세에 따라 변하지 않는 시를 지어야 한다는 관점으로 사용한 말이다.

석정 이정직의 시문학에 나타난 문예론적 특질은 다음과 같다.

첫째, 석정은 고대 시경의 풍아가 지닌 진실하고 넉넉하며 순수한 시정신을 추구하였다. 그렇다고 석정이 추구한 것은 인위와 수식이 제거된 평이하고 담박한 풍아의 유풍과 함께 천성에서 우러나온 진실한 시경의 창작 정신이었지, 그것의 형태 자체는 아니었기 때문이다. 그리고 석정은 이와 같은 시경시의 창작 정신을 계승하면서도 풍아의 유풍을 되찾을 수 있는 조건의 시형을 모색한 것이 바로 고시이었다. 고시가 지닌 꾸밈이 없는 질박한 표현, 담백하고 쉬운 내용, 전아하고 웅혼한 석정의 시풍은 바로 풍아가 지녔던 유풍을 염두에 두고서 그것에 대한 가치 인식과 의미 부여에서 비롯된 것이었다.

둘째, 시는 순수하고 진실한 '천성'에 바탕을 두어야지, 세상적인 목적을 위해 진실을 호도하거나 천성을 어그러뜨릴 수 있는 '정'에 바탕을 두어서는 안 된다는 것이다. 이런 경지에 도달하면 시어가 평이하고 단순해지므로 번거롭고 자잘한 말들이 여기에 얼씬거리지 못하고,

표현상으로도 인위적인 수식이나 가식이 없어지고 천연적으로 완전해
진다는 것이다. 그런데 이런 경지는 선천적인 재능의 차원이 아니고
끊임없는 노력이라는 공력(工)의 차원에서 저절로 도달하게 된다는 게
석정의 시에 관한 일관된 주장이었다.

셋째, 석정은 노년에 이를수록 시의 형상화 방식이 진술적이거나 의
론적인 경향으로 바뀌거나 많아지고 있다는 것을 확인할 수 있었다.
여기에서 시의 형상화 방식이 진술적이거나 의론적이라는 말은 고도
의 시적 비유나 상징보다는 사실적이고 간결한 표현을 통하여 시적
내용을 보다 이해하기 쉽게 서술하거나 시문의 조리를 일관되게 하는
것을 말한다. 이처럼 시작품에서 진술이나 의론이 많아지고 강화되는
것은 압축적이고 절제된 언어미를 강조해온 한시의 전통적인 시적 형
상화 방식과는 많은 거리가 있어 보인다. 이것은 자칫 시적 에스프리
가 약화되고 시적 긴장감이 떨어지면서 산만하게 흐를 가능성도 없지
는 않지만 시와 학문을 결합하는 특징이 있는 것으로 보았다.

마지막으로 시문학사적 위상과 의의에서는 호남삼걸의 일원이었던
석정이 한말의 호남문학과 맺고 있는 관련성을 중심으로 살폈다. 여기
에서 한말의 호남 문단은 북부의 석정 그룹과 남부의 매천 그룹이 양
대 산맥이었다는 사실을 강조하였다. 당시에 이들 호남삼걸은 시적 경
향에서도 각각의 독자성과 다양성을 지니고 있었는데, 매천은 우국적
인 내용이, 해학은 혁명적인 내용이 두드러졌다. 반면에 석정은 당대
의 사회 현실에 대해서는 비교적 초연한 입장에서 인간 내면의 순수
한 심성과 수양의 문제, 그리고 학문과 예술의 세계를 시로 담아냈다
고 보았다.

유재 송기면의
선비정신과 시세계[*]

1. 머리말

우리는 그동안 중앙문단을 위주로 배우며 접해왔다. 반면에 지방문단에 대해서는 특별한 관심을 두지 않으면 연구자라도 그 지방의 일반인들보다 낯설었던 것이 사실이다. 여기에는 이들 문사의 문예적 역량을 따지기에 앞서 봉건사회 이래로 문화구조가 중앙에 집중되었기 때문이다.

오늘날 지방문단의 퇴락에 대한 우려가 없는 것은 아니나, 그곳에 거주하는 많은 인사가 꾸준히 문학 활동을 펴나가고 있다. 하긴 조선사회에도 영남이나 호남에서처럼 왕성한 문학 활동이 있었다. 그렇지만 지방에서 활동했다고 하더라도 저명인사는 이미 중앙문단으로 흡수되어 연구되었고, 그렇지 못한 인사들만 소외된 상태로 남아있는 실정이다.

다행히 근래에 이르러 지방문학에 대한 관심이 제고되고 있고, 이 분야에 대한 연구는 우리 한국문학의 폭과 깊이를 더해줄 것으로 보인다. 지방문학은 그동안 지나치게 중앙문단 위주의 한국문학사의 편

---

* 이 글은 김규선(선문대학교)과 저자가 공동 연구·작성한 글임을 밝힙니다.

중된 시각을 바로잡고 그 내부에 포함된 이질적인 소수집단의 특성과 가치를 밝혀서 문학에 대한 이해를 새롭게 하는 의미가 있다.[1]

이런 측면에서 유재(裕齋) 송기면(宋基冕, 1882~1956)에 대한 연구는 나름의 의미가 있다. 논의의 한계가 있겠지만, 이와 같은 개별 논문의 집적을 통해 언젠가 그가 살았던 근대 호남의 문화적 맥락을 이해하는 데 도움을 줄 수 있기 때문이다. 유재는 호남에서도 주로 전북지방에서 활동하였기 때문에 그의 행적을 좇다 보면 일제강점기에서 해방 공간, 그리고 남북 분단기로 이어지는 시기에 있었던 호남 북부의 문화적 정서를 확인할 수 있다.

유재는 시인이자 서예가이며 유학자였다. 그동안 유재에 대한 논의는 유학과 서예학 분야에서 논의되었고, 상대적으로 문학 분야에서는 소홀하였다.[2] 그것은 유재가 유학자나 서예가로 알려졌고 시인으로는 제대로 알려지지 않았기 때문이다. 게다가 근대 시기 이후에 표기 방식이 한문에서 국문으로 바뀌면서 그의 한시 작품이 일반인들의 관심에서 벗어난 까닭도 있다. 그는 조선말기의 대다수의 지식인이 그랬던 것처럼 먼저 한문을 배워서 평생 그것을 자신의 표현 수단으로 삼았기 때문이다.

이 글에서는 『유재집(裕齋集)』을 통해 그의 삶과 시문학을 살펴보고자 한다.[3] 유재의 시작품에서는 그가 일생을 통해 추구했던 삶의 가치나 내면을 깊이 있게 파악할 수 있다. 시작품에는 글씨나 유학 사상보

---

1) 조동일, 『지방문학사-연구의 방향과 과제-』, 서울대학교 출판부, 2004, 1~10쪽.

2) 김재룡, 「유재 송기면의 문학과 서도에 관한 연구」, 원광대 석사학위논문, 1996, 1~112쪽.
금장태·고광직, 『유학근백년』, 박영사, 1984, 255~265쪽.

3) 『裕齋集』은 그가 죽고서 후학들에 의해 1959년 봄에 蓼橋精舍에서 출간되었고 1988년 3월에 여강출판사에서 영인되었다. 2000년에는 박완식에 의해 『裕齋集』의 원문과 부록을 제외하고 번역되었다.(박완식, 『유재집(裕齋集)-유재 송기면의 학문과 사상-』, 이회문화사, 2000.) 이 글에서는 번역본을 텍스트로 삼되, 원전 및 부록은 영인본을 참조하였다.

다 그의 삶이 가장 진솔하고 효과적으로 드러나기 때문이다. 한편, 시 작품을 통해 그의 삶을 추적하다 보면 애국계몽기와 일제강점기에 활동했던 호남 북부의 많은 인사도 나타난다. 이들은 앞으로 근대 호남 지성사를 복원하는 데에도 도움이 된다.

2. 유재의 생애와 선비정신

송기면(宋基冕, 1882~1956)의 자(字)는 군장(君章), 호(號)는 유재(裕齋)인데 겸산기인(兼山畸人)과 병암(屏巖)도 사용하였다.4) 본관은 여산(礪山)이다. 유재는 서세동점의 격변기에 전북 김제시 백석면 요교리(蓼橋里, 일명 여뀌마을)에서 요호(蓼湖) 송응섭(宋應燮)과 전주최씨(全州崔氏) 사이에서 5남매의 4남으로 태어났다. 그의 조상들이 관직에 진출하거나 추증된 것으로 미루어 유재는 본래 양반가의 후손이었던 것으로 보인다. 하지만 미루어 보건대, 그의 집안은 후대로 오면서 지방에 자리를 잡았던 향반으로 보인다.

유재의 집안은 대대로 유가적 기풍이 자리를 잡고 있었던 것으로 보인다. 그의 아버지는 효행과 행실이 독실하였고, 형제들의 천품도 맑거나 풍모가 빼어났다고 한다. 유재 자신도 효성이 지극하며 영특하였다. 유재가 죽을 때까지 줄곧 세속과 일정한 거리를 두고 불의에 타협하지 않았던 것도 그의 타고난 천품과 그와 같은 가문의 영향이 작용했던 것으로 보인다. 그래서 그는 일제강점기를 살면서 불의의 현실에 타협하지 않고 거리를 두었던 것으로 보인다. 이 점은 유학자이자

---

4) 이하 그의 생애에 대해서는 『裕齋集』에 실려 있는 <행장>과 <제문> 등을 참조로 작성하였다.

서예가이었던 유재가 당대의 많은 예술가가 친일했던 것과는 대조적이다.

유재는 개화기에 태어나 일제강점기를 거쳐 해방공간, 그리고 남북분단으로 이어지는 역사적 격변기를 살았다. 그의 일생은 고단한 삶의 연속이었지만, 그는 고유의 문화 전통을 지키고 선비로서의 태도를 잃지 않았다. 그의 일생은 과정에 따라 잠정적으로 ① '성장기' – ② '수학기' – ③ '발전기' – ④ '완성기'로 구분된다.

'성장기(1882~1893)'는 그가 태어나서 5세에 아버지를 여의고 홀어머니 슬하에서 자라며 석정에게 나아가 수학하기 이전이다.

'수학기(1894~1910)'는 유재가 동학농민전쟁 직후에 고향으로 돌아온 석정 이정직(1841~1910)에게 수학하는 시기이다. 당시 이름이 높았던 석정이 귀향하자 유재는 그에게 나아가 공부를 시작했다. 유재가 석정을 처음 뵌 것은 이보다 앞선다. 그 사이에 석정이 생업으로 잠시 고향을 떠나 있다가 동학농민전쟁으로 귀향하면서 유재는 석정에게 나아가 배우게 되었다. 그는 석정에게 경전에서부터 시문과 서화, 예술 이론, 천문과 지리, 율려와 의학 등의 여러 분야를 배웠다. 그가 이처럼 여러 면에 걸쳐서 배울 수 있었던 것은 석정의 박학한 지식에 힘입어서이다. 당시에 이 지방의 많은 인재가 석정을 거쳤는데 나중에 『조선창극사』를 쓴 정노식도 함께 수학한 적이 있었던 것으로 보인다.

'발전기(1911~922)'는 유재가 학문적 자양에 힘쓰고 간재 전우(1841~1922)에게 성리를 탐문하던 시기이다. 유재는 스승인 석정이 세상을 뜨자 그를 대신하여 후학을 양성하고 지식을 연마하며 자양에 노력했다. 유재는 그렇게 30대를 보내고 3·1 만세운동이 지난 1920년을 전후로 간재에게 나아가서 의리와 심성에 대해 물었다. 1922년에는 간재가 죽자 장례식의 제주가 되었다. 그가 간재에게 나아가 배운 것은 얼마 되지 않은 짧은 시간이었지만 간재에게 도학을 인증한 특징이 있다. 이 시기는 유재에게 학문적 발전기라고 말할 수 있다.

'완성기(1923~1956)'는 유재가 독자적인 학문과 예술 세계를 이룩한 시기이다. 이 시기의 유재는 학문을 연마하여 '심성'과 '의리'에 대해 학설을 바로잡고 글씨에 대한 독자적인 예술 세계를 이룩해나간다. 그는 간재의 학설을 계승하여 '심성'에 대해 심문했고, '유신에 대해 논의하였다. 예술적으로 왕희지를 근본으로 삼고 미불과 동기창을 배웠던 유재는 이 시기에 마침내 독자적인 서예 경지를 개척했다고 여겨진다.

사승 관계를 살펴보면, 유재의 학문이나 예술은 석정 이정직과 간재 전우를 빼놓고 생각할 수 없다. 그것에 앞서 유재가 훌륭한 인물로 성장할 수 있었던 것은 무엇보다도 훌륭하신 어머니 최씨 부인이 계셨기 때문이다. 유재는 5세에 부친이 돌아가시고 홀어머니 슬하에서 자랐다. 그러자 어머니는 어린 유재를 위해 일찌감치 같은 마을에 사는 석정에게 보내서 공부를 시켰다. 유재가 석정에게 배우는 과정에서 홀어머니의 지극한 정성은 석정이 남긴 글에도 잘 나타나 있다.[5] 유재의 모친께서는 언제나 유재를 통해 집안의 대소사를 석정에게 물었다. 그리고 집안 살림이 넉넉한 편이 못되었는데 유재를 위해 그가 가사에 신경을 쓰지 않고 학문에 전념할 수 있도록 최선을 다하였다. 이 과정에서 유재는 석정의 학문과 예술에 대한 전반적인 내용을 폭넓고 깊이 있게 배울 수 있었다.

석정은 당시 호남, 특히 전북 지방에서 명망이 높았었다. 유재는 동학농민전쟁 이후로 석정에게 여러 방면에 걸쳐 배웠다. 이것은 석정이 죽었던 1910년까지 계속된다. 석정이 세상을 떠난 후에는 그를 대신하

---

5) 『石亭集』 卷四, <宋君章慈夫人崔氏六十一歲壽序>.

여 제자를 가르쳤다. 이 과정을 거치면서 유재는 석정에게 기초 유학을 배웠고 시문과 서화, 역률이나 의약 등과 같은 여러 방면에 걸쳐서 실학적인 학문을 배웠다. 그리고 나중에 간재에게 나아가 도학을 전수받았다. 오늘날 유재의 후손들이 서예를 비롯한 여러 방면에서 일가를 이룬 것도 석정의 박학적인 실학 정신에 힘입고 있는 것을 추측할 수 있다.

유재는 40세에 간재 전우에게 나아가 학문을 전수받는다. 그가 간재에게 나아가서 배운 기간은 한 해 남짓이었다. 그것도 자신의 집과 간재가 주석하고 있는 계화도(界火島)를 오고갔던 것으로 보인다. 유재가 20여 년에 걸쳐 조석으로 석정에게 나아가 배운 기간에 비하면 그것은 아주 짧은 기간이었다. 이것은 간재의 가르침을 간과하려는 것이 아니라 유재에 대한 석정의 가르침이 지대했다는 것을 강조하려는 것이다.

간재(艮齋) 전우(田愚, 1841~1922)는 이이과 송시열의 학맥을 이은 조선말기의 유학자이다. 그는 한말에 자신의 성리학적 과제로서 성품을 높이고 마음을 낮춘다는 '성사심제설(性師心弟說)'이나 '성존심비설(性尊心卑說)'이라는 독특한 명제들을 제기하여 성리학의 논쟁을 불러 일으키기도 하였다.6) 그는 전주에서 태어나서 14세에 서울로 이주하였고 21세에는 충남 아산에서 고산(鼓山) 임헌회(任憲晦, 1811~1876)의 문하에 들어가 수학하였다. 그는 주로 충남을 거점으로 제자를 양성하다가 망국 이후에 전북 부안의 계화도(界火島)에 들어가서 후진을 양성하였다. 유재는 그의 말년에 나아가서 의리에 대해 물었고 도학을 계승하였다.

유재가 간재에게 나아갔을 시기는 불혹에 가까운 나이였다. 당시 그는 석정이 타계한 이후로 서당을 이어받아 제자를 양성하고 있었다.

---

6) 금장태·고광직, 앞의 책, 214~215쪽.

그는 간재에게 나아가기 이전에 이미 글씨로 일가를 이루어 널리 알려졌고, 성리에 대해서도 나름대로 깊이 있는 천착을 보이고 있었다. 그러다가 그는 심성설에 있어서 간재의 입장을 계승하여 '성존심비(性尊心卑)', '성사심제(性師心弟)'의 설을 추종하여 계승 전개했다.

유재는 젊은 시절에는 이정직의 문하에서 문장, 서화, 역산(曆算) 등을 두루 배웠고, 만년에는 전우에게 도학정신을 본받고 그의 성리와 의리에 관한 학풍을 받아들여 화룡점정의 일가를 이루었다. 한 마디로 유재의 유학 사상은 간재의 학통을 계승하여 자신의 사상을 완성하였고, 예술 세계는 석정의 가르침을 받아들여 독자적인 세계를 구축하였다고 말할 수 있다.

한편, 유재는 물밀 듯이 밀려오는 문명화의 흐름 속에서 세속과는 일정한 거리를 두고 고고한 선비 정신을 견지하였다. 그는 전통적인 의관을 고수하였고 삭발을 강요하는 일본 경찰에게 끝까지 저항하여 자신의 의지를 관철한 바 있었다. 유재는 독립운동에 직접 뛰어든 것은 아니었지만, 의리 정신을 지키고 자신이 추구하는 민족의식을 고수하였다. 그는 일제강점기가 끝나고 광복의 기쁨을 누렸지만 얼마 후에 강대국에 의한 남북 분단을 신랄하게 비판하였다. 한 마디로 그의 삶은 부당한 현실에 순응하지 않고 자신의 신념을 지킨 선비 정신의 소유자였다고 말할 수 있다.

3. 시세계

3.1. 고사적(高士的) 삶의 태도와 지절 의식

유재는 서세동점의 개화기에 태어나 애국계몽기와 일제강점기를 거쳐 해방공간과 남북분단의 시기를 살았다. 그가 역사적 격변기를 살면서 부당한 현실과 타협하지 않고 올곧은 삶을 관철했던 힘은 바로 그의 선비정신에서 비롯된 것이다. 유재의 시작품을 살펴보면 그와 같은 고사적 삶의 태도를 엿볼 수가 있다.

荒濱甘踪伏	외진 바닷가 은둔한 몸
天地一茅屋	아득한 천지에 초가집 하나
非無松與竹	솔, 대나무 없는 것도 아니지만
手鋤且種菊	손수 호미 들고 또 국화를 심는다.
(中略)	
群芳競衒名	여느 꽃이나 다투어 자랑하며
過眼徒媚俗	사람에게 잘 보이고 싶어 한다.
繁華無多日	하지만 화사하던 꽃잎 며칠 못되어
隨風易零落	바람 따라 이리저리 떨어진다.
愛此幽貞質	그윽한 정절 사랑하는 건
不隨百草折	뭇풀들 따라 꺾이지 않고
遲到重九節	늦으막 중양절(重陽節)에
獨也衝霜發	찬 서리 안고 홀로 핀 때문이네
所以陶徵君	그래서 도연명이
平生愛此物	일생 국화를 사랑한 것이
千載神相逞	천년 변함없이 내 마음 기쁜데
此意憑誰說[7]	이 뜻을 누구에게 말해볼까

이 시는 그가 21세가 되던 젊은 시절에 지었던 <국화를 심다(種菊)>라는 작품이다. 일찍이 국화는 은자의 꽃으로 알려졌다. 동진(東晋)시기 전원시인이자 고사(高士)였던 도연명(陶淵明, 365~427)은 세속을 벗

---

7) 『裕齋集』 卷1, <種菊>.

어나 은거하며 국화를 사랑하였다. 그는 국화를 울안에 심고 살았고, 중양절에는 술친구를 찾아 국화주를 마셨다. 그리고 그는 국화와 관련된 시 다수를 남겼는데, <음주(飮酒)>의 "동쪽 울타리에서 국화꽃을 따며 할 일 없이 남산을 바라보니(彩菊東籬下, 悠然見南山)"[8]라는 구절은 절창으로 알려졌다.

유재의 <국화를 심다(種菊)>라는 시는 도연명의 그런 정신을 본받은 것이다. 유재는 276제 367수의 시작품을 남겼는데, 그중에서 20여 수가 국화와 관련된 작품이다. 위의 시에서 화자는 홀로 물가에다 초막을 짓고 손수 국화를 심는다고 말하고 있다. 그가 국화를 사랑하는 것은 세속을 등지고 오상고절에 홀로 피어있는 그것의 기상을 높이 샀기 때문이다. 국화는 세속의 부귀영화를 탐하지 않고 그것과 거리를 두었던 은자(隱者)이자 고사로서 유재의 삶을 대변하는 등가물이었다.

構得數椽傍蓼橋	여뀌 다리 곁, 서까래 몇 개 엮은 집에
紛紛塵慮此中銷	세상사를 여기서 삭이노라.
林間路熟時行遍	숲 사이 익숙한 길을 때로 거닐고
卷裏年深世夢遙	책 속에 나이 드니 세상 꿈 멀어진다.
可愛寒花持晩節	만절(晩節) 지켜온 국화 사랑하고
偏憐獨鶴拂層霄	하늘에 높이 나는 학이 어여쁘다.
元來吾道無方體	원래 우리 도는 일정한 형체가 없고
循理自應隨處饒[9]	이치를 따르면 저절로 응하여 곳마다 넉넉하리.

이 시는 그가 일생을 세속과 거리를 두고 살았던 요교정사(蓼橋精舍)에 부친 것이다. 요교정사는 전북 김제시 백석면 요교리에 있는데,

---

8) 『陶淵明集』(1992), 365쪽.
9) 송기면, 앞의 책, <題蓼橋精舍>.

이 시를 보면 일제라는 암울한 시대를 유재가 어떤 자세로 생활하였는지 추측할 수 있다. 그가 실던 요교리는 지금도 여꿔다리라고도 부른다. 그는 그곳에 초가를 짓고 분분한 세상 근심을 삭인다고 말하고 있다. 늦가을에 핀 국화를 사랑하고 하늘높이 나는 학을 어여쁘게 여기는 것처럼 화자는 뜻이 높다. 그의 삶은 그저 세속을 벗어나서 사는 것이 아니라, 부당한 현실과 밀착하기 싫은 高士로서의 태도에서 비롯된 것이다.

이외에도 <청류암의 원운을 따라서(淸流菴用原韻)>·<앞 시운에 따라 양재 서실에(用前韻題陽齋壁)>·<안연의 누항(顔巷)>·<금사정 운에 따라서(次錦沙亭韻)> 등을 비롯하여 다수 작품에는 그가 국화와 더불어 살아가는 뜻이 높은 은사로 사는 삶을 보여주고 있다.

이처럼 유재가 세속과 거리를 두고 살아가는 은사로서의 태도를 보이지만 그것에만 머무는 것은 아니었다. 그것은 유재 자신이 부당한 현실과 타협하지 않고 자신을 지키려는 의식에서 비롯된 것으로 보인다.

世人藉口是推移	세간 사람들 여세추이 말들 하지만
不識推移在措宜	여세추이는 적절한 조처에 있음을 모르는구려.
宜措元來惟義視	적절한 조처란 오직 의리를 보는 법인데
盍思尼父聖之時10)	공자의 성인 時中 생각지 못하누나.

'여세추이(與世推移)'는 초나라 굴원(屈原, BC 343~BC 278)이 지은 <어부사(漁父辭)>에서 유래한 말로 '세상의 변화에 맞추어 함께 변화해간다'는 뜻이다.11) 누군가 '여세추이'에 대해 설파하였는데, 유재가

---

10) 송기면, 위의 책, <有力言與世推移者 故以此解之>.

11) 『古文眞寶』(黃堅 編), <漁父詞>, 漁夫曰, 聖人, 不凝滯於物, 而能與世推移, 世人皆濁, 何不淈其泥而揚其波 …….

보기에 그것의 본질적 의미를 호도한 모양이다. 그것의 지시적 의미는 혼탁한 세상의 흐름에 따라간다는 뜻으로 보겠지만 성인은 시대나 세상의 변화에 융통성 있게 적응해가는 의미로 여겨진다.

그런데 유재는 사람들이 그것의 진정한 의미를 보지 못하고 있다고 보았다. 시에서 유재는 '여세추이'란 적절한 조처에 있고, 적절한 조처란 '의'에서 보아야 한다는 것이다. 그리고 '의'는 바로 '시중'에 기반하고 있다고 보았다. 유재는 '여세추이'를 '의리'의 견지에서 파악하며『중용』의 '시중(時中)'을 근거로 제시하고 있다. '時中'이란 끊임없이 변화하는 상황 속에서 균형을 잡는다는 뜻으로 원칙을 중시하면서도 때와 상황에 맞게 판단하고 자기 행위를 조절해 나가는 것을 말한다.[12]

이 시에서는 유재가 지향하는 삶의 자세가 드러나고 있다. 그것은 바로 자신이 당대의 부당한 현실에 처해서 그것에 침묵하거나 타협하지 않고 '의리'에 벗어나지 않는 '시중'의 인간이다.

痛哭隆熙閼茂年　　융희 경술년, 나라 잃고 통곡하고
捐生竪節却怡然　　목숨 바쳐 절개 세워 통쾌하여라.
駕風應使雲霓御　　바람 타고 구름 따라 하늘에 올라
瀝血陳辭籲九天　　피 토하며 구천에 모두 아뢰리라.

運値艱難勢已移　　어려운 시대 만나 국운이 이미 기우니
豈容苟活蹔疑遲　　구차히 살고자 잠시나마 망설일 수야.
輪囷腔血無從瀉　　가슴속 끓는 피 쏟을 길 없어
授命輕如一縷絲[13]　　실오라기처럼 가벼이 목숨을 바쳤네.

이 시는 유재가 한말의 매천 황현이 경술국치를 당하여 절명시를

---

12) 김용옥,『中庸講義』, 통나무, 2003, 128~135쪽.
13) 송기면, 앞의 책, <聞梅泉黃公玹殉國次其絶命詞韻爲挽>.

남기고 자진하였다는 소식을 듣고 지은 작품이다. 유재는 매천의 그것
에 차운하여 그의 선비정신과 애국심을 기렸다. 매천이 누군가? 그는
스승이었던 석정 이정직의 문우이기도 하여 그에게는 스승이나 다름
이 없는 분이었다. 매천의 절명시 4수는 1910년에 선(先),지(支),진(眞),
동(東)의 평성 각운으로 지어졌는데,14) 위의 작품은 그것에 차운했던
것의 두 수이다. 여기에서 유재는 매천이 경술국치를 당하자 망설이지
않고 자신의 목숨을 던졌다고 말하면서 그의 지절 정신을 높이 평가
하고 있다.

이외에도 유재는 <노량진 사육신 묘소에서(鷺梁拜六臣墓)>나 <김
박사 근배의 절명시에 차운하다(追次金博士根培絶命詩韻)>, <이만취
광우의 죽음을 애도하며(哀李晚翠廣雨)> 등에서처럼 선비의 순국과
충절을 기리며 높이 평가하고 있다. 마침내 일본이 패망하고 조국이
광복되자 유재는 환희의 기쁨을 감추지 못하고 있다.15) 하지만 동강
(東江) 김영한(金寗漢)이 보내온 시에 화답하는데 이르러서는 광복의
기쁨보다는 남북 분단에 대한 우려가 앞서고 있다.16)

<美蘇分占國境>　　　미소(美蘇)의 국경 분할
線分三八似封溝　　　38선을 밭두렁 나누듯이
各抱機心占一陬　　　각기 흉악한 맘으로 한 쪽씩 차지했네.
蠻觸相爭堪可笑　　　두 나라[蠻觸]17)의 다툼이 우스워라

---

14) 黃玹, 『黃玹全集』, 331~332쪽.
　　亂離袞到白頭年　幾合捐生却未然　今日眞成無可奈　輝輝風燭照蒼天
　　妖氣晻翳帝星移　九闕沈沈晝漏遲　詔勅從今無復有　琳琅一紙淚千絲
　　鳥獸哀鳴海岳嚬　槿花世界已沈淪　秋燈掩卷懷千古　難作人間識字人
　　曾無支廈半椽功　只是成仁不是忠　止竟僅能追尹穀　當時愧不蹈陳東
15) 송기면, 앞의 책, <聞復國報　喜而有賦>.
16) 송기면, 같은 책, <東江金令寗漢, 書示乙酉七夕志喜 · 聞美蘇分占國境及顔巷詩　三
　　首, 摩挲久之, 步其韻奉呈>.

駏蛩失附若爲謀	거공벌레가 발붙일 곳 잃고 도모하는 양
山河冷局何多變	산하의 차가운 시국에 웬 변고 그리 많은지
風雨殘燈謾獨憂	비바람 가물거리는 등불에 부질없이 근심하네.
誰識倭亡功計日	누가 알았으랴, 일본이 망해서 공로를 나누던 날
兩方釁隙已成邱[18]	양쪽의 사이가 벌써 언덕처럼 벌어졌네.

일본이 패망하고 광복의 기쁨도 잠시, 이 땅에 미소 양국이 들어왔다. 이들은 38선으로 남북을 나누어 차지하고 다툼을 벌이는 형국을 『장자』「則陽篇」에서 나온 만촉(蠻觸)의 고사로 비유하고 있다. 만촉에서 달팽이 왼쪽 뿔에 있는 나라를 만씨(蠻氏), 달팽이 오른쪽 뿔에 있는 나라를 촉씨(觸氏)라 하는데, 이들은 때로 땅을 더 차지하려고 서로 싸움을 벌였다고 한다. 유재가 이들 미소 양국을 한 패거리로 보면서 우화적으로 조롱하고 있는 것은 바로 '거공(駏蛩)'의 관계로 보았기 때문이다. 거공은 중국 전설상의 동물인 거허(距盧)와 공공(蛩蛩)의 두 짐승을 말한다. 이들은 항상 붙어 다니며 궐(蹶)이라는 짐승의 부양을 받다가 궐에 위험이 생기면 그것을 등에 업고 달아난다는 우화이다.

이처럼 유재는 이 땅이 외세에 의해 남북으로 분단된 현실을 심각하게 받아들였다. 외세가 개입된 정국 현실은 얼어붙었고 변수도 많다는 것이다. 게다가 광복의 기쁨은 잠시였고, 그는 분단 현실로 잠을 이루지 못하고 있다. 그는 일제 패망과 동시에 나라가 둘로 쪼개졌다고 안타까워한다. 유재가 그와 같은 어지러운 현실을 바라보는 삶의 자세는 동강에 화답한 시 중에서 마지막 작품인 <안연의 누항(顔巷)>에 잘

---

17) 蠻觸은 『莊子』, 「則陽篇」에서 나온 故事로 "달팽이 왼쪽 뿔에 있는 나라를 蠻氏, 달팽이 오른쪽 뿔에 있는 나라를 觸氏라 하였는데, 때로 땅을 더 차지하려고 서로 싸움을 벌렸다" 한다.

18) 송기면, 앞의 책, <美蘇分占國境>.

나타난다.

巷頭遮斷丈塵紅	골짜기 머리에 홍진을 가로막은
兩岸蒼松翠檜中	양 언덕 푸른 솔, 전나무 숲 속.
獨抱幽憂吟嘯地	홀로 근심 안고 읊조리는 곳에
黃花底事笑天風19)	국화는 무슨 일로 하늬바람을 비웃는가.

유재는 남북 분단의 어지러운 현실을 우려하며 청빈한 안회(顔回)의 삶을 추구하고 있다. 주지하다시피 안회는 공자의 제자 중의 한 사람으로 '공문십철(孔門十哲)' 중에서 가장 추앙받는 인물이다. 그는 무척 가난한 처지에서도 의연하게 분수를 지키며 은자로 사는 삶을 살았다. 화자는 소나무와 전나무 숲의 세속과 격리가 된 누추한 곳에서 홀로 국화와 더불어 은거하겠다는 내면을 보인다. 시의 제목인 <안연의 누항(顔巷)>에서처럼 유재는 안회처럼 물욕을 탐하지 않고 빈한한 생활 속에서도 선비정신을 지키겠다는 의지를 피력한 것으로 보인다.

이상에서처럼 유재는 애국계몽기와 일제 강점기, 이어서 해방공간에서 남북분단의 역사적 격변기를 살면서도 올곧은 선비정신과 불의의 현실에 타협하지 않는 지절 의식을 시로 형상화하였다.

3.2. 국토 유력의 감흥과 망국의 유민 의식

유재는 향촌에 은거하면서 틈틈이 국토를 유력하였고, 한편으로 그것에 대한 미감을 시로 남겼다. 그는 지리산 일대를 답사하거나 집으로부터 2천여 리의 금강산을 오르면서 여정과 소회를 시로 남겼다. 이 외에도 그는 이곳저곳을 다니면서 목격한 것들을 시로 남겼다. 이 과

---

19) 송기면, 같은 책, <顔巷>.

정에서 그는 민족적 울분을 토하기도 하였고, 역사적 유물 앞에서는
망국의 유민 의식을 드러내기도 하였다.

豊碑良峙對嵯峨	큰 비석 우뚝 서 큰 산을 마주하니
故國遺民感慨多	고국의 유민으로 감개가 많다.
料是威靈應不昧	태조의 영령은 잠자지 않고
可能淸廓舊山河[20]	옛 산천을 말끔히 해주시리.
長川如裂水如腥	긴 시내는 찢어지는 듯, 물은 비린 듯
巖血斑斑散雨鈴	바위에 얼룩진 피 빗방울에 번져가니.
續唱凱歌應有日	개선가 부를 날 다시 있으리니
荒山猶帶舊時靑[21]	황산은 아직도 예전처럼 푸르러라

　유재는 남원과 지리산 일대를 답사하고 「남유기행(南遊紀行)」 12수
의 시를 남겼다. 위의 작품은 그것의 일부인 <운봉 황산에서 대첩비를
보고서(雲峰荒山奉審大捷碑)>와　<피바우(血巖)>이다.　황산대첩비는
고려말 이성계가 운봉 황산에서 왜구를 무찌른 것을 기념하기 위해
세운 비석이다. 우왕 6년에 이성계가 왜구의 수괴인 아지발도를 화살
로 맞추어서 쓰러뜨려 왜군을 단숨에 섬멸했다고 한다. 그런 사연의
황산대첩비 앞에 선 유재의 감회가 남달랐던 것은 그 자신이 나라를
잃은 유민의 처지였기 때문이다. 그래서 유재로 여겨지는 화자의 소망
은 태조 이성계의 영령이 우리 국토를 강점한 왜놈을 무찔러 주기를
간절히 소망하고 있다.
　<피바우>는 황산 아래 냇가에 있는 피처럼 붉은 바위를 읊은 것이

---

20) 송기면, 같은 책, <雲峰荒山奉審大捷碑>.
21) 송기면, 같은 책, <血巖>.

다. 전설에 의하면 왜적 아지발도가 이성계의 활을 맞아 피를 흘려 바위가 붉게 물들어서 그렇게 되었다고 한다. 유재는 그것을 상기시키며 이 땅에 들어온 일제를 물리치고 언젠가는 개선가를 부를 것이라며 민족의식과 함께 광복에 대한 강한 염원을 드러내고 있다.

溫陽溫水擅吾東　　온양온천은 우리나라 으뜸이라

大有人間療疾功　　질병을 치료하는데 큰 공이 있네.

安得兼醫喪性者　　어떡하면 본성 잃은 자까지 치유해

奠安一世皥熙中　　한 세상 태평성대에 편히 둘까.

靈槐臺下綠槐垂　　영괴대 아래 푸르게 우거진 느티나무

回憶當年駐蹕時　　당시 정조대왕 머물던 때 생각나네.

滿地淸陰誰管得　　땅을 덮은 그늘은 누가 관장하는가.

遺民涕讀舊王詞[22]　유민은 눈물 흘리며 옛 임금 글을 읽네.

　온양 온천은 조선조 국왕들이 즐겨 찾았던 곳이다. 그곳에는 역대 왕들이 지병의 치유와 휴양을 위해 머물렀던 온양행궁이 있다. 세종 15년(1433)에 왕이 행차한 후, 세조·현종·숙종·영조·정조와 같은 여러 임금이 휴양이나 질병의 치료를 위해 다녀갔다. 유재는 그와 같은 현장에 와서 태평성대를 꿈꾸고 있다. 정조대왕이 지은 영괴대명(靈槐臺銘)에 이르러서 유재는 나라를 잃은 유민으로서의 눈물을 흘리고 있다.

滿月臺前喚奈何　　만월대 앞에 무얼 말할까

二陵草色雨中多　　두 왕릉 풀빛은 빗속에 새롭다

舊都形勝今如許　　옛 도읍 승경이 이러하니,

日暮難禁麥秀歌[23]　해 저무는데 <맥수가>를 금할 수 없네.

---

22) 송기면, 같은 책, <溫陽溫泉>.

當年橋上血　　그 당시 선죽교에 흩뿌린 피
風雨不曾磨　　비바람에 일찍이 씻기지 않았네.
天爲留餘跡　　하늘이 그 흔적 남겨두어
令人百世摩24)　백세를 길이 어루만지게 하네.

유재의 발걸음이 고려의 도읍지였던 개성에 닿았다. 그의 발걸음은 만월대와 선죽교에 이르렀고 여기에서 지난 역사에 대한 회고와 함께 미감을 시로 남기고 있다. 만월대는 개성 송악산 남쪽 기슭에 있는 450년간의 고려 궁터인데 고려말기에 불에 타서 폐허가 되었다. 그곳에 이르러 유재는 기자(箕子)가 고국 은나라가 망한 뒤 황폐해진 궁궐에 보리와 기장만 무성한 것을 보고 한탄하며 불렀다는 <맥수가(麥秀歌)>를 떠올리고 있다. 선죽교에 이르러서는 고려에 대한 충절을 지키기 위해 피를 흘렸던 포은 정몽주의 정신을 기리고 있다.

이처럼 유재는 국토를 유력하며 그것에 대한 미감을 시로 남기고 있다. 그는 자연의 아름다움을 읊기도 하였지만, 역사적 유물을 대하면서 민족적 유민의식을 드러내고 있다. 이것은 그가 식민지 치하의 나라를 잃은 유민이었고, 한편으로 민족의식과 함께 일제에 대한 저항의식을 표출하였기 때문이다.

3.3. 교유의 세계와 호남문단

『유재집』에는 276제 368수의 시작품이 실려 있고, 그 중의 180여 수가 교유시다. 교유시를 내용상으로 분류하면 애도시(60수), 차운시(35수), 우의시(70수), 수증 및 화답시(8수), 이별시(8수) 등이다. 교유시에

---

23) 송기면, 같은 책, <滿月臺>.
24) 송기면, 같은 책, <善竹橋>.

등장하는 인물도 100여 명에 이른다. 따라서 문집의 절반에 가까운 시 작품이 교유하면서 지어진 작품이다.

이들 작품은 석정이나 간재처럼 스승을 추모하거나 그 문하에서 함께 수학했던 인사들, 가까운 문인들, 또는 종친이나 집안사람들과 주고받은 것이다. 유재의 교유시는 이들과 만나면서 지어진 것이 많았고, 애만시(哀輓詩)들이 많았다. 이들 작품은 몇몇을 제외하고 호남 문인들과 주고받은 시들이 대부분이었다. 유재의 교유시는 석정 이정직의 애도시로 시작하고 있다. 그리고 유재의 교유는 석정 문하에서 배우면서 맺어진 인연들이 많았다.

<哭石亭李先生>	석정 이선생의 영전에
天資逈絶倫	타고난 바탕 뛰어나니
才藝何不足	재예인들 어찌 부족하랴.
目到境輒開	보면 곧 깨달아
圓活自不局	막히지 않고 원활하여라.
脫畧名利外	세간 명리 벗어나고
性不喜拘束	얽매임 싫어하는 성품이셨다.
處世良有術	처세는 그 나름 방법이 있어
從容不混俗	세속에 뒤섞이지 않고 여유로워서
童孺亦歡迎	어린아이, 아낙네도 좋아하고
坦夷無圭角	평이한 마음, 모나지 않았다.
數間好書室	몇 칸 아담한 서실은
蕭灑寄林薄	숲 사이에 말쑥하여
甘心安且樂	안빈낙도 달게 여겨
遠追古人學	멀리 옛 사람 학문 따르고
文詩書數盡	문장, 시, 서예, 수학에 조예 깊어
愛好一何篤	어떻게 그처럼 좋아하셨소.
（下略）	

  석정에게 유재는 애제자였고, 유재에게 석정은 아버지와 같은 큰 스승이었다. 주지하다시피, 석정 이정직은 매천 황현, 해학 이기와 더불어 '호남삼걸'로 알려진 인물이다.25) 1909년에 해학은 구국운동을 하다가 경성에서 객사하였고, 매천은 이듬해 8월에 경술국치를 당하자 자결했다. 그로부터 석달 후에 석정도 세상을 떠났다. 이들 호남삼걸은 유재에게 모두 스승이나 다름이 없었다.

  앞서 언급한 것처럼 매천이 죽자 유재는 만시를 지었고, 이번에는 스승인 석정이 세상을 떠나자 애도시를 짓고 있다. 이 작품은 5언고시 64구의 장형으로 지어졌는데, 석정의 전모를 밝히고 있다. 먼저 석정의 뛰어난 천품과 원만한 성격을 시작으로 그의 고문 정신과 학문과 예술 전반에 걸친 특성을 서술하고 있다.

  유재의 교유시 중에 나오는 강동희, 김연호, 김영선, 노대경, 서문환, 유영선, 유익상, 유희영, 이근준, 이대규, 이봉헌, 정석창, 조벽하, 최백순, 최승현 등은 모두 석정의 문인들이다. 이들은 그가 석정에게 배우면서 가까워진 벗들이었다. 최보열(崔輔烈, 1847~1922)은 석정과 가까운 문인이었는데, 석정이 세상을 떠나자 대신 찾아뵙던 인사였다.

＜挽艮齋先生十絶＞	간재 선생의 만사
天人邃學鳳鸞姿	천리(天理), 인사(人事) 깊은 학문, 봉황의 바탕
通國純儒久見推	온 누리 유학자들 추앙한 지 오래.
遙望華岑雲外屹	멀리 계화도 바라보니 구름 밖에 우뚝한데
少微星彩見多時	소미성 별빛이 오래 빛나네.
紫陽一脈渺源流	주자(朱子) 학맥 그 원류 아득한데

---

25) 구사회, 「석정 이정직의 고문론과 역대문평」, 『어문연구』 118호, 한국어문교육연구회, 2003, 138쪽.

吾道東來起栗尤　　우리 나라 전래되어 율곡, 우암 나셨네.
嫡得眞工窮八耋　　적전(嫡傳)의 참 공부 팔순이 다하도록
發揮實力邁千秋　　실력을 발휘하여 천추에 뛰어나네.

湖雲洛月映相關　　호론(湖論), 낙론(洛論) 서로 관계하며
二百年來疑似間　　2백 년 간 의문에 쌓였는데,
待到先生論是定　　선생에 이르러 정론을 얻어
免敎後學墮昏頑　　후학을 혼미에 빠지지 않게 하셨네.
　　（下略）

유재와 간재가 처음 대면한 것은 1920년경이었다. 그때 유재는 39세의 장년이었고, 간재는 80세의 노구였다. 유재가 간재에게 나아가 배움을 받은 것은 채 3년이 못 된다. 그것도 유재는 간재가 주석하고 있었던 계화도에 계속해서 머문 것이 아니었다. 하지만 유재는 간재에게 가르침을 받아서 자신의 성리학 체계를 확고히 세울 수 있었다. 유재가 전통을 등진 개혁사상을 반대하면서도 수구론에 빠지지 않고 유신론을 강조하여 '신구체용설(新舊體用說)'의 새로운 사상을 강조하면서 의와 이의 조화를 통한 효용을 중시할 수 있었다.[26]

위의 작품은 1922년 7월에 간재가 서거하자 10수의 7언절구로 지은 만시의 일부이다. 첫수에서는 멀리 계화도에 깊은 학문으로 추앙받는 소미성(少微星)이 빛을 내고 있다고 언급하고 있다. 소미성은 벼슬하지 않는 처사를 상징한다. 제2수에서는 선생이 주자로부터 이어지는 율곡 이이와 우암 송시열의 적통을 이었다고 칭송하고 있다.

제3수에서는 선생이 호락(湖洛)의 정론을 세움으로써 후학들이 혼미하지 않도록 학문의 바른길을 제시하여 주었다고 말한다. 주지하다

---

26) 김재룡, 앞의 논문, 12쪽.

시피, 호락은 조선후기에 발생한 인성과 물성에 대한 동질 여부의 논쟁을 말한다. 이 논쟁은 수암(遂菴) 권상하(權尙夏, 1641~1721)의 문하에서 시작되었으며, 인간과 동물 혹은 식물의 본성이 같다고 주장하는 외암(巍巖) 이간(李柬, 1677~1727)의 '인물성동론(人物性同論)'과 근본적으로 서로의 본성은 다른 것이라고 주장하는 남당(南塘) 한원진(韓元震, 1682~1751)의 '인물성이론(人物性異論)'으로 나뉘었다.27) 그리고 예문에서 인용을 생략한 제4수에서 10수까지는 간재의 인품과 삶의 자세, 스승을 떠나보내는 화자의 슬픔을 노래하고 있다.

『유재집』에서 유재가 고재(顧齋) 이병은(李炳殷, 1877~1960), 석농(石農) 오진영(吳震泳, 1868~1944), 양재(陽齋) 권순명(權純命, 1891~1974), 그리고 현곡(玄谷) 유영선(柳永善,(1893~1960)과 주고받은 시는 그가 간재의 문하로 들어가면서이다. 이들은 모두 간재의 적통을 이어받은 고제자들이었다.

이외에도 노사계열의 효당(曉堂) 김문옥(金文鈺, 1901~1960)과도 교류하면서 지은 시작품이 있다. 효당은 노사(蘆沙) 기정진(奇正鎭, 1798~1879) - 노백헌(老柏軒) 정재규(鄭載圭, 1843~1911) - 율계(栗溪) 정기(鄭琦, 1879~1950)로 이어지는 노사학통의 맥을 계승한 학자이다. 그리고 율계의 문하에서는 다시 '삼당삼암(三堂三庵)'이 배출되었는데, 효당은 삼당의 한 사람이었다.28)

行窮麗水欲無東	여수에 길이 다해 동으로 갈 수 없는데
海色茫茫合遠空	바다 빛 아득히 먼 허공과 닿았네.
包括乾坤如許大	그처럼 큰 하늘, 땅을 감싸고

---

27) 현상윤, 『조선유학사』, 현음사, 1982, 275~308쪽.
　　이병도, 『한국유학사』, 아세아문화사, 1987, 382~396쪽.
28) 박금규, 「효당 김문옥의 생애와 시」, 『한문교육연구』 11호, 한국한문교육학회, 1997, 238쪽.

浮沈潮汐太虛中	허공에 밀물, 썰물 빠졌다 불어난다.
披胸一寄平生快	가슴 풀어헤쳐 평생의 통쾌함 느끼고
無際能來萬里風	끝없는 만 리 바람 불어온다.
彩筆知應干造化	채색 붓으로 천지조화 간섭하여
蜃樓催起夕陽紅[29]	석양 노을에 문득 신기루 솟는다.

이것은 유재가 효당과 여수에 유람가서 지었던 <김성옥 문옥의 '여수 항구에서의 바다 구경' 운에 따라서(次金聖玉文鈺麗水港觀海韻)>라는 작품이다. 효당도 유재와 교유하면서 몇 편의 시를 남겼다. 효당은 평생 여러 곳을 이주하였는데, 합천에서 태어나서 일제강점기에는 주로 전남 화순에서 살았다. 그러다가 광복 후에 여순반란사건으로 1948년에 학헌 최승현이 살고 있던 김제시 와룡리에 와서 강학을 하다가 6·25전쟁으로 다시 식술을 이끌고 보성으로 돌아간 적이 있었다. 위의 작품은 그 시기에 지어진 것이다. 유재가 효당과 본격적으로 교류한 것은 이 시기를 전후해서이다. 두 사람의 교류는 효당이 김제를 떠난 이후에도 지속하였는데, 1956년에 유재가 죽은 다음에 그의 문집은 효당의 교정을 거쳤다.

이 시에서는 석양에 물드는 여수 항구의 모습을 잘 표현하고 있다. 바다와 허공이 맞닿아 있고 하늘과 땅을 감싸며 밀물과 썰물이 부침을 거듭한다고 말한다. 이것은 단순한 자연의 아름다움이 아니다. 그것은 천지가 조화를 이루며 빚어내는 아름다움이라고 말하고 있다.

이외에도 유재는 종친을 비롯하여 많은 문인과 교유하면서 시작품 다수를 남겼다. 이들은 유재와 암담한 일제강점기를 보내면서 함께 의지하며 교감을 나눴던 인사들이었다. 그리고 이들 대부분은 일제강점

---

29) 송기면, 앞의 책, <次金聖玉(文鈺)麗水港觀海韻>.

기를 거치며 호남지역에서 활동했던 문인들이고 근대 호남지성사에서
빼놓을 수 없는 인물들이라는 특징이 있다.

4. 문학적 평가

개화기 이래 애국계몽기에도 많은 한문학 작품이 나왔다. 이어서 일
제강점기에는 근대 문학이 정립되면서 문학의 주도권이 한문에서 국
문으로 넘어갔다. 그런데 이 시기에 국문문학이 본격적으로 나왔다고
한문학이 소멸된 것은 아니었다.[30] 한문학이 국문문학보다 상대적으
로 위축된 것을 부정할 수 없겠지만, 유학자나 애국지사를 비롯한 많
은 한문 작가들이 배출되었다. 또한, 이 시기에 많은 한문집도 나왔다.
한문학이 소멸해가는 시기에 유재 송기면은 수준이 높은 한시 작품
을 남겼다. 유재의 한시는 그의 글씨나 유학사상에 못지않은 우수한
작품들이었다. 작품에는 그가 암담한 일제강점기를 살아가면서 유학
자의 선비정신과 불의의 현실에 타협하지 않는 지절의식이 시로 형상
화되고 있었다. 게다가 그는 국토를 유력하면서 나라를 빼앗긴 망국민
으로서의 유민의식을 시로 형상화하기도 하였다. 이들 작품은 일제강
점기에 나온 어느 국문 시가보다 민족의식이 깨어있는 시편들이었다.
한편, 유재가 지인들과 주고받은 그의 시작품들에는 일제강점기를
거치며 현대에 이르기까지 이름을 남겼던 호남의 명사나 무명 문사들
이 고스란히 담겨있다. 특히 그의 작품에는 애국계몽기에 활동했던 석
정 이정직과 간재 전우, 그리고 그들의 문하생과 깊은 관련을 맺고 있
었다. 이들은 앞으로 구축해야 할 호남 한문학과 그곳의 근대 지성사

---

30) 조동일, 『한국문학통사5』, 지식산업사, 1994, 529쪽.

를 복원하는 데 도움이 될 자료들이다.

5. 맺음말

유재 송기면은 개화기를 거쳐 일제강점기와 해방공간, 그리고 남북분단의 냉전 시기를 살았던 호남의 유학자이자 문인이었다. 이 글에서는 문집인『유재집』을 통해 그의 선비적 삶과 한시 작품에 대해 살펴보았다.

유재의 일생은 역사적 격변기에 처해 고단한 삶의 연속이었다. 하지만 그는 밀려오는 문명화의 흐름 속에서 세속과는 일정한 거리를 두고 고고한 선비 정신을 견지하였다. 그의 삶은 부당한 현실에 순응하지 않고 자신의 신념을 지키며 정신을 드높인 선비 정신의 소유자였다고 말할 수 있다.

유재의 생애는 과정에 따라 '성장기(1882~1893)' – '수학기(1894~1910)' – '발전기(1911~1922)' – '완성기(1923~1956)'로 구분된다.

'성장기'는 유재가 출생하여 자라면서 본격적인 공부를 시작하기 이전의 유년 시기이다. '수학기'는 석정 이정직에게 나아가서 본격적으로 수학하던 청년 시기이다. 유재는 이 시기에 석정에게 경전을 비롯하여 시문과 서화, 천문과 의학 이외에도 폭넓게 공부를 하였다. '발전기'는 스승인 석정이 세상을 뜨자 스스로 학문적 자양에 힘쓰다가 대학자였던 간재 전우에게 나아가 도학을 묻던 장년 시기이다. 이 시기는 유재에게 학문적 발전기였다. 마지막으로 '완성기'는 간재선생이 죽고서 유재가 노력하여 독자적인 학문과 예술적 경지를 이룩한 시기이다. 이 시기에 유재는 '심성'과 '의리 '에 대한 학설을 바로잡고 글씨에 대한 독자적인 예술 세계를 이룩하였다.

　유재의 학문과 예술은 스승이었던 석정 이정직과 간재 전우를 빼놓고 생각할 수 없다. 한 마디로 유재의 유학 사상은 간재 전우의 학통을 계승하여 자신의 사상을 완성하였고, 예술 세계는 석정의 가르침을 받아들여 독자적인 세계를 구축하였다고 말할 수 있다.

　유재의 시 세계는 다음과 같은 특질이 있다. 첫째, 유재는 곧은 선비정신과 불의의 현실에 타협하지 않는 지절 의식을 시로 형상화하였다. 둘째, 유재는 틈틈이 국토를 유력하며 그것에 대한 미감을 시로 남겼다. 그런데 그는 자연의 아름다움을 읊기도 하였지만, 역사적 유물을 대하면서 민족적 유민의식을 드러내고 있다. 이것은 그가 식민지 치하의 나라를 잃은 유민이었고, 한편으로 그것은 민족의식과 함께 일제에 대한 저항의식을 표출한 것이다. 셋째, 유재는 교유시가 많아서 전체 작품에서 절반에 가까웠다. 그가 마음으로 주고받았던 교유시는 석정 이정직과 간재 전우와 관련을 맺고 있었다. 이들 대부분은 근대 시기 호남의 문사들인데 앞으로 근대 호남의 지성사를 복원하는 데 필요한 자료들이다.

　문학사적으로도 유재는 한문학이 소멸해가는 시기에 수준이 높은 한시 작품을 남겼다. 그가 남긴 작품들은 일제강점기에 나온 어느 국문시가보다 민족의식이 깨어있는 시편들이었다. 다만, 그는 구문학이 소멸되고 신문학이 자리를 잡은 이후에도 묵수로 일관하는 한계를 지녔다.

참고문헌

1. 자료

『嘉梧藁略』(李裕元)

『歌集(二)』(金東旭·林基中 編, 태학사, 1982)

『簡山北遊錄』(임기중 편, 『燕行錄續集』127卷, 상서원, 2008)

『警修堂全藁』(申緯)

『古今名作歌 附 關東別曲』(鮮文大學校 中韓飜譯文獻研究所 所藏本)

『古文眞寶』(黃堅)

『關東別曲飜辭』(申升求, 筆寫本, 구사회 소장본)

『觀優戲』(宋晩載, 구사회소장본)

『觀優戲』(宋晩載, 연세대소장본)

『廣寒樓樂府』(尹達善)

『歐洲吟草』(경성, 近澤印刷社, 1928.11)

『다산 정약용—마파람이 바다 위에 불어』(강진군, 2009)

『다산 학예의 뿌리를 찾아서』(강진군, 2007)

『다산과 추사』(강진군, 2006.)

『茶山詩稿』(1차본, 경성, 경성인쇄소, 1932)

『茶山詩稿』(2차본, 경성, 주백인쇄소, 1939)

『陶淵明集』(陶潛)

『東選』(국립도서관 소장본)

『東詩』(구사회 소장본)

『東詩』(국립도서관 소장본)

『杜律』(국립중앙도서관 소장본)

『晩華集』(柳振漢)

『明美堂集』(李建昌)

『白頭山遊覽錄』(박영철)

『奉化郡誌』(봉화군지 편찬위원회, 1988)

『西浦漫筆』(김만중)

『石亭集』(李定稷)

『松江全集』(대동문화연구원)

『詩經』(학민사)

『詩經日課』(李定稷)

『실학의 집대성자, 다산』(강진군, 2005.)

『亞洲紀行』(경성, 장학사, 1925)

『歷代歌辭文學全集』(임기중 編, 아세아문화사, 1998)

『역주매천야록(하)』(황현 지음, 임형택 외 옮김, 문학과 지성사)

『燕石山房未定藁』(李定稷)

『연안김씨대동보』(회상사, 2006, 2897~2899쪽)

『五十年の回顧』(경성, 大阪屋號書店, 1929)

『阮堂全集』(金正喜)

『又顧先生遺稿』(국립도서관 소장본)

『又顧先生遺稿文集』(초고본, 구사회 소장본)

『우남 이승만박사 서집』(우남 이승만박사서집 발간위원회 편, 1990)

『우남시선』(공보실, 1959)

『裕齋集』(宋基冕)

『耳溪集』(洪良浩)

『日記冊』(金晩秀)

『日錄』(金晩秀)

『字類註釋』(鄭允容)

『재미한인오십년사』(http://www.history.go.kr/front/dirservice/36history)

『조선왕조실록』

『駐法公使館日記』(金晩秀)

『畫永編』(鄭東愈)

『淸陰集』(金尙憲)

『替役集』(동서출판사, 1961.)

『厄園小藁』(김규선 소장본)

『厄園遺稿』(『다산학단 문헌집성5』, 대동문화연구원, 2008)

『친일인명사전』(민족문제연구소 편, 2009)

『板橋初集)』(宋晩載)

『海平尹氏大同譜』(回想社, 1983)

『行臺漫錄』(李元默 著, 김규선 소장본)

『湖南詩』(김대현 교수 제공본)

『黃玹全集』(黃玹)

『Prison Diary』(호지명 저, 김상일 역)

2. 저서

고려대학교 박물관,『서울의 추억』, 도서출판 삼도, 2006.

고야스 노부쿠니, 이승연 역,『동아·대동아·동아시아』, 역사비평사, 2005.

공기두,『모택동의 시와 혁명』, 풀빛, 2004.

구사회,『근대계몽기 석정 이정직의 문예이론 연구』, 태학사, 2012.

구지현,『계미 통신사 사행문학 연구』, 보고사, 2006.

宮田節子(李熒娘 譯),『朝鮮民衆과 皇民化 政策』, 일조각, 1929.

금장태·고광직,『유학근백년』, 박영사, 1984.

기태완,『황매천시연구』, 보고사, 1999.

김동욱,『증보 춘향가 연구』, 연세대학교 출판부, 1976.

______,『한국가요의 연구(속)』, 이우출판사, 1980.

김문기·김명순,『조선조 시가 한역의 양상과 기법』, 태학사, 2005.

김병국,『한국 고전문학의 비평적 이해』, 서울대학교 출판부, 1995.

김석배,『춘향전의 지평과 미학』, 박이정, 2010.

김용옥,『중용강의』, 통나무, 2003.

김학동, 「개화기시가」·『국문학신강』(국문학신강편찬위원회 편), 새문사.

김흥규, 『한국문학의 이해』, 민음사, 1986.

두보, 의암서당 한문강독회 역, 『두보시의 이해』, 1994.

박동춘, 『초의선사의 차문화 연구』, 일지사, 2010.

박완식, 『유재집-유재 송기면의 학문과 사상-』, 이회문화사, 2000.

박종혁, 『해학 이기의 사상과 문학』, 아세아문화사, 1995.

박지향, 『제국주의, 신화와 현실』, 서울대학교 출판부, 2000.

福澤諭吉, 『福澤全集』 5권, 국민도서주식회사(동경), 1926.

소재영·김태준 편, 『중국편, 여행과 체험의 문학』, 민족문화문고간행회, 1985.

손팔주 편, 『신위전집』 제3집, 태학사, 1983.

송민호, 『한국시가문학사(하)』, 고려대 민족문화연구소, 1971.

양광식 편역, 『치원 황상이 받은 편지』, 문사고전연구소, 2010.

유인선, 『새로 쓴 베트남의 역사』, 이산, 2002.

유중하, 『정강산』, 평밭, 1989.

윤광봉, 『조선후기의 연희』, 박이정, 1998.

______, 『한국연희시연구』, 이우출판사, 1985.

이가원, 『조선문학사』, 태학사, 1997.

이광표, 『명품의 탄생』, 산처럼, 2009.

이병도, 『한국유학사』, 아세아문화사, 1987.

이병한, 『중국 고전 시학의 이해』, 문학과지성사, 1992.

이승만, 이수웅 옮김, 『이승만 한시선』, 배재대학교 출판부, 2007.

이윤석, 『향목동 세책 춘향전 연구』, 경인문화사, 2011.

이응수, 『김립시집』(대증보판), 한성도서주식회사, 1941.

______, 『김립시집』, 학예사, 1939.

이종찬, 『한문학개론』, 이화문화출판사, 1998.

이향배, 『한국한시비평론』, 이회, 2001.

이혜순 외, 『조선중기의 유산기 문학』, 집문당, 1997.

임기중, 『한국고전문학과 세계인식』, 역락, 2003.

임종국, 『친일문학론』, 평화출판사, 1966.

임형택, 「이조말 지식인의 분화와 문학의 희작화」, 『전환기의 동아시아 문학』(임형
      택·최원식 편), 창작과 비평사, 1985.
______, 『이조시대 서사시』(하), 창작과비평사, 1992.
______, 「丁若鏞의 강진유배기의 교육활동과 그 성과」, 『실사구시의 한국학』, 창작
      과 비평사, 2000.
전해종, 『중한관계사론집』, 중국사회과학원출판사, 1994.
전형준, 『현대 중국의 리얼리즘 이론』, 창작과 비평사, 1997.
정대구, 『김삿갓연구』, 문학아카데미, 1990.
정민, 『다산의 재발견』, 휴머니스트, 2011.
______, 『새로쓰는 조선의 차문화』, 김영사, 2011.
정학유, 허경진·김형태 역, 『시명다식(詩名多識)』, 태학사, 2007.
조동일, 『지방문학사—연구의 방향과 과제—』, 서울대학교 출판부, 2004.
______, 『한국문학의 갈래이론』, 집문당, 1992.
______, 『한국문학통사』, 지식산업사, 1994.
______, 『공동문어문학과 민족어문학』, 지식산업사, 1999.
진재교, 『이조 후기 한시의 사회사』, 소명출판사, 2001.
차주환, 『시화와 만록』, 민중서관, 1966.
최규수, 『송강 정철 시가의 수용사적 탐색』, 월인, 2002.
한국베트남학회 편, 『베트남』, 한국외국어대학교 출판부, 2000.
허경진, 『조선위항문학사』, 태학사, 1997.
현상윤, 『조선유학사』, 현음사, 1982.
호지명, 김상일 옮김, 『옥중에 자유인 머물다』, 사람생각, 2000.

3. 논문

강전섭, 「關東別曲의 原典 摸索」, 『동방학지』 권42, 연세대학교 국학연구원, 1984.
구사회, 「새로 나온 송만재의 〈관우희〉와 한시 작품들」, 『열상고전연구』 36집, 2012.
______, 「새로 발굴한 申升求의 〈關東別曲飜辭〉에 대하여」, 『국어국문학』 139집,
      국어국문학회, 2005.

구사회, 「석정 이정직의 고문론과 역대문평」, 『어문연구』 118호, 한국어문교육연
구회, 2003.

______, 「石亭 李定稷의 書畵藝術論 연구」, 『선무학술논집』 제15집, 국제선무학
회, 2005.

______, 「청호 이양렬의 〈關東別曲飜辭〉에 대한 문예적 검토」, 『한국문학연구』
28집, 동국대학교 한국문학연구소, 2005.

구자균, 「한말우국경시가에 대하여」, 『文理論集』 제4집, 고려대학교 출판부, 1959.

김기영, 「〈關東別曲〉의 流通 樣相에 對하여」, 『어문연구』 제36집, 어문연구학회,
2001.

김문기, 「松江·蘆溪·孤山의 歌集 板本 및 册板 硏究」, 『국어교육연구』 제21권,
경북대학교 국어교육연구회, 1989.

金文基·金明淳, 「朝鮮朝 漢譯詩歌의 類型的 特徵과 展開樣相 硏究(2)」, 『어문학』
58호, 우리어문학회, 1996.

______, 「歌辭 漢譯의 目的과 漢譯技法」, 『국어교육연구』 제29집, 국어교육연구
회, 1997.

김태선, 「石亭 李定稷 詩文學의 硏究」, 고려대 석사학위논문, 1995.

김동준, 「소론계 학자들의 자국어문 연구활동과 양상」, 『민족문학사연구』 35권,
민족문학사연구소, 2007.

김병국, 「가사의 장르적 성격과 문학성」, 『한국 고전문학의 비평적 이해』, 서울대학
교 출판부, 1995.

김영주, 조선후기 소론계 문학이론의 형성 배경(Ⅰ)」, 『동방한문학』 26집, 2004.

______, 「少論系 學人의 言語意識 硏究(Ⅰ)-『正音』硏究를 중심으로-」, 『동방한문
학』 27집, 동방한문학회, 2004.

김원모, 「이종응의 「해사록」과 「서유견문록」 해제·자료」, 『동양학』 32집, 단국대
학교 부설 동양학연구소.

김인철, 『간산북유록(簡山北遊錄)』, 『국학고전 연행록해제(1)』, 한국문학연구소
연행록해제팀, 2003.

김재룡, 「유재 송기면의 문학과 서도에 관한 연구」, 원광대 석사학위논문, 1996.

김충렬, 「모택동의 혁명문예론」, 『아세아연구』 65호, 고려대 아세아문제연구소,

1981.

김태준, 「과거제도와 동아시아 문학의 사회사」, 『비교문학별권』, 한국비교문학회, 1998.

김혈조, 「연암집(燕巖集) 異本에 대한 考察」, 『한국한문학』 17집, 한국한문학회, 1994.

김호일, 「구한말 안중근의 '동양평화론'연구」, 『中央史論』 10·11합집, 중앙대 중앙사학연구소, 1998.

박금규, 「효당 김문옥의 생애와 시」, 『한문교육연구』 11호, 한국한문교육학회, 1997.

박노준, 「〈海遊歌〉(一名 西遊歌)의 세계인식」, 『한국학보』 64집, 일지사, 1991.

______, 「해유가와 서유견문록의 견주어 보기」, 『한국언어문화』 23집, 한국언어문화회, 2003.

박영철, 「역대 총독의 인물」, 『삼천리』 6호, 1934년 5월호, 1934.

변성규, 「毛澤東 詩·詞의 특질」, 『중국인문과학』 23집, 중국인문학회, 2001.

손팔주, 「東人論詩絕句의 分析」, 『수련어문론집』 6집, 수련어문학회, 1978.

송미경, 「여규형본 〈춘향전〉 각본의 형성과 독서물로의 수용 전화」, 『판소리연구』 28집, 판소리학회, 2009.

신은경, 「기행문의 삽입시 연구」, 『동양학』 45집, 단국대학교 동양학연구소, 2009.

______, 「추재 조수삼의 「외이죽지사」 연구」, 『국제어문』 42집, 국제어문학회, 2008.

안춘근·남만성, 「강산에 떠도는 삿갓을 혹이나 기억하시는지」, 『문학사상』, 1983.2.

양지욱·구사회, 「대한제국기 주불공사 석하(石下) 김만수(金晩秀)의 〈일기〉자료에 대하여」, 『온지논총』 18집, 온지학회, 2008.

유재영, 「竹峰 高用楫의 南征賦에 對한 考察」, 『한국언어문학』 22집, 한국언어문학회, 1983.

윤승준, 「淸陰 金尙憲의 關東別曲 飜辭에 대하여」, 『한문학논집』 12집, 근역한문학회, 1994.

이건호, 「김병연시연구」, 조선대학교 박사학위논문, 2004.

이권희, 「옥소 권섭의 연희시 고찰」, 『어문연구』 73권, 어문연구학회, 2012.

이수웅, 「모택동의 정치문예사상」, 『중국연구』 11권, 건국대 중국문제연구소, 1992.

이월영, 「石亭 李定稷의 交遊와 시 특성 고찰」, 『石亭 李定稷의 學問과 藝術』, 한국서예문화연구회 제1회 학술대회, 2004.

이장우, 「연행일기」(해제), 『(국역)연행록선집』 4권, 1976.

이종묵, 「조선시대 와유문화 연구」, 『진단학보』 98집, 진단학회, 2004.

이진원, 「단가 호남가 형성과 변화 연구」, 『한국음반학』 10집, 한국고음반연구회.

이창식, 「김삿갓 시의 구비문학적 성격」, 『우리말글』 21호, 우리말글학회, 2001.

이철희, 「『自怡先生集』解題」, 『茶山文獻集成』 5卷, 대동문화연구원, 2008.

이혜구, 「송만재의 관우희」, 『삼십주년 기념 논문집』, 중앙대학교, 1955년.

임기중, 「연행록의 전승 현황과 그 문학담론」, 『한국문학논총』 31집, 한국문학회, 2010.

장유승, 「최고(最古)의 〈관동별곡(關東別曲)〉-택당 이식의 〈번관동별곡〉」, 『문헌과 해석』 32호, 문헌과 해석사, 2005.

정원표, 「紫霞 申緯의 漢詩 硏究」, 서울대학교 박사학위 논문, 1987.

정한기, 「朴昌元의 〈關東別曲〉 한역시에 나타난 한역의 배경과 그 양상」, 『한국문학논총』 40집, 한국문학회, 2005.

정후수, 「金笠小考」, 『한성어문학』 1집, 1982.

정흥모, 「20세기 초 서양 기행가사의 작품세계」, 『한민족문화연구』 31집, 한민족문화학회, 2009.

조규익, 「사행문학 초기 자료의 쓰기 관습과 내용적 성격」, 『국제어문』 42집, 국제어문학회, 2008.

조좌호, 「교육·과거제도」, 『한국사론(조선후기)』 4권, 국사편찬위원회, 1981.

진재교, 「耳溪 洪良浩의 文學論 -天機論을 中心으로-」, 『고전문학연구』 15집, 고전문학연구회, 1999.

차혜영, 「동아시아 지역표상의 시간·지리학」, 『한국근대문학연구』 20호, 한국근대문학회, 2009.

최규수, 「서포 김만중의 〈관동별곡번사〉에 나타난 한역의 방향과 그 의미」, 『한국시가연구』 제14집, 한국시가학회, 1998.

허병식, 「폐허의 고도와 창조된 신도」, 『한국문학연구』 36집, 동국대 한국문학연구소, 2009.

▌**구사회**(具仕會)

전북 전주에서 출생.
동국대학교 국어국문학과와 같은 대학원을 수료하였다. 문학박사.
현재, 선문대학교 국어국문학과 교수로 있으면서 인문과학연구소장을 맡고 있다.
저서로는『근대계몽기 석정 이정직의 문예이론 연구』(태학사, 2012)를 비롯한『한국
고전문학의 사회적 탐구』(이회, 1999), 『송만재의 관우희 연구』(공저, 보고사, 2013),
『경기체가연구』(공저, 태학사, 1997), 『한국 리얼리즘 한시의 이해』(공편, 새문사, 1998)
등이 있다. 그밖에 다수의 논문이 있다.

한국 고전문학의 자료 발굴과 탐색

2013년 12월 24일 초판 1쇄 펴냄

지은이 구사회
펴낸이 김흥국
펴낸곳 도서출판 보고사

책임편집 이유나
표지디자인 오동준

등록 1990년 12월 13일 제6-0429호
주소 서울특별시 성북구 보문동7가 11번지 2층
전화 922-5120~1(편집), 922-2246(영업)
팩스 922-6990
메일 kanapub3@naver.com
http://www.bogosabooks.co.kr

ISBN 979-11-5516-141-8 93810
ⓒ 구사회, 2013

정가 28,000원
사전 동의 없는 무단 전재 및 복제를 금합니다.
잘못 만들어진 책은 바꾸어 드립니다.

이 도서의 국립중앙도서관 출판시도서목록(CIP)은 서지정보유통지원시스템 홈페이지
(http://seoji.nl.go.kr)와 국가자료공동목록시스템(http://www.nl.go.kr/kolisnet)에서
이용하실 수 있습니다. (CIP제어번호 : CIP2013025890)